译文纪实

Homicide ❶
A Year on the Killing Streets

David Simon

[美]大卫·西蒙 著 　　　　　 徐展雄 译

凶年。❶

上海译文出版社

献给琳达

在耶和华你的神所赐你为业的地上，若遇见被杀的人倒在田野，不知道是谁杀的，长老和审判官就要出去，从被杀的人那里量起，直量到四围的城邑。

看哪城离被杀的人最近，那城的长老就要从牛群中取一只未曾耕地、未曾负轭的母牛犊，把母牛犊牵到有流水、未曾耕种的山谷去，在谷中打折母牛犊的颈项。

祭司利未的子孙要近前来。因为耶和华你的神拣选了他们事奉他，奉耶和华的名祝福，所有争讼殴打的事都要凭他们判断。

那城的众长老，就是离被杀的人最近的，要在那山谷中，在所打折颈项的母牛犊以上洗手，祷告说：

"我们的手未曾流这人的血。我们的眼也未曾看见这事。耶和华阿，求你赦免你所救赎的以色列民，不要使流无辜血的罪归在你的百姓以色列中间。"

《申命记》21：1—9

在接触枪创时，武器的枪口和身体表面发生了接触……射入口的外露边缘被高温热气灼烧，并被煤烟熏黑。黑色朝内嵌入被烧焦的皮肤，无论是冲洗还是强力擦洗伤口都无法完全去除它。

医学博士文森特·J. M. 迪马里奥

《枪创：枪支、弹道及法医技术实用手册》

濒死之前

理查德·普雷斯[①]

    杰米·布里斯林曾经如此评价达蒙·鲁尼恩[②]："他所做的正是所有优秀记者会做的事情——四处闲逛。"大卫·西蒙用《凶年》一书记录下了巴尔的摩市警局凶案组的一年，但他所做的可不仅仅是闲逛：他在那里扎下了营。作为一位记者和编剧，西蒙相信，上帝才是最优秀的小说家。人们如果见证了上帝所炫耀的故事素材，那非但无可厚非，还是件值得称颂的事情，亦是"为真道打了美好的一仗"[③]。西蒙是一位优秀的故事素材收集者和事实阐释者，但他也是一位"瘾君子"，而他所欲罢不能的便是做一位见证者。

    我觉得我有资格这么评价他（作为同行，我对他深有了解），他所患之瘾具体来说是这样的：无论我们在街道上——和警察一起，和街角男孩[④]一起，和那些仅仅试图在这个布满地雷的世界中保护自己家人并生存下去的人们一起——见证了什么，它们都只能激起我们见证更多事体的欲望。我们所追求的是一座都市的本真，在这条上下求索的无尽道路上，我们会和任何遇到的人物相处相待。我们总是在床头祈祷：上帝啊，请你再赐予我一个白日、一个夜晚，让我看见、听见那将成为关键的事体，那将统领象征整个故事的最佳细节吧。而任何堕落的赌徒都明了，这事体、这细节就好比一盘骰子赌局，你总以为下一盘就会赢。真理就在那里，它在下一条街道，下一次不经意的街头走访，下一个无线电呼叫，下一次面对面的毒品交易，下一卷展开的犯罪现场封锁胶带……它总是有待出现，而那头名为巴尔的摩、名为纽约、名为美国都市的野兽，却正像不知满足的斯芬克斯，一边言说着晦涩难懂的谜语，一边继续吞噬着一个又一个不幸的灵魂。

或许吧，我们只是无法按截止时间交稿而已……

我第一次见到西蒙是在 1992 年 4 月 29 日，那是"罗德尼·金暴乱"⑤ 之夜。在此之前，我们都刚出版了颇具影响力的著作：西蒙的便是现在你手头的这本书，而我的则是一本名为《黑街追捕令》（Clockers）的小说。我们是通过我们共同的编辑约翰·斯特林认识的。他把我们介绍给彼此的那一刻颇具喜剧意味："大卫，这位是理查德；理查德，这位是大卫。你们哥俩应该成为朋友——你们的共同点着实太多了。"所以，我们相识后做的第一件事便是迅速过河直奔泽西市，那是当晚暴动最为严重的区域之一，我们在那里遇到了拉里·穆尔兰，他是哈德逊县凶案组的警探，也是我之前三年写作生涯里的王牌，为我提供着源源不断的灵感。大卫的父亲在泽西市长大，穆尔兰一家和大卫一家很有可能上几代便有过交往，于是他们自然就熟了。泽西市的暴乱并没有扩大化，我们总能在街头巷尾发现暴乱的

---

① Richard Price，美国小说家、编剧，代表作有《漫游者》（The Wanderers）等。他也是电视剧《火线》（The Wire）的主要编剧之一。——译者
② Damon Runyon，美国传媒人、作家，以写作禁酒时期的纽约都市生活而闻名于世。——译者
③ fight the good fight，出自《提摩太前书》："你要为真道打那美好的仗，持定永生。你为此被召，也在许多见证人面前，已经作了那美好的见证。"——译者
④ corner boys，大卫·西蒙作品中最重要的一组人群，是指在城市街角贩卖毒品的青少年。——译者
⑤ Rodney King riots，1991 年 3 月 3 日，非裔美国人罗德尼·金因超速驾驶被洛杉矶警方追捕，被截停后拒捕袭警，遭到警方暴力制服。1992 年 4 月 29 日，在法庭判决逮捕罗德尼·金的四位白人警察无罪之后，洛杉矶爆发了为期六天的暴动。——译者

痕迹，却无法亲眼见证它，那一夜给我留下最深刻印象的是西蒙对见证的痴迷，这让我觉得他好像就是我失散多年的孪生兄弟一样。

我们的再度见面是时隔多年之后的事了。在此之前，南卡罗来纳州发生了"苏珊·史密斯杀子事件"[1]，我想以此为基础写作小说《自由之地》（*Freedomland*），当时正在调查这起美狄亚式[2]的案件。我记得，巴尔的摩也发生过类似的悲剧：一位白人母亲杀死了自己的两个混血女儿，她在她们仍在深睡时点燃了自家的排屋。她声称自己的动机是为了和她的新任男友在一起，后者不喜欢她的两个孩子（在此之后，他否认了这一说法），于是她清除了两人真爱之路上的障碍。

大卫为我打了好几通电话，把我介绍给了所有能够接受采访的主要相关人士——负责逮捕的警员、母亲的男友、三度丧失亲人的祖母、那个街角商店的阿拉伯老板——事发之后，那位母亲正是逃到了商店，貌似恐慌地拨通了911电话。（商店老板说，她的第一个电话是打给她母亲的，第二个才报了警。）从新闻报道的角度来看，这个故事早已过时了。然而，为了能让我了解到这个故事，西蒙还是切换到他的工作模式中去了。这是我人生中第一次必须竭尽全力才能在精神和生理双方面跟上一位街头记者；除了成功采访了上述所有人物之外，我们还试图骗取警察的信任，让他们允许我们进入仍在看守的犯罪现场，但这以失败告终了；于是，我们放弃直接进入的想法，展开迂回对策：我们绕道来到房子的后院，攀过栅栏，来到被熏黑的排屋中；我们登上残留的楼梯，来到那个小小的卧室，那两位女孩正是在这里被烟熏窒息而死的。终于，我们来到了这里，我们感觉仿佛身处

---

① Susan Smith horror，1994 年 10 月 25 日，苏珊·史密斯向警方报案，声称自己的两个儿子被一位非裔美国人带走。这起事件引起了全美关注。然而，九日之后，史密斯承认是她自己开车让儿子溺死在了湖中，她声称自己是为了和当地的一位富人在一起才这么做的。——译者

② Medea，古希腊神话人物，其丈夫伊阿宋抛弃她和两个儿子，去和科任托斯城国王克瑞翁的女儿格劳刻成亲。在此之后，美狄亚杀死了他们的儿子。——译者

一只半透明的猛虎之内，凝望着所有被火焰舔舐过因而留下炭黑条痕的地方——墙壁、屋顶、地板。地狱的景象仿佛于此展露了令人惊心的一角。

不过，还是让我们回到我和他初次见面的泽西市之夜吧。当晚有传言说暴乱者们在街道上拉起了钢琴弦以猎杀摩托车警。作为前摩托车警的拉里·穆尔兰就此唐突离去，留下我们独自坐在一辆没有标识的警车上（这可真是个自相矛盾的说法啊）。我坐在驾驶座，而西蒙则坐在副驾驶座上。穆尔兰给我们的建议是："让车动起来——如果有人胆敢上前挑衅，你们就假装恼火地朝他冲过去。"我们基本就是这么做的，这让我想到了那个一直烦扰着我的问题：像我们这样痴迷于美国都市的每一层面，并试图巨细无遗地用纪实或虚构的方式把它们记述下来的作家；像我们这样的大体依靠警察的关照才能见到我们所想见之事的作家，我们是（妈的……）警察迷吗？

直至今日，我已经有了自己的答案：如果我们可谓警察迷的话，那么，我们同样也是罪犯迷或百姓迷。然而，无论是谁允许我们跟随他的脚步体验他的世界，无论他处于法律的哪一边，我们都会不可避免地对他感同身受——其实，我们已经和他"融为一体"了。但是这倒不会像听上去那样对我们造成伤害，只要我们通过以下方式运用那个"谢谢你"的咒语：作为一个记录者，我会像正处于你生命之屋中的宾客，忠实地报道我所见及所听之事。不过，至于你的命运到底如何，你到底是在自掘坟墓还是在树立丰碑，那并不关我的事，我只能对你说一句"祝你好运，谢谢你这段时间的关照"。

西蒙用他无比详尽而又清晰的笔触记录下了凶案调查员这份工作的困境。对于凶案组刑警而言，他们所要面对的不仅是那具躺在他们面前的尸体，还有他们自身肩上的重压，那是一整个官僚等级，置身其中的每一个上司都要对他本人的上司负责——这便是官僚自我保存体制之重。虽然 CSI 式的法医调查技术已然大行其道，对于这些在食物链底端生存的警探来说，在有些时候，唯一可靠的"科学"只能是野心职业家的守则，它既简单又每每应验——一旦某起凶杀案被媒体曝光或触及某条政治神经，这个烂摊子只会变得越来越烂。这让这些警探中的佼佼者——那些总是一边承受着如果不是过度也可谓巨大的压力，一边把白板上的红字变为黑字①的刑警——变得厌世，也让他们具备了某种与他们名声相匹配的、高人一等的傲气。

《凶年》是一部日复一日的记事本，你既可以于此读到平凡生活中的丑陋人性，也可以从中见证令人瞠目结舌的邪恶事件；西蒙渴望并充满激情地将他所见之世界吸收、理解、见证并传达给身处这一世界之外的我们，你可以通过本书的字里行间感受到这一点。他深爱着他所见证的一切，他怀揣着一种信念，即无论他眼前的世界正在发生什么，那便是一个世界的"真理"，而仅仅把它们记录下来便是美的——这是世界之本来面目及它所运转的规律，这是人们言说之物及他们行为、表达、决裂和为自己辩护的方式，也就是他们走投无路、超越自我、竭力生存、沉沦灭亡的世界。

西蒙也展现了他在详尽记录细节方面的娴熟技巧：尸体体温犹存，而死亡并没有夺去他半闭眼睑中轻微的吃惊神态；一条漫不经心被提及的不合理推理，却又展现了妙不可言的诗意；在街角流窜的游民，他们的肢体交错成了一出芭蕾舞篇章；愤怒、沉闷和喜悦又是怎样在人物的脑海里融汇到了一起，构成了一场无意识之舞。人物的举手投足、令人懊悔的互相中伤、双眼闭合的那一瞬间、口中的最后一口游丝……个中种种，都被西蒙用白纸黑字记录了下来。读者们还将于此看到更多：仇人狭路相逢，却出乎意外地对彼此表示了敬意；一个人或许毫无理智或人性，他甚至肆无忌惮地开着刚死之人的玩笑，

---

① 即一起案件终于告破。——译者

但只是因为他的言行中有那么一丝黑色幽默，这让我们感觉他还是个人；大多数谋杀都是出于人物的愚蠢，可即便是愚蠢也如此令人惊心；那些生活在悲惨境遇中的人物采取了怎样的生存策略，而他们这么做仅仅是为了能够多活一天。西蒙还准确地捕捉了街道本身的魅力，无论是对于警察而言，还是对于街头犯罪者（有时还有作家）来说，街道都是令人上瘾的"毒品"，他们每个人都抬着脑袋等待着下一场可以预见却又令人意外的街头戏剧，它将让这对峙的双方都行动起来；而当这出戏剧发生时，那些被席卷其中的无辜者则会躲在卧室窗户之下或拥抱在据说可以防弹的浴缸里——避难的意识总是会让家庭聚拢在一起。他还不厌其烦地、一次又一次地告诉我们一个事实：这个世界很少有界限清晰的黑和白，只有很多很多的灰色地带。

《凶年》是一个日常生活中的战争故事，也是一出引人入胜的戏剧，西蒙的笔触从巴尔的摩东部和西部的残败排屋一直延伸到了安纳波利斯①的州立立法议会。西蒙颇为反讽地表现出，街道上的生存游戏和市政厅里的生存游戏其实是一块硬币的两面，数字决定着所有被卷入毒品战争的人的生存或死亡——一边的计量单位是千克、盎司、克、颗粒、利润；另一边则是多少起案件、多少人逮捕在案、破案率多高以及预算被削减了多少。本书为我们呈现了一个处于慢速暴乱中的城市的现实政治世界，但是，通过西蒙沉稳的笔触，我们得以透过混沌的迷雾看清潜藏于其后的规律。事实上，巴尔的摩就是混沌理论的化身。

本书被改编成了电视剧②并获得了成功，这让西蒙得以进一步深入影视戏剧行业——他紧接其后的《街角》（*The Corner*，和艾德·

---

① 安纳波利斯是巴尔的摩所在州马里兰州的首府。——译者
② 1993 年，本书被改编成电视剧，名为《*Homicide：Life on the Street*》。该剧总共七季，从 1993 年一直延续到 1999 年。——译者

伯恩斯［Ed Burns］合著）被改编成了一部出色的六集迷你剧，而HBO的《火线》（*The Wire*）则是一部具有俄罗斯小说体量的电视剧①。在这些后期的项目里，西蒙不再那么受现实的限制，他得以把他所理解的真理提升与勾画到一定虚构的程度，赋予它以形态，并由此来强调那些严重的社会问题。然而，即便西蒙拥有了虚构的创作自由，他的作品仍然彰显着他对细节的格外关注。他持之以恒地探索着细节的伟力，向我们展现着最为微妙的外部动作是怎样创造翻天覆地的内在革命的——无论它发生在单个边缘化人物的生命之中，还是发生在一座美国大城市的精神和政治生理律动之中。

　　说了那么多，让我以一个比喻来结束我的序言吧：如果伊迪丝·华顿②起死回生还爱上描写政治掮客、警察、瘾君子和新闻事件，并且不再在意她上班时所穿衣着的话，那她或许看上去有点像大卫·西蒙。

---

① 在接受媒体采访时，大卫·西蒙曾说《火线》的"模板是那些大部头的俄罗斯小说，以及像巴尔扎克创作的那些作品"。《火线》中的很多人物和事件也都取材自本书。——译者
② Edith Wharton，美国女作家，代表作品有《纯真年代》《高尚的嗜好》等。——译者

主要人物

加里·达达里奥警督
轮值警督

特伦斯·麦克拉尼警司
分队队长

唐纳德·沃尔登警探
里克·詹姆斯警探
爱德华·布朗警探
唐纳德·瓦尔特梅耶警探
大卫·约翰·布朗警探

罗杰·诺兰警司
分队队长

哈里·艾杰尔顿警探
理查德·贾尔维警探
罗伯特·伯曼警探
唐纳德·金凯德警探

罗伯特·麦克埃利斯特警探

杰·朗兹曼警司
分队队长

汤姆·佩勒格利尼警探
奥斯卡·李奎尔警探
加里·登尼甘警探
理查德·法勒泰齐警探
弗雷德·塞鲁迪警探

第一章

1 月 19 日，星期二

杰·朗兹曼蹲下身子，从温暖的口袋里伸出一只手，握住尸体的下巴，把他的头部翻向一侧直至伤口暴露在他的眼前。那是一个椭圆形的小洞，红色和白色的玩意儿还在往外渗出。

"你的问题在这里，"他说，"这位仁兄在慢慢漏气呢。"

"漏气?"佩勒格利尼说，他已经注意到了伤口。

"慢慢地。"

"那种你能修好的。"

"当然能修好，"朗兹曼同意道，"现在他们都有那种家用修理工具包啦……"

"就像修轮胎一样。"

"可不是吗，"朗兹曼说，"修理包里有补丁，还有其他一切你需要的东西。如果是大一点的伤口，比如说是被 .38 口径手枪打中的话，那你还不如换一个脑袋呢。这个伤口还可以补一下。"

朗兹曼抬起头，一副热切关注的表情挂在脸上。

老天爷，汤姆·佩勒格利尼想，没有什么能和与一个疯子一起调查凶杀案相提并论的了。凌晨一点，黑人贫民窟的中心地带，半打制服警看着他们呵出的口气在又一个死者面前凝结成白色的雾——即便是在这样的地点、这样的时间，即便轮值警督已经出现在了警灯的蓝色闪光之中，他脸上的笑容已经僵硬不已，朗兹曼还是一如既往面无表情地开着他标志性的玩笑。当然，西区的午夜轮值警察并不是世界上最难取悦的观众；而一旦你开上第一部门或第二部门的警车，你总会被培养出一些病态的幽默感来。

"有人认识这家伙吗？"朗兹曼问道，"有谁和他说过话？"

"没有，操蛋的，"一位制服警回答道，"我们到的时候，他已经十七了。"

十七。在警用无线电编码中，这个词的意思就是"休工"，现在却被单纯地用来指代死去的人命。真妙，佩勒格利尼笑了笑，他知道，这个世界上没有什么能改变一个警察的态度。

"有人搜过他的口袋吗？"朗兹曼问。

"还没有。"

"操他妈的，他的口袋在哪里？"

"他的运动服都盖过了长裤。"

佩勒格利尼看着朗兹曼跨过尸体，双脚踩在尸体腰部两侧的地上，然后开始用力拉扯死者的运动裤。他笨拙地把尸体在人行道上拉动了几英尺，原先的位置只剩下一摊被拖拽得乱七八糟的血泊，还有溅了一地的脑花儿。朗兹曼把他那肉乎乎的手伸进了死者的前口袋。

"小心针眼。"一位制服警说。

"得了吧，"朗兹曼说，"你看看这帮围观的人，要是他们有人得了艾滋，你会相信只是因为被他妈的针眼儿刺了吗？"

这位警司把手从死者的右前口袋拔了出来，一美元左右的零钱散落在了人行道上。

"前面口袋没有钱包。我完事了，可以让法医把尸体抬走。你们已经叫了法医，对吗？"

"应该已经在路上了。"另一个制服警说，他一边在事故报告的第一张纸上记录着什么，一边问道，"他中了多少枪？"

朗兹曼先是指了指死者头上的枪伤，然后抬起死者肩胛骨的部位，在死者皮夹克的上背部还有一个破洞。

"头上一枪，背上一枪。"朗兹曼顿了顿，佩勒格利尼发现他又变得面无表情了。"可能有更多。"

制服警用笔记了下来。

"有一种可能性，"朗兹曼竭尽全力摆出一副专家的样子，说道，"这种可能性还不低，这看似是一个枪眼，但他其实挨了两枪。"

"不会吧。"制服警还真相信了。

一个疯子。上头那些人给了这个疯子一把枪、一枚警徽和警司的绶带，然后把他扔到巴尔的摩——这个城市中充斥的暴力、丑陋和绝望早已超出了它本身所能承受的范围——的街道上。接着，他们又给他配了一群穿着蓝色警服的龙套，让他在这群配角当中好好去演绎一个孤独任性、也不知怎么就潜入了纸牌的小丑。杰·朗兹曼，这位一张麻子脸、总带着睨视微笑的仁兄总是会告诉通缉犯的母亲们"没啥好担心的，这场骚乱只是例行的凶杀犯抓捕而已"。杰·朗兹曼，这位经常把喝光的酒瓶子放在其他警司桌子上的仁兄，还老是在他领导拉肚子的时候关掉男洗手间的灯。杰·朗兹曼，这位仁兄曾和局长在总部坐同一部电梯，然后抱怨哪个婊子养的偷了他的钱包。杰·朗兹曼，这位曾在西南区做过巡警的仁兄，还曾把他的警车停在埃德蒙森大道和希尔顿大道之间，然后给一个桂格麦片的包装纸盒铺上一层铝箔装成雷达测速枪，对感激不尽的摩托车骑手说："这次只是给你个警告，记住，只有你可以阻止森林大火。"

而现在，鉴于朗兹曼不再板着脸孔，部门邮件的核心记录里就很可能会出现一份事故报告，这份编号为 88 - 7A37548 的报告会表明上述死者可能头部中一枪和背部中两枪，背部的两枪穿过同一个弹孔。

"好吧，哥们儿，我是在开玩笑呢，"他终于说道，"直到明天尸检结果出来之前，我们还不能下结论。"

他看了一眼佩勒格利尼。

"喂，菲丽斯，我要让法医把尸体抬走了。"

佩勒格利尼哭笑不得。自纽约雷克斯岛监狱那个漫长的下午之后，他就总被他的分队警司称为菲丽斯了。那一次，那位女监狱长拒绝服从书面命令，坚决不把一名女囚移交给这两位巴尔的摩来的男性警探拘押：因为规定要求移交女囚时要有一名女性警务人员陪同。经过很长时间的扯皮之后，朗兹曼突然抓住汤姆·佩勒格利尼这位出生在阿勒格尼煤矿区、戴着厚重黑框眼镜的意大利裔，然后把他推上前去。

"这位是菲丽斯·佩勒格利尼，"朗兹曼一边说着，一边签好移交手续，"她是我的搭档。"

"初次见面，承蒙关照。"佩勒格利尼说这话时不带半点犹豫。

"你不是女人。"女监狱长说。

"但我曾经是。"

警灯的蓝色闪光不断地扫过汤姆·佩勒格利尼那张苍白的脸，他走近一步，看着那个死人。就在一个半小时前，他还是一名二十六岁的街头毒贩。尸体朝天躺着，腿垂在阴沟那边，手臂微微伸开，头朝着南边街角排屋的侧门。半开半闭的眼睑下是他深棕色的眼睛，里面流露出茫然的神情，这是那些突然离世却还没死多久的人的共同特征。这并不是惊恐、错愕甚至悲伤的神色。通常而言，谋杀案死者最后的表情就像是一个刚刚被告知了答案、之前却被这条简单的方程式难住了而慌张不已的小学生。

"如果你这边没事的话，"佩勒格利尼说，"我要去街对面看一看。"

"干啥？"

"这个嘛……"

朗兹曼走到佩勒格利尼的身边，后者则压低了嗓门，仿佛说句"这案子可能有目击者"都是盲目乐观而丢人的表现。

"有个女人进了街对面的一间房子，第一批到现场的警官听到有人说那女人在枪击发生时就在外面。"

"她看到了？"

"啊，据说她还和别人说是三个穿着黑色衣服的黑人男子下的手，他们开了枪之后就往北边跑路了。"

这消息毫无价值，佩勒格利尼可以看出他的上司在想什么：三个穿着黑色衣服的黑人弟兄，这个描述足够把嫌疑人名单缩小到这该死的城市的约一半人口。朗兹曼含糊地点了点头。佩勒格利尼横穿过戈尔德街，十字路口的大部分路面都结了冰，他小心翼翼地躲开了冰面。现在是凌晨二点三十分，气温还在零度以下。当这位警探走到路中央时，一阵寒风刮起，穿过他的大衣传来刺骨的寒冷。在爱丁大道的另一边，本地人开始聚集在一起，对事件品头论足。年轻人和小孩子们骂骂咧咧地享受着这突如其来的乐子，每个人都使劲看向街对面，试图能瞄到死人面容一眼。人们交换着笑话，低语着各种传闻。然而，一旦制服警向他们问话，即便是最幼小的孩子也知道把眼神移开，并且闭上自己的嘴巴。没有任何理由去做多余的事情，因为再过一个半小时，死人就会被转移到法医位于佩恩大街的"肉店"的其中一张解剖台上；与此同时，西区的居民会在梦露街上的 7–11 便利店里搅拌着他们的咖啡，而毒贩们也还是会在戈尔德街和爱丁大道中间这个该死的十字路口继续卖着蓝盖小瓶装的毒品。现在说啥也不能改变这一切。

人群看着佩勒格利尼横穿大街，他们的视线和西区的街角男孩一样凶恶，仿佛光靠眼神就能把他给操翻在地。他走到漆过的石头门廊上，急促地敲了三下门。这位警探一边等待着回应，一边看着一辆破旧的别克车向戈尔德大街的西边开去。那车子慢慢向前开，然后开过佩勒格利尼身边。当车子靠近街对面那发出警灯蓝色闪光的地方时，刹车灯还闪了好一会儿。佩勒格利尼转过身，看着那辆别克车向西开出了几个街区远，来到布伦特街的角落。在那里，由跑腿和兜售者组成的小社团已经开始继续工作了，他们堂而皇之地贩卖着海洛因和可卡因，对谋杀现场敬谢不敏。别克车又一次打亮尾灯，一个孤单的身影从一个街角里面跑了出来，探入驾驶座的位置。生意就是生意，戈尔德街的毒品生意不会因为任何人任何事就搁置下来，更不用说那个死在对街上的毒贩子了。

佩勒格利尼又敲了几下门，他走近门前听着里面发出的动静。从楼上传来了含糊不清的声音。警探慢慢呼了口气，又敲了敲门。旁边排屋二楼上，一个年轻女孩把头探了出来。

"嗨。"佩勒格利尼说，"我是警察。"

"啊哈。"

"你认识隔壁的凯瑟琳·汤普森吗？"

"是，我认识。"

"她在家吗？"

"我想在吧。"

沉重的敲门声再次响起，终于有了回应。楼上亮起了灯，一扇窗框被猛地向上推开，一个体格魁梧的中年女人——佩勒格利尼注意到她已穿戴整齐——把整个肩膀和头都探出窗台，狠狠地瞪着下面的佩勒格利尼。

"哪个龟孙子这种时候还敲我家的门？"

"汤普森女士？"

"干吗？"

"我是警察。"

"警——察？"

老天爷，佩勒格利尼想，一个穿着大衣的白人男性出现在午夜后的戈尔德街，他除了是警察还能是什么？他拿出警徽，对着窗边现了现。

"可不可以占用你一点时间谈一谈？"

"不，这不成，"她一字一句地说道，节奏单调乏味，声音大得可以传到对面的街道，"我可没什么好和你谈的。我正准备睡觉，你就敲我家的门。"

"你睡着了？"

"我可没说我睡着了。"

"我得和你谈谈这起枪击案。"

"唔，我可没什么好说的。"

"有人死了……"

"我知道。"

"我们正在调查。"

"所以呢？"

汤姆·佩勒格利尼很想看到这大婶被塞进警车，然后让车子开上那些坑坑洼洼的路段，一路颠簸回警局的样子，但他还是忍住了。他冷眼看着这位中年妇女，用一种单纯表示是厌倦了的简洁语调说完最后一句话：

"明天我会带着大陪审团的传票过来。"

"那你就把那该死的传票带来吧。都这个点了，你还叫我和你谈话，得了吧，我什么都不情愿干。"

佩勒格利尼从门廊上退下，转头看向警灯的蓝色光芒。殓车是一辆遮光黑窗的道奇厢式货车，它已经停在了路边；然而，就在此时此刻，街上没有一个孩子还关心它的存在，他们所有人都注视着街对面，看着那个中年妇女对一名警探清楚地表明立场：她绝无可能是一起毒品谋杀案的目击证人。

"这可是你的街坊啊。"

"是啊，可不是吗？"她说着关上了窗。

佩勒格利尼轻轻地摇了摇头，然后走回到街对面，刚好看见从殓车下来的几个人把尸体搬走。警探们在死者的夹克口袋里发现了一只腕表和一串钥匙，又从他的裤子后袋找到了身份证。死者姓纽森，名鲁多夫·迈克尔，男，黑色人种，出生于 1961 年 3 月 5 日，住址是艾伦戴尔街 2900 号。

朗兹曼脱下白色橡胶手套扔进阴沟，然后看向佩勒格利尼问道："有进展吗？"

"没有。"佩勒格利尼回答。

朗兹曼耸了耸肩："我很高兴是你来接这个案子。"

佩勒格利尼轮廓分明的脸上露出了皱巴巴的、短暂的笑容，上司对他说的这句话虽然形同安慰，但毕竟传达了对他的信任。汤姆·佩勒格利尼加入凶案组还不到两年，但已经被大多数人认为是杰·朗兹曼警司五人分队中最有干劲的一位了。就目前的情况而言，干劲至关重要，因为他们俩都知道，眼前这起巴尔的摩市 1988 年的第十三起凶杀案，这起发生在戈尔德街和爱丁大道之间的、在午夜轮班之后落到他们手里的凶杀案，是一起几乎不可能告破的案件——这起毒品凶杀案没有已知的目击证人，没有杀人动机，也没有嫌疑人。或许吧，在此时此刻的巴尔的摩还有一个人真正关心这起案件，但可惜的是，这个人正是被抬上担架的死者。这个清晨的晚些时候，鲁迪·纽森[1]的哥哥会在解剖室对面的尸体冷藏室门外确认尸体的身份，然而在此之后，这位男孩的家属就基本无法再向警方贡献什么了。早报不会对此起凶杀案做任何报道。鲁迪·纽森所在的那片街区，或者说那片位于戈尔德街和爱丁大道之间的类似于街区的地方，仍然会一如往日地开始它的一天。这就是西巴尔的摩。在这里，凶杀案夜以继日地发生

---

[1]　鲁迪是鲁多夫的简称。——译者

着；在这里，人们早已对凶杀案熟视无睹。

尽管上述所有都是事实，但这并不意味着朗兹曼的分队会对鲁迪·纽森谋杀案无动于衷。警局的生存有赖于其本身的数据，而一起凶杀案的告破——任何案件的告破——总是会为某个警探赢得一些法庭出席的曝光时间和几声叫好。但佩勒格利尼想要的可不仅仅是这些：他仍然是个想要证明自己的警探。无论每日的苦差事有多磨人，他都毫无怨言，并渴望积累更多的经验。朗兹曼曾眼睁睁地看着他对好几起无头凶案立案调查。拉菲耶特公共住宅区①中的格林凶杀案；还有发生在诺斯大道北面奥戴尔酒吧②外的枪击案——佩勒格利尼曾在其附近的荒废小巷中来回踱步，直到他从一堆垃圾里找到一颗.38口径的弹壳才算是给这起事件结了案。在朗兹曼看来，汤姆·佩勒格利尼这位已经做了十年警察的老兄有其神奇之处。他是在本市市长于民主党竞选告捷、成为州长候选第一人仅仅几周之后，从市政厅的安保岗位直接被调任为凶案组成员的。他的调任完完全全是政治任命，并由副局长亲自过问，仿佛州长本人把膏油倒在了佩勒格利尼的头上③。凶杀组里的所有人都认为这位新来的警探只需要大概三个月的时间就能证明自己是个彻头彻尾的废柴。

"好吧，"佩勒格利尼握着没有警车标识的雪佛兰车的方向盘说，"目前为止，一切都还不错。"

朗兹曼大笑了起来："这个案子破不了了，汤姆。"

佩勒格利尼瞪了朗兹曼一眼，朗兹曼当作没看见。雪佛兰开过一片又一片排屋贫民区，开下杜伊德山道，直到穿过马丁·路德·金大

---

① Lafayette Court project：位于西巴尔的摩，是巴尔的摩最大、犯罪率最高的贫民区，也被视为巴尔的摩都市颓败的象征。1995 年，市政决定把旧街区炸毁重新改造。——译者
② Odell's：1976 年开业，是巴尔的摩最著名的酒吧，因主人奥戴尔·布洛克去世及过多的犯罪问题而关闭，后于 2012 年重新开业。——译者
③ 源自《圣经》，有"（如奉圣意）选定、指定"的意思。——译者

道，开出巴尔的摩西区，来到市中心。清晨的市中心一片荒芜。寒风让人们躲在了家中，即便是霍华德街的条椅上也没有醉酒者。佩勒格利尼每次过红绿灯路口都会减慢车速，他在莱克星顿街和卡尔维特街交叉的红灯前停了下来，警局总部就在几个街区之外，他看到一个明显是异装癖的妓女孤独地站在街角的办公楼大门前，鬼鬼祟祟地冲着他们挥手。朗兹曼大笑了起来。佩勒格利尼始终不理解，为什么这座城市里的每一个妓女都不明白，一辆在屁股上拖着六英寸天线的雪佛兰车到底意味着什么。

"瞧瞧这个漂亮的婊子养的，"朗兹曼说，"我们逗他玩玩吧。"

雪佛兰缓缓开过交叉口，在路边停了下来。朗兹曼摇下副驾驶座的车窗。妓女的脸一下子僵硬了起来，这明显是张男人的脸。

"这位先生，你好。"

妓女冷漠而又愤怒地看向别处。

"喂，先生。"朗兹曼吼道。

"我可不是什么先生。"妓女边说边走回街角。

"先生，你有时间陪我吗？"

"操你自家的屁眼去吧。"

朗兹曼恶毒地大笑起来。佩勒格利尼早已对此习以为常。他的上司总会时不时地对那些重要人物说些古怪的话，而其结果便是他分队中的一半人都得替他赔罪，写上整整一星期的检讨报告。

"我觉得你伤害了他。"

"好吧，"朗兹曼仍在大笑，"我可不是故意的。"

几分钟之后，这两个男人把雪佛兰停在了总部车库第二层的一个停车位里。佩勒格利尼翻开那张记录着鲁迪·纽森案发现场各种细节的纸，在那页的底部写下停车位的序号和里程表上的英里数，然后又分别在这两个数字上打了一个圈。对于这座城市而言，谋杀案稀松平常且貌似不会受上帝谴责；然而，如果一位警员忘记在他的任务表上填写正确的英里数，或者忘记填写警车的停车位从而让下一位出警的同事花十五分钟在总部车库里上上下下走上好几回也搞不清楚他手中的那把钥匙到底是和哪辆雪佛兰相匹配的话，那么他肯定会受到上帝的谴责。

佩勒格利尼跟着朗兹曼穿过车库，通过一扇钢板隔离门来到二楼的走道。朗兹曼捶了电梯按钮一拳。

"不知道法勒泰齐在盖特豪斯大道发现了什么。"

"那是起凶杀案吗?"佩勒格利尼问。

"是吧。无线电里是这么说的。"

电梯缓慢地向上爬行，门打开了，两人来到一条和刚才类似的走道里。走道上铺着打了蜡的油毡，两侧的墙壁则像医院一样被漆成了蓝色。佩勒格利尼继续跟着他的上司穿过这条狭长的走道，他听见"金鱼缸"——那些让目击证人在被审讯之前休息的、用钢铁和厚玻璃搭建的房间——里传来了年轻女士们的轻微笑声。

万福马利亚。坐在这里的正是法勒泰齐的目击证人，她们所见证的凶杀案发生在城市的另一端——这是新年以来本市的第十四起凶杀案，是上天的安排才让这些还呼吸着的目击证人出现在了这里。至少我们分队今天晚上还有人撞上了点狗屎运，佩勒格利尼想。

随着两人穿越走道的脚步，"金鱼缸"里的声音渐渐消失了。佩勒格利尼刚要转身走入分队办公室，却又停下脚步往"金鱼缸"昏暗的侧门里望了一眼。他看到一支香烟散发着橙色的光，微弱的灯光勾勒出坐在门边的那位女子的线条。这是一张呆板的脸，轮廓分明，褐色皮肤，五官如花岗岩般一动不动，佩勒格利尼只能从她的眼里看到久经磨练的蔑视。这个女人还有一具魔鬼身材：大胸脯，细长腿，穿着黄色的迷你裙。要不是她显得过于高傲，早有人和她搭讪了。

女人发现佩勒格利尼瞄了她一眼，以为和警察套近乎的好机会来了，于是从"金鱼缸"里漫步出来，走到办公室的旁边，轻轻地敲了敲铁框，对他说道："我能打个电话吗？"

"你想和谁打电话？"

"我的司机。"

"现在可不行。要等到你审讯完。"

"可我的司机在等我。"

"我同事会送你回家的。"

"我已经在这里待了一个小时了。"她一边说着一边双腿交叉靠在墙上。这个女人长着一副卡车司机的样子，但她还是竭尽全力勾引着佩勒格利尼。他可不会上这个当。他看到朗兹曼在办公室的另一边邪恶地冲着他笑。

"我们会尽快的。"

她放弃了勾引佩勒格利尼的念想，走回到"金鱼缸"里，重新加入她的女朋友们，坐在了胶皮沙发上。她再次交叉双腿，点上了一根烟。

这位女子之所以在这里，是因为当法勒泰齐负责的凶杀案案发时，她很不幸地正身处盖特豪斯大道普尼尔住宅区的一个花园公寓里。在那里，一个名为加里顿·布朗的牙买加毒贩子招待了另一位名为罗伊·约翰森的老哥。双方先是克制地交谈了几句，接着便用抑扬顿挫的加勒比海口音吵了起来，并最终导致开枪。

就在警局调度室把佩勒格利尼和他的上司发配往戈尔德街几分钟之后，朗兹曼分队中那名为迪克·法勒泰齐的秃头矮脚老探员接到了报警电话。当他赶到案发现场时，他看到罗伊·约翰森早在公寓的客厅里死翘翘了，他的全身上下都是枪眼。这个公寓的主人加里顿·布朗胸口中了4枪，正在被送往大学医院抢救。房间的墙壁和家具上都是枪眼，.380自动机枪的弹壳撒了一地，而女人们则仍然歇斯底里地尖叫着。在接下来的五小时里，法勒泰齐和两位犯罪实验室技术员一直待在这个一团糟的公寓里，收集凶案所遗留的证据。

所以，这些被扣留在市中心警局的目击者们只好由朗兹曼和佩勒格利尼来处理了。刚开始时，他们的审讯是有理有据且有条不紊的；他们轮流工作，先是把每个目击者请到独立的办公室里，请她们填写一张登记表，然后再让她们在厚达几页纸的笔录上签下名字和日期。对于他们而言，这完全是日复一日的枯燥工作；就在过去的一年里，佩勒格利尼所盘问过的目击者或许就达几百号人，他们中的大多数都是骗子，即便有少数几个最终说了真话，也没有一个人是从一开始就愿意和警察配合的。

　　半小时后，愤怒的朗兹曼把四张纸厚的笔录扔在了地板上，并拍着桌子对那位穿着黄色迷你裙的女孩咆哮起来。在朗兹曼看来，这个女孩就是个丑陋至极、吸毒成瘾的大骗子。审讯由此急转直下，突然跨入更为激烈的第二阶段。身处办公大厅另一端的佩勒格利尼听到了那个办公室里发出的声音，他想，朗兹曼终于要动真格的了。

　　"你这个撒谎的婊子，"朗兹曼一边把办公室大门猛扇在橡皮塞上，一边怒吼道，"你觉得我是个傻子吗？操你妈的，你觉得我是个傻子吗？"

　　"我哪里有撒谎了？"

　　"给我滚出去。你会被指控的。"

　　"指控我什么？"

　　朗兹曼的脸被愤怒扭曲了。

　　"你觉得我是在吓唬你吗？你是这么想的吗？"

　　女孩沉默不语。

　　"你会被指控的，你这个撒谎的贱货。"

　　"我没有撒谎。"

　　"操你妈。我会指控你的。"

　　这位警司朝审讯室指了指，女孩走进这个狭小的房间，一屁股坐在椅子上，抬起双脚，跷在了福米加塑料贴面的桌子上。迷你裙已经从她的腰际滑了下来，她里面什么都没穿，不过朗兹曼显然没心情过眼瘾。他让审讯室的门虚掩着，然后对分队办公室另一边的佩勒格利尼大吼道："给这婊子做中子活化。"

朗兹曼关上了小审讯室的隔音门，且让女孩去想象自己接下来将遭到怎样的虐待。中子活化测试其实只需要拿仪器往测试者手上擦拭一下，它丝毫不会产生痛苦，仅仅是为了看看测试者的手上是否还残留钡和锑，如果是那样的话，那此人之前肯定开过枪。但朗兹曼可不会告诉女孩真相，他会让她备受煎熬，让她以为自己正在这个小方间里被核辐射照射着，直到身体变异爆炸。他再一次用手掌猛击了钢铁门，对房间里的女孩强调事态的严重性，然后走回到办公大厅里。挂在他脸上的愤怒霎时消失了。这不过是一出表演而已——朗兹曼的特长之一——他的表演如此热烈真诚，你真的很难说他和黄色迷你裙女孩之间，到底哪位才是真正的撒谎高手。

佩勒格利尼刚刚走出咖啡间，关上门和朗兹曼说话。

"你那位说什么了吗?"

"她说她没看见，"佩勒格利尼说，"但她说你那位知道发生了什么。"

"操他妈的，我就知道她在撒谎。"

"那你能拿她怎么着?"

"给你那位做笔录，"朗兹曼从他下属那里要来了一支烟，说道，"我会把我这位好好晾一会，然后再去操她。"

佩勒格利尼回到咖啡间，朗兹曼一屁股坐在了椅子上。烟灰从他的嘴角飘落了下来。

"操他妈的，"杰·朗兹曼自言自语道，"我可没有傻到一晚吞下两个无头案。"

于是，这出毫无优雅可言的夜间芭蕾舞曲仍要继续——黯淡的日光灯下，一个个目击者起身，和自己同伴擦身而过，在身心疲惫、面无表情的警探的陪同下走入独立审讯室。他们一只手里举着黑咖啡，另一只手里则捧着足够多的空白笔录纸，准备记录下这些女孩真假参半的言语。他们手里的笔录渐渐增多，他们一再和目击者核对，然后让她们签下姓名首字母或全名；他们面前的塑料咖啡杯空了又斟上，他们会给目击者点上那么一两支烟，以期换来半句实话。然后，两位探员再次在分队办公室里聚头，互相比对笔录，判断这些女孩中的哪一位是在撒谎，哪一位撒了更多的谎，哪一位撒了最多的谎。一小时过去了。法勒泰齐终于在去过案发现场和医院后回来了。据他说，那一夜的警局中还有一位诚实的目击者——当时，这个女人正走过公寓外的停车场，刚好看到两个枪杀犯的其中之一走入公寓，并认出了他。最开始的时候，在案发现场，她的确是这么对法勒泰齐说的，但她很快就意识到揭露一场贩毒凶杀案会对自己造成的伤害，于是便想翻供。法勒泰齐在盘问了她之后便让人把她立刻送往警局，他的同事刻意让她和"金鱼缸"里的、住在公寓内的目击者保持距离。对她的审讯一直要到法勒泰齐从盖特豪斯大道回来后才由朗兹曼和法勒泰齐本人执行。当两位探员向她提出出庭作证的要求时，她剧烈地颤抖了起来。

"我做不到。"她哭着说。

"你没有选择。"

"我还有孩子……"

"我们可以保证你的安全。"

朗兹曼和法勒泰齐走出办公室，在过道里低声商量起来。

"她被吓怕了。"朗兹曼说。

"可不是吗。"

"我们不能给她机会退缩了，必须让她明天一早就出庭。"

"我们也得让她和其他人保持距离。"法勒泰齐指了指"金鱼缸"里的目击者们，"我不想让她们中的任何一个看到她。"

那天早晨，警方便掌握了跑路凶手的绰号和大致外貌。那一周周末之前，他们终于确定了他的全名、身份证号码、头像照以及他在北卡罗来纳州亲戚的地址——他正藏身于此。又过了一个多星期，这个男孩便被警方带回到了巴尔的摩，并被起诉一级谋杀和非法私藏武器。

罗伊·约翰森谋杀案简单得让人触目惊心，一切皆因野蛮残暴。凶手的名字叫做斯坦利·格文，是一个十八岁的圆脸少年。他是约翰森的保镖，后者则是纽约的一个可卡因毒贩。他给自己忠实的保镖配了一把英格拉姆 Mac‐11 380 机枪。约翰森之所以会去盖特豪斯大道的公寓找加里顿·布朗，是因为后者欠了他买可卡因的钱。布朗不愿意付钱，双方起初还在交涉谈判，但格文举起了英格拉姆扫射了起来，这把机枪一秒钟就能射六发子弹。

这完全是一个青少年强迫性的拙劣行为。他早就被加里顿·布朗看穿，后者有足够的时间拽住罗伊·约翰森把他当成挡箭牌。等到斯坦利·格文意识到自己到底在做什么的时候，他早就已经把自己本应保护的大哥射得稀巴烂了。他本想射杀的目标人物加里顿·布朗只被四颗子弹击中，它们是穿透了约翰森的身体再进入他体内的。布朗倒在了血泊里，却没有死。而斯坦利·格文——在被逮捕归案之后，他经过上诉，最终接受了二级谋杀罪名，并被判入狱二十五年——则慌乱地逃离了公寓。

早晨 6 点半，当值早班的警探来到警局为那些夜班同事带来解脱时，这起编号 H88014 的罗伊·约翰森谋杀案的卷宗已经整齐地躺在警督办公桌上的马尼拉纸文件夹里了。一小时之后，迪克·法勒泰齐回到家匆匆地洗了一个澡，他马上要赶回警局参加对约翰森的解剖验尸。而朗兹曼则于早晨八点躺在了自家的床上。

可是，当阳光和清晨上班高峰期的声音渗入警局六楼的窗户时，H88013——戈尔德街和爱丁大道街口的凶杀案——的零碎什物仍杂陈在汤姆·佩勒格利尼的面前。他像是一个靠咖啡维系生命的幽灵，双眼空洞地看着摊在桌上的报案记录、补充资料、证据递交纸条和鲁多夫·纽森的尸体监护及指纹记录。就在刚刚过去的那一夜，如果他早十五分钟或晚十五分钟接到电台派遣命令，他都有可能前往盖特豪斯大道。在那里，他会遇到一个仍然存活的受害者和一群活蹦乱跳的目击证人，他们都愿意交代这起凶杀案，这意味着他的告破率又可以更上一层楼。可惜的是，他被派往了戈尔德街和爱丁大道，他得到的只是一具二十六岁的尸体，除了他那错愕、茫然的双眼之外，毫无其他线索可言。真是走了狗屎运了。

在朗兹曼离开之后，佩勒格利尼又花了十个小时收拾这场灾难的边角料——他把案头文书整理了一下，给一位助理州检察官打了一通电话，让他传唤那个叫做汤普森的女人，然后又向警局地下室的证据监护部递交了死者遗物。那个早上的晚些时间，凶案组接到了一个西区巡逻警员的电话，说前晚的值班巡警逮捕了一个贩毒的街角男孩，他声称自己知道戈尔德街的凶杀案。男孩貌似愿意用一些内幕换取低廉的保释金。佩勒格利尼喝完第五杯咖啡，然后赶往西区警局给男孩做了一个简短的证词。他说在听到枪声之后，他看见三个人向北跑过戈尔德街。他认识三人之一，但只知道那个人叫乔——这个证词既可谓明确，又是模糊不清的，它既和案发现场的真实情况相符，却也不能为警探提供什么有用的线索。佩勒格利尼甚至怀疑当凶案发生时，男孩到底在不在现场。或许吧，他只不过是在拘留所里听说了戈尔德街的谋杀案，然后竭尽全力据此编造了证词，想要快点把自己保释出来。

佩勒格利尼回到凶案组，把他从男孩那边取得的证词笔录塞入H88013的文件夹里，然后走到警督办公室，把这个文件夹放到罗伊·约翰森谋杀案文件夹的下方。警督的轮值时间是早上 8 点到下午 4 点，他现在已经离开了。等他回来时，他会先看到约翰森的卷宗，再看到纽森的卷宗。先是好消息，然后才是坏消息。接着，佩勒格利尼把雪佛兰警车的钥匙交给下午 4 点到午夜 12 点轮值的同事。他终于可以回家了。当时的时间刚过晚上 7 点。

四个小时后，他又回到警局，开始新一轮的午夜轮值。他像一头苍蝇，盘旋在咖啡机的周围。他刚端着一满杯咖啡回到分队办公室里，朗兹曼就开始对他打俏了。

"嘿，菲丽斯。"警司说道。

"嘿，长官。"

"你那案子玩完了，不是吗?"

"我那案子?"

"是啊。"

"你指的是哪个?"

"新的那个，"朗兹曼说，"戈尔德街那个。"

"可不见得，"佩勒格利尼一字一句地说，"我已经准备要申请逮捕令了。"

"是吗?"

"还骗你不成。"

"有意思。"朗兹曼一边对电视屏幕吐着香烟一边说道。

"不过我还有个麻烦。"

"你说。"警司的脸上露出了笑容。

"我不知道向谁发逮捕令。"

朗兹曼大笑起来，直到香烟呛得他咳嗽不止。

"不要担心，汤姆。"他终于停止咳嗽，说道，"你总会破了它的。"

这就是他们的工作:

你身处这十层警局大楼的第六层，你坐在政府配发的金属办公桌前。这个空间就好比一个闪闪发光、钢制框架的死亡陷阱，通风设备极差，空调故障频出，封闭环境里漂浮的石棉足以为魔鬼大人填充一整件连衣裤。你吃着从伊克斯特街马克斯餐厅买来的两块五特价披萨和意大利冷三明治配热饮，看着十九英寸公共电视上重播的《夏威夷特警组》，还别提电视机的支架有点倾斜了。你只会在电话咩咩叫了两三声之后才会接起它，因为巴尔的摩警局为了节省开支弃用了AT&T公司的设备，而现今的新设备只会发出像羊叫一般的声音。如果电话那头是警局调度员，你就会在便笺纸或三厘米见长、五厘米见宽的二手当铺登记卡片的背面记下地址、时间和调度员的编号。

　　然后，你请求自己的同事，或和他做个交易，从他手里拿到六辆未标记雪佛兰车其中一辆的钥匙。你拿上枪，带上笔记本、手电筒和一对白色橡胶手套，赶到正确的地址。在大多数情况下，你会在那里碰到一位制服警，他正照看着一具正在失去体温的尸体。

　　你看着这具尸体。你看着它，好像它是一件抽象的艺术作品。你从每个可行的角度看着它，仿佛在思索它的深层含义和结构质地。你问你自己，为什么这具尸体在这里？艺术家遗漏了什么？表达了什么？他在思考什么？你看着这整幅画面，问自己：这儿他妈的到底发生了什么？

　　你寻找着缘由。吸毒过量？心脏病突发？枪伤？刀伤？左手上的是防卫伤吗？身上有珠宝吗？有钱包吗？口袋被翻出来了吗？尸体僵硬没？上面有尸斑没？为什么会有一条朝尸体反方向的血迹？

　　你退后几步，观察现场的四周，你想知道这里是否还有残留的子弹、弹壳和血滴。你让制服警询问附近的民宅和商店，或者，如果你想让这事有点效果的话，你还是得亲自一一敲别人的大门，提出那些制服警可能根本不会想到的问题。

　　接着，是该动用你武器库里所有装备的时候了。你希望这些玩意儿里总有一些——无论它是哪个——能起到作用。犯罪实验室的技术人员会整理武器、子弹和弹壳，用以比对弹道。如果你负责的案件发生在室内，那么他们还会从门、门把手、家具和器皿上收集指纹。你检查尸体和他周遭的环境，你或许能从中找到一些散落的毛发或纤维，虽然可能性很小，但如果你足够好运的话，微量物证实验室时不时地能对破案起到关键作用。你再次观察周遭，有什么和整体环境不相符的东西吗？如果有什么东西——比如说一个松散的枕头、一个丢弃的啤酒罐——惹了你的眼，那么你也可以让技术人员把它列入物证保留。然后，你让技术人员丈量关键空间位置，从每个可行的角度拍摄现场照片。而你自己则会在笔记本上草草画下现场，用一个粗糙的火柴人形替代死者，并记下每件家具的原初位置和每个被找到的物证。

我们假设最初到达现场的制服警够聪明，他把所有可见范围内的人都留了下来并送往警局，那么等你回到办公室时，就要充分发挥你的街头智慧，和这些看到尸体的人玩起捕风捉影的游戏。你还要对另外一些人动用街头智慧：他们有的认识死者，有的租房给死者，有的是死者的老板，有的和死者上过床、打过架、吸过毒。你问你自己，他们是在说谎吗？他们当然在说谎。说谎是人的天性。他们说的谎比他们平日说的更多吗？很有可能。那么，他们说的那些半真半假的话和你从犯罪现场所了解的相匹配吗？还是完全就是扯淡？你应该先对哪位大吼？你对哪位大吼的音量应该最大？如果你威胁起诉谋杀从犯的话，他们中的哪一个又会吃这套？你又要对哪个威胁说他要不做证人要不就做嫌疑犯？你还要为哪个提供台阶下——也就是所谓的"出口"——好吧，这个可怜的杂种本就该死，任何在他那圈子里的人都有可能杀了他，他们杀他只是因为他挑衅了他们，他们本不想这么做但结果擦枪走火了，抑或仅仅是正当防卫。

如果一切还算顺利的话，那一夜，你就可以把某人拘留下来了。如果一切不那么顺利的话，那么你就把现已所知的一切铭记在心，然后朝着最有希望的方向前进。你可能还会找到一些证据，你把它们拼凑在一起，祈祷灵光乍现。如果你的脑海仍然空空如也，那么你得再等几个星期。实验室的结果出来了，幸运的话，他们通过弹道比对、纤维或精液定位了你想找的人。如果连实验室都束手无策的话，那么你只好等电话铃声响起了。好吧，电话铃声没有响起，你可以寻死去了。你回到自己的办公桌，电话那头传来派遣员的又一通电话，你迟早会被派去面对下一具尸体。这个城市每年都会发生二百四十起谋杀案，你总会有下一具尸体的。

那些电视剧给予我们的只是神话，里面的警察火速追击凶犯，展开生死时速般的搏击，但这一切都不是真的；如果那样的事真的发生了，雪佛兰车还没开出几个街区就会抛锚，你就要填写一份 95 表格①，毕恭毕敬地向你的上司汇报为什么你让这辆公家的四缸发动机烂车提前报废了。现实世界里也没有近身搏斗或火拼追逐：在你还是巡逻警的时候，这事或许还真发生过，你有可能"将在外军令有所不受"，一拳击倒过犯罪分子；你有可能在犯罪分子持械抢劫加油站时冒着生命危险和他们对峙射击过一两轮；但所有这些随着你坐进办公室而成为过往云烟。凶案组的警探只会在案发之后才会来到现场，而当他离开办公室时，还得提醒自己带上那把平日放在右边抽屉里的 .38 手枪。警探，你这个具有神秘观察能力的科学奇才，你是多么希望当你蹲下身子检查沾满血污的地毯时，会发现一簇红棕色的高加索人种毛发，然后在一座装潢考究的豪宅里找到你的嫌疑犯，于是宣布你的案子业已告破啊。如果是那样的话，正义就会得到完美的伸张咯。可惜的是，正义从来就不会被完美地伸张，而巴尔的摩几乎没有装潢考究的豪宅；即便有那么几个，那些最好的凶案组警探也都会告诉你，他们残存的尊严之所以还能得以保留，十有八九是因为凶手不

---

① 即根据美国《联邦侵权索赔条例》，公务员、警察及军人等填写的汇报公共财产损伤、人身伤害及死亡的表格。——译者

够干练，或至少犯了错，而不是因为你的天分。

在很多情况下，凶手都会被人看见，他们甚至会对别人吹嘘自己杀过人。你会对此感到惊奇，很多凶手——特别是那些对犯罪法律不熟悉的——会在审讯室里经受不住旁敲侧击而因此招供了。在有些情况下，Printrak 指纹鉴定电脑会把从杯子或刀柄上取得的指纹和它其中的某个指纹记录比对到一起。虽然这样的好事发生概率很小，但大多数警探还是会借力于实验室。一位好警探会前往犯罪现场，收集现有的证据，找准确的人了解情况，然后，如果他好运的话，就会发现凶手最致命的错误。这个过程貌似平淡无奇，但其实也需要足够的智慧和本能判断力。

如果案件的真相终告拼凑完成，那么你就会为某位不幸的公民戴上镣铐，让一辆囚车把他送往早已人满为患的巴尔的摩市拘留所。他会在那里坐等审判开庭，而这通常会推迟八到九个月，或至少要等你的证人更换住址多达两三次之后。接着，一位助理州检察官会打通你的电话。他基本不会有什么好脾气，因为他是个想尽一切办法让自己的定罪率维持在水平线之上，并期望日后能在一个优秀的刑法事务所找到个职位的人儿。他会抱怨他是踩了狗屎才接了你这案子。他会告诉你，这是他起诉过的证据最薄弱的凶杀案，他甚至难以相信这是出于大陪审团的合理判断。然后，他会请你死马当活马医，让你联系证人，把他们带到他那里做庭审前的对证，因为星期一马上就要开庭了。当然，如果他能说服辩护律师接受大约缓刑五年的故意谋杀罪，那么一切就省事多了。

如果这个案子没有发生认罪协商、没有被驳回，也没有被记在诉讼事件表里等待不知何时才会开始的庭审；如果出于命运的捉弄，它终而迎来了陪审团审讯，那么你就有机会坐在证人席里，在宣誓之后读出你所了解的案件真相——对你而言，这便好比天光乍现。不过，这一刻是如此短暂，上述提到的辩护律师会马上站起身来指责你。在最坏的情况下，他会说你做了伪证导致了一场大冤案；在最好的情况下，他还是会说你办案粗心大意因此真正的凶手现今仍在逍遥法外。好坏其实差不了多少。

在双方就案件细节经过一系列吵闹的争执之后，由十二位男女组成的陪审团会被请入一个房间，而他们之间则会展开新一轮的喧闹争论。这些人是由电脑从登记选民中随机选取的，而他们全部来自这座受教育率最低的美国城市。必须得说，各执己见从而导致一致裁决流产是这些人的本能冲动。而如果这些幸福的人儿能够克服这一冲动，那么被告的谋杀罪则终于被坐实了。然后，如果助理州检察官还有点良心的话，你便可以前往位于莱克星顿街和古伊尔弗特街口上的雪儿酒吧，他会请你喝一杯国产的啤酒。

你一口干掉这杯啤酒，因为在这个拥有三千个宣过誓、发誓和犯罪分子不共戴天的灵魂的警局里，你是其中最特殊的三十六位之一。你所负责的是人类最离奇的罪恶行为：对他人性命的窃取。你替死者代言。你替离世者报仇。你的工资来自国库，然而，操他妈的，当你灌下六杯啤酒之后，你已然彻头彻尾地相信，自己其实是上帝在现世的代理人。如果你的办案能力不够强，那么在一两年之内，你就会被调到走道另一边的逃犯组、汽车盗窃组或诈骗组工作。如果你的能力够强，那么你一辈子都会是这一至关重要的警种。凶案组是警局的核心，是人人关注的秀场。有史以来，它便是如此。当该隐把亚伯杀死时，上帝不会派一群乳臭未干的制服警前往现场并捣腾出检控报告来。操他妈的，他肯定不会这么做，他会把操蛋的警探派往现场。这便是世事运转的规律。因为无论是哪座城市的警局，只有那里的凶案组才世世代代诞生着那一罕见的族类——思考的警探。

切勿以为你修得了学位、受过了特殊训练或读过很多专业书目便可以成为一位合格的凶案组警探，因为当你无法读懂街头时，世上的所有理论都是无用的。不过，即便你能读懂街头也是远远不够的。每片排屋的辖区警署里都有一群老去的巡逻警，他们所知和凶案组警探并无二致，但他们的一生都是在破旧的、装有无线电的警车里度过的。他们只会按八小时工作制工作，他们也会思考一起案件，但这仅限于他的同事回到警署替换他轮值之前。一个好警探是从一个好巡逻警开始做起的。当你还是巡逻警时，你会清理街角的贩毒窝点，随时停车搜身毒贩，介入他人的家庭纠纷，检查仓库的后门……你多年致力于这些琐碎的事件，以至于对城市生活了如指掌。在你成为凶案组成员之前，你还要经过便衣警的锤炼。你会在盗窃组、缉毒组或汽车盗窃组工作多年，直到你明了监控的意义，懂得怎样利用线人而不被线人反利用，并通晓怎样写作通畅的搜查令与逮捕令。当然，你要接受特殊训练。你会学习法医、病理学、犯罪法、指纹学、纤维分析学、血型学、弹道比对学及 DNA 遗传密码学。一位好警探还需对警局的现存数据库——逮捕记录、监禁记录、武器登记、机动车辆信息——足够了解，你必须对搜索信息信手拈来，好比你是半个专业的电脑从业人员。然而，即便你满足了上述所有条件，你还是无法确保成为一位好警探。警察工作并不意味着外在的行动，它有赖于内在的思考与本能判断，而好警探便拥有这些本能。每个好警探的内心都是一具精确的仪器——它是一个指南针，能让他在最短的时间内把一具尸体和一个鲜活的嫌疑犯联系在一起；它是一个陀螺仪，能让他在最猛烈的暴风雨中保持平衡。

在巴尔的摩的凶案组，如果你是一位主责警探的话，你一年便要处理九到十起凶杀案；如果你是一位警探副手的话，你一年也要负责六起。FBI 的指导方针声称，一半的工作量才能保证你们的最佳状态，但那不可能。你还要负责五六十起严重枪伤、利刃伤和钝物伤。只要一个人的死亡还未能用年老或医疗状况解释之前，你都必须对它们担负责任。吸毒过量、突然死亡、自杀、意外跌落、溺水、婴儿早逝、变态情欲导致的窒息——所有这些都归你管，可与此同时，你的办公桌上还躺着三份凶案的卷宗有待破解。在巴尔的摩，所有和警察开火相关的调查都不是由内务部负责的，它们也归凶案组管；如果那样的事情发生了，一位警司和他的下属分队会被命令调查，他们得在翌日清晨之前，把详细的调查报告交到警局高层和州检察官的办公桌上。如果某位警察、检察官或公务员受到生命威胁，凶案组得派人保护；如果目击证人有受到威胁的可能性，他们也得负责。

这还没完。凶案组有能力调查并汇报任何事件，这便意味着当某些政治敏感的事情发生时，他们很有可能也要担当起责任：城市公共游泳池发生了溺水事件，政府有可能要担当民事责任；市长幕僚被人长期电话骚扰；州议员古怪地声称自己被身在暗处的敌人绑架了，他们对此做了长期的调查。巴尔的摩有一条不成文的规定——如果某事看上去像坨屎，闻上去像坨屎，吃起来还是像坨屎的话，那么就让凶案组吞下去吧。警局总部的食物链要求它这么做。

且让我们想象一下：

凶案组总共有十八位警司和警探，分成两组轮班倒，他们受令于两位长期身陷水火炼狱的警督，而后者又对统管侵犯他人人身权利罪科的警监负责。这位希望能拿到警长级别退休工资的警监不希望得罪统管刑事侦缉部的总警监。这不仅仅是因为这位总警监受人爱戴、头脑聪明、黑色皮肤，也不仅仅是因为他有可能升迁到副警察局长的位置，或许还能在官僚系统里爬得更高——因为这个城市刚刚选出了一位黑人市长，而它的主要构成人种也是黑人，尽管他们都不怎么关心警局，也对警局没什么信心，但他们还是偏爱黑皮肤的人儿。这位总警监之所以得罪不起，还是因为只要有什么事惹他不高兴了，他都可以坐上电梯，很快来到耶和华本尊面前——那位名为罗纳德·J.穆伦的执行副局长，他像一个巨人一般蹲坐在巴尔的摩警局的巅峰之上，要求在任何事件发生五分钟之内得到必要的汇报。

警局的中层把副局长戏称为"穆伦——伟大的白人"。这位节节晋升的副局长刚开始时只是西南区的巡逻警。他才做了一阵子巡逻警，然后便开始走了大运，直通警局八楼。他在这里成了警局的二把手，并已任职长达十年之久了。他以做事小心、机敏的政治嗅觉和天才的管理能力而著称，这让他的地位无法被挑战。但他也始终无法成为一把手。谁让他是个白人呢？这可是座黑人的城市。结果，这个警局的一把手宝座换了一位又一位，而罗纳德·穆伦雷打不动，掌握着人来人往中的丑陋秘密。警局食物链中高于警司的每一环都会告诉你，副局长对警局里发生的大多数事情都了如指掌，即便他不知道，他也能猜出个大概来。他只要往下打一通电话，就可以让那些他不了解或猜不到的事情变成一叠备忘录，并于午餐之前送到他的办公桌上。因此，在无论是哪个分区的街头警察看来，穆伦副局长都是他们的眼中钉；可在爱德华·J. 迪尔曼局长看来，他就是个无价之宝。迪尔曼是位年华已逝的老警察了，他花了整整三十年才整合了足够多的政治筹码，逼迫本市市长任命他为任期五年的局长。而在一党强势的巴尔的摩，市政厅的市长办公室则是天赐的权力巅峰。这个强权的宝座现今由库特·L. 史莫克占据着。他是位毕业于耶鲁大学的黑人，而他之所以会坐在这里，完全是因为这是个民主党占绝对优势的黑人城市。当然了，警察局长如果还想活下去的话，那他首先要想尽方法满足市长的需求：只有当警局不给他造成尴尬或丑闻的情况下，他才有可能连任市长宝座；其次，局长得以市长觉得合适的方式服务于他；最后才是为了公共利益和犯罪分子搏斗。这三件事的重要性是依次递减的。

我们的凶案组警探就蹲在这权力金字塔的最底端。他默默无闻地工作着，成天面对被钝物锤死的妓女或被射成筛子的毒贩。直到某一天，电话响了两声，他来到现场，发现躺在地上的是一位十一岁的少女、一位全市闻名的运动员、一位退休的神父，或一位从别的州来到这儿旅游、脖子上还挂着尼康相机的游客。

"红球"案件①出现。事关重大的谋杀案发生了。

在这个城市，警探的生存是和这些屎烂摊子相联系的，这些案子才会让他们明白谁才是这座城市的主宰者，而他们又想从警局得到点什么。1986年的夏天，当莱克星顿街的排屋区爆发毒贩战争，尸体横陈整条街道时，他们没有一个人关心；而现在，警长、警监、副局长们全部把头伸了过来，靠在了这位正在检查指纹的警探肩上。副局长要事件概要。市长要跟踪事件。11频道的记者正在二号线等待回应。《巴尔的摩太阳报》的一个狗杂种正在电话那头等朗兹曼。这个负责案件的佩勒格利尼是干吗的？他是个新人吗？我们能信任他吗？他知道自己在干什么吗？你不需要更多的人手吗？不需要加班吗？你应该知道这个案件是当前的首要任务吧，是吗？

1987年，当两位停车场员工于清晨4点在内港——这片闪闪发光的、正在开发的水域是巴尔的摩的未来——的柏悦酒店车库被谋杀时，那天中午刚过不久，马里兰州州长就在对本市警局局长咆哮了。威廉·唐纳德·西弗尔是个没有耐心的人，他擅长表演情绪稍纵即变、张牙舞爪的戏码，他也通常被认为是这个国家最烦恼的州长。他之所以能成为马里兰州的州长，在很大程度上是因为他在重振内港这一富有象征意义的区域中所推出的举措。西弗尔的电话很简短，但他说得很明白：没有他的允许，内港不能死一条人命；而现在发生的凶案必须在第一时间解决——事实上，凶案组也的确在第一时间破了此案。

红球案件意味着一天要工作二十个小时，并无休止地向整个指挥系统报告；它会被重点关照，负责此案的警探不再按照日常轮值上班，而其他案件则会被无限期地搁置在一边。如果他们终于逮捕了嫌疑犯，那么警探、警探的警司和警司的轮值警督就都可以松一口气

---

① Red ball，警察术语，指那些会引起政治及媒体广泛关注的案件。——译者

了：他们知道，他们的警长不会再被警监骂了；警监也放心了，因为他不会再被副局长骂了；而副局长则会立马举起电话拨通市政厅的号码，抹着额头的汗水告诉市长，这座港口城市终于又恢复平静了。当然，这只是下一起红球案件发生之前暂时的平静。然而，如果红球案件无法被侦破，那么这官僚系统的动力则会向反方向运动。警监猛踢警长的屁股，警长猛踢警督的屁股，而警督则会把所有愤懑都发泄在警探和他们分队的警司头上。于是，他们只好用汇报文件遮住自己的头，解释为什么某个警监以为的嫌疑人做了前后不符的证词却没有得到进一步的审问，为什么某个脑残线人提供的线索根本没用，为什么技术人员没有抬起他们的屁股收集现场的指纹。

如果一个凶案组警探想要生存下去，那么他必须学会像吉普赛人阅读茶叶一样读懂这个官僚指挥系统。当上级有问题时，他不可以无言以对。当他们希望把某人送上绞刑架时，他会准备一份恰合其意的报告，让他们以为他是每天抱着警局的指挥原则睡觉的。如果他们只需要一个草率的答案以了事，那么他也会学着让自己消失。如果一个警探在历经多次红球案件之后还能倔强地生存下去，那么警局就会对他的智慧略加褒奖，然后放过他，让他回到日常工作里去，继续接电话、看尸体。

他所见之物可多了。被木棍和棒球棍打烂的尸体；被拆轮胎棒和煤砖敲烂的尸体；被利刃捅破、口子还在淌血的尸体；被近距离枪击，因此弹壳深埋在伤口之内导致创口大开的尸体；躺在公共住宅楼梯井上的尸体，他们的前臂还扎着针，脸上露出可悲的祥和表情；从海港海岸线上拉回来的浮尸，不情愿离去的青蟹还钳着他们的手脚；在地下室的尸体；在小巷里的尸体；躺在床上的尸体；蜷在挂着其他州车牌的克莱勒斯车里的尸体；躺在大学医院急救室轮床上的尸体，躯干上仍插满导管，仿佛这些医疗器械还以为此人有救；从阳台、屋顶、集装箱起重机上掉下来的尸体，或尸体的碎片；被重机械碾碎的尸体；因一氧化碳窒息的尸体；被一双运动袜吊死在中心市区拘留所的尸体；躺在四周布满洋娃娃的婴儿床上的尸体；沉睡在痛哭母亲怀里的孩子尸体，这些母亲仍然不明白为什么她们的孩子会停止呼吸。

　　在冬天，警探会站在泥水里，并闻到一股熟悉的气味。他看着消防人员撬开覆盖在孩子尸体上的砖瓦，在这间卧室里，暖气设备的短路导致了不幸的死亡。在夏天，他站在没有窗户、通风系统败坏的三楼公寓里，看着法医搬离八十六岁退休老人的尸体。他已去世多日，尸体早已膨胀，要不是他的邻居再也受不了他所发出的臭味，他仍将继续躺在这个公寓的床上。法医把这具可怜的尸体推出门外，他本能地往后退，他知道这具尸体已经腐败，随时都有可能炸开；他也知道在接下来的一整天里，他都会在自己的大衣和头发上闻到那股尸臭。春日乍暖还寒的时候，他便见到了第一具溺水的尸体；七月的酷暑刚刚降临，他便在酒吧里看到躺了一整地的尸体，他们生前火并互射，仿佛是为了庆祝夏日的到来；早秋来临，树叶变黄，学校开学，他总是会去西南区的学校、克利夫顿湖区的学校或其他高中拜访几天，那里十七岁的天才少年带着装满子弹的.357手枪上课，然后在教职工的停车场里射掉了另一位同学的手指，以此来宣告开学第一天的终结。在他职业生涯的每一年，他总会有很多早晨是在佩恩街和隆巴德街口的法医办公室地下室度过的，在那个倾斜的房间里，训练有素的病理学家会解剖死者的尸体。

　　他对每一具尸体都是公平的。他给予他们他所能给的，不多也不少。他小心翼翼地按需支出自己的精力和情感，然后合上文件夹，等待下一个电话。一个好警探到底意味着什么？意味着当他历经多年风霜，接过无数电话、看过无数尸体、侦查过无数现场、审问过无数犯人之后，在他接起下一个电话的时刻，心中仍保存着那份倔强而无法动摇的信念——只要他把自己的工作做好，真相总是会被揭穿。

　　这就是凶案组警探：一个持之以恒的人。

1 月 18 日，星期一

"大人物"坐在椅子上，他背靠在分离凶案组和盗窃组的绿色钢制隔离板上，透过墙角的窗户无精打采地望着城市的天际线。他左手握着一个球形玻璃杯，里面盛着从办公室咖啡壶里倒出来的褐色液体。他面前的桌上放着一本厚厚的红色活页夹，第一页标记着H8152。他转身背过窗户，恶狠狠地盯着这个活页夹。他仿佛觉得活页夹正在恶眼相报。

现在正是下午 4 点至午夜 12 点的轮值时间。唐纳德·沃尔登——绰号"大人物""大狗熊"，美国现存唯一的天才警探——刚刚过了一个漫长的周末回到岗位上。看样子，这个周末并没有改变他的脾气。他所在分队的其他人都感觉到了这一点，因此对他敬而远之。他们把咖啡休息室让给了他，只会在需要咖啡时才闯进去。

"嘿，唐纳德，"特里·麦克拉尼边倒咖啡边说，"这个周末怎么样？"

沃尔登对他的上司耸了耸肩。

"你没去哪儿玩吗？"

"没有。"沃尔登说。

"好吧。"麦克拉尼说，"闲聊到此为止。"

是梦露街的枪杀案让他变成了这样。他呆坐在咖啡休息室的桌边，像一艘搁浅了的铁皮底座战舰，它等待着潮水的到来，可惜的是，潮水再也不会来了。

现在案件发生已经过去五周了。沃尔登一无进展，他和案件谜底之间的距离，仍和五周之前一样遥远。那天早晨，约翰·兰多夫·斯科特死在了位于西巴尔的摩梦露街的小巷边上。直至今日，这起案件仍然是警局的首要任务。沃尔登和他搭档写的报告不但会像其他案件一样送到他的警司和警督手里，而且还会上报到执行警督和统管侵犯他人人身权利罪科的警监那里。这些报告的旅行并不会就此停止。它们又会被送到走道另一边的总警监和两层楼上的穆伦副局长那里。

报告显示，案件毫无进展可言。每一个下属都能从自己上级的口气中感觉到一丝惶恐。唐纳德·沃尔登甚至能感觉到弥漫在整个警局指挥系统中的躁动不安。在沃尔登看来，梦露街的案子是个炸药包。一旦某个社会活动家或传道士抓住了这个案件的把柄，并以此用种族主义、警察暴力或政治黑幕的说辞来做文章的话，只要他发出的声音够大够久，市长或局长肯定会让负责此案的警探引咎辞职的。沃尔登只是奇怪为什么这事还没发生。

沃尔登朝西看着咖啡室外的天光。天色渐暗，粉橙色的太阳正在往天际下沉。他喝完了第一杯咖啡，斜靠在钢制栏杆上，从米褐色大衣里抽出了一支雪茄。他抽的是黑森林牌的，每个 7 - 11 便利店都有卖这种廉价的黑烟丝雪茄。

在刺鼻的雪茄烟的笼罩中，沃尔登走回桌边，打开红色活页夹。

H8152
凶杀/警察开枪
约翰·兰多夫·斯科特　黑人/男性/二十二岁
加里森大道 3022 号，三号公寓
CC♯87 - 7L - 13281

"真是坨狗屎。"沃尔登边翻阅着卷宗前几页的报告边轻声地说。他靠在椅子上，一只脚跷在桌上，然后打开第二个活页夹。这里面全是彩色照片，每页两张，依次用马尼拉隔纸分离。

约翰·兰多夫·斯科特背身躺在小巷的中央。他面部皮肤光滑、没有磨损，他看上去比二十二岁还要年轻。他空洞的眼神盯着排屋的红砖墙面。他的服饰毫无特点，每个街角男孩都会这么穿：黑色皮夹克，蓝色牛仔裤，米褐色衬衣，白色网球鞋。在另一张照片里，他已经被翻到侧面，一个戴着橡胶手套的警探正指着他的黑色夹克的背面，那里有一个小洞。子弹正是在这里进入的，并从他的左胸穿出。这个年轻人的眼皮上有擦伤的痕迹，是在他摔倒在水泥地的那一刻造成的。

在此之后，法医判定导致约翰·兰多夫·斯科特死亡的子弹是以一个稍稍向下的角度射穿他的心脏的，这个角度刚好和这条小巷的向下坡度吻合。病理学家说，斯科特几乎当场就死亡了。当时，他正在逃脱巴尔的摩警方的追捕，并从后方中了枪。

在对斯科特一案最早期的判断中，它的定性并非谋杀，而是警察涉嫌开枪事件——这样的倒霉事时有发生。如果开枪的警察能免于被大陪审团责难至死的话，那他写份巨细无遗的报告就能过关。这还构不成什么犯罪行为。

死者生前和另一同伙偷了一辆道奇小马汽车。两位中央区的制服警发现了它，于是一路从马丁·路德大道跟踪到了I-170州际公路，再追到雷诺尔大道。在那里，斯科特和他那位二十一岁的、刚刚保释出来的同伙分道扬镳，闯进了排屋贫民区的小巷。两位中央区的制服警下车徒步追击。就在此时，其中那位名为布莱恩·培德里克的二十七岁警官绊了一跤，他的左轮手枪走火了。在此之后，培德里克告诉调查警探，这只是一场意外。那个时候，他刚迈出警车，一脚没站稳，手枪意外走火了。培德里克说，他的手枪是朝下的，而他也确定子弹射中的是他面前的水泥地；无论如何，这一枪并没有击中他在追捕的逃犯，后者逃进了迷宫一般的巷区。培德里克追丢了这个男孩，但到那个时候，从中央区、西区和南区赶来的警车已经把附近的街道和小巷包围起来了。

几分钟后，一位中央区的警司呼叫了救护车和凶案组。他看到男孩已经躺在梦露街边上的小巷里了，而此地离培德里克开枪的地方有三个街区之遥。这是警察开枪事件吗？派遣员问他。不是，警司回答道。然而，就在这个时候，培德里克来到了现场，并向上级承认自己开过一枪。警司再次按下无线电麦克开关。是的，他说，这是一场警察开枪事件。

沃尔登和他的搭档里克·詹姆斯很快就赶到了现场。他们先是检查了尸体，然后和中央区的警司聊了聊，并检查了培德里克的配枪。弹夹里少了一颗子弹。这位巡逻警上缴了武器，然后被带到凶案组。在那里，他承认自己的确开过一枪，却不肯在警局工会律师来之前做出更多的声明。沃尔登知道这意味着什么。

如果警探想就一起犯罪事件对一位警察做调查的话，工会律师有一系列标准的应对措施。如果他被命令写一份枪击事件的说明的话，他就会这么做；如果他没有接到此类命令，那么他就不会做任何声明。这是因为如果这份声明是出于直接命令的话，它就不是这位警察的自愿行为，因此也无法在法庭上作为不利于他的证据而被利用。于是，当晚轮值的州检察官拒绝签署这一命令。在经历了一系列法律的僵局之后，对此案件的调查走上了它必将走上的道路：凶案组必须证明，这位布莱恩·培德里克警官——一位已经有五年经验的巡逻警，一位没有任何暴力或过度武力前史记录的巡逻警——用他的左轮手枪朝一个逃犯的背面开了一枪。

案件发生十二小时之后，对梦露街案的调查仍然是有条不紊并方向明确的。然而，就在差不多这个时候，一个改变案件本质的事实出现了：培德里克警官没有射击约翰·兰多夫·斯科特。

枪击事件发生后的早晨，法医分离了斯科特的衣物，并从沾满血污的衣服里发现了存留的.38子弹。那天下午，弹道实验室把这颗子弹和培德里克的左轮手枪做了比对，发现它们并不匹配。事实上，导致斯科特死亡的是一颗158格令的圆头弹，它是一种常见的史密斯威森牌子弹，可警局已经停止配用这种弹药长达十多年了。

于是，沃尔登和其他几位警探回到了案发现场，在大白天里仔细搜寻了培德里克开枪的那条小巷。他们在雷诺尔大道旁的小巷翻找，终于在人行道上发现了一个印迹，上面有子弹反射所导致的铅金属残余。警探们跟随着子弹飞行的可能路径来到邻近的一片区域。他们难以置信地发现一位居民正大清早地打扫沿街的垃圾。沃尔登想，这个世界上有那么多贫民区，每个贫民区都有无数片垃圾，为什么这个人一定要来清洁我们这片呢？他真是西巴尔的摩最后一位好人啊！警探们立即赶上前去阻止了他，并把六大袋垃圾全倒了出来。也就在这个时候，他们发现了一颗射空的.38子弹，它仍犹抱琵琶半遮面地躺在垃圾堆里。弹道实验室证明，这颗子弹正是从布莱恩·培德里克的配枪中射出的。

　　然而，如果培德里克不是杀死斯科特的人，那么谁又是呢？

　　沃尔登拒绝显而易见的答案。他是一位警察，他的一生是在警局同事的互相关照中度过的——警署、警车、法庭走廊、区警局拘留所，所有这些地方都有他的哥们儿。他不愿相信，自己穿制服的兄弟会傻到和那些杀人的杂种一样，对某人开了一枪然后逃走，就留下一具尸体让它躺在巷子里等警探破案。可是，他也无法忽视一个事实——约翰·兰多夫·斯科特是被一颗.38子弹射杀的，而那个时候，他正在逃离一个手握.38左轮手枪的警察的抓捕。如果握着这把手枪的人不是警察，任何一位凶案组警探都知道从哪里开始着手调查，也知道怎么开展调查。如果握着这把手枪的人不是警察，凶案组警探就会义无反顾地从那个拿着手枪的人开始。

　　不过，沃尔登还是那个沃尔登。别以为他不敢这么做。他让三个分区中二十多位警察都上缴了他们的武器，他给他们配发替换的暂时性枪械，然后把留下的手枪交到了物证管理处。但是，弹道报告告诉他，他所收缴的手枪全是无辜的，它们没有发射那颗致命的子弹。调查又走到了死胡同。

是否有可能有位警察还有另一把枪，他在开枪之后便把武器扔下了码头？是否有可能这个逃离的男孩想要劫持另一辆车，可是某个被激怒的公民杀死了他，而后又消失了呢？沃尔登知道，所有这些假设都是大而无当的。但在案发的那个区域，什么可能性都存在。还有一种假设更有可能性——这个男孩是被他自己的枪打死的，他正在和追捕的警察搏斗，怀里的.38手枪走火射中了自己。这解释了为什么射空的子弹不是警局配发的，也解释了为什么他身上的钮扣会掉落在地。

　　沃尔登和里克·詹姆斯在死者身上及其尸体周围发现了四颗钮扣，其中一颗应该不是从死者身上掉下来的，其余三颗都是来自死者的衬衣：两颗掉落在尸体边上，上面有血迹；另外一颗则是在小巷口发现的。沃尔登和詹姆斯一致认为，掉落的钮扣说明死者生前有搏斗行为，而其中一颗出现在巷口就说明这场搏斗是在离死者跌倒几英尺外开始发生的。由此推论，这颗子弹不应该是某位公民射击的，杀死他的人应该是想逮捕他，想抓住他或让他停下脚步。

　　在唐纳德·沃尔登看来，约翰·兰多夫·斯科特之死已经是个丑陋的活儿了。他做了好几个推断，哪个推断都比上一个更加令人不安。

　　如果他们无法解决这起凶杀案，那么它或许就将在警局内部被掩盖过去。可是，如果沃尔登和詹姆斯想要起诉一位警察的话，他们便将成为巡逻队里的众矢之的。警局工会的律师已经通知他们的工会成员不要对凶案组说任何话了：侵犯他人人身权利罪科已经和内务部画上了等号。如果巡逻警不和凶案组合作的话，那他们又怎么可能破得了案？但是，即便那第三种可能性——约翰·兰多夫·斯科特是被一位平民杀死的——仍然存在，即便他是为了逃脱追捕而闯入民宅或偷了第二辆车，从而被一个住在那片区域的平民枪击而死的，这个可能性也恰恰是最差的那个。沃尔登想，如果他找到了一位平民嫌疑犯，那么他的上级肯定会疯了一样地向本市的政府领导以及那些黑人街区的权势人物汇报。市长大人，之前我们以为是那位追捕斯科特的白人警官杀了他，可现在我们弄清楚了，原来杀了他的是一个住在富尔顿街 1000 号里的黑人。

是的。好吧。没问题。

唐纳德·沃尔登已经在巴尔的摩警局工作长达二十五年之久了。现在，他终于迎来了事业的辉煌时刻，可惜的是，要想触摸这一巅峰，他必须破解一个有可能会把警察送入监狱的案子。刚开始时，单单这个想法就会让他觉得恶心——沃尔登比那些巡逻警自己都更在情感上认同街头警察。在来到市局加入凶案组之前，他在西北区的行动组工作了十多年，等到要离开那里时，他还心不甘情不愿的。而现在，只是因为一个偷车的小屁孩背上中了一枪，三个警区的巡逻警们都已无心工作了。他们把警车紧挨着停靠在空荡荡的停车场里，给它们罩上罩子，窃窃私语地谈论着那个在他们还是玩唾沫曲球的小学生时就已经当巡逻警的警探。这个叫沃尔登的家伙，操他妈的到底是谁啊？他真的要把一个警察和梦露街的案件联系在一起吗？就为了这个已经挂了的黑哥们儿，他真的要操翻整个警局吗？他以为他是谁啊？他是奸细吧？

"嘿，沃尔登，你是在看那个狗娘养的卷宗呢。"

沃尔登的搭档靠在咖啡室的门道边上，举着一张便笺纸说。里克·詹姆斯比唐纳德·沃尔登小十岁。他既没有沃尔登做警察的天赋，也没有他的头脑。不过话说回来，像沃尔登这样的警察，本就是稀有动物。沃尔登之所以愿意和这位年轻警探搭档，是因为詹姆斯有检查现场的基本能力，也能写得一篇前后连贯的合格报告。虽然唐纳德·沃尔登天赋异禀，但你如果让他在打字机前坐上两小时，还不如让他直接吞弹自尽呢。在沃尔登心情好的时候，他会把詹姆斯当作一把值得打磨的破案利器，他觉得詹姆斯是他的学徒，他会慢慢把自己二十五年的警察经验都教给他。

现在，"大人物"缓慢地抬起头，看着年轻人手里的便笺纸。

"那是什么？"

"宝贝，是个派遣电话。"

"我们不能接电话。我们现在处于特调中，只负责梦露街这个案子。"

"特里说我们必须接这个。"

"到底怎么了？"

"枪杀案。"

"我可不想做凶案警探了，"沃尔登冷冰冰地说，"怎么时不时就来一起警察开枪案啊。"

"得了吧，宝贝。我们走吧，赚点钱去。"

沃尔登喝下杯里剩余的咖啡，把雪茄蒂扔进垃圾箱，并试图说服自己即便梦露街的案子无法破解，生活仍要继续。他走向衣架。

"唐纳德，别忘了带上你的枪。"

"大人物"的脸上露出今天第一个笑容。

"我已经把它抵押给巴尔的摩街上的典当行了，拿它抵押了一些电动工具。哪里发生枪击案了？"

"格林蒙特街。308 号街区。"

特伦斯·派特里克·麦克拉尼警司看着他的两位警探穿上大衣准备出门。他满意地点了点头。梦露街案件已经过去一个多月了，麦克拉尼需要这两位警探回到日常轮值中去，接电话，前往案发现场。警局的秘诀在于切勿操之过急。他不想让指挥系统以为梦露街案件已经基本无药可救了。麦克拉尼想，如果沃尔登今晚够好运的话，他就能接到一起全新的凶杀案，执行警督或许会就此在斯科特一案中放他一马。

"我们走了，警司。"沃尔登说。

在电梯里，里克·詹姆斯用手指玩弄着车钥匙，并盯着电梯钢门上自己模糊的倒影。沃尔登则看着指示灯。

"这下麦克拉尼可高兴了，不是吗？"

沃尔登没有说话。

"唐纳德，今儿你可真冷漠。"

"你开车，婊子。"

里克·詹姆斯翻了翻白眼，看着他的搭档。在他眼前的是一头六英尺四高的、二百四十磅重的北极熊。这头北极熊装扮成了一个现年四十八岁的警探，他的牙缝很大，蓝色的眼睛深陷在眼窝里，头发正在迅速变白，血压也正在急速上升。是的，他就是一头熊。然而，几乎每个人都知道和唐纳德·沃尔登合作的好处：这个人是个天生的警察。

"我只是个可怜的蠢蛋白人小孩，我来自汉普登，我只是想安静地度过这一生，然后前往下一生。"沃尔登总是这么自我介绍。他的履历表显示他就是这么一个人：出生于巴尔的摩，成长于巴尔的摩。他在高中毕业之后加入了海军，然后退伍成为警察。他做了很久的警察，但只是从巡逻警做成了凶案组警探。然而，当你在街头问起沃尔登这个人物时，他们都会告诉你，沃尔登是这个城市天赋最高、直觉最好的警察。他当警察已经二十五年了，他对巴尔的摩的了解几乎无人能出其右。他在西北区做了十二年巡逻警，然后被分到逃犯拘捕组做了三年，之后又在抢劫案组工作八年，而现在，他已经做了三年凶案组警探了。

他并不情愿来凶案组。这一分组的警司一而再，再而三地请求他过来，可沃尔登是个老派的人，他很守旧。当年把他调到抢劫案组的警督想要留下他，他则觉得欠了人家一个人情。还有另外一个让他留下的理由，那便是他的搭档罗恩·格雷迪——沃尔登来自位于巴尔的摩北部的汉普登白人社区，他本应该是个乡巴佬；而格雷迪这位结实的黑人警察则来自巴尔的摩西部，这样的组合很难搭在一起，于是就显得更加难能可贵了。他俩是完美的搭档，即便是来到凶案组之后，沃尔登也会告诉里克·詹姆斯和组里的其他人：格雷迪才是他真正的、唯一的搭档。

但是，到了1985年的春天，沃尔登觉得自己已经对抢劫案麻木了。他已经破获过几百个案件了——银行抢劫、运钞车抢劫、街头抢劫、商业诈骗。在往昔，他都会循循善诱地告诉年轻的探员们，总有一天他们将要面对更高级的小偷；可时至今日，要是查尔斯街的银行发生抢劫案，这依然很有可能是某个吸饱了毒的瘾君子的冲动行为，而非某个专业人士所为。最终，工作本身逼迫他做出了选择：沃尔登仍清楚地记得那个早晨。当他来到办公室时，看到桌上正躺着一份东区抢劫案的卷宗。格林蒙特街上的一家酒类商店被抢了，报告称抢劫者还带了一把枪。这就要求分区警察在调查的过程中和市局的警探合作。沃尔登读完卷宗叙述，了解了事件的前后过程——一群小屁孩抢了半打啤酒，继而逃走了，收银员想追他们，结果头上挨了一砖头。这不是什么重罪，天呐，随便哪个警区的制服警就能把这事给处理了。沃尔登已经做了几乎八年的抢劫案警探了，这份卷宗完全是对他的侮辱。第二天，他便来到警长办公室，递交了调配到凶案组的申请。

在走道对过的凶案组，沃尔登的名声早就先于他本人到来了。在接下去的两年里，沃尔登不仅证明了他完全有能力胜任凶案组，而且还成了麦克拉尼五人分队中的核心成员。考虑到这个分队还有其他两位超过二十年警龄的警探，这可不是件小事情。里克·詹姆斯是于1985年7月调到凶案组的，他比沃尔登早来了三个月。他很快就看清楚了形势，成了"大人物"的跟屁虫。对此，很多其他警探都表示过不满。但是，沃尔登显然乐于扮演年老智者的角色，而且詹姆斯看得一手好现场、写得一手好报告，这恰恰帮上了沃尔登的忙。如果沃尔登能在退休之前把他所知一半都传授给里克·詹姆斯，那么詹姆斯就不必愁自己在凶案组混不下去了。

当然，和沃尔登搭档也不是没有坏处。你得忍受他的暴烈脾气。他长年郁郁寡欢，这是因为他本应该领着退休工资，过着闲适生活，做做什么安保顾问或家宅改良承包商之类的。可现实是，他干着凶案组的苦活，还领着巡逻警的工资。沃尔登不是不知道，当他在彻夜调查贫民区的凶杀案时，那些和他同期进入警局的同事早已退休或干起副业了；还有少数几位仍在工作的，他们要不就在分区警局里做着书面工作或狱吏，要不就是在总部的保安亭里用收音机听着巴尔的摩金莺队背靠背比赛的现场解说。他们这么做只是为了再等一两年，拿到更高的退休金。而在他身边的所有年轻人都在往上蹿，有的警衔都已经比他高了。

这段日子以来，沃尔登经常会劝自己还是退休吧。但他又不想退休：自他于1962年加入警局以来，这里就是他的家——他的职业生涯就像一条漫长优雅的弧线，最终落在了凶案组里。沃尔登已经在这里待了三年了，这里的工作一直在鼓励他继续做下去，它们甚至让他重新燃起了斗志。

"大人物"尤其喜欢他所在分队的两个年轻人——里克·詹姆斯和戴夫·布朗。詹姆斯的进步很快，但在沃尔登看来，布朗并没有跟上。沃尔登总是会指出这一点，他会破口大骂布朗，因为在他看来，骂人就是最好的教育。

戴夫·布朗是分队中最没有经验的警探，他长期忍受着"大人物"的辱骂——这主要是因为布朗知道，沃尔登真的很关心他是不是个合格的探员。但说实在的，他除了被骂也没有其他选择。有一次，车里山道发生了一起凶杀案，犯罪实验室的技术人员在拍现场照片，碰巧其中一张彩色照片完美地传达了两人之间的关系。戴夫·布朗处于照片的前景处，他看上去很激动，麻利地收集着枪击案现场附近的空啤酒罐，过度乐观地以为或许能从这些罐头里找到什么线索。在背景处，唐纳德·沃尔登正坐在公屋的门廊上，他正盯着这位年轻警探，眼里满是厌恶。戴夫·布朗从案件档案里抽出了这张照片，把它当作纪念品带回了家。布朗了解并爱戴这位大人物，虽然他脾气暴躁、惹人厌烦、语出讥讽。他是这个世界上仅存的、孤独的百夫长，他从年轻一辈的不得当和不合格里看到了自己的苦恼和挑战。

这张照片展现了正处于权力巅峰的"大人物"：脾气暴躁、自信满满、迎难而上，有他在，每个年轻警探或新晋警探都会放心。当然，车里山道的案件最终告破了。沃尔登从线人那里得到了消息，在凶手女友家发现了凶器。那个时候，沃尔登做起凶案组警探来还有一丝快感。那是在梦露街案件发生之前。

詹姆斯坐进雪佛兰车，决定不顾沃尔登的坏脾气，再次挑起对话。

"如果这是起凶杀的话，"他说，"我想做主责警探。"

沃尔登看了他一眼。"你不要先确定他们是否已经把人给抓起来了吗？"

"不要，宝贝。我需要钱。"

"你真是个婊子。"

"是的，宝贝。"

詹姆斯把车开上车库斜道，来到菲亚特街，然后向北开往盖伊街，从那里前往格林蒙特街。他的脑子精密地计算着加班工资。勘查现场二小时，审问证人三小时，写作报告三小时，解剖尸体四小时；加班费是正常工资的一倍半，现在需要加班整整十二个小时，詹姆斯心里乐滋滋的。

但是，发生在格林蒙特街上的根本不是一起凶杀，它甚至不是凶手当面的射杀。在现场，两位警探听着一位十六岁的目击者断断续续地讲了三分钟，便了解了这一事实。

"悠着点，你能从头开始讲起吗？慢慢来。"

"德里克跑着进来了……"

"德里克是谁?"

"我哥哥。"

"他几岁了?"

"十七岁。他跑进家门,蹿上了楼。我的大哥跟了上去,发现他中了枪,然后打了911。德里克说他是在公共汽车站被击中的。他就说了这么些。"

"他不知道是谁干的?"

"不知道,他只是说他中枪了。"

沃尔登从詹姆斯手里接过手电筒,和一个巡逻警一起走出房门。

"你是第一个到现场的?"

"不是。"这位制服警说,"罗德里格斯是第一个。"

"他在哪儿?"

"他跟着受害者一起走了。"

沃尔登瞪了巡逻警一眼,然后走回到房门口。他打开手电筒,探照着门廊的地板。没有血迹。门把手上也没有。他又举起手电筒,探照排屋的正面砖墙。还是没有血迹,也没有看似刚刚造成的破损。他只发现了一个洞眼,但它的凹陷太平了,不可能是由子弹造成的,可能是一个轻型电动工具钻的眼。

沃尔登又打探了一下通往门廊的道路。他走回屋子,检查楼上的房间。还是没有血迹。然后,他再次回到楼下,詹姆斯仍在审讯十六岁男孩。

"你哥刚回来时,他先去了哪里?"沃尔登打断了他们。

"楼上。"

"楼上没有血迹。"

男孩低下了头。

"到底发生了什么?"沃尔登加重了语气。

"我们把血迹打扫干净了。"男孩说。

"你干的?"

"对。"

"好吧,"沃尔登的眼珠子翻滚着,"和我们一起上楼。"

男孩一次迈两级台阶,然后来到一个杂乱无章的青少年卧室里。这个房间的墙面上贴满了海报,上面不是比基尼模特,就是穿着设计感十足的运动衫的纽约饶舌歌手。警探们还没说什么,男孩便从衣物篮里拉出了两条沾满血污的被单。

"被单原先是在哪里的?"

"在床上。"

"床上?"

"我们把床垫翻过来了。"

沃尔登把床垫翻转过来。红褐色的血污已经蔓延开来,渗入纤维里。

"你哥进来时穿着怎样的夹克?"

"灰色的。"

沃尔登从椅子上拎起一件灰色填绒夹克,仔仔细细、翻来覆去地检查了一边。没有血迹。他打开卧室的衣橱,检查着里面每一件冬季大衣,并把它们摔在床上。詹姆斯直摇着头。

"说实话吧。"詹姆斯说,"你们是在房间里玩枪,然后你哥不小心中了枪。如果你说实话,我们就不会把你关起来。告诉我们,你们把枪藏哪里了?"

"什么枪?"

"天呐。操他妈的,快告诉我枪在哪里。"

"我不知道你在说什么。"

"你哥有把枪。快告诉我在哪里。"

"德里克是在公共汽车站中枪的。"

"去他妈的公共汽车站。"詹姆斯快要被气爆了,"他是在这里玩枪，然后你或者你大哥或者另外一个人不小心走火了。枪到底在哪里？"

"这里没有枪。"

经典，沃尔登想，看看这个孩子，真他妈的经典。要是世上真有一本《凶案组办案手册》的话，那么它第一页上的第一条规律肯定写着：

每个人都说谎。

谋杀犯，强盗，强奸犯，贩毒者，吸毒者，目击者，口若悬河的政治家，二手汽车经销商，女朋友，前妻，警衔高于警督的所有警官，十六岁的、不小心让他哥哥挨了一枪并把枪藏了起来的高中生——在一位凶案组警探看来，地球的自转是否认，公转是欺骗。这便是世界运转的规律。去他妈的吧，有些时候，连警察自己都要撒谎。在过去的六星期里，唐纳德·沃尔登就听了一个又一个制服警的冗长辩解。他穿了一辈子的制服，可他的这些兄弟们全告诉他，当梦露街发生凶案时，他们不可能在那条街的附近。他们所有人都说自己说的是实话。

詹姆斯走向门口。"你就继续撒谎吧。"他恶狠狠地说，"等你哥死了后，我们还会再来的。到时候，等着你的就是谋杀起诉。"

男孩仍然没有说话。两位警探和制服警一起走出房门。雪佛兰刚开上格林蒙特道，沃尔登便再也压抑不住内心的愤怒了。

"这个叫罗德里格斯的家伙，操他妈的到底是谁啊？"

"你应该有好多话要对他说。"

"可不是吗。他是第一个到现场的，他的工作就是保护现场。可他们都做了什么？他们去了医院，去了总部，他们去吃午饭了，让留下的人有机会收拾现场。他去医院到底能干些什么呀！我真想不明白了。"

但罗德里格斯并不在医院。两位警探在医院创伤手术室的等候室里遇到了受害者的母亲，这个惊魂未定的人儿正在哭泣，手里紧握着纸巾。沃尔登和她简短地聊了聊，但依然毫无所获。

"我真不知道发生了什么。"她告诉两位警探，"我正和另外一个儿子坐在那里看电视，然后我听到了一声爆裂声，好像是爆竹或玻璃被打碎一样。德里克的哥哥詹姆斯跑上了楼，他说德里克刚上班回来，他中了枪。我一直嘱咐他不要和那些混混玩。"

沃尔登打断了她的话。

"艾伦夫人，我得坦白和你讲。你儿子是在房间里中的枪，很有可能是场意外。除了他的床，没有在任何其他地方发现血迹，即便是他穿着回家的夹克，上面也没有。"

这个女人仿佛没听懂沃尔登的话。他继续解释道，她的儿子试图掩饰枪击现场，很有可能，那把导致她儿子现在仍在手术室里被抢救的枪，仍然躺在她家中的某处。

"我们不会起诉任何人。我们是凶案组。如果枪击是场意外的话，我们只是在浪费时间。我们只是想把事情搞清楚。"

女人点了点头，似乎明白了一些。沃尔登问她是否可以给家里打一通电话，问问她儿子是否愿意交出手枪。

"他们可以把它放在门廊上，然后关上门。"沃尔登说，"我们只想把这把枪弄出来。"

可这个女人不想这么做。

"要不还是你打电话吧。"她说。

沃尔登回到走廊，看到里克·詹姆斯正在和一位医生说话。德里克·艾伦的情况很糟糕，但已经脱离危险期了；他很有可能还能再活一天。詹姆斯说，那位罗德里格斯警官已经回到凶案组写他的报告了。

"我送你去警局。如果我现在回去的话，我非得把这人揍一顿不可。"沃尔登说，"我还是再回去一趟吧。别问我为什么关心他们是不是窝藏了那把枪。"

半小时后，沃尔登再次检查了德里克·艾伦的卧室。他在卧室的后窗发现了一个枪眼，又在后门廊上找到了弹壳。他把弹壳和窗户指给十六岁的男孩看。

男孩耸了耸肩。"那好吧，德里克是在自己的房间中了枪。"

"枪在哪里？"

"我可不知道。"

铁打的真理：每个人都撒谎。而这条基本规律有三条推论：

A. 谋杀犯撒谎，因为他们必须这么做。

B. 目击者和其他相关人士撒谎，因为他们觉得自己必须这么做。

C. 其他所有人也都撒谎。他们乐于这么做，也是因为他们懂得一条规律，即无论在何种情况下，都不应该对警察说实话。

德里克弟弟便是第二条推论的活例子。他是一个目击者，他为了保护朋友和亲戚撒了谎，即便他们中的某人导致了血案。他撒谎，是不想让警察知道他贩过毒。他撒谎，是不想让警察知道他有犯罪前科或还是个未出柜的同性恋。他撒谎，甚至是为了不想让警察知道他还认识受害者。最重要的是，他撒谎，是为了和谋杀案保持距离，并不让自己在此案开庭时出现在法庭上。几个世代以来，巴尔的摩的居民已经不自觉地养成了一种本能反应——当一个警察问你看到了什么并要求你回答时，你会不紧不慢地摇摇头，转移自己的视线，并告诉他：

"我什么都没看见。"

"可你就站在那家伙旁边。"

"可我什么都没看见。"

每个人都撒谎。

沃尔登绝望地看了男孩最后一眼。

"你哥哥是在自己房间里玩枪，然后不小心走了火。你还是把枪交出来吧。"

男孩仍然毫不犹豫地回答道："我可不知道什么枪不枪的。"

沃尔登摇摇头。他可以把犯罪实验室的人马叫过来，让他们花个几小时把这个房间都翻个遍——如果这是起谋杀的话，他就会这么做。可这只是起意外走火的案子，他又何必如此劳师动众？即便他从这里找出了那把枪并把它带走，他敢保证，过不了一星期，这里又会出现一把枪。

"你哥正在医院抢救呢，"沃尔登说，"你难道无所谓吗？"

男孩低下了头。

好吧，沃尔登想。我已经试过了。我已经努力过了。你就把这操蛋的枪留下来当纪念品吧。总有一天，你会朝自己大腿射上一枪或走火打中你妹妹，到时候可别再向我们求救。沃尔登骂自己，我已经够烦了，我有一堆人向我撒谎，那个梦露街的案件还躺在我的桌上毫无头绪呢，为什么我还要关心你这个小杂种，为什么我还要关心你是不是私藏了那把售价二十美元的枪？

沃尔登空手而归，他的心情比出警前更差了。

1 月 20 日，星期三

凶案组咖啡室长方形的墙面上挂着一张白色的壁纸，它覆盖了墙面的绝大部分。它的上方铺着一层透明塑料片，由黑色的直线分成了六大块。

右边三大块的最上方写着罗伯特·斯坦顿警督的名字，他是凶案组第二轮值队的头头。他左边的平行处是加里·达达里奥警督的名字，而在他之下又有三个大块。这两个名字下方是几位警司的名字：达达里奥管辖的是麦克拉尼、朗兹曼和诺兰；斯坦顿管辖的则是钱尔斯、拉马蒂尼和巴里克。

位于每个警司名牌下方的是凶案受害者的名字，这些人都是今年第一个月的首批死者。用黑色记号笔写下的名字意味着此案已经告破，而用红色记号笔写的则仍在调查中。每个死者的左边都有案件的序列号——88001是本年度的第一起案件，88002则是第二起，依此类推。而死者名字的右边是一个或几个字母——A代表着鲍曼、B代表着加维、C代表着麦克埃利斯特——它们一一对应着负责此案的警探，他们的名字都处于每大块的最下方。

当一个警司或警督想要了解某位主责警探所负责案件的进展时，他们便可以浏览一下这张长方形壁纸。这是个相当有效的列表。他们不仅能了解到，比如说，汤姆·佩勒格利尼正在负责鲁迪·纽森的案件，而且能从红色记号笔这一信息了解到这个案件至今未破。正因如此，凶案组的长官们都把这张白色长方形壁纸视为确保责任关系和工作进度的必要工具。也正因如此，凶案组的警探们把这张壁纸视为痛苦的源头。他们早已记不清到底是谁创造了它，那些警司和警督不是退休了就是已经去世了，可恐怕连他们自己都没想到，这个玩意竟然有这么长的生命力。它简直是个不可饶恕的造物。而尽管警督们对它充满怨恨，他们还是简单地称它为"板儿"。

当轮值警督加里·达达里奥——他的伙计称他为Dee、LTD或直接叫他"主教阁下"——等待咖啡壶被装满时，他会像一位神父一般迈向"板儿"这个"太阳神神殿"，他瞥了一眼他名下的红字和黑字，然后便了然于胸了——在他所管辖的三位警司中，到底哪位遵从了他的戒律，哪位又成了迷途羔羊。他还可以仔细检查每个案件旁边的编码字母，也对手下的十五位警探有了了解。"板儿"会揭露所有秘密：它记录的是每个警探的过去与未来——有人破了好多起家庭内部凶杀案，死者的家属都见证了整个过程，因此他得心应手、轻而易举地赚了不少加班工资；有人负责的却是排屋里的毒品谋杀案，他没有一个目击证人，于是处处碰壁、百思不得其解；有人碰巧遇上了自杀，死者还留下了遗嘱，他因此不费吹灰之力便完成了工作；有人则踩了狗屎碰上了一具无法验明身份的尸体，还是被捆绑起来塞在一辆机场租赁用车的后车厢里的。

今天，当轮值警督达达里奥来到咖啡室时，他所看到的是一面糟糕透顶的"板儿"——他名下的所有案件都是红色的。斯坦顿那一班人马是在新年第一天的午夜开始工作的，他们在1月1号的清晨便接到了五起凶杀案。可是，其中四起都是因为有人喝醉酒起了争执开的枪，或是意外走火，因此早就告破，只有一起至今仍然由红色记号笔标注着。一星期之后，凶案组的两队人马换了班，斯坦顿的人换成了白天工作，而达达里奥的人则负责下午4点到午夜12点以及午夜的轮值。他们所负责的今年第一批凶案便随之而来。1月10日，诺兰的分队接到了第一起案子，那是一个贩毒抢劫案，受害者在道奇车后座被刺死了。同一天晚上，麦克拉尼的分队也在查尔斯村下城区接到了一起谜案，一个中年同性恋刚打开自家公寓的大门，便被人用猎枪打死。在朗兹曼的分队中，接到第一起案子的是法勒泰齐，那是一起发生在罗格尼尔高地的抢劫案，受害者是被活活打死的，现场没有任何目击证人。在此之后，麦克埃利斯特终于把红字变成了黑字——在狄隆街上，有人朝一位十五岁白人男孩的心脏捅了好几刀，这只是因为他欠了二十元的毒债。麦克埃利斯特很快就抓到了嫌疑犯。

然而，在接下来的一星期里，"板儿"上全变成了红字。艾迪·布朗和瓦尔特梅耶接到了一起发生在瓦尔布鲁克公寓的案子。一位名为肯尼·万斯的死者背身躺在了公寓一楼的走道里，他的右眼被刺成了一摊血污。由于凶手对尸体造成的创伤，布朗起初并没有认出他来，但其实他很早就认识此人了：说实在的，每个曾在巴尔的摩西区工作过的人都认识万斯。万斯是布隆代尔修车厂的老板，长期和赌徒与汽车窃贼打交道，后来他开始参与毒品买卖，真正的大麻烦也便随之而来。万斯案件发生两晚之后，朗兹曼的人手接到了鲁迪·纽森案和罗伊·约翰森案。在此之后，路泽尼街又发生了致死两人的案件：两帮贩毒者为一片区域产生了争执，其中一方派人带枪闯入一间毒品窝藏点疯狂扫射，从而导致两人死亡、两人受伤。当然了，活下来的人像得了健忘症，根本不想告诉警方到底是谁干了这事。

于是，达达里奥总共有八起案子、九具尸体，这其中只有一起已经告破，另外一起快要申请逮捕令。掐指一算，这破案率是如此之低，以至于我们完全可以论定，达达里奥肯定是目前上级最为不满的警督。

"长官，我不得不说，"跟随着达达里奥走进咖啡室的麦克拉尼说，"不过，我相信，以您的智慧，也早已注意到了这一点……"

"继续，我好心的警司。"

"……我们这边板儿上的红字可真多呀。"

"可不是吗。"达达里奥说。他喜欢谦和而不失威严地和下属说话，他的下属也乐得享受这种对话方式。

"长官，我有个提议。"

"麦克拉尼警司，我洗耳恭听着呢。"

"如果我们用黑笔写未破案件，用红笔写已破案件的话，板儿或许能好看些。"麦克拉尼说，"老板们至少会被糊弄一阵子。"

"这的确是个好想法。"

"当然了。"麦克拉尼继续说，"与此同时，我们还是会争取破案，多抓几个人回来。"

"这也是个好想法。"

麦克拉尼勉强地笑了笑。加里·达达里奥的警司和警探都把这位上司视作好心肠的"明君"，他只需要下属的破案能力以及对他的忠诚。作为回报，当他本人的上司脑门充血、胡乱下达命令时，他总是会慷慨地支持和庇护他们。达达里奥身材高大，顶着一头稀松的银发，说话举动都不愠不火，却给人一种高贵的感觉。在他晋升到这一职位之前，警局长期以来都被爱尔兰裔统治着，然后意大利裔短暂地接管了统治权，他便是这一时期的幸存者。这一阶段始于弗兰克·巴塔格里亚成为局长的那一刻，在此之后，意大利裔成了警司职位的必要条件。但"神圣罗马帝国"只维持了不到四年：1985年，市长注意到了本市人口构成的变化，于是他让巴塔格里亚从局长一职卸任，给了他一份优渥的工资，让他来当自己的幕僚。自此之后，警局的高层便被黑人牢固地把持了。

如果达达里奥就此以凶案组警督一职退休，那么他底下的人则应感谢这一种族支持政策。达达里奥说话温柔、善于思辨，他相信警局不应是个泛军事化的组织，而这种观念鲜有人支持。在警局里，很多领导都会在第一时间威胁他的下属尽快破案，然后监督他们的每个举动、指导他们的每次调查。达达里奥一直认为这种做法是错误的，并很早就学会抑制自己的这一冲动了。在分局里，这样的行为也屡见不鲜。这通常是因为有个新官刚刚上任，他觉得避免让下属把自己看扁的最佳方式就是做一个小鸡肚肠的独裁者。每个分局都有这样的轮值警督和警司——一个警探迟到十分钟打卡，一个巡逻警半夜4点在警车里睡觉，这都不是些大事情，可一旦被他们发现，这些下属就会被命令填写95表格。这样的领导会有两种结局：不是节节高升，就是底下的破案好手们都纷纷离去，落得个人走楼空。

在凶案组，如果一位轮值警督是个独裁者的话，那他更有可能被底下的警探蔑视——事实上，这些警探之所以会在警局的六楼工作，完全是因为他们是整个警局里最优秀的人才。凶案组尊崇的是优胜劣汰的法则：只有能破足够多案件的警探才能留下来，其余一概走人。如果一位警探有资格进入凶案组，并破获四十五起案件，那么他大可不必受警督的颐指气使。当然，警衔的高低固然重要，可在凶案组，如果一位警督每时每刻都要行使他的神圣权力、对下属指手画脚的话，那他最终所得的便是一整群不肯和他交心的警司与过于小心谨慎的警探。最坏的情况是，到那个时候，这些人已经丧失了本能判断，也不愿再干活了。

加里·达达里奥曾经也是这样的人，他也为此付出过代价。而现在，他已经懂得给下属以空间，他明白，自己的工作便是做一部下属与警监及更高层人物之间的缓冲器。他这么做是有相当的风险的，在过去的四年里，他和警监之间的关系便几近崩裂离析过好几次。和他相比，鲍勃·斯坦顿则是更讨警监喜欢的警督。斯坦顿本来是个思想守旧的缉毒组老探员，之后被警监一手提拔为警督，负责凶案组的第二队人马。他的领导风格更加严厉，也赋予警司以更大的权力管理下属，他的警探们无论赚到多少加班费和法庭出席费都一概均摊到整队人马的每个人头上。斯坦顿是个好警督，也是个犀利的警察，这话固然不错，但和达达里奥相比，他就显得过于平均主义和作风古板了。他手下有好几位老警探都已心生去意，想要一有机会便调去达达里奥那一队。

对于那些被达达里奥荣光庇护的警司和警探而言，事情的正反面相当简单明了。他们要做的就是破案。他们必须破解足够多的案件，让破案率上升到一定的高度，才能证明"主教阁下"和他的管理方式是正确的，也才能回报他对他们的仁慈与爱护。在凶案组，破案率就是试金石，它是一切争论的源头，也是一切争论的终点。

正因如此，此时此刻，达达里奥才会如此怒目圆睁地看着"板儿"靠他名字那一边的红字。这块白板不仅显示了警探之间的对比，也同样显示了两个轮值队伍之间的对比，尽管这种比较只能停留在表面。就这层意义而言，"板儿"——以及它所代表的破案率——把巴尔的摩的凶案组分成了两个互相独立运行的分队。那些在"板儿"还没被发明之前就进入凶案组的老探员总是会怀旧。那个时候，凶案组还是一个整体；那个时候，警探们愿意接手上一班轮值留下来的案件，因为整个凶案组只有一个破案率。"板儿"的产生是为了加强内部凝聚力和负责制，可到头来，它却导致了两班人马——六个小分队中的两组——就红黑字体所代表的破案率互相竞争，好像他们是两组推销雪佛兰车的销售人员。

这一趋势早在斯坦顿来到之前便开始了，但不同警督的不同做事风格会增强这一竞争感。在过去的几年里，两队的警探鲜有交流的时刻，他们只会在交接班的那半小时里打个照面，或者某一正在加班调查案件的警探需要另一队轮值人马出个人手，帮他一起审问犯人或搜查房间。不过，这样的机会少之又少。没人会公然提及竞争关系，但"板儿"发明不久之后，不但是警督和警司，连他们手下的警探都会走进咖啡室盯着它看。他们也会默默地比对自己所在分队或轮班与对方之间的破案率到底孰高孰低。然而，这一做法本身便是反讽的。凶案组的每个警探都同意，"板儿"是个有缺陷的发明，因为它只记录本年度所发生的凶杀案数量。可凶案组的工作远远不仅如此。一个凶案组分队或许会花整整三星期时间来调查警察枪击案、可疑的死亡案件、严重伤人案、绑架案、吸食毒品过量案和其他一切和死亡相关的案件，可所有这些案件都不会用黑字或红字记录在白板上。

即便我们把工作局限在凶杀案这一范围内，"板儿"也不能说明一切。很多案子之所以会告破，完全是因为好运。凶案组的成员总是会把凶杀案分为两类：谜案和易破之案。谜案是指那些真正难解的神秘案件，而易破之案则总是有足够多的证据和一位显而易见的嫌疑人。在一起典型的谜案里，警探会在一条荒芜的小巷里找到一具尸体，可除此之外，他鲜有所得。在一起典型的易破之案里，警探会遇到死者毫无悲痛可言的丈夫，他甚至懒得换身上那件沾满血污的衣服，只要警探稍加拷问，他便会承认是自己杀了这个婊子，并说自己根本不后悔这么做。有的案件需要调查，有的案件只需做做案头工作——凶案组的每个成员都理解并接受这种区别。经常发生的情况是，当警探接到派遣电话时，如果这起案件听上去像是家庭内部暴力案，他的警司就会赶紧派他去接手案件；而如果这起案件听上去像是一起漂亮的毒品谋杀案的话，他的警司就会让他消极怠工、能避则避。

当然，"板儿"不会区分仅仅靠了解情况就能破解的易破之案和需靠长期调查才能破解的谜案：它能做出的唯一区别就是破获的黑色与未破的红色。于是，谜案和易破之案之间的区别只会停留在凶案组成员的脑袋里。有的时候，当公共电视正在播放的西部片里，牛仔决斗死在了众人围观的大街上时，老探员们都会异口同声地说："好吧，哥们儿①。这是一起易破之案啊。"

可是，在最近的一段时期，达达里奥的人马很少接到易破之案。在导致约翰·斯科特死亡的梦露街案件发生之后，警监逐步解除了达达里奥和麦克拉尼在此案中的指挥地位，并让沃尔登和詹姆斯直接向行政警督汇报。达达里奥知道，在这个敏感时刻，他更需要"板儿"显示漂亮的破案率了。从某种程度上说，高层解除麦克拉尼的决定是有道理的，因为他和西区的很多巡逻警相熟，可他们中的某些人恰恰涉嫌这起案件。但达达里奥根本没什么小团体，他已经在凶案组工作九个年头了，他经历过好多起"红球"案件，也对此类案件的解决过程了然于胸。这一次，高层没有让他专案梦露街的敏感事件，而是让他继续负责日常工作，他只能把这个决定理解成高层对他的羞辱。达达里奥和警监之间的关系已经到了冰点。

加里·达达里奥是出了名的好脾气，但梦露街之案显然让他变得更容易被引爆了。那一星期的早些时候，特里·麦克拉尼写了一份例行备忘录，向上级要求增派两位西区警察来凶案组协助调查；他越过达达里奥，直接把信件交给了行政警督。这本是一个不值得追究的轻

---

① bunk 或 bunky，通常是警探对其同事的昵称，当施加于嫌疑人之上时，则有反讽的意味。——译者

量越级行为，可现在，咖啡室里只有他和麦克拉尼两人，他还是以他标志性的幽默和过于正式的说话方式提起了这件事。

"麦克拉尼警司，"他笑着说，"趁现在你还注意听我的话的时候，我得和你谈谈一起行政管理事件。"

"那瓶放在我右手边抽屉里的威士忌，那可不是我喝的。"麦克拉尼板着脸，脱口而出，"是朗兹曼警司把它偷偷放在了那里，他是想败坏我的名声呢。"

达达里奥终于笑了出来。

"而且，"麦克拉尼仍然面无表情，"尊敬的阁下，我得告诉您，诺兰警司的人老是不签车辆登记册就用车，我的手下可不会这么做。"

"我想说的是另一回事。"

"你是指我做了什么不合警察身份的事？"

"当然不是。那纯粹是个行政事件。"

"原来如此。"麦克拉尼耸了耸肩，坐了下来，"现在我可放心了。"

"你还记不记得，最近，你把一份你写的备忘录交给了警局的另一位警督，而没有先交给我。"

麦克拉尼立刻意识到了自己的错误。梦露街案件让每个人都提心吊胆的。

"我没有考虑到这一点。对不起。"

达达里奥挥挥手，表示他暂时还无法接受这个道歉。他说："我只需要你回答我一个问题。"

"您说。"

"首先，你是信天主教的，我没记错吧？"

"我为我的信仰而感到骄傲。"

"好。那么，我问你：你是否接受我为你真正的、唯一的警督？"

"接受，长官。"

"你确定你别无二心？"

"确定。"

"你确定你将永远遵守这一立誓，不再供奉其他警督？"

"确定。"

"很好，警司，"达达里奥伸出他的右手，"现在，你可以亲吻我的戒指了。"

达达里奥的右手上戴着一个大手环，上面写着"巴尔的摩大学"。麦克拉尼靠了过去，夸张地做了一个臣服的姿势。两人都笑了起来。心满意足的达达里奥端起一杯咖啡，回到了自己的办公室。

特里·麦克拉尼独自待在咖啡室里，盯着那块长方形白板。他知道达达里奥已经原谅了他，这起越级事件本来就不值一提。然而，"板儿"靠达达里奥那一边的红字——它们才是真正让人焦虑的东西。

和凶案组的大多数长官一样，麦克拉尼虽为警司，却体恤他手下的警探。和达达里奥一样，他也认为自己的工作就是保护下属。在分局里，警督指挥警司，警司指挥他手下的人，警局操作手册怎么说的，他们就怎么做——指挥系统适合巡逻警。但是，在凶案组，警探本人的天赋和所接案件的数量都会对他们的工作步骤产生影响，一个好长官很少会下达明确的指令。警探们无需被告知便知道他们应该做什么，因此，长官的工作就是旁敲侧击地影响、鼓励、鞭策他们，以及为他们护航。在警探看来，如果他们的上司能完成行政案头工作，让他的上级离得远远的，并放手让他们干活的话，那他就是一位好警司。麦克拉尼信奉这一点，在绝大多数情况下，他都遵守这一原则。不过，事有例外，总会发生一些案件让麦克拉尼突然像变了一个人——变成那种他们在警校里便已开始污名化的警司。

麦克拉尼是爱尔兰裔，他身材硕大，却长着一副娃娃脸。现在，他把一条粗腿架在了桌上，抬头看着白板，注意到他名下的三个红字。托马斯·沃德，肯尼·万斯，迈克尔·琼斯。三具尸体，三起未告破的案件。这一年的开头可真够呛的。

就在这个时候，他手下的一位警探走了进来。唐纳德·瓦尔特梅耶手里捧着一份破旧的文件夹，咕噜着打了声招呼，走到另一张桌边。麦克拉尼沉默地看了他几分钟。其实，他并不想和这位下属说话，但他不得不开口了。

"喂，唐纳德。"

"嗯。"

"你在看什么呢？"

"那起维尔农山的老案子。"

"同性恋谋杀案？"

"对。87号的威廉·雷，那个被绑起来打死的家伙。"瓦尔特梅耶一边说着，一边把文件夹翻到钉着彩色照片的那一页。照片上是一具半裸的尸体，他被反绑着躺在地板上，全身浸在血污里。

"有什么新进展？"

"刚接到了一个新泽西州警的电话，说是那里的精神病院关着个人，那人承认自己在巴尔的摩绑过一个家伙，还打了他。"

"他指的是这个威廉·雷？"

"还不确定。我、戴夫、唐纳德，我们三个人里肯定有一个得往那里跑一遭，和这个疯子谈谈。他很有可能在胡说。"

麦克拉尼换了一个话题："唐纳德，我一向认为你是我们分队里最用功的人。我对什么人都是这么说的。"

瓦尔特梅耶立即狐疑地看着他的警司。

"别这么说……"

"长官，你想要什么？"

"为什么我想要什么呢？"

"呵呵，"瓦尔特梅耶靠在椅子上说，"我已经做了多少年条子了？你还当我刚毕业吗？"

"难道作为警司，我就不能表扬表扬我的下属吗？"

瓦尔特梅耶翻了翻白眼，仍然问道："你想要我做什么?"

麦克拉尼笑了起来。他一下子就被看穿了，这让他觉得有些尴尬。

"好吧。"他小心翼翼地说，"万斯案怎么样了?"

"没啥进展。艾德想要再审讯艾迪·凯瑞一次，除此之外，就没什么了。"

"好吧。那托马斯·沃德案呢?"

"这你得问戴夫·布朗。他是主责警探。"

麦克拉尼脚一蹬，把椅子转到瓦尔特梅耶的桌边。他把声调降低到只有他们两人才能听到的程度。

"唐纳德，我们必须对这些刚发生的案子做些什么了。Dee^① 刚来过看过板儿了。"

"你告诉我这个干吗?"

"我只是想问你，我们还有什么工作没做到位吗?"

"我还有什么工作没做到位?"瓦尔特梅耶站了起来，从桌上拿起雷案件的文件夹，"你告诉我啊。我做了我所能做的一切，但案子不是我想破就能破的。你说得倒轻巧。"

唐纳德·瓦尔特梅耶快要爆发了。他的眼珠子都快要翻到他的脑门上去了，当他发脾气时，总是这副模样。麦克拉尼认识一个中央情报局的哥们儿，天字号一等一的好人，脾气也是出奇地好，可如果被人说急了的话，他那两个眼珠子也会像亚特兰大赌城里的老虎机一样直转悠。要是他的脸上露出了这样的表情，其他警察就知道他们不能再逼下去了，否则的话，他就要掏出警棍揍人了。麦克拉尼试图不去回想这些，他还是想继续逼瓦尔特梅耶一下。

"唐纳德，我的意思只是这年头开得够糟的，接了这么多案子，

---

① Dee 指达达里奥。——译者

可大多数还是红色的。"

"好吧，长官，我明白你的意思了。就因为警督看了板儿一眼然后给了你一点颜色看看，你就要给我一点颜色看看是吧?"

瓦尔特梅耶说的是大实话。麦克拉尼只能笑了笑："唐纳德，你也可以击鼓传花，给戴夫·布朗一点颜色看看。"

"水往低处流，屎往低处滚。可不是吗，长官。"

屎尿屁的重力规律。指挥系统的规律。

"我可没这么说过。"麦克拉尼试图让这场对话尽量体面地收场，"我可没见过什么屎真的从山上滚下来过。"

"我明白，长官，我明白。"瓦尔特梅耶边说边往咖啡室外走，"我已经做了多少年条子了? 你还当我刚毕业吗?"

麦克拉尼倚在椅子上，把头靠在办公黑板上。他心不在焉地从桌上拿起一份警局内部简报，瞟了眼第一页。照片上，局长和副局长正面带笑容地和一位警察握手，后者在一次警察枪击案中受了伤，后来终于活了下来。哥们儿，谢谢你，谢谢你替我们挨了一枪。

警司把简报扔回到桌上，站起身来，一边朝外走，一边望了"板儿"最后一眼。

万斯，沃德和琼斯。红色，红色，还是红色。

好吧，麦克拉尼告诉自己，今年可真不一般。

1 月 26 日，星期二

哈里·艾杰尔顿的一天是这么开始的：他刚推开一座巴尔的摩东北部住宅的纱门，他那双刚刚擦干净的皮鞋便差点踩在了尸体的耳朵上。

"你差点就踩到他的耳朵了。"

艾杰尔顿抬起头，迷惑地看着一位面色红润的巡逻警，他正倚在住宅客厅的墙上。

"你说什么?"

"他的耳朵。"这位制服警指着镶木地板说,"你差点踩了上去。"

艾杰尔顿往下看。他的右脚边上躺着一团惨白的肉。好吧,这确实是个耳朵。它还保存着大部分耳垂和那道短短的、弯曲的耳轮。它就这样躺在擦鞋垫上。这位警探继而望了尸体一眼,然后又瞟了眼躺在沙发上的猎枪。他走向房间的另一端。这一次,他的步伐越发小心了。

"那句台词是怎么说的来着?"制服警熟练地背诵了起来,"朋友们,罗马人们,国民们……"①

"警察真是变态。"艾杰尔顿摇着头笑着说,"谁负责这起案件的?"

"完全是起自杀案。她先到的。"

一位老巡逻警指了指餐桌。一位五官精致的年轻黑人女警正坐在那里写报告。艾杰尔顿没认出她来,他想这肯定是个新人。

"你好。"

女人点了点头。

"是你发现他的?你的编号是多少?"

"423。"

"你没碰他或移动现场吧?"

女人看了艾杰尔顿一眼,好像他是个外星人。碰他?她甚至不想看到这个可怜的人儿。女人摇摇头,然后瞥了眼尸体。艾杰尔顿和面色红润的制服警对望了一下,两人心领神会。

"我们会帮她习惯这一切的。"老制服警低声地说,"她会没

---

① 这句台词出自莎士比亚的《凯撒大帝》,原文为:"Friends, Romans, countrymen, lend me your ears! I come to bury Caesar, not to praise him." 巡逻警是在拿"耳朵"开玩笑。——译者

事的。"

在过去的十年里，有一些女警陆陆续续地从警校毕业。但在艾杰尔顿看来，聘用女警完全是个错误的做法。很多加入警局的女性能很好地理解这份工作的性质，她们中的有一些甚至是出色的警察。然而，艾杰尔顿知道，有些在大街上巡逻的女警完全就是危险人物，老警察会戏称她们为"配枪的秘书"。

警局里流传着各种关于女警的故事，并且一个比一个恶毒。所有人都听说在西北分局有一个女孩，刚入警局不久，她的手枪就在皮姆利科的便利店被一个疯子抢走了。西区分局曾经也有个女警，当时她的搭档挑衅了第二区排屋的一个家庭，他被这家里的五个人暴打，可这位女警却束手无策，只好向电台请求救援，还发送了第 13 号信号①。当巡逻警车赶到时，他们发现这位女警正站在路边，她像是在那里站岗，给他们指了指对面的屋子。这样的故事在每个分局的派发室里都能听到好多。

即便当警局的其他部门开始勉强接受女警这一特殊物种时，凶案组仍然是男性的天下。在这个淫荡下流的密封空间里，一位男性警探只有离过两次婚，才算是事业真正成功了。在此之前，只有一位女警在这里待过：珍妮·薇儿做过三年的凶案组警探。在这三年里，她证明了自己不但可以是一位出色的警探，甚至还是一位天赋异禀的审问者。但她可没有开创新的潮流，让更多女警加入凶案组。

事实上，就在两星期前，贝提娜·席尔瓦刚刚转到了凶案组，加入了斯坦顿的轮值队伍。这让她成了三十六位警探和警司中唯一的女性。据那些曾在巡逻警队和缉毒组与她共事过的警探说，席尔瓦的确是个好警察——有闯劲，有干劲，人还聪明。然而，她成为凶案组一员并没有改变很多警探的顽固思想，他们仍然认为，让女人当警察就

---

① 第 13 号信号是警局报警编码中的一个，意指"可疑的车辆或人物"。——译者

好比罗马城门大开，放野蛮人进来，总有一天会后悔的。在很多凶案组的成员看来，贝提娜·席尔瓦虽然成了他们的同事，但这并不和总体的法则相悖，她只不过是个例外而已。法则之所以为法则，便是能包容小小的例外，尽管也没人能解释得清楚例外为何会产生。于是，女警仍然是秘书，而贝提娜则是贝提娜。她是他们的朋友和搭档。她是一位警察。

哈里·艾杰尔顿一直认为贝提娜·席尔瓦比凶案组里的大多数人都配得上警探一职。虽然自贝提娜到来之后，她一直占据着他部分的办公桌，并和他因此而起过冲突，但他仍然这么认为。在此之前，艾杰尔顿长期以来都拥有一张独属于自己的办公桌。但今年刚一开年，上级便通知他，因为目前凶案组办公桌短缺，他必须得和贝提娜分享同一张。他心不甘情不愿地接受了这个事实，可没想到的是，过了不多久，他便成了弱势的一方。刚开始时，贝提娜会在办公桌上摆放自己的全家照和女警金雕像，然后她又肆无忌惮地放上了头梳，并把耳环丢在右手边的第一个抽屉里。紧接其后，艾杰尔顿看到了口红，而在最下面的抽屉里，他又发现了喷满香水的围巾，那个抽屉本来可是用来存放过往涉毒凶杀案嫌疑人档案的。艾杰尔顿觉得这简直是种侮辱。

"到此为止吧！"这位警探把围巾从抽屉里取出来，第三次把它塞到贝提娜的信箱里，"如果我不抗议的话，总有一天，她会在审讯室里拉起窗帘的。"

但艾杰尔顿并没有做实质性的抗议，最终，席尔瓦占据了办公桌的半壁江山。艾杰尔顿其实也是个明事理的人，他打心底地认为贝提娜本就应该拥有半张桌子。可是，就现在的情况而言，这位坐在餐桌边写着报告的人儿可不是贝提娜·席尔瓦。虽然老制服警已经向他确保过了，他还是低声细语地再次叮嘱道："如果她是第一个到现场的，她应该先等犯罪实验室的人来了，然后再写报告。"

他虽在陈述事实，其实是在质疑女警的工作。法医会从一起貌似自杀的现场看出端倪，而后判定它为一起谋杀案，这样的事情不是没有发生过。一个刚从警校毕业的警察连证物递交程序都搞不太清楚，天知道她会犯什么错。艾杰尔顿无需再多言，制服警已经明白他的意思了。

"别担心。我们会盯紧她的。"他再次强调。

艾杰尔顿点点头。

"她没问题。"制服警耸耸肩，"操，她其实比我们见过的那些有经验多了。"

艾杰尔顿打开速记本，走回餐厅里。他开始问两位制服警一些常规问题，为调查收集原始素材。

速记本首页的右上方标有当天日期——1月26日，艾杰尔顿已经在下面记录了他接到派遣电话时的细节："13点03分/派遣编号♯76/严重枪击案/里斯街5511号。"这些文字的两段之下，艾杰尔顿写下了自己来到现场的时间。

他继续写下年轻女警的姓名、她的编号以及来到现场的时间。他又询问并写下了案件编码。4A53881——4代表东北分局，A代表1月，剩下的数字则是案件的追踪码。在此之后，他记下了救护车的编码，还有正式宣布受害者死亡的医护人员的名字。在第一页的最下端，他记下了宣布死亡的时间。

"好吧。"艾杰尔顿转过身，第一次朝尸体投去颇感兴趣的一眼，"死者何人？"

"罗伯特·威廉·史密斯。"面色红润的制服警回答，"三十八，不对……三十九岁。"

"他住这儿？"

"是的。"

艾杰尔顿在第二页上写下死者姓名，然后又写下"男性/白人/三十九岁"以及地址。

"有人在现场吗？"

女警终于说话了："他妻子报的警。她说当时她在楼上，而他在楼下清洁他的猎枪。"

"她现在人在哪里？"

"他们把她带去医院做心理创伤护理了。"

"她走之前，你和她说过话吗？"

女警点点头。

"在补充报告里写上她和你说的。"艾杰尔顿说，"她有说他为什么自杀吗？"

"她说他精神出过问题。"面色红润的制服警抢话说，"他11号刚从斯普林菲尔德医院出院。这是他的病理小结。"

艾杰尔顿从他手里接过了一张皱巴巴的绿纸，快速地浏览了一遍。死者正在接受人格分裂——太棒了——和自杀倾向的治疗。他把这张纸交回给制服警，又在笔记本上写了两行字。

"你是在哪儿找到这张纸的。"

"他老婆拿给我看的。"

"犯罪实验室在过来的路上了吗？"

"我的上司已经给他们打过电话了。"

"那法医呢？"

"让我问问。"制服警走了出去，按下了无线电。艾杰尔顿把笔记本扔在餐桌上，脱下了大衣。

他并没有径直往尸体走去，而是绕着客厅走了一圈，检查了一下地板、墙壁和家具。这是艾杰尔顿的习惯做法，他会从现场的周边开始，慢慢朝尸体接近。这样做完全是正确的。当一个警探来到现场时，他会先花十分钟了解基本情况，然后再检查尸体——这也是出于同样的道理。刚入行的警探或许不明白这一点，但他渐渐就会知道，检查尸体这件事永远都不迟。在整个现场勘查的过程中，它都将安安静静、完好无损地躺在那里。可现场——无论它是街角、移动车辆的内部，还是客厅——却不一样。从尸体被发现的那一刻开始，现场便开始恶化了。每个有超过一年凶案组经验的警探都遇到过类似的事情，比如说，有的制服警会直接脚踩在血迹上，或移动在谋杀现场发现的凶器。这事可不仅制服警才干得出来：有些警探甚至见过某个警长或警监在现场蹚着步，他们的手里抓着弹壳，或正在翻查死者的钱包，仿佛他们恨不得用自己的指纹玷污所有证物。

凶案组办案手册的第二条规律：死者只会被杀一次，可犯罪现场会被"杀"千百次。

艾杰尔顿看了一眼从尸体喷出的血污，他确定，这些血和脑浆都是从头上的单一创口流出的。一道粉红色的血迹在尸体右侧、沙发背后的白色墙面上划出一条优美的弧线，它的最低点比死者头部高半英尺，最高点与门框上沿平行。这道漫长抛物线轨迹的终端似乎就是那个躺在擦鞋垫附近的耳朵。沙发顶端的枕头上有一道更短的血迹弧线。艾杰尔顿在沙发和墙壁之间的狭窄空间内找到了一些额骨碎片。死者头部的其余大多数部分都散落在他右边的地板上。

这位警探仔细检查了几道血迹，他告诉自己，它们的轨迹都是和死者头部那一枪相吻合的。这枪是从左边的太阳穴朝上射入脑门的。任何学过简易物理学的人都能得出这个结论：一道以垂直方向落在物体表面的血迹是对称分布的，它所溅起的血迹分岔也具有同样的长度；一道以钝角或锐角方向落在物体表面的血迹，它最长的分岔必然是和血迹出口相反的。就目前这个案件而言，如果警探发现某条血迹或它的分岔是朝有别于死者脑袋的方向延伸的话，这现场就难以解释了。

"好吧。"艾杰尔顿挪动了一下茶几，站在了死者面前，"让我看看你到底干了些什么。"

死者赤裸着身体，他的下半身包着方格图案的毯子。他坐在沙发的中央，脑袋的残余部分搁在沙发背上。他的左眼盯着天花板，右眼则陷在眼窝里。

"那是他的纳税申报表。"面色红润的制服警指了指茶几。

"是吗?"

"你看一眼。"

艾杰尔顿低下头，看到一张熟悉的个人所得税申报表。

"这些表格也会让我发疯。"制服警说，"我想他是受不了了。"

艾杰尔顿大声地叹了口气。现在就开玩笑，似乎有点早了。

"他死之前肯定在列清单呢。"

"警察真是变态呐。"艾杰尔顿重复道。

他看了一眼躺在死者双腿之间的猎枪。这把 12 号猎枪的后座顶着地板，枪口朝上，死者的左臂搁在枪筒上。他只是草草瞄了一眼，但犯罪实验室的人要对它拍照片，所以他还是把它留在了原来的位置上。他双手捏起死者的手。还有体温。他触摸死者的手指，告诉自己他刚死去不久。在有些此类案件里，夫妻之间爆发了争吵，其中一位开枪打死了对方，然后他/她会不知所措两三个小时。当他们终于想出伪造自杀现场的主意时，死者早就没了体温，面部和手指也已经僵硬了。艾杰尔顿也见过一些更加愚蠢的谋杀犯，他们会使劲把死者业已僵硬的手指套到扳机里去，可这样做完全无济于事，就好比在一个百货店人体模特无法闭合的手上粘了一个道具。但罗伯特·威廉·史密斯的情况可不是这样——他刚死不久。

艾杰尔顿记录道："枪靠在双腿之间……枪口冲着右脸……右边头部有巨大的枪创口。有体温。仍未尸僵。"

两位制服警看着艾杰尔顿穿上大衣，把笔记本放入外侧的口袋。

"你不等到犯罪实验室的人来了?"

"我倒是想等他们来，可是……"

"我们让你觉得无聊了。"

"你让我说什么好呢?"艾杰尔顿声线低沉,像一个低音男歌手一样说道,"我的工作完成了。"

面色红润的制服警笑了起来。

"他到了之后,告诉他我只需要这个房间的照片。还有,给这把枪好好拍上几张。我想,这把枪和那张绿纸应该派得上用场。"

"那尸检报告呢?"

"把它送到市局来。你们会封锁这个地方吗?他老婆会回来吗?"

"她离开时已经不成人样了。我想我们会封锁这里。"

"很好。"

"没其他了?"

"是的,谢谢。"

"不用谢。"

艾杰尔顿看了眼女警。她还坐在餐桌边。

"你的报告写得怎样了?"

"写完了。"她说着举起了第一页,"你要看一眼吗?"

"不必了。你一定没问题的。"艾杰尔顿说。他知道,她的分局警司肯定会检查一遍的。"你喜欢这份工作吗?"

女警先是看了尸体一眼,然后目光又回到艾杰尔顿身上:"还凑合吧。"

艾杰尔顿点点头。他朝面色红润的制服警挥了挥手,然后走了出去。这一次,他格外注意避开了耳朵。

十五分钟后,他坐在了凶案组办公室的打字机前。他要把三页笔记变成单页的二十四小时内犯罪报告,其格式为刑事侦缉部的 78/151。即便艾杰尔顿的打字技巧拙劣至极,他还是在十五分钟内把罗伯特·威廉·史密斯的死亡报告变成了一段可读的备忘录。对凶杀案的个案描述报告是这个组的必要文件,但二十四小时内犯罪报告则有另外一个重要功能——它能让侵犯他人人身权利罪科的所有人都明白大家正在干些什么。一位警探可以通过速读二十四小时内日志了解每个正在调查中的案件。每篇日志都有一个简短、说明性的标题，其下是一篇与其相对应的一两页纸长的陈述。一位警探可以通过翻阅那些标题，按照事发先后顺序了解巴尔的摩的暴力事件：

"……枪击，枪击，可疑死亡，砍人，逮捕/凶杀，严重枪伤，凶杀，凶杀/严重枪伤，自杀，强奸/砍人，可疑死亡/吸毒过量，商业盗窃，枪击……"

死亡、濒临死亡、受伤。巴尔的摩的每个暴力受害者都会在 78/151 表格中找到自己的位置。汤姆·佩勒格利尼在凶案组工作的一年多时间里，他已经填过一百多次二十四小时内犯罪记录表了。哈里·艾杰尔顿于 1981 年 2 月来到凶案组，以此推论，他应该已经填过五百个表格了。而唐纳德·金凯德——艾杰尔顿所在分队的老探员，自 1975 年以来就一直待在这里——应该已经填写过上千个了。

不同于那个只会显示凶杀案及其告破状态的"板儿"，二十四小时内犯罪记录能衡量一位警探的工作量。如果一张记录表的底部有你的签名，那就说明当一个派遣电话打进来时，你接起了电话；或还有一种更妙的情况，即当另一位警探举起一张他刚写下案发地址的绿色"当铺登记"卡片，挥着手问"谁有空？"——这是个比警局总部大楼楼龄更加古老的问题——时，你自愿接受了这起案件。

哈里·艾杰尔顿很少主动请愿受理案件，他所在分队的其他成员一直对此心有芥蒂。

分队中没有一个人不会承认艾杰尔顿是个好警探，他们中的大多数还会私下承认他们喜欢他。但是，在只有五人编制的分队中，警探们不但不应该对派遣电话挑挑拣拣，接替调查另一位警探所接到的案件也是情理之中的事。可哈里·艾杰尔顿却是个孤僻的人，他经常只关注自己感兴趣的案件，并对此做出漫长的调查。在凶案组，案发之后的二十四小时基本决定了一起凶杀案是否能告破，可艾杰尔顿经常调查一起案件长达数日乃至数星期之久。他会反复审讯目击者，跟踪嫌疑人，而他的工作时间完全是由他个人制定的。艾杰尔顿总是迟到，他也经常不准时赶到警局参加午夜轮值，但他会自己给自己加班，同事们会在半夜 3 点的时候发现他还在研究案件报告。在他来到凶案组的五年里，他基本没和哪个副手合作过，他一个人写报告，一个人做审讯，从来就无视分队其他人员到底在干些什么。他的同事们都认为他是个干精细活的，而不是一头干粗活的驮马。可是，在数量比质量重要的凶案组，他的工作准则会经常导致矛盾冲突。

艾杰尔顿的背景也让他更为孤僻。他的父亲是一位爵士钢琴家。他从小就生活在曼哈顿。他之所以会来巴尔的摩做警察，只是因为有一次他在报纸分类广告里看到了警局招聘信息，便突发奇想前来面试。凶案组的大多数成员都成长于他们现在所治理的那些穷街陋巷，可艾杰尔顿的成长环境可不是这样的——他成长于上曼哈顿区，小时候他会在放学后造访大都会博物馆，还会跟着母亲去夜总会，并在那里和莲纳·荷恩以及小萨米·戴维斯①这样的明星相熟。你怎么也想不到像他这样的一个人竟然会当警察：他说他曾在方兴未艾的格林威治村见过鲍勃·迪伦②，而在此之后，他还组建过自己的摇滚乐队，并担任了主唱。这个乐队名为"爱神"，是一个颇具花童意味的名字。

哈里·艾杰尔顿会和你聊起外国艺术电影、爵士乐以及希腊进口红酒的质量——他本来可不懂这个，但后来他娶了一个家住布鲁克林的希腊商人的女儿，于是便学会了这一套。他的老丈人之前在苏丹做了好几年生意，赚了大钱后便举家移民到了纽约。虽然哈里·艾杰尔顿已经到了不惑之年，可在同事看来，他完全是个谜一样的人物。在

---

① 两位都是美国著名爵士乐手。——译者
② 美国乡村摇滚巨星。——译者

午夜轮值时，他分队的其他人都会聚在一起，看着电视机里的克林特·伊斯特伍德把玩那把全世界最大、最有威力的枪①；而艾杰尔顿却会一个人待在咖啡室里，一边听着爱美萝·哈里斯唱着伍迪·格斯的歌，一边写着案件报告。艾杰尔顿还会在晚饭时刻消失。不过，你总可以在东巴尔的摩街的廉价饭店附近找到他。他会把车停在一个电子游戏厅前，然后沉溺在游戏中，用镭射激光疯狂地轰炸着五颜六色的外星生物。在凶案组，佩戴粉色领结通常被认为是出柜的行为，但艾杰尔顿可不管这些。有一次，杰·朗兹曼随口评价了艾杰尔顿一句，不过那句话精准地传达了整个凶案组对他的看法："哈里真是个腐朽至极的警探啊。"

虽然艾杰尔顿是个黑人，但他大都市的成长背景、他对咖啡馆的喜好以及他那口纯正的纽约腔，都极大地混淆了白人警探对黑人同僚的判断——在他们看来，世上的黑人全应该和那些混迹于巴尔的摩贫民窟的人一样，所以艾杰尔顿算不上是真正的黑人。艾杰尔顿是个跨种族生物，他模糊了凶案组中先入为主的种族界限：即便是艾迪·布朗这样土生土长的巴尔的摩黑人警探都会时常说，虽然艾杰尔顿是个黑人，但他肯定不是个"纯种黑人"；而布朗认为他自己——他开一辆小集装箱大小的加长版凯迪拉克——就是"纯种黑人"。每当白人警探想要某个黑人同僚帮忙给某个西巴尔的摩区地址打匿名电话，看看某个嫌疑人是否在家时，艾杰尔顿就算主动想帮忙也会遭到拒绝。

"哈里，你可不行。我们需要一个听起来像黑人的伙计。"

艾杰尔顿和艾德·伯恩斯之间的合作关系也让他与凶案组其余伙计更加疏离了。他们俩曾就一起案件做过为期两年的调查，在那个时期，他们都是向美国缉毒局直接汇报的。那起案子原先是起凶杀案，

---

① 这里指的是克林特·伊斯特伍德拍的"肮脏哈里"系列电影，他在里面使用一把.44口径的左轮手枪。——译者

一个贩毒团伙的头头派人杀了自己的女友，而伯恩斯知道他是谁。他们俩找不到证据给这个毒贩定罪，于是他们花了好几个月用电子电话设备窃听监控他，最终，他们以涉嫌贩毒罪逮捕了他。后者被判三十年监禁，不得假释。在艾杰尔顿看来，这完全是伸张正义的行为，因为有组织的毒品交易最终总是会导致肆无忌惮的凶杀。

很多警探都认同这个观点。在巴尔的摩，将近一半的凶杀案都和使用或贩卖毒品有关，而此类案件的破案率则比任何其他凶杀案的都要低。然而，凶案组的做事方式并没有随着犯罪性质的变化而变化：他们对所有案件都一视同仁，警探们被要求独立处理这其中每一种。可伯恩斯和艾杰尔顿却是这一做法的反对者。他们认为，本市毒品交易市场中此起彼伏的暴力事件恰恰撞上了凶案组的软肋——警探们无法看清全部的真相，而只能就单个案件做独立的、零星的、反应式的调查。只有通过打击本市的贩毒团伙，发生在这里的暴力事件才能被查清、减少——乃至预防。在那个由美国缉毒局负责的案件告破两年之后，艾杰尔顿和伯恩斯又通过一整年的调查，破解了发生在孟菲公屋区的大宗凶杀事件——这起案件导致十二人死亡及谋杀未遂——他们再次证明自己的观点是对的。的确是某个贩毒团伙干了这事。在此之前，凶案组也曾就这其中的几个案子单独立案调查过，可一直都无法告破。直到艾杰尔顿和伯恩斯经过漫长的努力之后，这其中的四起才得以告破，而涉及此案的主要罪犯也被判了终身监禁。

当然，对于艾杰尔顿和伯恩斯的工作，没有人会反对说这不是伸张正义的行为，但其他警探都会不假思索地指出，对这两起案件的调查耗费了整整三年时间，而在那个时期，两人所在的分队都少了一个人手。派遣电话的总量还是那么多，于是在艾杰尔顿直接向缉毒局分局汇报的时期，他所在分队的其他警探——金凯德、贾尔维、麦克埃利斯特和伯曼——就要负责更多的枪击案、可疑死亡案、自杀案、凶杀案。艾杰尔顿长期不在岗位的结果就是，其他同事都不怎么待见他了。

目前，艾德·伯恩斯正一如既往地被特调配合 FBI 调查莱克星顿住宅区的贩毒团伙，而对此案的调查也一如既往地看不到头——最终，这将耗费他整整两年的时间。最开始时，艾杰尔顿是和他联手调查的，然而就在两个月前，FBI 和本地警局高层就案件预算问题展开了一次互相中伤的争执，艾杰尔顿被调遣了回来。现在，哈里·艾杰尔顿回到了日常工作中。他写着二十四小时内犯罪记录，调查着稀松平常的自杀案。对此，他的同事们别提有多窃喜了。

"哈里，你正在打什么文章呢？"

"喂，哈里，你没接派遣电话是吗？"

"这是什么玩意？哈里。是个大案子吗？"

"哈里，你是又被特调到别的地方去了，是吗？"

艾杰尔顿点上一支烟，笑了起来。他知道，在经历了这么多次特派调遣之后，这些讥言讽语是他罪有应得的。

"你们真逗。"他笑着说，"操他妈的，你们真是逗死我了。"

鲍勃·伯曼正好夹着一份卷宗走到一个打字机前，他俯下身来，看了一眼艾杰尔顿写的二十四小时内犯罪记录标题。

"自杀？哈里，你竟然在调查一起自杀？"

"可不是吗？"艾杰尔顿顺着他的话说，"你从来不知道当你接起电话时，你接到的会是什么。"

"你发誓，你再也不会接自杀案了。"

"这可不是我能决定的。"

"我怎么不知道你会负责自杀案件呢？我还以为你只调查大案子呢。"

"我是在体验下层穷苦人民的生活。"

"喂，罗格。"伯曼看到自己分队的警司走进办公室，对他说道，"你猜怎么着？哈里竟然接了起自杀案。"

罗杰·诺兰只是笑了笑。在他看来，艾杰尔顿或许是个不服管教的下属，但不可否认的是，他是一位出色的探员，因此他能容忍他的出格。除此之外，艾杰尔顿手头上还不只有一起自杀案：他接到了诺兰分队本年度的第一起案件，那是发生在西北区的一起性质恶劣的刺杀案，至今仍无线索。

那是在两星期前。艾杰尔顿在午夜轮值的早些时间接到了派遣电话。他赶到加里森大道 2400 号街区附近的公车站与公用电话亭，发现一位名为布伦达·汤普森的女人死在了四门道奇车的后座里。这是个肥胖的、面容悲伤的死者，她年仅二十八岁。

犯罪现场基本就在道奇车内部。死者沉在后座中，她的衬衣和文胸都被扯了起来，她的胸部和腹部被刺十几刀。凶手把死者的钱包丢在了后座的地板上，这让这起案件貌似抢劫凶杀案。除此之外，车内毫无线索可言——没有指纹、没有毛发、没有纤维，死者的指甲里也没有皮肤碎片或血迹。一无所有。艾杰尔顿没有找到目击者，他接到了一起谜案。

在过去的两星期里，艾杰尔顿一直在还原布伦达·汤普森去世前的行为轨迹。他发现，就在被杀之前，她曾向一群青少年街头贩毒者索要过钱，后者曾在宾夕法尼亚大道向她丈夫推销过海洛因。或许这起案件又和毒品有关，但艾杰尔顿无法忽视抢劫的可能性。事实上，就在今天下午，他刚去过走道对面的刑事侦缉部抢劫组，看了看西北区的持利器抢劫案件档案，寻找新线索的可能性。

艾杰尔顿正在调查一起凶杀案的事实并无法让他的同事好受些。即便他毫无怨言地负责了一起自杀案，分队里的其他人也会觉得这本就是他该做的。艾杰尔顿的日常工作量一直都是他同事们习惯抱怨的痛处，这其中以伯曼和金凯德尤为明显。作为他们的警司，罗杰·诺兰知道要是他本人再添油加醋的话，这只能让下属之间的关系更为紧张。不让下属恶意互掐是诺兰的责任，于是，他并没有跟风办公室里的其余人，而只是沉默地听着他们对艾杰尔顿的讥讽。他知道，在这种时候，无论他说什么，都会对他们中的某一方造成伤害。

可伯曼却不想就此了之。他不依不饶地说："这难道是太阳从西边出来了吗？哈里真的负责了一起自杀案耶。"

"别担心。"艾杰尔顿把报告从打字机里抽了出来，小声地说，"等我办完这个案子，太阳还是会从东边升起的。"

整个办公室都哄堂大笑了起来。

第二章

2月4日，星期四

她仿佛是在哭泣。滴落在她脸上的雨水汇聚在一起，顺着她面部的轮廓往下流淌。她深棕色的眼睛张开着，望着湿漉漉的人行道；黑色的发束杂乱地盖过深棕色的皮肤，她的颧骨很高，鼻梁挺直。她仿佛对什么有所不满，嘴唇微张着扭曲了起来。即便是现在，她都如此美丽。

她左臀着地，头往一边倾斜着，背部弯曲，一条腿靠在另一条腿上。她的右臂搁在头上，左臂则往前伸张着，那小小的、细长的手指指向柏油路面，可那里一无所有。

她的上半身被红色的塑料雨衣部分覆盖着，她的下半身穿着黄色的长裤，上面沾满了污泥。雨衣之下是她的衬衫和尼龙夹克，它们都被扯破了，血从那些口子里流淌了出来。她的生命正是从这些口子里流逝的。她的脖子上有一条勒痕——应该是绳索留下的——并在头颅底部交叉了起来。她的右手上是一个蓝色便携包。它一动不动地躺在人行道上，里面装满了图书馆借书、一些纸张、一个廉价的照相机以及一个充斥着亮红色、蓝色和紫色的化妆盒——这是夸张的、女孩的颜色，这是个对世界充满好奇的年龄，这是个还未懂得向世界施展魅力的年龄。

她只有十一岁。

这位女孩名为拉托尼亚·金·瓦伦斯。此时此刻，警探和巡逻警正聚集在她尸体的周围。没有一个人敢开玩笑，没有一个人敢冷血地表现他的漠不关心。杰·朗兹曼勘查了一遍现场，不同往日，他只是做了一些病理性的事实陈述。汤姆·佩勒格利尼站在小雨中，在那本潮湿的笔记本上画下犯罪现场。他们的身后站着第一个赶到现场的中央区巡逻警。他正靠在一片排屋的后墙上，一只手插在枪带上，另一只手则无力地举着无线电对讲机。

"好冷。"他自言自语道。

自拉托尼亚·瓦伦斯的尸体被发现的那一刻开始，所有警探便认为她是完全无辜的。在这座城市里，如果有人被杀害了，那他本人多半都脱不了干系。可拉托尼亚却不是这样。她只是个五年级的孩子。她被强暴了，然后又被杀了。这完全是野兽的行径。

接到派遣电话的是沃尔登。派遣员没怎么详细说，警探们只知道在纽因顿大道 700 号街区的巷子里找到了一具尸体。那是一片位于本市中心城区水库山地区的一片住宅。自上一星期开始，达达里奥的人马又轮值到了日班，当这个电话于早上 8 点 15 分响起时，他的警探们还在等待着 8 点 40 分的点名。

沃尔登在"当铺登记表"的背面记下事件细节，然后问朗兹曼："让我现在就过去吗？"

"别，你们都乖乖待在这儿。"警司说，"很有可能只是个酒鬼把自己给喝死了。"

朗兹曼点上一支烟，在咖啡室里找到了佩勒格利尼，然后从一位刚想离去的午夜轮值警探那里接过了雪佛兰警车的钥匙。十分钟之后，他来到了纽因顿大道，并通过无线电呼叫了凶案组。

艾杰尔顿先赶到了。然后，罗杰·诺兰分队的其余人手——麦克埃利斯特、伯曼和里奇·贾尔维——都赶到了。接着，麦克拉尼分队的戴夫·布朗，以及朗兹曼分队的弗雷德·塞鲁迪也来了。

佩勒格利尼、朗兹曼和艾杰尔顿勘查了现场。其余人则巡视了现场的外围：布朗和伯曼缓缓地走在雨中，搜寻了附近的几个院子和荒废的小巷，试图找到一条血迹、一把刀、一条和勒痕相吻合的绳索或一片衣物碎片；塞鲁迪和艾杰尔顿先后爬上一把木梯子，来到邻近排屋的二、三楼屋顶，从上方勘查巷子里是否还有什么看不到的东西；贾尔维和麦克埃利斯特离开了现场，分头重建女孩去世前的行为踪迹：他们先是检查了两天前的失踪人口报案记录，然后又造访了拉托尼亚的老师、朋友以及公园大道市图书馆分馆的图书管理员——人们最后一次见到她，正是在图书馆。

佩勒格利尼拎起女孩的便携包，走进离尸体不远的、纽因顿排屋718号房的后门。他把这只被雨水浸透的包包放在餐桌上。警探、巡逻警和实验室人员都围绕在它的周围。朗兹曼小心翼翼地打开扣子，朝里面望了望。

"基本上都是书。"过了几秒钟，他说，"把它带回实验室吧。这儿可不是处理它的地方。"

佩勒格利尼拎起蓝色的包包，把它小心地交给了名为法索奥的实验室工作人员。然后，他又看了一遍自己的笔记本，回顾了一下现场的细节——派遣电话时间、编号、到达时间——他走出后门，再一次地望着死去的女孩。

黑色道奇停尸车已经泊在了小巷一头，佩勒格利尼看见佩尔维斯法医走过人行道，走进院落。他先是看了眼尸体，然后去后门内厨房找到了朗兹曼。

"我们可以走了吗？"

朗兹曼望了眼佩勒格利尼，后者的眼里流露出犹豫的神情。汤姆·佩勒格利尼站在纽因顿大道那个排屋厨房的门口，就在那一瞬间，他听见内心的呼喊：让法医再等等吧，就让尸体待在它原本的位置吧——整个犯罪现场就像要在他眼前蒸发了一样，他不能忍受这个过程，他要把握住它。毕竟，这是他负责的案件。他和朗兹曼一起首先赶到现场；而现在，他也是这起案件的主责警探。虽然此时此刻，半个轮值人马都在帮他的忙，都在附近的区域收集着信息，可到头来，随着这起案件沉沦或浮起的就只有佩勒格利尼一个人。

几个月之后，这位警探会心怀着后悔和挫败感地想起这个水库山地区的早晨。要是那个时候，他听从自己内心的呼唤，让所有警探、制服警、实验室人员和法医都离开这个位于纽因顿大道 718 号后边的院落，那该有多好啊。可一切都来不及了。他呆坐在办公桌边，脑子里满是一幅静止的画面——他坐在院落边的椅子或凳子上，冷静、理性地观察着拉托尼亚·瓦伦斯的尸体和周遭的现场。他也会记得，是他自己放弃了听从内心的呼唤，是他自己一开始便遵从了朗兹曼和艾杰尔顿的意见——他们的经验比他多得多，他们都曾经遇到过这样的案件——是他自己，把作为主责警探的权力放弃了。当然，这是可以理解的。但在此之后，佩勒格利尼明白了一个道理——他从来就不曾拥有过这起案件的控制权。他为此感到绝望。

可现在，让我们回到那天早晨。在那个人满为患的厨房里，佩尔维斯靠在门旁等待着佩勒格利尼的决定。佩勒格利尼虽然感到不安，却没有说什么，他也没有理由再说什么。他已经在他的笔记本上画下现场；他也和朗兹曼、艾杰尔顿一起检查了院落和小巷的每一英寸土地；法索奥已经拍完照片，现在，他正在丈量距离。当然，9 点快要到了。在 2 月的微弱晨光中，这片住宅区正在从睡梦中醒来。当这里的居民看到这个躺在雨中的、被开膛破肚的小女孩，他们又会怎么想？此时此刻，即便是凶案组的警探，也压抑不了内心自然的冲动——他们必须尽快把小女孩的尸体从雨中收拾起来。

"好吧，我觉得我们可以走了。"朗兹曼说，"汤姆，你觉得呢？"

佩勒格利尼没有说话。

"汤姆？"

"你说得对。我们可以走了。"

"好吧。"

朗兹曼和佩勒格利尼跟着停尸车回到了市局，他们等待着验尸报告。与此同时，艾杰尔顿和塞鲁迪各自开着车来到了位于德鲁伊大道的一座公寓前。这座公寓距市局仅三个半街区之遥。两位警探都在公寓门口踩灭了香烟屁股，然后快步走到底楼大门前。艾杰尔顿刚想敲门，却又迟疑了一下，他看着塞鲁迪说："这次让我来吧。"

"哈里，没人跟你抢。"

"你负责把她带去法医那里，好吗？"

塞鲁迪点了点头。

艾杰尔顿敲了敲门。739A 号公寓里传来了脚步声。艾杰尔顿拿出自己的徽章，深深地吸了一口气。门慢慢地打开了，开门的是一个三十岁左右的男子，他穿着牛仔裤和 T 恤。艾杰尔顿还未向他亮出徽章，他已经微微地点了点头，让他们进去了。他们跟随他的脚步走进门道。他们看到餐桌边正坐着一个小男孩，他一边吃着冷麦片一边翻着漫画书。内屋的卧室里传来门打开的声音，有人朝他们走了过来。

艾杰尔顿低声问道："拉托尼亚的妈妈在吗？"

根本用不着回答了。一个穿着浴袍的女人走进餐厅，她的身边站着一个十几岁的小女孩，她的脸庞长得和纽因顿大道的那个女孩一样好看。女人显然好几天没睡了，她惶恐地看着哈里·艾杰尔顿："我的女儿，你们找到她了？"

艾杰尔顿看了她一眼，然后侧过脸。他如鲠在喉说不出话来。女人的眼光从艾杰尔顿转到塞鲁迪身上，然后又跳过他们望向空荡荡的门道。

"她在哪里？她……没事吧？"

艾杰尔顿摇了摇头。

"天呐。"

"对不起。"

小女孩快要哭起来了，她钻入母亲的怀抱。女人抱起她，转过身，面朝餐厅墙壁。艾杰尔顿感觉到了她内心的翻涌，她的全身紧绷，眼睛紧闭着。

年轻男人问："怎么会……"

"我们是今天早上找到她的。"艾杰尔顿的声线低到几乎听不见了，"她是被刺死的，就在这附近的一条小巷里。"

女孩的母亲转过身，她试图说什么，却哽咽着说不出话来。她朝卧室走去。在那里，死者的阿姨、小男孩的母亲把她抱在了怀中。警探们只好对着男人说话了，他虽然看上去也备受打击，但至少还能明白他们对他说的话。

"我们得带着她去法医那里一趟，她得做身份确认。然后，如果有可能的话，我们希望你们所有人都能去市局一趟。我们需要你们的帮助。"

年轻男人点点头，转身回到卧室中。艾杰尔顿和塞鲁迪尴尬而又不安地站了几分钟。终于，他们听见卧室里传来绝望的哭泣声。

"我恨这活。"塞鲁迪说。

艾杰尔顿走到餐厅的橱柜旁。他拿起一个相框。照片中，两个小女孩正互相依靠着坐在蓝色的背景图前，她们都戴着粉色的蕾丝蝴蝶结。她们头上的每一束头发都被精心打理过。艾杰尔顿给塞鲁迪看了一眼照片，后者已经瘫坐在椅子上了。

艾杰尔顿看着照片说："总有一天，我会逮住那个婊子养的。"

小女孩轻轻地关上了卧室的门，走回到餐厅里。艾杰尔顿放下相片，他突然意识到，这个小女孩是死者的姐姐。

"她正在穿衣服。"女孩说。

艾杰尔顿点点头："你叫什么?"

"雷肖恩。"

"你几岁了?"

"十三岁。"

艾杰尔顿回看照片。女孩以为他还会向她提问,于是又等了一会;她意识到艾杰尔顿不会再问她了,于是又转身回到卧室。艾杰尔顿蹑手蹑脚地看了一遍餐厅和客厅,而后来到公寓中的狭小厨房。这个公寓的装潢简陋,家具的风格不搭配,客厅的沙发也显得十分破旧。但这个地方很整洁干净——说实在的,特别干净。艾杰尔顿发现,大多数橱柜上都放着全家福照片。餐厅的冰箱门上则贴着一张儿童画——大房子、蓝天、微笑的孩子和微笑的小狗。贴在墙壁上的打印纸上写着近期的学校事宜与家长会安排。他们家有点穷,但还不至于赤贫。拉托尼亚·瓦伦斯至少还生活在一个完整的家中。

卧室门打开了,已经穿好衣服的母亲和她的姐姐走到走廊里。她疲惫地穿过餐厅,走到衣架旁。

"准备好了吗?"艾杰尔顿问。

女人点点头,从衣架上取下大衣。她男朋友则取下一件夹克。十三岁的小女孩却迟疑了一下。

"你的大衣在哪里?"她母亲问。

"我想在我房间里。"

"去拿吧。"她温柔地说,"外面很冷。"

艾杰尔顿带着他们走出公寓,他看着母亲、她的男友和小女孩的姐姐挤入塞鲁迪的雪佛兰。车辆缓缓地开走了,他们会前往佩恩大街,在那里,一具躺在不锈钢轮床上的尸体正等着他们。

与此同时,在水库山地区的西南面,里奇·贾尔维与鲍勃·麦克埃利斯特正在还原拉托尼亚·瓦伦斯去世前的最后行踪。她的家人是在 2 月 2 日晚上 8 点半——即两天前——报警说她失踪了的。巴尔的摩每个月都有数起失踪报告,那份报告读起来和其他的毫无区别。人口失踪两天并不足以让报告传到凶案组，在此之前，警察做过的所有努力便是中央区分局失踪人口调查组的一些常规调查。

两位警探先是来到拉托尼亚的学校。他们造访了校长和几位老师。然后，他们找到了死者九岁大的玩伴以及她的母亲，两人都声称在她失踪前的下午见过她。这些证词是和失踪人口报告所描述的吻合的：

2月2日星期二的午后，拉托尼亚·瓦伦斯从乌塔-马什伯恩小学放学后回家。她3点到家，不到半个小时之后又带着蓝色书包出了门。她告诉母亲，她要去位于公园大道的市图书馆分馆借书。图书馆离她家四个街区之遥。然后，拉托尼亚来到隔壁楼，她敲开她玩伴家的门，想问问她是否也想去图书馆。可她玩伴的母亲不想让女儿出门，于是，拉托尼亚·瓦伦斯独自去了图书馆。

贾尔维与麦克埃利斯特来到公园大道市图书馆分馆，继续了解拉托尼亚接下来的行踪。据当天下午当值的管理员说，他看到穿着红色雨衣的小女孩。他记得她只待了几分钟，然后随意地挑了几本书，几乎没关心她挑中的到底是什么书。管理员还记得，小女孩看上去若有心事，在她离开之前，她还在门口站了一会，仿佛陷入了沉思中。

然后，拉托尼亚·瓦伦斯便背着她的书包消失在终日忙忙碌碌的巴尔的摩街道上了。她消失了，没有任何已知的目击者看到过她。在她的尸体被丢弃在小巷中之前，她在某个地方待了一天半。她是被绑架到那里的，她在那里待了三十六个小时——那里才是第一犯罪现场——可那个地方到底在哪里？现在无人能知。除了拉托尼亚·瓦伦斯的尸体所能提供给他们的生理证据之外，警探们几乎一无所有。

的确，这便是汤姆·佩勒格利尼开始的地方。他和杰·朗兹曼在佩恩大街地下室的法医解剖室里，看着拉托尼亚·瓦伦斯的肉身被一刀刀地划开、割下，这具曾经温暖的身体，将会告诉他们一些冷冰的事实。刚开始时，尸体的生理证据告诉他们，这是一起为时漫长的绑架案。死者的胃里有一摊完全被消化的意大利面和肉丸，还有一些部分被消化的热狗以及小块纤维状的酸菜。一位警探拨通学校食堂的电话，他了解到，2月2日的学校午餐正是意大利面，然而，在拉托尼亚·瓦伦斯前往图书馆之前，她没有在家吃任何东西。谋杀犯是为了让她活下去给她吃了最后一顿饭吗？

当警探们站在解剖室的一边与法医交流时，佩勒格利尼意识到，自己的不祥预感成真了：纽因顿大道的现场的确被清理得太快了，至少有一个证据再也找不回来了。

本州首席法医约翰·斯密亚雷克是在警探们正在收拾现场的那个时候才收到这个消息的。当他从自己的办公室赶到水库山地区的现场时，他发现自己晚了一步，尸体已经被挪走了。如果她还在原地，那么，他就可以用一支体内温度计测量死者的体温。通过这种方式，他可以把死亡时间精确到小时。

如果无从通过体温来判断死亡时间的话，法医只能依靠尸僵（肌肉僵硬）的程度和尸体发青（体内血液停止流动和固化）的程度来推算。可是，尸变现象发生的速率是由很多因素决定的，死者的体型、体重和身材，其死亡时的外界温度，其死亡现场的外界温度和条件，都会对它产生影响。更有甚者，在死亡后的起初几个小时内，尸僵并不是一成不变的，它会先出现，然后消失，接着又出现；病理学家需要时隔数小时再次检查尸体，才能正确地判断尸僵的阶段。因此，想了解死者死亡时间的警探经常要等待六小时、十二小时乃至十八小时才能知道结果。如果一具尸体已经开始腐烂的话，那么病理学家就更难断定它的死亡时间了，虽然他还是可以通过检测尸体内的蛆来把范围缩小到一两日之内——可把蛆从体内一条条地取出来则是件劳心劳神的活。事实上，法医对死亡时间的判断基本上靠猜；在《神探酷杰克》（*Kojak*）里，验尸官竟然会告诉酷杰克他的死者是在10点半和10点45分之间停止呼吸的，这根本是不可能的事，所以当午夜轮值的警探无事可做在公共电视上看到这些场景时，他们总是会不禁笑起来。

佩勒格利尼和朗兹曼逼迫病理学家做出死亡时间的判断。他们被告知，这个小女孩的尸体貌似刚刚结束第一次尸僵，因此应该至少死了十二小时。因为她的尸体还未腐败，而她胃里也没有除了上述之外的其他食物，警探们依此做了第一次推断：拉托尼亚·瓦伦斯被绑架了一天，她是在星期三晚上被杀害的，而她的尸体则是在星期四清晨丢弃在了纽因顿大道。

尸检的其余结论倒是明确了。拉托尼亚·瓦伦斯是被一条绳索勒死的，然后凶手残暴地用利刃把她的内脏掏了出来，那很可能是把边缘呈锯齿状的餐刀。她的胸部和腹部挨了至少六刀，每一刀都刺得很深，在警探看来，这种暴力程度只能说明凶手虐待了尸体。虽然她穿着衣服，但她的阴部有新的裂伤痕迹，这说明凶手对她进行了猥亵。可惜的是，她的生殖器、肛门和嘴里都没有发现精液。最后，法医发现她的一个耳垂上有一枚小小的星形耳钉，可她另外一只耳垂上却没有。在此之后，她的家人确定，星期二那一天，她是戴着两个耳钉去上学的。

通过仔细分析伤口，佩勒格利尼和朗兹曼确定，纽因顿大道的后巷并不是谋杀现场。小女孩身上的伤口很深，血应该会流出了很多才对，可在案发现场却基本没什么血迹。警探们明白，他们要问的第一个问题也是最根本的问题是：如果后巷不是谋杀现场的话，那它又在哪里？第一犯罪现场到底在哪里？

那天下午的晚些时候，调查这起案件的警探们在凶案组办公室聚头开了一个会。杰·朗兹曼说出了一种假设，在这个房间内的大多数人看来，这种假设的可能性已经越来越大了："她是在图书馆和她家之间被找到的，所以那个绑架她的人应该就生活在附近，她很有可能认识他，因为她是在大白天的街上被带走的。如果你绑架了她，把她塞到车里，那你就会开着车把她带到另外的地方；如果是那样的话，你就不会把她杀死之后再把她的尸体带回来。"

朗兹曼还说了另一个与此相关的假设，即她是在尸体被丢弃地点附近的一二个街区内被杀的。虽然凶手丢弃尸体是在清晨时分，但当时他正扛着一具血淋淋的尸体，并且只有一件红色雨衣蔽覆，他不会冒这么大的险跑到更远的地方再做这件事情。大多数人也同意这个观点。

"除非他是开着车把尸体带到小巷的。"佩勒格利尼说。

"但如果是这样的话，你又要反问自己，为什么他既然已经把她弄到车里了，还要冒着被看到的风险把她丢在一条小巷里呢?"朗兹曼辩论道，"他完全可以把车开到某个森林里再把她丢弃的。"

"或许这个人是蠢蛋。"佩勒格利尼说。

"不可能。"朗兹曼说，"你的谋杀现场肯定就在那片操蛋的街区里。他肯定就住在那里，他是把她从他家后门背出来的……要不就是一个空房或车库，诸如此类的地方。"

在这样的会议中，朗兹曼会把与会警探分成几个小组，让他们分头讨论整起案件的各个部分。

那一天的早些时候，六位警探已经为本案的主要证人录下了口供。作为本案的主责警探，佩勒格利尼的工作是从了解这些口供开始的，他得先把其他探员所了解到的事实和他所了解的拼凑在一起。这些问答记录分别来自受害者的家属、她的一些同学和纽因顿大道718号的一位五十三岁居民，正是他在倒垃圾的时候发现了尸体——佩勒格利尼仔细阅读着每一页，试图发现这其中是否有不同寻常的用词、前后不符的陈述或奇怪的说法。他参与了其中某几场审讯，其余几场是在他从解剖室回来前就完成了的。所以，他现在首先得跟上调查的进度。

与此同时，艾杰尔顿和塞鲁迪则坐在附属办公室里，他们的面前是一堆牛皮纸的证物袋，里面装满了尸体解剖后所留下的东西：鞋子，被血迹玷污的衣物，可用以 DNA 或血型鉴定的指甲采样，未来可做比对的受害者血液及头发采样，以及从受害者身上发现的毛发——它们既有黑人属性的，也有白人属性的，这是否和犯罪有关仍然有待确定。

发现尸体上有不同人种属性的毛发是一个值得注意的细节，但在巴尔的摩，凶案组警探通常都认为这样的微量证物是基本没有价值的。首先，犯罪实验室能明确地把一缕毛发和嫌疑人比对在一起的情况少之又少，如果这样的情况发生了，那通常是因为此人是白人，他的头发本身便具有或染成了特立独行的颜色。就黑人属性或深色白人属性的毛发而言，法医能做出的最佳陈述便是嫌疑人的毛发和从尸体上找到的毛发具有同样的特征。DNA 遗传编码学已经在破案中得到广泛应用，但其所提取的 DNA 最好来自血液或皮肤采样。如果想要从毛发中提取 DNA 和嫌疑人做比对，法医至少需要一根完整的毛发，连着发根的那种。其次，朗兹曼和其他很多警探都会怀疑在经过法医的处理后，这些微量物证到底有多完整，那个简陋的房间每天都要接受超过其工作量限度的解剖实验，它的空间环境完全没达到一尘不染的标准。从拉托尼亚·瓦伦斯身上找到的毛发很有可能来自包裹尸体的塑料布或那条在解剖开始之前用以清洁尸体的毛巾。它甚至有可能来自法医、警探及辅助人员自身，或是那具在此之前刚被解剖完抬走的、抑或仍然躺在隔壁床上的尸体。

艾杰尔顿开始在几张实验室表格的首页空白处填写了起来：一件红色雨衣，有血污；一件红色马甲，有血污；一双蓝色雨鞋；要求对此做微量物证分析及指纹分析。

其余的警探则在行政办公室里整理归类目击者证词或一份接着一份地打着字。还有一些警探围绕在行政办公室电脑终端前，他们初步调出了纽因顿 700 号街区北边——和尸体被找到的那条小巷保持平行的十六幢排屋——的所有犯罪记录及罪犯姓名。

看一遍这些电脑记录便可以大致了解本市的真实生活境遇。在消化完目击者证词之后，佩勒格利尼就开始阅读这些打印文件了。他很快就感到了疲惫，因为这些文件上满是重复的用词。电脑总共找到了四十八个罪犯名字，而他们中的一大半都有长达几页纸的犯罪前科记录。持械抢劫、故意伤人、强奸、偷盗、携带致命武器——水库山地区似乎已经没什么人没有犯罪前科了。不过，在这些人中，能引起佩勒格利尼特别关注的则是六个至少有一次性侵犯前科的男性。

警探们还用电脑调出了一个特殊的名字。这个人名是受害者的家属提供的，他是怀特洛克街钓鱼用品商店的老板。在此之前，拉托尼亚·瓦伦斯经常在这个商店打工赚些零花钱，直到她母亲的男朋友——那个不怎么说话的、为艾杰尔顿打开家门的年轻人——发现事情有点不太对头。此人被他的邻居戏称为"捕鱼人"，现年五十一岁，住在商店对面的一个二层公寓里。他的商店是一楼的单间，位于怀特洛克街的转弯角，那里是水库山地区的小商业区，位于尸体被丢弃的地点朝西两个街区之外。这位头发斑白的"捕鱼人"老头对拉托尼亚很是友好——据她的家属说，是有点过于友好了。有些流言蜚语在她同学和他们家长之间传了开来，在此之后，她的家长就明令禁止她再去怀特洛克街的商店了。

佩勒格利尼发现，"捕鱼人"竟然也有犯罪前科。这台电脑保存了本市自 1973 年以来的所有犯罪记录，很难有人能逃过它的法眼。但这个老头所犯之罪并无特殊之处，就是几次攻击他人罪和扰乱社会治安罪。佩勒格利尼仔细阅读了他的犯罪记录，但他也以同样细心的程度阅读了另外一人的记录——此人便是受害者母亲的男友，他也犯过几次小罪。凶案组的工作不会放过任何人，即便此人是受害者最亲近、最珍贵的爱人。

警探们的工作并没有因为下午 4 点下班时间的到来而结束，他们一直工作到了晚上。达达里奥手下的六位警探加了班，但这一次，他们并没有在意自己是否会为此拿到加班工资。他们之所以这么做，是因为这起案件本身的特殊性。这是个典型的红球案件，它已经引起了全警局的注意：青少年犯罪部已经调来了两个警探协助工作；战略部门派遣了六位便衣静候指令；走道对面的特殊案件调查科则从职业罪犯组调遣了两个人；中央区分局和南区分局还分别从他们的行动小组抽调了两个人。凶案组办公室里人头攒动——有些在对案件的具体细节做出调查，有些则在附属办公室里喝咖啡，他们所有人都等待着杰·朗兹曼——分队警司及本案的监督——调配和指示。午夜轮值的警探也说他们可以帮忙，但随着办公室里的人越来越多，他们只好逐渐退到咖啡室里去了。

"猜猜就知道今天有个小女孩被杀了。"马克·汤姆林是斯坦顿轮值队伍中早到的一位，"现在都已经晚上8点了，可警局里没一个人想回家。"

但这些人也不想待在办公室里。由佩勒格利尼、朗兹曼和艾杰尔顿组成的三人核心小组继续整理着不断积累的信息，并计划着明日的行动。而那些刚刚了解了情况的警探和警员则都出动了，他们开着警车和未标记的雪佛兰车来到水库山地区，搜寻着那里的每一条小巷，直到车辆在诺斯大道和德鲁伊公园湖之间会合。

战略部门的便衣把这一夜的大半时间都用来赶走怀特洛克街和布鲁克菲尔德道之间的街头毒贩：毒贩们在便衣出现后的一个钟头再次回到街头，于是便衣们又回来再次把他们赶走。中央区的警车把每条巷子都巡逻了一遍，一看到有人在纽因顿大道附近逗留，就向他询问身份证件。在怀特洛克街从乌塔到卡罗之间的每一个街角，徒步的巡逻警则盘问了每一个可疑的人物。

这次警局大行动令人印象深刻。对于那些生活在那片区域、渴望得到安全感的人们而言，这的确是一次给予安全感的行动。然而，这起案件和贩毒、吸毒、偷盗及卖淫毫无关系。这次行动针对的只是一个人，一个至今仍身处暗处的凶手。即便警察们已经把怀特洛克街上的贩毒点搞得翻天覆地，这些街头少年还是祝福着他们：

"哥们儿，希望你们早日逮到那个杂种。"

"操他妈的。"

"把这个婊子养的抓起来。"

在这个特殊的 2 月午夜，巴尔的摩的街头界限分崩离析了。无论是贩毒者还是吸毒者，都愿意把他们所知的一切告诉警察，虽然他们所说的话大多数都没用，有一些则本身就像是编造的。的确，针对水库山地区的行动早已超越了案件本身，这是针对这一区域的紧急动员。它向这片深陷于疾苦罪恶的排屋贫民区居民宣布，拉托尼亚·瓦伦斯之死全然不仅是一起单个案件了，它已超越了对罪恶的例行监控。巴尔的摩警局，包括它的凶案组在内，都会看守着纽因顿大道这片区域的。

然而，虽然在拉托尼亚·瓦伦斯被找到的第一个夜晚，警局便大动干戈行动了起来，水库山地区的街头巷尾却同时出现了一股与之抗衡的力量，一种史无前例、有些怪诞的力量。

首先感知到它的是塞鲁迪。他刚把雪佛兰车停在怀特洛克街旁，就有一个蠢蛋走上前来问他要不要毒品。然后则是艾迪·布朗。他刚想走进一家位于布鲁克菲尔德道的韩国餐饮外卖店买一包香烟，就被一个躺在垃圾箱里的酒鬼拦住了去路。

"滚开！"布朗一边咆哮着一边把酒鬼推到人行道上，"你是脑子秀逗了吗？"

半小时后，当一车警探来到纽因顿大道的后巷再次勘查犯罪现场时，那种力量又现形了。那时，警车正小心翼翼地驶入这条满地都是垃圾的巷子，突然之间，车灯前出现了一只小狗大小的老鼠。

"天呐。"艾迪·布朗走出车门，"这家伙可真大。"

其他警探也蜂拥而出。塞鲁迪捡起一块破砖头朝它扔了过去。砖头飞跃了半个街区，在离老鼠几英尺的地方落了下来。老鼠若无其事地看了雪佛兰车一眼，然后转过身，朝小巷深处跑去，在那里，它和一只巨大的黑白色野猫狭路相逢了，没有想到的是，它竟然把猫逼到了墙角里。

艾迪·布朗露出了难以置信的表情："你们看到那家伙有多大吗？"

"可不是吗。"塞鲁迪说，"我都看到了。"

"我在这个城市待了那么久，"布朗摇着头说，"我可从来没见过一只老鼠可以把一只猫吓成这样。"

但是，这便是那股力量的作用。在那个夜晚，在那条位于纽因顿大道破败排屋之后的小巷，自然世界的法则被颠覆了。老鼠会吃猫，就像毒贩会向警察兜售毒品，就像学童会被性利用然后被残暴地谋杀并丢弃。

"这个地方操蛋极了。"艾迪·布朗回到了雪佛兰车里。

如果仅就规章制度来看，巴尔的摩的凶案组警探可没什么特权。他的专业技能并不保证他能获得更高的警衔。在美国其他城市里，警探的级别和他的金盾徽章意味着他能拿到更高的工资、拥有更多的权力。可巴尔的摩不是这样。在巴尔的摩的警局高层看来，一位拿着银盾徽章的警探等同于巡逻警，他比巡逻警仅多一项权力，即他可以穿自己的衣服。无论他受过怎样的专业训练，具有多少年的专业经验，他的薪酬标准和其他警察是一模一样的。即便我们假设一位凶案组警探有能力赚到——这还不考虑他是否愿意——等同于他工资三分之一到一半的加班费和法庭出席费，工会制定的年薪标准还是：五年以上工作经验 29 206 美元，十五年 30 666 美元，二十五年 32 126 美元。

警局内部的指导准则也基本无视凶案组警探的特殊情况。巴尔的摩警局的指挥手册——对于高层领导而言，它是可行的权威和命令条例；可对于做实质性工作的警察而言，它就是所有痛苦的源头——也没有对巡逻警和警探做出必要的区别对待。当然，这其中有一个例外：当警探开始调查一起案件时，他便具有了某些权力。

无论何时何地，只要凶杀案发生在巴尔的摩境内，负责它的主责警探就是当时的大佬，任何权力的行使都必须经他同意，也没有任何其他人能命令这位警探他应该做或不应该做什么。在这个犯罪现场范围内，无论来者是警察局长、副局长、警监还是警长——他们都得听这位警探的话。当然，这并不意味着警探会就一具室内的尸体与赶到现场的副局长起争执。事实上，没有人知道如果有位警探真的这么做了，到底会发生什么情况，但大家都渴望凶案组里会冒出一个这样的疯子。达达里奥队伍里的老探员唐纳德·金凯德是唯一这么干过的人。十年前，他曾命令一位战略部门的长官——那人也仅仅是个警长级别的人物——赶紧从一家市区旅馆滚出来前往现场。他之所以敢这么做，是因为在当时，他的上级给了他"尚方宝剑"，允许他调用十二个人来调查他所负责的案件。可即便如此，那个警长级别的人物还是把状告了上去，金凯德由此面临行政指控。此事在案件备忘录里一再被提及，也衍生出大量的回应文件。直到有一天，金凯德被叫到了副局长的办公室，后者安抚他说他的做法完全符合指导准则，他完全有权力这么做。完全正确。可如果金凯德选择在法庭上直面警长的指控的话，虽然他很有可能也会被证明是无辜的，但他的仕途亦将随之被毁——他会从凶案组调离，前往某个离费城南部郊区很近的区域当巡逻警。副局长给了他另外一个选择——停薪留职五天，然后回来继续做他的警探。金凯德屈服了，警局运作的动力可不源自逻辑。

话虽如此，警探能在尸体被发现的那一片微妙区域拥有巨大权力的事实说明了犯罪现场的重要性和脆弱性。凶案组的成员总是会提醒彼此——以及那些愿意聆听的人——一位警探只拥有一次勘查现场的机会。你干完你的活，然后，那条黄色的"请勿攀越"的警戒线就要被撤回了。消防员会用水龙头冲刷血污；犯罪实验室的人马赶向下一个现场；这片街区的人们又走拢了过来。

每个警探心中都有一个"三位一体"，它们是：

实物证据。

目击证人。

认罪供词。

而犯罪现场便为警探提供了大多数实物证据。

如果你既没有实物证据，又没有目击证人，那么你就基本没可能找到可以向你提供认罪供词的嫌疑犯。毕竟，凶杀案不同于盗窃案、强奸案和严重伤人案，它的受害者已经无法对你言说些什么了。

我们会发现，警探的"三位一体"中并没有动机一说。这是因为对于大多数案件而言，动机并不重要。达希尔·哈米特和阿加莎·克里斯蒂的代表作总是会表现动机的至关重要，只有动机成立了，谋杀犯才能被定位；可巴尔的摩却不是东方快车，罪犯的动机或许有意思，甚至能帮上些什么忙，但在通常情况下，它都和破案不相干。巴尔的摩的警探会告诉你：去他妈的"为什么"吧！只要搞清楚了"他是怎么做的"，十有八九，你就能弄清楚"他到底是谁"。

虽然这是实话，但社会民众却不接受它。当一位警探出席法庭作证时，陪审团总是会问他：为什么某人要朝某人的背上开五枪。警探会告诉他们他也不知道，坦率地讲，他根本不关心。没有人会给他们答案——受害者已经去世不会开口说话了，而我们的那位嫌疑犯也同样不想开口谈论这事。不过，你们好好瞧瞧吧，这里是他用的那把枪和子弹，这是弹道实验报告；我还有两位目击者，他们虽然有些犹豫，但还是承认他们亲眼看到嫌疑犯开了枪，并从一堆照片里认出了这个无知的狗杂种。所以，你们到底想要我干什么？难道还想让我再去审问一下那位操蛋的同谋犯吗？

实物证据。目击证人。认罪供词。

实物证据既可以是留在玻璃杯上的一个指纹，也可以是留在墙面上的一颗子弹。它可以是显而易见的，比如说一幢被洗劫的房子；它也可以是微妙的，比如说受害者传呼机上的一个号码。它可以是受害者的衣物，甚至是受害者自身，比如说，那个陷入衣物纤维或皮肤中的细微煤烟说明这个伤口是近距离射击造成的；那条从浴室一直延伸到卧室的血迹，说明攻击是从浴室开始一直来到卧室的。它可以是那个和证词不符的现场画面，比如证人说房间里没有其他人，可厨房里却有四个用过的盘子。而有些犯罪现场的实物证据甚至是缺席的：这个房子没有强行入室的痕迹；死者脖子上的致命伤口没有留下血污，说明他是在其他地方被杀的；一个死在小巷里的人，他的裤袋被翻了出来，说明抢劫可能是动机。

当然，在某些神圣的时刻，实物证据便能指向某位特定的嫌疑犯。警探找到了一颗完整或鲜有损伤的子弹，如果他还找到了一把枪，他就可以做弹道比对；他也可以将此证物和其他案件中的同口径枪械做比对，那起案件中的嫌疑人或许就是本案的罪者；死者阴部发现了精液，他就可以从中提取 DNA 和一个可能的嫌疑犯比对；他在尸体附近的铁路路基上发现了一枚脚印，而它刚好是和某个嫌疑犯的球鞋相吻合的。这样的时刻会让人觉得造物主还没有放弃他"善有善报恶有恶报"的主张，就在那一瞬间，警探会觉得自己成为上帝的代言人。

不过，这样的时刻少之又少。更多的情况是，警探在犯罪现场收集的实物证据无法向他提供明确的线索，但它们仍然是有用的。即便证物并不直接指向某个嫌疑犯，这些原始素材也能让警探了解到犯罪本身的基本情况。他从现场带走的证据越多，他就越能了解到底发生了什么。而在审讯室里，这些他所建立或排除的可能性相当重要。

在凶案组使用的隔音审讯室中，嫌疑人会胸有成竹地说当他听见隔壁传来枪声时他正在卧室里睡觉。他会继续撒着这个谎，直到警探告诉他，他发现卧室的床单并没有被动过。嫌疑人还会告诉警探，这起枪杀案和毒品无关，而他也不吸毒，直到警探告诉他，他们已经在他的床垫底下发现了一百五十个胶囊的海洛因。嫌疑人还会说只有一位攻击者有武器，并且现场并没有爆发枪战，直到警探告诉他，他们已经在案发的客厅里找到了.32和9毫米两种不同的弹壳。

如果警探没有实物证据所提供的信息，当他走入审讯室时便会束手无策，他无法撬开嫌疑人或犹豫的目击者的嘴，让他们说出真话。这些杂种完全可以睁着眼说瞎话，而我们的警探虽然不相信他们的话，也只能对着他们咆哮。如果没有实物证据，审问便只会陷入僵局。

实物证据对不愿意开口的人毫无作用，但对于那些愿意提供信息的人而言，它能起到鉴定其言真假的作用。本市拘留所里的罪犯有个惯常的伎俩：为了减短自己的刑期，他们会举报说拘留所里有人声称自己干过这事、干过那事。不过，除非警方证实了其真实性，证明这其中还包括了除凶手之外无人能知的信息，不然他们一概置之不理。同理，如果一个嫌疑人所说供词中包含了除凶手之外无人能知的细节，那他的话也容易被陪审团相信。出于这些原因，勘查完犯罪现场之后的警探会在心中列出一张证物明细表，他们懂得这其中的哪些可以告诉每隔半小时就打电话到凶案组试图采访的报纸和电视记者，哪些又不该说。通常而言，警探不会把武器口径、伤口位置或现场出现的奇怪物体透露给外界。如果凶杀案发生在室内，而非人人得以目睹的室外，那么警探也不会把死者所穿衣物和他死亡的地点放风出去。就拉托尼亚·瓦伦斯这起案件而言，朗兹曼和佩勒格利尼均未向外界提及她脖子上的勒痕，或她有可能是被绳索勒死的这一事实。他们同样试图避免提及性猥亵，不过案发之后，水库山地区社区集会中家长们讨个说法的行为一浪高过一浪，一位警监顶不住压力，便把凶手的动机公布于众了。

在警探看来，再没有比室内凶杀案更好的犯罪现场了。房屋不但隔离了聚集在外的群众和窥探的记者，其本身便能像活物一般向警探们提出问题：谁拥有或租赁了它？谁住在这里？案发时谁在里面？为什么我的受害者在里面？他是住在这里的吗？谁把他带来的？他是来这里做客的吗？警探们会立刻调派警车过来，因为每个在这个房间内的人都得带去市局审讯一番。

如果凶杀案发生在室内，这便意味着凶手得先进入房间，他不是被死者请了进来，就是强行进入了房门或窗户。无论何种情况，警探都能得到证物从而了解基本事实。如果没有发现强行闯入的痕迹，那么死者和凶手很有可能认识彼此；如果有强行闯入的痕迹，那么门窗上就有可能留下凶手的指纹。当凶手进入房间后，他也可能触碰过其中的用品和光滑表面从而留下指纹。如果凶手胡乱扫射过，墙壁上、屋顶上和家具上都会留下弹眼，并能在附近找到流弹。如果死者和凶手搏斗过，或凶手受了伤的话，那屋内也极有可能找到血迹、被拉扯下来的毛发或衣物纤维以及其他微量物证。犯罪实验室的人马会用吸尘器把屋内的微量物证收集起来，一个有三个卧室的屋子花不了他们一小时时间，然后他们会把吸尘器里的东西全部交给五楼实验室的取证人员。

与此相对的是，室外谋杀案的现场则无法提供那么多信息。一个正走在路上想去买酒的人被杀了，我可以向你担保，那些在迪维逊大街 2500 号街区工作的实验室人员没一个会傻到帮你吸一吸这个犯罪现场。你很有可能无法找到子弹，在大多数情况下，你只有一些血迹和几个弹壳。你能找到的实物证据会比室内凶杀案少得多，而你也更难判断凶手、死者与现场之间的空间关系。在室内凶杀案里，凶手和死者与这座房屋都有明显的关系；而在室外凶杀案里，警探无法检查物业账单或租赁协议来了解那些和犯罪现场有关的人名。你能在室内收集相片、活页纸、电话留言和草写在报纸上的笔记，而室外可没有这些东西。

当然，室外凶杀案也有它的优点，即"三位一体"中的第二项：目击证人。但凶手也不是傻子。在巴尔的摩这个排屋连片的城市，凶手们都特别钟爱在一个特殊地点作案——那就是位于每片排屋背面的后巷。把人杀死在小巷里，你不但把留下物证的可能性降到了最低，也把被人看见的可能性降到了最低。在巴尔的摩凶案组，要是某位警探接到了前往排屋小巷的派遣电话，他肯定会发牢骚。

事实上，还有一种犯罪现场比排屋后巷更糟糕，那便是位于本市西郊的森林与灌木林。如果警探在那里发现了尸体，这就意味着本市的某个居民做了件大恶事，可他的手法极其高明。在过去的二十年里，丽晶公园一直都是凶手偏爱的弃尸点。这是一片茂密的树林，它的四周被一条名为格文斯的溪流包围着。这里曾发现过如此之多的弃尸，以至于完全可被称为本市的公墓。纽约的凶手把尸体丢在泽西湿地或城中的河流里；迈阿密的凶手把尸体丢在大沼泽公园；新奥尔良的凶手则会选择那些长沼。在巴尔的摩，凶手们把碍手碍脚的尸体丢在富兰克林顿街边蜿蜒的树林里。警局里流传着一个故事，虽然其真实性有待考证，却颇说明问题：有一次，西南区分局派了一群实习警察前往公园搜索失踪尸体，而分局的轮值警督半开玩笑地提醒这群新手，他们所要寻找的是一具特定的尸体："如果你不放过找到的每一具尸体的话，你在那里待个一整天都出不来。"

有经验的警探会说，即便是最糟糕的现场也会说话。毕竟，就算那是一具在小巷里找到的尸体，它仍然会向警探提问：死者在巷子里做什么？他是从哪里来的？他是和谁一起来的？可是，如果尸体被发现的地方只是一个丢弃地点，无论那是在丽晶公园还是在小巷，在废屋还是在后车厢，它都是沉默无语的。它不会告诉警探凶手、死者和现场之间的关系。因此，弃尸行为把谋杀从它可被调查的发生时序里割裂了出来，更有甚之，除非凶手在丢弃尸体的同时也丢弃了一些物件，否则他也不会留下什么实物证据。

无论现场在哪里，它又是何种性质，作为凶案调查的基础，它的价值完全取决于警探的能力——他能否隔离好事的群众，保持现场的完整性；他能否从宏观的角度、微观的角度以及每一个可以想象的角度勘查这个现场；他是否愿意不辞辛劳地发现每个有可能的物证；他又能否避免做无用功。

这是个相当主观的过程。即便是最好的警探也会说，无论他从现场收集了多少证据，当他回到警局时，也总会不安地觉得少了些什么。这是个真理，一个老警探会向菜鸟灌输的真理，一个凸显了犯罪现场永远无法完全复原的真理。

在现场被控制之前，你根本不知道那里会发生些什么。一起枪击案或利器杀人案发生之后，警察、急救人员或路人都有可能为了缴械或帮助伤者而改变了现场，这并没有什么错。但是，除了这些具有必要性的行为之外，第一个赶到凶杀案现场的警官必须确保现场不被路人或他的同事破坏。对于第一位赶到现场以及随其而来的警官来说，他们的工作就是保护现场，以及把所有在现场的目击者都留下来。

当市局凶案组的警探赶到现场时，第一位来到现场的警官的任务就完成了。熟悉凶案调查的警探都知道，他们到现场后所要做的第一件事就是让事态缓和下来，不能再让任何人再对他的工作指手画脚了。现场越是复杂，他就越要让周遭的所有人冷静下来。在这个过程中，他要控制附近的所有人——制服警、目击者、路人、犯罪实验室人员、法医、警探助手以及轮值警督，等等。除了当时围观的民众之外，这里的大多数人都知道自己应该做什么，也能胜任自身的工作。但是，和世上的其他工作一样，警探不能假设没有人会出错，因为在很多情况下，假设乃错误之母。

就在去年年底，斯坦顿轮值队伍的一个警探就撞上了这样的不幸事件：当他赶到现场时，发现尸体已经不见了。原来，一群菜鸟急救人员把尸体——这个业已死去的人——运到了邻近医院的急救室。在那里，他们被告知，医院不会接受死者，他们只负责抢救还有一线生机的人。此时，那群菜鸟已经惊慌失措了，他们只好把尸体再运回到现场。当他们赶到现场时，在场的制服警又同意他们把尸体放回到原来位置，他们以为这帮急救人员知道自己在干什么。他们正试图竭尽全力把尸体安置在他原先的位置上，警探终于出现了。他可没对他们说"谢谢，拜托你们了"，而是说了句"千万别，谢天谢地"。去他妈的吧，赶紧把这可怜的家伙运去解剖室吧。

罗伯特·麦克埃利斯特——他是一位负责过数百起凶杀案的老探员——也曾遭遇相似的事件。那一次，他在皮姆利科道上的一个公寓厨房里找到了一具尸体。死者是个八十一岁的老头，全身被刺四五十刀，尸体早就被血浸透。经初步勘查，这应该是个入室抢劫相关案件。他们在卧室的梳妆台上发现了一把弯刀，上面的血迹已经干了。这是个显而易见的物证，麦克埃利斯特觉得自己没必要提醒现场的警官不要移动它，如果他这么做的话，现场的所有人都会以为他当他们是低能儿。可不幸的事情恰恰发生了：一位刚刚加入巡逻队的年轻警官从卧室里走了出来，手里拎着刀柄，把它带到了厨房："我在卧室找到了它。这玩意重要吗？"

好吧，让我们假设这样的灾难不会发生，而现场得到了恰当的保护。那么，当警探赶到现场之后，他接下来的工作就是寻找和提取现有的证据。这可不是说他得收集屋内的所有物件，对每个光滑表面都做指纹提取，并把每个啤酒罐、烟灰缸、碎纸和相册都带到物证管理中心。勤劳固然重要，但辨别能力和常识亦是警探的必要素质。如果一位警探连有可能和没可能、有很大的可能性和只有很小的可能性都不能区分，那很快他就会发现自己提取的物证过多了。

你总是得做必要的决定。弹道实验室的人员本就已经劳累过度了。你是想让他们把你从现场找到的.32 子弹和今年所有枪击案中的.32口径手枪做比对呢，还是想让他们继续深入把去年的案子也翻出来？指纹比对实验室的员工也一样，他们除了要负责凶杀案中的指纹，还要检查盗窃案、抢劫案和其他五六种不同性质案件里的指纹。在这种情况下，你是要让他们提取那个貌似没有遭到破坏、离现场较远的房间里的指纹呢，还是想让他们集中精力处理那些离现场较近、貌似被移动过的物件上的指纹？一位老妇人被勒死在了卧室里，你会让实验室人员把每个房间里的物证都收集起来吗？你知道收集每个房间的尘土、毛絮、毛发和纤维会花费他们多少时间吗？或者，当你通过勘查现场了解到死者和凶手并没有展开长时间的、穿越数个房间的搏斗，你还会让法医小心翼翼地把尸体包裹起来，不让任何现场床边的毛发或纤维丢失吗？

犯罪实验室的人马相当有限。你看到一个实验室人员前来处理你的现场，你得知道，他可能是中断了他之前正在负责的对一起商业抢劫案的调查，或他在半个小时后就会去城市的另一边处理另一场枪击案。而你自己的时间也是十分宝贵的。你会在一个让你焦头烂额的午夜轮值内接到两起凶杀案和一起警察枪击案。即便当晚只发生了一起谋杀，当你勘查现场时，你也得知道，此时此刻在市局的审讯室里，那些目击者正等待着你，你得尽快赶回去。

每个现场都各不相同。你会花二十分钟勘查一起发生在街上的枪击案，你也会花十二个小时勘查一起发生在二层排屋里的两人刺杀案。无论你负责的是哪起案件，你都得懂得平衡的哲学，你得知道你必须做什么，也得知道你能做什么。你得正确地把你该做之事做好。你不能保证和你配合的人马能顺利完成他们的工作。有些时候，赶到现场的实验室人员会让你轻松宽慰；有些时候，他们连一个有用的指纹都提取不了。如果你想让他们拍下重要物证的位置，你最好告诉他们怎么拍，否则的话他们只会乱拍一气。

对现场的勘查有其基本要求。但勘查仍然是门大学问，有些说不清道不明的东西会对它起作用——比如说，你的经验、你的本能。你可以让一个有观察力的普通人勘查现场，他也会注意到大多数细节并对此做出大致判断。但一位好警探则会从更加宏观的角度理解他的现场。他会把重要的信息孤立出来分析，看看哪些是和现场相应的、哪些是和现场冲突的，而哪些又是明显缺席的。有人说，谋杀调查是一门艺术。要是让巴尔的摩凶案组的哥们儿听到了这样的话，他们会请他喝一瓶啤酒，然后让他闭上嘴巴别再胡说八道了。可是，连他们自己都无法否认，对某些犯罪现场所做的判断，如果不能称之为反理性的话，那至少也是全凭直觉的。

你很难去解释以下发生的一切：

特里·麦克拉尼发现一位半裸的老妇人躺在床上，尸体没有明显创伤，并已尸僵。他准确地判断——基于打开的窗户和一根在床单上的阴毛——这是一起和强奸有关的凶杀案。

唐纳德·沃尔登在一起枪击案发生不久之后赶到位于东巴尔的摩的现场。那里的街道空荡荡的，周围大概停了二十辆车。他独独挑中其中一辆，他把手放在它的引擎盖上，果然感觉到了引擎传来的热量——这意味着此车之前肯定被逃离现场的凶手用过。"它的后窗上有一些冷凝的水滴。"他耸耸肩说，"而它离路缘也很远，凶手应该着急忙乱地把它停了下来。"

唐纳德·斯泰恩赫奇——斯坦顿手下的老探员——发现有个女人在卧室里上吊死了。他已经说服自己这是起自杀案了，可他又觉得有个地方不对劲。于是，他留了下来，在悬挂着的尸体的阴影下坐了整整半个小时，盯着女人身下的那双卧室拖鞋看。他发现，左脚的拖鞋位于右脚下，右脚的拖鞋却位于左脚下。那么，她是穿错了鞋，还是有人伪造了现场，把拖鞋放在了那里？

"现场只有这个东西一直在困扰我，它困扰了我相当一段时间。"之后，他回忆道，"直到我想象出一个人会怎样脱掉自己的卧室拖鞋。"

在斯泰恩赫奇的想象中,女人会交叉双脚,把其中一只脚的脚趾钩在另一只拖鞋的脚跟处,然后用力让它脱落——这个习惯性的动作会让拖鞋跌落在相反的位置。

"等我想明白了这一点,"他说,"我终于可以安心地离开了。"

2月5日,星期五

冬日早晨清澈的阳光洒在纽因顿大道排屋背面的巷子里。一群来自警校的实习生一边用脚踢开身边的垃圾,一边漫步小巷中。在他们看来,这条小巷和其他巷子别无二致,而他们也丝毫没有不祥的感觉。

这三十二位实习生来自警局的教育及训练部门,他们穿着卡其布制服,以纽因顿、怀特洛克、公园及卡罗为东南西北边界,勘查着这其中的每一条小巷和每一幢屋子的后院。这是拉托尼亚·瓦伦斯尸体被发现后的第二天。他们只会放过已经勘查过的地方。他们巨细无遗地检查每一寸土地,一丝不苟地捡起每一个垃圾,然后又谨慎地把它们放回原处。

"慢慢走。检查每个院子的每个角落。"戴夫·布朗对实习生说,"如果你找到了什么——任何可疑的东西——不要移动它,赶紧呼叫警探。"

"也不要害怕问问题,"里奇·贾尔维进一步叮嘱,"这世上也没有傻问题一说,至少现在,让我们假装没有傻问题。"

在此之前,当贾尔维看着这群实习生跳下警局大巴列队报数时,他曾表示过担忧。让一群毫无经验的新手地毯式勘查现场——在很多警探和军人看来,这是一种典型的"胡闹"。贾尔维的脑海里浮现出种种画面:这些不学无术的实习生会践踏血迹,还会把那些微小的物证踢进水沟。不过，他也试图说服自己，只有动用这么多人才能及时理清这一大片区域，而此时此刻，拉托尼亚·瓦伦斯的案子的确需要帮手。

指挥官一声令下，实习生们朝巷子里走去。不出意料，他们每个人都很认真，每走几步便蹲下身子，谨小慎微地检查着垃圾堆和枯叶堆。虽然这是件枯燥繁琐的活，但他们中的大多数刚刚才获得实习机会，所以还算有新鲜感。贾尔维感叹道这样的场景可不多见。他知道，要是这三十二个人换成了巡逻警中的那些老油条的话，他们没一个人会这么做。

警探们把实习生分成两人一组，先是让他们检查纽因顿大道 700 号街区后的每一个后院，然后又让他们检查公园大道和卡罗大道上的院子，这两条街分别是现场东西两侧的边界。怀特洛克街是现场的北面边界，那里没有院子，也没有空旷的区域，一幢红砖墙的仓库堵住了巷口。这次勘查花费了一个多小时，在此期间，实习生们找到了一把牛排刀、一把黄油刀和一把厨房用刀——它们都锈迹斑斑，没有一把凶器会在隔夜之间便染上如此之多的锈迹。他们还找到了一些皮下注射器——此地的居民经常会随地丢弃它们，而警探对它们也没兴趣——还有几把梳子、几条辫子、几块衣物碎片和一只儿童盛装鞋——它们和案件也毫不相关。有位实习生还在纽因顿大道 704 号街区的后院里找到了一个奇特的东西——一只半盛着黄色浑浊液体的塑料袋。

"长官，"他把袋子举到眼前，问道，"这玩意重要吗？"

"这貌似是一袋尿。"贾尔维说，"你随时都能把它放下。"

他们没有找到拉托尼亚的那个星形金色耳钉。他们也没找到任何血迹——如果他们找到了，这便提供了第一谋杀现场的方向线索，或至少让警探们了解到尸体是从何方被拖到纽因顿大道 718 号后院的。女孩尸体被找到的人行道上还残有紫色的血滴，但除此之外，警探和实习生们都无法在巷子的其他地方找到血迹。这个小女孩被开膛破肚了，而在她被扛到巷子里的这一路上，她的身上只包裹着一层雨衣，凶手几乎不可能不在路上留下血迹。可是，从星期三晚上一直下到星期四早上的大雨帮助了他，冲刷了极有可能留下的血迹。

实习生们仍在工作。里奇·贾尔维再次勘查了纽因顿718号背面的院子。这个院子十二英尺见宽，五十英尺见长，地面大多铺着砖，是700号街区中少数几个有带锁链栅栏围绕的。凶手并没有随意把女孩的尸体扔在巷子里，也没有把她丢在附近更为方便的院落里，反而是打开了这个院落的后门，把尸体扛过院落，放置在纽因顿718号的后门处。这个屋子的厨房仅离尸体几英尺之遥，她的身边还有一条连接屋顶和后院的防火避难梯。他为什么会这么做呢？

这毫无道理可言。凶手完全可以把她丢在巷子里的任何地方，他又为什么要打开一个院子的门，更别提这个屋子里还住着人。他又何必冒这个险呢？他是想尸体尽快被发现吗？他是想让警察的疑心从他身上转移到住在718号里面的老夫妇身上吗？还是说他最终良心发现，不想让那些流窜在水库山地区的野狗和老鼠吃掉尸体，于是才把它抬进栅栏？

贾尔维朝院落远处栅栏和巷子衔接的地方望去。他发现，在一个破烂的垃圾桶旁有什么正在闪光。他走过去，发现那是一个六英寸大小的金属管子。他小心翼翼地把它捏起来，对着光朝管子里面看了一眼——它里面有凝固的血块和一簇深色的毛发。管子看上去像是某个更大物件的一部分，贾尔维猜想，是不是这个东西造成了尸体阴部的裂伤。他蹑手蹑脚地把它交给实验室人员，后者把它放入了物证袋里。

当天早上，还有零星几个媒体记者在纽因顿大道附近盘旋。他们中的一位电视台摄像看到了警探和实验室人员之间的接手，于是走近问道："那是什么？"

"什么什么？"

"你捡起的那块金属。"

"听着，"贾尔维把手按在摄像的肩上，说道，"你得帮我们一个忙，别把这个拍下来。这可能是个物证，但是如果你把它放出来的话，我们就玩完了。明白吗？"

摄像点了点头。

"谢谢你。"

"没问题。"

警局之所以会让实习生来勘查巷子，还有一个原因便是这些出现在纽因顿大道周围的摄像——总共有三位，分别来自三大传媒集团。在案件刚发生的几个小时之后，贾尔维的上司加里·达达里奥警督和他的警监在行政办公室碰了一个头，后者暗示说，在水库山地区附近调查的警察最好能保持曝光率，他们最好能为电视台提供些什么。达达里奥很难掩饰自己的恼火，但他也明白了上级的意思——拉托尼亚·瓦伦斯案子的调查才开始几小时，上级已经等不及向媒体献媚了。

达达里奥通常说话圆滑，可这一次，他再也忍不住了："我觉得破案才是第一位的。"

"当然啦。"警监既愤怒又尴尬地回答，"可这两者并不矛盾，不是吗？"

行政办公室在凶案组办公室里面，所以有几位警探听到了他们之间的对话。那一天结束之前，这条消息就在两队轮值人马中传开了。他们中的很多人都觉得，达达里奥已经在梦露街案件中被架空了，而这一次，他又毫无必要地惹毛了警监。即便上级会在调遣教育及训练部门的同时也拨通电视台编辑们的电话，让实习生勘查现场也不是他们想得出来的最坏的主意。更何况，警监是警监，而达达里奥只是个警督，如果这个案件变得破罐子破摔，那警衔更低的长官肯定会担负更大的责任。达达里奥是所有负责调查此案的警探的直接上司，他很有可能会在拉托尼亚·瓦伦斯这起案件里栽上一跟头。

现在，达达里奥已经被架空了，他只能把他的信念——在有些人看来，也是他的职业生涯——寄托在杰·朗兹曼身上。朗兹曼虽然猥琐下流，但仍然是凶案组中最有经验的警司。

朗兹曼现年三十七岁。他出生在一个警察世家：他父亲曾是西北区分局的执行主管，在巴尔的摩这个爱尔兰裔占绝对优势的警察系统里，他是有史以来第一位升职为分局主管的犹太人，他最终以警督警衔退休；而他的哥哥杰瑞则曾为凶案组成员，他在警局中工作了整整二十五年，和他老头子一样，他也是戴着警督警衔于一年之前从凶案组退休的。杰·朗兹曼和他父亲一样有着警察理想，而家族传统更是让他有了得天独厚的优势——在他还是刚从警校毕业的新手时，他已经对警局的内部运作机制了然于心了。他的姓氏的确帮了他不少忙，可他之所以能在警局中生存并往上爬，依赖的还是自己的智慧和麻利的办案风格。他加入警局不久之后，便拥有了三颗青铜星章、一条表彰丝带和三四封表彰信。他只在西南区做了四年不到的巡逻警，然后就被调到了市局的刑事调查部；1979 年，他加入凶案组仅仅几个月之后便被提拔为警探。那个时候，可没人敢对他说闲话，因为他在此期间的破案率是百分之百。然后，他被派往中央区分局做了十一个月的部门长官，再被调回到总局六楼做了警司。当拉托尼亚·瓦伦斯的案子发生时，他已经领导他的凶案组分队长达七年之久了。

在达达里奥的人力部署中，几位警司之中还得有一位能像警探一样工作的领导者，他还保留着自己的本能直觉，并能一以贯之地向下属施加压力。朗兹曼虽然有一具重达两百磅的肥胖身材，但他干起活来还是能抵抗地心引力对他的影响。他已经累死累活地干了十六年，可他那头糟乱的头发和胡子才刚刚露出细微的灰白色。和他相比，凶案组的其他警司看上去就像是为了盈利而付出过多代价的小商贩。朗兹曼身高六英尺一英寸，但他看上去仍然像一位街头巡逻警，他仍然是个刺头，如果你让他提着警棍趁着夜色来到波皮拉·格罗夫街，他完全可以和那里的犯罪分子干上一架。事实上，朗兹曼最出色的还不是他的管理工作，他完全是分队中的第六位警探。他善于处理红球案件、警察枪击案和其他敏感案件，他也不在乎和主责警探分享他对现场的分析和对审讯的感受，他甚至不惜为他们打下手。

朗兹曼的第六感相当出色：无论在他还是警探的时候，还是现在作为警司，他所负责的很多案件之所以最终会告破，完全是因为他是个跟着直觉走的人。他会对案件的破解提供关键性的线索，可是在很多情况下，那只不过是他的一时冲动而已——在审讯室里的一顿咆哮，对貌似配合的目击者的一顿痛骂，对目击者卧室的临时搜查。我们必须说，他的工作风格过于随机而没有参考价值，可事情往往是，这种工作方式恰好起到了作用。巴尔的摩每三天就有两起凶杀案，在这种鬼地方，凶案组可没时间对每起案件都做巨细无遗的调查。凶案组有几位朗兹曼式风格的追随者，但即便是那些在他手下工作的警探也会承认，这种轰炸式的工作方式完全是伤敌一百损己五十的。达达里奥轮值队伍中的很多人都经历过刻骨铭心的"郎兹曼之夜"——他会对分别关在三个审讯室里的三个嫌疑人大吼，他说他们每个人都杀了同一个人；他喊破了喉咙，直到一个小时之后，他向其中两位道了歉，并给剩下的那个戴上了手铐。

朗兹曼暴风骤雨般的破案方式能成功，说明了效率对破案的重要性。他让自己完全受直觉支配，并坚定地信仰着凶案组办案手册中的第三条规律——凶杀案被发现之后的十到十二小时，是这起案件能否告破的决定性时间。在这段时间内，带有血迹的死者衣物被丢弃或烧毁了；盗窃车辆或它的车牌被扔掉了；凶器被融化或扔进海港了；同伙们正在统一口径，去掉互相矛盾的说法；有理有据的不在场证明被提出了；而在凶杀案发现的现场，消息正在不胫而走，事实被夸大，谣言被添加，直到当警探询问目击者时，他自己也搞不清楚自己说的到底是亲眼所见还是道听途说。这个过程在死者倒在地上的那一刻便开始了，它会不断恶化，当警察终于找到本案的最佳目击者时，他已经忘记所有重要细节了。即便是当朗兹曼的分队已经在着手调查现场时，这一恶化也仍在延续。它停止在了某人被关进隔音审讯室的那一刻：在那里，他会经受警探的审问，而后者则总是像一个自燃体，不用对方挑衅，自己就发起火来。

然而，朗兹曼式风格也经常和另一条凶案组真理相矛盾：效率既可以是破案的朋友，也可以是它的敌人。这是种战略，而它的弱点就是它过于线性，当调查的平面仍在不断展开时，它便已经选择一个点深入了下去。这并不是一种顾忌所有因素的破案方式。它更像是一场赌博，而每个运用此方法的警探就像是个走迷宫的人，他义无反顾地冲向一个方向，并不知道迎接他的是不是个死胡同，也不知道在他意识到这是个死胡同之后，当他想调转头来试试其他通道时，那些通道的大门是否还未关闭。

而在水库山地区，拉托尼亚·瓦伦斯案件所留下的迷宫正随着时间的流逝而不断扩张着、进化着。实习生们已经踏上了回程的大巴，其余警探则留了下来。他们进一步扩大勘查范围，把自己的触角延伸至公园大道和卡罗大道的排屋，它们分别位于现场的东面和西面。还有一些人正在一一拜访特洛克街和附近诺斯大道上的外卖店和街角小店，他们想知道哪一家有卖配酸菜的热狗，且是否在星期二或星期三卖过这种食物。另外还有一帮人则在拉托尼亚·瓦伦斯朋友的家中，他们问起她的日常行为、她的习惯、她对男孩子的兴趣以及男孩子们对她的兴趣——这都是必要的问题，但当你问起一位小女孩的这些私事时，总是会觉得不自然。

本案的主责警探汤姆·佩勒格利尼和哈里·艾杰尔顿又花了半天时间在电脑上。他们不断把新的名字输入电脑，拉出他们的犯罪记录。这又渐渐形成了厚厚一叠文件。艾杰尔顿的手头上还有布兰达·汤普森的案件，可现在有关此案的文件——里面的每一页都写满了批注，都是他从最新一次对嫌疑人的审讯中得来的——已经从他的办公桌上消失了，取而代之的是一堆马尼拉纸文件夹，它们依照街道和街区号码对水库山地区居民的犯罪记录做了分类。汤姆·佩勒格利尼也不再思考已经过去两个星期的鲁迪·纽森案了：作为一起儿童谋杀案的主责警探，他必须把全部精力都投入其中。给予某起案件以优先权，这样的事情在凶案组时常发生，警探们也早就习以为常。鲁迪·纽森只能接受他惨淡的命运——当他还活着的时候，他是巴尔的摩日成交额百万美元的毒品交易中不足挂齿的一卒；在他死去之后，他仍然不足挂齿，他试图以悲剧引起人们的注意，呼唤正义的复仇，却不幸被更大的悲剧掩盖了光芒，被更强烈的呼唤吞没了声音。

那一天的晚些时间，佩勒格利尼溜出办公室，花了几小时在怀特洛克街兜了一圈。他向当地的商贩和居民询问他们对"捕鱼人"的看法，后者至今仍然是他的首要怀疑对象。他会问每个人：那个商店主人的公寓怎么样？你们有看到他这星期早些时候在干什么吗？他对小女孩真的感兴趣吗？他和死者到底是什么关系？在他和其他警探对"捕鱼人"的背景有所了解之后，他计划于明天把此人带到警局审问。如果他幸运的话，怀特洛克街总会有人对这个老头有点了解，他们总会提供一些能在审讯室里派上用处的信息。

佩勒格利尼从街头听说了一些传闻和暗示。很多人都会提及"捕鱼人"对小女孩的兴趣，但没有人有确切的证据。到目前为止，佩勒格利尼只能认为他是首要怀疑对象。

在做完街头访问之后，佩勒格利尼又回到了办公室。他发现艾杰尔顿还在整理纽因顿大道附近居民的犯罪记录，并把它们按照街道和街区号码分类。佩勒格利尼打开一个卡罗大道居民犯罪记录的文件夹翻找了起来。那些有性侵犯记录的都由红笔标记了出来。

“那个街区可真多变态啊。”佩勒格利尼疲惫地说。

“可不是吗，”艾杰尔顿说，“这可真是个有特色的街区啊。”

警探们会把最没有可能性的罪犯记录交给专案警官，自己则一一确认那些有可能与本案相关的嫌疑人的不在场证据。艾杰尔顿调查了一个凌丁街的年轻吸毒者，而佩勒格利尼则调查了卡罗大道上的一个人。他们貌似盯上了某个特别的人，然而事实上，因为他们还不知道谋杀现场——小女孩实际被杀害的第一现场——到底在哪里，他们也无从缩小嫌疑人的范围。

操他妈的，第一现场到底在哪里？这个狗杂种到底把小女孩藏在哪里一天半并没让任何人知道？随着时间分分秒秒地流逝，佩勒格利尼知道，那个现场正在急速地恶化。他相信它就在水库山地区的某个地方，它或许是某个卧室，抑或是某个地下室，等他找到了它，他肯定能找到很多物证。可是，它到底在哪里呢？他们到底忽略了什么地方？

那一天傍晚，杰·朗兹曼、艾迪·布朗和其他专案警官再次来到水库山地区。他们检查了纽因顿大道、卡罗大道和公园大道上的废弃房屋和车库，它们之中有可能就有谋杀现场。其实，战略小组早在昨天晚上便检查过一遍了，但朗兹曼想要亲自确认。在搜查完毕之后，他们来到怀特洛克街上的一家外卖店买苏打饮料喝。这家店的老板是一个浅色皮肤的年轻女子。警察刚要找她零钱，她挥了挥手，示意不必了。

“生意怎么样？”朗兹曼问她。

女人笑了笑，但没有说话。

“你听说了吗？”

“有个小女孩死了，所以你们在这儿，对吗？”

朗兹曼点点头。这个女人貌似想说点什么。她看了眼两位警探，然后又观察了一下外面的街道。

"怎么了？"

"呃……我听说……"

"等一等。"

朗兹曼关上外卖店的前门，然后倚靠在前台上。女人缓了一口气。

"其实也没什么……"

"没关系，请尽管说。"

"纽因顿大道上有个酒鬼，他就住在小女孩被发现那个地方的对面。他经常来我这儿喝酒，那一天早晨，他又来了，他还说有个小女孩，呃，被强奸并杀害了。"

"他到这儿是几点？"

"大概9点左右。"

"早上9点？你确定？"

女人点点头。

"你还记得他到底是怎么说的吗？他有说女孩是怎样被杀死的吗？"

女人摇摇头："他只是说她被杀了。那个时候，我们这边还没人知道这件事，可他看上去有点，呃，奇怪……"

"奇怪？你的意思是他有点紧张？"

"紧张，对。"

"他是个酒鬼？"

"他喝酒很猛。他是个老头子。他总是有点，呃，奇怪。"

"他叫什么？"

女人咬住了下嘴唇。

"没事。没人会知道是你说的。"

她对着朗兹曼的耳朵轻声说出了名字。

"谢谢。我们不会告诉任何人。"

女人笑了起来："拜托了……我可不想有人来打我。"

朗兹曼把一个名字——一个新名字——写在了笔记本上，然后坐进雪佛兰车的副驾驶座。那天下午，艾杰尔顿把这个名字输入电脑，电脑显示此人在案，并给出了他在纽因顿大道的地址。此人的犯罪记录中有一长串强奸罪指控。

他们终于在迷宫中又找到了一条出路。

2月8日，星期一

他们——艾杰尔顿、佩勒格利尼、艾迪·布朗、塞鲁迪、斯坦顿队伍中的贝提娜·席尔瓦以及两位专案警官——坐着两辆车来到那人的家。对于一个爱喝酒的糟老头而言，这支队伍的确有些过于庞大且劳师动众了。但如果想要迅速把此人的公寓都看一遍，那这些人手刚刚好。

他们还不具备合法的程序；他们虽然怀疑这个老头，但他们的理由还不足以让法官签署逮捕令或搜查令，这就意味着警探们不能带走他房内的任何东西，也不能做全面的搜查，不能把他的床垫翻起来或把他的抽屉打开。不过，如果老头允许他们进屋的话，他们还是能大致看一眼屋内的情况。正因如此，他们需要带上更多双手、更多双眼睛。

老头刚一开门，贝提娜·席尔瓦便控制住了他。她确认了他的身份，并以简洁的陈述口气向他说明，这半队警局人马之所以在这里，就是想劳他大驾去警局喝杯茶。其他警探走进了公寓。这个总共有三个房间的公寓恶臭无比、拥挤不堪。

老头摇着头抱怨了起来。他的嘴里吐着字眼，却形成不了可理解的句子。贝提娜·席尔瓦过了好一会才明白他到底想说什么。

"不，今儿晚上不行。"

"你必须去。我们得和你谈谈。你的裤子在哪里？那条是你的裤子吗？"

"我不想去。"

"我们必须得和你谈谈。"

"不……我不想去。"

"没门。你不想戴着手铐走，是吗？这条是你的裤子吗？"

"黑色的。"

"你要黑色的那条？"

贝提娜·席尔瓦正在给嫌疑人穿上衣服，其余警探则仔细地勘查起来，他们希望能在房间里找到血迹、锯齿状的刀子或星形金色的小耳钉。哈里·艾杰尔顿先是来到厨房，看看那里是否有热狗和酸菜，然后他回到卧室，发现老头的床上有一块黏稠的红色污迹。

"操，这他妈的是什么玩意？"

艾杰尔顿和艾迪·布朗弯下了腰。这块污迹是紫红色的，却有光彩。艾杰尔顿碰了碰它："黏的。"

"有可能是红酒。"布朗说着转身问老头道，"喂，哥们儿，你是倒翻了酒瓶吗？"

老头发出了咕噜声。

"那不是血。"布朗轻声笑着说，"可能是雷鸟牌红酒。"

艾杰尔顿同意他的观点，但他还是拿出一把小刀，挑起了一点红色液体，把它滴入小玻璃纸袋里。在公寓前厅的石膏墙上，警探们也发现了四英尺见长的类似红色污迹，他们也从中取下了一点滴入玻璃纸袋。如果这两件采样的其中之一被证明是血的话，那他们就会带着搜查令回来重新取样，但艾尔杰顿觉得这样的可能性很小。他想，最好让实验室今晚就做个分析结论，省得还老是牵挂着这事。

老头看了看周遭，这才突然意识到自己家里来了这么多陌生人。

"你们在干什么？"

“他们在等你。你要穿夹克吗？你的夹克在哪？”

老头指了指挂在壁橱门上的一件黑色滑雪夹克。席尔瓦把它拿了下来，递给他，他摇摇晃晃地把两个膀子伸了进去。

布朗摇摇头。“不是他。”他轻声地说，“不可能是他。”

十五分钟后，老头坐进了警局六楼凶案组的审讯室。在审讯室外的走道里，杰·朗兹曼也得出了和布朗一模一样的结论。他透过审讯室门上那扇密布铁丝网眼的窗户往里看。这扇窗只能从外面朝里看：身处这个八英尺见长、六英尺见宽的房间里的人是看不到朗兹曼的；从里面看去，这扇窗玻璃就像是一块铁板。

朗兹曼透过这扇小窗看到了这个老头，他来自纽因顿大道的南部——正是他据说早于这个街区的所有人了解到了凶杀案。他就坐在那里，他的神智正在由雷鸟牌红酒铺就的血路上游走，他的裤链没拉好，他那件脏衬衫的扣子也没对准。这就是他们最新的嫌疑人——贝提娜·席尔瓦并没有花心思为他穿好衣服。

这位警司看着老头揉了揉他的眼睛，整个身体陷在了椅子里，然后他又往前倾，一只手伸入裤腰带抓挠了起来。朗兹曼想都不敢想他那家伙有多脏多臭。虽然刚刚从醉酒中被惊醒不到一小时，他已经完全清醒了过来，他耐心地在空荡荡的审讯室里等待着，他的呼吸很均匀。

这可不是个好现象，它显然是和凶案组的第四条规律——无辜的人才会在没有警探的审讯室里保持清醒、揉眼睛、盯着墙面以及抓挠他们的私密处；有罪的人则会在审讯室里睡觉——相悖的。

和大多数与审讯室有关的规律一样，“嗜睡的嫌疑人规律”并不是颠扑不破的真理。有些初涉犯罪的人还未习惯承受罪与罚所给他带来的压力，于是在他们接受审问之前和期间，他们都会自言自语、大汗淋漓，甚至把自己给弄生病了。可现在的情况是，这个来自纽因顿大道的醉酒老头被踢出了床单，带到了警局后依然能保持清醒，且不认为他此刻的环境是催眠的——朗兹曼不会认为这是个好现象。这位警司摇摇头，回到自己的办公室。

"天呐，汤姆，这个家伙还不如继续醉醺醺的呢，"朗兹曼说，"我觉得他除了是个酒鬼外啥都不是。"

佩勒格利尼同意他的观点。自怀特洛克街上的外卖店老板告诉朗兹曼和布朗老头的名字之后，日历又翻了三页。在这三天中，这个老头经历了一场戏剧化的身份蜕变——所幸的是，他本人并不知情——刚开始时，他被形容成一个爱喝酒的老头；接着他被怀疑是儿童谋杀案的嫌疑人；可现在，当他被带到凶案组，而朗兹曼如此迅速地确定他不是嫌疑人之后，他又变回了一个无害的醉酒老头。

时间倒转到三天之前，一切看上去都如此美妙。

首先，这个老头是在星期四的早上 9 点对外卖店老板说起有孩子被谋杀这事的——当时，警探们都还未清理现场——而他的行为很古怪。他是怎么在这个时候就知道这起凶杀案的呢？虽然那家住在纽因顿大道 718 号的、发现尸体的老夫妇的确在通知警察之前就把这事告诉了几个邻居，但他们并没有把此事告诉这个住在对过的老头。更有甚之，当警探们赶到现场之后，他们在第一时间便隔离了旁观者；这个老头住在街道的南侧，他不可能看到尸体。

其次，这个老头遭受过多次强奸起诉——当然，这都是陈年往事了——却没有一次被定罪。然而，当警探们从中心数据库里拉出他的记录时，他们发现这其中的一位受害者正是个小女孩。这个老头是个孤家寡人，他那一楼排屋公寓位于纽因顿大道 700 号街区，这里离尸体被丢弃的地点很近。

这些理由的确有些牵强。但是，朗兹曼和佩勒格利尼都知道，尸体发现之后已经过去了四天，而此时此刻，没有谁比他更像凶手了。在此之前，他们的第一怀疑对象一直是"捕鱼人"，但两天前，他们请他来了趟警局，对他的审问一无所获。

"捕鱼人"对小女孩之死鲜有兴趣。他也并没有刻意去回忆自己星期二和星期三到底在哪里干什么。起初，他说自己记不清了，然后他终于提供了一条不在场证据。他说，星期二那天——即拉托尼亚·瓦伦斯失踪的日子——他和一位朋友去本市的另一边干事了。佩勒格利尼和艾杰尔顿核实了他的不在场证明。但他们发现，他前往本市另一边是星期三，而不是他所说的星期二。他们不确定"捕鱼人"是故意撒了谎还是真的搞错了日子。此外，在核实的过程中，警探们了解到星期三晚上，"捕鱼人"还邀请了两位朋友来他家做客。那一晚，他们吃的是鸡肉。一个显而易见的问题出现了：如果正如尸检显示，拉托尼亚·瓦伦斯是在星期二被绑架，星期三晚上被杀害，并于星期四早晨被丢弃的话，那么"捕鱼人"忙忙碌碌的星期三——下午去本市另一边干了个活，晚上又烧了一顿鸡肉——说明他并不是凶手。对"捕鱼人"的审问是在星期六，警探们记录下了他的证词，可他还是没有回答很多问题，因此艾杰尔顿和佩勒格利尼仍然认为他是嫌疑人。然而，受害者的死亡时间——据她胃中部分消化的食物和尸腐情况推断而来——是他们做出定论的巨大障碍。

　　不过，和本起案件中的所有其他因素一样，死亡时间并不是不可推翻的确定因素。在前往醉鬼老头的排屋之前，艾杰尔顿就提出过一个和普遍观点相悖的说法："如果她是在星期二晚上被杀的呢？她有可能是在星期二深夜或星期三凌晨被杀的吗？"

　　"不可能。"朗兹曼反驳道，"她刚刚才经过尸僵的阶段。她的眼珠子都还是湿润的呢。"

　　"她也有可能在二十四小时后才经过尸僵的阶段啊。"

　　"操，这不可能，哈里。"

　　"的确有这个可能。"

　　"操，这不可能。尸僵只能发生得更快，因为她还小……"

　　"但外面也很冷。"

"但我们都知道，这个家伙把她藏在了室内，他是在那天早上才把她丢在外面的。"

"好吧，但是……"

"断了这念头吧，哈里，操，这样只能让事情变得更糟。"朗兹曼说着拿出了尸检报告，翻到了尸僵说明的那一部分："眼睛仍未干涩，没有尸腐现象。十二小时至十八小时，哈里。"

艾杰尔顿瞟了眼那一页。"好吧，"他最终说道，"十二小时至十八小时。假设说她是在半夜 3 点或 4 点……那么……"

"那么，她就是在星期三大白天里被杀的。"

艾杰尔顿点点头。如果她的确是在星期三被杀害的，"捕鱼人"就有不在场证据。看样子朗兹曼嫌疑人列表中的下一位——住在街对面的酒鬼老头——该被移到最上面来了。

"喂，去他妈的，"朗兹曼说，"我们可没有理由不怀疑这家伙。"

是的，他们的确没有理由。但现在，他们看到了这个老头。他连个酒瓶子都拿不稳，更别说把一个小女孩从街上拐骗过来，并藏匿她长达一天半了。通过审问，警探们了解到，酒鬼老头是在星期四早上从一位邻居那里听到这个传言的，而那位邻居的消息则源自纽因顿大道 718 号的那位老妇人。他对凶杀案一无所知。他对小女孩也一无所知。他甚至不记得自己曾经被起诉过什么罪，除了他还知道自己怎么着都是无辜的。他想回家。

一个实验室人员把艾杰尔顿的两个采样拿到办公桌上，给它们都做了无色孔雀石试验——他用一个沾有棉花球的仪器涂抹采样，如果采样是血液——无论是人类的血还是动物的血——的话，它就会变成蓝色。艾杰尔顿亲眼看着仪器变成灰色，这说明采样里只有灰尘，而没有其他东西。

那天天亮之前，老头被一辆中央区分局的警车送回到了公寓。他本可以声名大噪的，可他还是回归他那不起眼的酒鬼生涯中去了。警探们正在整理和拷贝刚刚过去这一天的报告，佩勒格利尼突然醍醐灌顶，提出了一个新想法。

"艾德，你想破这案子吗？"

布朗和塞鲁迪都惊讶地抬起头。其余警探也看了过来，他们显然被他的话吸引了。

"让我告诉你怎么做吧。"

"你说。"

"艾德，你去准备一份指控书。"

"然后呢？"

"弗雷德，你可以说出我作为罪犯的权利了……"

警探们一哄而散。

"喂，"朗兹曼笑着说，"你们这些家伙在想什么呢？是汤姆犯的案？我的意思是，他看上去都快要褪毛了。"佩勒格利尼睡眼惺忪地笑了起来，事实上，他应该看上去很疲惫才对。他长着一副典型的意大利人脸：深色的眼珠，五官轮廓分明，身材结实，嘴唇上留着厚厚的胡子，黑黝黝的头发朝后梳起——在他有点时间精心打扮的好日子，这头黑发简直就是违抗了地心引力、逆向生长的生物。但今天却不是个好日子：他的眼神昏沉，那头黑发凌乱地覆盖在他苍白的额头上；因为缺少睡眠，他说起话来已经拖腔拉调，脑子跟不上嘴巴了。

这个房间里的所有人都经历过佩勒格利尼现在所经历的一切。作为一起凶杀案的主责警探，一星期工作一百二十个小时只是常态，而这起案件并不会因为你的超强度工作而告破，无论你盯着这些报告记录看多久，它们也不会在你眼前变幻出一个嫌疑人来。破解红球案件就是苦难之旅，但这种榨取警探血汗的磨砺总是比那些普通案件更能锻炼人。对于佩勒格利尼这位刚到朗兹曼分队不久的新人而言，拉托尼亚·瓦伦斯的案件成了他警探生涯中最为艰辛的"成人仪式"。

在汤姆·佩勒格利尼正式被调派到凶案组之前，他已经做了九年警察了。在这九年之中，他无时无刻不在自我怀疑——做警察真的是他的使命吗？抑或仅仅是人生道路上的选择错误，所以也就将错就错地继续走下去。

　　他的父亲是位在宾夕法尼亚西部山区的采矿工，父亲——他自己的父亲也是一位采矿工——在佩勒格利尼还是孩子时便离开了这个家。在此之后，父子之间再无牵挂。佩勒格利尼成人之后，有一次周末，他决定前去看望他的父亲。他以为他们能找回亲情，却付之阙如了。他的父亲觉得很尴尬，他的继母也对他不咸不淡的。周日离开时，他明白，这次旅途完全是个错误的决定。他的母亲也并不疼爱他。她从来就对他没什么期望，她甚至不会掩饰自己的想法，会把这种伤人的话直接说给他听。他是被奶奶带大的。在还是孩子的时候，他的阿姨会接他去马里兰州和他的表兄弟们一起过暑假。

　　仿佛童年给他之后的人生留下了阴影，佩勒格利尼成年后的人生选择一向随随便便而无确定性。和大多数在凶案组工作的警探不同，当他于 1979 年加入警局时，巴尔的摩对他而言基本是个陌生的城市，而他也基本没有执法经验。那时的他就像是一张白纸，一片无根的浮萍。他曾就读于俄亥俄州的杨斯敦大学，但才读了几个学期就失望地发现，自己根本不是读书的料。他结过一次婚，还在宾夕法尼亚的矿上工作过六个月——所有这些失败经历都告诉他，他的家族悲剧如影随形，他必须从中走出来。于是，他又做了几年嘉年华游乐园的经理。在那些日子里，他走遍大小城市，在集市中搭建起游乐设施，并让它们保持运行。最终，这个工作经验让他成为一家游乐场的经理。不过，那家游乐场位于底特律和加拿大温莎市之间的海边小岛上，那里游人稀少，他的主要工作便是不让这些游乐设施在漫长的冬季里生锈。在此之后，游乐场的老板拒绝支付更高的设施保养费，于是佩勒格利尼辞职了，他想他一辈子都不想再看到旋转木马转起来了。

那些报刊广告把他带往了南方——他先是来到巴尔的摩，看望了在他儿时会带他来度暑假的阿姨。他正是在那一星期看到巴尔的摩警局刊登在报纸上的征聘广告的。他曾在一家私人安保公司短期任职过，虽然安保工作和警察毫无相似之处，但这个经历仍然让他觉得他或许能当个警察。不过，那时正是七十年代末，警察并不是份吃香的活；每个大城市的警局都在削减预算和裁员。这并没有阻止佩勒格利尼参加警局的面试。可是，他也没有等待最终的消息，而是离开巴尔的摩前往亚特兰大。当时，美国南部阳光地区的经济普遍比北方好，这让他觉得自己更有希望在那儿找到工作。刚到亚特兰大的第一个晚上，他在这座城市破败地区的一座烂餐厅里边吃饭边阅读当地报纸的分类广告，然后便回到了汽车旅馆打算睡觉。就在这个时候，电话铃声响起了。他的阿姨告诉他，他已经被巴尔的摩警校录取了。

操他妈的，他自言自语道。他并不熟悉巴尔的摩，他以为亚特兰大更适合他，可他在亚特兰大目睹的一切配不上他的想象。他还以为这是个天堂呢。操他妈的。

他从巴尔的摩警校毕业了，然后被分配到警局南区分局的第四小组巡逻队。巴尔的摩的南部是一块白人占绝对主导地位的飞地，这里的居民不是富裕的城市自耕农就是少数种族的工人阶级。这里不是犯罪率最高的区域，而佩勒格利尼知道，就算他在这里把屁股都坐穿了，也不会了解在警局内部往上晋升的秘诀。他告诉自己，如果真的想做一个警察的话，那就必须尽快离开南区分局，去西区分局这样饱受犯罪摧残的地方工作。当然，要是能去市局的话，那就更好了。于是，在做了两年不到的巡逻警之后，佩勒格利尼终于迎来了离开南区分局的机会——他被调遣至快速反应小组。这个战略小组经常需要持枪荷弹，迅速处理突发的解救扣押人质行动和巷战。这是个独立于总部的精英部门，它把人手分成四人一组的分队，并经常让他们接受高强度的实战演练。他们会不断练习怎样闯入房间、在空间布置不明的屋内占据战略高地并向模拟持械犯罪团伙的硬纸板射击。除了模拟持械犯罪团伙的硬纸板之外，屋内还会布置模拟人质的硬纸板。在经过长时间的训练之后，即便是在最佳的情况下——参加演练的每个人都做好了自己的工作——他们也经常会击中人质四五次。

快速反应小组的工作相当考验人，它容不得成员犯任何错误，而佩勒格利尼也不觉得他在这里过得舒心。他和他所在分队其他成员的关系很紧张。这主要是因为每个分队本应由一位警司领导，但在他所处的分队中，这个位置刚好空缺，于是领导们便选定他来当临时长官。佩勒格利尼发现，虽然临时长官一职让他涨了点工资，却没有为他赢得手下的尊重。毕竟，听从一位肩上有名副其实的警衔的警司是一回事，服从一位临时指配的、警衔和他们同级的长官又是另一回事。然而，真正让他焦虑的却并非办公室政治。1985 年春天，一次特殊的经历改变了他的一生，并终于让他明白自己到底想成为怎样的警察。

那年春天有一个星期，快速反应小组都直接听命于警局凶案组，为了找到一名通缉犯而把东巴尔的摩翻了个底朝天。在此之前，一位名为文斯·阿道夫的东区巡逻警试图拦下一辆被盗窃的车辆，他和窃贼发生了枪战，并中枪身亡。很快，凶案组就确定了凶手是一个东区的男孩，但枪杀案发生几小时之后，他仍在逍遥法外。在凶案组警探们确认他有可能藏匿的地址之后，快速反应小组于第一时间赶到那里，带着警棍和盾牌闯入大门。这是佩勒格利尼第一次近距离见证凶案组的工作。等到阿道夫案件结束之后，他已经明白自己到底想干什么了——他想成为凶案组的一员。让别人去踢大门吧，他的理想是找到那扇正确的门。

为此，他做了一个不同凡响的举动——至少，他的举动不符合正常的警局人事变动流程。他先是好好准备了简历，又让人写了一封推荐信；接着，他来到总部，坐着电梯直达六楼；然后，他朝凶案组旁边的侵犯他人人身权利罪科的警长办公室径直走去。

"长官，我叫汤姆·佩勒格利尼，"他朝警监伸出了手，"我想成为凶案组警探。"

可以想象，当这位警长抬起头时，他会以为站在自己面前的是一个外星人。他的反应是情理之中的。就理论层面而言，任何警察都能申请警局内部的任一空缺职位；可就实际操作层面而言，某人成为刑侦队警探，那肯定是各种力量微妙制衡的结果，也是政治性的选择——那几年，警局已经废弃了对警探的标准考核测验，于是这一倾向就尤为明显了。

在唐纳德·沃尔登和艾迪·布朗这样的老探员加入刑侦队时，他们都曾接受过考核测验。1980年特里·麦克拉尼加入这支队伍时，它也仍然存在着。这个考试会淘汰一批连逮捕令都写不好的警察，不过，和所有其他考试一样，它也让很多仅仅只是擅长考试的人过了关。更有甚者，考试的结果——虽然据说它只对应聘警官做数量上的筛选——并不客观，它是和某个人的政治倾向密切相关的：一位应聘者的口试成绩有多高，通常也暗示着他在警局中的人脉关系有多好。到了八十年代早期，考试被取消了。于是，对警探职位的审批成了纯粹政治化的行为。理论上说，只有在警局其他部门干得出色的警官才有资格加入凶案组，如果他还在警局六楼的其他调查组工作过那就更好了。事实上，满足这个条件的警官有很多，但他们是否能最终入选却是由其他因素决定的。在过去的十年里，黑人警探总比白人更受欢迎；而如果他和某位副总警监或副局长相熟，并是由后者一路提拔上来的话，那对此事也颇有助益。

警长和佩勒格利尼简短地聊了聊，却没有同意他的请求。佩勒格利尼是个好警察，他的履历也很出色，但他既不是黑人，也没有有权有势的上级庇护。但是，杰·朗兹曼听说了这次会面的传言，他觉得佩勒格利尼勇气可嘉——他竟然只带着一份简历跑进了警长的办公室。朗兹曼告诉佩勒格利尼，如果有一天他真成了警探，那他的分队欢迎他的加入。

最终，佩勒格利尼发现自己的手头只有一张牌：他在南区分局做巡逻警时曾帮过一位律师的忙，而后者的人脉相当深厚。这个家伙曾对他说，只要他能帮得上忙，千万别犹豫告诉他。虽然这已经是几年前的事了，但佩勒格利尼还是决定给他打一个电话。律师说他会竭尽所能。两天之后，他给佩勒格利尼回了个电话。他说，侵犯他人人身权利罪科目前的确没有空缺职位，但他和警局其中一位副局长相熟，后者能安排佩勒格利尼去做威廉·唐纳德·西弗尔的保安。律师说，虽然没法把他直接安插入凶案组，但只要他能在这位"聒噪市长"身边熬上一两年，他便能达成所愿。

佩勒格利尼犹豫了一阵子，最终还是接受了调遣。他在市长身边待了将近两年，如影随形地跟着他参加各色社区集会、资金筹集派对和匹里克尼斯马赛庆祝活动①。西弗尔并不是一个好相处的人，他是个工作狂，对下属百般苛刻，并要求他们别无二心。经常发生的情况是，当佩勒格利尼下班时，他的耳里还回荡着这位市长的辱骂声；这些声音并不会随着他躺在床上而消失，有的时候，他甚至有冲动把这位本市最高长官给铐上警车。

有一次，西弗尔担当了一角募捐步行基金会②开幕仪式的主席，可佩勒格利尼却搞砸了他的好戏。那时候，西弗尔正在台上滔滔不绝地演讲着，他讲到他对先天性残疾的看法，也讲到巴尔的摩的新建水族馆，可是在台下的仪式组织者注意到，他忘记提及那位印在一角募捐步行基金会海报上的残疾小女孩了。佩勒格利尼知道自己的长官要犯错，他犹豫再三，最终还是推着小女孩的轮椅把她送到市长身边。

---

① 匹里克尼斯马赛是巴尔的摩一年一度的赛马盛事。——译者
② March of Dimes，一个旨在改善妇女及婴儿健康状况的非营利组织，由美国前总统富兰克林·罗斯福创办于 1938 年。——译者

他低声对西弗尔说："呃，市长先生……"

西弗尔没有理他。

"市长先生，阁下……"

西弗尔冲他挥挥手，让他退下。

"市长先生……"

而后，当市长做完演讲之后，他第一时间找到了这位便衣。

"离我远点，滚得远远的。"西弗尔说。

佩勒格利尼忍住了。他知道，在巴尔的摩，连政治家拉的屎那也是金子。1986年，西弗尔不出意料地当选马里兰州长，他底下的人也不出意外地中了大奖。仅仅两日之内，两位保安都被调派至凶案组：一位是东区分局的黑人便衣弗雷德·塞鲁迪，另一位便是汤姆·佩勒格利尼。两人都被分到了杰·朗兹曼的分队。

成为凶案组警探之后的佩勒格利尼让所有人都大吃一惊。他毫无这方面的经验，市政厅的安保工作可和破案没什么关系。但他用自己的勤奋来弥补经验的不足。他喜欢这份工作，更为重要的是，他觉得终于找到了适合自己的活。朗兹曼和法勒泰齐成了他的导师，而登尼甘和李奎尔则负责指导塞鲁迪。

成为合格的凶案组警探并没有想象中的那么复杂。他们可没有训练手册；通常的情况是，一位老探员会手把手地教你怎样处理最初的几个案件，然后他会突然在哪一天放手，看看你是否能自主处理。再没有什么比第一次做主责警探更恐怖的事情了——你来到现场，发现尸体躺在人行道上，街角男孩们正像要吃了你一般盯着你看，而所有的制服警、法医和实验室人员都在等待你的指令，可他们的心里却在犯嘀咕：这个家伙到底知不知道自己应该干什么？佩勒格利尼的转折点是乔治·格林案。那是起疑难案件，刚开始时，分队里没一个人能找到嫌疑人，更别提申请逮捕令了。塞鲁迪和佩勒格利尼负责调查此案，而在案件发生之后，塞鲁迪休假了一个周末。星期一回到凶案组时，他不经意地问佩勒格利尼这起案件怎么样了。

"已经破了。"佩勒格利尼说。

"你说什么？"

"我周末抓了两个嫌疑人。"

塞鲁迪表示难以置信。乔治·格林案件可不是什么普通的凶杀案，它的性质和贩毒相关，现场既没有目击证人，也没有物证。当一个新晋警探成为此类案件的主责警探时，每个人都会认为他破不了案。

佩勒格利尼之所以能成功，靠的全是苦力活。他不断把案件相关人士带到警局，对他们一一进行长时间的审问。很快，他就发现自己的特长便是长时间的审问，他具有其他警探所不具备的耐心。佩勒格利尼语速缓慢、用词简练，他会用整整三分钟告诉你他今天早上吃了什么，或用整整五分钟说一个关于神父、牧师和拉比的笑话。他或许会让杰·朗兹曼这样的人觉得不耐烦，可这却让他成了天生的审问者。他对凶案组的工作渐渐熟悉起来，而他的破案率也超过了百分之五十。虽然从中获得了成就感，但他也意识到，这只对他个人有意义。他的第二任妻子之前做过创伤医护，她不会对凶案组成天面对的死尸残肢感到恶心，却也对案件本身缺乏兴趣。他母亲对他的成功仍然毫不关心，而他和父亲早已没有了联系。最终，佩勒格利尼接受了这个事实——如果说成为凶案组警探见证了他人生和事业的胜利，那他也只能独自一人品尝这胜利的美酒。

然而现在，拉托尼亚·瓦伦斯的案件发生了。他的胜利随之戛然而止。自加入凶案组以来培养起来的自信消失了，他开始质疑自己的能力，开始不断咨询朗兹曼和艾杰尔顿，让这些更有经验的警探来指导他。

这是情理之中的事，毕竟，这是他处理的第一起红球案件。可是，他的自我怀疑也是由个性和做事风格导致的。朗兹曼是个攻击性十足的人，且极为自信；当他负责某起案件时，他永远是这起案件调查中的核心，其他警探只能围着他转、听他的指挥。艾杰尔顿和朗兹曼一样自信，他从不羞于说出自己的观点，也会和朗兹曼据理力争。他是在纽约长大的城市男孩，从小就学会了怎样在公众面前讲出自己的观点，他知道机会稍纵即逝，勇于表现乃生存之道。

佩勒格利尼和他们不同。诚然，他会有自己的观点，但他为人更加谨慎，说话也没什么感染力，他会在和其他警探的辩论中败下阵来。当拉托尼亚·瓦伦斯的案件刚刚发生时，他并不对此感到焦虑。这又有什么关系呢？他的观点和朗兹曼与艾杰尔顿的是保持一致的。他同意"捕鱼人"是他们的首要怀疑对象，也同意凶手应该住在纽因顿大道附近的推论。当住在街对面的酒鬼浮出水面时，他也同意凶案组已经对他做出调查。这些都是有理有据的观点，无论你对杰和哈里有什么看法，你必须得承认，他们都是好警探。

直到几个月之后，佩勒格利尼才开始自责。那个在犯罪现场就开始困扰他的想法——那种他并没有完全掌控案件的感觉——又开始让他坐立不安了。拉托尼亚·瓦伦斯是一个红球案件，这要求整个轮值队伍都放下手头的活投入对它的侦破中去。朗兹曼、艾杰尔顿、贾尔维、麦克埃利斯特、艾迪·布朗——他们所有人都会插一脚，他们所有人都想找到凶手。的确，从某一方面来讲，他们是在帮佩勒格利尼的忙；但到最终，无论这起案件破没破，签署在档案上的大名不会是朗兹曼，不会是艾杰尔顿，也不会是贾尔维，而是佩勒格利尼自己。

无论朗兹曼有多口无遮拦，他至少说对了一件事：佩勒格利尼累了。事实上，他们所有人都累了。那一天是调查开始后的第五天，当所有人都离开办公室时，已经是凌晨3点了。他们知道，他们只有五小时的睡眠时间；他们知道，当他们回来时，他们又要连续工作十六七个小时，而这样的工作强度在短期内并不会告终。虽然他们都不说，但每个人都在犯嘀咕：他们到底还能撑多久？佩勒格利尼的脸上已经出现了黑眼圈，他甚至连休息都休息不好。他的次子才三个月大，经常会在半夜吵醒他。朗兹曼是个精于打扮的人，他看上去从来不像个便衣，可现在，即便连他也是隔天才刮一次胡子，他的穿衣品质也直线下降：从刚开始的运动大衣和羊毛衫，变成了后来的皮夹克和牛仔裤。

"喂，鸡巴杰，"第二天，麦克拉尼对朗兹曼这么说，"你看上去可有点残呐。"

"我挺好的。"

"怎么样？有啥新闻？"

"我们会破了这案子的。"朗兹曼说。

话虽这么说，可事实上，悲观的情绪正在凶案组蔓延。佩勒格利尼桌上编号 88021 的红色文件夹正在日益增厚，所有调查报告、犯罪前科记录、办公室会议记录、物证递交单和手写证词都汇总在了这里。警探们已经把巷子四周的街区全部调查了一遍，现在他们开始着手调查邻近的几个街区；在最初调查中显示可疑的、曾有犯罪前科的人，都基本上被排除了。其他警探和专案警官则在检查每一个曾对十五岁以下少女有过性侵犯历史的成年男子。凶案组曾接到过几个举报嫌疑人的电话——一个住在水库山地区的母亲曾打电话举报过一个人，朗兹曼花了半天找到了她提到的那个人，结果发现那人是个疯子——但没有人说他们看见小女孩从图书馆出来往家里走。"捕鱼人"星期三的不在场证明被证是真实的，而醉酒老头还是那个醉酒老头。朗兹曼指出，尽管有种种不利，但这其中最让人着急的是，他们至今都还没找到谋杀现场。

"这是问题的重点。"朗兹曼对警探们说，"凶手知道的远比我们多。"

艾杰尔顿不确定别人是怎么想的，但他自己明白，找到谋杀现场的希望已经很渺茫了。

在此之前的星期二，在警探们把酒鬼老头抓起来之后，艾杰尔顿来到了公园大道北边的浸礼会教堂。这座红砖建筑位于纽因顿大道的街角。他走了进去，发现里面全是人，一股热浪向他扑来。那个镶着金边的白色小灵柩放在中心走道的正对面。他挤过人群，来到教堂的前端。他先是犹豫了一会，然后用手触摸了灵柩的边缘，接着转身面对第一排的哀悼者。拉托尼亚的母亲正坐在那里。他拉住她的手，蹲下身来，低声对她说："请你也为我祈祷。我们需要你的祝福。"

但这个女人面无表情，她空洞的眼睛跳过警探望着灵柩上的鲜花。艾杰尔顿走到教堂的一边，倚靠在墙上。他聆听着年轻神父深沉的祷告，并随之闭上了眼睛。这不是因为他累了，而是因为他内心的信念。

"尽管我行走在死亡的阴影之谷中……我听见宝座那里有一巨大声音说……以后再也没有死亡，再也没有悲伤，没有哀号，没有苦楚，因为先前的都已过去了。"

本市市长也出现了。他声线颤抖地说：

"拉托尼亚的家人们、朋友们……我……呃……这是个巨大的悲剧，这不但是你们家的悲剧……也是这座城市的悲剧……拉托尼亚是巴尔的摩的女儿。"

一位议员来到场了。他说：

"……贫穷，无知，贪婪……它们才是杀害小女孩的凶手……她是个天使，她是水库山地区的天使。"

还有对小女孩短暂一生的简述：

"……她从三岁就开始上学了，她从来都没缺过课……她是个多才多艺的好学生，参加过学生会、合唱团、现代舞团和铜鼓乐队……在她有生之年，她的梦想是成为一位舞者。"

听呐。还有最后的悼词，它是如此空洞，如此无力：

"她终于回家了……人生不在长短，而在于活得精不精彩。"

人群抬起灵柩，把它送出教堂外。艾杰尔顿跟在他们后面。别以为他沉浸在悲痛之中，他仍然在工作。他拦住戴白手套的引座员，问他要了一份前来哀悼者的名册。与此同时，在公园大道的另一面，技术人员正在一辆面包车里偷偷拍着渐渐离散的人群。凶手有可能会前来参加葬礼——如果他的良心备受谴责的话。艾杰尔顿站在教堂阶梯的底部，仔细研究着每一个正在离去的男性。

"人生不在长短，而在于活得精不精彩。"他掏出一支烟，自言自语道，"这句台词真不错……要是他在说我们那该多好啊。"

最后一位哀悼者离去了，艾杰尔顿也随后上了车。

2月8日，星期一

唐纳德·沃尔登坐在咖啡室里。他一边翻阅着报纸的城市版，一边听着外面办公室传来的派遣电话声。他静静地喝着咖啡，读着一条新闻。这条新闻的标题是：

> 警探转换思路：逃犯不是警察杀的，他们开始怀疑平民。

这则新闻的开头便是一个问句：

> 到底是谁杀了小约翰·兰多夫·斯科特？
> 巴尔的摩凶案组的警探们已经自问过无数遍这个问题了。二十二岁的斯科特先生于去年12月7日死亡。他在被警察追击途中被枪射中了背部。
> 在过去的几星期里，调查的重点一直是当时在附近的警官。在那个时候，这位年轻人正因盗窃车辆被发现而在逃亡，结果，他在梦露街700号街区附近被射杀。

128　　HOMICIDE: A Year on the Killing Streets

可是现在，据警局内部消息称，他们已经把矛头对准另一个嫌疑人——这个平民就住在案发现场附近，而他的母亲、女朋友和儿子都已经接受了本市陪审团的审问。

沃尔登跳过一整段，翻到 2D 页，开始继续阅读。这只能让他的心情变得更糟：

警局内部消息称，一位平民正在就梦露街的案件接受全面的调查……此人——这个街区的另外一位居民向警察举报了他——之前便接受过警方的询问，他当时说，在枪击案发生那一天早晨，他看到一辆警车在熄灭警灯之后匆忙离开。

警局内部消息称，没有任何证据能支持他的这一说法。现在，警探们相信他多多少少和这起枪击案有关——至少，他知道的要比他说出来的多。

沃尔登喝完咖啡，把报纸递给他的搭档里克·詹姆斯。詹姆斯翻了翻白眼，接了过来。

这篇报道真是棒极了。据枪击案发生已经过去两个月了，他们刚刚才找到一条新线索，那个狗娘养的罗杰·特维格——本市早报的资深警察记者——就泄露天机，把它写在了城市版的首页。棒极了！在过去的两个月里，住在富尔顿和梦露街附近的居民没一个承认他们对约翰·斯科特之死有所了解。然后，就在一星期前，沃尔登终于逮住了一个证人——有可能还是目击证人——虽然他并不愿和警方合作，但沃尔登还是把他送到了大陪审团。可检察官还没来得及以做伪证的罪名吓唬他，让他如实招来，《巴尔的摩太阳报》便刊登了这份报告，并说他是个嫌疑人。现在，他可不会说老实话了，因为一旦他读到这份报纸——一旦他的律师读到这份报纸——他就会援引《第五修正案》，并保持沉默。

特维格，你真是个杂种。沃尔登想，你就等着吧，达达里奥会看到今天的报纸的，你不会有好果子吃。是你先惹毛了我。这一次，真的是你先惹毛了我。

沃尔登千辛万苦才找到了一个证人。在约翰·斯科特案件于去年12月初开展调查之后，他已经对梦露街800号街区做了四次挨门挨户的访问。前三次都一无所获，直到第四次拜访的时候，一位街坊告诉他有可能有个目击证人，此人就住在800号街区，他的车停靠在梦露街巷口；而且，他也在案发之后告诉很多人，当枪击案发生时，他正在户外。沃尔登找到了这个人。他是个中年劳工。他的家里还住着女朋友和老母亲。沃尔登的拜访让他很紧张，他起初不愿承认，说在案发时自己并没有在外面。不过，他说他的确听到了枪声，并从窗口看见一辆警车熄灯离去。紧接着，他又看到另一辆警车从拉菲耶特街开出，来到梦露街街口。

这个人告诉沃尔登，在警察开始在巷子中聚集之后，他又给自己儿子打了个电话，告诉他发生了什么。沃尔登向他儿子核实了这一说法。后者记得父亲给他打过电话，但他所说的细节却和他父亲说的有所出入：他记得父亲说的是——他看到对面巷子里有个警察射杀了一个人。

沃尔登又找到此人，说他和他儿子的口径不统一。他弄错了，这个人说，我可从来没这么说过。他还是坚称自己只看到了两辆警车的情况。

沃尔登怀疑这个刚找到的目击者是在撒谎，他看到的远不仅是一辆警车的离开和另一辆警车的到来。警探觉得有两个理由可以解释他的撒谎行为。第一，目击者不愿出庭，更别提这起案件要起诉的是一位警察。第二，根本没有什么警车在熄了灯之后离开梦露街。证人看到了杀死约翰·斯科特的人，而后者是他的邻居或朋友，现在他是想保护他。如果真是那样的话，证人自己也有可能参与了与死者的搏斗，因为他恰好就是在枪击案发生几分钟之前把车停靠在巷口的。

从技术层面而言，今日早报说这位目击者有可能也是嫌疑人，这自然没错。然而，罗杰·特维格不知道——或者说他在警局内部的消息源没告诉他——这个新证人可不是凭空找到的；而这两个月里又出现了新的证据，它让沃尔登回到了案件的源头，重新开始怀疑起警察来。

这个证据可不是什么在巷子角落里发现的衬衫钮扣，也不是因为太多被审问的警官都无法把自己的故事说清楚。在沃尔登关于此案的文件夹中有一个最令人不安的物证，那便是中央区分局的无线电通话录音。事发之后，凶案组把它送到了FBI做声音优化处理。几星期之后，凶案组收到了经过处理的音轨，他们把它抄录了下来，一条听上去很奇怪的录音浮出水面。

在这段录音中，一位中央区的警官对刚从盗窃车辆副驾驶座中逃窜出来的嫌疑人做了描述："一个男性，六英尺到六英尺一高，深色夹克，蓝色牛仔裤……最后一次见到是在兰威尔街和培森街……"

然后，一位中央区的名为约翰·威利的警司开始说话。这位已有七年经验的警司一直在追逃犯，从中央区一路追到了西区。正是他第一个发现了约翰·斯科特的尸体。

"130。"威利先是给出了自己的警队编号，"取消行动，疑犯在富尔顿街……或梦露街800号。"

一位在早先也在追捕疑犯的警官说起话来，他以为威利抓住了疑犯："124。我认得这家伙……"

威利隔了一会才回答说："130。我在找到他之前听到了枪声。"

"130，你在哪里？梦露街800号？"

"是的。"

然后，电台又寂静了一会。等到威利的声音再次出现在无线电上时，他首次承认"有人可能在巷子里被射杀了"。

这次通话向沃尔登提出了一个再明显不过的问题：如果那位警司没有制服疑犯，他为什么要取消行动呢？钮扣和无线电录音都将嫌疑的矛头指向了正在追击的警察。然而，沃尔登和詹姆斯一而再，再而三地检查了当时在梦露街附近的巡逻警的行动日志——每个制服警都必须在接到电台通知出警及结束任务之前填写这些文件。可是，当枪击案发生时，所有中央区、西区和南区的警车都有不在场证据。那些追击逃犯和前来紧急救援的警官也一一给出了他们的行动轨迹，两位警探也早已检查过一遍了。他们发现，在案发过程中，大多数警官都和彼此打过照面，他们都能为彼此证明。

如果说，在威利警司来到现场之前，的确有一位警察射杀了斯科特并逃走了，那也没有一本行动日志能告诉警探们他到底是谁。他们总共审问了十五位西区和中央区的警官，但他们所能提供的信息甚少，而那位第一个发现尸体的威利警司也一直坚称，无论是在枪声响起之前还是在此之后，他都没有看到任何可疑的人。这其中有几位警官——包括威利以及其他两位第一时间赶到现场的警察——接受了测谎。结果显示，除了威利和另一位警探无法确定之外，其余警探一律都是清白的。

测谎的结果，以及威利提前取消行动的言语让沃尔登和詹姆斯认为，这位中央区的警司至少在他发现尸体之前看到了什么。他们对他做了长达两个半小时的审问，可威利仍然坚称，他只是听到了一声枪响，他没有看到任何警官出现在梦露街的巷子里。他说，他不知道自己为什么要取消行动，也不记得他有这么做过。

威利问警探他们是否觉得他是嫌疑人。

警探回答他说，不。

然而，在这次审问中，警探们还是问这位警司是否自愿让他们搜查他的房子。威利同意了。然后，警探们还没收了他的制服、配枪和一把他私用的左轮，并把它们送去测验。

我是嫌疑人吗？这位警司再次问道。如果我是，我要知道我的权利。

不，他们告诉他，你不是嫌疑人。至少现在不是。这位警司坚称自己没有看到也没有听到任何除了枪声之外的东西，那么，警探唯一的希望便是有其他的警察或平民看到了枪击或之后发生的事情。现在，这个可能性正在变得越来越大，可是，一则新闻报告却要将此人吓得紧闭嘴唇。

然而，如果真是一位警察杀了约翰·斯科特，沃尔登也相信这并非他有意为之。他推断，这个巡逻警有可能和逃犯在巷子里扭斗了起来，他渐渐处于下风，于是，无论是出于正当防卫还是过激反应，他用自己的枪或从约翰·斯科特身上抢来的.38手枪杀死了他。逃犯倒在了地上，他看到他的背部正在流血，他突然慌张了起来，不知道自己怎样才能解释清楚。

如果这种假设是正确的，如果那位巡逻警从巷子里逃走只是因为他不信任警局有能力保护他，那么，他的行为也是可以被理解的。如果案件的真相真是如此，那么，说实在的，这是巴尔的摩警局自身的悲剧。在很久以前，警局就走上了一条错误的道路，而这起案件只不过是这条不归路的一个临界点而已。唐纳德·沃尔登见证过这条错误之路的源头，也见证过警局在这趟旅途中的挣扎摇摆。

在沃尔登漫长的警察生涯中，他只开过一次枪。那一次，他把.38圆鼻圆头弹手枪指向天空，急躁地扣下了扳机，可他知道，这枚子弹不可能击中任何可见范围内的目标。那是二十年前的夏天，他和他的拍档看到一个正在皮姆利科大道行窃的盗贼，他们开始追起他来。他们跑了很长一段路，已经超过了普通警察保持追击步伐的距离，然后，沃尔登的拍档开始开枪了。那一刻的沃尔登模糊地觉得自己应该显示自己和拍档的团结一致，于是也朝空中开了一枪。

沃尔登认识他正在追捕的人，当然，那个逃犯也认识沃尔登。那是"大人物"掌控西北区分局的十二年。那段时期相对平和，惯犯们和警察们相熟，而沃尔登更是任何罪犯都认识的人物。那一次，枪声终于让逃犯停下了脚步，他们把他制服了。可是，这个人却颇感震惊地对他说："唐纳德，我简直不敢相信。"

"什么？"

"你竟然要杀了我。"

"不，我没有这么做。"

"你朝我开枪了。"

"我是冲着头上开的，"愧疚的沃尔登说，"好吧，对不起，我向你道歉。"

沃尔登从来不知道开枪有什么好玩的，而那付之阙如的一发子弹却永远在他内心留下了不可磨灭的印迹。对他来说，盾牌才是警察威严的体现，而一位警察的优良和他的射术鲜有关系，而是要看他在街头有多少震慑力。

虽然沃尔登不爱枪，但他仍然是负责约翰·兰多夫·斯科特案件的最佳人选。他有过二三十年的街头执法经验，并见证过太多和警察开枪相关的案件。这些涉案警察的开枪理由大多数都合乎情理，有一些则是有点冲动，只有一小部分的警察是居心不良地扣动了扳机。在大多数情况下，警察开枪的行为并没有经过深思熟虑，而只是那一瞬间的本能反应。大多数子弹是为了恐吓罪犯让他停下脚步才开的，有些则不是，还有一些情况则更加暧昧、无法断定。当然，有些罪犯罪该万死，他也的确被击毙了，而有些罪犯则罪不该死却仍然被命运扼住了喉咙。

警察动用致命武器的决定完全是主观性的。这当然和他的执法经验有关，但更重要的却是他在那一刻的扪心自问：这样做是合乎正义的吗？我能在之后的证词中提供恰当的理由吗？但是，无论发生的是何种情况，警察心中还是有一条不可跨越的道德底线：当他开枪射击了某人，他必须在那人倒下之后在他身边待着。他得拿起无线电对讲机呼叫救援。他得承认是自己开了枪。

可是，时代变了。二十五年前，当一位美国警察开枪时，他不会担心子弹的射入口到底是在胸部还是背部。现在，每当警察拔出配枪时，他都有可能要承担民事责任或被刑事起诉。一模一样的情况，一模一样的枪创，前一辈的警察完全可以还自己清白之身，而现在的警察则有可能被定罪。在巴尔的摩，在美国的其他城市，规则已经改变了，那是因为街道变了，而警局也不再是昨日的警局。事实上，城市变了。

1962 年，当唐纳德·沃尔登从警校毕业时，法律两边的黑白道都对规则了然于心。如果罪犯胆敢冒犯警察，警察就可以使用武器。如果罪犯傻到开枪攻击警察，那他肯定也会遭受警察的反击。一旦罪犯开了枪，那他只有一次机会，他的人生由此走上岔路。如果他有幸被逮到警局，那他还能活下去。他会遭受警察们的暴揍毒打，但他至少保住了小命。如果他开了枪之后还要继续逃，那么实在对不住了，只要警察发现当时的情况足够对他有利，他就会毫不犹豫地开枪击毙他。

但那已是昨日传说。在那个时代，巴尔的摩的警察会自豪地说，他们才是这座城市中组织最庞大、作风做强硬、配置最高端的"黑帮"。那时，买卖海洛因和可卡因还不是贫民区的主体经济；那时，还没那么多青少年愤世嫉俗地在街道上游走，每个人的怀里都揣着一把 9 毫米手枪；那时，警局还是强势的，还未对遍布整个城市中心的毒品交易让步；那时，巴尔的摩还是个封闭的城市，你的确听到了民权运动的怒吼声，但那声响犹如远雷，惊不来一滴雨丝。

事实上，在那个时代，大多数和警察开枪相关的案件都带有种族歧视的色彩。对于世世代代都生活在巴尔的摩中心城区的黑人而言，他们早已明了，那帮号称是城市正义天使的警察只不过是又一场瘟疫。他们人生的困难有四个源头——贫穷、无知、绝望、警察。巴尔的摩的黑人打小就知道，他们最做不得的两件事——和警察争吵以及逃匿警察的追捕——一旦这二者之一发生了，他们至少会挨一顿痛打，最坏的情况则是被警察击毙。即便是黑人社区中最有权势的人物也要让着警察两三分；在六十年代之前，警局和警察基本上就是负面词汇。

警局内部的种族歧视也十分严重。沃尔登刚刚加入警局时，黑人警官（包括两位未来的局长）都不允许开警车——而且是有明文规定禁止他们开；马里兰州还未通过允许黑人使用公共财物的法案。黑人警官的警衔都很低，他们不是被安排在贫民区做巡逻警，就是被日益壮大的贩毒组训练成了卧底。当他们和白人警察一起巡逻时，只会遭受后者的白眼；当他们接起派遣电话时，电话那头只会传来难听的种族侮辱。

变化是慢慢产生的。一方面，黑人社区的民权运动愈演愈烈；另一方面，1966 年，警局迎来了一位新任局长。唐纳德·博梅尔洛是前海军军官，他是抱着整改队伍之心来到警局的。早在就任一年之前，他便在国际警察首长协会这一独立机构的庇护下，发表了一篇对巴尔的摩警局严词责备的报告。文章说，巴尔的摩警局不但是美国最腐败、最守旧的机构，它对警察暴力的使用也是过度的，而它也根本不关心这座城市的黑人群体。1965 年，洛杉矶刚刚发生过"瓦茨暴动"，每个民权运动领导者都对暴动的震撼力记忆犹新，此时这个国家每座城市的领导人都在担心自己的城市是否会爆发类似事件。于是，马里兰州州长和巴尔的摩市长决定认真对待这篇由国际警察首长协会发表的报告。其结果便是，他们聘用了它的作者。

博梅尔洛的到来标志着巴尔的摩警局迈入了现代。几乎在一夜之间，警局各层的领导都开始强调和社区的关系、对犯罪的防范和现代的执法技术。多个战略小组成立了，它们分布在城市的各个地区；在此之前，大多数巡逻警还用公共电话亭，现在他们都配上了无线电对讲机。和警察开枪相关的案件首次被系统性地调查；在黑人社区的共同施压下，有些过度使用暴力的警察被处罚了，此类行为也被禁止了。但是，博梅尔洛并没有走得太远。他反对成立民间审查委员会；他对外保证，警局有能力自我监督，对那些警察暴力事件做出公正的调查。通过漫长的政治博弈，他成功了。因此，在六十年代晚期、七十年代早期，当一位警察在街头开枪时，他明白他还有机会把事实上糟糕的情况写好，把事实上本就合乎情理的情况写得更加出色。

时代在变化，警察也在变得更加聪明。他们开始布置现场凶器，伪造现场。七十年代早期发生过一起警察开枪案——这个反映了马里兰州最大都市一个特殊时代的案件业已变成不朽传说——在其中，凶器成了关键因素。它发生在宾夕法尼亚大道旁边的小巷。当时，五个贩毒组警探正要闯入一座排屋，突然之间，意外事件发生了。在临近小巷的黑暗处，有个警察喊叫了起来，他对另一位警察大吼道有人正持刀在他身后。

这其中一位警探肾上腺素飙升，听闻情况后便把手枪里的六颗子弹都打光了。在此之后，他发誓说自己只开了一枪——直到他检查配枪，发现这并非事实。他向巷子深处跑去，看到嫌疑人已经躺在地上，他的身边有五把刀。

"这是他的刀，这一把。"其中一位警察说。

"操你妈，那不是我的刀。"受伤的嫌疑人指着另一把几英尺之外的弹簧刀说，"那才是我的刀。"

但是，伪造现场凶器只能在一时间蒙混过关。渐渐地，公众对警察的伎俩越来越熟悉了，这种做法也渐渐失去了效用，也变得更加危险了。警察过度使用暴力的事件越来越多，而"警察暴力"则成了街头巷尾、大小报刊的流行词汇。最终，警察再也做不了什么主动性行为了，他只能做防卫性的举措。在唐纳德·沃尔登看来，巴尔的摩警局的旧时代是在 1973 年 4 月 6 日正式告终的。那一天，一位名为诺曼·卜克曼的二十四岁巡逻警头部中枪六弹而亡，在案发的皮姆利科大道上，他的配枪躺在尸体旁。当时，两位警官正在一街区外的康庭克大道巡逻，他们听到了枪声，第一时间赶到了现场。他们看到一个年轻嫌疑人正站在业已去世的巡逻警身边，他的凶器掉在地上。

"好吧，"这个年轻人说，"是我杀了这个狗娘养的。"

要是在往日，这两位警官肯定会开枪杀了他。可是，就在那一天，他们并没有拔出配枪，而是把凶手铐了起来，带回到市局。巴尔的摩的街头曾经有它的规则：死去的是罪犯，活下的是警察；可现在，警察死去了，罪犯活了下来。

沃尔登心情复杂。他不是不知道过去的规则必将消亡，他也不是不知道这并不是正义的规则。但死去的卜克曼是他的朋友，当沃尔登在西北区分局做分队领导时，他还是个孩子，他曾想尽脑汁加入自己的分队。在卜克曼去世之后，沃尔登接到了轮值警督的电话，他立刻穿起衣服，和很多警官一起赶到了警署；也就是在这个时候，杀死卜克曼的凶手被转移到了拘留所。当时的官方说法是，当这个嫌疑人被审问和拍照时，他说他肚子很痛，可这座城市里的每个人都心照不宣，他们都知道痛苦到底是怎样造成的。之后，巴尔的摩黑人社区报《非裔美国人》试图让一位摄影师潜入嫌疑人所在的西纳医院，拍下他身上的伤口，但沃尔登亲自以非法侵入罪把他抓了起来。全国有色人种协会还曾要求做正式调查，可警局高层百般刁难拖延，声称嫌疑人根本没挨过任何打，这事也就不了了之了。

他们胜利了，但胜之不武，甚至有点可悲。派遣室里，巡逻车上，每个警察都说着那两位警官的坏话——凶手的 .38 手枪已经丢在地上了，可他们却没杀死他，而是把他逮捕了。在此之后，法庭仅仅判决凶手二等谋杀罪成立，他被判入狱十年，可允许假释。这让警察们更加不忿了，于是，对那两位警官的恶言中伤也就愈演愈烈。

卜克曼之死是个里程碑事件，但巴尔的摩警局所踏上的道路远远没有结束。七年之后，在巴尔的摩东区的一家外卖店，警局再次和它势必来临的未来狭路相逢了。再一次地，又一位警察牺牲了；再一次地，沃尔登亲自站在了现场。只不过，这一次，警察牺牲的方式完全不同。

那是1980年的3月。受害者是一位十七岁男孩，他的绰号叫"少年"麦克吉，而开枪的警探则是三十三岁的斯科蒂·麦克考恩。麦克考恩已经做了九年警察了，在此之前，他和沃尔登在抢劫组一起共事过。当时，麦克考恩已经下班，他穿着便衣，正在俄德曼大道上的一家店里买披萨。麦克吉和一个伙伴进了商店，并朝柜台走去。早在他们进商店前，麦克考恩就注意到他们了。他们曾屡次来到商店窗户口朝里观望，仿佛在观察它内部的情况，也仿佛在等待着什么。接着，大多数顾客离开了，他们走向柜台。麦克考恩已经做了五年抢劫组警探了，此情此景看上去如此熟悉。他想，这两个家伙应该是抢劫犯吧。于是，他偷偷把自己的枪脱出枪套，藏在雨衣的口袋里。

就在那一刻，麦克考恩看到"少年"麦克吉从大衣口袋里伸出了手，他的手上有什么东西正在闪光。他毫不犹豫地拔枪向他射击，朝他背部连开三枪。然后，这位警探让另一位同伴乖乖在原地待着，又让收银员赶紧报警和呼叫救护车。在做完这一系列动作之后，他俯身望向倒在地上的男孩。他看到，躺在他身边的是一个银黑相间的打火机。

就在"少年"麦克吉案发生之前数星期，迈阿密发生过一起类似的可疑警察枪击案。那起案件导致了一场大规模的种族暴乱。不出所料，同样的情况在巴尔的摩发生了：黑人们开始在市政厅外聚集抗议，警局里的每个人都看到了墙上的涂鸦抗议文字。每个人，除了斯科蒂·麦克考恩。

当沃尔登于 1977 年来到抢劫组时，麦克考恩已经在那里工作两年了。他知道这个年轻人是个好警察，可现在，他即将被这次糟糕的枪击案摧毁。为了帮助他，沃尔登从东区分局收集了一些刚发生不久的案件档案，在这些抢劫案里，罪犯都会使用.25 口径的小手枪。

沃尔登把它们交给麦克考恩："这些或许有帮助。"

"谢谢你，唐纳德。"这位年轻警探回答他说，"我不会有事的。"

但他注定逃不过这一劫。当州检察官拒绝把此案递交给陪审团，说涉案警探缺乏犯罪动机时，抗议声一浪高过一浪，躁动的情绪正在四处蔓延，暴乱一触即发。三个月后，警局内部审讯委员会传唤了麦克考恩，听取了他的证词。他坚称，自己之所以会开枪，是出于对自身安全和他人安全的考虑。这个五人委员会还听取了受害者同伴的证词。他说，他们并不是来抢劫的，他们只是想买苏打水喝。他们之所以会多次在窗外观望，是因为商店里有太多人，他们不想排队。更为重要的是，他们听取了"少年"麦克吉的证词。这个男孩已经半身不遂。他坐在轮椅上，说他当时"刚刚走进商店门，这个家伙就朝他走了两步，然后便开了枪"。委员会休庭了一小时，然后宣布麦克考恩有罪。他触犯了三条警局对枪械使用的规定，并做出了"败坏警局名声"的举动。一星期之后，博梅尔洛局长经过考虑，拒绝给麦克考恩减刑或让他复职。他接受了委员会的决定，开除了这位警探。

这起事件结束之后，全国有色人种协会的当地分会表示："是迈阿密为我们带来了正义。"然而，对于那些街头警察而言，斯科蒂·麦克考恩案让他们终于醒悟过来了——那个曾经庇护他们最放肆暴力行为的巴尔的摩警局一去不复返了。这里的问题并不是对"少年"麦克吉开的枪到底合理不合理：很多警察都会在类似的情况下拔枪，可当他们看到掉在地下的打火机和一位半身不遂的十七岁男孩时，他们都知道开枪是错误的。这里的问题是警局不再愿意牺牲它本身的利益了，它反而开始挑战那条关于警察工作的真理——这是一个被体制内化的观念，即无论在何种情况下，一个好警察开了枪，那他的动机一定是合理的。

这是一个几乎人人都拥有武器的国度。这是一个必然走向暴力的国度。这个国度给警察武器，赋予他们使用它的权力，这是他们的自保之法。在美国，只有警察才有权力故意杀人。正是为了保护这个国度，斯科蒂和其他三千位男男女女才会佩戴.38口径的史密斯威森上街执法。他们会在警校接受为期几星期的枪弹训练，也会每年去警局射击场锻炼射击技能。每位警察的临场经验固然重要，但只有经过这样的训练后，他们才能每一次都做出正确的决定。

可是，这只是一个谎言。

警局知道这是个谎言，但容忍着它，因为一旦谎言破灭，维系警察使用武力权力的神话就将告终。这也是个公众渴求的谎言，因为一旦谎言破灭，正义和邪恶之间的界限就将模糊，而这又是多么可怕。长久以来，我们的文化就培养着一种确定性的幻觉、一种完美的神话——据说，在开枪之前，斯科蒂·麦克考恩应该先给予警示，他应该告诉"少年"麦克吉自己是警察，并让他放下那莫须有的武器。它要求麦克考恩必须给这位男孩考虑的时间，或许，就算他要开枪，他也只能用来恐吓他，或仅让他放弃抵抗。如果一位警探没有这么做的话，那他就缺乏恰当的训练，也不是个谨慎的好警察。更有甚者，如果这位警探是白人，当他误以为黑人青少年的闪亮打火机是凶器时，那他肯定是带着种族歧视的有色眼镜来看待后者的。它不关心在警察给予警示的每一分每一秒，他对嫌疑人的优势都在迅速流逝；它不关心当他揭示身份或让嫌疑人放下武器的过程中，死亡悲剧随时都可能发生；它不关心哪怕双方对峙的时间只有一两秒钟，当暴力真的势必发生时，警察就很难击中目标，更别提要求他击中嫌疑人手中的武器了；它也不关心这位警察是不是个有尊严的人，他是不是真的身处危险之中，他是不是对黑人和白人都一视同仁、抱有同等的同情心。麦克考恩是个好人，他只是没有等一两秒钟再扣动那把.38手枪的扳机，可就在这稍纵即逝的瞬间，开枪者和受害者一起坠入到无法拯救的悲剧深渊中去了。

对于公众、特别是黑人社区而言，"少年"麦克吉之案是一场久违的胜利。警局长期以来歧视黑人，现在，它终于为此付出了代价。多行不义必自毙，这是他们的想法。至于斯科蒂·麦克考恩到底是不是合格的警察，他到底是不是种族分子，这些都不重要；在巴尔的摩，在美国的每一个警局，"替父赎罪"成了这一代警察的宿命。

对于那些无论是黑皮肤还是白皮肤的街头警察而言，"少年"麦克吉之案告诉他们，他们已经孤立无援了，体制不再为他们提供庇护。为了保存自己的权威，警局已经开始自我净化，它清洗了那些使用暴力和信仰暴力的人，也打击了那些在面对突发事件时做出错误决定的警察。如果开枪是合理的，那么警局仍会保护你，虽然即便最正义的抉择也得不到公众的支持。在这个时代，一旦这样的事情发生，有人必然会在电视镜头前说是警察杀害了那个人。如果这个人可开可不开，警局也仍然有可能保护你，前提是你知道怎样写一手好报告。而如果这全然是个错误的决定，那么，对不起了，警局会不假思索地放弃你。

最终，这条道路将巴尔的摩警局和这座城市都引向了不可避免的终点。现在，当警察们了解发生在梦露街的案件之后，他们每一个人都会联想到之前发生在东区外卖店的那个悲剧。约翰·斯科特或许是被警察杀死的，这或许是一场蓄意谋杀，虽然无论是沃尔登还是其他人都很难相信竟然有警察会冒着名誉扫地、银铛入狱的风险去杀一个盗车贼。更有可能的情况是有警察一直追进了这条黑暗的巷子，他和斯科特扭斗了起来，处于劣势的他开了枪。或许，当他开枪时，他想的是诺曼·卜克曼和其他因为犹豫反而被嫌疑人所杀的同僚，他为此感到害怕。或许，当他真的扣动扳机后，他突然醒悟过来，不知道自己该如何写报告，于是陷入惶恐。或许，当他熄灭警灯偷偷驶离梦露街时，他想到了斯科蒂·麦克考恩。

"罗杰·特维格泄露了机密，"在读完第二遍之后，里克·詹姆斯操着他那腔巴尔的摩西区口音说道，"咱们这儿有内鬼。"

唐纳德·沃尔登看了拍档一眼，并没有说话。在大办公室里，达达里奥快要结束例会了。二十多位警探——凶案组的、抢劫组的、性侵犯组的——围绕在他的周围，聆听着内部通讯、特别命令和备忘录。沃尔登心不在焉地听着。

"这才是问题的关键。"他一边站起身走向咖啡壶，一边说道，"这个破地方就像筛子一样。"

詹姆斯点点头，把报纸扔在瓦尔特梅耶的桌上。达达里奥结束点名。沃尔登走出咖啡室，朝正在散去的警官们望了一眼，他们之中至少五六位与正在接受内部调查的西区、中央区的巡逻警相熟。沃尔登想，他们中的任何一个都有可能是报纸的线人。

妈的。沃尔登的怀疑对象中还包括他本人的上司。特里·麦克拉尼没胆调查其他警察，特别是那群曾与他在西区共事过的人。约翰·斯科特案发生之后，麦克拉尼就表明过这一点，他也因此被排除在案件调查之外。

在麦克拉尼看来，警局调派他现在的人手调查他在西区的老哥们儿，这简直是对他的侮辱。于1985年回归凶案组之前，他曾在那个偏远的分局做过分队警司。他差点在那里命丧黄泉。有一次，他正在阿茹娜大道上追捕嫌犯，后者开枪阻止他。他身中好几弹，经过抢救才活了过来。他的好几位手下也有过类似的经历。如果警局想调查西区的警察，那它必须得让麦克拉尼置身事外。麦克拉尼的世界里没有灰色。警察是好人，罪犯是坏人；即便警察不是好人，那他也仍然是个警察。

然而，麦克拉尼会是线人吗？沃尔登有点不相信。他或许会抱怨，会咒骂，会和斯科特案件保持距离，但沃尔登不相信他会出卖自己的探员。说实在的，很难想象竟然有警探出卖同僚，把案件的关键信息透露给媒体。

不会是这样的，沃尔登想。这则报告源自警局内部，但凶案组的警探很有可能不是直接的源头。这个线人更有可能是一位警局工会律师，他有充分的动机把刚刚逮到的证人描绘成嫌疑人，因为只有这样，他才能帮有可能涉案的警官洗脱罪名。这听上去有道理，尤其是当沃尔登看到文章的结尾处引用了一位工会律师的话时。

可是，沃尔登和詹姆斯都知道，这则报道基本无误且勾勒了事件的最新情况——它有点不确定这位新证人到底是不是同为嫌疑人，但它对事件其余方面的描述都极为准确。因此，他俩都明白，这个线人肯定和调查有着直接关联。即便工会律师是记者的主要情报源头，律师也只是二手线人，更直接的信息源自调查核心圈内部。

在沃尔登看来，这篇报道恰恰凸显了梦露街案件的问题：对它的调查完全是在一个封闭的鱼缸里进行的，会出现这样的漏洞也是情理之中。调查警察通常是内部调查组的工作。内部调查组的警探扮演着反面角色，他们就是以此为生的。他们在警局另一层楼的独立办公室工作，向不同的上级汇报。内部调查组的警探可没什么忠诚可言，他们更无兄弟之情的概念；他们只和体制、和警局本身联盟。用巡逻警的话来说，他们就是偷吃芝士的老鼠。

由于所有参与追捕约翰·斯科特的制服警都是潜在的嫌疑人，从本质上说，梦露街案件的确是内部调查组的工作。然而，又由于约翰·斯科特死了，内部调查组就不用负责调查。这是起犯罪，因此就是凶案组的责任。

而在调查的过程中，沃尔登本人也分裂了。对于任何职业而言，二十五年都是一段漫长的日子，沃尔登一直怀念珍惜着自己穿制服的那段时期。他同情诺曼·卜克曼，也同情斯科蒂·麦克考恩。然而，他仍然会铁面无私地调查梦露街案件，因为在那块白板上，那个在约翰·斯科特名字旁边的、用红笔写的名字正是"唐纳德·沃尔登"。这是一起谋杀——一起由他负责的谋杀。如果杀死约翰·斯科特的真是一位警察，而他又没有勇气站出来承认，沃尔登有决心把他找出来。

这是一种奇怪的感觉。当大多数相关警官做出和其他凶杀案中证人相同的举动时，沃尔登反而有些释然了。他们中有些人故意对他撒谎，有些人则故意不把话说清楚；他们所有人都不愿袒露实情。沃尔登和詹姆斯在审讯室里面对着一个个警察，听着他们肆无忌惮的谎言，心里难受极了。也没有任何一个分局愿意提供外围的帮助。他们的电话一直处于死寂的状态，没有一个制服警感到害怕，没有一个制服警想要抽身而出，以举报行为换取减刑。沃尔登明白，他们所有人都知道，凶案组还没有掌握足够的证据来起诉任何一个人。如果真是一个警察杀了约翰·斯科特，直到事件的所有谜底都被揭穿之前，他是不会自己站出来的。

沃尔登知道分局的每个制服警都对这一事实了然于心，因为他们会奔走相告，因为凶案组的每个人都和警局的其他单位有着千丝万缕的关系。在这两个月里，沃尔登和詹姆斯对每一个潜在的证人和嫌疑人都做了调查，而他们的一举一动都会被警局从上至下的每个人知晓。今天的新闻报道只不过是最生动的说明而已。

去他妈的。沃尔登一边咬着雪茄走向厕所，一边咒骂道。至少高层不能忽视这个问题啊。你千辛万苦地理清案件的头绪把它们汇总写成报告，然后这其中的一半都会在警局内流传。是时候改变策略了。今天早上，州检察官办公室的蒂姆·多利已经跟他与詹姆斯通过两次电话，他们约定在暴力犯罪组的办公室开个早会。

诸事烦心的沃尔登刚走出厕所就看见刑事调查部的长官迪克·兰汉姆总警监走向他的办公室。兰汉姆看上去显然很愤怒，手里紧握着一份报纸。

"不好意思，唐纳德。"总警监摇着头说，"有人走漏了风声。"

沃尔登耸耸肩："反正本来就够糟了。"

"好吧，我很同情你。"兰汉姆说，"我用尽所有办法想让特维格按下这篇报告，我还以为他会照我说的做呢。"

兰汉姆细数了他对特维格做的各种思想工作——还不忘提到此人是他见过的最固执、最傲慢、最令人头疼的记者。沃尔登面无表情地听着。

"我告诉他如果这玩意发表了会对我们造成怎样的影响，"总警督说，"我请他再等几个星期。可是，瞧这狗娘养的都做了些什么?"

在兰汉姆还是警长的时候，他曾是内部调查组的头头，也曾就很多敏感事件和特维格打过交道。所以，当兰汉姆说他就这次的泄密事件和特维格进行过长时间的交谈时，沃尔登并不感到意外。但是，这次泄露风声的人会是兰汉姆吗? 应该不会，沃尔登想。兰汉姆已经是刑事调查部的头头了，他可不想一直握着这个烫手山芋；更何况，曾经负责过内部调查组的他应该不会对调查警察有什么问题。不，沃尔登对自己说，不是总警督。兰汉姆和特维格谈话的目的仅仅是为了拖延时间。

"好吧，"沃尔登说，"我倒是想知道他的线人到底是谁。"

"可不是吗?"兰汉姆一边转身走向办公室，一边说，"我也想知道。这位仁兄显然知道他在说什么。"

在研究了三小时新闻之后，沃尔登和詹姆斯离开了警局，来到了三个街区之外的、位于卡尔维特街上的小克莱伦斯·M. 米切尔法院①。他们对站岗警员出示了警徽，坐着电梯直达三楼。

他们走进一个狭窄的办公区域。这里正是暴力犯罪组的工作地

---

① 即巴尔的摩市法院。1985 年，为了纪念著名民权运动家小克莱伦斯·M. 米切尔，法院在经过重新装修后改名为小克莱伦斯·M. 米切尔法院。——译者

点。他们犹如在迷宫中穿行，最终来到一个最大的隔间。蒂姆斯·J. 多利是助理州检察官，也是暴力犯罪组的主管。此时此刻，在他的办公桌上躺着一份今日的《巴尔的摩太阳报》，城市版罗杰·特维格的独家报道正冲着上方。

多利和两位警探交谈了很多。当他俩离开这里回凶案组时，他们手头已经有十二位证人、平民和警察的名单，这些人都会被法院传唤。

随便吧。在回去的路上，沃尔登想，就为了调查这起案件，我已经听够了谎言，而现在，我的王牌也被报纸曝光了。去他妈的吧，如果他们要撒谎，就让他们先发了誓再撒吧；如果他们想要泄密给记者，就让他们从法院中窃取吧。

"操，唐纳德，"詹姆斯一边把大衣挂了起来，一边说，"多利早该做这事了。"

凶案组早就应该脱手。他们不应该等到调查已被特维格或其他人损害之后再来做这事。得让陪审团干起活来。

2月10日，星期三

"捕鱼人"开了门。他的手里拿着刀叉，上身穿着破旧的法兰绒衬衫，下身穿着灯芯绒裤。他长满胡茬的脸面无表情。

"退回去，"汤姆·佩勒格利尼说，"我们要进来。"

"你们是来逮捕我的吗?"

"不是。但我们有张搜查令。"

"捕鱼人"发着牢骚走进了厨房。朗兹曼、佩勒格利尼和艾杰尔顿带着六个人走进这个位于二楼的三间房公寓。这个公寓很脏，但还在警探的忍受范围内。这里家徒四壁，基本没什么装修，即便是橱柜也是空的。

朗兹曼、佩勒格利尼和艾杰尔顿各自负责一个房间搜查了起来。

而"捕鱼人"却吃着烤鸡和蔬菜，他的身边还放着一瓶柯尔特 45 牌高酒精度啤酒。他用刀叉撕下一个鸡腿，用手拿着吃了起来。

"我能看看吗？"他问。

"看什么？"朗兹曼反问道。

"搜查令。我能看看吗？"

朗兹曼走到厨房，把一份备份文件丢在他桌上："你可以留作纪念。"

"捕鱼人"边啃着鸡腿，边慢悠悠地读了起来。搜查令上机械地罗列着理由：和死者认识；曾是死者的雇主；向警方提供误导性不在场证明；未说明某一天的行踪。"捕鱼人"的脸上毫无表情，用手翻着文件，肮脏的油脂留在了每一张纸的页脚上。

艾杰尔顿和佩勒格利尼在里边的卧室里找到了朗兹曼。其余警探和专案警官正在查看这位店主为数不多的几样财物。

"这里没什么东西，杰。"佩勒格利尼说，"要不我们带些人去纽因顿大道，你就去对面再看看他的商店？"

朗兹曼点点头。纽因顿大道是警探们今晚第二个要突击搜查的地方。他们手头总共有两张搜查令，这意味着在警局里，对于拉托尼亚·瓦伦斯的案件出现了两种不同的看法。这天下午的早些时间，负责这起案件的三个警探分别坐在了行政办公室的两头，各自忙着打字——佩勒格利尼和艾杰尔顿在纽因顿大道 702 街区找到了一批新的嫌疑人，他们正在起草搜查令；而在另一边，朗兹曼却正在整理对"捕鱼人"公寓及商店进行搜查的理由。在拉托尼亚·瓦伦斯去世之后，"捕鱼人"位于怀特洛克街的商店被一场大火摧毁了。这当然是个反讽的现象：因为就在几天前，当艾杰尔顿和佩勒格利尼还在坚称"捕鱼人"最可疑时，朗兹曼否定了他们的观点；可现在，当他俩找到新的怀疑对象时，朗兹曼却又回过头来把矛头对准"捕鱼人"了。

朗兹曼之所以会对"捕鱼人"重起疑心，是因为他发现，自己之前对死亡时间的推断有可能是错的。在那次争吵之后，他和佩勒格利尼再次咨询了法医，确定了一遍时间：尸体正在脱离尸僵的状态，眼睛还湿润，没有尸腐的迹象，死亡十二到十八个小时。这是最有可能发生的情况。法医同意他们的推算，不过，他提醒道，还有一个例外——如果凶手在丢弃尸体之前把他储放在一个阴凉的地方，那么尸体腐化的进程就有可能被推迟。这种阴凉的地方可以是空排屋、车库以及地下室等。

如果他真这么做的话，尸腐会推迟多久呢？朗兹曼问。

推迟可达二十四小时，也许更多。

难道艾杰尔顿在两天前那个晚上做的推论是对的？如果受害者已经死亡二十四至三十六小时，那么凶手完全有可能在星期二绑架了她，然后在星期二当晚或星期三早上就杀害了她。"捕鱼人"在那段时间内可没什么不在场证明。假设他有地方储放尸体并保持它周遭环境的凉爽，那么他仍然是可疑对象。佩勒格利尼外出所收集的一项情报也证明了，受害者并没有被绑架太长时间，也不是在星期三晚上被杀的：即留在女孩胃里的热狗和酸菜。之前，警探们以为这顿饭是女孩被绑架之后凶手给她吃的，但事实证明并非如此。佩勒格利尼造访了一个在乌塔-马什伯恩小学餐厅工作的水库山地区居民。他想和后者再次确认当天学校餐厅提供的饮食，他问2月2日的中饭到底是不是意大利面和肉球。这个餐厅雇员仔细检查了那几天的菜单，第二天打电话告诉佩勒格利尼：2月2日的午餐应该是热狗和酸菜。意大利面是前一天的晚餐。不知道为什么，警探之前收集的情报有误；而现在，既然拉托尼亚是在2月2日中午吃了热狗和酸菜，那么，她就有可能是在星期二晚上被杀的。

佩勒格利尼很是焦虑：为什么到今天了，那些在案件之始便建立的假设还会被新收集到的证据质疑乃至推翻？他们的立案有多么不稳啊，仿佛只要一条新线索就能把整个案件推倒重来。在佩勒格利尼看来，当一个警探无法确定任何一个相关细节时，当他对什么都要怀疑时，他所负责的案件就肯定要陷入僵局了。死亡时间、胃中残留物，现在被推翻的仅仅是这两件东西，到底还有多少东西会被推翻呢？

不过，就这起案件而言，假设的改变至少没让一个最有可能的嫌疑人从他们眼皮底下活生生溜走。虽然"捕鱼人"的公寓和商店离纽因顿大道一个半街区之遥——这和朗兹曼的假设，即第一现场应该离第二现场不远相悖——但这位店主经常会从另一位怀特洛克街商店老板那里借卡车。当警探们审问他在星期三的不在场证明时，他已经说过，尸体被丢弃在纽因顿大道的那天晚上，那辆车的钥匙正是在他手上。在此之前，警探们都假设，如果凶手会把尸体运上车的话，那他肯定会选择一个更远的偏僻地方而非附近的巷子把她丢弃。可是，如果他那时突然害怕了呢？如果尸体被放在卡车后面看起来太惹眼了呢？他会转而把它丢在附近吗？

那么，为什么"捕鱼人"不在第一次被传讯的时候就说清楚他星期二和星期三早上的行动轨迹呢？难道他只是个分不清日期的无所事事者吗？难道他知道就算他说谎警察也查得出来，所以故意没给出一个必然会露馅的说法？在第一次审讯中，他提到自己在星期三和一位朋友去干活了，但之后经过确认，警探发现他记错了日子。那么，他到底是真的记错了呢，还是故意想误导警探？

拉托尼亚·瓦伦斯案发生后的数星期里，"捕鱼人"对未成年少女感兴趣的流言在水库山地区的确疯传了起来，警探们时不时地收到举报他曾经猥亵少女的电话。这些举报大多言过其实。然而，当警探把他的名字输入国家犯罪索引数据库时，他们发现电脑里出现了一条早于巴尔的摩警局电脑数据库档案的记录：1957年，当他还二十出头时，他曾因强奸一名十四岁少女而被判刑。

佩勒格利尼把这条档案的微缩胶卷从数据库里拉了出来，它显示，"捕鱼人"仅仅因此而被判了一年监禁。这条古老的记录并没有留下其余资料，但它还是让警探们看到了希望——此人真是个性侵犯者。当然，当朗兹曼申请搜查令时，这又是一条不错的理由。

那天下午，朗兹曼把他的申请交给了霍华德·戈尔什。这位公诉人之前刚刚来凶案组逛了一圈。朗兹曼对他说："喂，霍华德，你看看这个。"

戈尔什用了不到一分钟时间瞟了一眼申请书。

"这没问题，"他说，"但你付出的代价有点大了吧？"

这个问题关乎办案的战略。在搜查令被批准之后，"捕鱼人"就有权阅读它，并从中了解到警察怀疑他的理由。他也能由此知道自己提供的证词哪一些是不牢靠的。朗兹曼向戈尔什指出，至少搜查令不会透露哪些证人反驳了嫌疑人的证词。

"我们可不会背叛任何一个证人。"

戈尔什耸了耸肩，把文件交还给朗兹曼："那就祝你好运了。"

"谢谢，霍华德。"

当晚 10 点，朗兹曼从当值法官的家中取得了搜查令。紧接其后，警探们和专案警官在公园大道图书馆的车库聚集。这里正是拉托尼亚·瓦伦斯最后出现过的地方。他们本来的计划是先搜查"捕鱼人"的公寓和商店，可是现在，他们在怀特洛克街的"捕鱼人"公寓一无所获，这让佩勒格利尼和艾杰尔顿突然变得不耐烦了。他们放弃了"捕鱼人"，让朗兹曼和一位专案警官留下来继续搜查他的商店，而他们则带着第二分队赶往纽因顿大道一个半街区之外的住宅区。

他们把两辆雪佛兰和两辆警车停靠在道路北面的一座三层石墙排屋外，然后以堪比绿湾包装工橄榄球球队的速度冲出警车、进入排屋并把屋里的人都控制住了。打头阵的是艾迪·布朗和两个中央区分局的制服警，佩勒格利尼、艾杰尔顿、弗雷德·塞鲁迪和其他警官则尾随着。

一个十七岁少年刚听见撞门声下楼来开门，就被警察们按在了油漆脱落的灰泥墙上。一个制服警对他大吼着"闭嘴"，让他保持冷静接受搜身。另一个穿着灰色运动服的男孩刚从一楼中间的房间走出来到门道里，一看到这一帮刚闯进来的人便转头跑进房间。

"条子！"他喊道，"喂，兄弟们，条子来了……"

艾迪·布朗一把把这个叫做保罗·里弗尔的男孩拽住，将他按在墙上。塞鲁迪则带着制服警们穿过黑暗的门道，冲向亮着灯的房间。

房间里总共有四个人，他们正围坐在一个喷雾器和一小盒塑料包旁边吞云吐雾。这其中只有一个抬起头看了他们一眼，他刚开始时并没有意识到发生了什么事，而后他的神智恢复清醒，开始大叫着朝后门跑去。一位来自南区分局的专案警官在厨房逮住了他，扯住他的衣服，把他按在水盆里。另外三个则完全处于迷离的状态，根本没做任何抵抗。其中看上去最年长的那个甚至还无动于衷地把头伸进塑料包，最后猛吸了一口。恶臭的毒品气体弥散在整个房间里。

"我快要吐了。"塞鲁迪边把一个男孩按在桌上边说。

"你怎么想的？"一位制服警把另一个男孩推到椅子上，对他说，"要是你老妈知道你上完课在玩这个，她不会发火吗？"

排屋的二三楼都传来了警察的喧哗声和女人的尖叫声。这个排屋里有十几个卧室，每个房间里都有两三个人。现在，他们——青少年、孩子、中年妇女、成年男子——都被惊醒了，顺着伫立在排屋中央的破旧楼梯往下走，在一楼中间的房间聚集。警察点了点数，总共有二十三个人。

房间里站满了人，却出奇地安静。当十几个警察于午夜时分冲进纽因顿大道 702 号街区的排屋时，这些被围捕的居民竟没人提出质疑，仿佛他们早已对此习以为常。渐渐地，他们在房间里均匀有层次地分布开来：小孩子们躺在中央的地板上，青少年靠墙站着或坐着，而成年男女则坐在破旧餐桌边的沙发和椅子上。五分钟之后，这其中一个穿着蓝色平角短裤和浴室拖鞋的成年粗壮男子才向警察提出了那个显而易见的问题："你们他妈的在我家里做什么？"

艾迪·布朗刚刚走进门道，这个粗壮的男子打量了他一眼，问道："你是头儿么？"

"我是其中一位。"布朗回答。

"你没有权力进我家。"

"我有权力。我有搜查令。"

"什么搜查令？干什么用的？"

"一张由法官签署的搜查令。"

"没有一个法官敢签搜查我家的什么狗屁令。我会找一个法官告你们的。"

布朗笑了笑，并没有回应他。

"给我看看你的搜查令。"

布朗朝他挥了挥手："等我们完成工作后，我们会给你一份拷贝的。"

"去你妈的，你可没什么搜查令。"

布朗耸了耸肩，还是笑着不回应他。

"狗杂种。"

布朗抬起头，盯着穿着蓝色平角短裤的男人看了一眼，可他从男人眼里看到的只是傲慢的否认。

"操，这话是谁说的？"布朗问道。

男人慢慢地转过头，望向穿着灰色运动衫的男孩。正是这个男孩在此之前想跑回去警告自己的同伴。他靠在房门边上，恶狠狠地看着艾迪·布朗。

"是你说的吗？"布朗问。

"我有说任何话的权利。"男孩面带怒色地说。

布朗迈了两步，走进房间，一把拉住男孩，把他拖到前厅里。塞鲁迪和一位中央区分局的制服警往后退了一步，开始欣赏这出表演：

布朗用自己的头顶住男孩的头，以至于这个男孩的眼中除了这位六英尺二英寸高、二百二十磅重的愤怒警探之外就再无其他了。

"你想说什么，你尽管说。"布朗说。

"我可没说什么。"

"快说。"

"哥们儿，我可没……"

布朗的脸上露出了讥讽的笑容。他又把男孩拉了起来，把他拖回到房间里。两位专案警官已经开始着手记录每个人的名字和生日了。

"我们还得坐多久？"穿着蓝色平角短裤的人问。

"直到我们干完活。"布朗回答道。

而在楼上的卧室里，艾杰尔顿和佩勒格利尼则开始巨细无遗地搜查各色衣物、发了霉的床垫、垃圾堆和业已腐烂的食物残留。他们认为，纽因顿大道702号就是拉托尼亚·瓦伦斯被杀害的地方。

对拉托尼亚·瓦伦斯案的调查已经开展了一个星期，而对纽因顿大道702号这群毒品吸食者的搜查和逮捕是其最新的进展。在过去的两天里，佩勒格利尼和艾杰尔顿把怀疑的矛头对准了这个地点。他们的脑海中逐渐浮现出了一种新的假设，而这种假设终于能解释这起谋杀案中最不可理解的部分了——为什么拉托尼亚·瓦伦斯的尸体会在纽因顿大道718号被丢弃。这个弃尸地点是如此不合常理、如此古怪，以至于只要警探想出一种能够合理解释其现象的理由就能把对案件的调查引向全新的方向。

自拉托尼亚·瓦伦斯的尸体被找到的那个早晨开始，每个警探都在思考同一个问题：为什么凶手要冒着被人看到和听到的风险把尸体抬到纽因顿大道718号那被栅栏围起来的后院里？如果凶手在进入纽因顿大道后巷时没被人发现的话，那他为什么不把尸体就扔在巷子里然后逃跑？为什么他不把尸体丢在靠巷子两边任何一头——他只能从这两头之一进入巷子——的院落里？最为重要的是，为什么他要冒如此大的风险，进入这个被围起来的院落，还不管这里住着人，竟扛着尸体走了四十英尺路才把她在后门口上放下？其他院落都比这个更加容易进入，而巷子一头的三个排屋显然都没有人住。为什么当他完全可以把尸体丢在没人居住也没人看得见的院落时，他却偏偏选择纽因顿大道718号那个院落，还要冒着被看到或听到的风险？

早在纽因顿大道上的那个老酒鬼被证明是无辜的之前，两位警探的脑海中便开始浮现另一种假设，而这种假设又恰恰是和朗兹曼最初的推理相吻合的。

在案发第一天，朗兹曼便推断说，这起谋杀很可能就发生在附近的一个房子或车库里，第一现场和第二现场离得很近。凶手是在那天的早些时间杀害女孩的，然后把她丢在718号的门口。朗兹曼还进一步说，谋杀第一现场很可能就在卡洛大道、公园大道和纽因顿大道这三条街的某座房子里，因为这三条街刚好和这条巷子相交。如果谋杀现场不在邻近的街区里，那么它也很有可能就在这任一方向的某个街区中；凶手扛着没有被掩盖的尸体，惹眼地走过好几个街区去丢弃她——这在警探看来是不可能的，因为仅仅就弃尸这一目的而言，他选择哪条巷子都没有区别。

当然，还有一种很小的可能性——凶手原本打算把女孩的尸体运到更远的地方，但在此过程中，他害怕了，于是就把尸体丢在了纽因顿大道后面的巷子中——朗兹曼提出这个假设，针对的是"捕鱼人"，后者住在离案发地点几个街区之外的怀特洛克街，因此就不符合之前最有可能的假设。事实上，住在纽因顿大道720号的一位居民曾对警方说，尸体被发现当天早上的4点，她朦朦胧胧地看到卧室后窗外有车灯亮起。不过，当时她正处于半睡半醒中，所以很难断言这就是事实，而纽因顿大道上的其余居民无一提及看见过可疑的车辆。事实上，除了一个经常把一辆大陆版林肯停在纽因顿大道716号后院的人之外，没有人记得这条狭窄的巷子里曾停过任何其他车辆。

于是，艾尔杰顿得出了一种全新的假设，然后他把这一假设说给佩勒格利尼听，后者也同意了他的观点。这种假设把之前朗兹曼的推理作为既定事实接受了下来，又解释了弃尸的古怪地点——凶手根本没有穿过巷子，他也没有抬着女孩的尸体经过 718 号的周围——显然，这是一种别开生面的想法。住在 718 号的老夫妇已经接受过详细的调查，他们的房子也被警探仔细检查过了。他们肯定是无辜的，也没有可能有人抬着尸体进入他们的房子却没有引起他们注意。

艾杰尔顿曾观察现场多达十几次。他终于得出了第三种可能性：凶手是从屋顶来到这个地方的。

一星期前，当尸体被发现时，几位警探已经查看过旁边的防火避难梯了。它连接着 718 号的屋顶和后院，中间打了一个折返，离厨房门和尸体都只有几英尺的距离。警探们试图在避难梯上寻找血迹或其他微量物证，却一无所获。艾杰尔顿和塞鲁迪甚至还爬上过邻近排屋的几个无折返避难梯，他们在某个梯子上找到了一条晒衣绳，还和尸体脖子上的勒痕做了比对。但在此之前，没人系统性地思考过屋顶的可能性。后来，艾杰尔顿又来了现场几趟，他的脑子里出现了这个想法。案发三天之后的星期天早晨，这位警探开始用笔画下他脑海中的想象。

他把两张信纸粘在了一起，在上面画了十六个长方形，它们代表着纽因顿大道北面的十六幢排屋。标志有 718 号的长方形位于图表的中央，而在它的旁边，艾杰尔顿草草地画下一个火柴人形代表尸体位置。接着，他标出了 718 号避难梯的位置，标明它在二层有个折返，并一一对其他排屋的梯子也做了标记。

在这十六个排屋中，其中十个可以从靠窗一面直接顺着梯子爬上屋顶。拉托尼亚·瓦伦斯有可能被骗进了纽因顿大道的一座排屋，在那里被侵犯并杀害，然后凶手把她扛出二楼的窗户，爬到沥青的梯子折返平面。接着，他可以扛着尸体顺着梯子来到三楼的屋顶，他在屋顶上走过一段距离，最后顺着 718 号的梯子往下，把她丢在了那里。这个假设解释了为什么凶手会把尸体丢在 718 号有围栏的院子里，也解释了为什么凶手没有保险起见把尸体丢在巷子的开口处或更容易到达的院落里。如果你从地面上看的话，纽因顿大道的 718 号完全是个违背常理的选择。可是，如果你站在屋顶上往下看的话，那么纽因顿大道的 718 号——因为它的梯子是铸铁的，所以很安全——却是这片街区中最容易到达的地方。

那个星期天，艾杰尔顿、佩勒格利尼和朗兹曼来到纽因顿大道排屋的屋顶，他们一边寻找着可能存在的物证，一边研究着哪些排屋可以直接通向屋顶。他们先是查看了每个排屋通向屋顶的天窗门，发现它们不是被沥青封了起来，就是插上了插销。但是，这其中却有十幢排屋的居民可以通过二楼的窗户爬上避难梯来到屋顶。

艾杰尔顿在速记本上标记这些排屋号——700、702、708、710、716、720、722、724、726 和 728。接着，他划掉了 710 和 722——这两幢排屋没人住，警探们也已经勘查过了。他又划去了 726，这幢排屋刚刚被改造过，现今已经成为布满追光灯和天空光的雅皮士景观了，并且还被人买下来——最近十年来，市政厅一直试图推销和改造水库山地区的贫民区排屋，这是该街区对此政策做出的唯一让步。所以，在扣除了这三幢之后，总共还有七幢可以直接通往屋顶的排屋。

在此之后的星期二，里奇·贾尔维研究死亡现场彩色照片时，突然发现女孩黄色裤子上有黑色的污迹。这个发现让艾杰尔顿的假设变得更加现实了。

"喂，汤姆，"他隔着桌子叫佩勒格利尼，"快来看看她裤子上那坨黑的东西。这玩意正常吗？"

佩勒格利尼摇摇头。

"老天爷啊，不管这玩意到底是什么，实验室应该能检验出来。它看上去像是油污。"

当时，浮现在佩勒格利尼脑海里的第一个想法就是——屋顶上的沥青。他把照片带到警局五楼的实验室。那个时候，实验室人员正在检查女孩衣物上的毛发、纤维和其他微量物证。如果他真想对裤子上的黑色污点做化学分析的话，那结果要等几个星期甚至几个月才能出来；更有甚者，分析结果或许也仅仅只能显示这一污点的基本性质。佩勒格利尼没有时间等待，也不需要这么详细的结果。他只是问实验室人员，它是否某种油质物，或它是否有可能是沥青。工作人员做了一个简短的初步分析，然后告诉他这块污点的确有可能是沥青，虽然他们还需要具体分析以得出结论。

那一天晚些时间，艾杰尔顿和佩勒格利尼把屋顶的图表和他们对纽因顿大道 700 号街区所做的居民调查对比了一下，并拉出了七幢可疑排屋中居住人口的犯罪记录。他们特别注意那些寡居的男性居民和那些还没有说清楚女孩消失那几天自己行踪的人。当然，那些有犯罪前科的男性居民更不在话下。他们去掉能提供不在场证明的人，去掉女性居民，再去掉那些守法的公民，最终，他们只剩下了一个可疑对象——纽因顿大道 702 号。

这幢排屋里住着众多失业者、犯罪分子和吸毒者，而且警探们还从性侵犯组的档案里找到了一则耐人寻味的记录——1986 年 10 月，一位六岁的女孩因遭受性侵犯被社工们从这个排屋带走了，虽然这起事件没有让这里面的任何人遭到起诉。就纽因顿大道 702 号排屋本身而言，据警探们在星期天的观察，它的二楼有一个沥青的平面，人完全可以通过这个层面，顺着木质的梯子，爬到三楼的屋顶。而他们当时也注意到，这幢排屋二楼的后窗貌似在最近被打开过，它的窗户已经和窗框部分分离，人完全可以从这个缝隙溜到梯子平台上。佩勒格利尼还找到了另一个可疑现象——它三楼屋顶的沥青面上出现了一个凹点，应该是被某个或许带有纤维表面的重物撞击而导致的。

由于警探们早就对 702 号居民的犯罪前科有所了解，所以在女孩尸体被发现的那一天，这其中的六位成年男性已经被带到警局录过口供——这是例行调查的一部分。在这些早先的审讯中，没一个人露出可疑的蛛丝马迹，然而也没有一个人想刻意讨好警探。就在被审问之前，他们在"金鱼缸"里待了整整一小时，他们肆无忌惮地大声笑着，并比试着谁放屁放得更响。

此时此刻，当警探们搜查着 702 号排屋时，他们已经忘记了这些人的恶劣行径。这幢排屋曾经是庄严的维多利亚式建筑，现如今，它早已沦为一个没有电也没有水的空壳。随处可见一盘盘吃剩的食物、堆成山的废弃衣物和尿布以及那些盛满了尿液的塑料桶和铁壶。因为没有水，这里的居民早已习惯在这些容器中撒尿。这让里面的每个房间都弥漫着恶臭，以至于警探们和制服警们每隔一段时间都要下楼出门吸上一支烟并呼吸几口冬夜的空气才能缓过来。每个房间里也堆满了一层又一层的留有食物残渣的塑料碟子，住客们根本无心处理它们，仿佛是在等待考古学家对他们这一星期的饮食结构做个调查。无论警察们移动哪样东西，蟑螂和龙虱都会从中窜出来；虽然这幢排屋的二三楼很热，但没有一个警探胆敢脱下他的大衣或夹克，他们怕虫子会爬上衣服。

"如果她真是在这里被杀的话，"艾杰尔顿一边看着残羹冷炙和发霉的衣物，一边说，"你就想想她人生最后那几小时都经历了些什么吧。"

朗兹曼也赶到了现场。他和艾杰尔顿、佩勒格利尼一起搜查了二楼靠巷子的卧室。那个曾经性侵犯过六岁儿童的老头正住在这里。布朗、塞鲁迪和其他警察则搜查了三楼的卧室和起居室。不久之后，犯罪实验室的人员也赶来了，他们对每个房间、每个找到的可疑物件都拍了照，对每个警探指示需要检查的表面都做了指纹鉴定，还对每个看上去像血迹的污点做了无色孔雀石试验。

要收集的证据实在太多了，屋内的凌乱程度和成堆垃圾则让工作进行得更慢。单单是那些背面的卧室——那些能直接通往屋顶的房间——就花了警探们大概两小时才处理完。他们没有放过房内的任何一件物体，检查一样，放出去一样，直到这每个卧室都被清空，每件家具都被翻转了过来。他们检查了带血迹的衣物、床单和锯齿状的刀具。不过，他们还想找另外一样东西——那个星形的金色耳钉，可这无疑是大海捞针。在那个窗户被打开的卧室里，他们发现了两条带血迹的牛仔裤和一条带血迹的床单，经过检验，他们确定它们上面的确都是血。他们把每个蛀烂的床垫都翻了过来，把每个缺角的抽屉都倒了出来。他们仿佛把自己埋葬在了犯罪现场中，直到第二天的早上才得以收工。

3点，4点，5点……计划在午夜之前完成的搜查工作一直延续到了天亮。到最后，只有佩勒格利尼和艾杰尔顿还能站着继续检查，而即便是实验室人员也开始放空脑袋发起呆来。他们已经从门上、墙上、化妆台上和楼梯扶手下取得了几十个指纹，但这些指纹和小女孩匹配的可能性依然很低。即便如此，艾杰尔顿和佩勒格利尼仍然不满意，他们把实验室人员叫到三楼，让他们提取更多的指纹。

早上5点半，这座排屋里的所有男性都被铐上了手铐，鱼贯送入中央区分局的警车。他们会被送到市局，并关押在单独的房间里。在那里，已经做了一晚上搜查工作的警探会——审问他们。虽然这些人还未被指控，但警探们可不会好心好意地对待他们。他们丝毫不会掩饰自己对纽因顿大道702号排屋居民的鄙视，而这并不是因为他们有可能和拉托尼亚·瓦伦斯之死有关。或许吧，这六人中有一个就是凶手；又或许警探们再次进入了死胡同。但是，在经过长达六个小时的搜查后，警探们和制服警们都知道，无论如何，这些人都可以被判罪，无论是哪种罪。

的确，他们很贫穷，但这和贫穷无关；每个但凡有过街头执法经验的警察都见惯了贫穷，他们中的有些人，比如说布朗和塞鲁迪，本身就是贫苦家庭的孩子。这也和他们的犯罪史无关，虽然他们每个人都有长长一页的犯罪前科，虽然他们中有一个曾对六岁少女有过性侵犯，尽管这个房子里的青少年都在吸食毒品。每个参与搜查纽因顿大道702号的警察都已经对犯罪行为习以为常，他们既不会像诉讼委托人一样认为他们是十恶不赦的家伙，也不会像律师、法官、保释官和狱警一样对他们做出道德审判。

　　警探们对纽因顿大道702号居民的鄙视有着更深层的原因。他们知道，你可以很贫困，你也可以是罪犯；然而，即便你生活在美国最水深火热的贫民区里，也不能纵身一跳，越过那条可见的界限，跳入那万劫不复的深渊。在巴尔的摩，每个凶案组警探平均每隔一天就会开着雪佛兰来到一幢被上帝遗忘的排屋。在这些用石砖堆砌起的、十二英尺见宽的屋子里，他们会发现一具又一具的尸体。排屋的墙壁已经被腐蚀和玷污，地板已经变形和翘起，蟑螂在厨房里乱窜，它们早已把这里当作自己的家，不再怕灯光的照耀。然而在通常的情况下，警探们在发现死者贫穷的同时，也会发现他为了摆脱困境而所做的努力。这些贫民区的历史有多悠久，这些努力就有多悠久：卧室墙面上贴着宝丽来照片，照片里一个小男孩正穿着万圣节服饰；一副男孩送给母亲的情人节剪贴画；破旧冰箱上贴着学校午餐菜单；一张全家福照片，里面的祖辈竟然有十几个孙子孙女；虽然沙发的周遭依然破烂肮脏，但它上面套上了崭新的沙发罩；无所不在的《最后的晚餐》画和头顶光环的基督像；喷枪绘制的马丁·路德·金画像，他的眼睛望向上方，头顶着印有华盛顿著名演讲的节选……在这些家庭中，当警车停靠在屋外时，母亲们还是会走到楼下坐在阶梯上哭泣；在这些家庭中，警探还知道屋里到底住了些什么人；在这些家庭中，制服警们会问那个被捕的男孩手铐是否太紧，还会在把他带出家门送往警车的途中将自己的手掌保护性地按在他的手上。

　　可是，就在纽因顿大道的这个排屋里，二十几位居民随意丢弃食物，把脏衣服和尿布扔在卧室的一角，在蟑螂横行的床上淡定地躺下，在喝下一瓶疯狗牌或雷鸟牌加度葡萄酒后把尿液洒入床边的塑料桶，还把吸食"清洁剂"作为夜晚的娱乐项目。历史学家告诉我们，当纳粹集中营的难民们听说同盟国的军队就在几英里之外快要到来解放他们时，他们中的有些人开始清理打扫房间，他们要告诉世界，他们的生活境遇并不像外界想象的那么差。然而，在纽因顿大道702号，人之为人的尊严已经消失殆尽了。再也没有什么为了摆脱困境而做的努力，他们已经向命运投降，让卑劣的生存态度代代相传。

对于那些去过这幢排屋的警探来说，鄙视和愤怒完全是自然的反应，也是唯一的反应——直到搜查的那一天早晨，一个穿着脏兮兮金莺队队服和牛仔裤的十岁小男孩从房间中央的人堆里爬了起来，他走到艾迪·布朗的身边，扯了扯他的衣袖，问他自己是否能去房里拿点东西。

"你需要什么？"布朗问。

"我的作业。"

布朗犹豫了一下，他简直不敢相信："作业？"

"我的作业在我房里。"

"你住哪个房？"

"楼上正面那个。"

"你要哪些？我可以拿给你。"

"我的作业本和一些纸，可是我忘了我放在哪里了。"

于是，布朗跟着这个小男孩来到二楼最大的那个卧室里。小男孩从凌乱的桌上拿起一本三年级的课本和作业本。

"这是什么作业？"

"拼写作业。"

"拼写？"

"是的。"

"你拼写得好吗?"

"还算行。"

他们走下楼。小男孩随之消失在闷热的人群中。艾迪·布朗的眼神越过门道望向远方,仿佛这是一条长长的隧道,仿佛隧道的终点有光传来。

"好吧,"他点上一根烟,说,"我已经老了,不能再干这活了。"

第三章

2 月 10 日，星期三

自吉尼·卡西迪被人在爱普尔顿街和莫谢尔街的街角射中已经过去了一百一十天。在这一百一十天中，特里·麦克拉尼挑起了整个巴尔的摩警局的重担。在巴尔的摩，一旦发生警察被杀或被伤事件，凶案组永远都能把凶手逮捕归案；他们没有一次失败过。可是，麦克拉尼知道，警局里的每一个警察也都知道，失败的一天终于要降临了。长久以来，本市陪审团都会对那些射杀警察的罪犯网开一面，他们通常只会被判二级谋杀罪；那个在卜克曼头上开了六个洞的男孩就只被判了二级谋杀，现在已经在保释期了。马尔蒂·沃尔德警探曾在一次围捕行动中被一个毒贩杀死，那个人也只被判了二级谋杀。麦克拉尼知道，警局里的每一个警察都知道，长此以往，不可想象的事情肯定会发生，胆敢杀害警察的罪犯也总有逃脱的机会。麦克拉尼只能默默祈祷，这事千万别发生在他头上，千万别发生在卡西迪这起案子上。

可是，日子一天天过去了，麦克拉尼了无头绪。他收集了一些证据，可检察官说它们根本不足以起诉某人让他面对陪审团。有关卡西迪案件的卷宗已经收集了大大一叠，可事实上，自去年 10 月以来，麦克拉尼就没发现过任何新的嫌疑人。其实，他的嫌疑人变少了。至少，在 10 月的时候，他还相信那个因枪击吉尼·卡西迪而被关起来的人的确就是凶手。

可现在，他不敢确定了。现在，随着这起案件一天又一天地接近5月的公审日期，他开始默默地祈祷。他的祈祷很简短，也很直接：他会在走过街角时突然祈祷起来，他会在咖啡室里突然祈祷起来，他恳请那个天主教的上帝聆听他的心声；可是，他或许已经忘记：想当年，当他在阿伦娜大道受伤倒地时，他也曾祈祷过，可上帝并没有理他。现在，麦克拉尼发现自己经常会自言自语，他对上帝只有一个请求，可惜的是，上帝总是穷于应付，无暇顾及他。上帝啊，请你帮助我给那个枪击吉尼的人定罪，只要达成这个心愿，我保证以后再也不会烦你了。您虔诚的信徒，T. P. 麦克拉尼警司，马里兰州巴尔的摩市刑事调查部凶案组。

吉尼总是会在半夜三更给他打电话，这让他的压力更大了。卡西迪的眼睛被击中而失明了。他会在半夜惊醒，却不知道现在是早上还是下午。然后，他就会拨通凶案组的电话，了解他们是否有新的进展，又是否对那个叫做欧文斯的男孩做了更多的调查。麦克拉尼会告诉他实话。他说，他们还动不了安东尼·欧文斯，因为他们只有两个不可相信的、还未成年的证人。

"你到底想怎样，吉尼？"在一次对话中，麦克拉尼问他道。

"我觉得，"卡西迪回答说，"只要我的眼睛瞎一天，他就应该在牢里待一天。"

"你接受五十年监禁的判决吗？"

我接受，卡西迪说，如果没有更好的选择的话。

可五十年根本不够；他俩都知道，五十年意味着在牢里待不到二十年就会被假释。可是，就目前的情况而言，别提五十年了，麦克拉尼连给欧文斯定罪都难。现在，在麦克拉尼手头上的是一起事关其职业命运的大案，可当他盯着本案卷宗看时，他只能看到两个字——失败。去他妈的，如果卡西迪不是个警察，那这起案件还没到法庭之前就肯定已经被息事宁人了。

可惜的是，卡西迪是个警察。所以，这起案件不会息事宁人，不会宣判无罪，也不会辩诉协商。如果陪审团不判罪犯一级谋杀罪的话，吉尼·卡西迪肯定不会罢休。这是警局欠他的，而此时此刻，麦克拉尼就是警局的化身。他是卡西迪的朋友，他是这起案件的调查指挥官，特里·麦克拉尼没有任何理由逃避，他必须定罪，还卡西迪一个说法。

虽然他不曾对外人说过，可他内心的负罪感与日俱增。因为，在那个闷热的 10 月之夜，当凶案组的电话响起时，他并没有在办公室里。当天，他的轮值时间是下午 4 点到午夜 12 点，可他没等到 12 点就离开了办公室，前往市中心的一家酒吧喝酒。他是在那里接到电话再赶回到警局的。

西区有警察倒下了。

头部中枪。

卡西迪。

是卡西迪。

麦克拉尼赶回到办公室。对他来说，倒下的并不是一个普通的警察。卡西迪是他的朋友。当他在西区分局短期做部门警司时，这个巡逻警曾是他的下属。他很有前途，他是个好孩子——聪明、刻苦、公正——他就是理想中的巡逻警。即便在麦克拉尼回到凶案组之后，他们也依然保持着友谊。可现在，卡西迪倒下了，或许已经死了。

当他们发现卡西迪时，他们看到他正坐在爱普尔顿街和莫谢尔街的街角。在几个街区外步行巡逻的吉姆·鲍文是第一个赶到现场的警察。他被吓了一大跳，发现自己竟然认不出这个西区分局的同事了。卡西迪的脸上淌满血浆，鲍文赶紧蹲下身体看他制服胸口的牌子：卡西迪。鲍文还看到卡西迪并没有拔出配枪，他的警棍依然留在巡逻车里，车则停靠在几英尺之外的街边。另外一些西区警官赶到了现场，他们每个人都很震惊。

"吉尼，吉尼……天呐。"

"吉尼，你能听见我说话吗？"

卡西迪只说了两个字："是的。"

他们把他抬进救护车。救护车急速飞驰一英里，把他送到大学医院的创伤科。医生说，卡西迪只有百分之四的存活率。一颗子弹从他的左面颊射入，朝上穿过头骨，射穿了右眼的视觉神经。另一颗子弹击中他的左脸，直接穿透左眼，并在他的大脑里停留了下来，手术刀已经无法将它取出来。就是这颗子弹让医生们做出了最坏的推断——即便这个二十七岁的警官能侥幸活下来，他的脑部也会受到严重创伤。

卡西迪的妻子和两位西区警员赶到医院，他们为他祈祷。然后，那些高官们——警监和副局长们——也来了。警探和医生们汇聚一堂，甚至还出现了提供临终祷告的牧师。

对此案调查的早先阶段完全遵照所有警察枪击案的惯常逻辑。愤怒的警探和西区制服警们全体出动，他们控制了爱普尔顿街和莫谢尔街周围的区域，逮住任何在这个街角无所事事的人问个遍。附近的居民、街头贩毒者、瘾君子、流浪汉——每个走过那里的人都被扣留、被恐吓、被威胁。竟然有人敢近距离在一个警察头上开两枪——这完全是种挑衅。无论在此之前，警察和西区当地人之间有什么和平协议，现在这一协议已然被撕毁。

在这个痛苦的调查首夜，麦克拉尼是指挥行动的凶案组警司之一，但他比任何其他指挥官更加激动。他呵斥着、辱骂着每一位可能的证人，告诉他们如果胆敢说谎的话，上帝会惩罚他们，魔鬼会吞噬他们，而他——T. P. 麦克拉尼——也不过放过他们。当一位警察倒地时，"我可什么都没看见"这样的话是不被接受的；即便如此，麦克拉尼当晚的表现也是过于鲁莽了。在他底下的警探看来，这完全是种赎罪的行为——而这只是因为当电话响起时，他正在喝啤酒。

说实在的，虽然麦克拉尼提前在规定时间离开了岗位，但这并不意味着什么。凶案组的工作时间相当灵活，只要你完成了案头工作，而接班的人又已经来了，你完全可以提前离开。有些探员下班早了，有些探员下班晚了，有些会为了破案加班，有些会在接班人手还没到时就开始喝啤酒。没人会预料到，就在那片刻的松懈时间内，一起红球案件会发生。可是，对于麦克拉尼来说，所有这些都不是理由。这不仅仅是个红球案件。在他看来，当吉尼·卡西迪倒下时，他没有在岗位上的这个事实很重要。

　　所有人都注意到了麦克拉尼的愤怒情绪。这其中几位警探——包括达达里奥警督——试图平复他的心情。他们告诉他，他过于感情用事了，他们暗示他最好还是回家，最好还是把工作交给那些没有和卡西迪共事过的警探，那些还能把这起案件当作犯罪——虽然是起性质恶劣的犯罪，却不是对针对个人的攻击——来处理的警探。

　　那一夜，愤怒的麦克拉尼甚至重重地往墙面上打过一拳，并造成了手骨粉碎。事实上，在几个月之后，他的行为变成了凶案组里的笑话：卡西迪被击中那一夜，麦克拉尼分别在三个不同的地方伤了他的手。

　　三个不同的地方？

　　是啊。它们分别是迪维逊街 1800 号街区，劳伦斯街 1600 号街区，还有……

　　麦克拉尼失控了，但他不愿离开。也没人真的相信他会离开。虽然他们对麦克拉尼的情绪颇有微词，但所有和他共事过的人都理解他此刻的愤怒。

　　当晚凌晨 2 点，案发三小时后，警局接到一个匿名举报电话。有人告诉他们前往北斯特里克尔街，他们会在那里的一幢房子里找到那把击中卡西迪的枪。警探们没有找到任何枪，但他们在那个地址发现了一个十六岁的少年。他们把他带回到市局。这位少年一直不肯承认自己和这起案件有关。警探们对他进行了长时间的审讯。他们对这位少年球鞋上的污点做了无色孔雀石试验，确定那的确是血迹，于是他们进一步拷问他。终于，这个被吓坏了的男孩经受不住几个小时的轮番轰炸，给出了安东尼·T. 欧文斯这个名字。那一刻，麦克拉尼想往审讯室里冲，几位警探合力才把他拦了下来。男孩还提到了另一个名字——克利夫顿·弗雷泽尔。他说这个人当时也在现场，但并不是他开的枪。据这位年轻的证人说，当时他离事发地点才几英尺之遥，他看到卡西迪向一群街角贩毒少年走去，突然之间，在毫无预兆的情况下，那个十八岁的、叫欧文斯的小毒贩就开了枪。

　　警探们通宵达旦起草逮捕和搜查欧文斯的申请书，让轮值法官签署它，然后于第二天晚上 6 点半来到欧文斯位于巴尔的摩西北部的公寓。这次突袭鲜有收获，可是就当警探们从欧文斯家离开时，他们又接到一个匿名电话，说那个枪击警察的人是在富尔顿街的某个排屋里。他们赶紧前往那个地址，但还是没有逮到欧文斯。不过，克利夫顿·弗雷泽尔——这个据说是证人的少年——就在那里。他们把弗雷泽尔带到市局，可他要求律师到场，在此之前他什么话都不肯说。于是，他被关进了巴尔的摩市拘留所。但是，因为法官签署的逮捕令是针对欧文斯的，和他并没有关系，他在几小时之后就被保释了出来。

　　那一夜的晚些时间，那个不愿道出实情的十六岁少年的妹妹也来到了凶案组。据她说，案发时，她和几位好姐妹也在爱普尔顿街上，她看到卡西迪在那个拥挤的街角被击中。她说，就在欧文斯开枪之前，克利夫顿·弗雷泽尔推了他一把，还对他说了些什么；在欧文斯枪击了卡西迪之后，他上了一辆黑色福特护航者，开车的也是弗雷泽尔。在听取了这些证词之后，警探们开始重新寻找弗雷泽尔；他们发现，在被保释之后，这个少年就消失得无影无踪了。他们申请了针对他的逮捕令，并继续着对欧文斯的寻找。不过，就当那位十三岁的少女签署自己的证词时，安东尼·欧文斯出现在了中央区分局的前台。

"我就是你们想找的人。"

这位少年不敢去西区分局自首。他知道，如果他去了那里，就有可能遭到毒打，甚至被活活打死。他知道这并不是他臆想的危言耸听。于是，他选择了中央区分局。当麦克拉尼得知这个消息后，又冲动地想赶过去。其他警探把他拦了下来。不过，欧文斯也没吃到什么好果子。他在审讯室里挨了打，在拘留室里挨了打，在被送往市拘留所的囚车上也挨了打。当然，你可以指责警察说这是野蛮残暴的行为，但即便安东尼·欧文斯本人都知道，这完全是他自找的。当他把两颗子弹送入一个警察的脑袋时，他就应该有心理准备。于是，他咬着牙默默承受着，丝毫没有一句抱怨。

吉尼·卡西迪做完手术的那几天一直处于半昏迷的状态，他还未脱离危险期，他的妻子、母亲和哥哥轮流照顾着他。警局高层自从他手术那一晚来过一次之后就再也没有出现过，不过病房里从来就不缺人，他家的朋友和西区分局的同事们都会陆续前来看望他。在他昏迷期间，医生每天都会对他的存活率做新的判断，有时说他快要挺不住了，有时说他快要脱离危险期了。整整两星期过去后，卡西迪终于脱离了危险。当时，一位护士正在帮他换绑带，他突然不安地蠕动起来。

"天呐，吉尼，"护士说，"活着真够难的。"

"是啊。"卡西迪一个字眼一个字眼地说，"真……够……难。"

他活了下来。但他瞎了。那颗留在他脑子里的子弹损坏了他的嗅觉和味觉神经。他还得重新学习说话、走路和协调身体。在确定卡西迪能活下来之后，医生们要求他再住院四个月，并接受几个月的物理治疗。然而，出乎所有人的意料，三星期之后，卡西迪就能被人扶着行走起来，也在言语理疗师的帮助下重新学会了说话。经过医生诊断，他们确定卡西迪的大脑功能并没有被子弹损坏。一个月之后，他便出院了。

随着卡西迪的回归，麦克拉尼和本案的主责警探加里·登尼甘已经准备就绪。他们希望卡西迪能帮助他们进一步了解案情，他或许能记起案发时的情况，或许还能认出或描述出开枪的人的样子。然而，让他们失望的是，卡西迪什么都不记得了，他只记得他在岳父家吃了一根热狗，然后就去上班了。对于案发时的情况，他说他只记得吉姆·鲍文蹲下身子看他时的脸——但医生说，那只是他的臆想，照他当时的情况，他根本不可能看到。

　　警探们告诉他，据证人说，案发当时，他正要清理爱普尔顿街和莫谢尔街之间的贩毒窝点，可一个叫做欧文斯的男孩突然朝他开了枪。可是，这个说法让卡西迪本人疑惑不已。他问，如果他当时的确是去赶走那帮贩毒少年的话，那他为什么会把警棍留在车里？而爱普尔顿街和莫谢尔街之间的街角又是从何时开始变成贩毒窝点的？在此之前，他已经在那片区域巡逻过一年了，他从来没见过有人在那里做毒品交易。卡西迪说，这肯定不是案件的真相，但可惜的是，他自己又什么都记不起来了。

　　吉尼·卡西迪还有一件事不记得——那件事发生在他手术之后，那时他还处于昏迷状态。我们不知道这种事为什么会发生，或许是因为即便他已神志不清，但西区分局警察的血液仍在他的体内奔腾。总之，有一天晚上，卡西迪突然从病床上站了起来。这是他自中枪之后第一次站起来走路。他慢慢地走到旁边的病床上，那里躺着一位因车祸受伤的十五岁少年。

　　"喂。"卡西迪对他说。

　　男孩抬起头，恐惧地看着这个穿着病号服的幽灵。他的眼睛肿大如桃，他的头发全被剃光了，上面有一道可怖的手术刀痕。

　　"什么？"男孩说。

　　"你被捕了。"

　　"什么？"

"你被捕了。"

"先生，你最好还是回床上躺着。"

这个幽灵似乎犹豫了一下，然后转身回到自己的床上。"好吧。"卡西迪说。

案发数星期之后，麦克拉尼与其他警探和缉毒组以及西区分局缉毒组联手，开始对爱普尔顿街附近的毒品市场进行针对性的监控。他们的假设很简单：如果卡西迪的确是因为想清理一个贩毒窝点而遭枪击的话，那么这片区域的所有贩毒者都应该知道这起事件。他们中的有些人应该是目击证人；即便他们不是目击证人，他们也应该认识目击证人。于是，他们逮捕了十几个毒贩。他们对这些人进行了突击审讯，想在质问贩毒罪的过程中换取他们的小道消息。可是，让他们颇感意外的是，这些毒贩没一个能提供有用的信息。

对那片区域所住居民的调查也出现了类似的情况。案发当晚的天气很好，也不是很冷，在通常情况下，那些住在附近排屋的居民都会坐在门廊上聊天直至深夜。可是，警探们找不到一位目击证人。他们还试图寻找那辆据说是逃离工具的黑色福特护航者，但也徒劳无获。

今年 1 月底，凶案组把案件资料交给了州检察官办公室的职业犯罪组。两个资深的公诉人霍华德·戈尔什与加里·辛克尔翻阅了起诉书和证人证词。欧文斯和弗雷泽尔还待在拘留所里没有被保释，但如果要对此案进行公诉的话，那简直就是一场灾难。他们只有两个证人——一个是十六岁的小混混，他本来就不怎么愿意合作；另一个则是他十三岁的妹妹，可这个小女孩经常离家出走，这不但让她的行踪难以掌握，而且也让她的话显得不可置信。而且虽然他们的证词有相似之处，但在关键细节上却有出入：小女孩说弗雷泽尔是帮凶，而男孩则否认了这一点。与此同时，警探们也没找到任何武器、微量物证或犯罪动机。在这种情况下，你很难说服陪审团定罪。

麦克拉尼真的害怕了。如果开庭那天他们还没找到任何物证怎么办？如果他们只有这两个证人怎么办？如果他们败诉了怎么办？如果枪击者被判无罪了怎么办？公诉人曾屡次向他暗示，在现今的情况下，别说一级谋杀了，能判二级谋杀就已经相当不容易了。于是，他给卡西迪打了一个电话，他旁敲侧击地问卡西迪是否接受欧文斯被判二级谋杀。这也就意味着后者会被判三十年，但十年之后便能被假释。

不接受，卡西迪说，三十年不行。

说来容易，麦克拉尼想。想要达成辩诉协议基本上是不可能的事了。卡西迪瞎了，他再也无法工作了。他的妻子帕蒂·卡西迪也失去了工作。她的公司最初愿意给她停薪留职，但她为了在理疗的那几个月好好照顾丈夫，主动辞去了那份会计工作。他俩的生活再也无法像以前那样了——不，麦克拉尼想，不止他俩。

就在去年圣诞之前，帕蒂·卡西迪开始呕吐了起来。她原先以为自己是照顾丈夫过于疲惫了，后来经过诊断，她才发现自己已经怀孕了。她是在吉尼受伤前几天怀的孕。这是他们的第一个孩子。虽然这个孩子为他们带来了生活的希望，但也让卡西迪感到苦涩：这是他的孩子，可他再也看不到他到底长得怎样了。

帕蒂·卡西迪的怀孕增强了麦克拉尼对本案的执迷。不过，据有些警探说，麦克拉尼之所以如此偏执地调查此案，却不尽然和卡西迪及其孩子相关，而是因为那起发生在梦露街后巷的案子。那个案发地点离卡西迪被击中的地点只有两个街区之遥。

对于麦克拉尼而言，凶案组对约翰·兰多夫·斯科特案的调查完全是有悖为警之道的。他无法想象自己竟然要对同僚做调查。吉尼·卡西迪被枪击致残了，然而仅仅一个月之后，凶案组——事实上，是麦克拉尼的分队——却开始调查那些曾经和卡西迪共事过的巡逻警：他们让这些警察戴上测谎仪，检查他们的左轮配枪，搜查他们的储物箱……麦克拉尼无法想象自己竟然同时做着这两件事。

麦克拉尼觉得荒唐极了。约翰·斯科特的案子之所以还没破，是因为他们觉得凶手就是警察。可是，在麦克拉尼的世界里，警察不会在射杀了某人之后就逃之夭夭——至少那些和他共事过的警察都不会这么做。他认为沃尔登走过了头。沃尔登的确是一个好警察、好探员，可是他深信不疑地肯定是警察杀了人。麦克拉尼想告诉他，他错了，错得离谱。麦克拉尼从来不会当面指责自己的警探。不过，在他看来，沃尔登太老派了，他是个只会遵守上级命令的警探，无论他会被那些命令操翻几遍。所以，麦克拉尼不怪他。要怪也要怪警局的上层，特别是行政警督和警监，是他们为梦露街案件立了特案，剥夺了他对此案的调查指挥权。他觉得，他们过早下了凶手不是平民的结论，他们过早让沃尔登去调查那些巡逻警。行政警督没干过警探，警监也没有；他们毫无实战经验，他们又怎么可以剥夺他和达达里奥的指挥权呢？再没有谁比他更了解街头会发生些什么，又不会发生些什么了。在他看来，从每个介入调查此案的人员都认为凶手是个警察的那一刻开始，这个案件就注定要石沉大海了。

麦克拉尼曾大为光火地表达过自己的观点。和他一起轮值的警探们都知道，这可不是因为他被排除在了此案的调查指挥系统之外。他相信自己说的每一个字。他必须相信。特伦斯·麦克拉尼或许会对他生命中的其他方面无所谓，但他对西区分局的忠心、他对自己的信念，从来不会被任何人改变。看看吉尼·卡西迪吧。这位西区巡逻警在爱普尔顿街和莫谢尔街街角倒下了。难道还有比这更能说明问题的事实吗？

这就是西区分局的巡逻警们为工作所付出的代价。而如果警局除他之外的所有人都看不到他们的付出，那么好吧，他只能对他们说：操你妈，你们爱怎么想就怎么想吧。他想，既然高层已经决定不让他插手此事，那么他就放手不会再管。他会做比这更加有意义、更加慰藉心灵的事：把卡西迪的案子查清楚。

在得知帕蒂·卡西迪怀孕之后，麦克拉尼向警监提交了一份申请。他想从西区调用两位巡逻警，让他们从2月1日开始协助此案的调查，直至5月本案开庭。他不能再失败了；他已经在一起警察枪击案中败下阵来，他无法想象自己屡战屡败。

　　警监同意了他的申请。西区分局派了两个最优秀的警官来协助他。这是一对肌肉男组合：加里·特格尔是个身材敦实的黑人，他在西区分局的便衣组工作；柯瑞·贝尔特则身材高大、脖子粗壮，看上去像是橄榄球队的防守队员，可头脑灵活得又像一位攻击前锋。这两个人都很聪明，即便就西区分局的标准而言，他们干起事来也相当麻利。当这三人走在大街上时，麦克拉尼总是会很愉悦。他本人已经是个渐渐发福的三十五岁警司了，却指挥着两个健美先生式的警察，这种对比强烈的组合显然是一道风景。

　　"我们把车往旁边一停，我先走出车门。"这个三人组在西区巡逻了一天之后，麦克拉尼饶有兴致地说，"那些罪犯看了我一眼，我觉得他们肯定是在想，'没问题，我跑得过这个废人。'然后，这两个家伙走出车门，说时迟那时快，所有人都乖乖地靠在墙上把手伸了出来。"

　　麦克拉尼、贝尔特和特格尔——这个三人组从2月1日起就开始在西区巡逻了。他们访问了案发现场周围街道上的所有居民，寻找着潜在的目击证人，不放过任何蛛丝马迹。

　　可是，此时此刻，他们已经工作了九天了。他们仍然一无所获。没有新找到的证人，没有凶器。他们对案件的了解和10月相比毫无差别。四个月过去了，人们早已淡忘这起枪击案了。

　　今天早上，当麦克拉尼再次动身准备前往西区时，他感觉自己内心的恐惧进一步扩张了。他曾为卡西迪的上司，他们之间有朋友之情，他对西区的调查可不是一次又一次普普通通的例行巡逻，而是正义对邪恶的圣战。这起案件早已超越了为卡西迪报仇的意义，它的告破与否直接关乎麦克拉尼的信仰——要知道，他已经是个稀有动物了。他相信戴上警徽就是正义的化身，他相信身为上级就应该保护下级，他相信警察之间的兄弟情谊；作为一个爱尔兰裔警察，他相信，这种兄弟情谊便是他所信仰的宗教。

很多年前，当特伦斯·帕特里克·麦克拉尼还是中央区分局的巡逻警时，这一信仰便在他心中扎下了根。那一天，他突然接到了乌塔街和诺斯街口一个银行的报警电话。他开着车疾驰在宾夕法尼亚大道上，警灯在车顶上闪耀，而车里正播放着电影《夏福特》的主题曲①。那时他才二十六岁，他挥舞着警棍，佩戴着.38手枪冲入银行大厅，跑过面面相觑的银行顾客——再也没有比那更激动的时刻了。虽然，他后来才发现是报警系统自己出了错，但他无比享受自己的英勇行为。是的，这是一个灰色的世界，这是一个好坏不分的世界。可是，在麦克拉尼的幻想中，自己就是被坏人包围了的、孤身搏斗的好人。只有警察这份工作才能满足他的幻想。

最终，麦克拉尼成了他想成为的那个人。很少有警察能到他那个程度——他熟稔街头，自嘲自讽，百杯不醉。他属于几近绝种的老派爱尔兰裔巡逻警：放肆地生长，放肆地大笑，放肆地喝酒，放肆地骂人。他喝下多少啤酒，他的腰围就会宽多少。最后，他成了那个重达二百三十磅的警司。但在成为警察之前，他可是大学橄榄球队的进攻前锋，他曾有过优美的肌肉线条；只不过，在当了几年警察之后，脂肪替代了肌肉，麦克拉尼从一个橄榄球队员变成了天天在巡逻警车、酒吧和卧室三点一线轮回工作的警察。

随着身材日益肥胖，他也渐渐不在乎自己的穿着了。警探中流传着一个笑话——麦克拉尼每天出门工作之前，都会让他家的那条狗把

① 《夏福特》（Shaft）是一部拍摄于1971年的黑人警探电影，它的原声音乐由著名音乐人伊萨克·海耶斯（Isaac Hayes）制作。——译者

自己的衬衫和便衣在草坪上拖一遍。麦克拉尼对此不屑一顾，他说他也不知道为什么自己的衣服总是这么脏；他说，他妻子是在那些高档的郊区购物中心给他买衣服的，虽然那都不是什么名牌货，但都是体面的服饰。当他开着车驶出位于霍华德县的家，并行驶在95号州际公路的最初一段路上时，他的衣服看上去仍然完美无瑕。可是，在开上175号州际公路与巴尔的摩市区之间的那段路程时，他的车里就会发生神秘的"爆炸"事件。他衬衫的领子会变得皱巴巴，他的领结会朝一边扭曲过去；便衣的袖口会沾上污迹，上面的钮扣则会突然掉下来；裤子右边的缝合线会和他插在后腰间的左轮手枪发生摩擦裂开来；一只鞋底上的皮也被磨破了。

"我也不知道怎么会这样。"麦克拉尼从来不觉得他该买新衣服了。他说，他只是有时起得太晚赶着上班，于是只熨烫了衬衫的正面；他说，他觉得这没什么大不了的，因为"别人只看得到正面"。

特里·麦克拉尼身材硕大，一头金发，还时不时地露齿而笑。他看上去并不像一个爱思考的人，甚至并不聪明。然而，在那些真正了解他的人看来，他不修边幅的外貌和放肆的行为都是刻意的伪装，他是一个不显山不露水的智者。他出生在华盛顿的一个中产阶级郊区家庭。他的父亲是一位拿着高薪的国防部分析师。还在中央区做巡逻警时，他利用在警车上的闲暇时间自修了法律，拿到了一个法律学位，可他也不屑去考马里兰州的律师资格证。警察们总是看不起律师。他们认为，即便是最好的律师也只不过是一只拿着高薪使劲往正义世界里蹭的猴子。虽然麦克拉尼学过法律，但他仍然是这一信条的支持者：他是一个警察，而不是一个律师。

不过，要是让人来评一评凶案组里有哪些警探最聪明，麦克拉尼的名字总是会被提到。他是凶案组的福斯塔夫[①]，凶案组的开心果。

---

① 福斯塔夫是莎士比亚剧作中的喜剧人物。——译者

杰·朗兹曼善于恶作剧和黄色笑话，而麦克拉尼的笑话则更微妙和值得回味。他的故事会在警局代代流传。巴尔的摩的警察不会忘记这个T. P. 麦克拉尼：有一次，做了警司之后的他和朗兹曼在同一个办公室里待了一天，然后他向达达里奥递交了一份机密汇报："朗兹曼警司成天都不怀好意地盯着我看。我怀疑他对我有兴趣。"有一次，在喝了四杯啤酒后，他口若悬河地谈起工作，他把警察的工作比作打橄榄球："我的球队应该有战术计划之后才开始比赛。我不关心这到底是个怎样的计划，但他们必须有个计划。"还有一次，正当他忙得焦头烂额的时候，妻子突然打电话请求救援。他赶到家，发现那只是一只在卧室壁橱里乱窜的老鼠。于是，他拔出.38手枪，一枪毙了它的命。（"我把这家伙干掉了，"回到办公室之后，他对同事们说，"不过，我把它的尸体留在了现场，杀鼠儆猴嘛。"）

麦克拉尼从来不会感到疲惫，他尽心尽责地对待每一起案件。1982年是他职业生涯中的辉煌时刻。那时发生了"布罗恩斯坦恩大道谋杀案"——一对犹太老夫妇在家中被杀了，他们被刺数十刀，倒在了客厅的地板上。两个凶手、他们的女朋友和一个只有十三岁的表弟并没有逃离现场，他们肆无忌惮地数次回到犹太人家里，踩踏着死者的尸体，把家中所有值钱的东西搬了个精光。麦克拉尼是此案的主责警探。在经过几星期的调查之后，他们在波尔金斯公共住宅区的一个围栏边上发现了某些被丢弃的财物。他也在那里找到了凶手，并把他们送上法庭。他们一个被判死刑，一个被判终身监禁。

麦克拉尼所破之案有一个特点：它们的受害者通常都是一位女性或包含有女性。当他还是警探时，他破起这种案来就越发起劲；在他从西区分局再次回到凶案组做警司时，如果发生女性被害案件，他也会格外盯紧自己手下的警探，让他们好生对待。他是一个传统而又感性的警察，他相信男人之间或有理由互相杀戮，可要是有人对女人也这么做的话，那一定是天理难容的野兽行径。

尽管他有可能并不了解案件中的男女情事，但是当他看见女性死者的现场照片时，总是会对手下们说："我们必须替她报仇。"

　　他是 1976 年 3 月从警校毕业的，然后被分配到了中央区分局。即便当他成为警察之后，也没有放弃转行当律师的想法，毕竟律师的工资比警察高太多了——而他的妻子凯瑟琳也鼓励他这么做。事有凑巧，当他刚刚被巴尔的摩大学法律系录取时，他的分队警司安排他和鲍勃·麦克埃利斯特做了搭档，并让他们负责宾夕法尼亚大道区域的巡逻。那是一段奇怪的、分裂的日子：白天的时候，他是法律系的新生，在课堂上讨论着侵权行为和契约；一到晚上，他则化身为正义骑士，处理着莱克星顿住宅区和孟菲住宅区的犯罪案件，那是本市犯罪率最高的一片高层住宅区。在这片区域执法就意味着你得随身佩带警棍，和犯罪分子搏斗是他的家常便饭。这片由八幢高层住宅楼组成的区域是巴尔的摩西区的炼狱，它是一个二十四小时"大超市"，只不过贩卖的是海洛因和可卡因，以及随之而来的绝望和贫困。维护这片区域的治安本就是件劳心劳肺的事，不过上帝仿佛还嫌他不够忙，让他见证了 1979 年的大暴乱。那次暴乱发生在巴尔的摩飘雪的冬季，被警局的老警察们戏称为"冬季奥运会"。当此类事件发生时，麦克埃利斯特总会让他保持冷静：在两人之中，麦克埃利斯特总是更加理性的一位。每天早晨，当完成当晚的巡逻工作回到中央区的停车场时，他们还会在车上待一会。麦克埃利斯特会打开一本法律课本，从中挑选问题提问，而麦克拉尼则会一一回答。通过这样的方式，麦克埃利斯特把麦克拉尼从炼狱带回到了现世。麦克埃利斯特比他更沉稳、更明智，是他穿梭于两个世界之间的向导，让他不至于迷失自我。一年过去了，当麦克拉尼要升入法律系二年级时，他选择了放弃。他的理由正是麦克埃利斯特——一个他不舍得离开的同事和朋友。

　　最终，两人一起参与了刑事调查部的录取考试。麦克埃利斯特不想再去那些贫民区巡逻，他的理想是做一位凶案组警探；可是，麦克拉尼却对死亡调查鲜有兴趣。他想去盗窃组。虽然他已经做了两年的巡逻警，他在儿时漫画书上常看到的那一幕仍然停留在他的脑海里挥之不去——"你没钱了，所以你就举着枪冲进银行拿了点钱？"

他们连续参加了两届录取考试，并连续两次都取得高分。然而，当刑事调查部终于有空缺职位时，命运弄人，麦克埃利斯特被分到了盗窃组，而麦克拉尼却分到了凶案组。这是因为高层觉得他那一丁点法律背景更加适合凶案组的职位。让他自己都感到惊奇的是，他竟然很快就爱上了凶案组——那里的同事，那里的工作。凶案组是警局的精英部队，所有最强的警探都在这里，而麦克拉尼一直就想做个警探。自接过警探徽章那一刻开始，他便再也不想马里兰州律师资格证考试和做律师了。

在凶案组做警探的那两年是他人生中最快乐的时光。可是，在此之后，他做了一个现今看来最错误的决定：他参加了警司资格考试，并通过了。他拿到了稍微高了一点的工资，并调任至西区分局。他们让他负责第二分队——一群生龙活虎的小伙。和这些二十三四岁的新晋巡逻警比起来，当时业已三十一岁的他简直就是一块活化石。突然之间，他变成了那个必须保持冷静和理性的人。在于西区当分队队长的那两年里，他每天晚上都要派遣自己的伙计进入那些被上帝遗忘的暴力街区。在那里，他的手下们除了信任他们自己和搭档之外别无依靠。在巴尔的摩西区，一切都发生得太快了，他们根本没有足够的人手——处理突发事件。经常发生的情况是，一位巡逻警的搭档还在处理上一起事件，他已经独自开着车来到下一个案发地点。他只能相信自己的搭档，他相信对方会听见自己的呼叫，并及时赶到和他一起控制现场。

麦克拉尼渐渐了解他手下的每一个人。哪个强壮，哪个瘦弱；哪个能打，哪个不能打；哪个了解街头，哪个只能被动等待悲剧的发生。波普是个好警察。卡西迪是个更好的警察。亨德里克斯是个斗士。然而，除了这三个人之外，麦克拉尼知道，其他人其实都不适合街头执法。不过，他同样知道，无论适合不适合，那些巡逻警车上必须坐满警察。每个晚上，麦克拉尼都会先花一两小时快速完成案头工作，然后开上自己的车来到分队负责巡逻的区域。他会在那里待到下班，响应每一个调遣呼叫。在那两年里，他无时无刻不处于焦虑之中。他知道，总有一天，他其中的一位手下会殉职倒地。但他真正担心的却是这种悲剧将以何种形式发生。这是巴尔的摩西区。在这片土地上，警察即便不犯错也有倒下的可能性。或者，麦克拉尼一直想，会是某个疏于训练的警员吗？又会是哪个无法控制现场的警员吗？好吧，他们本来就不应该坐上警车，他们本来就不适合干这份活。他问他自己：当那样的事情真的发生时，他能承受得了吗？

终于，那一天来临了。那天是 9 月 1 日，天气爽朗。麦克拉尼记得那天的天气，因为这一天标志着巴尔的摩盛夏的结束。他不喜欢在高温的日子还要穿杜邦防弹马甲，可那一天，他不再觉得如此难受了。当时，他正在卡尔维顿街检查水泵。案发地点在那里朝东的几个街区之外。他在接到无线电呼叫的第一时间便上车向埃德蒙德逊大道飞驰而去。等他赶到案发现场所在的那片区域时，无线电里传来了第二通呼叫，说在本塔罗街上见到了嫌疑人的身影。麦克拉尼放慢车速，向北穿过马路。他看见这片街区中央的一个阴凉门廊上坐着一对老夫妇。他们注意到麦克拉尼在观察他们，于是低下了眼睛。或许他们不想和警察说话，但也有可能他们看到了什么。麦克拉尼走下车，来到他们身边，老人用奇怪忧思的眼光打量他。

"你们看见有人从这里跑过吗？加油站被抢劫了。"

老人似乎知道那个加油站。他稀松平常地说，他的确看见有人从这里跑过，还摔了一跤，但又站了起来继续跑，并冲进了街角的那片灌木林。

"是那片灌木林吗？"

麦克拉尼站在门廊上，他的视线被建筑挡住了。他呼叫救援，雷吉·亨德里克斯是第一个赶到的。亨德里克斯走上斜坡，来到那个街角。麦克拉尼在他身后大声喊让他小心点，嫌疑人有可能还躲在灌木林中。两位警察都拿出了枪。就在这一时候，另一个居民走到了门廊上，问他们到底发生了什么，麦克拉尼转过身让他赶紧滚进去。

"我看到他了。"亨德里斯克喊道。

麦克拉尼回头一望，他并没有发现嫌疑人。他赶紧跑上斜坡，他要立刻回到亨德里斯克的身边，这样嫌疑人才不会把亨德里克斯孤立出来。

亨德里克斯还在吼叫，可麦克拉尼仍然没有发现嫌疑人。就在那个时候，嫌疑人终于冲了出来，面朝他们跑过院落。麦克拉尼看到他手里有枪，看到他举起枪射击，于是他也扣动了扳机。亨德里克斯也开枪了。麦克拉尼的脑子一片空白。这是一种奇怪的感觉，他看见那个人就站在他的对面，两人仿佛是在对决——而事实上，他们也的确在那么做。他感觉有两颗子弹击中了他，而与此同时，他看到那个人蹒跚了几步，面朝街道的方向倒在了斜坡上。

麦克拉尼朝他跑了过去，但他的腿已经不听使唤，他只能一瘸一拐地走过去。他已经开了四枪，如果那个人还要跑的话，他还有两颗子弹。但是，当麦克拉尼走到斜坡上时，他发现那个人已经倒下了，他的枪丢在不远处的人行道上。麦克拉尼走到他身边，倒了下去。他用尽所有力量伸出手，用枪指着那个人的脑袋。那个人还有意识，一动不动地看着麦克拉尼。终于，他举起手颤巍巍地摆了摆，表示自己放弃抵抗了。就这样吧。够了。

西区分局的一半人马都赶到了。麦克拉尼看到克雷格·波普的.38手枪对准了那个人的脑袋，终于放心地丢下了他自己的枪。剧痛袭来——他感觉他的腹部中枪了——但他还是无法确定。他知道自己的腿肯定也受了伤；但是，他还是不确定到底是哪条腿。他想，第二颗子弹应该刚刚击中了防弹马甲下面的肚子。麦克拉尼感到庆幸，至少不会就此丧命。

他感觉自己的背部湿透了。他对哈杰克说："麦克，把我翻过来，我是不是被射穿了？"

哈杰克抬起他的肩膀看了一眼："是的，射穿了。"

好吧。你们终于知道防弹马甲是个狗屁不值的玩意了吧。不过，麦克拉尼还是庆幸子弹没有留在他的身体里。

受伤的罪犯和警察各自坐上了一辆救护车。麦克拉尼告诉救护人员，他感觉自己正在坠落，好像是要从轮椅上掉下来了，而身体的疼痛也与之俱增。

"别睡着。"他们对他喊道，"别睡着。"

好吧，麦克拉尼默念道。

在准备手术的房间里，被他击中的罪犯就躺在他的旁边痛苦地嗷叫着，护士们把好几条引流管插入罪犯的身体。他分队中另一个小伙菲利普斯把这个消息告诉了凯瑟琳。凯瑟琳很冷静。她很担心自己的丈夫，但她也埋怨说，即便是在巴尔的摩这样的城市，大多数律师都不会有生命危险。

这就是你的选择。你为什么要当警察？在此之后，她向他抱怨道。麦克拉尼无法给出自己的理由；他知道，他没有权利和她争辩。他已经三十二岁了，他有自己的家庭；他是个大学毕业生，但大多数大学毕业生赚的钱都要比他多一倍。而他呢？他却被人像条狗一样击中，差点亡命街头。的确，连麦克拉尼自己都会承认，事实很简单也很残酷——警察就是一份吃力不讨好的活。但他不会因为中了枪就改变自己的想法，警察所代表的一切早已超越了他的生命。

麦克拉尼在家休养了八个月。在此期间内，他一直用结肠瘘袋排泄，直到他的消化系统愈合到可以接受结肠造口术为止。每次手术后，他都会感觉自己的肚子剧痛无比。在有些夜晚，他会突然被痛醒，滚落到地板上去。然后，他又得了肝炎，这又进一步推迟了他的痊愈。吉尼·卡西迪来看望过他好几次，还曾带他出去吃过午餐。当时，麦克拉尼实在忍不住了，医生禁止他喝啤酒，可他执意要点一杯。卡西迪阻止了他。卡西迪，他真是个好人。

巴尔的摩警局有个不成文的传统：如果有人因公受伤，那么等他恢复之后，他可以选择任何他胜任的职位。那个夏天，就当麦克拉尼快要恢复准备重回西区分局时，凶案组的罗德·布兰德纳刚好要退休了。布兰德纳是凶案组有史以来最好的警司之一，他不但领导有方，而且有个叫达达里奥的好上司。如果麦克拉尼接替他留下的空缺的话，那么他就将在达达里奥手下工作。对于麦克拉尼来说，这是个难得的机会——至少，他可以选择一个还称得上人道的上司。

他回到了市局六楼。同事们总是会问起他的故事，但他没有兴趣一而再，再而三地重复讲述它，也没有因此而备感自豪。不过，曾经挂彩的历史也让他得到了特殊的待遇。每当一起案件变成一个了无头绪的烂摊子时，他总是会摇着头笑着说："放过我吧，我可因公受伤过，你们得好生待我。"

于是，他所受的枪伤又变成了一个笑话。有一次，他刚从警长办公室板着脸走出来，朗兹曼就问他："特尔，警长在你头上拉了泡屎，对吧？"

"别这么说。"

"那你怎么回击他了呢？你脱下衣服给他看伤口了吗？"

"必须的呀。"

"我就说嘛！每当警长要发脾气，麦克拉尼就会解开钮扣。"

但他并不感到骄傲。有时，他甚至会觉得这是他做过的最鲁莽、最不负责任的事。他受伤的时候，他儿子布莱恩才八岁大。家长们骗他说，他父亲其实是在楼梯上摔了一跤。但是，仅仅一天之后，布莱恩偷听他爷爷的电话，发现了父亲受伤的真相，于是他把自己关了起来，开始大发脾气。麦克拉尼会对朋友们说，他根本没有权利受伤，他还有一个小孩子要抚养。

最终，麦克拉尼找到了对待此事的正确态度。他可以为此感到自豪，但不是因为他受了伤并活了下来——而是因为当子弹穿过他的身体时，他——特伦斯·麦克拉尼——并没有倒下。他坚挺地站在那里，直到用自己的子弹击中罪犯，将其拿下。那个名为拉夫德·巴里·福特曼的二十六岁罪犯在中枪两天之后便因胸部创口感染而去世了。当他们解剖他的尸体取出子弹做弹道比对时，他们确定，这颗子弹正是源自麦克拉尼的配枪。

枪击事件过去一阵子之后，一位警探给麦克拉尼看了眼此人的犯罪前科，竟然长达好几页纸。麦克拉尼瞄了几眼。他满足了。这是个罪恶累累的家伙，就在死去之前，他刚刚才因某起重罪判刑几年保释出来。他不想看死者的照片，也不想读这起案件的档案。在麦克拉尼看来，这已经和他没关系了。

2 月 12 日，星期五

麦克拉尼坐在登尼甘的办公桌边，听着审讯室里传来女孩惆怅的啜泣声。这可不是鳄鱼的眼泪。麦克拉尼光听声音就判断得出来。

他靠在桌子上，听着同事再次和她确认证词。女孩试图让自己平静下来，可她的话总是被抽泣声和鼻涕声打断。她肯定感觉很痛苦，甚至觉得自己失去了所爱的人。她或许和吉尼·卡西迪一样痛苦。不过，麦克拉尼告诉自己，千万别做这样的比较。

达达里奥走出办公室，来到审讯室前。他一边透过反光镜面观察里面的情况，一边问麦克拉尼道："怎么样了？"

"终于破了，长官。"

"是吗?"

"她承认是'屠夫'干的。"

"屠夫。"她的眼泪为"屠夫"弗雷泽尔而流。

她叫尤兰达·马尔克斯。半小时前,当警探们终于击毁她的心理防线,她开始哭了起来,然后断断续续地说出了实情。麦克拉尼之前一直就在审讯室里,直到他也不禁替这个女孩难受起来,才走了出去。这种既同情受害者又同情施暴者的感觉太不好受了,他选择了离开。在离开之前,他对这位西巴尔的摩地区的女孩说,她做了正确的事。他说,"屠夫"弗雷泽尔不是个好人,他到底干了些什么,他是罪有应得。他告诉她,吉尼和帕蒂还有一个未出生的孩子,而弗雷泽尔造成的阴影永远不会在他们家消失。

"你好好想想吧。"他说。

女孩想象了吉尼·卡西迪一家的悲剧,暂时停止了哭泣。可是,当麦克拉尼走出审讯室之后,她又哭了起来。不过,她的眼泪可不是为卡西迪而流的。尤兰达·马尔克斯之所以哭泣,是因为她爱"屠夫"弗雷泽尔,可她却背叛了他。

"她交代了吗?"朗兹曼走过来问。

"是的。"麦克拉尼心不在焉地拉开登尼甘的抽屉,"我们录下她的口供了。"

"她说了什么?"

"反正这案子结了。"

"喂,特尔,别用这种态度对我。"

朗兹曼走开了。麦克拉尼从抽屉里拿出一叠纸,先在桌上把它们理齐了,接着又下意识地把它们折来折去。

在过去的两天里,卡西迪之案获得了突破性的进展,而凶案组终于抓住了机会。这种手术刀般的准确性是在此之前并不具备的。当案件刚刚发生时,麦克拉尼被愤怒和失望冲昏了脑袋,而现在,时间终于让他冷静了下来。对卡西迪之案的调查仍然是正义对邪恶的圣战，但让战争得以延续的已经不是复仇之心，而是谨慎细微的理性。

早在一个多星期前，麦克拉尼就掌握了尤兰达·马尔克斯这个名字。当时，他和两位专案警官把他们仅有的两位证人——十六岁少年和他的妹妹——带回到警局做了一系列开庭前预审。他们想看看是否能榨出更多的细节来，它们会对审判有利，甚至有可能将他们引向新的证人。而麦克拉尼特别想知道，当案发时，到底是哪些人和这位十三岁的女孩在一起，她们现在又在哪里。

因为女孩年纪还小，他们原以为稍加施压便能套出她的话。没想到的是，他们颇费周折才终于撬开了她的嘴。可是，即便女孩说出那些女友的名字，他们发现，所有这些名字也都只是昵称——露露、瑞内、蒂凡尼，以及芒奇金——她们都住在孟菲公共住宅区的高楼里。麦克拉尼、贝尔特和特格尔来到那里，却发现有好些女孩都叫这些名字，可她们中却没一个承认自己见证过这起枪击案，也没一个承认自己认识那位十三岁的小女孩。

麦克拉尼再次让专案警官查找那辆据小女孩说克利夫顿·弗雷泽尔开离现场的黑色福特护航者。他们的确在案发现场附近找到了几辆，并对它们进行了跟踪，可结果依然是，这些车辆和弗雷泽尔与欧文斯毫无关系。

警探们没有办法进一步确认两位证人的证词。而在他们的对立面上，辩护律师却请来了一帮子证人，他们都能为安东尼·欧文斯提供不在场证明。据说案发时，欧文斯甚至都不在现场，更遑论犯罪了。麦克拉尼直觉自己的调查肯定出了什么错。于是，他回到了原点。就在三天前，他再次打开了案件档案，看起了那些由案发现场附近居民提供的证词。他们是在案发之后被制服警们带回到警局做了笔录的。他们中的有些人声称自己根本和案件无关，只是凑热闹当了一回观众而已。麦克拉尼已经无路可退。他让专案警官再次访问这些居民，和他们再对一次证词。终于，在工作了一天之后，他们又得到了一个名字——约翰·摩尔。此人住在莫谢尔街上。

在案发当晚，摩尔已经被带回到警局做过笔录。那一次，他声称自己只是听到了枪声，但什么都没看见。可这一次，在警探们的逼供之下，他的故事终于改变了。

摩尔的确没看见枪击是怎样发生的，但他看见了枪击发生前的一切。10月22日晚，他正坐在门廊上，他看见"屠夫"克利夫顿·弗雷泽尔和一个他不认识的女孩在莫谢尔街上朝西走向爱普尔顿街。弗雷泽尔和女孩刚走过半个街区，一辆警车缓缓地开了过来。警车开过他俩，来到爱普尔顿街街角。不一会，弗雷泽尔和女孩也来到了那个街角。

然后，摩尔听到了枪声。总共三次。

警探问他案发当时爱普尔顿和莫谢尔的街角是否有人群，他回答说当时并没有人。他还提供了另一位证人，此人当时和他一起坐在门廊上。

第二位证人的证词和摩尔的一模一样。不过，他还提供了两个细节。其一，他记得当警车在莫谢尔街上超过弗雷泽尔和女孩时，开车的警官和"屠夫"弗雷泽尔互望了一两眼。其二，也更为重要的是，他认识那个和弗雷泽尔在一起的女孩。她的名字叫尤兰达，住在摩罗街的街角。是的，如果必要的话，他可以为警探们指出她的家。

今天早晨，麦克拉尼和两位警官把尤兰达·马尔克斯带出了她位于巴尔的摩西区的排屋，把她送上了雪佛兰车。尤兰达年仅十七岁，一双棕色的眼睛深陷在眼窝里。她面容忧郁，一进警局审讯室的大门便开始哭了起来。当然，尤兰达还未成年，她的母亲也和她一起来到了警局——而这同样是一个正确的选择。刚开始时，尤兰达并不肯招供。警探们一会对她微言大义，一会又对她稍加威胁，可她却只是哭。最终，她母亲走了进来，告诉她得做正确的事，并快点做个了结。

尤兰达抹干眼泪，然后又哭了一会，接着再次抹干眼泪，终于说出了实情——尤金·卡西迪被枪击的实情。

"是'屠夫'开的枪。"

据她说，整个过程还不到一分钟。他们刚转身来到爱普尔顿街街角，就发现卡西迪站在车外等他们。

"喂，我得和你谈谈。"卡西迪说。

"谈什么?"弗雷泽尔说。

"把你的手放在墙上。"

"屠夫"弗雷泽尔佯装要把手按在墙上，却突然从夹克右边的口袋里掏出了一把枪。卡西迪刚好是个左撇子，于是他立刻伸出左手抓住弗雷泽尔举枪的右手；但正因为此，他无法把自己的配枪从左臀上的枪套里拔出来了。卡西迪还来不及把枪从弗雷泽尔手上解除，弗雷泽尔就扣动了扳机。第一枪没有打中。几秒钟后，在两人搏斗的过程中，枪眼刚刚擦过卡西迪的左脸，弗雷泽尔看准时机又开了两枪。

卡西迪倒在了离警车几英尺远的人行道上，而弗雷泽尔则拿着枪朝后巷逃去。尤兰达尖叫了起来，又跑回到街上，然后仓皇地逃回到自己位于摩罗街的家中，并把刚发生的事情告诉了母亲。那个时候，母女两人都不敢打电话报警。事实上，约翰·摩尔也不敢报警，他还在案发当晚撒了谎，说自己什么都没看见。摩尔的朋友也做了同样的选择。但他们不是唯一明哲保身的目击证人。在摩尔和他朋友交代了之后，他们还提到了另外两位在爱普尔顿街目击整个事件的人。

这就是西巴尔的摩。你坐在自家的门廊上，拿着纸袋，喝着里面的柯尔特45牌啤酒；你无动于衷地看着警车开过你家门廊，转弯来到街角；你看见了罪犯，听见了枪声；你若无其事地站在远处，看着救护车赶到，把一位警察抬走。然后，你回到屋里，打开另一罐啤酒，坐在沙发上，看着电视机里播放的11点晚间新闻。刚刚在你家门口发生的事又在电视里重演了一遍。好吧，你看完了新闻，又拎着啤酒回到门廊上。

麦克拉尼不可谓不了解西巴尔的摩和它的居民。他也了解这里的人们和警察相处时的游戏规则。然而，即便拥有这么多年的街头执法经验，当一位警察头中两枪，而整个街区的人们都毫无反应、无动于衷、觉得事不关己时，他仍然感到震惊。于是，当尤兰达·马尔克斯终于开始招供时，他放下了手头被他扳来扳去的纸张，回到了审讯室里。他对女孩说起了卡西迪的悲剧，说起了弗雷泽尔对卡西迪一家造成的无法弥合的创伤。然后，他离开了，他明白，自己说得再多，女孩也不会停止哭泣。

那天晚上，麦克拉尼给卡西迪打了一个电话，告诉他整个案件的实情。卡西迪突然记起来，他其实认识这个想要杀了他的人。克利夫顿·弗雷泽尔是当地的一个小混混，靠贩卖毒品为生。就在一星期之前，他曾毫无理由地毒打过一位老人。当时，老人看见他正在殴打一位女孩，于是想去阻止他，没想到自己反过头来挨了一顿打，并且被打瞎了一只眼睛。卡西迪想要逮捕这个作恶的混混，于是才在那天晚上停下了车。

现在，卡西迪终于明白爱普尔顿街所发生的一切；更为重要的是，他也终于明白自己到底是为了什么差点命丧黄泉。他可不是那些没有经验又无脑的新警员，会仅仅因为路过一个贩毒街角而被贩毒分子枪杀。他是为了工作而被枪击中的——正如他在医院的康复病房中对那位十五岁少年所做的那样：他是想逮捕一个通缉犯。他终于越过了心里的那道坎。他必须越过去。

三天之后，尤兰达·马尔克斯被送到了附近的马里兰州警局分局做测谎实验。结果显示，她说的都是真话。同一天，那个声称安东尼·欧文斯才是凶手的十六岁少年也被送到那里接受检测。就在此过程中，男孩突然反悔了，他说在案发时，他并不在现场，他的证词只是道听途说，他只是不想让警察再追究他才这么说的。警察对他这回的证词再次做了测谎，发现他终于说了实话。然后，警察还对男孩十三岁的妹妹做了测谎。很快，女孩也招供了，她说，她之所以主动前往凶案组，是因为她怕自己的哥哥被扯入此案。

卡西迪之案终于告破了。

麦克拉尼知道，在本案开庭之前，他还有好多工作要做，这将花费他几个星期的时间。首先，因为警方起初起诉了一个无辜的人，所以他们必须还之清白，否则辩护律师就会利用他混淆视听。其次，他们还需继续寻找弗雷泽尔使用的凶器或其他物证，一旦他们找到了，这起案件的审判便会势如破竹。不过，无论如何，这起案件终究还是告破了。

尤兰达招供之后，麦克拉尼去卡瓦纳酒吧喝了一杯。这个酒吧是本市爱尔兰裔警察的聚集地。当他出现在这里时，所有人都对他鼓起掌来。他谦卑地退缩到酒吧的一角，倚靠在弹球桌和圣弗朗西斯教堂慈善箱之间的木质栏杆上。那天是工作日，酒吧里的人并不多——几位警探、中央区和南区的一些制服警以及战略部门的几个家伙。柯瑞·贝尔特过来溜达了一趟，他喝了一两杯苏打水然后就离开了。麦克拉尼不知道那个曾令他引以为豪的西区分局到底怎么了，竟然连分局中最优秀的警员也不喝酒了。麦克埃利斯特也出现了。他俩坐在吧台前喝了一会酒。自从麦克埃利斯特和他的妻子苏在巴尔的摩县北部的农场里盖了一幢别墅，并从市区移居到那里之后，他已经很少出现在卡瓦纳了。虽然麦克埃利斯特的到来让麦克拉尼备感惊喜，但他仍然很失望。他知道，这位昔日中央区的战友已经不复往日了，他已经和麦克拉尼分道扬镳，过上了更加明智也更加舒适的乡村生活。

虽然如此，在这个星期二的夜晚，在这个麦克拉尼心中执念之正义终于被伸张的夜晚，在这个警察之间的兄弟情谊再次被确认的夜晚，麦克拉尼最珍惜的仍然是麦克埃利斯特的现身。老好人麦克。他的出现仿佛是为了应验麦克拉尼的祷告，并告诉他，即便是在希望殆尽的街头，奇迹也会出现，而那个凯尔特人的正义传统，并不会随着时代的变迁而消失。麦克拉尼伸出手臂，紧紧搂住这位老搭档的肩膀。

"麦克。"他说。

"T. P."

"麦克。"他再次说。

"是我，T. P."

"我的搭档。"

"你的搭档。"

"我的哥们儿。"

麦克埃利斯特点点头，他知道，如果他再回应麦克拉尼的话，他还是会继续说下去。

"你知道吗？那时，我们一起工作的时候，你教会了我很多。"

"是吗？"

"是的，你教了我很多重要的事情。"

"T. P.，比如说呢？"

"别装糊涂。你知道的。"

"好吧。"麦克埃利斯特大笑了起来。警察总是不善于表达自己对另一位同僚的敬意和感谢。他们说着说着就沉默了，他们赞着赞着就骂起人来，他们本想表达自己的真心实意，到最后却只能说起搞笑的黄色笑话来。

"说真的，你真教了我很多。"麦克拉尼说，"但这可不是我尊敬你的原因。那是因为另一件事。"

"特里，是啥事呀？"

"就是当你要操我时，"麦克拉尼严肃地说，"你总是很温柔。"

"我当然很温柔啦。"麦克埃利斯特毫不犹豫地回答。

"你尽可以把我按在车盖上，然后随心所欲，可你却很温柔。你很有耐心。"

"嗯。那是因为我知道你还是处男。"麦克埃利斯特说，"我想让你有好的回忆。"

"那的确是段美好的回忆，麦克。"

"很高兴你这么认为。"

警察之间的兄弟之情无需赘言，所有在场的警察都知道这个黄段子之后的潜台词。终于，这两位警探忍不住笑了起来，卡瓦纳酒吧里的所有人也随之哄笑。然后，他们喝完了杯中酒，一边掏出自己的钱包，一边又把对方掏出来的钱扔回到对方怀里。他们抢着要买下一轮的单。

在巴尔的摩警局，每对老搭档都会抢着买单。

2月18日，星期四

拉托尼亚·瓦伦斯之案已经过去整整两个星期了。就在这一夜，杰·朗兹曼终于得以偷闲溜出了警局。他开车朝西前往位于巴尔的摩县的家。他知道，他的妻子和五个孩子都快要忘记他们的丈夫和父亲到底长什么样了。

这是一段熟悉的路程，于是，朗兹曼的思绪飘散了开来。他难得有独处的时间。现在，在漆黑一片的车厢里，他试图让自己从案件的种种细节中抽离开来，不要再深陷于其中。一幅拼图浮现在他的眼前——水库山地区，纽因顿大道的后巷，拉托尼亚·瓦伦斯尸体被发现的地点。他问自己：到底缺少了什么？

这位警司并不反对艾杰尔顿所提出的屋顶假设。就目前的情况而言，只有这个假设才能解释为什么女孩的尸体会出现在那个地方。然而，他不同意凶手就在纽因顿大道702号的那些居民中。首先，这幢排屋里住了将近二十四个人。即便那个凶手把女孩骗进了房子，杀了她，并把她的尸体藏匿了一段时间，他怎么可能不让另外十八位房客知道这事呢？在朗兹曼的推理中，凶手只有一个人，他是单独作案的，可是纽因顿大道 702 号排屋仿佛聚集了巴尔的摩所有下层阶级的代表者。经实验室测试，那晚收集的红色污迹的确是血，但它和拉托尼亚·瓦伦斯的血型不符，而在房间里找到的指纹也无一能和女孩的相吻合。朗兹曼对这一结果并不感到意外。

凶案组对纽因顿大道 702 号的搜查一无所获，这让朗兹曼和汤姆·佩勒格利尼很后悔——他们本应该花更多时间搜查"捕鱼人"的公寓和商店。这样的错误已经不是一两次了。佩勒格利尼觉得他们对每个调查环节的处理都过于草率，这让他更感焦虑，总是觉得自己疏忽了什么。艾杰尔顿的推理不可谓没有道理，加上纽因顿大道 702 号里的居民的确有虐待儿童的前科，佩勒格利尼被他说服了。可是，当对此排屋的突击检查以失败告终，佩勒格利尼又回到了朗兹曼的阵营中，开始重新怀疑起"捕鱼人"来。

与此同时，有更多线索说明"捕鱼人"和此案脱不了干系。就在对 702 号突击检查的后一天，里奇·贾尔维和鲍勃·伯曼来到了位于弗吉尼亚州匡蒂科的联邦调查局特工学院。他们把犯罪现场及尸体解剖的原始资料交给了受过心理画像训练的联邦调查员。在此之后，联邦调查局的暴力犯罪行为分析小组为他们提供了一份凶手描述。

联邦调查局的这份凶手画像颇为具体：他是一个"习惯夜间生活的人……他和附近的孩子们相熟，他们认为他虽然有点古怪，人却很好。警探或许已经对他做过调查，甚至他有可能主动介入调查……在大多数情况下，他会依据媒体对调查所做的报道来编造自己的不在场证据。他很有可能之前犯过同样的罪行，所以，当他再犯时，他不会为此感到自责，他担心的只是自己是不是会因此被抓。"

这份画像还进一步推理道："这种类型的凶手颇难审问。随着时间的推移，他本人对自我犯罪行径的回忆也会改变，他会越来越觉得自己和这起犯罪事件无关。有可能的情况是，他是在接触受害者之后的很短一段时间内就把她杀了……受害者很有可能没有按照凶手所要求的去做。他对她失去了控制，于是，他杀了她。受害者有可能认识他，她觉得和他在一起很安全，于是便主动和他一起进入了某个居所或大楼。"

最后，它总结道，凶手很可能在五十岁左右，未婚，长期以来都无法和女性正常相处："他很有可能之前就和该社区的多位女孩有过接触。拉托尼亚·瓦伦斯不是被一个陌生人杀害的。"

在朗兹曼和佩勒格利尼看来，联邦调查局凶手画像所描述的就是"捕鱼人"。可是，他们没有任何实质性的证据，他们所能做的只是再一次逼问他，期待他终于承受不了。因此，当朗兹曼驱车回家时，艾杰尔顿和佩勒格利尼还待在办公室里，他们准备周末再审问一次"捕鱼人"。

然而，朗兹曼却对即将到来的审问抱悲观态度。联邦调查局的分析说得很明白，这个凶手很难审问。冲着这种人大吼"滚出去"是没有用的，他们也不具备以其他罪名恐吓他的证据。而犯罪现场早已显示，此人完全是个变态，他不但不会自责，而且或许早已将犯罪行径合理化了。让情况变得更糟的是，"捕鱼人"已经接受过一次调查了。那一次，他光明正大地走出警局，警探们对他束手无策；即便再来一次，他也依然安之若素。与之相对的是，警探却仍然处在弱势：他们还不知道第一现场在哪里，也没有任何能够将他们引导向某个嫌疑人的物证。警探们听说了很多谣言，怀疑了很多人，现在，他们的手头又多了一份凶手心理画像。可是，他们依然没有至关重要的第一现场。没有第一现场，他们就无法和"捕鱼人"抗衡。

这个案子真是操蛋极了。朗兹曼再次问自己：我们到底疏忽了什么？他的车正在自由大道上行驶，晚上的车辆并不多，他把这两个星期的调查过程再回顾了一遍。自 2 月 4 日之后的每一天，警探们都会前往水库山地区。他们已经把那一地区的居民询问了一遍，也把纽因顿大道附近所有的车库和空房子都搜查了一遍。纽因顿大道的北面总共有十三幢排屋，在得到居民的同意后，他们搜查了其中的每一幢。他们也搜查了卡罗大道和公园大道上的很多屋子。每个可疑男性的不在场证明和居所都被检查了。

女孩的衣物和随身财物仍在接受微量物证检测；但是，除了她裤子上的黑色污迹，其余看上去都没太大干系。她的蓝色书包和里面的东西被送到了三十五英里之外的罗克韦尔，那里的酒精烟草枪械实验室从上面提取了几个指纹。现在，这些指纹正在市局五楼装有 Printrak 指纹鉴定软件的电脑中，它正忙碌地把它们和每一个在巴尔的摩有犯罪前科的人的指纹做比对。

艾杰尔顿奢望小女孩除了耳钉之外还在犯罪现场留下了什么东西，于是，他于星期二下午给图书馆打了一个电话，问当时小女孩到底借了些什么书。没想到，图书管理员回答他说，借书乃属个人隐私，他们没有权力透露给他。于是，他给市长大人打了一个电话；有了市长的"尚方宝剑"，图书管理员就无法再阻止他了。与此同时，佩勒格利尼则把自己埋在了十年之前的老档案里，他继续寻找着那些未破的谋杀案以及和女孩失踪有关的案件。朗兹曼和性侵犯组进行了交流，得到了水库山地区的近期案件汇总。在拉托尼亚·瓦伦斯家人的允许下，佩勒格利尼检查了小女孩的房间，他阅读了她粉蓝色相间的日记本，甚至把她宝丽来相机里的照片都冲洗了出来。所有警探和专案警官都花了好多时间来处理那些匿名举报电话。每当电视新闻中出现关于此案的报道之后，凶案组的电话总是会响起：

"杀拉托尼亚·瓦伦斯的凶手就在我家里。"

"瓦伦斯她家都贩毒。贩毒分子杀了瓦伦斯是想给她家一个警告。"

"我的男友杀了她。"

还有一次，一位老花眼的九十二岁老妇人举报说，她看见穿着红色雨衣的小女孩于 2 月 2 日下午走进过公园大道的教堂。佩勒格利尼负责任地前往那里，并派专案警官询问牧师，可这位警官不知道如何开口。于是，佩勒格利尼学着朗兹曼的口吻一本正经地回答道："不如问他'你为什么要杀她?'吧。"

在拉托尼亚·瓦伦斯之案的迷宫里，所有匿名电话都只能引向死胡同。朗兹曼问自己，迷宫的出口到底在哪里？他们还没走过哪条路？操他妈的他们到底疏忽了什么？

这位警司快要到家了。突然之间，一个物体从他脑中盘根错节的所有细节中脱颖而出：那辆车。邻居的那辆车。那是个阴凉干爽的所在。

他想到的是那辆操蛋的林肯。它是那条巷子里唯一出现过的车。它就停靠在纽因顿大道 718 号后院围栏的另一边。操！果然是它！

朗兹曼把车停在自由大道的慢车道上，他走出车门焦急地寻找着公共电话。他要通知佩勒格利尼和艾杰尔顿在警局等他，他要回来了。

二十分钟后，这位警司冲入凶案组的办公室，一边还不断自我咒骂着："它就在我们面前。就是它。这起案子终于可以破掉了。"

他对两位警探道出了最新的推理："如果她是在星期二被杀的话，那么，他得把尸体放在某个阴凉干爽的地方，不是吗？否则尸体就会腐烂。于是，他把尸体运出后门，搬到车厢里，他原本计划当晚把车开到别地方再弃尸的。但是，出于某个原因，他没法这么做了。或许，当他想要这么做的时候，他害怕了……"

"那么，就你看来，凶手是那个住在 716 号的人？"艾杰尔顿问。

"是的，那个奥莉邻居的老公。他叫啥来着？"

"安德鲁。"佩勒格利尼说。

"对，安德鲁。奥莉不是说了么，她不怎么喜欢这个人。"

朗兹曼再次回忆案发最初时的情况。奥莉的丈夫、那个住在纽因顿大道 718 号的老头发现了女孩的尸体。于是，朗兹曼问他是否有人在这条巷子里停过车。老头提到了他的邻居，那是一个住在 716 号的中年男子，刚刚和一位信仰虔诚的女人结婚。他经常会把他那辆大陆版林肯停在后院里。事实上，之前一星期的大多数时间里，它都停在那里。

"当他对我这么说时，他甚至还走到后窗边上朝外看，他以为那辆车还停在那里。"朗兹曼说到了关键，"可是，那个婊子养的移动过它了。在此之前，他一直把车停在那里的。为什么突然之间，就在那个早晨，他要把它停到房子正门的纽因顿大道上呢？"

艾杰尔顿找来了此人的犯罪前科档案：虽然他没犯过性侵犯罪，但其他罪名也不少。

"还有件奇怪的事，"朗兹曼说，"这个叫安德鲁的家伙，既然他有那么多前科，他又为什么要和一个信仰虔诚、有事没事就往教堂跑的女人结婚呢？这听上去怎么也不合理啊。"

快要 9 点了，可朗兹曼并不想就此下班。三人开上雪佛兰车，立即赶往纽因顿大道。他们把这片街区前前后后检查了一遍，那辆林肯车已经不在了。朗兹曼敲了敲 718 号的大门，一位穿着破旧睡衣的女人打开了门。

"你好，奥莉。"朗兹曼说，"你老公在吗？我们还想问问他。"

"他已经睡了。"

"我们只会打扰一两分钟。"

女人耸耸肩，把他们带到一楼靠后巷的卧室里。那位发现女孩尸体的老头正躺在灰色被单里，颇感好奇地看着这群劳师兴众的警探。

"他这星期一直在生病。"女人说着退到房间的角落里。

"不好意思。你生什么病了？"

"应该是感冒了吧。"老头低声说，"不得不服老啊。"

"可不是吗……呃……好吧。"朗兹曼突然转换话题，"你还记得你找到尸体那天你对我说的话吗？我问你有没有见过有人在巷子里停车，你提到了隔壁的安德鲁。"

老头点点头。

"我记得你还走到厨房窗边，好像是想让我看一眼他的车，可那辆车却不在那里。你记得吗？"

"记得。我以为它还停在那里。"

"我们想知道，那星期的早些时间，星期二星期三的样子，他的车是否停在那里。"

"这事已经过去很久了。"老头说。

"是啊。你能好好想想吗……"

老头靠在枕头上，盯着斑驳的天花板。整个房间鸦雀无声。

"我觉得他应该停在那里。是的。"

"你觉得？"

"他总是把车停在那里。"老头说。

"是啊，你就是这么对我说的。"朗兹曼说，"好吧，你认识安德鲁吗？"

"我其实并不认识他。"

"我的意思是，你觉得他是个怎样的人。"

老头紧张地看了一眼妻子："我真不知道……"

朗兹曼也看了一眼奥莉，他发现她脸上的表情有变化。她有话想对他们说，但她不想让丈夫听见。

"好吧，谢谢你。"朗兹曼走到卧室门口，"保重身体。"

老头点点头。他的妻子和警探们一起走出房间。她关上门，跟着他们来到门道的另一头。

"奥莉，"朗兹曼对她说，"我记得你对我说起过这个安德鲁。"

"我不……"

"你说他像是被包养的……"

"呃，"奥莉有点尴尬地坦白道，"我知道那辆车是她给他买的，可他却开着它到处鬼混。他天天都不回家。"

"是吗？他喜欢年轻女孩是吗？"

"是的。"她不满地说。

"我的意思是，那些真的很小的女孩。"

"呃……这我可说不上……"

"好吧，没事。"朗兹曼又换了一个话题，"你知道他的车在哪吗？"

"他说被收回了。"

佩勒格利尼和艾杰尔顿互望了一眼。这个故事太完美了。

"被收回了？"朗兹曼问，"他告诉你的？"

"是她告诉我老公的。"

"你的邻居？安德鲁的老婆？"

"是的，"排屋的前厅很冷，她捂着睡衣说，"她说约翰尼汽车销售公司把它收回了。"

"约翰尼？哈福特街上的那家？"

"我想是的。"

警探们感谢了奥莉，然后径直赶往位于巴尔的摩东北部的约翰尼汽车销售公司。他们检查了整片停车场，别提安德鲁的那辆车了，那里连一辆林肯车都没有。现在，朗兹曼更加确定了。

"这个狗娘养的弃了尸，然后又把车扔了。如果有人问他车去哪了，他就说被收回了。操他妈的，我们今晚就得和他谈谈。"

他们回到纽因顿大道，来到 716 号排屋。那时已经 11 点多了。安德鲁是个身材矮小的中年男子，他的头发快要秃光了，他脸上的轮廓分明。那个时候，他还醒着，他正在排屋的地下室里看着电视新闻、喝着啤酒。当三位便衣走进地下室时，他显得并不意外。

"你好，安德鲁。我是朗兹曼警司，这两位是艾杰尔顿和佩勒格利尼警探。我们正在调查小女孩的谋杀案。你今晚过得还好吗？"

"凑合。"

"好吧。我们得就你的车问你几个问题。"

"我的车？"安德鲁好奇地问。

"是的。你的林肯。"

"他们收回了它。"他言之凿凿地说。

"谁？"

"车商。"

"约翰尼？"

"是啊。因为我老婆不愿再付贷款了。"他有点愤愤地说。

朗兹曼小心翼翼地把话题引向后巷的停车位。安德鲁承认自己习惯把车停在那里，那里比较安全，车子不会被盗。而后，他也承认在小女孩失踪的星期二，他的确把车停在那里。

"我记得，我当时正想去车里取点什么东西，却突然觉得有人在暗处盯着我看。"

朗兹曼突然警觉了："你能再说一遍吗？"

"那一晚，我去车里取点东西，突然觉得好害怕，好像有人在偷看我。"他重复道。

朗兹曼难以置信地看了佩勒格利尼一眼。他们之间的对话才进行了三分钟，这个叫安德鲁的家伙就已经回想起女孩失踪那晚的事情了。去他妈的，他或许的确很害怕，因为他扛着女孩的尸体呢！谁又不会害怕呢！

"你为什么害怕？"

安德鲁耸耸肩："我只是有这种感觉……"

艾杰尔顿利用这个机会巡视了地下室，看看是否能找到血色的污迹或女孩遗失的金色耳钉。这个地下室是个典型的单身汉巢穴。沙发和电视机位于房间的中央，一个破旧的餐柜靠在墙边，上面放着五六瓶酒。沙发后放着一个塑料洗衣盆，里面有一层薄薄的尿液。操他妈的，为什么纽因顿大道的人都喜欢在盆里撒尿呢?

"你喜欢待在这儿?"艾杰尔顿问。

"可不是吗。"

"你老婆不来这里吧?"

"她不来，她会让我一个人待着。"

朗兹曼又回到原来的那个话题："那一晚，你是要去车里拿什么东西?"

"我不记得了。我是去储物箱里拿什么来着。"

"不是后车厢?"

"车厢? 不是，是储物箱……我刚打开车门就感觉有人在盯着我看。我有点害怕，就想，操，有什么东西明天也可以拿啊。所以我就回去了。"

朗兹曼和佩勒格利尼交换了一下神色，视线又回到安德鲁身上："你认识那个小女孩吗?"

"我?"这个问题让他紧张了起来，"你说那个被杀的小女孩? 你知道，我刚来这里不久，我不认识这里的人。"

"你觉得那个杀她的人该得到怎样的惩罚?"朗兹曼诡异地笑着问。

"我觉得吧，"安德鲁说，"这家伙就该死。你们一定要逮住他，然后立马把他毙了。如果我有个女儿，如果我的女儿被他杀了，我肯定自己就把他给毙了……你知道，我有些人脉。"

艾杰尔顿把佩勒格利尼拉到一边，问他之前搜查纽因顿大道的排屋时，有没有连地下室也检查过。佩勒格利尼不确定。当一起紧急红球案件发生时，这样的问题总会发生：五位警探和十几位专案警官联手调查案件，但你无法确保他们每个人都干了该干的活。

"安德鲁，"朗兹曼说，"你得跟我们去一趟市局。"

"今晚？"

"是的。等你完事后我们会把你送回来。"

"我病了。我出不了门。"

"我们真的得和你谈谈。这对破案有帮助。"

"好吧，可是我和这起案件一丁点关系都没有。我病了……"

朗兹曼当作没听见，一把把安德鲁扯了起来。这称不上逮捕，因为他们还没有合理的理由和证据申请逮捕令。不过，如果你想在半夜把某人带到警局，似乎也没什么法律禁止你这么做。此乃美国执法工作中的一个小优点，很少有警察会对此提出不满。

十五分钟后，安德鲁被带到了审讯室。朗兹曼站在警局六楼的走廊里，告诉佩勒格利尼和艾杰尔顿去找那辆林肯。

"我会尽量把他拖住。"这位警司说，"你们快去搞清楚他的车是不是真的被收回了。"

佩勒格利尼拨通了老约翰尼的电话，后者早已在梦乡中了。可佩勒格利尼还是要求他去公司一趟，检查一下最近的买卖记录。当两位警探赶到哈福特路时，约翰尼夫妇已经在那里了。这个汽车经销商找到了销售及贷款文件，但里面根本没有收回汽车的记录。他说，也有可能是因为贷款公司的文件还没发过来。

"如果他们收回了车，他们会把它停在哪里？"

"他们在比拉尔街上有一个停车场。"

"你能带我们去吗？"

约翰尼夫妇坐上他们家的凯迪拉克。两位警探跟随他们来到本市东北市郊，那里有一个被围起来的停车场。但安德鲁的车不在那里。约翰尼继而又带他们到了巴尔的摩县东边罗斯戴尔街上的停车场，警探们同样没有发现林肯。午夜3点，警探们赶往巴尔的摩县东北部，勘查位于派克维拉警署附近的停车场，他们越来越相信安德鲁就是嫌疑人了——那辆屎黄色的大陆版林肯根本没有被收回，这个撒谎的狗杂种肯定是自己把它藏在哪里了。

这第三个停车场的四周围绕着十英尺高的铁栅栏。佩勒格利尼走到停车场的一角，透过铁栅栏看着远方的车。他希望安德鲁的车不在这里。然而，一辆大陆版林肯出现在了他的眼前。它停靠在那排车辆的倒数第二位。

"我看到它了。"他失望地说。

"哪里？"艾杰尔顿问。

"就在最靠后的地方。褐色那辆。"

"你确定？"

停车场里空无一人。他们可不需要一纸搜查令才能检查车辆，而安德鲁也不再是它的拥有者了。不过，停车场的大门还是上着锁。

"好吧，"佩勒格利尼说，"我可没看见。"这位警探一脚把自己的富乐绅牌皮鞋踩在围栏上，撑起身子想翻过去。突然之间，两条短毛猎犬跑了过来，对他大吼了起来。佩勒格利尼跳回到了原地。

"快去啊，汤姆。"艾杰尔顿笑着说，"你能搞定它们。"

"还是别了吧。"

"那只是两头畜生。你可是有一把枪的人类呀。"

佩勒格利尼笑了笑。

"快去啊。给它们看看你的警徽。"

"我们还能等等。"佩勒格利尼说着朝雪佛兰走去。

四个小时后，佩勒格利尼和朗兹曼一起回到了这里。朗兹曼是在早晨六点之前完成对安德鲁的审问的。两位警探都二十四小时没闭过眼了，但他们丝毫不感到疲惫。他们开过佩里林荫大道来到巴尔的摩县，又跟随一位无所事事的服务人员踩过一片泥地来到林肯车面前。佩勒格利尼想，好吧，原来这辆车是真的被收回了。但这又如何呢？

或许安德鲁以为他已经销毁了车内的所有证据才把它送了出去，他以为警探根本无法在里面找到什么。

"是这辆吗？"

"是的。谢谢。"

两位警探先是检查了车体内部。他们把车座套和地毯翻了一遍，想看看是否有血迹、毛发或纤维。朗兹曼在仪表盘上找到了一条镀金女性手链。佩勒格利尼看到副驾驶座上有一块小小的深褐色污迹。

"这是血吗？"

"不是。我觉得不是。"

朗兹曼从口袋里掏出无色孔雀石试剂，用棉花球蘸了一下，然后又用棉花球涂抹了一下污迹。灰色。

佩勒格利尼检查完后车座，两人都走出车门，站到了后车厢前。朗兹曼刚想把钥匙插进去，却又停顿了一下。

"来吧，狗娘养的！"对于杰·朗兹曼来说，这句脏活近似于祈祷。

可是，车厢没有问题。他对车厢内的七八处污迹都做了无色孔雀石试验，结果显示，它们都不是血。

佩勒格利尼缓缓地吐出一口气，在冰冷的空气中凝结成雾。他走回到雪佛兰车内，在驾驶座坐了下来。他仔细看着金色手链，他知道，这个玩意也是条死胡同。过不了多久，拉托尼亚·瓦伦斯的家人就会告诉他他们没见过这个玩意。佩勒格利尼沉默地等待着。朗兹曼还在检测车体内的最后两处污迹。接着，他关上了林肯车的门，两手插在夹克的口袋里，回到了雪佛兰车上。

"走吧。"

突然之间，他们疲惫极了。雪佛兰车先是往南开上哈福特街，又往西开上诺斯林荫大道。早晨的阳光让他们睁不开眼。整整十五天过去了，他们每天工作十六到二十个小时，他们像坐过山车一样从一个嫌疑人跳到另一个嫌疑人，从狂喜落到绝望。

"你知道我怎么想的吗？"朗兹曼说。

"你怎么想的？"

"我觉得我们有必要休息一天。让我们睡个好觉，然后醒来再好好想想。"

佩勒格利尼点点头。

就在琼斯河大道的交叉口，朗兹曼再次开口道："别担心，汤姆。我们会破了它的。"

然而，佩勒格利尼已经被疲惫和失望击垮。他没有做出任何回应。

在杰·朗兹曼的办公室里，拉托尼亚·瓦伦斯案的卷宗正像恶性肿瘤一般扩增。犯罪现场照片、实验室报告、图表、办公报告、拍摄于水库山地区上方的直升机航空照——它们冲破了文件夹的环抱，在这位警司的办公桌和抽屉里铺陈开来。紧接其后，恶性肿瘤又迅速转移了。它们来到佩勒格利尼位于办公厅里的工作区域，先是占领了他的桌子，而后又朝他背后的箱子进军。拉托尼亚·瓦伦斯案就像一个自在自为的生命体，它的成长不受任何人的控制。

然而，在凶案组的其余地方，一切都一如往日。在过去的十年里，巴尔的摩凶案组每年都要处理二百到二百五十起凶杀案，这意味着平均每三天就有两起案件。在 70 年代早期，巴尔的摩曾经每年都有三百多起凶杀案。不过，随着创伤急救系统的诞生，霍普金斯医院及大学医院的急救室拯救了不少行将死亡的患者，这让凶杀案的数量有了显著的下降。在过去的两年里，凶杀案的数量又稍许增加了一些。1987 年，凶案组总共接到了二百二十六起案件。不过，这个数值仍在预计的范围内。每个星期五的下午，行政秘书金姆和琳达都会在那些仍未被填充的红色文件夹上贴上数字标签——88041、88042、

88043——警探们会一边观望着，一边幸灾乐祸地想：好吧，每个数字都对应着一个活生生的人，而他们现在正走在巴尔的摩的大街上，他们根本不知道自己快要完蛋了。那些老探员则会开玩笑说，去他妈的，这些文件标签可真是催命符啊，它们或许都贴在每个即将命丧黄泉的人的背上呢，只可惜他们都看不见。这样做可不好。如果你想盖邮戳，你就应该盖在那人的脸上，让他自己能看见。然后，你要告诉他这意味着什么。不难想象，这个可怜的人儿会立马改名换姓，把自己关在地下室里，或跳上灰狗巴士，赶紧逃往阿克伦或俄克拉荷马或随便哪个离巴尔的摩万里之外的地方。不过，悲剧的是，他们从来不会这么做；这些标签是死神的数字游戏，你只能被动地接受。

当然，尽管巴尔的摩一年之中的凶杀案数量大致固定，具体某个时段的死亡数量却会有很大的波动。某个周末下起了雨或雪，或者美国职业棒球大联盟有关键比赛时，警探们总是很清闲；又或许在某个天有异象的月圆之夜，仿佛每个巴尔的摩人的肾上腺素都飙升了，仿佛每个人都会举起左轮手枪把子弹打入他人的脑袋，仿佛这座城市本身正在密谋着一场人口大清理运动。每当这样的时刻，警探们就会忙昏了头。2月的晚些时间，当对拉托尼亚·瓦伦斯案的调查进入到第三星期时，凶案组便迎来了这样的时刻——两班轮值人马分别在十三天内接到了十四起凶杀案。

这是焦头烂额的两个星期。尸体在法医办公室的冷冻箱里堆积了起来，办公室里的打字机也总是不够用。有一个夜晚，麦克拉尼分队的两个警探在医院急救室里遭遇了特别糟糕的一幕。那个时候，穿着绿色工作服的医护人员正在修补伤者胸上的枪创口。而本案主责警探唐纳德·瓦尔特梅耶正站在他们的右边。本案的警探副手戴夫·布朗赶到了现场。

"喂，唐纳德。"

"戴维。"

"喂，哥们儿，怎么了？这就是那个小兄弟，不是吗？"

"这个是枪击案。"

"难道还有其他的？"

"你是来看那个被刺伤的，不是吗？"

"我是来找你的。麦克拉尼说你可能需要帮忙。"

"我负责枪击案。"

"好吧。"

"那谁来负责被刺伤的人呢？"

"哇靠！你说什么？这是两起案件？"

"可不是吗？我负责的是枪击案。"

"那被刺伤的那位呢？"

"在隔壁屋。"

这位警探副手走进右边的一个房间，发现那里也有一群穿绿色工作服的医护人员，他们正在给另一个人动手术。此人的创口要来得更大。

"好吧。"布朗面无表情地说，"我来接这个案子。"

瓦尔特梅耶与戴夫·布朗于霍普金斯医院互换伤者之后的一个夜晚，唐纳德·沃尔登和里克·詹姆斯也接到了自梦露街案件以来的第一起凶杀案。那是一起发生在南巴尔的摩排屋里的家庭暴力案，现场画面相当狰狞：那家三十二岁的丈夫躺在厨房的油毡地毯上，正面被.22口径手枪开了好几个口，血液四溢而出，和从他口中流出的朗姆酒及可乐混合在了一起。事件的起因是夫妻之间的争执。醉酒的丈夫殴打妻子，于是妻子拿起电话报了警。负责的制服警赶到他家，把他请出家门，把他带到母亲家，让他在那里待一夜好好冷静一下。当然，警察多管闲事的行为侵犯了人家不可剥夺的权利——在南巴尔的摩，每个醉酒的乡巴佬都可以在半夜一点毒打他那不听话的妻子。于是，等到这位丈夫酒醒半分，他拦下了一辆出租车，赶回到自己家，一脚踹开厨房的门闯了进去。没有想到的是，他那位十六岁的继子正在那里等着他呢。本已对继父怀恨在心的孩子毫不犹豫地开枪把他打死了。那天早上，州检察官请求未成年法庭判这个孩子蓄意杀人罪。

两天之后，戴夫·布朗又接到了一起发生在诺斯街和朗伍德街街口的涉毒凶杀案。三天之后，布朗确定了嫌疑人——惯犯罗迪·米利甘。年仅十九岁的罗德里克·詹姆斯·米利甘早已是凶案组的心头大恨。这个西南区的街头贩毒少年喜欢用致命武器打击每个抢他生意的同行。他身材矮小，看上去像个小精灵，心肠却颇为毒辣。1987年，他就因两起凶杀案被通缉，警方还怀疑他和另一起凶杀案有关。但他很快就消失了，这让警探们很是恼怒；在特里·麦克拉尼看来，这个青少年杀人惯犯肆无忌惮的行为简直就是对凶案组的侮辱。

"你能想象这个小杂种竟然能躲这么久吗?"麦克拉尼带队突袭了好几个米利甘的藏身处，却依然找不到他，"你杀了一个人，好吧。"他耸了耸肩，"你又杀了一个人——好吧，这是巴尔的摩。可是，当你杀了三个人时，你得承认，你的确有问题。"

米利甘的偶像是詹姆斯·卡格尼①。他告诉自己的亲戚，他就算自杀也不会让条子抓个现行。然而，案发一个月之后，警探们终于在他女友家逮住了他，那个时候，他的口袋里还装着海洛因。他原以为自己真能成卡格尼那样的硬汉，可是当被带到审讯室时，他却不能自控地大哭起来。

而斯坦顿那班轮值队伍也没有闲下来。一个三十九岁的巴尔的摩高地城人开着车和朋友一起来到华盛顿东南部凋萎地区买致幻剂，没想到一个毒贩冲出来抢劫了他们，并在他头上开了一枪。他快要死了，可他朋友还是把他扛上了副驾驶座，驱车在巴尔的摩—华盛顿高

---

① James Cagney，美国著名影星，以饰演黑帮分子而闻名于世，代表作品有《国民公敌》《一世之雄》等。他在《国民公敌》中有句著名台词："条子，你别想活捉我。"——译者

速公路上狂奔了三十五英里，把他送到了东边的一个医院。不过，等警察赶到医院时，这位高地城人早已经挂了。他的朋友撒谎说，他们是在附近的登达尔克大道上被搭便车的人抢劫并袭击的。

一家位于西巴尔的摩的酒吧发生了一起争执。刚开始时，双方只是起了口角，紧接着他们开始挥舞起拳头和棒球拍。结果，一个三十八岁的男性被送到了医院，三个星期后，此人命丧黄泉。警探于事后了解到，吵架的是两个越南老兵。他们一个说美国空军一师在越战中居功至伟，而另一个则说美国海军陆战一师扮演的角色远比空军重要。就这起争执的结果看来，这一次，空军的确胜了海军。

人性的罪恶总是令人难以忘怀：一个家住韦斯特普特的女人杀了自己的男友，却让自己的女儿顶罪，因为她相信未成年少女不会被判重刑；一个拉菲耶特公共住宅区的贩毒少年被另一个同行绑架并杀害，而后被丢弃在皮姆利科道上的水沟里，发现尸体的行人还以为他是一条死狗；一个二十五岁的东巴尔的摩生意人在自家厨房被杀了，他的后脑勺中了一枪，当时他正在称量和稀释海洛因……

在大教堂街上的一个公寓里，一个妓女仅仅为了十块钱的海洛因就把另一个妓女刺死了。当主责警探弗雷德·塞鲁迪赶到时，她正迫不及待地把那些海洛因打进身体。这样的事情只会让警探们感叹："巴尔的摩真是座伟大的城市。"

这起案件的目击证人是个生意人。他是在布洛克——本市市中心的红灯区——和两个妓女勾搭上的。他跟着她们回到公寓，但还没开始快活，就看见两个女人打了起来。他赶紧逃走，回到了位于华盛顿郊区的家中。不过，他把信用卡留在了布洛克，警探由此了解到了他的身份，并在半夜4点拨通了他家的电话。

"弗兰克在家吗？"

"在。"一个女人接起了电话，"你是谁？"

"我是他的朋友弗雷德。"塞鲁迪好心地骗他妻子道。几秒钟之后，弗兰克接起了电话，塞鲁迪说："弗兰克，我是巴尔的摩凶案组的塞鲁迪警探。我俩得谈谈，不是吗？"

不过，也不是每个涉案人员都会那么不负责任，虽然这样的情况极少出现。詹姆斯·M. 巴斯克维尔在女友位于巴尔的摩西北部的家中把她杀了。一个小时之后，正在勘查现场的警探接到了他的电话。

"你是谁？"

"我是汤姆林警探。"

"汤姆林警探？"

"是的。你是谁？"

"我是詹姆斯·巴斯克维尔。我想自首，是我杀了路西尔。"

"操你妈的，康斯坦丁，你这个秃头的狗杂种！"汤姆林还以为是自己的同事在电话那头恶作剧，"我正忙着检查现场呢，别跟我瞎闹了。赶紧过来帮忙，要不——"

那头挂下了电话。马克·汤姆林呆呆地听了一阵忙音，然后转身问女孩的家人："你刚才说女孩的男朋友叫啥来着？"

"巴斯克维尔。詹姆斯·巴斯克维尔。"

终于，电话铃声再次响起。汤姆林赶紧接了起来："巴斯克维尔先生，实在对不起，是我弄错了，我还以为是别人……你这是在哪儿呢？"

那一夜的晚些时间，詹姆斯·巴斯克维尔被带到了审讯室。他——最终，这位自首的哥们被判无期徒刑外加二十年——承认了自己的所有罪行。"我犯了大错，我应该被惩罚。"他说。

"巴斯克维尔先生，"汤姆林问道，"你家还有像你这样的好心人吗？"

在巴尔的摩，大多数凶杀案的受害者都死有余辜，他们不是有家庭暴力史，就是经营着高风险的贩毒事业——死亡是这些人的宿命。然而，有些人则和拉托尼亚·瓦伦斯一样无辜。亨利·科尔曼是一个四十岁的出租车司机，他只是在百老汇街和钱斯街的街口接了一个不该接的客人；十九岁的玛丽·艾伦斯和一个坏人一起离开了夜店，于是在一所小学背后被活活刺死了；三十七岁的埃德加·亨尼森刚在一家东区的 711 便利店买完东西往外走，一群青少年抢劫犯冲了过来。他们从他身上抢走了两美元食品券，留下了他买的一罐牛奶和一罐 Dinty Moore 牌罐头牛肉，顺便也带走了他的性命。

五十一岁的查尔斯·弗雷德里克·勒曼是一家教堂公益医院的雇员。他生命的最后时刻是在菲亚特街上的肯德基度过的。他刚买了两份酥脆炸鸡走出店门，正往自己的那辆普利茅斯车走；紧接着，他就倒在了湿漉漉的停车场里：他的钱包被抢走了，一个口袋里的东西撒在马路上，他生命中的最后一顿晚餐则被丢落在了他头部附近。炸鸡店的另一个顾客透过窗户看见了这一幕——三个年轻人试图抢劫他，枪声响起，勒曼倒了下去。他看到其中一个少年蹲下身子，熟练地掏空勒曼的裤袋，然后转身追上两个同伙，穿过菲亚特街，跑进道格拉斯公共住宅区。但是，这个目击证人是个六十七岁的近视老头，他只知道三个嫌疑人都是黑人，而无法提供更多的描述。死者的用车被带回到市局，警探们希望三个年轻人中有人不小心碰过它并留下了指纹。主责警探唐纳德·金凯德都快要绝望了，最终，他接到了一个匿名举报电话。一个听上去像白人的男性说，他的一位黑人同事也看到了这一幕，他看见三个嫌疑人跑进道格拉斯公共住宅区，他也认识他们中的其中一个。但是，这位黑人同事不想出庭作证，而这个打匿名电话的人也不想。

"他不需要说出他的名字。他可以像你一样给我打一个电话，"金凯德请求道，"你必须得让他给我打电话。说实话，你们是我唯一的线索。"电话那头说他会试一试。但是，金凯德已经在凶案组工作十几年了，当他挂下电话时，他知道他所等待的电话或许再也不会响起。

2 月 21 日，星期天

警探们终于决定，他们要实战运用一下 FBI 教给他们的心理战术了。今天早上，佩勒格利尼和朗兹曼把"捕鱼人"带到了凶案组——据说，习惯夜间活动的嫌疑人此时的心理防线最为薄弱。然后，他们做了他们能想到的一切，试图去说服"捕鱼人"他们已经掌握了证据：他们的智慧、他们锲而不舍的工作态度、他们高科技的仪器，注定会把他绳之以法。

在通往审讯室的途中，他们先是经过了微量物证实验室。在通常情况下，实验室在星期天早晨是关门的。但此时此刻，它大门敞开，里面的仪器全部都在运作中。这当然是一场专门为"捕鱼人"准备的秀，警探们想要在他还未到达审讯室之前就攻破他的防线。他们小心翼翼地把小女孩沾满血污的衣服放在了一张桌子上，又把她的书包和书放在另一张桌子上。

特里·麦克拉尼和戴夫·布朗穿着白大褂神情专注地检查着小女孩的衣服。他们在衣物和仪器之间来来回回地忙碌着，仿佛已经找到了很多的线索。

佩勒格利尼带着"捕鱼人"走过实验室的窗口，并仔细观察着他。这个老头应该看见了一切，却仍然面无表情。然后，他们走上楼梯，爬上一层来到凶案组。他们经过"金鱼缸"，来到警监办公室。他们想在这里对他进行审问。警监办公室里有一张巨大的桌子和一把高背座椅，它们衬着巴尔的摩的天际线，充分显现了警局的威严形象。在对"捕鱼人"宣读米兰达警告之前，佩勒格利尼和艾杰尔顿又带他好好看了眼钉在办公室公告牌上的所有相片——地图，拍摄于空中的现场照，由法医拍摄的小女孩的面部特写黑白照。在同一个公告牌上，小女孩照片的旁边，正是"捕鱼人"本人的身份照。迄今为止，"捕鱼人"仍然是拉托尼亚·瓦伦斯案中最有嫌疑的人。警探们想通过这些手段暗示他，他们已经掌握了证据，即便他们还没有，他们也势必会掌握；他们会不遗余力地让他服罪。

然后，他们开始审问他。先是佩勒格利尼，再是艾杰尔顿。先是嘶声大吼、语速极快，然后低声威胁、语词简洁，接着再冲他大吼，向他抛出问题，一次又一次地抛出同样的问题。朗兹曼和其他警探在门外侧耳倾听着。他们等待着那一刻——终于，这个老头忍不住了，某个警探的某句话激起了他的回应，他终于开始道出实情。佩勒格利尼和艾杰尔顿已经轮番作战好几回，他们离开，又回来，然后再离开，接着又回来——每一次出门，他们都会和在外面聆听的同事讨论，然后带着新的问题、新的战术回到审讯室里。

这是一场配合完美的审问战。很多警探都认为，凶案组从来没有像现在这样团结过。他们使用了所有在法律和人道允许范围内的手段，试图让嫌疑人认罪。可是，这个坐在警监办公室里的老头依然不为所动。他似一块顽固的巨石，没有恐惧感，没有绝望感，也没有愤怒。无论警探对他说什么，他都轻描淡写地否认，并再次陈述自己先前的证词。他没有星期二的不在场证明。他不会承认任何事情。

在审问战的早先时段，佩勒格利尼再次请求艾杰尔顿的帮助。艾杰尔顿的审问经验比他多得多。他走出门外，不安地聆听着艾杰尔顿。为了说服"捕鱼人"警察已经掌握了他的犯罪事实，艾杰尔顿使出了撒手锏。他告诉"捕鱼人"他们调查过那些和他相熟的小女孩，他们知道他对这些小女孩做过什么。他还警告他，别以为他们不了解他曾犯过强奸罪，而此时此刻，他无法给出不在场证明，恰恰意味着凶手就是他。

这位经验丰富的警探把所有手段都使上了，却依然激不起"捕鱼人"心中的一丝波澜。佩勒格利尼有不祥的预感，他觉得他们要失败了。为时过晚。艾杰尔顿仍在继续，他不间断地用他那抑扬顿挫的纽约腔质问着、恐吓着，可是，佩勒格利尼却发觉，老头变得越来越无动于衷了。警探们掌握的只是可能性，他们依然没有一锤定音的证据：原始的证据，真正的证据——那个能击垮老头，终于撬开他嘴巴的证据。他们在警监办公室里含沙射影，可手头却没有真正的子弹。

如果他们的推理是正确的话——"捕鱼人"的确性侵犯和杀害了拉托尼亚·瓦伦斯——他们也只有一两次机会能让他认罪。上个星期六，他们已经失败过一次了；而现在，他们在毫无突破性进展的情况下再次审问，这无疑是在浪费最后的机会。

艾杰尔顿终于累了。佩勒格利尼赶紧接了他的班，可他能说的线索已经很少了。他决定问老头几个开放性的问题，期望他不会仅仅给出是或否的回答。他试图引起老头对拉托尼亚的同情。然而，这只是一些随意的问题，就像一个枪手在黑暗中失去了目标，慌乱中随手扣动了扳机。佩勒格利尼看着老头依然不变的脸，他咒骂起自己来。他对面坐着的是本案最有可能的嫌疑人，可他的手头却没有王牌，没有那把可以撬开老头灵魂的铲子。

佩勒格利尼的心头再次出现不祥的预感。自他接手本案以来，这样的感觉已经出现过太多次了。他再也破不了这个案子了。说实在的，他一直都没有把握。正因为此，当迄今为止至关重要的审问开始时，他把抛出撒手锏的机会交给了艾杰尔顿。可是，他发现艾杰尔顿也没有把握；去他妈的，他们没一个人有把握。

他们是在孤注一掷。他们以为"捕鱼人"会害怕。他会害怕他们的专业、他们的知识、他们的权威——他的恐惧会滋生，直到他道出内心最黑暗的秘密。此时此刻，佩勒格利尼怀疑，别提让老头恐惧了，可能他连"恐惧"两个字怎么写都不知道。他们带他走过实验室，他毫无反应；他们带他看了一遍尸体照片，他依然毫无反应。"捕鱼人"不是无辜的就是一个完完全全的变态。

这次审问进行了足足八个小时。终于，佩勒格利尼放弃了；紧接着，艾杰尔顿也放弃了。他们已经被疲惫和绝望击垮。他们给中央区分局打了一个电话，让他们派车来接"捕鱼人"。老头静静地在"金鱼缸"的绿色塑料沙发上等待着，直到要带他回家的制服警出现。他慢慢起身，走到警局六楼的过道。他依然是个自由身。

两天之后，佩勒格利尼来到凶案组午夜轮值。他蓦然发现自己是当晚唯一上班的警探。法勒泰齐度假去了，登尼甘和塞鲁迪当晚不上班，里克·李奎尔因手臂骨折还暂时无法工作。

"你们可以走了。"他泡了一杯咖啡，对金凯德以及其他上下午4点到午夜12点班的人说。

"你们其他人呢？"金凯德问。

"只有我一个。"

"只有你？"

"哥们儿，那话怎么说来着？"佩勒格利尼说，"一个城市，一个警探。"

"操，汤姆。"金凯德说，"我替你祈祷，那操蛋的电话千万别响啊。"

可是，电话依然响了起来。那天清晨5点，佩勒格利尼来到克莱街两幢高楼之间的夹道。这条狭小阴森的道路上躺着一个业已死去的人。他的头被碾碎了，他的裤子扯到了膝盖之下。这是一个流浪汉。他只是想找个温暖的地方拉屎，却因此被人殴打致死。再也没有比这更加无理的杀戮了。

那一天早晨的晚些时间，警督通知佩勒格利尼，因为他是拉托尼亚·瓦伦斯案的主责警探，所以他得把所有精力都放在这起案件上。这起在他轮值时间发生的命案——编号88033，死者名为巴尔尼·俄雷，四十五岁，无固定居所——可以交给罗杰·诺兰的分队来调查。诺兰本是凶案组最开心的警探，在接到这起案子后，他的脸色也阴郁了起来。

集中精力，心无旁骛，把其他案件都交给别人——可所有这些都无法改变佩勒格利尼的困境。这个世界的凶手永远比警探多，而这又是一座容易遗忘的城市，即便特殊之如拉托尼亚·瓦伦斯，也同样会被埋没在时间的尘埃里。一星期之后，佩勒格利尼和加里·登尼甘在午夜轮值时接到了派遣电话，巴尔的摩东南区发生了一起利刃杀人案。

于是，佩勒格利尼又回到了日常工作中。

第四章

2 月 22 日，星期一

没有目击证人，没有犯罪动机。一个四十岁的女人身中数刀，她的头上似乎也挨了一枪。里奇·贾尔维安慰自己：至少，她没有死在大马路上。

实验室人员威尔森正对着尸体猛拍照片，贾尔维利用这个间隙把卧室再好好勘查了一遍。他的眼睛像一台录像机似的把屋里的所有东西都记了下来，你几乎可以听见机器运转的声音。

"喂，你哥们儿去哪了？"威尔森问。

警探心不在焉地看了他一眼："谁是我哥们儿？"

"你的搭档，麦克埃利斯特。"

"他今晚不上班。"

"所以你就落单了？"

"可不是吗。老贾尔维是个老好人……你拍了门旁边的衣服了吗？"

"拍了几张。"

贾尔维点点头。

勒娜·卢卡斯的尸体是被她楼上的一位中年邻居发现的。这一天早上 5 点，当他出门上班时，他发现她家的门开着；等他傍晚 4 点回来时，他发现门还是没关上。他一边叫唤着勒娜的名字，一边走了进去，最后在卧室里发现了这个女人的尸体。

法医于下午 4 点 40 分宣布她的死亡，而贾尔维是在十五分钟后赶到吉尔默街的。现场已经被保护了起来，除了这幢红砖排屋的居民之外，其他人都不得入内。这幢排屋刚刚经过重新装修，承包商把它改造成了一个个带有迷你卧室的公寓。从改造的结果看来，他们的工作完成得还算到位。考虑到勒娜·卢卡斯的公寓大楼地处巴尔的摩西区最萧条的地段，我们完全可以说它是鹤立鸡群的存在——不但装潢完善，而且每个房间都有防盗警铃和防盗门，门边上还有可以和大楼门口呼叫器相连的通话系统。

在贾尔维走进大楼通往二层公寓的路上，他立刻注意到无论大楼的门还是受害者公寓的门都没有被强行进入的痕迹。受害者公寓客厅和卧室的窗户也都关得好好的。

勒娜·卢卡斯仰面躺着，周遭的血泊浸透了米黄色的地毯，在上面形成了一个以尸体为中心的圆圈。她闭着眼睛，嘴巴微张着，身上只穿着一条白色内裤。如此大的血泊意味着她的背面肯定有伤口，而贾尔维也发现她的左耳上有血迹，凶手可能在那里开过一枪。她的脖子和下颚上还有十几道浅浅的伤口——它们中的有一些看上去更像是抓伤。

她的头冲北面，脚冲南面，和双人床平行地躺在拥挤的卧室里。卧室门口的地板上有一堆死者的衣服；贾尔维注意到这些衣服是有序堆积的，仿佛她曾站在那里一件件地把它们脱掉，再把它们丢在地上。由此，这位警探推理出，勒娜·卢卡斯肯定认识凶手，她对在他面前脱衣丝毫不感羞涩。即便她是在凶手到来前脱去衣服的，那么，她也不在意光着身子见他。

和公寓的其余房间一样，卧室本身基本没有遭到洗劫，只有一个铁质衣柜被打开了，它的抽屉横陈在外，附近的地面上有一些小饰物和小提包。在卧室的另一个角落里有一包生米，包裹被弄坏了，里面的米倒在了地板上；在米粒附近还有一些白色粉末，很有可能是可卡因；除此之外，还有大概一百粒空胶囊。贾尔维明白这个场景意味着什么——米粒能够锁住水分，所以吸毒者通常会把它们和可卡因放在一起，以防止可卡因粉末结晶。

贾尔维检查了床头的木质靠板。靠近死者头部那边的床头柜上有几道垂直锯齿状的刻痕，它们明显是由一个利器从上往下划过造成的。床单的一角染上了些许血滴，而贾尔维也在床附近的地板上发现了一把刀刃已经断裂的厨房用刀。

贾尔维的推理：这个女人本来是头朝北躺在床上的，然后凶手开始用刀袭击她。他举刀从上方刺她，这些动作造成了靠板上的痕迹。然后，受害者从床边滚落，掉在地板上，不是拜袭击所赐就是她自己想逃。

死者的头边有一个带枕套的枕头，其上已被火药粉末染黑。直到法医把尸体抬走之后，贾尔维才发现了那个关键的物证——那颗微小的、不规则形状的灰色金属正躺在地毯的血泊里，死者的头部刚好把它压住了。很显然，当凶手开枪时，死者已经躺在地上，而凶手又用枪眼顶住枕头让它消声。

不过，这颗子弹的样子很是奇怪。贾尔维仔细检查了它：中型口径，有可能是.32或.38，但它的圆柱形平头设计却是他没见过的。弹头基本保持完整，既没有破裂也没有变形，因此能做弹道比对。贾尔维把子弹装入物证袋交给威尔森。在公寓的厨房里，放刀的抽屉被打开了。除此之外，公寓的其余部分基本没有被动过的迹象，客厅和浴室尤其完整。

贾尔维让实验室技术员集中精力提取卧室之内、卧室门上及公寓大门上的指纹。不过，他同样也在厨柜和被打开的刀具抽屉上撒了黑色粉末。他还检查了厨房和浴室里的洗手盆，凶手杀完人洗手时可能会碰到它们而不小心留下指纹。每当黑色粉末上显现出相对完整的指纹时，他会用透明胶粘取它，接着再把它贴到 3×5 英寸大的白色卡片上。等检查完卧室和厨房之后，技术员已经收集了一大叠白色卡片了。不过，他还是指着过道的另一头问贾尔维："我要检查一下前厅吗？"

"不必了吧。看上去他没有碰过那里的任何东西。"

"我不介意……"

"操，别了。"贾尔维说，"如果这个人的确认识死者可以自由出入公寓的话，那这些指纹一点用都没有。"

这位警探早已在脑海里罗列出需要带到市局做进一步检查的东西：子弹、刀、那堆衣服、毒品、空胶囊；现已提取指纹的提包，它可能是用来装可卡因、米粒和胶囊的；染有火药粉末的枕头和枕套；床单，为了不让任何毛发或纤维从它上面飘落，它已经被小心翼翼地折叠起来。当然，还有那些照片——公寓房间的照片、死亡现场的照片、被损坏的床头柜的照片以及每一个物证原始位置的照片。

警察把这位女性死于非命的消息通知了她的亲属。很快，法医还没来得及把尸体抬入黑色面包车，她的母亲、兄弟、叔叔和女儿都赶来了。贾尔维让他们坐警车前往市局，其他警探会对他们一一做笔录。

两小时后，勒娜·卢卡斯的某些亲戚回到了案发现场。贾尔维刚完成现场勘查工作走下楼梯，就发现她的小女儿靠在警车边上等他。她还没到二十三岁，身材瘦弱，但说起话来却异常冷静。有经验的警探都知道，每当凶杀案发生时，死者的绝大多数家属不是失控地嚎啕大哭，就是立马展开对死者遗产的争夺战；然而，家属中也总有那么一个人会保持冷静，聆听警探的问题，然后正确地回答它们。在把死者家属送往警局之前，贾尔维已经和杰琪·卢卡斯聊过几句了。就他判断，杰琪正是这些家属中最聪明也最可靠的询问对象。

"你好，杰琪。"贾尔维朝她挥了挥手，示意她走过来，到离公寓前聚集人群有一段距离的人行道上。

杰琪·卢卡斯来到他的身边，他又带着她走远了几步。

贾尔维向她抛出了一些再常规不过的问题——死者的男友、她的习惯和缺点。通过早先和家属们的简短对话，他已经对死者和她生命中的相关人士稍有了解；他还通过对现场的勘查——没有闯入痕迹、衣服有序堆积、米粒和空胶囊——有了一些最基本的推理。当贾尔维开始提问时，他有策略地轻轻触碰女孩的手肘，仿佛是想强调两人之间的秘密协定——他们之间的对话不会也不该传到他人的耳中。

"你妈妈的男朋友，那个叫弗雷泽尔的家伙，他是个毒贩……"

杰琪·卢卡斯没有说话。

"你妈替他做生意吗？"

"我不……"

"听着，我不在乎你妈生前是否犯过法。我只是想找到凶手，破了这个案子。"

"她只是替他藏毒品。"她说，"至少就我所知，她不卖毒品。"

"那她吸毒吗？"

"她有时会抽大麻。"

"可卡因呢？"

"不，她不玩那玩意，就我所知。"

"那弗雷泽尔呢？"

"嗯，他吸可卡因。"

"你认为凶手是弗雷泽尔吗？"

杰琪·卢卡斯停顿了一下，仿佛是在回忆弗雷泽尔的样子。她缓缓地摇了摇头。

"我不觉得是他。"她说，"他对她很好，从来没打过她。"

"杰琪，我不得不问……"

她沉默地等待着。

"你妈，她……私生活混乱吗？"

"不，她不是那样的人。"

"我的意思是，她有很多男朋友吗？"

"她只有弗雷泽尔一个人。"

"只有弗雷泽尔？"

"只有他。"她强调说，"很久之前，她还和另外一个男的好过，但她已经和弗雷泽尔好了很长一段时间了。"

贾尔维点点头，陷入沉思。

杰琪打破了沉默："市局的警探说我们不应该联系弗雷泽尔，否则他会逃。"

贾尔维笑着回答："他要是真的逃了，我们就知道凶手是谁了，不是吗？"

女孩很快就明白了这句话的意思。

"我不觉得他是你想找的人。"她最后说。

贾尔维换了一个话题："你妈还会让其他人进她家吗？如果她一个人在家的话，除了弗雷泽尔，还会有谁过去？"

"还有那个叫文森特的男孩。"她说，"他给弗雷泽尔卖命，会到她那里拿毒品。"

贾尔维压低声线："这个文森特……你妈和他有关系吗？"

"不，她不会。我想文森特应该从来没有在弗雷泽尔不在的情况下进去过。我不认为她会让他进来。"女孩换了一个说法。

"这个文森特，他姓什么？"

"我记得他姓布克。"

"杰琪，"贾尔维问起了最后一个细节，"你之前告诉我说弗雷泽尔在卧室里放了一把枪是吗？"

女孩点点头："她有一把.25口径的，有些时候，弗雷泽尔还会放一把.38口径的在那里。"

"但我们没有找到它。"

"她把它们藏在柜子里了，"女孩说，"在柜子最上面抽屉的最里面。"

"听着，"贾尔维说，"如果我带你去房里，你找得到它们吗?"

杰琪点点头，然后跟上了贾尔维的脚步。

"看上去很糟吗?"她边爬楼梯边问。

"什么很糟?"

"房间……"

"啊，"贾尔维回答，"我们已经把她运走了……还有一点血。"

警探把她带到卧室里。她先是看了眼血迹，然后走到铁柜前，从最上面抽屉的里面掏出了一把.25口径手枪。

她还从睡床正后方的柜子里找到了一个小箱子，里面放着一千二百多块钱，她说这是她妈的保险理赔。

"弗雷泽尔知道她有钱吗?"

"他知道。"

"他知道她把钱放在哪里吗?"

"他知道。"

贾尔维点点头，又陷入了沉思。一个西区制服警跑了上来。

"怎么了?"贾尔维问。

"死者的家属想上来。"

贾尔维望了眼实验室人员，问他道："完事了没?"

"完了。我已经在收拾了。"

"好吧，让他们上来吧。"贾尔维对制服警说。后者又跑下楼梯打开公寓的门。几秒钟后，包括死者母亲和大女儿在内的五六个亲属一股脑儿冲进了房间。现场一片混乱。

年长的亲属正在把死者的公寓洗劫一空。他们瓜分着厨房用具，也拿走了彩色电视和音响。在吉尔默街这样的地方，这样的情况总是会发生，这倒不全然因为死者亲属都很贪得无厌，而是因为他们都知道，一旦凶杀案的消息不胫而走，小偷们就会抓住警察离开现场和死者家属决定遗产归属之间的间隙期闯进来，拿走所有值钱的东西。家属们没有时间悲伤，死者的母亲决定今晚必须把遗物都分干净，不能让那些盗贼们得逞。

　　当年长的亲属正在瓜分遗物时，其他亲人则好奇地走来走去，指指点点。死者的一位兄弟指着卧室地毯上的血泊问道："那是勒娜的血吗？"

　　西区制服警点了点头。而后，他转身对死者的大女儿说："勒娜的血。"

　　真是个坏主意。因为，就在他指出这一事实之后，大女儿就扑在了血泊上嘶声大哭起来："妈妈，妈妈，妈妈呀！"她双手揉搓着地毯，手上已经沾满了血迹，"妈妈，妈妈呀……"

　　死者兄弟和另一位亲戚把她抬了起来，但她还在大哭着："……妈妈，别丢下我一个人，妈妈……"

　　她手臂朝上高高举起，使劲挥舞着，手上全是血。贾尔维知道被她碰一下自己的衣服就完蛋了，于是本能地往后退了退，走到公寓的门口。

　　"好吧，杰琪。"他对小女儿说，"亲爱的，谢谢你。你有我的电话，是吗？"

　　杰琪·卢卡斯点点头，然后过去安慰自己的姐姐。大女儿的哭声越来越大，贾尔维只好带着实验室人员灰溜溜地跑走，蹿下楼梯，转入冰冷的雪佛兰车。他在凶案现场待了差不多四个小时。

　　但贾尔维并没有直接前往凶案组。他朝北开了十二个街区。在此之前，他曾给凶案组打过一个电话，戴夫·布朗告诉他拉菲耶特大道的排屋也发生了一场疑似凶杀案，并有可能和吉尔默街的案件相关。他想过去看一眼是不是能帮上什么忙。他赶到拉菲耶特大道一幢排屋的二楼，发现里克·詹姆斯和戴夫·布朗已经在那里了，死者是个五十岁的老头。

这起案件和勒娜·卢卡斯之案有多个相似之处：死者也是头部中枪，身上挨了好多刀，只不过是在胸口；死者头部旁边也有一个枕头，上面也有大量的火药残余；更有甚者，死者的脸上还有很多伤痕——有二十多处。老头已经死去有一段时间了。他的家人因为联系不到他，才从没上锁的后门进到房间，发现了尸体。犯罪现场同样没有强行闯入的痕迹，只不过，这一次，尸体所在的房间被洗劫一空了。

很快，贾尔维就确定两起案件的确有关联——死者名为普尼尔·汉普尔顿·布克，他正是文森特·布克的父亲，而文森特就是给勒娜·卢卡斯男友打工贩毒的男孩。贾尔维勘查了一边现场，他基本可以确定，两起命案乃一人所为。

贾尔维让布朗和詹姆斯继续勘查现场，自己则回到了凶案组，做起了文书工作。当两位警探从拉菲耶特大道回来时，他还在那里。

第二天早晨，警探们又了解了一个将两起案件联系在一起的细节——那颗从普尼尔·布克脑袋里取出的正是 .38 的圆柱形平头弹头。那天晚上，拉菲耶特大道案件的主责警探戴夫·布朗走到贾尔维的桌边，手里拿着一张文森特·布克的照片。

"喂，哥们儿，貌似我们又要联手了。"

"貌似。"

其实，那天下午，贾尔维已经接到了一个匿名电话，电话那头的女人说她在西布拉特街的酒吧里听见一个人告诉另一个人，杀死勒娜·卢卡斯和普尼尔·布克的是同一把枪。

有意思的传言。那天的晚些时间，弹道比对实验显示事实的确如此。

2月29日，星期一

自勒娜·卢卡斯和普尼尔·布克于同一夜被杀已经一个星期过去了，然而，对这两起案件的调查鲜有进展。两个案件的文件夹越积越厚，这倒并不是一个坏现象，因为在凶案频发的巴尔的摩，通常的情况是，一个案件文件夹还没积多厚，就早已被另一起案件替代了。时间是刑侦调查的天敌，富有经验的警探——他对时间的反作用力了然于心——会把宝贵的时间花在该花的地方。他们会在第一时间定位最有可能的证人和嫌疑人，把他们带到市局审问，希望他们会在不经意间泄露天机。他知道，在他错过最佳破案时机开始盲目调查之前，或者在他进入更为具体的漫长调查阶段之前，他的案头很有可能早就出现了另一起案件的卷宗。然而，里奇·贾尔维可不是普通的警探，对他而言，收益递减规律不管用。

"他像是一头口衔骨头的猎犬。"罗杰·诺兰曾对另一位警探骄傲地评论起他，"只要一起案件还有一丝一毫的线索，他就会咬住不放。"

当然，这只是诺兰对他的评价；贾尔维可不会这样自吹自擂。他总是说，警探只有在穷尽所有线索之后才能言弃，这就是他的工作，这是一个警探再正常不过的工作态度。然而，事实上，这种工作态度绝非正常。因为当一位警探经手过五六十到七十起案件之后，当他一如往日地再次在巷子里找到一位老兄的尸体时，他的麻木是不可避免的。而当他回到办公室，把死者名字输入电脑终端，拉出一张和他本人齐高的文件，发现此人的犯罪前科长达五六页时，他的疲倦也是不可避免的。在凶案组，身心疲倦可不是偶发的职业病。这种精神疾病具有高度传染性，一旦某位警探感染上了，他就会把它传给他的搭档，接着整个分队也会沦陷。当然，这种"操他妈的，管它呢"的态度不会影响他们埋头处理那些真正的凶杀案——这些案件通常是此疾病的解药——可惜的是，这样的案件并不多，在大多数情况下，巴尔的摩凶杀案中的死者和凶手是同一类人。一位美国警探的终极哲学问题：如果一个毒贩子在西巴尔的摩死去了，而没人听到他的呼救，那么，他死前有呼救吗？

贾尔维已经做了十三年警察，他在凶案组也待了整整四年了，可他却是少数未受此病毒感染的人。大多数警探在工作数年之后便失去了对案件的直觉判断，甚至把不同案件混淆起来。但贾尔维不是如此。他会不假思索地告诉你，在他主责侦破的二十五到二十六个案件中，仍未告破的一个手便数得过来。

"到底还有多少起没破？"

"我想是四起。不，五起。"

他之所以如此在意破案率，倒不是因为虚荣心作祟；在他看来，破案率是衡量工作的核心标准。贾尔维富有行动力，做事麻利，追求完美，他不但喜欢破案，也难得地没有把破案当作纯粹的工作；如果某起案件还未告破，或者某起案件的证据仍然不足，都会让他感到十分不安。这让他成了警局古老道德传统的活化石。要知道，先于他们一两代的警察都是抱着"不成功便成仁"的态度破案的，而后，所有巴尔的摩市公务员的箴言变成了"这不归我管"。现如今，他们的口头禅更为明哲保身——"万物自有其法"。

里奇·贾尔维生错了时代。这位出生于保守中产阶级家庭的警探自小就深受《勇敢的小火车》①的"毒害"。他正义凛然，不拘小节。有一次，有个检察官指控某个犯人二级谋杀罪及二十年监禁，而贾尔维觉得远远不够，他竟然对这位检察官破口大骂，说任何屁眼上长肛毛的律师都会给他一级谋杀和五十年监禁。还有一次，他身患重度流感，但依然前去侦破了一起发生在匹格城的重物锤击致死案；在此之

---

① *Little Engine That Could*，美国著名儿童教育漫画。——译者

后，他只轻描淡写地说那是发生在他轮值时间内的本分工作。他把维尔农·盖博思——纽约警察局长、著名凶杀案专家——的名言"记住，我们为上帝工作"打印了出来，在自己的案头贴了一张，并把剩下的分发给办公室里的同事。当然，他也不是盲目信仰这句话。贾尔维的幽默细胞十分发达，他知道，当盖博思说出这一信仰时，他既是在彰显自己的功绩，又是在表达身为警察的无奈。官居高位的盖博思只能这么说，却让贾尔维越发喜欢这位传奇人物。

他出生于芝加哥的一个爱尔兰裔工人阶级社区。他是家中独子。他的父亲是斯皮格尔服装品牌的零售销售总监。直到父亲于晚年被斯皮格尔辞退之前，他家一直过着富足的生活。50年代晚期，当芝加哥城区变得不安全后，他们搬到了这座城市的郊区生活。老贾尔维总是梦想自己的儿子能子承父业，成为斯皮格尔的销售总监；可贾尔维本人却有不同的想法。

他先是在一个衣阿华州的小学院读了几年书，接着来到肯特州立大学研读犯罪学，并顺利拿到了毕业证。1970年，当国家警卫队冲入这座位于俄亥俄州的大学校园对那些抗议越战的学生开火时，他并不是其中愤怒的一员。和当时的很多学生一样，他对战争抱有怀疑的态度，不过那一天他刚好有课，要不是警卫队和学生的冲突导致了学校暂时休课，他还会坐在课堂最前排的最中央，聚精会神地聆听老师的教诲，并记下笔记。这是个生错了时代的年轻人。那个时候，警察声誉扫地，很少有人会说做警察是自己的梦想，可贾尔维却不同。当然，他自有现实的考量。他认为警察这份工作很有趣，但他也十分明了，即便是经济最衰败的时代，警察也是个铁饭碗。

然而，等到快要毕业的时候，他蓦然发现，即便连警察都不是铁饭碗了。70年代中期的美国深受通货膨胀之苦，很多城市警局纷纷裁员减支，更别提招募新员了。那时候，贾尔维刚刚娶了自己的大学同窗女友。万般无奈下，他只好去蒙特哥马利·沃德百货公司做了保安。他在那里待了差不多一年。1975 年，他听说巴尔的摩警局正在招巡逻警，对大学毕业生还有各项工资和福利的刺激政策。于是，他和妻子一起驱车来到了马里兰州。他们先是把这座城市和它周边的县都游览了一遍。他们爱上了巴尔的摩县北部的优美山谷和鳞次栉比的马场，于是决定在那里的切萨皮亚克地区定居。然后，他又独自穿行了这座城市的贫民区——它的东部、西部和公园大道高层住宅区——他知道，这里将是他日后赖以生存的地方。

他先是在警校进修了一段时间，然后被分配到中央区。他的巡逻岗位是布鲁克菲尔德街和怀特洛克街。那是段出生入死的日子：70 年代晚期的水库山地区已经是一个破败的犯罪重灾区了；现如今，拉托尼亚·瓦伦斯的尸体在那里的一条后巷中被找到，那里的情况没有一丁点的改变。麦克拉尼曾和贾尔维一起在中央区共事过；在他看来，那时候的贾尔维已经是他所在分队中最优秀的警员了。"他干活勤快，还挺能打架。"——对于一个巡逻警来说，这两个素质至关重要。

贾尔维的勤快劲很受上级待见，于是，自进入警局以来，他便一直平步青云：他在中央区待了六年，之后转到了刑事调查部，在做了四年盗窃组探员之后，他终于来到了凶案组。那是 1985 年的 6 月。到来之后，他很快就成了罗杰·诺兰分队中的骨干。金凯德年事已高，艾杰尔顿是个具有艺术家孤傲气息的独行侠，所以，贾尔维承担起了这个分队的大多数案件。他从来不挑搭档，无论是麦克埃利斯特、金凯德、伯曼还是任何其他警探，都会认为贾尔维是个好搭子。有些时候，分队中的其他警探会为艾杰尔顿的工作量打抱不平，而贾尔维总是会不带任何讽刺色彩地提醒他们，他的工作量要比艾杰尔顿多得多，可他从来不曾抱怨。

"哈里只是做了他该做的，"贾尔维口中的凶杀案仿佛变成了巴尔的摩的一种稀有商品，"而我要做的却更多。"

他真的爱凶案刑警这一行。每个现场都让他兴奋不已，每次追捕都让他热血沸腾；每当听见手铐合拢的声音时，他都仿佛回到了童年，感觉自己正看着那些宣扬正必胜邪的漫画。他甚至喜欢"谋杀"这两个字眼的发音；每当他从凶案现场回到警局时，这一点就会尤为明显。

"你撞了什么大运？"诺兰会问他。

"先生，是谋杀。"

这是一个靠破案才能过活的人：每三星期给他一个新案件他就会满足；如果给他更多，他便会欣喜若狂。1987 年的夏天，他和唐纳德·沃尔登曾在五天之内接到了五起案件，这其中有三起是在同一个晚上发生的。在这样的夜晚，警探总是会忘记哪些证人是从哪个案发现场赶来的。（"好吧，从爱丁街来的请举右手。"）最终，这五起中的四起告破了。"大人物"对贾尔维很是满意，而这一周也成了他的美好回忆。

然而，如果凶案组要评选最佳现场勘查手的话，此人会是特里·麦克拉尼、艾迪·布朗、斯坦顿轮值队伍中的凯文·戴维斯或贾尔维的搭档鲍勃·麦克埃利斯特。如果要选谁是最佳审讯手的话，那候选人名单则会包括唐纳德·金凯德、凯文·戴维斯、杰·朗兹曼以及哈里·艾杰尔顿（如果他的同事大方到把这位不合群的人也放进去的话）。最佳法庭作证人？那会是朗兹曼、沃尔登、麦克埃利斯特和艾杰尔顿中的一人。最熟悉街头的探员？大家会一致同意沃尔登当仁不让，而艾杰尔顿则名列次席。

那么，贾尔维到底算什么呢？

"哦，天呐，那可不是吗？"他的同事们会突然记起这位在各大榜单上消失不见的警探，"他可是个一流的警探。"

为什么？

"他永远和他们站在同一战线上。"

对于凶案组的警探而言，知道有人总是在他们身边至关重要，正是这个人让他们有信心去赢得一场战争的胜利。今天晚上，随着警探们把罗伯特·弗雷泽尔请到凶案组办公室，对杀害勒娜·卢卡斯和普尼尔·布克凶手所进行的战争终于迎来了关键性的战役。

弗雷泽尔又高又瘦，深色皮肤，高额头下长着一双深陷的棕色眼珠，虽然一头短发，却也掩饰不了开始谢顶的事实。他的行为举止完全像个混迹街头多年的流氓。他一路从警局六楼的走道来到审讯室，摇着肩、晃着腰，步伐缓慢而有节奏，简直就是个活脱脱的皮条客。他的眼神凶恶而令人不安；他很少眨眼睛，这让人觉得更加恐怖。他声线低沉平缓，一句话里没几个字，仿佛这其中的每一个字都经过了他的深思熟虑；又或许，他只会说这几个字。罗伯特·弗雷泽尔现年三十六岁，是个兼职的钢铁厂工人，刚从州监狱假释出来不久，并长期经营着可卡因的生意；在此之前，他因一起持械抢劫案被逮捕，并被判六年监禁。

虽然弗雷泽尔这副模样，可贾尔维一见到他便心花怒放了起来，因为这个人物看上去完完全全就是个谋杀犯。

这样的欢喜自然无法和破案相提并论，但至少会让警探们觉得抓对了人。大体而言，那些坐在巴尔的摩法院被告席上的人很少第一眼看上去就像是十恶不赦的罪犯。即便在破获了四五十起案件之后，每个警探也仍然会对他们所逮捕的罪犯感到失望——看呐，他们和 7 - 11 便利店的收银员毫无区别嘛。酗酒者、瘾君子、拿福利的妈妈、精神病患者、穿着设计师运动服的青少年混混——除了极少数罪犯之外，巴尔的摩的谋杀犯们看上去一点都不吓人。但是，弗雷泽尔和他们不同。低沉的声音和空洞的眼神让他成了一个戏剧化的人物。他看上去就应该是个手握大口径手枪的恶人。

不过，当他在审讯室坐下的那一刻开始，所有这些欢喜都消失殆尽了。弗雷泽尔坐在了贾尔维的对面，他不但完全愿意配合审讯，而且还提供了一个比他更有可能的嫌疑人。

当然，弗雷泽尔之所以会自愿出现在凶案组办公室，完全是因为贾尔维和唐纳德·金凯德耗时两个星期的体力活。金凯德本来不管这起案子，但戴夫·布朗在另一起谋杀案上脱不了身，于是他就顶替后者成了本案的警探副手。为了把弗雷泽尔请出来，他们先是端了他的所有毒品窝点，然后又来到此人位于菲亚特街的家，煞有介事地向他妻子询问他的工作时间、习惯爱好和贩毒经历，紧接着他们终于抛出了重磅炸弹：

"你知道你老公和勒娜有一腿吗？"

他们不知道这则新闻到底激起了这个女人内心多少涟漪；她承认近期以来，他们的婚姻生活的确坎坷不平。无论如何，她没有帮自己丈夫说好话，没有为他提供谋杀当晚的不在场证明。第二天，斯帕罗斯角的便衣通知警探们，谋杀发生之前，弗雷泽尔已经连续两天没上过班了。

前天晚上，弗雷泽尔主动拨打了凶案组的电话。他对贾尔维说，他有此案凶手的线索，并想立刻见到他。他答应在午夜前现身警局，却又食了言，于是贾尔维先回家了。可是，一小时之后，弗雷泽尔来到了警局车库的保安亭，并要求和警探们见面。里克·李奎尔和他聊了一会。他发现此人的瞳孔疯狂乱转，就像在跳桑巴舞，由此判断他肯定是吸了毒，并很有可能是可卡因。李奎尔给贾尔维家里打了个电话，两位警探一致同意先不审讯，让他神志清醒了再回来。

然而，就在弗雷泽尔离开之前，他问了李奎尔一个问题："你知道她到底是被枪杀的还是被刺死的吗？"李奎尔觉得这个问题很怪。

也许他是从街头得知这一小道消息的。也许又不是。总之，李奎尔替贾尔维写了一个报告，把这个问题也写了进去。

此时此刻，当弗雷泽尔再度回到警局时，他不但完全意识到了他的所处境遇，也对他女友的去世表现出了真诚的关心。贾尔维和金凯德对他的审讯长达一个半小时，在此期间，他问警探的问题和他回答的问题一样多，也确实提供了不少线索。他靠在椅子上，用脚稍稍顶起椅子的前端，看上去很舒坦。他告诉警探，除了勒娜之外，他有一个妻子和另外一个情妇，那个女人住在波伊住宅区。他和勒娜已经好了一段日子了，他们基本没吵过架，而他也表示，他和警探们一样急切地想知道到底是谁杀了她并且偷了他的可卡因。

他承认勒娜经常替他藏毒。她会把它们放在吉尔默街公寓的那个衣柜里，她会用一个小提包把它们装起来，并放在米袋里。他已经从勒娜的家人那里得知，那个杀了勒娜的人同样也偷了他的东西。

他对自己贩毒的事实供认不讳。他说自己会利用不去斯帕罗斯角钢铁厂工作的闲暇时间做点可卡因和海洛因的生意。他没有必要否认这一点。他的毒品大多数是卖给波伊住宅区的居民的，他完全可以以此盈利为生，但他并不想做一个职业贩毒者。

好吧，他也有一支枪。一把.38口径的左轮，但这把枪里没有子弹。他把它藏在另一个女友的家里，那是在阿米迪街。她替他保管这支枪，而它现在还在那里。

是的，他也听说了文森特·布克父亲被杀害的消息。他本人不认识普尼尔·布克，但他也听说了，杀死勒娜和普尼尔的是同一把枪。那个叫文森特的男孩的确曾经为他工作过，按照他的指令卖毒品给人。不过，这个男孩经常私吞钱财，于是弗雷泽尔不得不解雇了他。

文森特也进得了勒娜的家。事实上，弗雷泽尔会经常派他去那里拿毒品。勒娜会让他进屋，因为她知道这个孩子替弗雷泽尔卖命。

贾尔维终于提到了那个至关重要的问题："弗雷泽尔，你能告诉我，案发当天晚上你在哪里吗？"

弗雷泽尔还是很配合。他为什么不配合呢？毕竟，据他所说，他最后一次见到勒娜是在星期六的晚上，那天他在她那儿过了夜。而勒娜是第二天被谋杀的。星期天晚上，他则是在十个街区之外的阿米迪街，他的新女友邀请了好几位朋友一起吃了一顿晚餐：龙虾、海蟹、玉米棒。自当晚七八点钟开始，他就没离开过那里。他是在新女友家的卧室过的夜，直到第二天早上才离开。在前往工作的路上，他途经勒娜的家。他看到这栋排屋的大门敞开，于是他按了按勒娜家的门铃想和她打个招呼。勒娜没有回应，但他那天快要迟到了，所以没多想就径直离去了。那天下午，他给勒娜家打了好几个电话，都没有人接，而到了那天晚上的早些时间，警察便发现了她的尸体。

贾尔维进一步问道，谁可以确认你星期天晚上的行踪？

妮丝——这是丹妮丝的昵称——他的新女友。她那一晚都和他在一起。当然，还有那些参加了晚宴的朋友，潘、阿妮塔以及另外一些人。

就在这时候，弗雷泽尔又把矛头指向了男孩文森特·布克。他说，就在星期天晚上 10 点钟左右，当阿米迪街的晚宴渐入高潮时，文森特突然出现了。他们两人坐在门廊上聊了几分钟。弗雷泽尔发现男孩很紧张。弗雷泽尔问他到底发生了什么事，但文森特并没有回答这个问题，反而是问他有没有可卡因。弗雷泽尔问他有没有钱，男孩说没有。

然后，弗雷泽尔告诉文森特，如果他还不改掉私吞钱财的坏毛病，他就再也不会给他任何毒品。据弗雷泽尔说，文森特听到这句话之后便勃然大怒，一个人跑掉了。

在审讯接近尾声的时候，弗雷泽尔又给文森特·布克的可疑形象添上了浓墨重彩的一笔："我不了解他们父子俩的关系到底如何，不过，我听说那老子死后，文森特也没显得特别不开心。"

文森特和勒娜有不正当关系吗？

弗雷泽尔惊奇地看了眼贾尔维。没有，他回答说，至少他不知道。

文森特知道勒娜把毒品藏在哪里吗？

"是的，"弗雷泽尔说，"他知道。"

"你愿意接受测谎吗？"

"我愿意，如果你想的话。"

贾尔维的脑子一片乱麻。除非文森特和勒娜·卢卡斯有关系，否则的话，勒娜为什么会全身赤裸，并把衣服有序地脱下扔在床边呢？而在另一方面，虽然他们已经确定杀死勒娜和布克的是同一把枪了，可弗雷泽尔和布克老头之间却没有明显的关系。

这位警探又问了几个问题，可是弗雷泽尔对每个问题都如实交代，这让贾尔维束手无策了。他好心地问弗雷泽尔能否出示他那把 .38 手枪。

"把它带到这里？"弗雷泽尔问。

"是的。带到这里。"

"我会被起诉的。"

"我们不会起诉你。我向你担保。你只要确保枪里没有子弹，带过来让我们看一眼就可以了。"

弗雷泽尔犹豫了一下，最后还是同意了。

审讯结束了。贾尔维拿起笔记本，陪同弗雷泽尔走到走廊里。"好吧，弗雷泽尔，谢谢你特地来一趟。"

弗雷泽尔点点头，举起那张大楼保安发给他的黄色门禁卡："我要怎样……"

"出车库的时候把它给保安亭的人。"

贾尔维陪他走向电梯，在饮水机前停下了脚步。他不能让他就这么走了。他得说些什么。于是，他抛出了一句半警告半威胁的话。

"我得提醒你，弗雷泽尔，如果你是在撒谎的话，现在是你最后能反悔的时刻。"贾尔维面无表情地说，"如果让我们知道你是在撒谎的话，我们不会放过你的。"

弗雷泽尔还是摇了摇头："我说的是实话。"

"好吧。"贾尔维说，"再见。"

弗雷泽尔和贾尔维对视了一眼，然后转身离去。他刚开始的几步走得小心谨慎，但渐渐地，他走得越来越快，臀部和肩膀又开始有节奏地晃动起来。等到罗伯特·弗雷泽尔走出警局总部的车库时，他又变回了原来的那个他——一个活脱脱的街头流氓。

3月3日，星期四

又一个点名早会。达达里奥一边翻阅着凌乱的文件夹，一边单调地说道："……在弗吉尼亚州费尔法克斯犯了事。如有有关嫌疑人或其车辆的消息，请联系费尔法克斯警局。他们的电话在通讯录上。"

"下一个又是什么？"这位警督翻到下一页，"哦，好吧，佛罗里达州发来电报……呃，天哪……你们看看，这已经是三星期前的事了。"

"好吧，最后一项事宜……我被检索服务部告知，你们得在出警表上写下持有加油卡的数量，即便是那些没用的也要写上。"

"为什么？"金凯德问。

"他们想知道加油卡的数量。"

"为什么？"

"这只是政策。"

"天呐，这下可好，二十年的退休金要泡汤了。"金凯德厌恶地说。

警探们都笑了起来。达达里奥让他们肃静下来，继续说："好吧。警监有几句话想对你们所有人说。"

好吧，每个在屋内的警探暗暗叫苦，这团臭屎终于兜不住了。作为刑事调查部的长官，迪克·兰汉姆很少过问某一组的某一具体案件；当然了，如果他连这些都要管，那还要那些警长、警督和警探干

凶 年　　　237

什么？不过，随着凶案组的破案率一天天地创下新低，这位警监貌似再也按捺不住了。

"我只想说几句，"兰汉姆的目光扫过房间里的所有人，"我想说，我对凶案组的每个人都有信心……我知道，对你们来说，最近这段时间并不好过。事实上，今年开年以来日子就不好过了。不过，对于凶案组来说，这也不是什么新鲜事。我们的破案率会爬上来的，对此，我毫不置疑。"

警探们不安地低下了头。兰汉姆的话貌似褒赞，实则怪罪。这是一个每个人都了解的丑陋事实：巴尔的摩警局凶案组正在遭受重创。

先不提拉托尼亚·瓦伦斯的案子和梦露街的案子，这两起案件至今未破。不过，警局至少对它们投入了大量的人力和物力。凶案组也经常为此加班加点。梦想戴上银色横档的兰汉姆不会忽视这一点，他对大家说："我知道所有参加这两起案件调查的人都很辛苦。"

也先不提今早日报的一起报道：其中披露了全国有色人种协会写给本市市长的一封信，信中严厉批评了巴尔的摩警局歧视有色人种——却没有提供证据——以及怠慢事关非裔受害者的案件。

"对于这些莫名其妙的指控，我和你们站在同一战线上。"警监向警探们保证。

"但是，让我们面对现实。"他话锋一转，说道，"我们的破案率实在太低了。如果我们还想回到那个理想的数值，我们所有人都得加把劲。特别是昨晚的那种情况出现时……最重要的是，西北区死的女人太多了，我们得赶紧把那些婊子养的抓起来。"

整个房间不安地躁动起来。

"在和警长商量之后，我们决定给你们增派几个人手，帮助那几个案件的主责警探来共同破案……不过，你们得谅解，这只是不时之需，我们对所有负责这些案件的警探抱有信心。"

"至少，"警监试图以鼓励的话做结尾，"至少我们的情况还比华盛顿好一些。"兰汉姆向达达里奥点点头，表示他已经说完了。达达里奥望向盗窃组和性侵犯组的长官："警督，你还有话要讲吗？乔？……好吧，会议到此结束。"

点名早会就此告终。凶案组的早班警探们分头工作了起来。他们有的正在抢雪佛兰车，有的正在赶往市法院，有的则在咖啡室里开着玩笑。这一天没什么特殊的，但达达里奥手下的每一个人都知道，他们已经触及底线了。

破案率——嫌疑人已被逮捕的案件和所有案件之比率——仅为百分之三十六，还显示出了进一步下降的趋势。这对加里·达达里奥的职业生涯来说是极大的威胁。六个星期前，"主教阁下"已经对"板儿"上的数据表示过关切，而现如今，"板儿"仍然全是红字。让达达里奥更为揪心的是，这些红字大多数都出现在了他的一边。Dee 的三个分队总共负责了二十五起凶杀案，其中只有五起告破；而斯坦顿那边则共有十六起案件，他的人手破获了十起。

当然，两组轮值人马之间的破案率差距有其原因，但是等到这组数据到了上级那儿时，他们的结论就只有一个——斯坦顿的警探们更懂得如何破案，而达达里奥的人则不懂。事实上，在达达里奥那一组人手所处理的案件里，五分之三是涉毒案；而斯坦顿破获的十起案件中则有七起是家庭暴力或其他争执导致的凶杀，其破案难易差距可想而知——但上级是不会听你的辩解的。达达里奥的人手同样优秀：只不过，为了集中人手调查拉托尼亚·瓦伦斯的案子，他们暂时搁置了两三起其他案件；戴夫·布朗已经就米利甘的案子申请了逮捕令；而贾尔维也很有希望在近期内解决卢卡斯和布克的案件。

所有这些事实都需要解释。可像至尊法典一般的"板儿"却只会显示破案率。对数据的膜拜业已是所有现代警局的通行观念。只有当数据漂亮时，警监才能成为警长，警长才能成为总警监，总警监才能成为副局长；当数据很糟糕时，所有这些领导的晋升之路都会像一条污水管道一般堵住。所有警司级别以上的人都明白这个道理，因此他们也知道，现今的达达里奥正身处水深火热之中——这不但是因为他的数据没斯坦顿的漂亮，也是因为他的数据完全够不上上级对他的期望。

事实上，这七年以来，巴尔的摩的凶杀案破案率一直在下降。1981 年，凶案组的破案率是百分之八十四；到了 1987 年，这个数据降到了百分之七十八点五。不过，这些年来的警局长官们还算是幸运的，因为无论巴尔的摩的破案率有多低，十年里它从来未比全国的凶杀案破案率低过；而后者的数据也同样在逐年下降——从 1984 年的百分之七十六降到了 1987 年的百分之七十。

巴尔的摩的数据还算凑合，这说明本市的警察基本上还算优秀且勤劳。不过，他们也会对破案率本身动些小手脚。如果有人胆敢指出这个数据不真实，那么我可以告诉你，没有一个数据是真实的。只要在警局的计划及研究部待上一星期，你便会明了，盗窃组的破案率并不意味着的确有那么多罪犯被逮捕，犯罪率的上升也并不意味着真有那么多人犯罪，事实上这或许和警局想申请更多的预算有关。凶杀案的破案率同样可以做手脚——只要它们不违背 FBI 有关犯罪上报的规矩就行。

比如说，无论陪审团是否已经对某案进行审判，只要这起案件的嫌疑人已经被逮捕——无论他被关了一星期、一个月还是终身监禁——这起案件都算已经破了。如果对嫌疑人的指控因缺少证据而被放弃，如果陪审团不愿给出裁决，如果检察官决定放弃追究或暂缓追究，无论发生何种情况，这起案件在纸面上都会显示业已告破。警探们对此类案件有标准说法：把它搁置一边，暂时忘记它吧。

再比如说，FBI 的规则允许隔年告破的案件计入今年的破案率。当然，这条规矩很是应该：一个优秀的凶案组本就不该放弃两三年前的、甚至五年前的案件；破案率必须显示他们在这一方面的坚持不懈。但在另一方面，FBI 的规定却没有要求把隔年的案件计入本年度的数据里，很显然，那起案件属于前一年的数据。因此，从理论上说，如果一个凶案组在本年度里破获了一百起案件中的九十起，而他们又解决了往年遗留的二十起案件，那么他们本年度的破案率则是百分之一百一十。

你可以说如此行径完全是出老千，然而每当年末，警察们总是会玩起偷天换日的把戏。如果那一年的破案率本身就够高，那么有头脑的轮值主管或分队警司便会把一起在 12 月破获的案件移到下一年的 1 月，这会让他们下一年开年的数据更好看些。而如果那一年的破案率不够高，那么，主管们则会给手下两到三星期的缓冲期。在这个 1 月份中，警探们会着力解决 12 月的案件，然后把这些案件计入上一年度中。通过这样的小窍门，凶案组的破案率通常都能提升五到十个点。可是，当真实的破案率一落千丈时，无论怎样的小窍门都挽救不了这一可悲的事实。

达达里奥所面对的，便是这一事实。而在刚刚过去的一天里，本就已经够差的情况变得更加糟糕了。这一夜，他的警探们一下子接到了五起凶杀案——其中只有一起看到了破获的曙光。金凯德是这起案件的主责警探。一个五十二岁的老头死在了自家位于富尔顿大道的公寓里。杀死他的是老头的年轻租客。两人先是起了争执，而后，租客就拿起熨斗朝老头的脑袋挥舞了过去：他仿佛是想证明没有两个物体可以在同一时间占据同一物理空间的真理。但是，除了金凯德之外，其他警探就没那么好运了。当晚的早些时间，西北区发生了一起重物击锤杀人案，麦克埃利斯特和伯曼负责了这起案件，而后伯曼不幸地了解到，他在三天前接手的案件中的受害者在大学医院去世了。这两起案件都没有任何线索。那一夜的晚些时间，瓦巴什大道又发生了一起枪击致命案，法勒泰齐是此案的主责警探，他同样没有任何线索。

不过，这四起案件只不过是当晚的序曲。重头大戏终于发生了——在本市西北郊的那个阴森公园里，又一具出租车司机的尸体被找到了。这已经是八年以来第十五位被谋杀的出租车司机了，因此此案立刻升级为红球案件。不过，本市对出租车司机安全保护的缺失也不全然是此案升级的唯一原因。这一次，被谋杀的是一个女司机。当她的尸体被发现时，下身是全裸的。

自去年 12 月以来，巴尔的摩西北区已经死了六个女性了，而这六起案件无一破获。警探们基本断定，这六起案件没有关联：其中两起是先奸后杀案，但罪犯作案手法明显不同；另两起是涉毒案件；还有一起貌似是口角争执导致的暴力事件；而现在，这位女司机应该是遭受了先奸后杀的悲剧，且她的车辆也被洗劫一空了。但是，本市的新闻媒体可不会这样来看待它们。这些女性遭谋杀的新闻不断出现在报纸的头条，于是西北区的女性谋杀案一时间成了警局上峰强烈关注的问题。

达达里奥深知自己的地位岌岌可危，于是亲自赶到了现场。警长、西北区分局的局长以及警局的首席发言人都赶来了。唐纳德·沃尔登正在休假，不过麦克拉尼分队中的其余警探都来了，里克·詹姆斯成为本案的主责警探，而艾迪·布朗则给他打下手。虽然里克·詹姆斯知道自己要承受"大人物"给自己的压力，但是作为一个十分在意加班费的警探，他还是很高兴自己接到了这起案件。他已经连续三星期高兴不起来了，抱怨着每一通电话，默默许愿着赶紧让他接到一起大案。

每当电话铃声响起时，他都是第一个拿起话筒的警探。"来了来了……我接了！"他总是会急吼吼地对其他人叫喊。然后，他的脸会阴沉下来，因为就他听到的派遣中心的描述看来，这又是一起赚不了钱的小案子。于是，他就会说："艾杰尔顿，接一号线。听起来你老婆打电话来了。"

现在，他的愿望实现了。他接手了这一起铁定要加很多班的红球案件。

古希腊人总是说，天神实现你多少愿望，就会给你多少惩罚。现在，在军工厂路边上，古希腊人的箴言在里克·詹姆斯身上应验了。那个三十来岁的黑人女性背身躺在一条林荫小道边，身上只留下一件棕色夹克，一面写着"切克尔出租车"，一面写着"凯伦"。她的身上没有钱包，没有提包，也没有身份证，她的鞋子、外裤和内裤都散落在一边。在尸体被找到的三小时后，巴尔的摩县的警察找到了她所开的出租车。它停靠在欧文斯工厂路的花园公寓停车场内，那儿位于市郊六至八英里之遥处。它的车灯一直在闪光，所以引起了当地居民的注意；于是，他们联系了切克尔出租车公司。而公司则确认，自当天早上 9 点以来，这辆车和它的司机凯伦·瑞内·史密斯便失去了联系。之前，警探们确认了死者身份。

凯伦·史密斯之死和西北区其他女性谋杀案毫无共通之处。然而，在警局现今所处的棘手境遇中，说任何这样的话都是无益的。现在，案发一天之后，警监已经对每起西北区的女性谋杀案增加了人手，虽然他也与此同时表达了自己对凶案组的信心。在接下来的二十四小时内，共计十二位制服警和刑事调查部其他组的警探将被调配至凶案组——他们将两两分组，协助西北区六起女性谋杀案的侦破。凶案组的审讯室将临时变成指挥厅，墙壁上贴满了地图、图表、死者照片及专案警察们的文件。警局还专门印刷了悬赏传单，它们将在每一个案发地点附近张贴，无论是谁，能提供有用信息的，都将得到相应的报酬。

这些案件的主责警探能调用的人手更多了，他们将一起追寻新的线索和穷尽之前已经出现的线索。他们已经把西北区的女性谋杀案当作首要任务；更有甚者，因为近期的报纸一直在暗示连环杀手的存在，他们开始着力研究这些案件之间的潜在关系。

六起案件中的其中一起——死者名为布伦达·汤普森，她于 1 月初在一辆道奇车后座被刺死——和另一起红球案件——拉托尼亚·瓦伦斯案——产生了矛盾。哈里·艾杰尔顿是汤普森案件的主责警探，但他也是瓦伦斯案件的警探副手。于是，他放弃了汤普森案，让贝提娜·席尔瓦来负责。

为此，艾杰尔顿和他的警司罗杰·诺兰还与达达里奥及警长争吵过。在他们看来，在案件调查途中临时更换主责警探完全是个错误的做法。艾杰尔顿对这起案件的种种细节烂熟于心，最为重要的是，他已经花了好些时间来突破本案最有可能的嫌疑人——那是个小街头毒贩，他替布伦达·汤普森卖毒品，也欠她钱。这个孩子已经愿意接受审讯了。艾杰尔顿说，对汤普森案的调查已经有两个月了，即便新增人手也不会对调查起到本质性的推进作用。等他侦破拉托尼亚·瓦伦斯的案件之后，他再花上两到四个星期，汤普森案肯定能破。

艾杰尔顿知道，常识和凶案组的传统都站在他一边。说实在的，这里的每个人都知道，没有人能比负责勘查现场及调查案件的警探更加了解某个案件。然而，警局上层心意已决。当报纸和电视都在疯狂渲染西北区存在连环杀手时，警局只能被动地反应。现在，所谓常识和传统都业已沦为白菜。汤普森案必须转手给贝提娜·席尔瓦。

如果是在以前，艾杰尔顿还会向达达里奥提出抗议，但现如今，这位警督自身难保，再向他提出要求只会遭到白眼。拉托尼亚·瓦伦斯、悲催的破案率、西北区的谋杀案——达达里奥已经够烦的了。他已经就拉托尼亚·瓦伦斯的案件和警监及穆伦副局长开过长达一小时的会。在会议中，杰·朗兹曼一一列举了警探们所做出的努力，又陈述了接下来需要解决的问题。他们好不容易才平息了上级的怒火。虽然会议只是例行公事，但达达里奥还是警告朗兹曼，除非破案率有所提升，否则他们必须这样暗无天日地干下去。

如果达达里奥能和警长和平相处的话，那么他这次所受的压力也不会这么大。然而，就在最近，他和警长已经撕破了脸皮。警长的态度很明朗：他不想要达达里奥这个轮值警督了；而达达里奥则仍然一意孤行地就梦露街案越级汇报。可现在，落在警长手里的砝码一下子多了起来——达达里奥全然可以越级汇报，不过，除非他可以像口叼金丝雀的猫一样把某起红球案件的突破性进展或破案率的明显上升献给警监，否则的话，他做什么都于事无补。达达里奥已经勤勤恳恳地干了八年警督了，可在警局上层看来，这并不重要。对他们来说，唯一重要的是近期发生的红球案件。警局官僚系统信仰的是一种务实的政治哲学——你最近为我做了些什么？

如果破案率漂亮而红球案件亦悉数告破的话，那么，上层是不会管达达里奥是怎样管理自己的团队的。你说你会给手下的警探和警司很大的自主权，放手让他们自己做判断——很明显，一个好领导就是要把信心和责任心灌输给下属。你说你会把权力下放给警司，让他们训练和管理警探——很明显，一个好领导懂得科学地分配权力。你说你的加班费超过了预算的百分之九十——没问题，想吃蛋饼也不得先打破几个蛋吗？你说你的法庭出席费也超额了——好吧，这至少证明更多杀人犯被起诉了。只要破案率漂亮，一切都好说。然而，一旦破案率直线下降，再棒的警督也是一坨屎——他没能力指导和管理下属，他放权过多，他控制不了成本。

就在警监发表陈辞感言前的午夜轮值中，艾迪·布朗、詹姆斯、法勒泰齐、金凯德和诺兰在充斥着未破案件卷宗的行政办公室里聚了一次头。这几位都是干了多年凶案组的老探员了，他们见证过凶案组的光辉时刻，也体验过凶案组的黑暗时代。可是，即便是见惯大风大浪的他们也渐渐没有信心了，他们都怀疑今年是否会是凶案组有史以来最差的一年。他们中的有些人还抱有残念，说等到年终的时候，破案率还是会回升，善有善报、恶有恶报，无论怎样的案件都有它的作案者，只要他们用心去找。另一些人则后悔之前没有把12月的几起案件挪到今年来，这样今年的数据至少会好看一些。然而，他们所有人都确定，他们从来都没见过低于百分之三十六的破案率。

"好吧，"法勒泰齐说，"我有种不祥的感觉，破案率还要往下掉。"

"可不是吗。它只能变得更糟。"诺兰同意他的观点，"我们已经幸运了一辈子了，现在，报应终于要来了。"

突然之间，这个房间里的所有人都不再打字和校对了。他们开始交头接耳地抱怨起来。他们抱怨自己使用的设备：没有无线电的警车；堂堂一个大城市的警局却没有测谎仪，想用测谎仪还得去州警局借。他们抱怨加班费的锐减，抱怨警局不肯支付他们的庭前准备费，于是好端端的一起案件往往会在逮捕嫌疑人和出庭审判之间出差错。他们抱怨他们没有钱收买线人，也没有足够多的线人。他们抱怨物证和弹道实验室的设备已经跟不上犯罪分子的手法，抱怨州检察官办公室不愿在证人对陪审团撒谎时起诉他们作伪证。他们抱怨越来越多的案件和涉毒相关，抱怨那个凶案多为家庭暴力案而破案率高达百分之九十以上的好日子一去不复返了。他们抱怨正义的人越来越少了，更多人在见证了暴力之后选择了沉默。

他们抱怨了整整四十分钟却毫无结论。他们只好再次动用精神胜利法。"瞧人家华盛顿。"布朗说，"他们离我们才三十英里地呢。"

对于一位警探而言，哥伦比亚特区凶案组和地狱是同义词。1988年的华盛顿正义无反顾地荣升为美国的"谋杀之都"；仅仅两年之前，华盛顿的犯罪率还和巴尔的摩差不多，它们被共同列为美国最致命城市第十位。而现在，可卡因在首都泛滥开来，它的东北郊和东南郊还爆发了多起牙买加毒贩的内斗，于是，首都的警局只好接受巴尔的摩两倍的凶案率。华盛顿凶案组曾是本国最训练有素的一支执法队伍，可现在，他们的破案率能超过百分之四十就谢天谢地了。那里的犯罪事件是如此猖獗，以至于警探们没有时间对各个案件一一做出调查，也没有时间做庭前准备，他们所能做的只有被动地反应，把一具具尸体收拾起来。巴尔的摩的警探们和华盛顿的同僚有过一些交流，在他们看来，那里的士气早已荡然无存。

"我们这儿将重复华盛顿的命运，可没有人关心这一点。"布朗说，"我们就等着瞧吧。西北区牙买加毒贩的问题已经很严重了，可有人关心过吗？操他妈的，没有！巴尔的摩迟早完蛋，等那一天真的到来时，这个警局甚至不会知道是什么摧毁了它。"

法勒泰齐指出，如果那一天真的到来，那也是凶案组自作自受："我们每年都给他们看高于平均的破案率，所以他们每年都觉得天下太平。"

"这话不假。"诺兰说。

"所以啊，"法勒泰齐继续说，"当我们回过头来问他们要更多的人手、更好的警车和无线电、更强的训练或随便什么东西时，他们就会看着往年的破案率说，'去他妈的，去年他们没这些玩意破案率不也好好的吗？'"

"这就叫做'自作孽不可活'，现在，报应要来了。"诺兰说，"要是昨晚的情况再出现两次，我敢保证，我们准要万劫不复了。"

"也许我们早就万劫不复了。"法勒泰齐说，"看看现在的破案率吧，我们还有可能把它升到百分之六十吗？"

"可是如果我们做不到的话，"艾迪·布朗说，"警督可不会饶了我们。他们会把我们扫地出门的。"

"可不是吗。"法勒泰齐说。

最终，诺兰的一句话让整个房间都陷入了沉默。"好吧，我想我们只是流年不利吧。"他的脸上带着勉强的微笑。

假设你就是这个自由国度的公民。你在这片赋予你公民自由的土地上活到了成年。然后，你犯了罪，你被抓了起来，你被带到警局，你被送进了那个幽闭的、只有三张椅子一张桌子而没有窗户的房间。

你在那里坐了半个小时，接着，一位警探——你不认识他，你也不想和他交朋友——走了进来，他的手里拿着笔记本和笔。

这位警探给你递了一支烟。虽然不是你爱抽的牌子，但你还是接受了。他开始在房间里踱来踱去，自言自语长达半个小时。而后，他抛出了那句熟悉的话："你有权保持沉默。"

你当然有权保持沉默啦。你可是一个罪犯。罪犯永远有权利保持沉默。在你操蛋的一生中，你肯定在电视里见过这一幕。你觉得乔·弗雷迪①只是做戏给你看吗？你觉得神探酷杰克是在放屁吗？哥们儿，不可能！这可是每个公民神圣不可侵犯的权利，这可是操他妈的《第五修正案》对你的保护。如果奥利·诺斯②都对此没有意见，那你又为何要在第一时间就放弃自己的权利呢？哥们儿，清醒点吧：这位警探，这位拿着政府的钱并试图把你关进牢里的警探，他正在提醒你千万别说什么傻话呢。

"你所说或所写的一切，都能够而且将会在法庭上作为指控你的不利证据。"

哥们儿，操你妈的快醒醒吧！这句话告诉你，你在审讯室里对警探说的任何话都只能对你有百害而无一利。如果不是这样的话，他们说这句话干吗？你说是吧？如果不是这样的话，他们会对你说，"别担心，你所说或所写的一切，都能够而且将会在法庭上帮到你。"难道不是吗？千万别啊，哥们儿，你最好还是闭嘴。赶紧闭嘴。

"审问之前，你有权与律师谈话，得到律师的帮助和建议；你有权请律师在你受审问时在场。"

他在向你提供帮助呢！现在，这位因为你侵犯国家安全和人身尊严而想逮捕你的警探说你可以请个专业人士来帮忙。一个读过马里兰

---

① Joe Friday，电视剧《法网》（Dragnet）中的虚构警探人物。——译者
② Ollie North，美国军人、作家、电视节目主持人。——译者

州注释法典的律师，一位至少读过法律简易读物的兄台。哥们儿，让我们面对现实吧：你刚刚在登达尔克大道的酒吧剖开了另一位仁兄的肚子，但这并不意味着你可以去做外科医生了。隔行如隔山，你还是请个专业人士吧。

"如果你希望聘请律师但却雇不起，法庭将为你指定一位律师。"

这话又是什么意思？好吧，它的意思是，你是个穷光蛋，他们不收穷光蛋的钱。

如果你的双耳没有失聪的话，听完这句话之后，你就明白让他们给你指定一位律师这事太不靠谱了。所以嘛……你说，要不我还是请个律师吧，我能给他五十块钱。

哇塞，哥们儿，人家还没完事呢。

"在开始之前，你得先填个表。"说着，这位警探拿出了一张纸，朝你递了过来。

"权利说明"。这个表格的顶端写着粗体的几个大字。警探要你写下自己的名字、住址、年龄、教育背景还有日期和时间。等到你填写完之后，他又要求你读余下的部分。这段文字是这么起头的："特此告知："

请读第一条，警探说。你看明白了吗？

"你有权保持沉默。"

是的，你明白。他不是已经说过这句话了吗？

"好吧。那你在第一条旁边签下你姓名的首字母。现在，请读第二条。"

于是，你在米兰达警告的每条明细下都签了姓名的首字母。签完这些之后，警探又会让你在以下这句话下签下大名："我已阅读并理解上述所有权利说明。"

你签下名字，而警探又开始喋喋不休地说了起来。他再次问你是否清楚自己的权利，因为他想保护你，因为他知道你目前正处于人生中最困惑、最有压力的时期，而他想尽他所能帮助你。他告诉你，如果你不想说话，他没有问题。如果你想请律师，他也没有问题。这是因为：一，他和你杀的人没关系；二，无论你说还是不说，他都会拿到六小时的加班费。不过，他也告诉你——因为你是第一次干这事，而他已经干这事很久了，所以你最好还是听他一句——所有这些"保持沉默"啊、"请律师"啊都是废话。

现在，他靠在了椅子上对你说：让我们换个角度来思考一下你的处境。如果你现在就决定请律师的话，哥们儿，那我们可帮不到你了。现在，我们还是你的朋友，可一旦你决定请律师，那么我就得走了。你就乖乖在这个房间里待着吧，下一个来看你的人可不会像我这么对你好声好气了。那将是个穿着三件套、戴着领带的吸血鬼——那个据说是巴尔的摩市州检察官的人。等到那时候，我就爱莫能助了，我只能祈祷上帝保佑你，因为那个残忍无情的婊子养的会想尽一切办法置你于死地。你还想辩解？得了吧。我敢保证，你还没说出一句话，你就该被他送进毒气室了。所以说嘛，你最好还是现在就开口。现在，我还在这里。我还拿着我的笔和纸等你说话，等你说出你的故事。如果你拒绝说的话，那也没关系。那我就走了，我会自顾自写下我以为发生在你身上的故事，在我看来，你完全犯了操蛋的一级谋杀罪啊。哥们儿，你听清楚了没有？那可是一级谋杀罪呀，它可不比二级谋杀罪或过失杀人罪哟。那可有够你受罪的了。所以说嘛，你现在对我说的话至关重要。哦，对了，我有和你说吗？马里兰州有个毒气室哟。那个丑陋的房间就在伊戈尔街的监狱里，离这里才二十个街区哟。我想你是个明白人，你应该想和那里保持点距离吧？

你的嘴里传出细微、颤抖的抗议声。你对面的警探仍然靠在椅子上，神情严肃地摇起了头。

哥们儿，你操他妈的到底怎么了？你以为我是在和你开玩笑吗？去你妈的，其实我根本不必听你的故事，你明白吗？旁边的三个房间里正坐着三个目击证人，他们都说是你杀了人。我还在现场找到了一把刀，实验室正在提取它上面的指纹。你还记得十分钟前我们从你脚上脱下的乔丹牌波鞋吗？我们在上面发现了血迹。你以为我们脱你的鞋干吗呢？难道我看上去像是打篮球的人？哥们儿，那上面全是血啊，我想你和我都知道那到底是谁的血。哥们儿，我只是想确保我能写下你说的所有话。

你还在犹豫。

好吧，警探继续说，看样子你还得考虑一下。好吧，慢慢来，不着急。我的领导就在外面呢，他刚刚就命令我别理你，赶紧指控你一级谋杀。你就是这么回报我的好心的？好吧，操你妈的，你就考虑吧，我去告诉领导让他再等十分钟。我能帮到你的只有这些了。你想喝咖啡吗？要不再来一支烟？

警探离去了。你独自一人待在这个没有窗户的闭塞房间里。这个房间里只有你，还有那本空白的笔记本，还有那个米兰达警告……还有一级谋杀罪。一个有证人、有指纹、有带血迹的乔丹牌波鞋的一级谋杀。天呐，你那操蛋的波鞋上真的有血迹吗？你怎么这么不当心呢？这可是操他妈的一级谋杀罪呐。你开始猜测自己到底要在牢里待多少年。

就在这当口，那个想要把你关进大牢的人，那个肯定不是你朋友的人又走了进来。他问你他们的咖啡还凑合吗。

还行，你说，咖啡还可以。不过，如果我想请律师的话，那我会怎么样呢？

警探耸了耸肩。他说，那就请个律师呗。如果你想请律师，那我们之间就没什么好谈了，我会起诉你一级谋杀，你也别想我会对你心慈手软。哥们儿，你还不明白吗？我可是在给你一个机会呐。是他先动手的，是吗？你很害怕，是吗？那完全是自我防卫啊。

你想开口说话了。

是他先动手的，是吗？

"是的。"你诚惶诚恐地说，"是他先动手的。"

哇塞！警探激动地说。请等一下，如果你想说话，那我们还得让你签一张权利说明。那张纸到底去哪了啊？操，这些玩意就像警察一样，当你需要它们的时候，它们总是消失无踪。啊，终于找到它了。他把那张纸推到你面前，让你读最下面的文字。

"我自愿在没有律师陪同的情况下回答问题。"

就在你还在读这段文字的时候，警探又离开了。等他回来时，他的身边出现了另一位警探。据说，那人是来做证人的。你在这张纸的底下签下名字，两位警探也签下了自己的名字。

第一位警探看了眼权利说明，同情地望着你问道："是他先出手的，对吧？"

"对的，是他先出手的。"

事已至此，我只能说，好吧，哥们儿，从现在开始，你要做好心理准备了，因为你必将在诸如你现今所在的小房间内待上一段日子了。你将在那里待到法庭就你的案件开庭审判为止。哥们儿，你真是傻啊。你杀了人是一回事，但你傻到承认自己杀了人就是另一回事了。就凭你刚才说的这句话，我可以确切地告诉你：你真是个愚蠢透顶的蠢蛋！

哥们儿，你玩完了。你的人生到此为止。如果你面对的那位警探心情够好的话，如果他还不急着把你说的话记录在案的话，他或许还会看着你，告诉你这个不幸的事实。他或许还会给你递上一支烟，然后才告诉你，你真蠢啊，你竟然承认自己杀了人。好吧，他开始说出了实情：那几个在其他审讯室里的证人都喝得太醉了，他们肯定认不出凶手，更别提确定凶手的手里有刀了；实验室很有可能无法从刀柄上提取指纹；而你那双花了你九十五美元的波鞋，其实上面什么血迹都没有。如果他是个特别健谈的警探的话，他或许还会告诉你一些小秘密：比如说，每个戴着手铐离开凶案组的嫌疑人都会被起诉一级谋杀罪，而最后此人到底被判何种徒刑，那完全要看律师的本事；他做了那么多年的警探，他就没见过人竟然真的会对他们不说一句话，那种事情全然是个传说。为了证明他的观点，他会拿起那张权利说明对你挥舞起来。现如今，你已经放弃了那张纸上所述的所有权利。他对你说："好好瞧瞧，我一而再，再而三地告诉你别说话、别说话，一旦说话只能对你不利，可你偏偏要说。"好吧，或许你还未理解到底发生了什么事情。于是，他或许会把你拖到警局六楼的走道口。他会让你好好看看那边靠电梯的墙上写着什么字。你眯着眼睛看了一眼。好吧，上面写着"凶案组"。

现在，你的脑子终于转起来了。什么人在凶案组工作？嗯，好吧。那这些在凶案组工作的人又是干什么的？嗯，好吧。你终于明白了。那你今晚又干了什么？嗯，你杀了某人。

所以说嘛，当你开口说话时，你那满是狗屎的脑袋到底在想什么呢?！

巴尔的摩凶案组的警探喜欢想象审讯室高高的墙头有一扇小小的、打开的窗户。说得更确切些，他们喜欢嫌疑人想象审讯室高高的墙头有一扇小小的、打开的窗户。这个窗户象征着出口，象征着逃离。当嫌疑人在审讯室里开口说话时，他们的心境就像是这扇窗。每个嫌疑人都会说出自己的不在场证明或杀人的借口；每个嫌疑人都以为自己能爬出这扇窗，回到家好好睡一觉。经常发生的情况是，你越是有罪，你就越急切地想寻找出口；就此而言，窗户就是嫌疑人的脑中幻象，也是警探乐得描绘的海市蜃楼。

谁都知道，警察和凶手之间除了对立之外别无其他关系可言。可这个窗户的幻象却会让凶手以为他们站在同一战线上。当然，这是个谎言，这是个欺骗，这是种操控。这是警探在扮演某个莫须有的角色，然后全方位地控制你的思考。你得明白，所谓审讯室就是一个舞台，你和警探就是演员，你以为你找到了你们之间的共通点，可那只是你的幻想。在这个被警探操控的炼狱中，有罪的人会在不经意之间、鲜有忏悔地坦白自己的罪。

事实上，审讯室的净化心灵作用很少发生。通常的情况下，只有犯了家庭暴力凶案的人和虐待儿童罪的人才会突然之间精神崩溃。大多数被带到警局的人都铁石心肠，对赎罪毫无兴趣。拉尔夫·沃尔多·爱默生①的话可不假——对于那些有罪之人来说，谋杀行为"完全不像诗人和浪漫主义作家想的那么摧残人心；他们会坦然地继续过活，既不会感到不安，也不会感到害怕"。虽然巴尔的摩和爱默生所描述的 19 世纪马萨诸塞州有很大区别，但他的话仍然是真理。凶手不会对他的行径感到不安，他还是会在巴尔的摩好好活下去。

如果凶手不忏悔的话，那警探们又能怎样让凶手们坦白罪行呢？好吧，上述情况就是典型的诱导——警探们得让凶手们相信他们所犯之罪并不是谋杀，他们杀人事出有因，而在警探的帮助下，他们不会被判如此严重的徒刑。

在警探的诱导下，有些凶手会真的以为自己是出于正当防卫或在被迫的情况下才杀了人。有些人则会误以为自己只是从犯——好吧，我的确开了车也替他们望了风，但持枪抢劫的并不是我；好吧，我的确强奸了她，但当其他人勒死她时，我只是在旁边看——但他们不知道，马里兰州的法律并不分主犯和从犯。还有一些人，他们以为如果自己配合的话，如果他们主动交代一些罪行的话，他们可以被从轻发落。很多罪犯在万般诱导下仍然不肯认罪，他们还是会强调自己的无辜：不在场证明、对犯罪事实的否认和对事实的解释——在警探的再三追究下，这些谎言总有一天会露出马脚，到那个时候，他们肯定会后悔自己撒过这些谎。

---

① Ralph Waldo Emerson，美国诗人、思想家。——译者

因此，专业犯罪分子死都不会开口。他既不会给出自己的不在场证明，也不会对自己的无辜进行辩解，更不会对警探的话表现出一丝一毫的动容。70年代末，巴尔的摩警局终于逮捕了本地臭名昭著的两名雇佣杀手丹尼斯·怀斯和维尔农·柯林斯，可他们找不到任何证人来证明两人的杀人行径，于是，警匪双方便心有灵犀地"演练"了一遍正确的审讯流程：

进入审讯室。

读米兰达警告。

丹尼斯，你有什么话想说吗？

没有。我只想打我律师的电话。

好吧，丹尼斯。

走出审讯室。

这个世界上为什么有律师这种人呢？律师又是何以为生的呢？熟悉犯罪判定流程的人了解请律师的必要性。惯犯是不吃审讯这一套的。这个国家执行米兰达警告已有二十年了，现在，即便国家安全所受威胁越来越大，它也不会放弃米兰达警告。1966年，当米兰达警告正式开始执行时，执法系统悲观地认为它将对犯罪调查判死刑，而现在，米兰达警告只不过是正常流程的一部分——它貌似体现了审讯的文明化，但也不过是个无谓的点缀。

在最高法院决定是否执行米兰达警告的60年代，警察在审讯嫌疑人时动用暴力乃家常便饭。那个时候，最高法院想要保证罪犯是出于自愿才认罪的。厄尔·沃伦大法官①写道，米兰达警告是"保护罪犯不受审讯内令人窒息之氛围的胁迫的工具"。警探们不但被要求在逮捕嫌疑人时知会他们保持沉默和请律师的权利，也要在审讯他们之

---

① Earl Warren，1953年至1969年期间担任美国最高法院大法官，经其裁决的 Escobedo V. Illinois 案和 Miranda V. Arizona 案都对美国司法及执法系统产生了深远的影响。——译者

前这么做。

米兰达警告一经施行，举国上下的警局高层一通哀嚎。他们无一例外地认为它将让审讯变为不可能，而定罪率也必将毫不意外地直线下降。然而，这一预言很快就被证明是错误的了。那些执法部门的领导们——以及最高法院本身——都小看了警探的智慧。

就纸面意义而言，米兰达警告是想知会嫌疑人，他们不但在公开法庭上有与生俱来的、宪法所赋予的权利，即便是在审讯室这样的幽闭、私密空间内，他们同样具有不可剥夺的权利。它也有效地遏制了审讯期间对暴力手段的猖獗使用。就此而言，米兰达警告完全是个好东西。然而，如果说它想要摒除审讯室内"令人窒息之氛围"，那也办不到。

我们应该感谢上帝，因为"自愿认罪"这事完全是天方夜谭。要知道，审讯是一门艺术。警探们需要多年的训练和长期的经验积累才能充分掌握它。一个嫌疑人之所以会认罪，那是因为他被警探逼迫了、刺激了、操控了。这便是审讯的本质。如果有人认为警匪双方真的能袒露心声——其间不带任何欺瞒色彩——那么，我只能对您说，您实在太天真了。我们可以说审讯够不上普通人际关系之间的道德标准，但这恰恰便是它的本质。如果警探没有质疑和审问嫌疑人的权力，那么他只能靠物证破案，而在很多情况下，物证是可遇不可求的东西。如果警探不是操控嫌疑人思想的大师，那么很多凶手便会逍遥法外。

然而，每个辩护律师都知道，有罪者无论对警探说什么都是错的，他们也会把这一事实告诉自己的代理人，并将审讯终止。当这样的事情发生时，警探——那位已经花了好多时间企图哄骗嫌疑人的警探——会被要求立即停止审讯。我们只能说，决定采用这一做法的体制肯定患了精神分裂症。米兰达警告就好比一个试图裁决酒吧恶斗的裁判：它警告打架双方只能击打对方的腰部以上，且不能偷袭对方，可事实上，它根本阻止不了接下来的混乱厮打。

那么，警探们到底该怎么做呢？对于我们的司法机构而言，保障犯罪嫌疑人权利的手段很简单：只要有律师陪同就行。然而，这种空洞的保障措施却会让审讯不再起作用，让警探们破不了案，让更多有罪的男男女女逍遥法外。该是我们的警探发挥其聪明智慧的时刻了——他决定做一些妥协，他决定牺牲自己的道德风度以换取有效的审讯。

毕竟，在我们这个时代，真正称得上"伟大的妥协家"的是律师们。他们才会对具体的判决讨价还价，他们才可以把嫌疑人从法庭上双手不带镣铐地带出来。而警探的职责只是说出嫌疑人的权利。他们被要求说出米兰达警告，却没有被要求不可以让嫌疑人放弃自己的权利。米兰达警告只是一个象征，它是一种自由主义的理想，我们的公共良知无法在审讯室里满足这一理想，于是米兰达警告就成了一张于事无补的狗皮膏药。虽然我们的法官、我们的法院和我们的社会都想保护每个公民的权利，但他们同样想让每一个犯罪分子都得其应得的惩罚。我们幻想这两点在审讯室内可以共存，但这仅仅是幻想。很难想象米兰达警告出自我们这个世界上最懂法律的人。他们以为审讯就是老百姓吃的早餐呢：我们想吃鸡蛋和烤面包，但我们不想知道鸡蛋和烤面包是怎么做出来的。

于是，身处矛盾之中的警探只有一个选择。他必须在字面意义上遵从法律的指示——他必须小心谨慎，任何过分的言行都会坏了他的案子。不过，他也同样小心谨慎地无视法律的精神和本质。他变成了一位销售员，一位口若悬河的、可以把二手车和破车按原价卖出去的销售员——事实上，他比任何顶级销售员都要牛逼，因为他贩卖的是任何顾客都不可能要的长期徒刑。

警探总会骗嫌疑人说，开口说话有好处。这招很管用。但想让嫌疑人相信这一点也很难，而警探除了一张嘴什么都没有。

优秀警探的审讯艺术从嫌疑人或不肯交代的证人进入审讯室的那一刻便开始起作用了。他会先把他们晾在这个隔音孤绝的房间里。我国的法律声明，除非某人被定罪，否则他不得被迫经受监禁，但那些来到审讯室的男男女女很少会想到这一点。他们点上一支烟，开始等待起来。他们能做的只有徒然观望黄色的房间四壁、肮脏的烟灰缸、审讯室门上的反光小窗户以及锈迹斑斑的隔音顶壁。有些还有点脑子的人会问警探他们是否被逮捕了，而他们得到的回答通常是："为什么你会这么觉得？你想被逮捕吗？"

　　"我不想。"

　　"那么，操你妈的赶紧给我坐好了。"

　　这门艺术的精华便是控制。嫌疑人总是坐在离门最远的地方，这是为了控制；审讯室房间只有用钥匙才能打开，而钥匙则在警探手里，这也是为了控制。每当嫌疑人提出请求或警探主动向他提出"要不要来一支烟""要不要喝水""要不要喝咖啡"或"要不要上厕所"时，警探都是在提醒他——他已经被控制了。

　　然后，警探带着笔记本和笔出现了。他刚开始对某个嫌疑人或证人所说的话很重要。这段话要达到两个目的：第一，他得强调自己是整个审讯过程的主宰者；第二，他得让嫌疑人闭嘴不说话。因为一旦嫌疑人或证人开口说他想要律师时——如果他无论如何都想要律师，直到律师出现他才会说话——那么，这次审讯就提前结束了。

　　为了防止这一点，警探必须不间断地说话。通常来说，警探先会介绍自己，而后告诉嫌疑人他招惹了大事，而他俩可以一起解决这个问题。他说自己是个讲道理的好人，他会帮助你，而你也可以放心和他合作。

　　如果就在此时此刻，你想要开口说话，那他就会让你闭嘴。他会告诉你，再过一会，你想要说什么就说什么，但现在还不是时候。接着，他告诉你他到底是干什么的。他说他恰好是个懂得怎样做好自己本职工作的人；他说他干了一辈子警察，没破的案件一个手就数得出来；他说有好些人对他撒谎，但到最后，那些人都一个个被送上了绞刑架。

控制。为了保持控制，你必须一个劲地说。你翻来倒去地说个不停，直到你觉得安全了为止。因为一旦嫌疑人察觉到他也可以控制审讯的走向时，他就会要求律师，而你就完蛋了。

于是，米兰达警告成了击溃嫌疑人心理防线的一道障碍。到底在审讯的什么时候说出这段话是非常有讲究的。如果你审讯的是证人，法院便不会要求你对他们朗读米兰达警告。然而，如果突然之间，证人露出马脚变为某起案件的嫌疑人时，按照最高法院的规定，你必须在那一刻知会他的权利。当然，这都是法律假设的场景。在实际情况中，潜在的嫌疑人和确定的嫌疑人之间的界限相当模糊，因此，无论你去到美国哪里的凶案组，你都会发现一个普遍现象：当一位警探正在审讯室里工作时，门外通常都有好几位警探偷听。他们是在讨论是不是该对被审讯者读出米兰达警告了。

和很多其他城市的凶案组一样，巴尔的摩凶案组会用书写文件知会嫌疑人的权利，因为十有八九，嫌疑人会在之后否认他们了解自己的权利，这让纸质的文件变得格外重要。更有甚之，纸质的文件反而帮助警探削弱了米兰达警告的作用。虽然它也知会了嫌疑人的权利，但填写表格的过程无形之中让嫌疑人成了整个审讯过程的参与者。是嫌疑人自己用笔写下了姓名的首字母和最末端的签名；是嫌疑人自己同意了警探的要求。虽然警探不用向证人知会米兰达警告，但他们也有相似的手段——那是一张信息表，上面有三十多项基本信息需要填写。警探不但能从这些表格中了解到嫌疑人或证人的关键信息——名字、绰号、身高、体重、肤色、雇佣者、所穿服饰、巴尔的摩的亲戚、父母名字、子女名字、男女朋友名字——而且也为接下来的审讯做好了准备，因为就事实层面而言，嫌疑人已经开始回答他的问题了。

即便嫌疑人想要律师，他也必须——至少，根据对米兰达警告最激进的解读判断——以十分肯定的口吻说出自己的要求："我要律师。没有律师陪同，我是不会开口的。"

如果他的话不那么肯定，那警探就有很大的斡旋空间了。在这种时候，语词上的微妙区别是致命的。

"我也许应该先请个律师。"

"你也许应该。但如果你和这事没关系的话，你请律师干吗呢？"

或者："我觉得我应该先和律师谈谈。"

"你确定吗？因为一旦你请了律师，那我们之间就没什么好谈了。"

让我们假设嫌疑人最终还是请了律师，但在律师赶来的途中，他还在继续说话。这样的情况也没有侵犯他的权利。如果律师赶到了警局，嫌疑人必须被知会他已经到了，但如果嫌疑人在此情况下还想说话的话，警察也没有义务让律师出场。简而言之，嫌疑人可要求见律师，而律师则不能要求见嫌疑人。

一旦米兰达警告这个障碍被突破之后，警探必须让嫌疑人明白，他明明确确地犯了罪，而给他定罪也易如反掌。接着，他就要向嫌疑人提供"出口"了。

这也需要角色扮演，只有经验老道的警探才能演好这出戏。如果你的嫌疑人或证人脾气暴烈，你就用更加暴烈的脾气压制他。如果他显得有点害怕，你就给他安慰。如果他看上去很弱，你则要强势。如果他看上去孤助无缘，你就给他开个玩笑，然后再给他一瓶苏打水。如果他信心满满，那你要比他更有信心，你要告诉他，他铁定被定罪，而你只是想知道一些无关紧要的细节。如果他很傲慢，如果他不想配合，那你要威胁他、吓他，让他知道，除了你，没人能救他于水火之中了。

你杀了自己的女人：一个好警探会抚摸着你的肩膀，就差真的要哭出来了；他会告诉你他理解你的心情，你还是爱你的女人，如果你不想说话，那不说也行。你把你的孩子打死了：一个好警探会把你抱在怀里，告诉你其实他也一直打自己的孩子，而孩子的意外死去并不是你的错。因一场扑克赌局杀了你的朋友：一个好警探会撒谎说你的朋友还活着，并且状况稳定，他很有可能不会怪你，而即便他要起诉你，那也只是故意伤人罪而已。和另一个从犯一起蓄意杀了人：一个好警探会故意让你的同伴走过审讯室的门，并告诉你他自由了，因为他交代说是你开的枪，那你有话要说吗？而如果你胆敢撒谎的话，一个好警探也会对你撒谎：他们在武器上找到了你的指纹，有两个目击证人认出了你，死者在去世前说出了你的名字。

所有这些都可称为"街头智慧"。法庭会说这些言行都是合理的欺骗。毕竟，如果有人杀了人还撒谎不肯承认，那么，对他撒谎就是再合理不过的事情了。

不过，有些时候，即便连警探撒的谎也会过头。他们或许自己不这么认为，可在那些不熟悉审讯过程的人看来，他们的行径荒唐至极。就在不久之前，底特律凶案组的几位老探员被记了大过，而给予惩罚的理由是他们竟然用一台先施牌打印机骗嫌疑人说这是测谎仪。事情的经过是这样的：这几位警探觉得嫌疑人肯定在撒谎却拿他没什么办法，于是，他们来到打印机边，打印了三张纸。

第一张上写着"真话"。

第二张上写着"真话"。

第三张上写着"假话"。

然后，他们把嫌疑人带到打印机房里，让他把手放在打印机的侧面。第一个问题：你叫什么名字？嫌疑人一回答，警探们便按下拷贝键。

真话。

第二个问题：你住哪里？

真话。

你有没有杀泰特？是不是你在北杜尔汗街上枪杀了他？

假话。好吧：你这个骗人的婊子养的。

巴尔的摩凶案组的警探读到了这则新闻，但他们早已见怪不怪了。骗嫌疑人打印机是测谎仪已经是个老套路了，巴尔的摩警局的六楼早已多次动用过这一手段。斯坦顿的轮值队伍中有个叫吉尼·康斯坦丁的老探员，有一次他便使用打印机给酒驾者做了测试（"眼睛请看我的手指，别动你的头……好好站直"），然后告诉酒驾者他是在撒谎。

"机器说你没通过测试，"康斯坦丁说，"你在撒谎。"

那个人信以为真，最后如实招来。

诸如此类的骗局有很多。但骗局成不成功，则完全要看警探的想象力和他维持幻象的能力。但是，所有谎言都有潜在的风险。一个警探撒谎说他们在案发现场找到了嫌疑人的指纹，可如果嫌疑人知道自己是戴着手套作案的话，那他就再也不会相信警探了。在审讯室里，撒谎是要有限度的，它基于警探目前所得的事实——也基于嫌疑人本人的智商高低——无论警探低估了自己的嫌疑人，还是他吹嘘了自己对现场信息的了解，他都会失去好不容易才建立起来的信任感。一旦警探说出了某个让嫌疑人确定为假的话，那么警探便失去了控制，他自己沦为了说谎者。

只有当警探用尽了所有办法之后，他才会动用"愤怒"这一终极武器。当然，"愤怒"也有很多方式：你可以只破口大骂一两句，也可以长篇累牍地骂，其间还不断地锤击铁门或踢椅子；你还可以和你的搭档一起演一出"好警察和坏警察"的戏，虽然随着犯罪分子渐渐熟悉警探的审讯方式，这套戏码已经不怎么起作用了。你必须恰如其分地控制"愤怒"的强度，你必须让嫌疑人以为他再不配合你就要打他了，但实际上，你却不能过于冲动做出侵犯他权利的行为——你得时刻牢记，嫌疑人很有可能在法庭上抱怨在审讯室里所受的"虐待"。法官会问他："警探打你了吗?""警探试图要打你了吗?""警探威胁要打你了吗?"他没有，他只是猛拍桌子。

这样啊，那么，抗议无效。

我们身处一个开化文明的年代。一个优秀的警探是不会打嫌疑人的，至少不会为了撬开他的嘴而打他。有些嫌疑人会情绪激动地出手打警探，有些会踢打审讯室的物件，有些则不愿被戴上手铐，这样的嫌疑人的确会挨警探的揍。但是，暴力不是审讯的手段。就这个问题，巴尔的摩的警探们已经克己守本至少十五年之久了。

当然，暴力并非没有效果，只是一旦警探动用暴力，他所冒之风险就太大了——即便嫌疑人被迫交代，法庭也不会接受他的证词，而警探也有可能因此丢了饭碗。当凶案的受害者是警探或警探的家属时，他就要格外小心地处理这个问题，因为外界都认为他会意气用事打嫌疑人。所以，通常的做法是在审讯完毕之后给嫌疑人拍照，留下他此时此刻完好无损的证据；如果之后他在监狱里被人打了，那些伤口也和凶案组没有任何关系。

不过，那样的案件少之又少。警探很少带着个人情感处理凶杀案。他不认识死者，也刚刚认识嫌疑人，他也不住在暴力事件发生的那片街区。如果在1988年3月7日，一个绰号"臭虫"的贩毒者因另一个绰号"屁伟"的吸毒者欠他三十五美元而在西巴尔的摩的某个角落把他杀了的话，一个精神正常的公务员又为什么要因此把"臭虫"揍得死去活来呢?

尽管如此，法庭仍相信警探会用"阴招"。那是些不会在嫌疑人身上留下痕迹的暴力行为。比如说把他关在漆黑一片的房间里，或用强光照他的眼睛，或打他的腰部，因为那里不会留下印迹。有一次，一名被告在法庭上申诉说他之所以招供，完全是因为两位警探用电话簿打他。受该事牵连的警探本已被隔离而没有出席，之后法庭传唤了他。被告律师问他当他审讯被告时，审讯室里到底有些什么东西。

"桌子。椅子。一些纸。一个烟灰缸。"

"房间里有电话簿吗？"

警探考虑了一下，回答道，是的，房间里有个电话簿。当时他们想查一个地址，就把电话簿带到了审讯室里。"一本黄页。"他承认道。

被告律师颇具深意地看了法官一眼，警探本能地感觉自己说错了话。之后，被告被判无罪释放，而我们的警探则发誓说以后再也不会带没用的东西进审讯室了。

时间也是警探的敌人。在审讯室这个私密空间内，想要某个嫌疑人认罪需要警探付出大量的时间。但如果他花费的时间过长，那么即便最后嫌疑人认罪了，证词的可信度也会减低。一次成功的审讯通常至少花四到六个小时；八到十二个小时也可以接受，只要在此期间警探允许嫌疑人吃饭和上厕所。可是，一旦嫌疑人在没有律师陪同的情况下和警探独处了超过十二个小时，那么即便警探和法官关系再好，后者也会在裁决证词有效时颇感犹豫。

警探怎么知道他对面的那个人就是凶手？紧张、恐惧、疑惑、敌意、变化或自相矛盾的证词——所有这些都逃不过警探的法眼，所有这些都证明嫌疑人在撒谎。但不幸的是，人之为人，并不会只在犯罪被捕时才会有如此的反应。几乎每个处于高压之下的人都会有类似的表现，特别是当他们被指控犯了谋杀罪时。特里·麦克拉尼曾经出过一个馊主意。他说，让嫌疑人意识到自己即便撒谎也逃不过警探法眼的方式，就是把人类撒谎的表现都列出来，贴在三个审讯室的墙壁上。这些表现包括：

不配合。

过于配合。

说的话太多。

说的话太少。

完美无缺的证词。

自相矛盾的证词。

频繁眨眼，不和警探直视。

不眨眼，盯着警探看。

诚如我们所见，这样的区分是毫无意义的。嫌疑人看上去怎么着都像是在撒谎。然而，当一个有罪者想要招供时，他在那一刻的表现却是确定无疑的。在他签完认罪的证词之后，再次独处一室、孤立无援的他会显现出精疲力竭的表情；有些嫌疑人还会深感绝望，试图自杀。

不过，那都是后话了。如果审讯是一场戏，有罪者的高潮戏码便是在开口交代的那一残酷时刻。很快，他就要在审讯室里放弃自己的生命和自由了，而他的身体已经先于他的嘴透露了这一挫败感：他目光呆滞，下巴松弛，全身有气无力地靠在墙上或桌边。有些人会把头靠在桌面上，有些人会有生理反应：他们捂着自己的胸口，仿佛要吐出来了；而有些人则真的吐了。

在这个关键时刻，警探会告诉嫌疑人他们真的病得不轻——而他们的病因就是撒谎和躲藏。他们告诉嫌疑人现在是翻开人生新一章的时候了，只要他们讲实话，他们就会好受些。神奇的是，很多嫌疑人竟然会相信警探的话。他们正在奔向那个莫须有的"出口"，为了解脱，他们相信警探说的任何话。

"是他先动手的，是吗？"

"是的，是他先动手的。"

终于，他看到了曙光。

3 月 10 日，星期四

"6431。"

无线电那头一片沉寂。贾尔维等了十秒钟，再次按下无线电通话按钮："6431。"

　　一片沉寂。这位警探把音量放大，然后又靠近看了眼频率。第七频道。没错啊。

　　"6431。"他再次按下通话按钮，接着又说道，"嘿嘿……西区有人在吗？喂喂……"

　　坐在副驾驶座上的金凯德笑了起来。

　　"6431收到。"无线电那头终于传来微弱的声音，听上去那头的人已经生气了。巴尔的摩警局通讯组的警员都是经过严格挑选的，据说这是为了保证每个通讯员都有一口脆亮的嗓音。然而，也许是因为工作本身过于枯燥乏味，也许是因为通讯信号本身就不好，他们听起来不是单调无力，就是像个濒死之人。如果哪一天一颗原子弹在巴尔的摩爆炸，我们这位四十七岁的公务员还是会用他那疲惫无聊的嗓音处变不惊地问巡逻警那朵蘑菇云到底在哪里。

　　贾尔维按下通话按钮："好吧，我们正在你们区呢，我们需要几位巡逻警。还有，卡尔洪道和莱克星顿道需要缉毒组帮忙。"

　　"收到。你们何时需要他们？"

　　难以置信。贾尔维差点没问他劳动节后的周末适合不适合。

　　"越快越好。"

　　"收到。请再说一遍地址。"

　　"卡尔洪道和莱克星顿道。"

　　"收到。"

　　贾尔维把麦放回到支架上，在驾驶座上坐稳下来。他脱下金属边框的眼镜，用拇指和食指揉起他那深棕色的眼睛来。不得不说，他的眼镜太唬人了。不戴眼镜，他看上去就像巴尔的摩警探；可一旦戴上，他就像一个子承父业的生意人。

　　贾尔维穿得也像个生意人：深蓝色西装、蓝色衬衫、红蓝条纹的领带以及锃亮的皮鞋——他还有一个深棕色的皮包，里面装满了文件和卷宗，他每天上班都带着它。不得不说，贾尔维的穿衣品位不错，却也没什么特色，而他那高大匀称的身材也和这身服饰一样没有特点。他的脸仿佛复制了他的身材，又瘦又长，嘴上留了一簇精心修剪的胡子。他的额头很高，上面的平头也修剪得没有一丝毛糙。

要不是那把插在屁股上的.38左轮让他西装的后摆稍稍鼓了起来，他看上去完全是个销售员；而如果哪天他穿上了那件细条纹的蓝色西装，他就活脱脱是个市场部经理了。如果有人初次来到凶案组，他很有可能误以为贾尔维是警局预算及规划部门的员工。他应该是中层干部，他的公文包里全是图表和指数。他会告诉你那两个叫做"家庭暴力凶杀案"和"抢劫凶杀案"的"期货"最近正在直线下降，而那个叫做"涉毒凶杀案"的"期货"则前景继续看好。当然，一旦他开口说话，这种幻觉便消失殆尽了。和凶案组的其他警探一样，想让贾尔维说话不带脏字是不可能的事。不过，当他们抑扬顿挫地说出"操他妈的婊子养的"时，你会古怪地觉得他们的话竟然有种荒诞的诗意。

"操他妈的婊子养的，这些制服警到底在哪儿呢？"贾尔维戴上眼镜，望着卡尔洪道的两头，"我可不想一整天都花在这栋楼上。"

"操他妈的，听上去你应该先让那个婊子养的派遣员醒一醒才对啊，"坐在副驾驶座上的金凯德说，"现在，他正在让另外那些可怜的杂种醒一醒呢。"

"好吧。"贾尔维回答，"可一个好警察不会觉得冷，不会觉得累，不会觉得饿，也不会尿裤子。"

此乃巡逻警队的信条。金凯德笑出声来。他打开车门，走到人行道上舒展身体。两分钟后，三辆警车终于陆陆续续地赶来了。三位制服警和警探们在街角简短地交流了一会。

"有谁知道你们的缉毒组今天在哪儿呢？"贾尔维问他们。如果这次突袭找到毒品的话，分区的缉毒组就可以把它们收走，警探就不必再叫市局的缉毒组了。让他们来做物证控制实在是太麻烦了。

"派遣中心说他们正在忙，"第一个赶到现场的制服警说，"他们至少还得忙一小时。"

"操，那就算了。"贾尔维说，"但如果我们找到毒品，你们得把它带走上缴。"

"要不还是就算找到了，也当作没看见吧。"第二位制服警说。

"不行，我得靠它给屋里的家伙定罪。"贾尔维说，"要是平时，我也就睁一只眼闭一只眼了……"

"那就交给我吧。"第二位制服警说，"我反正也要去趟总部。"

"你可真是个好心人。"第三位制服警笑着说，"那些说你坏话的人全是在胡说八道。"

"是哪幢屋？"第一位制服警问。

"从这边数过去第五幢。路北边的。"

"37号？"

"是的。里面住着一家人。一个叫文森特的男孩，还有他的母亲和妹妹。我们的目标只是他。"

"我们有逮捕令吗？"

"没有。我们只有搜查令。但如果他在这里，我们得把他带到市局去。"

"明白了。"

"你们哪个去守后门？"

"我。"

"好。那你们两个和我们一起从前门进。"

"好。"

"行动吧。"

三位制服警回到车里，驶离街角，来到菲亚特街上。第一辆驶入这片排屋的后巷，来到它的后方；另两辆则和雪佛兰一起停在了排屋的正门口。贾尔维、金凯德和两位年轻的制服警冲上了门廊。

如果这是一次逮捕行动的话，如果文森特·布克被起诉涉嫌谋杀他的亲父和勒娜·卢卡斯的话，警探们就会穿上防弹背心并拿出他们的枪，也会让制服警在第一时间用铁锤和脚踢开他家的大门。如果文森特是因涉嫌贩毒而被逮捕，而缉毒组也同意逮捕他的话，那警探们也可以动用暴力。然而，此时此刻的文森特应该对自己即将面对的场景一无所知。他不会逃，也不会把很有可能在他家找到的毒品吞下去或冲下马桶。

警探们敲了敲门，一个小女孩过来应门了。

"警察。请开门。"

"请问是谁?"

"警察。快开门。"

"你们想干什么?"女孩一边愤怒地说，一边开了半扇门。第一位警探推开门，他们冲了进去。

"文森特在哪里?"

"楼上。"

制服警们冲上楼梯，而那个叫做文森特·布克的年轻小伙则刚刚走出房门，来到二楼的楼梯口。他长得又瘦又高，眼里满是疑惑。制服警给他戴上手铐，他没有抵抗，仿佛早已预料到这一刻的到来。

"你们为什么要抓他?"女孩喊道，"你们要抓的是那个杀了他父亲的人。"

"请你保持冷静。"贾尔维说。

"那你们为什么要抓他?"

"放轻松。你妈在哪里呢?"

金凯德走进一楼的客厅。布克的母亲苍老而又矮小。她正缩在一个破烂的、花朵图案的沙发一角上，看着黑白电视里一幕幕男欢女爱的肥皂剧场景。电视机的噪声很响，但贾尔维还是向她介绍自己，并拿出搜查令告诉她，他们必须带文森特去一趟市局。

"我是清白的。"她挥舞中手中的纸巾说。

"我们只是想搜查一下房间。"

"为什么？"

"这张纸上已经写明白了。"

老妇人耸耸肩："真不明白，我家有什么好搜的啊。"

贾尔维不想再与她费口舌，于是把搜查令留在了客厅的茶几上。他们来到二楼文森特·布克的房间。不一会，布克案的主责警探戴夫·布朗也赶来了。三位警探巨细无遗地检查了布克卧室的每个角落。布朗负责抽屉，贾尔维检查天花板，以防文森特把东西藏在那里。而金凯德则在搜查他的衣柜，可他只在最上面一层找到了一本黄色杂志。

"看呐，这本杂志还有八九成新呢。"金凯德笑着说，"只有几页粘在了一起。"

十五分钟后，他们终于找到了可疑物件。他们把双人床的席梦思翻了过来，发现下面有一个铁制箱子。箱子上面上了锁，于是，贾尔维和布朗把他们在屋内找到的钥匙一把把地都试了过来。

"是这把吧。"

"不是，这把太大了。"

"那它旁边褐色的那把呢？"

"去他妈的。"布朗说，"要不我还是对它开一枪得了。"

金凯德和贾尔维笑了起来。

"他身上有钥匙吗？"

"那几把就是了。"

"这把行不行？"

"不行。试试银色那把。"

终于，箱子打开了。里面有几个被包扎起来的塑料袋、一个便携式磅秤、一些现金、一点大麻、几把折叠刀和一个塑料肥皂碟。警探们把折叠刀一一打开，它们的刀刃都是干净的，没发现任何红褐色的残余污迹，而肥皂碟里却放着十几颗.38口径的子弹，大多数是圆柱形平头弹。

　　在离开之前，贾尔维又去客厅找了一趟布克母亲。她还在看电视。贾尔维给她看了眼折叠刀和肥皂碟。

　　"请你看一眼我们带走的东西。"

　　"你们找到了什么？"

　　"这几把刀，"贾尔维说，"还有这个装着子弹的玩意。"

　　老妇人看了眼塑料肥皂碟里的东西。她的丈夫、他们共同的两个孩子的父亲正死于同一种子弹之下，而另一位两个孩子的母亲也是被这种子弹杀死的。这两起案件的现场都离这里不远。

　　"你们要把它们带走？"

　　"是的，女士。"

　　"为什么？"

　　"这是物证。"

　　"好吧。"老妇人转头再次望向电视机，"他能把它们拿回来，是吧？"

　　本来，在警探们对文森特·布克家进行搜查并把文森特请到警局之后，勒娜·卢卡斯和老布克之案也便要告一段落了。靠达达里奥那一边"板儿"上的两个红字也将终于变黑。可讽刺的是，文森特·布克——只要他自己脑子够清醒的话——却不是这两起已经花了警探们十七天时间调查的凶杀案的目标。他反而成了罗伯特·弗雷泽尔信口雌黄的谎言中最不可靠的一环。

　　在罗伯特·弗雷泽尔离开凶案组之后，贾尔维和金凯德花了不少时间去印证他的证词。不久之后，他们便发现，弗雷泽尔的话根本不可信，至少，他拿来做不在场证明的晚宴并不像他所说的那样。弗雷泽尔那一位叫丹妮丝的女友不愿为他做担保。她交代，弗雷泽尔于晚宴当晚 11 点前和她吵了一架，然后就离开了。她还回忆道，文森特·布克来过她家两次，而非弗雷泽尔说的一次；弗雷泽尔是在他第二次来到之后和他一起离去的，并且整夜未归。丹妮丝表示自己的记忆确凿无误，因为她那一夜都没睡好，一直在生弗雷泽尔的气。她那一星期都在准备周末的晚宴，买龙虾、买切萨皮克蓝蟹、买玉米，忙得不可开交；可到最后，弗雷泽尔破坏了整个晚宴。

丹妮丝甚至交代说弗雷泽尔那把 .38 左轮就在她那位于阿米迪街的排屋里。她把枪藏在卧室里，放在了她孩子的玩具收纳盒中。不过，那把枪现在已经不在那里了：一星期前，弗雷泽尔把它带走了，他害怕她做人不够硬气，会把这把枪交给警察。

弗雷泽尔说自己晚宴后第二天早上曾上班路过勒娜的公寓；他发现她家公寓大门敞开，但因为他快要迟到了，所以没有进去。而警探们却通过调查发现，弗雷泽尔那一天并没有去斯帕罗斯角的工厂上班；事实上，自那以后，他已经有一星期没去过班了。在另一方面，弗雷泽尔也没有遵守承诺把他的 .38 手枪带到警局里来。这让贾尔维很是困惑：为什么他要提及自己有一把枪呢？更有甚者，为什么他要对警探们撒这么一个漏洞百出的谎呢？智力测试题：如果你杀了两个人，而警探既没有物证也没有人证，那么你应该：（A）闭嘴还是（B）主动来到凶案组，然后撒一通谎？

"唯一的可能性是，"贾尔维一边打着文森特·布克家的搜查令，一边说道，"犯罪会让人变傻。"

幸运的是，警探们终于找到了一个人证，而此人的证词也让弗雷泽尔的故事更加不可靠了。

在谋杀案发生的星期天晚上，一个住在勒娜·卢卡斯旁边的十六岁高中生正透过她家的三楼窗户对着吉尔默街上的车流发呆。大概 11 点 15 分左右——女孩确定这个时间，因为她刚刚看了几分钟晚间新闻——她看见一辆红色跑车停在了吉尔默街对面，勒娜和一个高高瘦瘦、皮肤黝黑、戴着软檐帽的男人走下车来。两人走向勒娜所住的排屋。因为女孩家窗户的角度，她能看到的只有这些了。但是在此之后，她听见隔壁勒娜家房门关上的声音。大概一小时后，她又听见一对男女争吵的声音。它听上去像是从楼下二层的公寓传来的。

谋杀案刚刚发生时，女孩没胆把她的所见告诉任何人。最终，她还是没憋住，把这些告诉了高中餐厅的一个员工，而这个员工恰好就是勒娜的姐姐。勒娜的姐姐敦促女孩向警察报案，但女孩很害怕，于是第二天，勒娜的姐姐亲自拨通了凶案组的电话。这个女孩名为罗曼尼·杰克逊，她被带到凶案组不久之后便交代了实情。警探们给她看了六张照片，她稍微犹豫了一下，然后便指出她看到的男人正是罗伯特·弗雷泽尔。警探们让她了解并签署了证词，接着，里奇·贾尔维开着车把她送回到西巴尔的摩离吉尔默街还有一两个街区的地方，让她自行下车走回家，这样她就不会被人发现和警探在一起了。第二天，贾尔维和金凯德搜寻了弗雷泽尔家附近的街道，他们发现了一辆和罗曼尼所述类似的红色跑车，而这辆车正登记在弗雷泽尔母亲的名下。

然而，即便拥有了罗曼尼这个证人，即便贾尔维内心已确认弗雷泽尔就是凶手，他也仍然无法放过文森特·布克。他知道，一旦法庭受理这起案件，任何辩护律师都会拿文森特来做文章。文森特肯定和这两起案件有关——那些藏在肥皂碟里的圆柱形平头弹便说明了问题——但他又不太可能是凶手。

第一，勒娜死前在卧室里脱过衣服，而她的床头有刀痕；一个女人不可能如此随意地脱衣服并躺在床上，除非她面对的是自己的爱人。这就是说这个人更有可能是弗雷泽尔，而非文森特。第二，杀死勒娜的人也杀死了普尼尔·布克。弗雷泽尔和替他卖命的男孩的父亲有什么关系呢？为什么有人想杀普尼尔这样一个老头呢？杀死勒娜的人从柜子的米袋里偷走了可卡因，那他又从普尼尔·布克的家里找到了什么呢？

　　文森特肯定知道这些问题的答案。此时此刻，这个男孩正坐在审讯室里，头顶着惨白的灯光。贾尔维看着他，并告诉自己，凶手不可能是这个男孩。他或许会起意杀了自己的生父，但在生父脸上留下十几道割痕？这太不像一个儿子做出来的事情了。即便文森特有胆如此残忍地对待勒娜，他也没法用同样的方式杀害自己的父亲啊。如此狼心狗肺的人少之又少。

　　贾尔维和金凯德先是让文森特在审讯室里独自待上了一小时，然后才进入房间开始审讯。他们说起肥皂碟里的子弹、他的吸毒设备、他的折叠刀，还有弗雷泽尔对他的指控。你玩完了，文森特，你玩完了。他们仅仅花了五分钟便让男孩心中恐惧；十分钟之后，他便签署了证人权利说明书。

　　两位警探带着权利说明走出审讯室，交头接耳地说了起来。

　　"喂，里奇。"

　　"啥？"

　　"那个男孩都快吓尿了。"金凯德低声说，"你真是个超人。"

　　"我就是超人啊。"

　　金凯德笑了起来。

　　"瞧我这身深蓝色条纹西装，真不错。"贾尔维得意地竖起翻领，"直接把他给说蒙了。"

　　金凯德摇着脑袋看了贾尔维一眼。唐纳德·金凯德是肯塔基州人，是个嗓音粗大的硬汉，他的左手腕上还纹着自己名字的首字母缩写。贾尔维喜欢在希尔顿黑德岛打高尔夫，喜欢穿醒目的西装；而金凯德则养猎犬，天天想着去西弗吉尼亚狩猎。虽然他们在同一分队，却是不同世界的人。

"你要先自个儿来吗?"在往回走的路上,金凯德问他。

"别了。"贾尔维说,"咱俩一起吧。"

文森特·布克靠墙坐着,双手紧拽着 T 恤的袖口。金凯德坐在了他的对面,而贾尔维则坐在他们之间靠文森特的一边。

"孩子,我得对你说实话。"贾尔维的语气坚决,丝毫不容商量,"你只有一次机会。你告诉我们你所知道的,我们会看看还能帮你什么忙。我知道这两个案子都和你有关,但我还不知道到底怎么个有关法。你得自己做决定,你到底想做证人,还是做嫌疑人?"

文森特没有说话。

"你听见了吗,文森特?操,你最好如实交代,否则的话,有够你受的了。"

沉默。

"你是在担心弗雷泽尔吗?孩子,好好听着,你还是先担心你自己吧。弗雷泽尔已经来过这儿了。他说了一大通对你不利的话。他是想干你呢,你不明白吗?"

这句话终于起到了作用。文森特抬起头,问道:"弗雷泽尔说了什么?"

"你觉得呢?"金凯德说,"他说这两个人都是你杀的。"

"我没……"

"文森特,我也不相信这个婊子养的弗雷泽尔。"贾尔维说,"即便你的确杀了人,我也不相信你杀了自己的父亲。"

贾尔维拉了一把椅子,让自己更加靠近文森特。他低声说:"孩子,你只有这个机会了。你最好还是如实交代。你要不就出庭作证,要不就接受起诉。我们能做的只有这些。我们很少帮人,可现在,我们是在帮你呢。你难道不明白吗?"

贾尔维暗自咒骂道,好吧,或许他真的不明白。于是,两位警探只好再次说出他们对案件的判断：他的父亲和勒娜是被同一种子弹杀死的，两个现场很相似；而文森特是唯一认识两个死者的人。他们问他，罗伯特·弗雷泽尔又怎么可能认识他父亲呢？

贾尔维刚说完这句话，文森特便迷惑地看了他一眼。贾尔维立即停止长篇大论，有经验地拿起了笔和纸。他在纸的左边画了个圆圈，里面写上了"勒娜"，又在右边画了一个圆圈，里面写上了"普尼尔·布克"。然后，他画了一个和这两个圈都相交的圈，里面则写上了"文森特"。代数老师会告诉学生们，这三个圈就是所谓的维恩图，它完美地传达了贾尔维的意思。

"你好好看一眼这个图。"贾尔维把纸推到文森特的面前，"凶手用了同一把枪杀了勒娜和你父亲，而唯一和这两个死者都有关系的就是你，文森特·布克。你是唯一的嫌疑人。你不明白吗？"

文森特还是不说话。于是，两位警探再次离去，让他一个人好好思考一下。贾尔维点上一支烟，透过反光窗户看着屋内的文森特。他看见文森特举着图表，手指滑过圆圈。他把图表翻转过来，又转了回去，然后又翻转过来。看着此情此景的贾尔维直摇头。

"你瞧瞧，这家伙简直是爱因斯坦呐！"他对金凯德说，"操他妈的，做警察这么多年了，就没见过比他更蠢的人。"

"你准备好了吗？"金凯德问。

"行了。进去吧。"

审讯室门再次打开时，文森特并没有抬头看警探。贾尔维开始大声说起话来，文森特的身体不自觉地颤抖起来。他不敢再抬头看警探；他正在变得越来越脆弱而不堪一击。贾尔维看到了曙光。

"操，你是胃不舒服是吗？"贾尔维突然问道，"你快要吐了是吗？告诉你吧，很少有人会在这里觉得舒服。"

"有些人会真的吐哦。"金凯德接着说，"哥们儿，你是想吐吗？"

"不想。"文森特摇着头说。他全身大汗，一只手拽着桌角，另一只手还紧握着袖口。警探知道，文森特既害怕被指控杀了两个人，又害怕罗伯特·弗雷泽尔。但是，让他如此害怕却又至此不言的，肯定更和他的家庭有关。贾尔维看着文森特·布克，他更加确定这个男孩没有杀自己的父亲了。他不是那样的人。可是，从他房里找到的子弹说明他肯定和这两起谋杀有关，而他在不到一小时之内便被警探的审讯击溃也说明他肯定有罪。文森特·布克不是凶手，但他肯定也在案件中扮演了某种角色，至少，他知道凶手是谁。无论如何，肯定有什么他无法言说、无法面对的事情。

警探们知道他们还得推一把文森特才能让他交代。于是，他们再次离开审讯室。贾尔维拿起从他卧室里找到的那个肥皂碟。"让他看看这个。"他从里面拿起一颗.38口径的子弹："这个婊子养的只会看图说话。"

贾尔维走进房间，把.38子弹塞到金凯德的左手里。这位老探员心领神会，他把这颗子弹竖直地放在桌子的中央。

"看到这颗子弹没？"金凯德问。

文森特看了子弹一眼。

"这种.38子弹不常见，是吗？我们可以把它送到FBI实验室，他们会对它做分析。要是在平时，分析结果要两三个月才能出来。不过，要是情况紧急的话，他们两天内就能做完。他们会告诉我们这颗子弹出自哪个弹盒。"金凯德一边把子弹推向文森特，一边说，"好吧，如果FBI说这颗子弹和那颗杀死勒娜和你父亲的子弹出自同一个弹盒，你能说这完全是巧合吗？你倒是说说看。"

文森特双手紧握着膝盖，眼睛望向了别处。金凯德对他撒了一个完美的谎言：即便FBI能确定这颗.38子弹出自哪个军火生产商，且不提子弹都是大批量生产的，要确定某颗子弹归属弹盒的序列号难之又难，即便到最终能确定，也至少要花半年的时间。

"孩子，我们只是想帮你。"贾尔维说，"你觉得当法官看到这样的物证时，他会怎么想呢？"

这个男孩继续沉默着。

"死罪难逃啊，文森特。"

"而我也将出庭作证，"金凯德用他那浓重的肯塔基州嗓音说，"这就是我的工作。"

"死罪？"文森特终于被触动了。

"那当然。"金凯德说。

"孩子，说实话，如果你还想对我们说谎……"

"即便今天你侥幸出去了，"金凯德说，"你觉得你还睡得好觉吗？下一次，等你家的门再次被敲开时，你难道不会魂飞魄散吗？"

"我们不会放过你的。"贾尔维一边说着，一边继续拉近他和文森特之间的距离。他们已经面对面了，两眼之间只有一英尺的距离。然而，贾尔维开始慢条斯理地描述普尼尔·布克的惨状。你的父亲应该是和凶手吵了起来，可他根本打不过凶手，凶手对他施以暴行。贾尔维凑到文森特的脸上，一边用手指轻轻触碰他的脸颊，一边说起普尼尔·布克脸上的那些刀痕。

文森特·布克显然快要撑不住了。

"孩子，还是交代吧。"贾尔维说，"你到底知道些什么？"

"是我把子弹给了弗雷泽尔。"

"是你给了他？"

"他问我要的……我给了他六颗。"

男孩快要哭起来了，可他还是忍住了。他的双臂撑着桌面，头埋在了手臂里。"为什么弗雷泽尔会问你要子弹？"

文森特耸耸肩。

"操啊，文森特。"

"我没有……"

"别犹豫了。"

"我……"

"孩子，说吧。说出来才能重新做人，我们会帮你的，但这是你唯一的机会。"

他终于哭了出来。

"我爸爸……"他说。

"为什么弗雷泽尔要杀你爸？"

他终于开口了。他先是说起了毒品。他把可卡因放在他母亲家里。可是，他父亲找到了它们并把它们带走了。他为此和父亲吵了一架，但父亲不听劝，还是开着车把毒品带到了拉菲耶特街的公寓。那是文森特的毒品。那是弗雷泽尔的毒品。

他来到阿米迪街，来到弗雷泽尔情妇丹妮丝的家。他告诉弗雷泽尔自己搞砸了，他的父亲偷了他们的货。弗雷泽尔很愤怒，并问他要子弹。他给了弗雷泽尔六颗。这些子弹还是他从父亲公寓橱里的烟草盒里偷来的呢。然后，弗雷泽尔一个人去了拉菲耶特街。

他以为他父亲会在弗雷泽尔的威胁下给出毒品，他以为弗雷泽尔会把毒品带回来，他以为弗雷泽尔只会吓吓他父亲。他不知道那里到底发生了些什么。

操啊，贾尔维想。别装糊涂了。这个房间里的所有人都知道普尼尔·布克家发生了什么。我知道，你知道，金凯德也知道。当罗伯特·弗雷泽尔前往你老爸家时，他可是在丹妮丝那里吸了毒的。他身上带着一把.38手枪和一把刀子，他很愤怒。你以为他会怎么做？你老爸肯定没对他说什么好话。

文森特的话终于让警探们明白，为什么普尼尔·布克的家有被抢劫的痕迹，为什么老头的脸上有这么多刀痕。弗雷泽尔是想折磨他，让他交代自己把毒品藏在哪里了，而公寓内的混乱现场则说明弗雷泽尔最终还是没找到毒品。

可是，勒娜为什么会在同一晚被杀呢？为什么她被杀的方式和普尼尔一模一样呢？文森特说他不知道。就贾尔维目前所了解的情况而言，他也猜不出来。或许弗雷泽尔以为勒娜是普尼尔的同伙？或许她也会瞒着弗雷泽尔私藏他的货？或许她说了一些弗雷泽尔不爱听的话？或许可卡因还在弗雷泽尔身上起作用，让他杀了个兴起？或许是第一个原因，或许是第二个原因，或许是第三个原因，或许这三个都是原因。这重要吗？贾尔维告诉自己，这并不重要。这不再重要了。

"文森特，你是和弗雷泽尔一起去你爸家的，对吧？"

文森特摇摇头，眼睛望向别处。

"我不是说你是从犯，但你的确是和弗雷泽尔一起去的吧？"

"我没有。"男孩说，"我只是给了他子弹。"

放屁，贾尔维想。当罗伯特·弗雷泽尔杀死你爸时，你肯定在那里。不然的话，你为什么如此犹豫？你也许真的害怕弗雷泽尔，但你更害怕把这个事实告诉你的家人。贾尔维继续逼问了半个小时，但文森特还是不肯承认；文森特·布克已经快被逼到绝境了。贾尔维觉得再问下去也于事无补了。

"如果你敢骗我们的话，文森特……"

"我没有撒谎。"

"你要面对陪审团，如果你对他们撒谎，你会后悔一辈子的。"

"我没有。"

"好吧。现在，我要把你说的都写下来，你得再签个字。"贾尔维说，"你得再说一遍，慢慢说，让我有时间写。"

"好的。"

"你的名字。"

"文森特·布克。"

"出生年月。"

终于，贾尔维吐出了一口气，开始写了起来。

3月11日，星期五

贾尔维右手拿出.38手枪，把它藏在大腿后面。

"弗雷泽尔，开门。"

他正在弗雷泽尔位于阿米迪街的排屋前。他身边的制服警冲到这个房子的门口。

"踢门?"制服警问。

贾尔维摇摇头。暂时还不需要。"弗雷泽尔，快开门。"

"谁啊?"

"贾尔维警探。我得问你几个问题。"

"现在吗?"弗雷泽尔正在门后，"我得……"

"是的，就现在。操他妈的快把门开开。"

弗雷泽尔打开了半扇门，贾尔维溜了进去。他的配枪还是藏在大腿后面。

"怎么了?"弗雷泽尔退后一步问道。

突然之间，贾尔维举起枪，对准了弗雷泽尔的脸。弗雷泽尔看了眼枪眼，又看了眼贾尔维。他的目光涣散，很明显才刚吸过可卡因。

"靠在墙上。"

"哇……"

"你这个婊子养的，快靠在墙上，别惹我开枪。"

金凯德和两位制服警冲进屋里，弗雷泽尔被推搡进了客厅。一位西区的老制服警用枪对准了弗雷泽尔的右脑，金凯德和另一位年轻的制服警则开始搜查他的房间。

"快给我站好了!"老制服警吼道:"当心我一枪爆了你的头。"

天呐，贾尔维想，要是这把枪突然走火的话，他们就得写一辈子的报告了。但这套还挺管用的，弗雷泽尔乖乖地靠在墙面上。制服警收起了枪，贾尔维终于放心了。

"到底怎么了？"弗雷泽尔的脑袋还没转过来呢。

"你觉得呢？"

弗雷泽尔没有说话。

"弗雷泽尔，你觉得到底怎么了？"

"我不知道。"

"谋杀。你被起诉谋杀了。"

"我杀了谁了？"

贾尔维笑着说："你杀了勒娜。还有那个布克家的老头。"

那个叫豪维的制服警刚想给他戴上手铐，弗雷泽尔开始抵抗起来。贾尔维立马往客厅里走了一步，给他的脸上来了重重一拳。

这位嫌疑人迷惑地抬起头："你打我干吗？"

贾尔维还真思考了一会。对这个问题的官方回答——也就是会被写进报告的——是谋杀案嫌疑人企图抵抗，所以不得不用武力制止。而正义的回答——虽然这种正义感很快就会因为处理太多凶案而被日渐麻木的警探们遗忘——则是，因为这个冷血的婊子养的一个晚上杀了两个人，一个女人和一个老人。不过，贾尔维的回答却是折中的。

"我打你，"他对弗雷泽尔说，"是因为你骗我。"胆敢对警探撒谎。这便是他应得的。

弗雷泽尔没有回答。豪维和金凯德已经把他的手背铐了起来，他们让他坐在沙发上。他没有抵抗。弗雷泽尔的那把.38手枪很有可能就在屋里，警探们又迅速地找了一遍。他们没找到它，却在厨房里找到了罗伯特·弗雷泽尔的"晚餐"：可卡因、奎宁、几个塑料袋和三支吸管。

警探们看了眼制服警，制服警又回看了他们一眼。

"你们要带走这些吗？"年轻的制服警问。

"不用了。"贾尔维说，"两起谋杀已经够他受了。而且我们也没有这里的搜查令。"

"好吧，"制服警说，"我没问题。"

他们把毒品留在了厨房的桌上。或许哪一天，一个像弗雷泽尔这样的人会再次吸食它们。贾尔维回到客厅，让制服警们呼叫囚车。弗雷泽尔又开始说话了。

"贾尔维警官，我可没对你说谎。"

贾尔维笑了笑。

"你从来就没说过实话。"金凯德说，"说实话可不是你的本性。"

"我没说谎。"

"狗——屎。①"金凯德把这个词的发音拉得很长很长，"孩子，你就是不说实话啊。"

"喂，弗雷泽尔，"贾尔维还是笑着说，"你还记得你答应给我们看看那把.38枪的吗？怎么我们都没见着呢？"

弗雷泽尔没有回答。

"孩子，你就是不说实话啊。"金凯德重复道，"不，说实话真的不是你的本性。"

弗雷泽尔摇摇头，貌似终于恢复了一些理智。他抬起头，好奇地看着贾尔维，问道："贾尔维警官，我是唯一被起诉的嫌疑人吗？"

唯一的。可是，弗雷泽尔的问题终于让贾尔维确信了，文森特·布克也脱不了干系。

"是的，弗雷泽尔，你是唯一的。"

不用怀疑，文森特就是从犯。但开枪的肯定不是文森特——他既没有对勒娜开枪，也没有对他父亲开枪。就其最终效果而言，让文森特·布克做证人比让他沦为谋杀从犯好得多。贾尔维不能给弗雷泽尔的辩护律师留下另一个嫌疑人，不能让他的律师转移视线。我不能这

---

① Sheeeet，即脏字"shit"的"I"音加长后的发音。在《火线》中，这个脏字被大量使用，以至成了该剧的经典台词。——译者

么做，贾尔维想。他在审讯室里是怎么对文森特说的来着？不是做证人，就是做嫌疑人。不是这个，就是那个。

文森特·布克已经交代了——至少交代了他胆敢交代的事实——因此，他能走人。而罗伯特·弗雷泽尔撒了谎，因此，他只能去巴尔的摩西区的拘留所。在贾尔维看来，这便是正义的天平。

在西区警局里，他们没收了弗雷泽尔口袋里的东西，给它们做了个清单。他们在他的裤袋里发现了一叠厚厚的钞票。

"天呐，"一位警官说，"这应该有一千五百块钱吧。"

"操他妈的，真是门好生意啊。"贾尔维说，"我一星期的工资有这么多吗？"

金凯德瞪了贾尔维一眼。要是哪一天，某个警探的裤兜里有那么多钱，那他肯定是把马里兰州州长、巴尔的摩市长以及半个英国王族的成员都敲诈至死才拿到的吧？那位警官明白贾尔维见到这些钱时的感受。

"可不是吗？"他对贾尔维说，声音大到弗雷泽尔能听见，"你可不是靠贩毒过活的，是吗？"

贾尔维点点头。

"贾尔维警官……"弗雷泽尔叫他道。

"喂，唐纳德，"贾尔维没有理他，却对金凯德说，"我俩去喝一杯？"

"贾尔维警官……"

"要不等到天黑吧，"金凯德说，"我请客。"

"贾尔维警官，我没对你撒谎。"

贾尔维转过头，看着弗雷泽尔被带进西区拘留所的监牢。

"贾尔维警官，我没撒谎。"

贾尔维面无表情地看着他说："再见，弗雷泽尔，再见。"

罗伯特·弗雷泽尔被关进了牢里。狱吏让他伸出手，按个指纹。

贾尔维填完了登记表，朝警局的后门走去。他路过监狱，却没有朝里望一眼。他没有看见那一刻停留在罗伯特·弗雷泽尔脸上的表情。那束令人窒息的目光。

那杀死人的、充满仇恨的目光。

第五章

4 月 2 日，星期六

祈祷吧，警探们：愿上帝保佑那些蠢蛋，因为他们为那些追捕他们的人带来了希望。愿上帝保佑那些呆瓜，因为他们为那些在黑暗中摸索的人们带来了光明。愿上帝保佑丹尼斯·沃尔斯，虽然他到现在都还没明白过来，但是他，一直在无意之间帮助警探；是他，一直在致力于把自己关入囚牢；是他，承认自己就是杀死凯伦·瑞内·史密斯——那个在巴尔的摩西北部死去的出租车女司机——的凶手，从而给警探将近一个月的调查画上了句号。

"是这个屋吗？"艾迪·布朗问。

"旁边那个。"

布朗点点头，沃尔斯想要打开雪佛兰车后车厢的门。坐在他身边的布朗伸出手，把车门再次关上。一个名为哈里斯的西北区专案警官走出车，来到布朗的车边。

"我们待在这儿。"布朗说，"你和诺兰警司过去把他带出来。"

哈里斯点点头，转身和罗杰·诺兰一起走向那幢红砖房屋。这幢位于麦迪逊大道的流浪汉之家住着好些不安分守己的人。在巴尔的摩，"不安分守己"包括了小到持械抢劫、大到杀人的各种罪行。这幢排屋里住着丹尼斯·沃尔斯的弟弟，据丹尼斯交代，他弟弟手上应该戴着一只表，而它正是凯伦·史密斯的遗物。

"你怎么知道他还戴着那只表？"布朗一边看着诺兰和专案警官走向排屋门廊，一边问丹尼斯道。

"我昨天才刚见过他，他那时还戴着。"沃尔斯说。

谢天谢地，布朗想。谢天谢地他们够笨的。如果他们够聪明，如果他们把谋杀当作不可告人的邪恶秘密，如果他们第一时间丢弃了受害者的衣物、遗物以及他们的凶器，那警探再聪明都不顶事咯。

"我的头好痛。"沃尔斯说。

布朗点点头。

"等你们完事后能送我回家吗？"

送他回家。这个孩子还真以为他可以回家然后好好睡一觉呢？他还真以为这只是一场宿醉，睡一觉就好了呢？开车的是另一位名为O. B. 麦克卡特的、来自西南区的专案警官，他正咬着舌头努力不让自己笑出声来。

"你们能送我回家吗？"

"等会再说。"布朗回答道。

好吧，接下来发生的是这一幕：丹尼斯·沃尔斯的弟弟，那个只有十四岁的小屁孩在警探的陪同下走出了流浪汉之家，来到了雪佛兰车边上。他朝车里望，先是看了眼他的哥哥，又看了眼艾迪·布朗，他试图搞明白到底发生了什么。他冲着自己的哥哥点了点头。

"喂，老弟。"丹尼斯·沃尔斯说。

"喂，老哥。"他弟弟回答。

"我把表的事告诉他们了……"

"什么表？"

"喂，"布朗打断了他们的话，"你要是不听你哥的话，当心我们一脚也把你踹进来。"

"哥们儿，得了吧。"丹尼斯·沃尔斯说，"你就交出来吧。你交出来，他们就放了我。否则的话，他们要判我杀人呢。"

"嗯哼。"男孩显然是在思考这到底是怎么回事。如果他们没有物证，他们会判你杀人；可如果他们有了物证，他们却会让你走人？好吧，随便。

"快去拿啊。"罗杰·诺兰站在车边说。

男孩还是看了他哥哥一眼。丹尼斯·沃尔斯对他点点头，男孩转身跑回红砖排屋。三分钟之后，他带着一只黑色皮带的女士表出来了。男孩本想把表递给他哥哥，却被布朗没收了。男孩朝后退了一步。

"再见，哥们儿。"丹尼斯·沃尔斯说。

男孩再次点点头。

两辆警车开到水库山地区，停在了勒诺克斯大道第八区住宅区的旁边。布朗和沃尔斯还是在车上等；而诺兰则独自一人前去找沃尔斯的女朋友，据说，凯伦·史密斯的金项链正在她那里。

麦克卡特打开收音机，听着歌哼了起来。和沃尔斯一起坐在后座的布朗看着窗外的诺兰，他正和沃尔斯女朋友的母亲在停车场里嚼舌根。诺兰的嘴皮子可碎了，一旦兴起，他就会没完没了地说个不停。

"快点啊，罗杰，"布朗咕哝着抱怨道，"操你妈的还唠叨啥呢?"

一两分钟后，沃尔斯的女朋友带着金项链从屋里出来了。她一边走向诺兰，一边紧张地朝待在车里的沃尔斯挥手。

"唉，为什么要让她看到我这样。"

布朗哼了一声。

"她妈不会喜欢我了。"

麦克卡特加大收音机的音量，摇滚乐伴随着调频的噪声在车体内回荡：那是鲍比·福勒四人组①的音乐，应该有好些年代了吧。这位

---

① Bobby Fuller Four，美国 60 年代摇滚乐队，以下引用的歌曲是他们的《我触犯法律（但法律赢了）》(*I Fought the Law and the Law Won*)。——译者

专案警官听了一会；突然之间，他大声笑了起来。

"天呐。"麦克卡特说。

"大太阳底下，我想做些啥好呢……"

麦克卡特随着节奏打起了响指，还冲着后座的布朗与沃尔斯做起了鬼脸。

"……我触犯了法律，但法律赢了。"

布朗偷偷看了眼沃尔斯。很明显，沃尔斯并不明白这首歌的意思。

"我拿着枪抢了人家的钱……"

麦克卡特有节奏地敲打着方向盘。

"……我触犯了法律，但法律赢了。"

"你相信么?"麦克卡特问。

"相信什么?"沃尔斯反问他。

麦克卡特摇了摇头。丹尼斯·沃尔斯活到这么大了，今晚或许是他有生以来最需要动脑子的时候，可他呢，却突然之间变成了一个又聋又瞎的蠢蛋。这首歌描述的可不就是你的境遇吗? 你怎么就不明白呢?

当然啦，这位十九岁的少年本来就不是什么聪明人。首先，他是受人指使谋财害命的。他杀了凯伦·史密斯，抢了她的钱和珠宝，却把钱分给了指使他的人，把珠宝留了下来。然后，他又把珠宝分赃给别人，并到处吹嘘有个女人被带到树林里打死了。他说不是他杀了她，是别人干的。别人干的时候，他正在旁边看着呢。

刚开始时，没人信他的话，要不就是也没人关心。但是，丹尼斯·沃尔斯执意要给人留下"伟岸"的形象，于是一个劲地到处吹嘘。他的一个朋友把这起传言带到了学校，一传十、十传百，终于，有人觉得应该知会一下警察了。当凶案组的 2100 号报警热线被拨通时，接起电话的是里克·詹姆斯。

"我至少做对了一件事。"在此之后，詹姆斯——史密斯案的主责警探——会如此回忆道，"我接起了电话。"

不过，事实上，詹姆斯做对的事可不止这一件。在专案警官的协助下，詹姆斯调查了这起案件的所有线索，和凯伦·史密斯的同事、男友及亲戚们一而再，再而三地确认她的行踪。他花了好几天调查出租车公司的接客记录，想看看其中是否有不同寻常的目的地或收费记录。他又花了好些时间仔细聆听出租车调配中心的无线电，想要搞清楚凯伦·史密斯于巴尔的摩西北区失踪之前到底去了哪里。他翻看了本市及巴尔的摩县近期所有涉及出租车司机的抢劫和暴力案件，并格外关注了西北区附近的抢劫案件。他发现死者的其中一位男友有毒瘾，于是对其展开了调查：核实他的不在场证明；访问他的亲朋好友；然后，他又把这个男友带到市局，对其展开审讯——你们俩关系不怎么样，对吗？她赚了很多钱，对吗？你花了她很多钱，对吗？

唐纳德·沃尔登对年轻警探们很严格，一般都对他们的工作持保留意见。不过，这一次，即便连他也对自己的搭档赞誉有加。

"詹姆斯学得可真快啊。"沃尔登放手让詹姆斯一个人去做，自己只是在旁叮嘱观察着，"他知道怎么做一个警探了。"

为了侦破凯伦·史密斯案，里克·詹姆斯做了他能想到的一切。然而，当电话铃声响起时，这起案件业已厚达两个文件夹的卷宗中却没有一句话提及丹尼斯·弗兰克·沃尔斯的名字。它们也没提及克林顿·布特勒这个名字——正是这位二十二岁的小伙指示沃尔斯和他一起谋财害命，并最终杀了史密斯。对这起案件的调查急转直下了。不过，这倒并不意味着詹姆斯能从中学到什么教训。这只不过是凶案组办案手册中的第五条规律：

能力强是好事，有幸运女神眷顾更是好事。

当警探们找到沃尔斯并把他带到市局时，詹姆斯刚好要去机场。他正打算搭上早上的航班去度一个星期的假呢。沃尔斯在审讯室里待了一个小时左右，很快就交代了罪行。艾迪·布朗和两位专案警官为他提供了再明显不过的"出口"——不是你杀了她，是克林顿干的。沃尔斯一口咬定，这的确就是事实啊。长官们，连抢劫都不是我干的呀。从头到尾都是克林顿的主意，我刚刚开始还不想干，可他把我骂了个狗血淋头。你们看，我连一毛钱都没分到；克林顿把钱都拿走了，他说赃物得按劳分配，我只分到了些珠宝。那个女司机昏了过去，是克林顿把她拖出车外，是克林顿把她拉到树丛中，是克林顿找到了那个树枝，是克林顿把树枝递给他让他来做这事，当他不肯做时，也是克林顿嘲笑了他。所以说嘛，是克林顿·布特勒用那根树枝给那个女司机致命一击的呀。

最终，沃尔斯只肯承认自己干了一件事——是他，而不是克林顿把女司机的裤子扒了下来，并试图把自己的鸡巴塞到已经不省人事的受害者的嘴里。克林顿是个基佬，沃尔斯告诉警探们，他对女人没兴趣。

警探们让沃尔斯签署自己的证词，然后问他把珠宝都放在哪里了。布朗说，孩子，我们也不是不相信你说的话，但你得用实际行动证明给我们看呀。沃尔斯点点头，突然之间，他仿佛恍然大悟了——他以为只要他把女人的表和项链还回来，他就可以拍拍屁股走人了。

凯伦·史密斯案终于告破了，但这和警探的努力无关，而全然是因幸运眷顾凶案组。汤姆·佩勒格利尼颇为感慨。他是拉托尼亚·瓦伦斯一案的主责警探，他也和里克·詹姆斯一样陷到了这起案件的所有细枝末节里，这起案件好似一盘磁带在他脑袋里循环播放着。可结果呢？在谋杀案刚刚发生后的那几天内，警探的智力和劳力会对案件的侦破起到至关重要的作用；可当那段争分夺秒的日子过去之后，老天才知道那起案件怎样才会告破。有些时候，一个电话就足够了。有些时候，一个新线索——弹道比对或指纹——会改变侦查的走向。然而，在更多的情况下，一个耗时一个月都还未告破的案子很有可能将永远石沉大海。西北区发生了六起女性谋杀案，警局上层对此勃然大怒，于是增派了人手；可是，到最后，凯利·史密斯案是唯一告破并将嫌疑人送上了法庭的案件。3 月底，那些被临时调遣到其余五起案件里来的专案警官都回到了他们所在的分区警局；这些案件的卷宗被束之高阁——或许，它们比之前稍稍厚了一些，但它的厚度却和它的结局无关。

不过，佩勒格利尼可没有时间慢慢咀嚼消化西北区女性谋杀案带给他的启迪。当丹尼斯·沃尔斯被带到凶案组时，他还在研究拉托尼亚·瓦伦斯案的卷宗。当他们把沃尔斯带回警局并撰写克林顿·布特勒的逮捕令时，他出门查案去了。这天清晨，佩勒格利尼并不在凶案组，所以，他也没见到沉浸在胜利喜悦中的艾迪·布朗。布朗已经把死者的珠宝送到了物证分析部门，他正在问是否有人愿意通知丹尼斯·沃尔斯那个不幸的事实——他还是会被起诉一级谋杀罪。

"喂，"布朗站在审讯室门边说，"你们谁进去通知一下这个蠢蛋啊？他还以为我们会送他回家呢。"

"我来吧。"麦克卡特笑着说。

"悉听尊便。"

麦克卡特走进审讯室，关上门。布朗在反光玻璃外观望着，里面发生的一切简直是一出活脱脱的哑剧：麦克卡特双手托着自己的屁股，嘴里说了些什么。沃尔斯摇晃着脑袋哭了起来。麦克卡特挥了挥手，笑着转动门把手，回到了走廊里。

"这个婊子养的，真是个白痴。"他关上了门。

4 月 5 日，星期二

拉托尼亚·瓦伦斯已经去世两个月了。汤姆·佩勒格利尼是唯一仍在专注此案的警探。

哈里·艾杰尔顿——此案的警探副手——已经过去协助贝提娜·席尔瓦调查1月份发生的布伦达·汤普森的案件了——那个死在了加里森大道的车里的女人。艾迪·布朗突破了凯伦·史密斯案，现在已经着手调查其他新发生的谋杀案了。而本来也负责拉托尼亚·瓦伦斯案的杰·朗兹曼也不管它了。倒没有人会怪朗兹曼：他是分队的领导，在接下来三个星期的午夜轮值中，他的分队要接受很多新发凶案的挑战。

此案的专案警官们也都离开，回到了战略部门或他们的分局。最早撤兵的是战略小组的人马，而后是未成年犯罪组的警探们，接着是中央区的制服警，最后，两位来自南区的便衣也走了。渐渐地，不可避免地，拉托尼亚·瓦伦斯案变成了唯一一位警探的包袱。

曾经围绕在佩勒格利尼身边的人都走了。现如今，他一人独自坐在办公桌边，他的四周是满满三箱卷宗、照片、实验室报告和证人证词。他背后的墙面上有一个布告栏，这些东西本应贴在布告栏上，可那些人还没来得及贴就都离开了。布告栏的中央钉着小女孩最近的一张照片。它的左边是艾杰尔顿画的纽因顿大道屋顶简略图。它的右边则是水库山地区的地图以及几张航拍的照片。

今天，佩勒格利尼的工作和过去几周毫无区别。他有气无力地翻看着卷宗里的随意哪本，希望发现某个他初次阅读时遗漏的线索。这其中有些卷宗是他自己做的，另外一些则是由艾杰尔顿、艾迪·布朗、朗兹曼或其他专案警官做的。他一页又一页地翻看着，并告诉自己，这便是红球案件的棘手之处。红球案件至关重要，所以它们会变成一出出由大卫·O.塞尔兹尼克①监制的恢宏大片，到最后，没有一个警探能知道它到底变成什么样了。自从拉托尼亚·瓦伦斯被人谋

---

① David O Selznick，好莱坞著名制片人，他监制的作品多以耗费巨资和场面恢宏著称，代表作有《乱世佳人》《蝴蝶梦》等。——译者

杀之后，这起案件就变成了整个警局的公共财产，以至于连那些只有几天经验的巡逻警都被派遣去做调查了。佩勒格利尼敢说，这个警局里有二十多号人都了解这起案件，可没有一个人对它的了解是完整的。

从某种程度上说，佩勒格利尼谅解警局的做法。当红球案件发生时，警局必须在最短的时间内动用它能动用的所有人力去处理它。到2月底，这起案件的专案警官们已经对案发现场周围的三个街区做了两次地毯式搜查，他们对三个地址执行了搜查令，并把纽因顿大道北面的所有排屋都翻了一个底朝天。但是，现如今，所有这些行动的报告都在佩勒格利尼的办公桌上汇总了。单单证人证词就有整整一个文件夹，而和"捕鱼人"——他仍然是最具嫌疑的人——有关的信息则被单拎了出来。

佩勒格利尼靠在桌上，再次翻看现场照片。这或许已经是他第三百次看这些照片了吧。还是那条湿漉漉的街，还是那个女孩，还是那双迷茫的眼神，她的手臂还是向前伸张着，她的手掌还是打开的，手指还是蜷曲的。

这些3×5英寸大小的彩色照片已然无法在汤姆·佩勒格利尼内心激起任何波澜了。事实上，他觉得自己从未对这些照片动容过。很多外行都以为警探会对无辜的受害者起怜悯之心，但其实，警探们通常从着手调查案件那一刻开始便和受害者保持了情感距离。佩勒格利尼也不例外。我们甚至可以说，这种素质是一位警探所必需的。所以，自打佩勒格利尼赶到纽因顿大道后巷的那一刻开始，他就把所谓的怜悯之心忘在家里了。

佩勒格利尼并不觉得自己如此冷血有何问题。即便面对最惨绝人寰的悲剧，警探也必须以手术医生般的冷静态度处理案件。就拉托尼亚·瓦伦斯这起案件而言，当他看到这个小女孩的尸体横陈街头时——她的肚子被掏空了，她的脖颈被勒碎了——他第一时间的反应或许是震惊，可在此之后，所有他之所见都变成了证据。一个好警探是不会面对死亡现场思考起"人性本恶"这样的终极问题的。他思考的是尸体上参差不齐的伤口是不是由锯齿状刀刃导致的，而大腿内侧的淤青又是否意味着受害者被性侵犯了。

从表面看来，这种专业的态度让警探免受恐怖景象的侵扰。但佩勒格利尼也知道，所谓的专业态度也正在干扰他的判断。毕竟，他不认识小女孩。他不认识她的家人。最为重要的是，他也无法对他们的悲伤感同身受。拉托尼亚尸体被找到的那一天，佩勒格利尼离开现场之后便赶去了法医实验室，那里的人们正对小女孩的尸体展开最为冷冰的解剖。是艾杰尔顿负责把悲剧通知了她的母亲，是他见证了小女孩家人的崩溃，也是他代表凶案组出席了小女孩的葬礼。自那之后，佩勒格利尼也和瓦伦斯的家人聊过，但他只是想从他们那里得知必要的事实信息。那时候，小女孩的家人已经麻木了，他们不再向警探显露自己的悲痛。佩勒格利尼没有见证他们的悲痛，而他认为，正是这一事实一直在阻碍他看清掩藏在这些照片后的真相。

佩勒格利尼劝自己，或许吧，他之所以无感，是因为他是白人，而小女孩是黑人。这倒不意味着杀死黑人就不是犯罪了，而是因为一旦被杀的是黑人，这就构成了一起典型的巴尔的摩凶杀案，一起典型的水库山地区凶杀案——而佩勒格利尼和这座城市、这个地区毫无情感联系。佩勒格利尼曾想象拉托尼亚·瓦伦斯是自己的女儿，是朗兹曼或麦克拉尼的女儿，可小女孩的肤色和阶层令他无法完成这样的移情想象。去他妈的吧，在过去的一年半里，佩勒格利尼的上司也没有对任何发生的案件动情啊。

"喂，这起案件可和我没关系哟。"朗兹曼会对那些拒绝作证的案发地点附近居民说，"我又不住在这里。"

好吧，这便是事实：佩勒格利尼不住在水库山地区。他只是这起案件的调查员，他对它的兴趣也只能停留在技术的层面。它是且仅仅是一起案件；它离佩勒格利尼位于本市安妮·艾伦戴尔南郊的那座农场大屋过于遥远，它离佩勒格利尼与妻子和两个孩子一起组成的幸福家庭过于遥远，只消两罐啤酒和一顿美满的晚餐，就足以让佩勒格利尼把它忘诸脑后。

有一次，佩勒格利尼正在和艾迪·布朗聊这起案件。他们互相交换着彼此的推理，突然之间，一个古怪的词从佩勒格利尼嘴里溜了出来。佩勒格利尼当即便意识到自己对这起案件的疏离感。

"她肯定之前就认识这个人，这是我们能确定的。我觉得，这个小妞……"

这个小妞。佩勒格利尼立即不说话了，在脑海里寻找着其他的词汇。

"……这个女孩之所以会乖乖被凶手带走，是因为他们认识。"

当然，佩勒格利尼的上司也和他抱有同样的态度。有一次，一位专案警官看着现场照片问朗兹曼道："是谁发现尸体的？"

突然之间，朗兹曼开起了惯常的冷笑话："是中央区的一个警察。"

"那个人强奸她了么？"

"那个警察？"朗兹曼显然抓到了这个问题里的含糊语病，"呃……他应该没有吧。不过也有可能。我们没有问他，因为我们想那个杀了她的人反正已经强奸过她一次了。"

要是其他城市的凶案组，这个笑话肯定会遭来非议。但是，这可是巴尔的摩的凶案组，这里的每个人——包括佩勒格利尼——都会对即便最残酷的笑话报以笑声。

佩勒格利尼深知，自己之所以至今仍不放弃拉托尼亚·瓦伦斯案，并不是因为自己想为小女孩伸张正义，而是因为他的自信受挫了，他要从哪里跌倒就从哪里爬起来。他所迷恋的并不是受害者，而是施害者。一个孩子——任何孩子——在一个 2 月的白天尸陈街头，作为接起派遣电话的警探，佩勒格利尼只能把它当作对他个人的挑战。如果他破了拉托尼亚·瓦伦斯的案子，这个凶手就败在了他的手下。不在场证明、谎言、躲藏——所有这些在凶手被逮捕之前都毫无意义。只有当他听到自己的手铐在凶手的手上闭合发出清脆的响声时，他才能告诉自己：你已经成了一个真正的警探，和这个组里的所有人一样，你配得上警探的徽章，也配得上一百二十个小时的加班费。然而，只要这起案件一日未破，只要凶手还逍遥法外，他就仍然还占着上风，佩勒格利尼仍然是个失败的警探。所有看着佩勒格利尼日复一日翻看卷宗的警探都知道他的内心到底是怎么想的。

在案发后的第一个月，佩勒格利尼几乎就没休息过：他每天工作十六个小时，周末也不休息。有些时候，他会突然离开警局回家，因为他在那一刹那意识到自己这几周来除了睡觉和洗澡就没多在家里待过，他意识到自己已经好久没和妻子说过话了，他意识到他家才刚新添人丁，可他根本不知道自己的孩子长什么样。他觉得自己愧对家人，却也为自己感到庆幸。至少，他的妻子单应付刚刚出世的孩子就够忙活了；布伦达天天都盼着他回家，但是，因为她成天忙着喂奶和换尿布，所以也没时间向佩勒格利尼抱怨什么。

他的妻子知道他正在忙着破拉托尼亚·瓦伦斯的案子。在最近的一年里，她已经习惯跟着丈夫的作息时间生活了。于是，渐渐地，这个家庭的中心变成了一个业已死去的、和他们并不相识的小女孩。有一个星期六的早晨，佩勒格利尼刚想出门去市局加班——那已经是他连续三周周末不休息了——他家的大儿子跑了过来。

"跟我玩。"迈克尔说。

"我得去上班。"

"你在为拉托尼亚·瓦伦斯工作呢。"这个才三岁大的小屁孩说。

到了3月中旬，佩勒格利尼发现自己再这样工作下去，身体就吃不消了。他成天咳嗽：虽然之前他因抽烟也咳嗽，但这次的干咳声更加猛烈，仿佛源自肺部深处。刚开始时，他怪自己抽烟太多；然后，他又怪市局大楼的通风系统不好。其他警探就来起哄了——他们告诉他，咳嗽根本不是因为抽烟，通风系统里积的石棉纤维就能杀死一个人了。

"汤姆，别担心。"有一次点过名之后，贾尔维对他说，"我听说吧，要是有人因吸入太多石棉得了癌症，这种病也会潜伏很久才爆发。放心吧，你有足够的时间把这个案子给破了。"

佩勒格利尼刚想笑，却又咳嗽了起来。两星期之后，他还咳嗽。让情况变得更糟的是，他开始起不了床了，也经常在办公室里打盹。无论他补了多少觉，每次醒来时，他都会觉得全身无力。他去看了次医生，医生检查不出什么问题。而那些凶案组的同事们——他们可一个个都是心理医生啊——则异口同声地说，这全要怪拉托尼亚·瓦伦斯的案子。

老探员会忠告他说，是时候放弃这个案子了，他得回到平日轮值工作里来，接手新的案件。他也不是没有尝试过。他先是解决了一起东南区的利器杀人案——一个帕金斯公共住宅区的贩毒者因为一位顾客欠了他二十块钱便把他杀了。他又解决了一起市中心的案件——一个老板抱怨自己的员工消极怠工，于是，员工把老板杀了。

天呐。这样的案件只能让他气不打一处来。

一个小女孩被奸杀了，而负责调查这起案件的警探却在追查那些无脑蠢蛋们犯下的案件。不，我不要这样，佩勒格利尼对自己说，如果我想好起来，拉托尼亚·瓦伦斯的案件才是解药，而非下一个新案件。

好吧，现如今，他的解药就在他的桌上。

夜晚降临。达达里奥的轮值警探——下班朝电梯走去。佩勒格利尼独自坐在办公室里，他的手里还是那些彩色照片。他要再看一次。

他到底疏忽了什么？这幅图景里到底缺少了什么？纽因顿大道到

底发生了什么？

他举起其中一张照片，看到女孩尸体头部附近的人行道上，有一根细细的金属棒。这不是他第一次发现它了，这也不会是他最后一次注意它。在他看来，这根金属棒象征着这起案件现今所处的困境。

案发两天之后，当犯罪实验室人员把现场照片送到佩勒格利尼手里时，他就已经注意到金属棒了。他很是确定——这根金属棒就是贾尔维于案发第二天对纽因顿大道执行地毯式搜查时所找到的那一根。当贾尔维在后院找到它时，它上面有一簇毛发和一点血迹——之后，实验室证明这的确是死者的血。然而，尸体被找到的那天，警探们却没有发现这根金属棒。

佩勒格利尼还记得那一天的清晨，他记得自己有那种不祥的感觉——慢慢来，把该做的都做完。他还记得法医赶到现场的那一刻，他们问警探是否已经完工，他们是否可以收拾尸体。是的，他们已经完事了。他们已经把现场勘查了两遍了。可是，如果是那样的话，这根金属棒怎么会在照片里呢？他们怎么没有在第一时间的案发现场找到它呢？

佩勒格利尼不知道这根金属棒到底和犯罪有何关联。或许凶手把它和尸体扔在了一起。或许凶手使用过它，或许它是强奸女孩的一个道具。警探在上面发现了毛发和血迹，实验室又进一步发现了上面残留的阴道分泌物，这便说明了它的功用。可是，同样有可能的是这根棒子之前就在这里了，它可能是根废弃的电视柜支架或烫发棒，它只是碰巧出现在了现场。也许那个发现尸体的老人在尸体被移走之后出来打扫卫生，不小心把现场的血迹和毛发弄到了棒子上。佩勒格利尼根本无从判断这根棒子到底是什么，然而，警探们没有在最初的二十四小时发现它却是一个不争的事实，而这个事实足以让他感到不安。他们到底还疏忽了什么？

佩勒格利尼又读起了对 700 号街区居民所做的调查卷宗。这其中的有些审讯做得比较到位，警探和专案警官问了所有该问的问题，而被问者也一一回答了。可是，也有一些审讯只是敷衍了事，仿佛负责此项工作的警察业已说服自己，他所面对的那个人肯定是无辜的，因此也没必要浪费时间。

佩勒格利尼一边读着卷宗，一边后悔着：这个人，怎么就没问他那个问题呢？应该问他那个问题的啊。现如今，他们早就不记得那一天了，再问也没用了。有一个邻居说她对家附近发生了一起谋杀案一无所知。好吧，那她前一晚又听见后巷里有什么声音吗？有人说话吗？有人哭吗？有没有汽车开过的声音？有没有看到车光？没有吗？那再往前有没有呢？你觉得你的邻居中有可疑的人吗？你的邻居中有几位会让你觉得害怕，不是吗？为什么？你的孩子和这些人有过接触吗？你有让他们离某人远点吗？

佩勒格利尼责备着负责调查的所有人，也没有放过他自己。现今回想起来，他觉得自己有好多事都没来得及做。比如说，在"捕鱼人"的商店被烧毁之后，他用一辆卡车把商店里的废墟都清扫出去——为什么他们没有更加仔细地检查那辆车？警探们推断说，小女孩是被人扛着带入后巷的，那个人为了不被人发现肯定只走了一丁点路。可他们过于盲目地得出了这个结论：如果"捕鱼人"是在怀特洛克街杀了小女孩的呢？警探说那里离弃尸地点太远，他不可能把尸体从怀特洛克街运到纽因顿大道。可是，就在案发的那一星期，他有从邻居那里借了卡车啊。如果他们好好地搜一遍那辆卡车的话，说不定他们会发现毛发，发现纤维，发现小女孩裤子上的那类似于焦油一样的东西呢。

当朗兹曼放手这起案件时，他认为"捕鱼人"肯定不是他们想找的凶手。他从来没见过有凶手能经受得了这么长时间的审讯。但佩勒格利尼仍然不确定。至少，"捕鱼人"向他们提供的不在场证明有过多可疑之处——这已足够让任何警探紧紧咬住他不放口了。然后，就在五天之前，"捕鱼人"接受了测谎，而结果证明，他说的的确是谎话。

他们是在派克斯韦尔的州警局分署中进行这次测谎实验的——自拉托尼亚·瓦伦斯案的调查重心转移到"捕鱼人"身上之后，这是他们首次有机会用仪器确认他所说之话的真假。令人难以置信的是，巴尔的摩警局没有自己的测谎仪；马里兰州差不多一半的城市警局都有这种设备，但每次巴尔的摩的凶案组想用它时，他们都必须向州警局借。在借到仪器之后，他们则必须再次把"捕鱼人"找来，并让他自愿接受测验。幸运的是，佩勒格利尼在数据库中找到了"捕鱼人"多年之前因欠付配偶赡养费而向他发出的逮捕令。这张逮捕令从来没有被执行过，它是否还具法律效用也值得怀疑，但警探们还是用它强制逮捕了"捕鱼人"。他们终于有合理的理由让他接受测谎了。

在州警局分署里，"捕鱼人"对谋杀案每个关键问题的回答都会引发测谎仪指针的强烈反应。当然，测谎的结果并不能用作呈堂证供，而警探中也鲜有人相信测谎实验是完全可靠的科学。不过，它的结果至少验证了佩勒格利尼的怀疑。

紧接其后，出乎佩勒格利尼的意料，一个新证人浮出了水面。此人是个瘾君子，是最不可靠的证人类型。他于六日之前因伤人被西区分局逮捕。他试图向登记警官表示好意，说自己知道是谁杀了拉托尼亚·瓦伦斯。

"你怎么知道的?"

"是凶手亲口告诉我的。"

佩勒格利尼立即赶到西区分局。据这个瘾君子说，有一天，他和一位老友在西区的一个酒吧喝酒。这位老友说他最近被警察带走问他有没有杀一个小女孩。他问这位老友是不是他杀的。

"不是。"这位老友回答。

然而，渐渐地，酒精让这个人说出了实话。他说是他杀了小女孩。

　　警探们对这个瘾君子进行了好几轮审讯，他每次都会重复这个故事。他说他认识这个人好久了，而这个人便是怀特洛克街一家捕鱼用品店的老板。

　　于是，就在后天，佩勒格利尼要为这位新证人做测谎。此时此刻，他坐在办公桌边，复习着那人提供的证词。他的心情很复杂——他既希望他说的是真话，又悲观地觉得这不可能。他暗自觉得，此人会像"捕鱼人"一样通不过测谎测试，因为他的故事太完美了，太有价值了，这不可能是真的。他调查此案如此之久了，一对朋友之间的酒后吐真言就把这案给破了？没有那么简单。

　　佩勒格利尼也知道，不久之后，他的桌上又将多出一本卷宗——这个新证人的卷宗。这个人本身就很可疑：一般人碰到谋杀案都唯恐避之不及，可他竟然主动交代自己和一起儿童谋杀案有关，而他又对水库山地区十分熟悉。更有甚者，他也有很多犯罪前科，其中有一项便是强奸罪。那一次，他是持刀威胁受害者而得逞的。佩勒格利尼再次警告自己，千万不能乐观，事情从来没有那么简单。

　　读完卷宗之后，佩勒格利尼又读起了他本人起草的一份长达四页纸的案件综述。这份综述结合了目前凶案组所知的所有证据，在没有找到第一犯罪现场和物证的情况下，它的结论是目前还无法把调查范围缩小到某个特定的嫌疑人身上，并研究此人的犯案动机。

　　"这种办案方式只对某些案件有用，"佩勒格利尼写道，"但因为本案缺少物证，这种方式的有效性值得商榷。"

　　而佩勒格利尼提出的替代方案便是仔细检阅所有的卷宗：

　　　　因为本案的信息库是在不下二十位警探和专案警官的共同努力下完成的，我有理由怀疑这其中潜藏着某条重要线索，却仍未被发现。就一般情况而言，主责警探和警探副手是唯一了解某起案件的人，其意义也便在此。

简而言之，佩勒格利尼想要独自一人再花些时间好好研究这起案件。他写得一手好报告。他的文字条理清晰、简单明了，却也懂得避其锋芒、歌功颂德，上级看了这样的报告总会觉得心里一阵暖意，且早已被他夸得晕头转向。不过，如果他想要再次仔细检阅案件的主意得到了警长级别的人的支持，那就再好不过了。

佩勒格利尼拿掉回形针，把这四张纸铺了开来，他还要花点时间再修改一下。可是，里克·李奎尔打断了他的思路。李奎尔刚想下班，只见他走到佩勒格利尼面前，冲着他做了几个握空拳上扬的动作——天下人都知道，这是在问佩勒格利尼要不要和他一起去喝酒呢。

"哥们儿，去喝几杯吧。"

"你下班了？"佩勒格利尼抬起头问道。

"嗯，我要走了。巴里克的分队已经来接班了。"

佩勒格利尼摇着头指了指他面前漫无边际的卷宗："我还有点工作要做。"

"你还在查那个案子呢？"李奎尔说，"等到明天再做也不迟啊。"

佩勒格利尼耸耸肩。

"汤姆，得了吧，给自己放个假吧。"

"呃……你想去哪？"

"马其特酒吧。艾迪·布朗和登尼甘已经在那里了。"

佩勒格利尼点点头，他还在犹豫。"如果我提前做完了，"他最后还是拒绝了，"我会来找你们的。"

李奎尔一边朝电梯走去，一边想佩勒格利尼是不可能来找他们了。他至少还会工作四个小时，他们可等不来他了。然而，一个半小时后，佩勒格利尼却出现在了马其特酒吧的吧台边。李奎尔颇感惊讶。突然之间，佩勒格利尼懂得了放手，并让自己得以喘息一会。在马其特酒吧和自己的同事喝上几杯能让佩勒格利尼找回信心，而已经喝到半醉的李奎尔显然就是鼓舞士气的理想人选。

"汤姆，"李奎尔说，"你想喝什么？"

"啤酒。"

"喂，尼克，给这位绅士来杯啤酒。"

"你在喝什么？"佩勒格利尼问。

"格兰威特。这可是好东西。你要来点吗？"

"别了。我喝啤酒就好。"

于是，他们一轮接一轮地喝了起来。其他警探也陆陆续续地赶来。渐渐地，拉托尼亚·瓦伦斯的案件变得不那么真实了，所有的现场照片、证人证词和卷宗都仿佛变成了某出电视剧里的剧情。拉托尼亚·瓦伦斯不再是个悲剧，而成为大家的笑话。西西弗斯和他背负的巨石。庞塞德莱昂和他追寻的青春之泉。佩勒格利尼和他想侦破的小女孩之案。

"哥们儿，我得说，"李奎尔一边把酒举到嘴边，一边说，"当汤姆刚到凶案组时，我觉得他肯定干不了这活。我说的是真的……"

"而现在你也知道了，"佩勒格利尼半开玩笑半严肃地说，"你当初的想法没错。"

"不，哥们儿，"李奎尔摇着头说，"当你把公共住宅区的那个案子破了的时候，我就知道你没问题了。那个男孩叫啥名字来着？"

"哪个案子？"

"那个东区高层住宅的案子。"

"乔治·格林。"佩勒格利尼说。

"对。就是他，格林。"李奎尔冲着调酒师尼克挥了挥自己的空酒杯，"所有人都说你破不了这个案子。我也是这么说的。我对他说……"李奎尔闭上嘴，等尼克倒满半杯酒之后，继续说道，"我说了啥来着？"

佩勒格利尼笑着耸耸肩。

"哦，我记起来了。我说这个案子玩完了，没救了。高层住宅里的涉毒谋杀案。一个死在了艾斯奎斯街上的小黑孩。谁会关心这种案子呢？没有证人，什么都没有。我告诉他，你最好还是忘了它吧，再找一起案子来做做。可他偏偏不听。他也不听任何人的劝告。这个固执的婊子养的竟然连杰的话都不听。他就一个人出了凶案组的门。两天之后，他回来了。你们猜怎么着？"

"我可不知道。"佩勒格利尼醉眼惺忪地说，"怎么着？"

"你竟然把这个操蛋的案子给破了。"

"真的吗？"

"拜托，别耍我了好吗？"李奎尔转身面对刑事调查部的警探们，"这个婊子养的竟然一个人破了这个操蛋的案子。从那以后，我就知道汤姆没问题了。"

佩勒格利尼觉得有些不好意思。

李奎尔瞧了他一眼，他发现虽然这位年轻警探已经酒过半巡，但还保存着理智不肯就范。

"汤姆，我说的是真话。"

"真的吗？"

"真的。听我说。"

佩勒格利尼喝了一口啤酒。

"操，哥们儿，我可不是因为你在这里才这么说的。我说的全是事实。你刚来时候，我真以为你干不了这活。可你干得太漂亮了。真的。"

佩勒格利尼笑着问尼克要最后一杯酒，他又指了指李奎尔面前的空杯子，让他给这位同事也满上。其他警探转头聊起别的事来。

"和你相比，弗雷德就不怎么样。"李奎尔低声对佩勒格利尼说，

"真的。"

佩勒格利尼点点头，却突然觉得有些不安。他和弗雷德·塞鲁迪同属朗兹曼的分队，两人进入凶案组的时间也才相隔几周。塞鲁迪和李奎尔一样是黑人，但李奎尔在分配到凶案组之前曾在缉毒组工作过六年，而塞鲁迪则是从东区分局直接调任至凶案组的，在此之前，他才只有四年执法经验。他之所以能平步青云，是因为得到了某位警长的器重，后者看到他在分局做便衣做得得心应手，便觉得他是个人才。可在李奎尔看来，这是远远不够的。

"我倒不是说我不喜欢弗雷德。我可喜欢他了。"李奎尔说，"但他还不够格做凶案组。我们已经给他够多提点了，可他还是没吃透。他还没准备好呢。"

佩勒格利尼没有回应。他知道，李奎尔是他分队中资格最老的探员；即便放眼整个凶案组，像他这么有经验的老黑人警探也已经不多见了。他初来刑事调查部时，警局里的种族歧视还很严重，人们会在点名时用带有侮辱色彩的绰号叫唤黑人警察。佩勒格利尼知道，让李奎尔不顾肤色的偏见，对警探做公允的评价是件多么不容易的事。

"我得说，"李奎尔对酒吧里的其他刑事调查部警探们说，"如果哪一天我的家人被人杀了，或者我被杀了，我就想让汤姆来负责调查。"对于同为警探的同事而言，这无疑是句至高的评价。

"你醉得不轻。"佩勒格利尼说。

"哥们儿，我没醉。"

"好吧，里克。"佩勒格利尼说，"谢谢你信任我。我或许破不了你的命案，不过倒是可以看在你的分上，为你加点班。"

李奎尔笑着向尼克招手。调酒师免费为他倒上最后一杯酒，这位警探举起酒杯，昂头一干而净。

两人离开酒吧，路过马其特的餐厅区域，来到沃特尔街上。三个月之后，马其特酒吧与海鲜餐厅将易主重装，变成一家名为多米尼克的高级法国餐厅。来这里的顾客将穿着更高端的服饰，吃更昂贵的大餐，而对于普通警探而言，这里的菜单则将变成一份看不懂的天书。调酒师尼克也将离开这里，这里的酒价将升至四美元一杯以上，那些曾经经常光顾这里的警察会被老板无情地告知，要是他们再出现在这里，将对餐厅的形象造成损害。可此时此刻，马其特酒吧仍然是警察们的天堂，正如名为卡维纳和警察之家的另外两家酒吧一样。

佩勒格利尼和李奎尔转到弗雷德里克街上。每个路过这里的警探都会笑，因为鲍勃·伯曼正是在这条街上做了那次名垂警局历史的午夜巡逻的。他先是把自己灌醉了，然后又不知从哪里借来了一匹马，骑着它在马其特酒吧的玻璃窗前来来回回。那时候，马其特酒吧里还有好几位警探，他们看着窗外的伯曼狂笑不止——伯曼身高五英尺六英寸，骑着马的他看上去就像是拿破仑和骑马师威利①的结合体。

"你还能开车?"佩勒格利尼问。

"没事，哥们儿，我能行。"

"你确定?"

"操，那当然。"

"好吧。"

"喂，汤姆，"在走向汉密尔顿街停车场之前，李奎尔说，"如果破不了案子，那就让它去吧。不值得为它伤心。"

佩勒格利尼笑了笑。

"真的。"李奎尔说。

"好吧，里克。"

"真的。"

佩勒格利尼还是笑了笑。无奈的笑，放弃抵抗的笑。

---

① Willie Shoemaker，全名威廉·李·"比尔"·舒马赫，美国著名骑马师。——译者

"真的，哥们儿。竭尽所能把自己该办的事办好，那就足够了。如果没有证据，那就让它去吧。你做了你该做的……"

李奎尔拍了拍这位年轻探员的肩，然后从裤兜里掏出车钥匙。"哥们儿，你明白我的意思。"

佩勒格利尼点点头，笑了笑，接着又点了点头。但他没有说话。

4月8日，星期五

"布朗，你这坨屎。"

"你说什么？"

"我说你是坨屎。"

戴夫·布朗正在看《滚石》杂志。他抬起头，看了眼唐纳德·沃尔登。沃尔登表情严肃，准没什么好事。

"给我一块钱。"沃尔登伸出手。

"等等，"布朗说，"我自管自地读着杂志……"

"一本艺术杂志。"沃尔登插嘴道。

布朗疲惫地摇摇头。虽然大卫·约翰·布朗最近的艺术创作只限于在笔记本上画火柴人以代表死者，但他真的毕业于马里兰州艺术学院。在沃尔登看来，一个艺术学院的毕业生成了凶案组警探，这简直就是天方夜谭。

"我自管自地读着一本摇滚乐流行文化杂志，"布朗继续说，"我又没惹你，你干吗一进门就说我是排泄物？"

"排泄物？操，那是什么玩意？我可没读过大学。我只是个汉普登的小屁孩。"

布朗翻起了白眼。

"婊子，给我一块钱。"

当然，戴夫·布朗对这一幕并不陌生。早在他来到凶案组之前，沃尔登的"敲诈"行为便已经开始了。沃尔登总是会向年轻警探们索要一块钱，但他可不会用这笔钱给他们买咖啡——这笔钱就好比年轻警探对沃尔登的进贡。布朗摸了摸口袋，拿出一块钱朝沃尔登扔去。

"你真是坨屎。"沃尔登一手抓住硬币，说道，"布朗，你怎么不也接几个电话啊?"

"我刚才接了一起谋杀案。"

"是吗?"沃尔登说着朝他走来，"好吧，那你也接着我这玩意。"

沃尔登靠在布朗的椅子上，裤裆口冲着他的嘴。布朗笑着尖叫起来。特里·麦克拉尼好奇地赶了过来。

"长官，麦克拉尼长官，"布朗一边推搡着压在他身上的沃尔登，一边叫道，"沃尔登想让我替他口交。您知道，这是犯法的。作为我的上司，我请求你……"

麦克拉尼笑着向两人敬了一个礼，然后便转身离去："别让我打断了你们的闲情逸致。"他回到了主办公室里。

"操你妈的，快给我滚。"布朗已经不想再玩笑下去了，"你这个长得像北极熊一样的婊子，快给我滚。"

"哦～～～"沃尔登往后退了一步，"现在，我可知道自己在你心目中的形象了。"

布朗没有接话，低下头继续读他的杂志。

可沃尔登不会这么就放过他："你是坨……"

布朗瞪了他一眼，右手伸向怀里的.38手枪。"当心你的嘴，"布朗说，"我今天可带着这个大家伙。"

沃尔登摇摇头，他走到衣架边上，把手伸进大衣寻找着雪茄。"布朗，操你妈的，你读什么杂志装什么逼啊?"他点上雪茄，说，"你怎么也不调查罗德尼·特里普斯的案子了?"

罗德尼·特里普斯。那个死在他自家豪车后座的毒贩子。没有证人。没有嫌疑人。没有物证。那布朗还能干什么啊?

"我说，我又不是唯一一个破不了案的人。"布朗叹了口气，"我发现'板儿'上有几个红字还是你的呢。"

沃尔登没有说话。在那一瞬间，布朗后悔自己说了最后那句话。办公室里的玩笑开得再大，也总归有它的边界，有些玩笑的确会伤人。布朗知道沃尔登正处在三年以来最糟糕的境遇——连续两起案子烂在了他的手上；更要他命的是，梦露街的案件貌似没有尽头了。

这些天来，沃尔登已经把二十多位证人带到过小克莱伦斯·M.米切尔法院的二楼了。这些人在那里接受陪审团的调查，而沃尔登则会等在法院之外，期待蒂姆·多利——本案的检察官——竭尽所能还原约翰·兰多夫·斯科特的神秘死亡案。沃尔登本人也出席过陪审团调查。陪审团问了他一些和追捕斯科特的警察相关的问题——特别是当他们聆听了中央区分局的无线电录音之后。然而，即便连沃尔登也无法回答这些问题；一个年轻人死在了西巴尔的摩的一条巷子里，而所有西区和中央区的警察都不知道到底发生了什么事。

不出意料，沃尔登唯一的非警察证人——新闻报道说此人是本案的嫌疑人——不愿出庭作证，他引用《第五修正案》，说自己有反对自证其罪的权利。而第一时间找到尸体，并在无线电对话中取消嫌疑人描述的威利警官则没有作为证人被传唤。

多利曾向沃尔登解释道，他们之所以不这么做，是因为威利是他们最后的希望。如果他有罪的话，即便传唤了他，他也会引用《第五修正案》来保护自己。一旦他提出这条权利，检察官便会极为被动：他完全可以光明正大地走出法院，而我们又没有足够的证据来起诉他任何罪名。然而，如果我们不强迫他作证的话，那事情或许会有出人意料的走向。或许约翰·威利会在这种情况下告诉我们的确是他杀了那个男孩。多利说，如果那样的话，虽然我们没法起诉他，但至少也算是破了此案。

每天下午，沃尔登都会出现在法院门外；而到了晚上，他则仍然参与日常轮值，调查刚发现的凶杀案。可是，仿佛他在凶案组的幸运日子走到了头，他连这些案件都侦破不了。

虽然沃尔登所在分队的领导是麦克拉尼，但就实际情况而言，他才是此分队的核心。于是，连麦克拉尼也开始感到不安了。当然，每个警探都会碰到自己解决不了的案件，但是，这个人可是沃尔登啊，连续两起案件未破从来没在他身上发生过。

在最近的一次午夜轮值中，麦克拉尼指着"板儿"上的红字对手下们说——其实，这句话也是说给他自己听的："这其中一起马上要破了，唐纳德是不会连续破不了两起案件的。"

这其中一起是3月发生在埃德蒙德逊道上的涉毒枪杀案。这起案件唯一的证人是一个十四岁的未成年拘留所逃犯。直至今日，警探们都还没找到他；即便找到了他，这个孩子会不会开口也是未知数。然而，这第二起案件原本没什么难度：那是一起发生在艾拉蒙特街上的枪杀案。死者是个名为德维恩·迪克森的三十岁男人。当时，艾拉蒙特街上正有人吵架，迪克森本是想劝架的，却突然被人从背后一枪击中。沃尔登把所有相关证人都审讯了一遍，却发现了一个悲催的事实：这些人全都不认识那个开枪的人，也不知道他带着枪出现在那里到底想干什么。更有甚者，所有证人都异口同声地说，这个凶手并没有参加导致凶案发生的争吵。

麦克拉尼说这起案件快要破了，这全然是他的一厢情愿。案发至今，沃尔登能做的已经很少了——除非有人突然拨通凶案组电话告诉他们他认识凶手——他只能翻看西南区的持枪杀人案卷宗，希望能从中找到嫌疑人。沃尔登告诉警司，自己已经尽力了，可麦克拉尼却觉得，是梦露街的案件害了他的得意队员。警局派凶案组最优秀的警探调查警察枪击案，可他们却不管这种工作会对这位警探造成怎样的心理阴影。这两个月来，麦克拉尼一直想让沃尔登放弃梦露街的案件，回到日常的轮值工作里来。他以为一旦让沃尔登回归日常工作，他还是会像以前那样优秀。

但是，沃尔登再也不是从前的那个他了。此时此刻，当布朗开起"板儿"上两个红字的玩笑时，他突然陷入了沉默。就这么一句话，让沃尔登变了一个人。

布朗直觉大事不好，赶紧试图弥补。"为什么受伤的总是我呢？"他问，"你为什么不去耍耍瓦尔特梅耶？瓦尔特梅耶有向你进贡免费面包圈么？"

沃尔登还是不说话。

"操，为什么你不耍耍瓦尔特梅耶呢？"

当然，布朗也不是不知道答案。瓦尔特梅耶已经做了二十多年警察了，沃尔登可不会和这种资历丰富的同事开玩笑。相比之下，戴夫·布朗才做了十三年警察。同理，瓦尔特梅耶是不会大清早7点钟去派克斯韦尔给沃尔登买面包圈的。买面包圈的一定是布朗。如果像唐纳德·沃尔登这样的老探员想吃面包圈和蔬菜色拉的话，替他们卖命的肯定是布朗这样的新探员，即便这意味着他们要为此跑一趟费城。

"我替你做了那么多事，你连一句谢谢都没说过。"布朗还在试图把沃尔登引回到原来的话题上。

"那你想让我做什么？给你一个吻吗？"沃尔登终于开口了，"你买面包圈时连大蒜都没给我捎上啊。"

布朗翻了翻白眼。蒜味面包圈，永远是那操蛋的蒜味面包圈。据说，吃蒜味面包圈对他的血压有好处；而每当布朗带回洋葱面包圈或罂粟籽面包圈时，他都会被沃尔登骂个狗血淋头。布朗有两个最为"邪恶"的梦想：一个是把瓦尔特梅耶和六个酩酊大醉的希腊裔码头工人一起关在审讯室里，另一个则是带着六七十个蒜味面包圈于星期六早晨5点出现在沃尔登家的门口，然后把这些面包圈一个个地扔进沃尔登的卧室。

"他们不卖蒜味的。"布朗说，"我问了。"

沃尔登蔑视地看了他一眼。那张拍摄于车里山道的照片——那张被布朗珍藏的照片——上的沃尔登也是这副模样。照片上的沃尔登仿佛在骂布朗："布朗，你这坨屎，你难道能从这些啤酒罐里找到什么线索吗？"总有一天，当沃尔登退休后，戴夫·布朗或许会成为麦克拉尼分队中的王牌警探。但是，在此之前，这位年轻探员还是得唯唯诺诺地做好沃尔登的奴隶。

然而，相由心生，沃尔登自个儿亲手把自己推入了地狱。他爱警探这份工作——或许太爱了——可现在，他发现自己时日无多了。沃尔登一直无法接受这个事实：他做了整整二十五年警探，他从来就是自信满满，天下就没有沃尔登破不了的案。他刚入警局时被分配到了西北区。他在那里工作多年，对那片城区了如指掌。操，即便是现在，要是西北区出了什么命案，沃尔登闭着眼睛就能想出该去调查些什么地方和什么人。这就是沃尔登的能力。刚开始时，他不擅长写卷宗，但没有一个警探可以在观察街头方面与他相提并论。沃尔登有个神奇的脑袋，他能记起许多年前某起案件的涉案人员、他们的长相和事件的真相。沃尔登是凶案组中唯一一个不带笔记本去现场的警探，因为他光靠脑子就能把现场全记清；他的同事们经常开玩笑说，即便沃尔登一下子接手三起谋杀案和一起警察枪击案，他也只需要一个火柴盒大小的地方来记下这些案件的特点。每当沃尔登出庭作证时，律师们总会问他是否能出示他的笔记，而当沃尔登告诉他们他不做笔记时，律师们总会错愕不已。

"我全凭脑子，"他会这么对辩护律师说，"你就问你的问题吧。"

要是午夜轮值没事做的时候，沃尔登总会开着雪佛兰去兜风。他会去那些贩毒点，或者公园大道的市中心红灯区，那里的同性恋酒吧门口站着好多卖淫者。你真以为他在兜风呢？其实不然。他是在把这些人的面相输入到自己的脑子里呢。总有一天，这些人的某一个会成为某起案件的凶手或受害者。到那时，他脑子里的数据库就派上用场了。人人都说沃尔登的大脑异乎常人，是装了摄像头的电脑，虽然有点夸张，却也接近实情。在西北区做了多年便衣警察之后，沃尔登调到了市局的逃犯拘捕组。他的能力得到了更多的赏识，所有人都知道让他再回西北区做便衣是屈才了。这个人可是个天生的警探啊。

沃尔登在刑事调查部有如此之高的地位，也不尽然是因为他的记忆力。他的记忆力帮了不少人的忙，每当有同事想要找到一个逃犯、确定某些抢劫惯犯的样子或回想起西区有哪些枪击案用了.38 的手枪时，他们都会去找沃尔登。但博闻强识只是沃尔登的一部分优点，他办起案来思路清晰，与人交流直截了当，言辞不多却颇具威慑力，所有这些都让他成了不可多得的好探员。

沃尔登一生中破过好多凶险案件。他虽然人高马大，却从来不动用武力。他从来就没开过枪——虽然他经常威胁说要开枪。他虽然总是辱骂自己的同事，但所有人——从布朗到麦克拉尼——都知道这只是开玩笑。

当然，光他的身材就够吓人了，而他也会利用这一优势。不过，他的终极武器还是他那个脑袋。一个警探出现在犯罪现场，他会尽其所能找到物证并把它们记下来。沃尔登不但做到了这一点，而且能把出现在犯罪现场的所有东西和所有人都记下来。经常发生的情况是，他的搭档里克·詹姆斯正在现场有模有样地照流程工作着，而后他抬起头，却发现沃尔登正站在一个街区之外，和一群黑人目击者聊着天。等到他们回到警局，沃尔登已经知道是谁杀了死者了。街头少年们对警探的敌意人人皆知，警探们非但问不出他们话来，而且经常遭到白眼和羞辱。可沃尔登却仿佛有专治街头少年各种不服的魔力。其实，有些街头少年也不是不可怜死者，他们只是不情愿配合警探，而每当这种时刻，沃尔登的魔力便能派上用场。

要想说清楚沃尔登的魔力可不是件容易的事。他的严父形象肯定与此有关。他有双蓝眼睛，一个肥嘟嘟的双下巴，脑袋上的银发已经稀松——沃尔登看上去可以是任何人的父亲，一位极具尊严的父亲。他总是以一种缓慢而又稍带倦意的口吻审讯嫌疑人，任何人在他面前撒谎都会觉得自己是犯了滔天大罪。无论对方是黑人还是白人，男的还是女的，同性恋还是异性恋，他的这套都管用；沃尔登与生俱来的权威感超越了他本职工作所限定的范围。街头少年们或许会蔑视其他警探，却会对沃尔登尊敬有加。

在他和罗尼·格兰迪一起在抢劫组工作时，发生过这么一件事：他们抓了一个小男孩，而后者的母亲则要一纸状告到警局内务部，因为她听她儿子说，他在拘留所里挨了格兰迪的打。

"格兰迪没有打你儿子，"沃尔登对这位母亲说，"是我打的。"

"好吧，唐纳德先生。"她突然改变了主意，"如果是你动的手，那我想他应该是自找的吧。"

然而，实际上，沃尔登很少打人。他也不需要动武。和很多与他共事的警察——包括很多年轻警探——不一样的是，沃尔登从来都不歧视有色人种。相反，如果让他知道某个嫌疑人和他一样是个出生于汉普登工人阶级家庭的白人，他会觉得此人给他的社区丢了脸，并一定会给此人"特殊待遇"。千万别以为随着时代的变迁，巴尔的摩警局已经蜕变成一个宽容开化的所在了：在这个警局里，比沃尔登年轻二十岁但仍然歧视黑人和同性恋的警察大有人在。沃尔登没受过什么高等教育。他只有高中毕业，然后入过伍在海军服过役，可他丝毫没有这方面的问题。这与母亲对他的教育或许有关：这位女性从来不允许自己家里发生任何种族歧视的事情。他和格兰迪的拍档岁月也起到了正面作用；他打心底尊敬和关心这位黑人警探，因此也不会随口说出"黑鬼"和"基佬"这样的字眼来。

这种对人间事的敏感也成就了沃尔登的魔力。很多警探要费尽口舌才能从嫌疑人嘴里套出一两句话来，可沃尔登只要往那里一坐，一句话都还没说，或者才开口说了一两句，他对面那个十五岁的黑人少年便主动交代了。沃尔登的眼神和他说话的方式有种化学作用，它让对面的嫌疑人明白，他们之间既没有什么过节，又没什么需要顾忌的。用尊严换来尊严，歧视只能换来歧视。每个见过沃尔登眼神的嫌疑人都明白，他和沃尔登可以做公平的交易。

巴尔的摩市中心维尔农山地区曾爆发过连环同性恋杀人案。那个时候，本市的同性恋社区对警察唯恐避之不及，而沃尔登却赢得了他们的信赖。他径直走进了公园大道的同性恋酒吧，给一位调酒师看了一些照片，等他出门离开时，已经得到答案了。人人都会信他说的话，而他也从来不威胁或歧视人。他不必逼某人出柜，也不会让对方觉得自己不交代就会挨打。他只是告诉对方，他想知道一些简单的事实：这个经常殴打抢劫自己顾客的妓男是不是经常出现在酒吧里？他的魔力是如此神奇，以至于维尔农山地区的连环杀人案告破之后，同事们还不相信他就是这样不费吹灰之力地破了此案的。为了证明这一点，他把自己分队的人带到了华盛顿大道上的一家同性恋酒吧。他先是请他们喝了一轮，而后，出乎所有人意料，在这个夜晚接下来的时间里，所有警探都没有再为一杯酒付过一分钱了。

凶案组聚集了巴尔的摩警局最具天赋和智慧的警探，可是即便在这群人精里，沃尔登也是一个稀有动物——他是警察之尊，一个真正的探员。在他来到凶案组之后的三年里，他不但出色地完成了自己的本职工作，还经常加班加点教导年轻的警探。他把他二十五年的执法经验教授与他们，也从他们那里学到新时代的新技巧。他无懈可击、无案不破。直到他接下了梦露街的案子。

佩勒格利尼和拉托尼亚·瓦伦斯案。沃尔登和约翰·斯科特案。沃尔登要因此调查自己的同僚，而这些同僚则会像那些街头流氓一样对他撒谎，这让他感到很难受。但不仅如此。假设有这么一个警探，他成功连续破了十起案子，这让他觉得这世上再也没有他破不了的案。而后，他接下了一个红球案件，一个他破不了的案件。在此之前还自信满满的警探就此被摧毁了。所有那些被他侦破的案子，所有那些卷宗，所有那些躺在现场的死者身上的伤口，所有的所有都不再有意义了。那些名字和面孔失去了颜色，那些他曾以为已然伸张冤屈的被剥夺自由者和被剥夺生命者，他们的脸渐渐融化、聚合，变成了同一张噩梦般的脸——那张红球案件中死者的脸。

单单这个理由就足以让沃尔登放弃此案了。而能促使他做出这个决定的理由还有很多。首先，他长期独居，没有子女需要抚养。他的孩子们都已经长大了，而他和妻子也已经分居长达十年。他们之间早已达成了默契：沃尔登到死也不会提出离婚，而他的妻子也知道他不会这么做。一旦他退休，他就能拿到等于现今工资百分之六十的退休金，所以即便他累死累活，也就多赚了百分之四十的钱。更何况，他在闲暇时间赚的钱比他在警局上班要多。他有门小生意——在夏天以折扣价囤积皮草，然后到了冬天再以高价卖给别人。他还很会做手工活，他的兴趣爱好之一便是改造自家位于布鲁克林公园旁的房子。他也会为别人家装修，以此来赚点闲钱。杰·朗兹曼和沃尔登有着同样的手工活爱好。比沃尔登更加夸张的是，朗兹曼还因此开了一个小公司做副业，每年净赚几千美元。在凶案组里有个玩笑，说你可以请朗兹曼花一星期替你破一起凶杀案——或者请他花四天给你家安一个崭新的露台。

当然，沃尔登也有继续留在凶案组的理由。这首先是因为戴安，这位一头红发的女子是市局特别调查组的秘书，她竟然主动向沃尔登表达了爱意并开始追求他，凶案组的所有人都认为她勇气可嘉。可出乎很多人意料的是，沃尔登竟然上钩了：他左手戴着镶嵌着"D&D"① 的金戒指，丝毫不掩饰两人之间的亲密。而即便两人明天

---

① 即为"Donald & Diane"的缩写。——译者

就结婚——即便沃尔登想清楚了要和戴安过余下的半辈子——戴安也只有在沃尔登继续在警局工作一年的条件下才能享受到其退休之后的福利。沃尔登已经四十九岁了，他还患有高血压，但他毕竟还是得为戴安的未来负责。

不过，沃尔登并不仅仅是为了别人才不退休的。他能清晰地听见自己内心的召唤——再没有比凶案组更适合你的工作了，你天生就是干警探的料，而你还有足够的时间来享受这份工作。说实在的，这其实都是沃尔登的自我暗示。

就在一星期前，瓦尔特梅耶从资料库里找出了一起 1975 年谋杀案的卷宗。这起发生在海兰德唐恩酒吧的抢劫杀人案一直未被侦破。当年，警察们确定了凶手，可此人却先他们一步逃走了。谁会想到，整整十三年过去了，就在最近，这个凶手再次于盐湖城露面。他以为所有人都已经忘记了他，于是肆无忌惮地对一位朋友聊起了他所犯下的罪。瓦尔特梅耶翻开卷宗。而谁又会记起，这本 1975 年的卷宗里竟然还有一张指认嫌疑人的照片？照片中共有六人，其中五人是警探扮演的，而剩下的那人便是真正的凶手——当初，他还是个体格粗壮的小伙，一头金发，一双深陷的蓝眼珠狠狠盯着照相机，并没有故意展现自己的无辜。那五位警探中的其中一位便是时任抢劫组探员的唐纳德·沃尔登。当时，他才三十六岁——他的肌肉更加结实，身材也更加瘦小，他穿着花哨的条纹裤和运动服，是那一代巴尔的摩警察的时髦扮相。

瓦尔特梅耶自然拿着这张照片到处炫耀了一番，他兴奋得仿佛是发现了木乃伊的考古学家。可沃尔登却告诉他，别给我，没什么好怀旧的。

瓦尔特梅耶还在不依不饶，凶案组的电话突然响起了。沃尔登一道闪电般接起电话——西区发生了一起利器伤人案——并迅速写下了地址和出警时间。别的警探还没意识过来，他就已经逃出了凶案组，走到了电梯里。

那天，他的搭档是金凯德——他也做了二十年的警察——这让他觉得松了一口气。两人驱车赶往富兰克林城街。这是一起室内杀人案。凶手逃走的时候把凶器扔在了草坪上，一条血迹一直从屋外延伸至屋内。排屋的客厅里有一摊十英尺见宽的血，电话筒躺在血泊里，据说这家的男主人想要打电话求救。

"天呐，唐纳德，"沃尔登说，"这个家伙的动脉肯定被割开了。"

"可不是么。"金凯德说，"十有八九。"

排屋的门廊上，第一时间赶到现场的制服警正若无其事地写着报告。他走到两位警探的身边，问他们的序列号——序列号是按每位警察入职时间的先后排列的。

"A703。"沃尔登告诉他。

"A904。"金凯德说。

一个巴尔的摩警察的序列号以 A 开头的话，就意味着他的入职时间至少早于 1967 年。而这位制服警本人的序列号则是以 D 打头的。他难以置信地摇着头说道："难道你们凶案组都是工龄超过二十年的人吗？"

沃尔登和金凯德都没有回答他。金凯德一边勘查现场，一边问道："这个人现在在大学医院？"

"是的。正在抢救。"

"救得活吗？"

"我到这里的时候他们说还未稳定。"

警探们朝雪佛兰车走去。他们本想就此离开，可另一位制服警却带着一位六岁男孩叫住了他们。四人一起走到草坪上，凶器正是在那里找到的。

"这个小家伙看到发生了什么，"制服警故意大声说话，"他想和你们说说。"

沃尔登蹲下身子，问道："你看见什么啦？"

男孩点点头。

"别碰那孩子。"突然，有个女人在街对面叫喊道，"没有律师陪同的话，你不能让他开口。"

"你是他妈？"制服警问。

"我不是。但我知道她妈也不想让他和警察说话。塔维，千万别说。"

"所以说，你不是他妈？"制服警显然已经生气了。

"我不是。"

"操，那你赶紧给我滚，不然当心我把你给逮了。"他恶狠狠地对这个女人说，却又小声地不让男孩听见，"你听明白了吗？"

沃尔登再次转头问男孩道："你看见什么了？"

"我看见鲍勃在追珍妮。"

"是吗？"

男孩点点头："他追上了她，她就开始刺他。"

"是他自己一头撞上去的吗？他是不小心被刺到的还是珍妮刺他的？"

男孩摇摇头。"她当时是这样的。"说着，他举起了手，做出了握刀的动作。

"是吗？好吧，你叫啥名？"

"塔维。"

"塔维，谢谢你帮助我们。"

排屋门外的警车越来越多。两位警察驶离现场。他们朝东来到大学医院的抢救手术室。他们知道，凶案组办案手册的第六条规律要起作用了：

如果警探能第一时间确定嫌疑人，那么，此案的受害者肯定还活着。如果他们无法确定嫌疑人，那么，受害者也会相应死去。

很快，这条规律得到了应验。三十七岁的康尼尔·罗伯特·琼斯躺在病房的里端，他已经恢复了意识。一个金发的护士——一个迷人的金发护士——正按着他的大腿内侧伤口。

"琼斯先生？"沃尔登问。

受害者戴着氧气面罩，眉头因痛苦而紧蹙着，但他还是点了点头。

"琼斯先生，我是凶案组的沃尔登警探。你听得见我说话吗？"

"听得见。"氧气面罩里传来的微弱的声音。

"我们去过你家了。据说，你女朋友，要不是你老婆……"

"我老婆。"

"他们说你老婆想杀你。是这样吗？"

"操，是的。"他皱着眉头说。

"不会是你不小心碰到了刀子吧？"

"操，当然不是。她拿刀刺的我。"

"好吧。如果我们申请了逮捕令把你老婆抓了，你不会有意见吧？"

"当然。"

"好。那么，"沃尔登问，"你知道你老婆现在在哪吗？"

"不知道。可能在她朋友家。"

沃尔登点点头，望了金凯德一眼。金凯德可没闲着，他正仔细打量着金发护士的身材呢。

"琼斯先生，我不得不说，"金凯德慢吞吞地说，"人家把你照顾得可真好。可真好啊。"

护士抬头看了金凯德一眼，她有点儿生气，又有点儿尴尬。突然之间，沃尔登的脑海里也冒出了个邪恶的想法。他侧身靠在受害者的耳边，低声说道："琼斯先生，你真够幸运的。"

"你说什么？"

"你真幸运。"

受害者皱着眉头斜眼看着他问："我哪儿幸运了？"

沃尔登笑着回答："就我看来，你老婆是想割了你那玩意呢。不过，就目前的情况看来，她的手法还不够准啊。"

突然之间，氧气面罩里传来康尼尔·琼斯的大笑声。金发护士也没忍住，她那个漂亮脸蛋扭曲了起来。

"嗯嗯，"金凯德说，"瞧你这大身板，都够格唱女高音啦。"

康尼尔·琼斯笑得浑身颤抖起来。

沃尔登挥了挥手，示意他们要走了："你真好笑。"

"哥们儿，你也是。"康尼尔·琼斯笑着回答。

在回警局的路上，沃尔登回味着病房里发生的一切，他想，这份活毕竟还有讨人喜欢的地方。

5月1日，星期天

"真不对劲。"特里·麦克拉尼说。

艾迪·布朗问："怎么了？"布朗却没有抬起头。他正致力于预测明晚的四位数乐透中奖号码。他的面前摆放着一堆图表，他悉心研究着，仿佛他不中奖就会死一样。

"瞧瞧，"麦克拉尼说，"电话老是响个不停，匿名举报什么样的案子都有。到处都是不费吹灰之力便能破的案子。操，就算实验室也没闲着，给我们提供了不少吻合的指纹呢。"

"所以呢？"布朗说，"这不很正常吗？"

"很不对劲。"麦克拉尼说，"我有种不祥的预感。哪个排屋的地下室里准躺着十几条人命等着我们去收尸呢。"

布朗摇摇头，说："你想太多了。"

巴尔的摩警察鲜有自觉做得不够的时刻，而即便是麦克拉尼也对自己的荒唐想法嗤之以鼻。他是警司，也是个爱尔兰人；单单这两个理由，就足以让麦克拉尼觉得自己肩负重任，比一般警探来得更为深思多虑了。"板儿"上的红字正在逐渐变黑。凶案组侦破了不少案件。罪恶得到了惩罚。麦克拉尼觉得他们应该感谢上帝。然而，谁又能猜到这其中的代价呢？

不祥的预兆从上个月就开始出现了。基尔克大道上的一座排屋被大火烧毁了。唐纳德·斯泰恩赫奇是本案的主责警探。他眼睁睁看着消防员从一堆废墟里挖出了三具小小的尸体。他们中最大的也才三岁，而最小的那个才五个月；纵火事件发生时，他们正在二楼的卧室里，排屋中的成年人都逃走了，只剩下他们被活活烧死。斯泰恩赫奇是斯坦顿队伍中的老探员。他勘查了一遍现场，发现一楼的地板和墙上都有深色的斑点。这些斑点是液体倾倒留下的痕迹，很明显，这是有人故意纵火。斯泰恩赫奇很快就明白了：这家的母亲想要和她的男朋友分手，气不打一处来的男朋友带着汽油冲了回来，然后，母亲的孩子们付出了代价。最近几年以来，类似的现象在巴尔的摩市区屡见不鲜。事实上，就在四个月前，马克·汤姆林就接了一起类似的排屋纵火案，那一次，死掉的是两个孩子；而后，基尔克大道的悲剧发生还不到一个月，就在一个星期前，同样的情况再次发生：这次，在大火中去世的是一个才七个月的婴儿以及他二十一个月大的姐姐。

"成年人总能逃走。"斯科特·凯勒——这起案件的主责警探、刑事调查部纵火组的老探员——颇为感慨地说，"而孩子们总是被留下。"

和凶案组负责的大多数案件不一样的是，基尔克大道上发生的纵火案给斯泰恩赫奇留下了心理创伤。这个老探员已经处理过上千起案件了，这是他有生以来第一次会因一起谋杀案而做噩梦——他会梦到这三个无助的孩子站在排屋防火梯的顶端，哭着向他求救。然而，他还是冷静地完成了这起案件余下的工作。他把作案的男人带到了警局，对他晓之以理、动之以情，最终换来了此人的招供。认罪之后，此人突然扯破易拉罐，想要割腕自杀，也是斯泰恩赫奇阻止了他。

基尔克大道的案件让斯泰恩赫奇很难受，但这起案件却帮了凶案组的大忙。三人死亡，凶犯被捕，一下子多了三起告破的案子——这个数据仿佛开启了凶案组本年度的好运时光。

在接下来的一星期里，汤姆·佩勒格利尼解决了一起发生在市民体育场①的一场由劳资纠纷导致的凶案。里克·李奎尔也在"板儿"上添加了两个黑字：在东南区，一个绝望的汽车维修员先在厨房里杀死了自己的妻子和侄子，接着又把.44麦林枪插入自己的嘴中自杀了。这起发生在麦克埃尔德利街上的案件完全是个悲剧；然而，如果我们纯粹从凶案组的客观数据来看的话，这起惨绝人寰的案件却是每个警探都梦寐以求的。

又一星期过去了。这一好运模式非但没有消退，反而越发大行其道，福泽每个警探了。戴夫·布朗和沃尔登破了一起东区的案件——两个人正在打牌，其中一位六十一岁的老头输了却不服气，拿起一把枪就把他朋友的脑袋炸开花了。贾尔维和金凯德破了一起费尔维尤大道的凶案——一个父亲把自己儿子给杀了，其理由是儿子不肯和他均摊贩毒所得。斯坦顿队伍中的巴尔洛警探和吉尔伯特警探也中奖了——在西南区，一位年轻人愤怒地杀死了自己心爱的女人和她抱在怀里的女儿，然后又开枪自杀。

五天之后，唐纳德·瓦尔特梅耶和戴夫·布朗又接到了一起酒吧争执致死案。警探把两个涉案嫌疑人带到了凶案组进行审讯，而这两人之后的表现就像一段活生生的B级黑帮电影。他们都是来自费城的意大利裔人，一个叫做德尔奇奥尼奥，一个叫做福尔林尼，两人都长得又黑又矮。他们之所以会在位于海兰德唐恩的酒吧杀人，是双方因彼此父亲到底谁更牛逼的问题起了争执。死者的父亲是一家工厂的老

---

① Civic Center，今已改名为"第一水手体育场"，为巴尔的摩地标之一。——译者

板；而德尔奇奥尼奥的父亲则是费城黑手党的大佬，只不过，他树大招风，最后沦为了指证费城黑帮犯罪集团的证人。做了证人的德尔奇奥尼奥家当然不能在费城继续混下去了，于是他们举家迁徙到了巴尔的摩的东南区。这也解释了为什么德尔奇奥尼奥和他的朋友会出现在这里。

在审讯室里，德尔奇奥尼奥哭哭啼啼地给自己父亲打了一通电话。警探们想象电话那头的应该是个讨人厌的史泰龙式硬汉："喂，老爸，我玩完了。我真的玩完了……杀了他，对。因为吵架……不是我，是托尼，是托尼开的枪……老爸，我惹上大麻烦了。"

那一天早晨，一群 FBI 调查员赶到了德尔奇奥尼奥位于富姆斯通道的排屋。FBI 安排他们在这里住下也才不过两天。他们把德尔奇奥尼奥的行李收拾了一下，用一笔贱到难以置信的钱把他从警局保释了出来，然后带着他秘密前往另一个美国城市。他将在那里继续靠政府补助生活下去。罗伯特·德尔奇奥尼奥和托尼·福尔林尼杀了一个二十四岁的男人，最终，前者得到了缓刑，而开枪的托尼则被处以五年徒刑。法院判决几星期之后，老德尔奇奥尼奥便在费城的联邦共谋审判法庭上成了关键证人。

"好吧，至少我们给他好好上了一课。"这位意大利小伙被廉价保释之后，麦克拉尼说，"他们或许会告诉费城的哥们儿千万别在巴尔的摩杀人。我们或许没法把他们关进去，不过嘛，至少我们可以没收了他们的枪。"

无论德尔奇奥尼奥案件的结果如何，它总归也算是告破了。这个月里，凶案组的好消息要远远多于坏消息。对于达达里奥来说，这无疑是个好现象，但它来得还是太晚了。在这个数据高于一切的警局，达达里奥已经被人拿住把柄很久了。迪克·兰汉姆——刑事调查部的领导——还是请他去办公室里走了一遭。不出他的意料，警长对达达里奥的低破案率和管理风格颇有微词，并状告到了兰汉姆那里。他和警长早已撕破脸皮，城池失火殃及池鱼，达达里奥底下的警探也无法幸免。

在一个 4 月的早晨，警长突然出现在沃尔登——达达里奥手下最优秀的警探——面前。他颇具深意地说："我听说警监要有动作了。要是你们换了个头儿会怎样？"

"我只希望你别是这事的主导者。"沃尔登回答道，"你为什么这么问？"

"呃，我就想关心一下你们感受。"警长解释道，"事情已经在运作中了。"

运作中了。就在一小时内，达达里奥分别从包括沃尔登在内的四位警探口中得知了这个消息。他直接找到了警监，他认为警监并不是一个不讲理的人——他做了十八年的凶案组主管了，难道连这点情面都不给吗？

警监向达达里奥坦承道，人事变动的压力来自警长。让达达里奥颇感失望的是，警监并没有表示对他的支持，反而也对创新低的破案率抱怨了一通。达达里奥仿佛听见了警监内心想问，却又碍于情面没敢问的问题："如果你不是问题，那谁又是呢？"

这位警督失意地回到自己的办公室，开始起草一份备忘录，他试图以此向自己的上级解释为何他的轮值队伍和斯坦顿的轮值队伍的破案率有如此大的差距。他辩解道，他手下接到的一大半案子都是涉毒案，而很多人手也被调用到了拉托尼亚·瓦伦斯的案子上去。让事情变得更糟的是，无论是达达里奥还是斯坦顿都没有把去年 12 月破的案子省下来算到今年年初里去——在往年，这样偷天换日的做法总是能让开年的数据好看些。最后，达达里奥预测道，破案率会上升的，只要再给他一点时间。

在达达里奥看来，这份备忘录就足以说服警监了，但他的手下们可不这么认为。没人知道让轮值警督成为低破案率替罪羊的决定到底来自何方？大家都说是警长，但警监和副局长也不能被彻底排除。如果这一决定来更高层的话，那就意味着达达里奥的问题不仅仅只是破案率了。还有梦露街的案子。西北区的案子。拉托尼亚·瓦伦斯的案子。特别是拉托尼亚·瓦伦斯的案子。达达里奥自己也明白，单就瓦伦斯这起案子至今连个靠谱的嫌疑人都没有这一点，就足以让上级恼火到想要除掉他了。

达达里奥缺少高层的朋友。于是，他只有两个选择：吞下这颗苦果，接受调任，去另一个小组工作；或者，再硬撑一段时间，希望破案率在短时间内上爬，且至少有一起红球案件告破。如果他执意留任，他的上级会继续向他施加压力让他离开，但他知道，一切不可能来得那么快，让一个警督调任的程序本身就够烦、够花时间了。上级先要准备好充足的理由，而后还有很多程序文件需要填写交接。当然，他必然是这场战役的失败者，可警局的上层也不会好受——警监和警长也都明白这一点。

与此同时，达达里奥也明白，自己强硬留任的决定会伤害到他底下的人——如果破案率持续走低的话，他无法再像以前那样保护他们了。他们得在上层面前做出一副模样来：每个警探都得兢兢业业、一丝不苟，而达达里奥则要表现出足够的威慑力让上层以为一切尽在他的掌控之中。加班费没那么好拿了，那些负责更少案件的警探则更需要迎头赶上。每个警探都得时刻警惕自己的工作，写好每一个案件的每一份报告与卷宗，千万别给上级落下口实。达达里奥知道，这是顺应警局官僚主义的做法，警探花越多时间写报告，留给他实际破案的时间也就越少。可是，这便是权力的游戏，而此时此刻，达达里奥和他的手下不得不玩一场这样的游戏。

这个游戏中操作起来最复杂的部分便是削减凶案组的加班费。每年 6 月，当警局迎来新的财政年度时，加班费总会变成每个人的心头大事。长久以来，凶案组每年的加班费和出庭费都会超过预算多达十五万美元；而每到四五月份，警局总是会勒紧裤带，锱铢必较，直到安稳度过 6 月，财政才会逐渐宽松起来。每年春天都有那么两三个月，有关加班费的指示总是会一路从警长传到警司，他们被命令尽量少批准加班，尽量让往年的财政支出数额好看些，否则上级肯定会不高兴。然而，这种临时抱佛脚的行为在分局还能管用——分局再忙再乱，每晚必须加班的巡逻警也不会超过一两个；可我们说的却是凶案组，这种做法完全是不现实的。

加班费最高限额只遵从一条规则：如果一位警探的加班费与出庭费的总额超过了他基本工资的百分之五十，那么他就不能再参加轮值工作了。就财政收支而言，这条规则完全合理：如果沃尔登的加班费和出庭费达到了这一极限，他就只能白天来办公室闲坐一会，而并没有权力再接任何派遣电话了。可是，在警探和警司看来，这又完全是一条无厘头的规则：如果沃尔登无法再参加轮值的话，那他所在分队的其余四位警探就要在午夜轮值时处理更多的派遣电话。如果，更加不幸的是，连瓦尔特梅耶也快要达到加班费配额的极限时，那么，这个分队就只剩下三个人能正常工作了。而在巴尔的摩这样一个命案频发的都市，一个只有三位轮值警探的凶案组分队纯粹就是找死。

更有甚者，加班费最高限额是和破案的质量相抵触的。越优秀的警探加班越多，而他出席法庭的机会也就越多。好吧，且让我们承认有经验的警探能从任何案子中榨取加班费这一点，可事实仍然是，为了侦破一起案件，为了把某起案件的嫌疑人送上法庭，这位警探要花的钱也更多。凶案组就像一个金钱树，它所汇聚的钱财会不断沿着树枝向外散逸，而这便是凶案组办案手册的第七条规律：

总结这条规律的人想必对颜色十分敏感，他注意到了美元的颜色与"板儿"上字体颜色的不同，于是，他总结道：刚开始时，它们是红色的；然后，它们变成了绿色；最后，它们才变成了黑色。

然而，因为达达里奥自身难保，他底下人能动用的"绿色"也就更少了。在这个春天，加班费不超过基本工资百分之五十的规则真的要大显神通了。

最先达到这一配额的是加里·登尼甘——那一天真的来到时，连他自己都没有注意到。他突然发现自己被调到了白班，并只能继续专办那些未破的陈年旧案，而不能接新的案子了。然后是沃尔登和瓦尔特梅耶。接着，里克·詹姆斯的配额也到了百分之四十八这一临界点。仿佛就在一瞬间，麦克拉尼发现自己只有两位警探能正常参加午夜轮值了。

达达里奥像模像样地玩着这个游戏。他给那些正在朝百分之五十冲刺的警探发了警告信——并抄送给了警监和警长，然后把他们调到了白班。令他欣慰的是，他的警司和警探们都很配合。所有人都知道这完全是无理取闹，但也理解达达里奥今日之无奈处境。如果他们想造反的话，其实很简单——他们只要联手还在午夜轮值的警探，让他们懈怠工作，并将越积越多的未破案件怪罪在这一荒唐政策头上，警局上级也只会束手无策。毕竟，谋杀案是这个世界上最无法预测的事情。

达达里奥手下的警司安抚了被暂时踢出局的警探并重新排了班，因为他们知道，如果他们不这么玩这场游戏的话，保不住的可不仅仅是达达里奥的人头。据麦克拉尼和杰·朗兹曼估计，在这个警局中，至少有百分之八十的警督有能力、有意愿也有决心给凶案组穿破鞋。他们千万不能给这些人得逞的机会。

然而，如果说麦克拉尼和朗兹曼按规则办事是出于对达达里奥的忠诚，那么，罗杰·诺兰却又是另一回事了。

诺兰很拿他的警司徽章当一回事，他也喜欢在这样一个准军事化的组织里工作。他比凶案组的大多数人都乐于遵循警局的官僚运作体系——按级别区分高低贵贱，对体制毫无保留的忠诚，且不越级办事。这倒不意味着诺兰是个难以相处的警司；他对手下的保护比凶案组其他警司有过之而无不及，他的警探从来都可以安心办案，知道没人可以越过诺兰来搞他。

即便如此，诺兰仍然是个谜一样的人物。他出生于巴尔的摩西区的贫民区，并已在警局工作二十五年了。人们都说，他是巴尔的摩唯一一位黑皮肤的共和党人①——他本人经常否认这一点，可没人听他的。他身材粗壮，谢顶，五官极具表现力，看上去就像一个年华已逝的拳击手，或是前海军士兵——这倒是个事实。诺兰的成长经历颇为曲折。他的父母都爱酗酒，而其他亲戚则都在巴尔的摩西区从事毒品交易。从某种程度上说，他之所以没成为街头混混，完全是因为他入伍加入了海军。是海军拯救了他，赋予了他另一个家，一张自己的床和一天三顿的饭。他曾随军到过太平洋和地中海，却在越战一发不可收拾之前退了伍。"永远忠实"②塑造了他的人格：在平日的闲暇时间，诺兰会训练他所领导的童子军、读有关军事的书或看电视里重播的合帕隆·卡西迪③电影。诺兰身上没有一处符合凶案组警探们对巴尔的摩西区人的想象。

不过，诺兰的独特之处却对凶案组相当重要。和朗兹曼与麦克拉尼不同的是，诺兰从来没做过凶案组警探；他做了很长时间的巡逻警，在西北区和东区都做过分区主管——他本来的确是在市局里做便衣警察，并且前途一片光明；可是 70 年代早期，当他在著名的巴尔的摩警局腐败事件中不肯就范时，他被权势人物们排挤了出去，并由此开始了漫长的放逐生涯。

那才是巴尔的摩警局历史上最为动荡的年代。1973 年，半数以

---

① 巴尔的摩是个民主党长期占绝对优势的城市，尤其是本市的黑人大多数都支持民主党。——译者
② Semper Fi，"Always Faithful" 的拉丁缩写，是美国海军的座右铭。——译者
③ Hopalong Cassidy，由小说家克莱伦斯·E. 穆尔福特虚构的西部牛仔人物，曾在数十部电影中出现过。——译者

上的西区警察及其领导们都被指控或被开除，原因是他们向当地的赌场收取保护费。刑事调查部的犯罪活动小组①同样深陷其中。与此同时，诺兰所在的战略小组也无法幸免于难。当时的流言是，这个小组的头头——詹姆斯·沃特金斯警长——也收了黑钱，而在此之前，他还是局长的热门人选。沃特金斯从小就和宾夕法尼亚大道的一些著名毒贩相熟，这为双方的勾当打下了基础。70 年代末，沃特金斯官至总警监，却最终还是因收取毒贩保护费而被送上了法庭。

那个时候，诺兰就是沃特金斯手下的便衣，而他也知道自己小组的情况不太对劲。有一次突袭行动中，他们收获了五百袋海洛因，可其他便衣却说把这些黑货交给物证监控部门就行。诺兰没有同意。他自个儿数清了袋子，给它们拍了照片，并填写了物证上缴文件。不久之后，这些价值一万五千美元的海洛因就从物证监控部门不翼而飞了，而两位战略小组的便衣因此被起诉。即便如此，诺兰也不相信沃特金斯了解这些腐败事件或参与其中。在此之后，沃特金斯遭到了起诉。虽然警局局长亲自劝导诺兰不要出庭作证，他还是以证人的身份出现在了法庭上。

总警监被定了罪，又企图提出上诉重审。最终，他的目的得逞，被宣判无罪了。诺兰的职业生涯也由此遭遇了分水岭：在此之前，他在战略小组已官至警司；而在此之后，他被调遣到了西北区做巡逻警主管，只要那届警局高层仍在任，他就毫无可能回到市局。放逐、官僚机制、对同僚腐败的举报——这些事件都对诺兰造成了深刻的影响。他总是一再向自己分队的警探聊起那个毒品不翼而飞的故事，每当这个时候，他手下的人总会不耐烦地抱怨起来。

腐败事件过去多年之后，诺兰终于又回到了刑事调查部。他的毅力起到了至关重要的作用。虽然他从来没调查过凶杀案，但他被分到

---

① vice unit，是指负责调查非法赌博和卖淫等犯罪行为的小组。——译者

凶案组却是合乎情理的——凶案组不会调查有组织腐败这样的案件。在过去的十五年里，巴尔的摩警局相对来说还算比较清廉——只要看看纽约、费城以及迈阿密警局所发生的情况便知道了。然而，即便一个警察想靠自己的职业赚钱，凶案组也不是他的首选。他应该去贩毒组或禁赌组，只有那里的人才会在踢开大门后，发现某张床垫下藏着十万现金或等价毒品。在凶案组，警探们唯一的蝇头小利就是加班费；怎样从死人身上赚钱或许是这个小组的终极难题。

　　诺兰历经磨难，堪称少数没有被警局官僚体制抹杀的幸存者。因此，他也格外在意，对他的警衔和地位感到骄傲。他指挥起人来总是煞有介事，每当朗兹曼、麦克拉尼或者达达里奥带着过分嬉笑的成分命令自己的下属时，他总是会对他们感到失望。每次凶案组开警司以上级别会议时，他总是会提出管理和运营团队的新方案——有些值得采纳，有些则一无是处，但这些方案基本上都是关乎程序的问题。他的建议从来不会得到严肃的对待，会议也总是开不长：朗兹曼会嘲笑他肯定是脑子有问题，让他赶紧去抽几根大麻醒醒神；接着，麦克拉尼会说起一个和他提议毫不相关的笑话；最后，让诺兰备感挫折的是，达达里奥竟然也不待见他，就此宣告会议结束。这三位警司属于不同的世界：朗兹曼和麦克拉尼喜欢就事论事，应该一辈子都要栽在破案这苦活里了；而诺兰却是块管理人才的料。

　　因此，当达达里奥突然加大对手下的管理监督力度时，诺兰的反应异乎凶案组的其他人——他认为达达里奥本就应该这么做。他总是说警督得管理好警司，而警司则要对警探全权负责。在他看来，之前的达达里奥主动放弃了自己的权力，并且也让自己的警司不得不对警探睁一只眼闭一只眼。

　　不过，诺兰手下的警探并不是束手束脚，一丁点自由都没有。贾尔维、艾杰尔顿、金凯德、麦克埃利斯特和伯曼甚至比其他分队的警探更具自主性。诺兰在意的是文件、管理及人事问题，但从本质上说，凶案组的责任便是破案——诺兰可不会在这个问题上为难任何一位警探。他的手下都按照自己的速度和风格办案，而诺兰从来不会插手。这样的领导方式很适合艾杰尔顿，而对贾尔维这样尽责敬业的警探而言，无论有没有人管着他，他都能一年破十二起案子，一个一直在他身边嗡嗡叫的警司反而会坏了他的心情。

"我不会替其他警司卖命，"贾尔维曾对另一位警探说，"罗杰是个好警司，他只是需要经常被人拉回到现实中来而已。"

警探们默默忍受着加班费的剧减和不合理的轮值调配，这只是因为他们同情达达里奥的危险处境。于是，当达达里奥一反常态开始追着他们的屁股跑，反复检查他们的案件报告并事事不满时，他们也不会真的抱怨他。里克·李奎尔的分队已经少了一个人手，午夜轮值时总是忙不过来，但他还是颇为体谅地对另两位警探说："如果不是为了Dee，我们无需忍受所有这一切操蛋的安排。"

整个四五月份中，达达里奥都扮演着操蛋老板的角色，这也意味着警探们得继续忍受过多的书面工作和轮值变化。他们知道，一切都会在6月中旬新的财政年度开始时得以缓解。他们骂着娘，咒着天，却依然听话地扮演着达达里奥手下的牵线木偶。当然，听话并不是最重要的，关键是他们仍然毫无懈怠，做着对这位警督职业未来至关重要的事——破案。

西南区发生了一起打人致死案，塞鲁迪把嫌疑人关了起来。霍普金斯医院附近的北伍尔夫街上发生了一起枪击案，瓦尔特梅耶也侦破了它。而在斯坦顿那一边，汤姆林调查了一起利器杀人案，结果，杀了人的却是警局的自己人——一个新来的实习生，他下个月就将去警校进修。

"你觉得我应该告诉人事部吗？"坦白罪行之后，这位实习生问汤姆林道。

"也许是个好主意。"汤姆林说，"不过我想他们应该自己也能了解到你的情况。"

　　贾尔维和金凯德负责调查了一起发生在哈林大道上的凶杀案。幸运的是，这起案件不但有目击证人，而且凶手竟然也在作案之后于案发现场逗留不去。在把嫌疑人逮捕归案之后，他们两人赶到了大学医院。这起案件的受害者仍在接受急救。他们赶到的时候，医生们刚刚打开他的胸腔，为他做心肺复苏术。他的脉搏跳动极不规律，鲜血从他的胸腔淌了出来，滴落在铺着白砖的地板上。急救医生对他们说，此人撑不过一两个小时了，顶多能活到天亮。贾尔维和金凯德见证过太多死亡了，他们知道此情此景意味着什么——开胸腔心肺复苏术通常是医生的最后一个砝码，而这样的手术更多只是徒劳，百分之九十七的人仍会死去。凶案组办案手册的第六条规律①竟然不起作用了，这让贾尔维也颇感惊讶。回到办公室后，他一路朝金凯德蹦蹦跳跳地走来，一路大喊大叫道："喂，唐纳德。他要死了！他要死了！可我们却知道是谁杀了他！"

　　"喂，哥们儿，"诺兰摇着头笑着说道，"你真是个冷血的家伙。"不过，即便这位警司抛下了这样的评价，他还是来了个漂亮的转身，手舞足蹈地回到了自己的办公室。

　　一星期之后，瓦尔特梅耶和一位州检察官坐飞机来到了盐湖城。在那里，一位已成为当地社区栋梁的成功人士向自己的密友坦白说自己曾于十三年前在巴尔的摩犯过案。此人名为丹尼尔·尤金·比尼克，现年四十一岁。他于十二年前来到犹他州，在当地结了婚，并长期以一个假名从事帮人戒毒戒酒的工作。他那标写着"凶案组通缉犯"的照片仍悬挂在巴尔的摩凶案组办公室的墙上，可在那张照片里，他还是个年轻的鲁莽男孩。1975 年的丹尼尔·比尼克有一头长

---

① 即之前提到的："如果警探能第一时间确定嫌疑人，那么，此案的受害者肯定还活着。如果他们无法确定嫌疑人，那么，受害者也会相应死去。"——译者

发、一簇浓密的胡子和一系列犯罪前科；而等到瓦尔特梅耶去找他时，他已经剃了个平头，并成了当地匿名戒酒会的会长。瓦尔特梅耶花了一星期时间重新调查此案，并找到了一个仍然在世的证人。不过，一个证人就已经足够了。在现今的情况下，任何可以为破案率添砖加瓦的证人都是好人。

5月上旬，破案率终于回到了人人满意的水平线上——百分之六十。警局高层也注意到了加班费和出庭费的锐减。达达里奥的位子不能说就此保住了，但至少在他的下属们看来，他已然逃过了一劫。

凶案组里的气氛又轻松了起来。有一次，朗兹曼开起了达达里奥的玩笑——要是在一个月前，他可不敢这么做。

那是一个午后，达达里奥、朗兹曼和麦克拉尼正坐在电视机前。这位警督正和麦克拉尼检查点名手册，而朗兹曼则在专心致志地阅读黄色杂志。就在那时候，兰汉姆副总警监走了进来。三位凶案组上司立刻起立致礼。

朗兹曼呆了三秒钟，然后把那本黄色杂志摊开着送到加里·达达里奥的手中。

"警督，杂志还给你。"他说，"你真大方，让我分享你的心头所爱。"

达达里奥想都没想便接过了杂志。

"杰，操你妈的，真有你的。"麦克拉尼摇着头说。

而副总警监也忍不住笑了起来。

5月9日，星期一

哈里·艾杰尔顿需要一场凶案。

就在今天，他需要一场凶案。

他需要一具尸体，不管是谁的尸体，只要它已经僵硬，已经一动不动，已经没有生命。他需要一具尸体，一具死在巴尔的摩市范围内的尸体。他不管这具尸体因何而死，枪杀的、刺死的、锤死的、敲死的、随便以什么方式死的都成。他只是需要一份签署着他名字的卷宗，一个棕红色的文件夹标明哈里·艾杰尔顿是本案的主责警探。他最近的状况只能以厄运缠身来形容。什么？伯曼在东北区接到了一起案件？让他等等，因为他的朋友哈里·艾杰尔顿正开着雪佛兰车赶往现场。什么？一个巴尔的摩县的警察在伍德兰道撞到了一起凶案？好吧，让这个狗杂种赶紧回市区，让艾杰尔顿来负责调查。什么？有个公寓里死了个人，死者没有挣扎的迹象，也没有破门而入的痕迹？没问题，让艾杰尔顿来看看现场吧，他保准能发现些什么。

一大早，天还未亮，艾杰尔顿便焦躁地开着车闯过了弗雷德里克街上的红灯。"如果再不让我破案的话，"他说，"我就要杀人了。"

在这两个星期里，一张写着艾杰尔顿名字的黄色便笺纸一直钉在"板儿"上——这意味着艾杰尔顿是下一个接凶案组派遣电话的人。自达达里奥被上层施压以来，这又是一项新措施——那些负责较少案件的警探的名字会被钉在墙上，以告知公众他应该当仁不让地接起下一个电话。开年以来，艾杰尔顿总共才负责过两起凶杀案。在这位老警探以往的职业生涯里，这样的情况可不多见。他所在分队的同事会私下说他闲话，而达达里奥也对他颇为不满。在过去的两星期里，"板儿"上黄色便笺纸上的名字只有艾杰尔顿一人。每一天，他的同事都会在咖啡室里开他的玩笑：

"今儿是谁啊？"

"哈里呀。"

"天呐，我想就算到了 10 月，他的名字也撤不下来了。"

可艾杰尔顿也不是不想破案。有人被刺伤了，有人被枪击了，有人吸毒过量致死了，他从一个现场赶到另一个现场，真心希望自己能接到一起谋杀案。

然而，幸运女神却不眷顾他。他会一天接三四个派遣电话，从巴尔的摩的这一头赶到那一头，可等到那一天结束时，他仍然一无所获，而他的同事却在此期间不劳而获地接到了一起致死两人的谋杀案。艾杰尔顿接到了一起枪击案，可此案的受害者活了下来。他接到一起貌似重物锤击致死案，结果法医告诉他此人的死因是吸毒过量，他身上的伤是因为倒在地上造成的。他又赶到了一个死者的家中，却发现这位八十八岁高龄的死者是因心脏病突发撒手人寰。达达里奥倒是对他颇有耐心。这位警督不断重申道，直到艾杰尔顿接到一起谋杀案之前，他的名字都得在"板儿"上乖乖待着，即便他一辈子都不会再接到一起。

　　艾杰尔顿再也抑制不住内心的愤懑。被同事们鄙视为废柴是一回事——艾杰尔顿知道金凯德、伯曼和其他人都在抱怨他，说他们是在替他工作。在通常情况下，他倒是会死皮赖脸，并不会对此过意不去。但现在的关键是，他的境遇并不"通常"——他每一天都得接三四个派遣电话，而这样的日子仿佛一眼都望不到头了。

　　早在一星期前，艾杰尔顿就已经耐不住了。那一天，他好不容易在孟菲公共住宅区里撞到了一具尸体，可惜的是，此人死于吸毒过量。出乎在场两位巡逻警意料的是，艾杰尔顿竟然对着那具尸体骂了起来。

　　"操你妈的，你的针眼在哪呢？我可没时间好好检查你那操蛋的胳膊。快告诉我你那操蛋的口子在哪呢？"

　　他倒不是因为找不到针眼而感到愤怒，只是最近的一系列派遣任务真的把他给逼急了。那个时候，他无助地站在孟菲公共住宅楼的楼梯上，绝望地望着尸体，问自己为什么这个人儿仅仅是因为吸毒过量就死去了呢。操啊，接起谋杀案难道就这么难吗？上帝啊，这里可是巴尔的摩啊。上帝啊，这里可是乔治·B. 孟菲公共住宅区啊。难道这里的死者不应该是被大口径手枪给扫射而死的吗？这个狗娘养的，左手握着注射器，躺在水泥地板上望着天，脸上还带着笑容，他到底想干吗呢？

"哥们儿，难道你是左撇子吗？"艾杰尔顿一边再次检查着死者的右臂，一边说，"操，你倒是把那些玩意儿打进哪里了啊？"

死者还是在笑。

艾杰尔顿对死者说："为什么你要这样对我？"

一星期之后，艾尔杰顿又接到了一个派遣电话。他驱车赶往巴尔的摩西南区霍林斯街和培森街的交汇口。他一边开着车，脑子里完全是幻灭的想象——没有犯罪现场，没有嫌疑人，没有尸体；那个十八岁的受害者将好好躺在好帮手医院的病床上，他神志清醒，手臂上的伤口是他唯一一受的伤，现如今，那上面贴着一个创口贴。

"上帝啊，请你饶了我吧。"他的雪佛兰车在空荡荡的弗雷德里克大道上奔驰着，"请赐我一起谋杀吧。"

他在梦露街口遇到红灯，于是急停刹车，然后右转驶入培森街。他远远地看到警车的蓝色警灯，也注意到现场没有消防车。他来到现场，发现地上并没有尸体。他告诉自己，如果救护车来过的话，那它也已经早就离开了。

他写下自己赶到现场的时间，然后走出车门。一个西南区的制服警——是个年轻的白人小孩——一脸严肃地向他走来。

"他还活着，是吗？"艾杰尔顿问。

"谁？受害者吗？"

那你以为我说的是谁？艾杰尔顿心中咒骂道，难道是操他妈的"猫王"吗？当然是受害者啦。他点了点头。

"可能性不大。"制服警回答，"就算现在还活着也活不了多久了。救护车把他接走时，他看上去糟糕极了。"

艾尔杰顿摇摇头。这个男孩可不了解他现今的处境。艾杰尔顿很想告诉他，他的工作不是接谋杀案，而是接派遣电话。

"不过，我们倒找到了一个证人。"

证人。好吧。绝逼不是谋杀了。

"那他在哪儿呢？"

"就在我的车边上呢。"

艾杰尔顿望向停在四岔路口的警车。车里面正坐着一个身材矮小瘦弱的吸毒者。出乎他的意料，这位证人竟然对他点了点头。这让艾杰尔顿立刻警觉起来，因为大体而言，这些被迫留在现场的证人通常不持配合态度，并且神情阴郁。

"我先过去一趟。受害者在哪里？"

"应该是好帮手医院。"

"所以说，这就是现场了？"

"这就是现场。那边有好几个弹壳。我想应该是.22口径的。"

艾杰尔顿小心翼翼地走了过去。十个弹壳——貌似是.22口径的来复枪子弹——散落在沥青马路上，每一个都被黄色粉笔圈了起来。就弹壳的分布情况看来，受害者被枪击的时候正处于四岔路口中央，然后朝西跑去，大多数弹壳都落在了西南角。那里还有两个粉笔记号，标明了受害者倒地的位置。他的头部冲着东方，脚则朝西靠在路缘上。

艾杰尔顿花了十分钟时间勘查现场。他想要找到一些不同寻常的东西。可是，现场没有血迹，没有刚刚造成的磨损痕迹，也没有被打穿的汽车轮胎——真是个稀松平常的现场。他在东北角的水沟里找到了一个破裂的胶囊，里面还残留着白色粉末。他并不对此感到意外——每天天黑之后，霍林斯街和培森街街口就是贩毒聚点。他进一步检查这个胶囊，发现它的表面已经泛黄，上面也有很多污迹，这让他相信这颗胶囊已经在这里很久了，和刚刚发生的枪击案并没有关系。

"这儿是你的巡逻岗位吗？"他问制服警。

“通常来说不是。不过我住在这儿，对这儿挺熟悉的。你想知道什么？”

我想知道什么。艾杰尔顿突然对这个男孩心生好感。他不但知道怎样留住证人，而且还了解他负责的这片区域。这让他不禁感怀起来。他已经很久没碰到过这样的制服警了。十到十五年之前，当凶案组警探来到现场时，他可以问制服警问题，并期待后者给他满意的答案。那时候，一个好制服警的确对他所负责的区域烂熟于心。即便霍林斯街和培森街口有一条狗操了另一条狗，这样的消息也会传到西南区分局制服警的耳朵里。那时候，一个第一时间赶到现场的巡逻警知道回答警探问题是他的职责所在，他必须告诉警探哪些人在这个街角混，而现在他们又在哪里。如果他不知道，他也会赶紧着手搞清楚。可现如今，警探们对制服警早已没有指望——他们连街名都说不清楚。艾杰尔顿告诉自己，眼前的这个男孩是个好警察。

“那个角上的屋子里都住了些什么人？”

“都是些<u>毒贩子</u>。都是些该死的人。我们的缉毒组上星期刚刚突击过这个房子，抓了十几个人。”

操，好吧，那里就没有证人了。

“那那个角落呢？”

“那个房子里住的全是瘾君子。一帮瘾君子和一个老酒鬼。哦，搞错了，那个老酒鬼住在隔壁那个房里。”

天才，艾杰尔顿想，这个男孩真是个天才。

“那儿又住了些什么人呢？”

制服警耸耸肩：“那幢屋子我倒不了解。或许还真住着个正常人。”

“你做过查访了？”

“是的，已经查了半个街区了。那幢屋子里没有人，那边的那群狗杂种又说自己什么都没看见。如果你想的话，我们可以把他们都抓起来。”

艾杰尔顿一边摇头一边在笔记本上写下了些什么。制服警靠了过来，好奇地瞄了一眼。

"你认识你抓的这个家伙？"艾杰尔顿问。

"我不知道他叫什么，不过我经常在这一带看到他。他是个毒贩子，也进过大牢。我得说，他是个实打实的烂人。"

艾杰尔顿笑了笑，然后朝四岔路口对面走去。那个瘦成一条电线杆样的毒贩正靠在警车边上，一顶黑色贝雷帽盖住了他的前额。他穿着高帮乔丹牌气垫球鞋、约达西牌牛仔裤和耐克牌的 T 恤——贫民区孤魂野鬼的标准装扮。他看见艾杰尔顿朝他走来，脸上竟然露出了笑容。

"我想我已经等得不耐烦了。"毒贩子说。

艾杰尔顿笑了笑。他知道眼前这位是个面对警察经验老到的人儿。

"我觉得也是。你叫什么？"

毒贩子咕哝着说出自己的名字。

"有带身份证件吗？"

毒贩子耸耸肩，从兜里掏出成年人证明卡①。艾杰尔顿核实了他的名字。

"这上面的是你的地址？"

毒贩子点点头。

"你都看见了些什么？"

"我可以谈谈我看见了些什么，那时候我正在沿着这条街走。不过我可没看见开枪的人。"

"没看见？你什么意思？"

---

① proof-of-age card，又称 18 plus card，是美国政府向年过十八岁的公民发放的身份卡片。——译者

"我的意思是我站得太远了。他们开枪的时候，我正在那片街区的中央。我看不清……"

一辆警车在培森街上自北向南来到了现场。O. B. 麦克卡特——此人是西南区的巡逻警，曾在凯伦·史密斯案时被调遣至凶案组帮忙——靠在驾驶座的窗边，笑着喊道："哈里·艾杰尔顿，哥们儿，这是你负责的案件？"

"是的。你去过医院了？"

"嗯，刚回来。"

操他娘的麦克卡特，艾杰尔顿咒骂道，这人刚离开凶案组三个星期，我可一点儿都不想念他。

"怎么样？他死了吗？"

"你逮到嫌疑人了？"

"没有。"

麦克卡特笑着说："他死了。哈里，你终于接到了一起凶杀案。"

艾杰尔顿转身望向毒贩子，和他同一时间得到这一消息的毒贩子正在一个劲地摇头。这位警探分不清他到底是在演戏还是真的为死者感到悲伤。

"你认识他吗？"

"皮特？当然啦，我认识他。"

"可他们说他的名字是格雷格·泰勒。"艾杰尔顿看着笔记本说。

"不不，哥们儿，在这儿，人们都叫他皮特。你知道，他是卖那玩意儿的。我总是告诉他，他再这样卖下去，迟早一天没了命。"

"你真的这么说了？"

"那可不是。"

"你喜欢这家伙？"

毒贩子笑了起来："那可不是，皮特是个好家伙。"

艾杰尔顿着实感到吃惊。本案的受害人是个培森街上的毒贩子，他把掺假的白粉按十元一粒卖给那些瘾君子——这种一本万利的无耻剥削行为无疑为他招来了很多敌人。天呐，艾杰尔顿想，真是否极泰来啊。每个弗雷德里克大道上的毒贩子都巴不得他快点死，可现在，竟然有人为他的去世而感到悲伤。

"他今晚在这儿是在做生意呢?"艾杰尔顿问。

"是的，和往常一样。"

"谁买了他的玩意?"

"一个叫摩奇的男孩。还有摩奇的女朋友，她住在普拉斯齐道上。还有两个人是开车过来买的。我不认识他们。你知道，想买那玩意的人可不少。"

"到底发生了什么?"

"我离得有点远，我真没看见。"

艾杰尔顿摇着头指了指警车的后座。毒贩子钻了进去，艾杰尔顿也随之跟上，并把右边的车门关上了。他摇下车窗，点上一根烟，也给毒贩子递了一根。他一边咕哝抱怨着，一边接过了烟。

"到目前为止你的表现都不错。"艾杰尔顿说，"我劝你别玩花样。"

"你什么意思?"

"我说，我看你到现在都还算诚实，所以我才没有像往常一样把你拽到警局去。不过，如果你不配合的话……"

"不，哥们儿，不，"毒贩子说，"你怎么不明白我说的话呢。我告诉你了，我是看到他们开枪了，那时候我正从我女朋友家走出来。我看到他们追着皮特跑，我听到了枪声，但我真的没看清他们到底是谁。"

"他们有几个人?"

"我看到了两个人，但只有一个人开了枪。"

"是把手枪吗?"

"不是，"毒贩子用自己的手臂比划着，示意是把长枪，"这么长一把。"

"来复枪？"

"是的。"

"他是从哪儿出来的？"

"我不知道。我看见他时，他已经站在街上了。"

"那他开完枪后又跑去哪了？"

"开完枪后？"

"嗯，皮特中枪之后。那个拿着来复枪的人去哪了？"

"就沿着培森街跑了。"

"朝南跑的？那个方向？他长什么样？穿什么？"

"黑色大衣，还戴着帽子，如果我没记错的话。"

"怎么样的帽子？"

"呃，那种带短檐的。"

"棒球帽？"

毒贩子点点头。

"他什么身材？"

"不高不矮。差不多六英尺高吧。"

艾杰尔顿把剩下的三分之一支烟扔出窗外，低头检查刚刚记在笔记本上的信息。毒贩子深深地吸了一口气，然后吐了出来。

"真是玩砸了。"

艾杰尔顿含糊地问道："你说什么？"

"就在几小时前，我还和他说过话。我对他说，他卖的那些玩意迟早会送了他的命。可他就是不听，还笑了起来。他笑着说他要先卖掉自己的玩意赚点钱，然后再去买自己想玩的。"

"好吧，"艾杰尔顿说，"你是对的。"

有声音朝他们传来，毒贩子突然缩起身子躲在了车座里。直到这一刻，他才恍然大悟，自己已经和一个警察交流了十五分钟了。两个小男孩走过警车，转入霍林斯街。他们狠狠瞪了制服警一眼，却没有望向警车的后座。四岔路口又恢复了平静，除了制服警之外毫无一人。

"快点完事啊。"毒贩子突然变得焦躁起来，"这里的很多人都认识我，不能让他们看到我和你在一起。"

"我问你，"艾杰尔顿仍然低头看着笔记本说，"那人开枪时，那个角落肯定还有别人，是吗？"

毒贩子立刻点点头，急于和本案撇清关系。

"那里有五六个人。"他对警探说，"有两个女孩，她们就住在霍林斯街上，她们和几个男孩在一起，不过我不认识他们。我见过他们，但我不知道他们的名字。还有一个我认识的人。那人开枪时，他就站在那里。"

艾杰尔顿翻开了笔记本新的一页，按下了圆珠笔头的按钮。虽然两人没有说话，但他们都知道，如果这个毒贩子想要快点脱离现在的处境的话，他就必须给出另一个证人的名字。毒贩子又问艾杰尔顿要了一支烟，点上了，然后吐出一口烟圈，并说出了那人的名字。

"约翰·内森。"艾杰尔顿一边记下一边重复道，"他住哪儿？"

"应该是在凯瑟琳街上，和弗雷德里克大道的交叉口。"

"他也卖毒品？"

"是的。你们可以把他抓起来。"

警探点点头，合上笔记本。对于一位目击涉毒凶杀案的证人而言，警探不能希求太多，而眼前这位男孩的配合程度早已超过了艾杰尔顿的期待。仿佛是出于本能反应，毒贩子伸出手，想要和艾杰尔顿握手。这真是个古怪的动作。不过，艾杰尔顿还是和他握了握手。他打开车门，让出空间让这个男孩钻出来。

"如果你撒谎的话，"他还是警告毒贩子道，"你知道我找得到你的。"

毒贩子点点头，拉下贝雷帽盖住额头，一瞬间窜入黑暗中去了。艾杰尔顿又花了十分钟对着现场画下了缩略图。他把毒贩子给他的名字说给西南区制服警听，并告诉他，如果他看到此人在街上游荡的话，立刻把他带回到警局来。

此时已是半夜3点半了。艾杰尔顿驱车开过四个街区，来到好帮手医院。他终于有机会看一眼他的受害者了。死者身材粗壮——六英尺一英寸高，一身后卫的肌肉，一副前卫的腿。格里高利·泰勒时年三十岁，生前住在离他被枪杀地点不到一街区的地方。现在，他死死地盯着急救手术室的天花板，一只眼睛因倒在培森街的地上而肿大了起来。他的身上插满了导管，这些五花八门的导管看上去和这具尸体一样毫无生气。艾杰尔顿发现他的两臂上都有针眼，而子弹则击中了他的右胸、左臀和右上臂。所有创口仿佛都被射穿了。不过，艾杰尔顿知道，因为凶手用的是.22口径子弹，真实情况是否如此目前还很难判断。

"他看上去很凶，不是吗？"警探对身边的制服警说，"又壮又凶。怪不得凶手有两个人呢。要是我，也不会一个人去找他。"

艾杰尔顿还能从尸体的情况推导出两个结论。第一，这应该是起激情谋杀案，而非蓄意谋杀案。没有专业人士会傻到端着.22来复枪这样笨重的武器去杀人。第二，这位格里高利·泰勒肯定把凶手给惹火了，他身上的十个弹眼很好地说明了问题。

艾杰尔顿靠在尸体边上，在笔记本新的一页上画下一个人形，然后标记下他中枪的部位。就在这时候，一位肥胖的护士走了进来。她没好脾气地走过手术室，拉拢塑料窗帘。

"你是本案的警探？"

"是的。"

"你要他的衣服吗？"

"要。谢谢。应该有制服警会来收衣服的。我会……"

"他妈在外面等着呢，衣服都在她手上。"护士不耐烦地说，"我们要清理这张床了。"

"他妈也在？"

护士点点头。

"好吧。我得见见她。"艾杰尔顿说着拉开窗帘，"还有，他在救护车上有说什么吗？他到了这里后有说什么吗？"

"A-D-A-S-T-W。"护士说。

"你说啥？"

"A-D-A-S-T-W。"她骄傲地回答道，"一来就挂，再也没活过来。"①

这缩写可真棒啊。难怪警察最容易和急救室护士发生婚外情了。难道还有比"警察—护士"这种搭档更加具有象征性、更加病态的组合吗？去他妈的吧，即便他们对做爱没兴趣了，他们也还可以租一个汽车旅馆，彼此聊聊世界观呢。A-D-A-S-T-W。

艾杰尔顿推开两扇门，走了出去。他看见死者五十八岁的母亲正在外面等候。他收起了脸上的笑容。

玻尔·泰勒和警探握了握手，却没有说什么。艾杰尔顿通常很能摆布那些受害者的母亲。他相貌英俊，穿着考究，一头精细的灰白头发，还有一副迷人的嗓音。他会让那些母亲联想到自己业已死去的孩子——不过这种理想形象只存在于她们想象之中。州检察官们也很欢迎艾杰尔顿出席法庭，因为他的迷人相貌对黑人男性被告和黑人女性陪审团也很管用。

"对于你儿子的去世，我感到很悲痛。"

这位母亲摇了摇头，放开了警探的手。

"我想悲剧之所以会发生，"艾杰尔顿小心翼翼地挑选着词汇，

_____

① 即 arrived dead and stayed that way 的缩写。——译者

"是因为有人和他因……"

"毒品，"她接着说道，"我知道。"

"你知道你儿子和谁吵过架吗?"

"我对他的生意一概不管。"她回答道，"我帮不了你。"

艾杰尔顿刚想提另外一个问题，可这个女人脸上悲伤的表情让他闭上了嘴。她仿佛多年以来都在等待这一刻的到来，她知道这一刻总会到来，可是，当这一刻终于到来时，她还是忍不住悲痛不已。

"我会尽我所能，"艾杰尔顿告诉她，"抓到凶手。"

她古怪地看了他一眼，耸了耸肩，然后转身离去了。

5 月 10 日，星期二

"我是凶案组的。"艾杰尔顿说，"你们最近怎样?"

"还凑合，"门卫意兴阑珊地说，"唉，操，什么凑合不凑合的，简直是糟透了。"

"这么操蛋啊?"

"有什么可以帮你的吗?"

"有张传票。"艾杰尔顿说着把由州检察官签署的传票搁在了西南区拘留所门卫的桌上。门卫低头透过眼镜看了眼传票，咳嗽了几声，然后把香烟蒂捻灭。烟灰缸里已然插满了烟蒂。他拿起传票，靠了回去，和监狱墙上的犯人记录对照了起来。

"这人已经去市拘留所了。"他说。

"我之前还打过电话问过你们，你们说这人还在这里。"艾杰尔顿说，"囚车是什么时候走的?"

门卫再次核对了姓名，接着走向囚室的门。他把传票递给铁栅栏另一边的狱吏，转身回头来到警探身边。艾杰尔顿看着他的一举一动，既觉得好笑，又觉得焦躁。这个世上的监狱门卫仿佛都跳着同一种午夜之舞。无论是在波士顿，还是在比洛克西，他们都会低头透过眼镜看人或传票，都会对在半夜三点打扰他的警察感到不耐烦；他们都是年老色衰的公务员，再六个月就要退休了，他们的每一个动作都如此缓慢——比死亡还缓慢。

"好吧，约翰·内森是吧？他还在这里。"门卫最终说道，"他自己报上来的名字可不是这个，稍许有些差异。"

"好吧。"

"你要把他带走？"

"是的，带去市局。"

五分钟之后，监狱的门打开了。一个深色皮肤、胖乎乎的男孩走出阴影，来到登记处的灯光下。艾杰尔顿看了眼这个浮肿的证人，在那一瞬间，他便知道霍林斯街上的案件可以告破了。是这个男孩的行为举止泄露了天机——这个蠢到家的街头少年不但在枪击案发生两小时后便因贩毒而被逮捕了，而且看上去竟然毫无愠怒之色，甚至有些困意。这种表情并不正常——即便现在是午夜 3 点，街头少年还是应该狠狠地瞪警探一眼才对啊。艾杰尔顿拿出手铐，男孩竟然主动伸出了手。

"别留他太久，"门卫说，"他明儿还得上学呢。"——这是一句拘留所里的老玩笑，艾杰尔顿笑都笑不出来。胖男孩起初并没有说话，他迟疑了一会，然后才说出了一句更像是陈述而非问句的话："哥们儿，你也想找我聊聊皮特。"

"我才是真的要和你好好聊聊皮特的人。"艾杰尔顿一边说着，一边把他带出拘留所，送到雪佛兰车的后座上。他驱车来到隆巴德街，在经过佩恩街的交叉口时，他指着一旁的法医办公大楼问男孩道："你想要和你朋友告个别吗？"

"谁是我的朋友？"

"皮特。那个死在了培森街和霍林斯街街口的男孩。"

"他不是我朋友。"

"不是吗?"艾杰尔顿说,"那么,你不想和他告别是吧?"

"他现在在哪里?"

"就在那里面。那幢白色的大楼。"

"他在里面做什么?"

"他什么都没做。"艾杰尔顿说,"伙计,那是个太平间。"

警探透过后视镜观察这个胖男孩,他的脸上毫无表情。艾杰尔顿感到很满意。这个男孩从昨天早上开始就被逮了起来,但他显然了解本案的情况。

"操,我什么都不知道。"五秒钟后,男孩才反应了过来,"我都不知道你为什么大半夜的要来西南区特地找我。"

艾杰尔顿放慢车速,让雪佛兰车靠在路边上。他转过身,狠狠地瞪着男孩深色、浮肿的面部看了一眼。男孩也不服气地恶眼相报。不过,艾杰尔顿看得出来,他已经害怕了。

"你不需要知道。"他一边踩下油门,一边冷酷地说,"我们只需要好好谈谈。在此之前,你得清空你的脑袋。你得告诉自己,你这一辈子从来没和警察聊过。因为我是个独一无二的警察,我和你聊的方式也将是独一无二的。"

"所以,你想和我聊聊。"

"你终于明事理了。"

"操,我什么都不知道。"

"你在那里。"艾杰尔顿说。

"我哪里都没去过。"

艾杰尔顿再次放慢车速,转过身。男孩不禁颤抖起来。

"你在那里。"艾杰尔顿一字一句地说。

这一次,男孩不敢再搭话了。离市局还有六个街区,在这段路程上,两人都没有再说过一句话。我只需要两小时,艾杰尔顿对自己说。用一小时四十分钟让他交代清楚，然后再用二十分钟写下来让他签名。

谁都无法预测审讯室里将要发生的情况。就在三个星期前，艾杰尔顿把布伦达·汤普森一案中最有可能的嫌疑人带进了审讯室。那已经是他第三次，也是最后一次审讯这个人了。那一天，他预感自己能很快让嫌疑人如实招来，可是，他们在审讯室里待了整整六个小时，等他出来时，他得到的只有谎言。即便如此，他仍然对这一次的审讯颇有信心。首先，坐在后座的男孩并不是凶手，而只是证人；其次，他已经因贩毒被抓了，艾杰尔顿可以把这个罪名当作谈判的筹码；最后，就他的观察，这个叫做约翰·内森的胖男孩完全是个孬种。

两人回到了凶案组的办公室。艾杰尔顿把男孩送进审讯室，接着便开始自言自语了。二十分钟之后，男孩开始点着头妥协了。九十多分钟之后，男孩交代了他在培森街上的所见所闻，而这和艾杰尔顿据现场情况的判断相吻合。

据内森说，格里高利·泰勒的确卖掺假的白粉，他赚了钱自己又去买好毒品。毋庸置疑，这样破坏本市毒品交易行业"道德"的人可不会受到同行的待见。泰勒把这些次货卖给了两个吉尔默公共住宅区的男孩，并愚蠢地在同一个街角待了太长时间。那两个男孩开着一辆破卡车赶了回来，一下车就用来复枪对准他，要他把钱还给他们。泰勒也不是一个十足的蠢蛋。他乖乖地交出了两张十美金。可是，其中一位男孩显然还是气不过头。他开了枪，追着泰勒跑过四岔路口，直到他倒在沥青马路上。然后，这两个男孩跑回到卡车里，驱车沿着培森街往南开，转入弗雷德里克大道。

用不了多少时间，内森就交代了两个嫌疑人的真实姓名、街头绰号、生理特征和大致的住宅地址——艾杰尔顿得到了他想得到的一切。审讯结束之后，艾杰尔顿很快就能据此申请了两份逮捕令和搜查令。

可是，艾杰尔顿高兴得太早了。第二天早上，行政警督——协助警监工作的长官——检查了前一天的二十四小时报告。他发现艾杰尔顿在案发现场审讯了一个证人，而没有按规章办事把他带到市局。这不符合规矩。这位警督说，这只能说明警探做了一个错误的判断，甚至懒惰。

　　"操，他懂什么？"等到那一天午夜轮值，艾杰尔顿回到凶案组时，罗杰·诺兰把警督的话说给了他听。艾杰尔顿气不打一处来："他只会屁股挨着椅子做点算术题。他知道怎么破案吗？"

　　"别紧张，哈里。放轻松。"

　　"我就是在现场从那个家伙口里套出了所有我想知道的东西，怎么着了？"艾杰尔顿咆哮道，"操，带不带他来市局，那有关系吗？"

　　"我知道……"

　　"这些狗娘养的政治家，真他妈的恶心。"

　　诺兰叹了一口气。作为艾杰尔顿的警司，诺兰知道艾杰尔顿业已成为警监和达达里奥对峙中的关键筹码。如果艾杰尔顿能破案，那么，他便证明达达里奥这位轮值警督有能力管好自己的下属；而如果他不能的话，他便会沦为警监和行政警督指责达达里奥疏于管理的证据。

　　然而，现今的情况更加糟糕了。艾杰尔顿已经不仅仅是被高层政治角力所利用的筹码了，他也成了其所在分队的麻烦分子。他是一根避雷针，处处招惹同事们的敌意，而这其中又以金凯德为甚。

　　金凯德是个老派的警探，长久以来都对凶案组尽心尽责。在他看来，一个好警探就应该尽早来接上一轮同事的班；应该尽可能多地接派遣电话，绝不抱怨工作量过多；也应该随时准备向搭档和同分队成员伸出援助之手，帮他们勘查现场、审讯嫌疑人。总而言之，一个好警探就是个懂得合作精神的人，而在长达二十二年的职业生涯里，金凯德也无一日不用这样的标准来要求自己。他在凶案组已经待了九年了。在之前的七年里，他的搭档是艾迪·布朗。这是对经典的黑白搭档，而金凯德的乡巴佬口音又赋予了这个组合独特的魅力。在过去的两年里，他和达达里奥手下的所有人都搭档过。

可金凯德怎么都无法和艾杰尔顿搭档。这位老探员告诉办公室里的其他人，他也不是不喜欢艾杰尔顿，这和个人的喜恶无关。就在两星期前，当麦克埃利斯特的分队举行夏日烧烤派对时，两人还共同出席过。艾杰尔顿还带了自己的妻子和小儿子。金凯德说，那个下午，艾杰尔顿和他聊得很开心，他甚至有些迷人。当然，两人有代沟，又是不同肤色：艾杰尔顿出生于纽约，而金凯德则是个乡巴佬——当金凯德想找人一起喝酒时，艾杰尔顿或许不是第一选择。可是，所有这一切都解释不了金凯德对艾杰尔顿的敌意。说到底，他嫌艾杰尔顿没有合作意识，不尊重和他出生入死的同事——而这恰恰是金凯德最在乎的价值。

艾杰尔顿是一头独狼。在他看来，破案是种孤独的个体工作。一起案件发生了，它开启的是一个警探和一个凶手之间的角力。任何其他警探、警司、警督乃至更高层的警局人士都和它毫无关系。艾杰尔顿之所以破案能力出众也正因如此，但不得不承认，这同时也是他的弱点。他从来都不懂得合作和分享，于是，他逐渐沦为分队中被孤立的对象。然而，一旦让他逮住一起案子，他就一口咬住，再也不会放手了。很多警探都只会把破案当成一份工作，在他们接起下一个派遣电话的那一刻，他们就会把之前的案件忘得一干二净。可艾杰尔顿却不是这样的：他会全身心地扑到一个案子里去，直到他的上司不得不干涉他的工作，强迫他赶紧接起下一个任务。

"让哈里接一个案子实在太难了。"特里·麦克拉尼曾经说，"你得拽住他的肩膀，对他大吼'哈里，这是你的案子'才行。不过，一旦他接起这个案子，就非破了它不可。"

别期望艾杰尔顿帮你分担自杀案、吸毒过量致死案和狱中自杀案，他不是这样的警探；别期望艾杰尔顿在去棒约翰餐厅买牛排时会给你带点什么回来，他肯定会忘记；也别期望艾杰尔顿会成长为贾尔维或沃尔登这样的、人人都围着他转的警探；更别期望他会替你擦屁股——要是某个刚来的探员因为过于紧张而在追击抢劫逃犯时连开了六枪，艾杰尔顿也不会帮忙处理证人口供。然而，只要你别理他，只要你让他一个人工作，他一年准能破上八到九个案子。

早在艾杰尔顿在东区做巡逻警时，诺兰就是他的上司。诺兰太明白艾杰尔顿的两面性了。他是诺兰分组里最具天赋的巡逻警——可与此同时，他也是分组里最不好相处的人。他从来不会替同事考虑，有时甚至有些不负责任；但是，他对他所负责的格林蒙特大道无所不知。这样的情况再次于凶案组复制；艾杰尔顿会突然神不知鬼不觉地消失一两天，但诺兰对他很放心，因为他知道，等到他再次现身时，他肯定已经破了一两个案子。

"别在意，"在金凯德对艾杰尔顿的敌意公开化之后，诺兰曾这么对艾杰尔顿说，"你只要把自己的工作做好就可以了。"

诺兰的管理哲学是把他分队中互相敌视的探员分开。每个人都有自己舒适的圈子：金凯德会和伯曼或贾尔维搭档，艾杰尔顿单个儿工作；如果他需要副手帮忙，那么，诺兰本人便会来帮他。可是，突然之间，这样的和平气氛变质了。

上一星期，诺兰曾两次听到金凯德和伯曼在办公室里抱怨艾杰尔顿。这样的事情时有发生：在办公室里，几乎每个人都会对彼此嗤之以鼻。然而，让诺兰觉得事态严重的是，每当金凯德和伯曼抱怨艾杰尔顿时，行政警督都在他们身边——而这位警督又是警监的耳目。

领导就是领导。自己人之间可以无所顾忌地放开了说话，可向上级打小报告就是另外一回事了。诺兰并不是很喜欢达达里奥，所以，他也没有任何打算让艾杰尔顿继续充当达达里奥和警监之间权力斗争的筹码。

在诺兰的分队中，里奇·贾尔维也表达了自己对金凯德告状行为的无法苟同。贾尔维是分队中接到任务数量最多的人，因此，他也不喜欢艾杰尔顿的工作态度。可是，和诺兰一样，他也不希望同事之间的矛盾传到上级的耳里去，更不希望一个富有天分的警探就此葬送职业生涯。三天之前，贾尔维和金凯德在斐乐斯波特一起吃了顿饭。席间，他把自己的想法告诉了金凯德。

　　"诺兰太纵容他了，"金凯德不饶人地说，"上一次午夜轮值时，这个狗娘养的竟然每天都迟到。"

　　贾尔维摇着头说："我知道。唐纳德，我知道你看不惯他。但你也应该知道，诺兰有多纵容他，就有多纵容你。他也会保护你啊。"

　　金凯德点点头，最终还是同意了贾尔维的观点："我明白你的意思。可是，我还是得说，要是我是他的警司，我他妈的会立马让他滚蛋。"

　　"唐纳德，我知道你会的。"

　　这次用餐期间的谈心让金凯德暂时停止了对艾杰尔顿的攻击，他再也没有在行政警督或其他领导面前打过艾杰尔顿的小报告了。可是，贾尔维和诺兰都知道，艾杰尔顿和金凯德之间的问题根本没有解决。就在今天，两人的关系又恶化了。行政警督问起了艾杰尔顿对培森街谋杀案的处理。他竟然知道艾杰尔顿在现场审讯了一个证人。而在诺兰看来，如果没有其他警探打小报告的话，行政警督根本不会知晓这种细节。

　　艾杰尔顿还在发脾气："我倒是想向他讨教讨教到底应该怎样破案。他倒好，每天准点上班、准点下班，他还有资格教我怎么破案？"

　　"哈里……"

　　"告诉他吧，我把那人带到这里，就算拷问两天两夜都问不出一坨屎来！"

　　"我明白。哈里，只是……"

诺兰花了五分钟时间安慰艾杰尔顿，可后者的怒火显然无法平息。艾杰尔顿是一旦发火就收不住的人。终于，他说得口干舌燥了，于是走到打字机旁边坐了下来，开始猛击按键，敲打起搜查令来。

且不论艾杰尔顿申请搜查令的文章有理有据。且不论当艾杰尔顿和诺兰带着搜查令来到劳伦斯街的那幢屋子时，他们发现了和现场一模一样的.22口径子弹。也不论当他们面对嫌疑人拿出手铐时，嫌疑人仿佛早有预感地伸出了手，并说道："我在猜你们什么时候才会来。"

更别提这个嫌疑人在审讯室里待了三小时就交代了一切，坦白自己就是凶手。

所有这一切，都无关紧要了。

因为，就在艾杰尔顿侦破培森街凶案的不到一星期里，凶案组中对他的抱怨从来没有停歇过。这一次轮到鲍勃·伯曼了——他在咖啡室里对其他五六位同事说，哈里的案子破不了了。

"他今年才破了一起案子。"他说，"我听唐·吉卜林说，他现在这起案子根本没法送到法庭上去。"

"你开玩笑吧。"

"反正吉卜林是这么说的。"

当然，这不是事实。陪审团受理了格里高利·泰勒的案子，两个嫌疑人被起诉了。那一年秋天，巡回法庭的法官判决开枪者二十一年有期徒刑及二级谋杀罪，而他的同谋则被判了五年有期徒刑，缓刑十五个月。

但所有这些事实都和办公室政治无关。在凶案组里，特别是在他本人的分队中，哈里·艾杰尔顿已然成为众矢之的。对警监而言，他是可资利用的对象；就达达里奥看来，他成了一个拖后腿的累赘；而在他的同事看来，他依然孤立自我——一个谜一样的婊子养的。

泰勒的名字在"板儿"上变成黑色的那一天早晨，艾杰尔顿来到了凶案组。他发现警督已经在"板儿"上贴了一张全新的便笺纸了。

"喂，哈里，"沃尔登指着便笺纸说，"你猜怎么着？"

"哦，天呐，"艾杰尔顿痛苦地叫喊道，"千万别告诉我。"

"呵呵，哈里，你仍然是下一个接电话的人。"

第六章

5 月 26 日，星期四

帕蒂·卡西迪握着丈夫的手，一步一步地走入法庭。全场一片寂静。陪审团、法官、律师——所有人都看着这位叫做吉尼·卡西迪的警察伸出右手，触碰着木质栅栏，踏上证人席。帕蒂碰了碰他的肩，对他低语吩咐了几句，然后退回到原告席后面的一个座位上。

书记员站起身来，问道："你能发誓说实话，说的全部都是实话，没有任何假话吗？"

"我能。"卡西迪口齿清晰地回答。

就这样，吉尼·卡西迪出现在了法庭上——这个以争取妥协性胜利而著名的地方。所有人都震惊了。他看不见在法庭外走廊上曾握住他的肩膀对他说"好样的"的特里·麦克拉尼、柯瑞·贝尔特和其他西区巡逻警；他看不见穿戴整洁、坐在法庭前排、身怀八个月大孩子的妻子；他看不见陪审团里一位白人年轻女子已经为他哭了起来；他看不见法官脸上闪现的愤怒阴霾；也看不见离他不远的、坐在被告席上用古怪眼神看着他的"屠夫"弗雷泽尔——正是此人用两颗.38 的子弹射瞎了他的双眼。

法庭里座无虚席。很多西区的制服警都来了。然而，西区警局局长并没有出席，我们也看不见巡逻警主管或副局长的身影——每个出席的普通警察都苦涩地意识到了这一点。一旦某位警察因公受了伤，他便失去了上级对他的庇护；高层会来医院看望你，也肯定会出席你的葬礼，可是，他们对你的记忆总是短暂得有些残酷。席间的警察没有一个警衔是超过警司一级的。除了警察之外，来到法庭的还有卡西迪的家人、一些记者、好奇心过重的普通人以及"屠夫"弗雷泽尔的一些朋友和家人。

在等候挑选陪审团的过程中，弗雷泽尔的弟弟德里克曾在法庭外的走道上出现过。他走到了证人们面前，先是狠狠瞪了其中一位一眼，然后又对着另一位大放厥词。还好，麦克拉尼和两位西区警察及时赶到，威胁他要不自己走人要不就被他们带走。德里克·弗雷泽尔还没傻到给警察留下把他扔进警车的把柄，于是，他又抛下了几句脏话，一溜烟跑出了圣保罗街的出口。

"好吧，"麦克拉尼对一个西区制服警说，"我们得盯紧他。"

制服警摇着头说："这个狗娘养的……"

"操，"麦克拉尼神情严肃地说，"要是在过去，我们早就把他剁碎了喂狗了。"

麦克拉尼对卡西迪一案的审判无比紧张。他是小克莱伦斯·M.米切尔法院的证人，因此当本案开庭时，他只能被隔离，等待被传唤。他对二楼法庭里所发生的一切一无所知，只好在门外来来回回地踱步。这是他人生中最重要的案子，可他却只能远远看着证人走入法庭。每当本案的检察官霍华德·戈尔什和加里·辛克尔于休庭期间出来时，他总是第一时间跑过去问他们里面的情况：

"里面怎么样了？"

"我们赢得下来吗？"

"吉尼怎么样了？"

"'屠夫'会作证吗？"

昨天的听证长达几小时。麦克拉尼一直在二楼的走道上边徘徊边盘算着本案的胜算。他觉得弗雷泽尔被判一级谋杀的概率是百分之四十，如果尤兰达坚持她于 2 月在大陪审团面前给出的证词，那么这个概率则有百分之五十。还有百分之四十是判二级谋杀罪或蓄意杀人罪。剩下的百分之二十则是不能达成一致或无罪。麦克拉尼安慰自己，至少，他们有一个不错的法官。在一位律师看来，埃尔斯波斯·布斯或许不是一位好法官，她喜欢反复质疑证人的证词，也会过多地受到抗议申诉的干扰。但是，在麦克拉尼看来，布斯至少不会对裁决心慈手软。如果"屠夫"弗雷泽尔之罪名无可辩驳，那布斯肯定不会饶过他。

布斯和所有其他被推选为巴尔的摩巡回法院的法官一样颇具威严。她的声线沉稳而又尖锐，仿佛时刻都在表达着自己对律师、检察官、被告以及整个刑事司法体系的不满意。

她是法庭的掌握者。一旦坐在法官席位上，她便能纵览整个法庭——它位于这座风格繁复华丽的建筑的西北角，有着高高的屋顶，四周的墙上装点着已故法官的画像。第一眼看来，这并不是一个适合对生死做出裁决的地方；法官席位和审判席位的深色木质的确为它披上了一层庄严的色彩，而它的屋顶上却悬挂着经久失修的管道和生锈的排风系统。从某个特定的角度看过去，这个法庭更像是某个政府办公室的地下室。

在成为巴尔的摩巡回法院的法官之前，埃尔斯波斯·布斯是一位颇具天赋的被告公派律师。很多人因为布斯的辩护而未遭锒铛入狱的厄运。可是，在她解救的无数人中，她只确定有一位是真正无辜的。从回溯的眼光看来，再没有比拥有如此经历的布斯更加适合担当裁决巴尔的摩凶杀案的法官了。黑皮肤、棕色皮肤、有些时候则是白皮肤——这种种凶案的嫌疑人坐着肮脏的囚车、戴着手铐和脚链被带入法庭，而后又被带回到监狱。这些可怜的灵魂呼喊着无辜和自由，他们靠牲畜一般的食物苟且过活着，无论是被判刑还是被无罪释放，他们的命运都是被这个世界遗忘。日复一日，律师永远拿着优渥的报酬，可监狱里永远人满为患。这个庞大的机器碾过狱中人的身躯，继续往前行进。巴尔的摩总共有三位市法官，而布斯逐渐成为其中最重要的一位——本市每年都大概有一百五十起凶杀案会得到巡回法院的审判，布斯所负责的占了百分之六十。她所见证的是一群可悲的人类和他们悲惨的命运，她具有足够的心智来公正地对待每一个人。

她的办公室陈设也显现出她是一个强硬的女人：书柜上除了法律书目之外，还放着好几个骷髅——大多数是假的，只有一个是真的——这会让人误以为走进了一个人类学家的办公室。墙面上还粘贴着古老的《警察公报》封面，每一页都详细记述着人类最为暴力的行径。凶案组的警探总会对此情此景颇感安慰，因为这些文字告诉他们，埃尔斯波斯·布斯——和任何有尊严的警察一样——对解决谋杀案情有独钟。

这倒并不意味着布斯是一位喜欢血腥味的、对每个罪人都处以极刑的法官。她所要裁决的凶案数量堪称批发量，于是，她也会接受某一两起无关紧要的案子的辩诉交易。在巴尔的摩以及美国的其他城市，辩诉交易是让负担过于沉重的司法体系正常运作的唯一方式。不过，无论是对于检察官还是法官而言，这其中的诀窍在于了解哪些案子可以接受辩诉交易，哪些则不可以。

"屠夫"弗雷泽尔便是一起不允许接受辩诉交易的案子——无论他的律师怎样申诉都不可以。戈尔什和辛克尔双拳出击，要求判弗雷泽尔五十年。他们知道，一级谋杀罪和非法持有枪支罪最多可判无期另加二十年，也就是总共八十年。根据马里兰州的假释条例，"屠夫"最后量刑的出入在五年左右，不过对于任何职业犯罪分子而言，五年时间不值一提。像"屠夫"弗雷泽尔这样的人，一旦听到检察官报上二位数的徒刑，他们便会突然傻掉。

本案的陪审团总共有十二个人：十一个女人，一个男人；九个黑人，三个白人。在巴尔的摩，这样的陪审团组成是相当典型的。这十二位陪审团成员也没起到多大的作用，说实在的，能让他们保持清醒就已经不错了——在本市的法庭，陪审团打瞌睡是经常发生的事，而法官也经常被迫让治安官去把某位陪审团成员弄醒。

当尤兰达·马尔克斯出现在证人席上时，所有陪审团成员都打起了精神。这个女人的脸上写满了愤怒和恐惧。尤兰达多次向检察官表示自己不愿出庭作证。当她对辛克尔的提问做出回答时，她只是用冰冷的声音说出"是"或"不是"，并且快要哭了出来。不过，她还是撑了下去。即便"屠夫"就在几英尺之外盯着她看，她还是说出了她所知的实情。

紧跟尤兰达之后的是麦克拉尼，他详细描述了犯罪现场的情况。接着，加里·特格尔——本案的两位专案警察之一——出庭了。特格尔是个相貌出众的年轻黑人，他的出庭是巧妙的刻意安排，他会用自己的相貌和证词告诉以黑人为主的陪审团——制裁"屠夫"弗雷泽尔的体制里也并非只有白人。特格尔之后则是一对夫妻，案发当晚，他们刚刚从一个酒吧出来，沿着爱普尔顿街往南走，并目击了当时的情况。他们叙述了自己的回忆，虽然也说他们离得太远没有看清开枪的人。不过，他们的证词仍然和尤兰达的吻合。

最后出席的是一个目前仍关在市拘留所里的男孩。此人同为谋杀犯，并且还在开庭前的监禁期和"屠夫"发生过争吵。"屠夫"曾告诉他案发时的种种细节，而这些情况只有凶手本人才会知道。

"被告还告诉你了些什么？"辛克尔问他。

"他说警察快要把他给逮起来了，于是他拿出枪，对着他的头开了几枪。他说他很后悔没把这个婊子养的给杀了。"

"婊子养的。"这个脏词在法庭中回荡开来，房间里一片死寂。一个年轻人，一个已经瞎了的年轻人，一条如此容易被剥夺的生命。卡西迪。婊子养的。

加里·辛克尔等待了一会，让这个词的效果得到充分吸收。他看到两个陪审团成员摇起了头，而布斯则把手举到了嘴边。他问男孩为什么要出席作证，是否因为想换取减刑，男孩摇摇头，他对陪审团说，他来到这里完全是出于个人原因。

"我给他看了一张我女朋友的照片，"他解释道，"他说等他哪天出去后，我女朋友就是他的了。"

那是他们之间的事。

等到吉尼·卡西迪出现在证人席上时，所有该做的都已经做完了。卡西迪是张情感牌，他的出现会让目前仍站在"屠夫"弗雷泽尔这一边的陪审团产生动摇。陪审团看着这个站在证人席上的年轻人，而他却无法对他们报以同样的目光。在被告律师开口说话之前，卡西迪的出场终于迎来了这场法庭好戏的高潮。

在此之前，陪审团已经聆听过马里兰州医院医生所做的报告，他详细分析了每颗子弹进入他头颅的情况，并告诉他们，卡西迪能活下来便已然是个奇迹。然而，他毕竟还是活了下来。他爬出了地狱，穿着深蓝色的西装，出现在了他们面前，出现在了凶手面前。

"卡西迪警官，"布斯温柔地说，"你面前有个麦克风……你要对着它说话。"

卡西迪向前走了一步，碰了碰麦克风。

辛克尔是从外围问题开始问的："卡西迪警官，你做巴尔的摩警察多久了……"

辛克尔一边问着，几位陪审团成员的眼神一边不断在卡西迪和弗雷泽尔两人身上来回游移。他们之间仅仅只有不到六英尺的距离，而弗雷泽尔则好奇地盯着卡西迪的脑袋看——卡西迪的黑发遮掩住了太阳穴上的枪创，而他脸上的伤痕竟然也奇迹般地没有留下过深的疤痕。只有那双眼睛透露着曾经发生在他身上的悲剧：它们其中一只蓝色而又空洞，另一只透明而又扭曲。

"你完全瞎了，是吗?"辛克尔问。

"是的。"卡西迪说，"我也没有味觉和嗅觉。"

　　在凶杀案的审判中，这样的时刻少之又少。在绝大多数情况下，凶杀案的受害者只是抽象的存在——他们已然故去，只剩下一份尸检报告和几张现场照片说明他们曾经在这个世上活过。与此相对的是，被告则永远是个活生生的个体。出色的被告律师总是可以利用这一点——他们会强调被告的人性，以掩盖他犯罪行径的非人性；他们也会强调他是个普通人，以掩饰他所犯之罪的不平凡。优秀的辩护律师总是会和被告站得很近，他会时不时碰一下被告的肩或搂住他，这样的动作总是会向陪审团暗示辩护律师喜欢这个人，也相信他。有些时候，他们会就此做一些小把戏：比如说，他们会在开庭前把薄荷糖或糖果塞给被告，让他们选择恰如其分的时刻递给辩护律师吃，甚至是递给不远处的检察官吃。先生们，女士们，你们睁大眼睛好好看看吧，他是个人啊，他喜欢吃薄荷糖，他还会与他人分享。

　　但是，吉尼·卡西迪还活着的这个事实让"屠夫"弗雷泽尔的这一优势荡然无存。卡西迪也是活生生的一个人，他也是有血有肉的人。

　　辛克尔继续说："你能回想起那天晚上发生的事情吗？任何事情……"

　　卡西迪的脸上露出了痛苦的表情，他缓慢地说："我什么都记不起来了。我唯一记得的是那天下午，我在我岳父位于宾夕法尼亚大道的家里吃了一顿饭。"

　　"你能记起那天你是在工作吗？"

　　"我知道那天是我的工作日。"卡西迪说，"但从我岳父家出来之后，我就再也不记得什么了。他们告诉我，一旦受了这样的伤，失忆的情况很普遍……".

　　"卡西迪警官，"布斯打断他的话，"你妻子是否陪你去上班了？"

　　"是的，法官阁下。"

"就她目前的体态看来，"法官继续说，"我想，她是快要……"

"是的。预产期是 7 月 4 日。"

7 月 4 日①。辩护律师摇摇头。

"这是你第一个孩子吗？"法官望向陪审团。

"是的。"

"谢谢，卡西迪警官。我只是有点好奇。"

辩护律师显然已经被逼上了绝路。你能对一个瞎了眼的、怀孕妻子还在一旁的警察做些什么？你能问他些什么问题？你又怎样争取陪审团的同情？在这样的情况下，你的委托人怎样才能得以喘息？

"法官阁下，我没有问题了。"

"证人可以离开。谢谢你，卡西迪警官。"

站在法庭外的麦克拉尼看见法庭的门打开了。陪审团已经上楼讨论了，布斯已经回到办公室，而帕蒂则领着吉尼走了出来。他们的身后是辛克尔。

"吉尼，怎么样？"麦克拉尼问。

"没问题。"卡西迪说，"我想我的表现不错。帕蒂，你觉得呢？"

"吉尼，你的表现棒极了。"

"'屠夫'怎么样？他有看我吗？"

"是的，吉尼，"一位西区的同事说，"他就死死地盯着你看。"

"盯着我？那种好像要操翻我的眼神？"

"不是，"这位警察说，"他看上去怪极了。"

卡西迪点点头。

"吉尼，你制住他了。"另一位西区警察说，"这家伙完蛋了。"

麦克拉尼拍了拍卡西迪的肩膀，然后跟着帕蒂和吉尼的母亲和哥哥走到了一边。他们都是专程从新泽西州赶来的。过了一会，他的家

———————————

① 7 月 4 日是美国独立日，因此颇具象征意义。——译者

人走上了楼，等待再次开庭。麦克拉尼利用这个机会握住了卡西迪的手，问了好多关于法庭的问题。

"吉尼，我真希望自己能出席。"麦克拉尼站在楼梯上对他说。

"嗯。"卡西迪说，"不过，我觉得我的表现不错。帕蒂，你觉得呢？"

帕蒂·卡西迪再次安慰自己的丈夫。可是，麦克拉尼并不满意，毕竟，这只是帕蒂一个人的说法。几分钟之后，他又在法庭外来回踱起步来，并抓住每位从法庭出来的律师、观众和治安官问个不停。

"吉尼表现得怎么样？陪审团有什么反应吗？"

每个人都告诉麦克拉尼，吉尼的表现很不错，可他仍然皱着眉难以相信。只能在门外通过他人转述来了解你人生中最重要一场审判的代价便是——无论人家说什么，你都不会相信。麦克拉尼不得不提醒他们，这几个月来，卡西迪一直在接受恢复说话能力的治疗。他的表现真的没问题吗？他听清楚问题了没有？他真的把话给讲明白了？

"特里，他的表现棒极了。"辛克尔说。

"那'屠夫'又怎样呢？"麦克拉尼问。

"他就一直盯着吉尼看，"一个西区巡逻警说，"他一直盯着吉尼的侧脸看。"

吉尼的侧脸。那道伤疤。"屠夫"弗雷泽尔盯着这道由他亲手造成的伤疤，他想必是在问自己为什么吉尼没有命丧黄泉。麦克拉尼的脑海里浮现出弗雷泽尔的模样。这个狗娘养的，他想。

为弗雷泽尔辩护的过程花费了一整个下午。他的律师传唤了几个证人，据他们说，"屠夫"弗雷泽尔并不是凶手，他不可能在那一夜出现在莫谢尔街和爱普尔顿街的街口。不过，弗雷泽尔本人却没有作证；他的犯罪前科太多了，没有人会相信他本人的话。

"发生在卡西迪警官身上的事完全是个悲剧。"辩护律师在总结陈词时说道，"但弗雷泽尔和这起悲剧毫无关系。如果我们判克利夫顿·弗雷泽尔有罪的话，那只能加重这一悲剧。而就之前传唤证人所提供的证词看来，弗雷泽尔完全是无辜的。"

辛克尔和戈尔什两人联手完成了他们的总结陈词。辛克尔采用了有理有据的压迫式陈述；而戈尔什则动用了情感策略，以期进一步唤起陪审团对卡西迪的同情。

"别因为这起案件的受害者是一位警察而给克利夫顿·弗雷泽尔定罪。"辛克尔对陪审团说，"如果要给弗雷泽尔定罪，那也是因为所有这些证据都证明了他曾犯下此罪……克利夫顿·弗雷泽尔想开枪杀死卡西迪警官，那是因为他不想被关到牢里去。"

十分钟之后，戈尔什则对同一批陪审团成员说道："当一个警察倒下时，倒下的并非他一个人，我们所有人都随着他倒下了。"

麦克拉尼坐在法庭的后排，聆听着戈尔什的"细细的蓝线"① 式演讲。每当警察被杀时，检察官们都会刻意塑造警察的"保护者"形象。然而，时至今日，还有人相信这种形象吗？陪审团会被这种形象感动吗？麦克拉尼观察着十二位陪审团成员。他们至少还在耐心聆听——除了第九位成员。麦克拉尼告诉自己，她已经看穿了戈尔什的伎俩，她将成为一个问题。

"像'屠夫'弗雷泽尔这样的人还有很多，我们必须警告他们，他们不能这么随随便便对警察开枪……"

结束了。陪审团站起身，一字排开走过检察官，走过辩护律师，走过"屠夫"弗雷泽尔，走上楼梯，前往评议室。

麦克拉尼和辛克尔、戈尔什在法庭门外聊天，突然之间，弗雷泽尔走了过来。他戴着手铐和脚镣，正在警察的陪同下走向法院地下室的拘留室。麦克拉尼和他互望了一眼，弗雷泽尔竟然笑了起来。

---

① thin blue line, 对警察的象征性比喻，指警察是正义与邪恶之间的"线"。——译者

"好吧。"麦克拉尼压抑不住心中的怒火，举起了拳头，"操你……"

戈尔什一把拉住了他："他完蛋了。虽然结果还要等几小时，但他肯定完蛋了。你觉得我们的总结陈词怎么样？"

麦克拉尼没有回答他。他的注意力全在弗雷泽尔身上。他看着弗雷泽尔走下楼梯。

"得了吧。"戈尔什轻轻拍了拍麦克拉尼的肩膀，"我们去找吉尼吧。"

卡西迪和他的妻子、母亲与哥哥一起坐在陪审团评议室门外等待着。那些刚刚参加完早上 8 点到下午 4 点轮值的西区巡逻警纷纷走过来向他祝贺。众人也提前向戈尔什和辛克尔表达了祝贺。法院的窗外，天色渐渐暗了下来。两位西区巡逻警提议点几份披萨大家一起吃。

"吉尼，你想吃什么口味的？"

"都可以，只要不是鳗鱼口味的。"

"哪家店来着？"

"马克餐厅。在埃克斯特街上。"

"现在就订吧。"一个警察笑着说，"我们不会在这里待多久了。"

在接下来的一小时里，所有人都自信满满、欢声笑语着。他们回忆着西区发生的故事，每个故事都以成功逮到凶手为结。他们乐观地以为他们铁定胜利了，于是，没有人再讨论胜败的可能性，而是议论起总结陈词时的华彩篇章和吉尼证词的可圈可点之处。

可是，突然之间，洋溢在法院里的乐观情绪消失殆尽了。有人说，他们在楼上的评议室门外听到了里面传来的叫喊声。叫喊声越来越大，终于传到了走道上，传进了吉尼·卡西迪的耳朵。他和他的家人刚吃完披萨，面前放着一堆空荡荡的披萨盒和一次性饮料杯。所有人的心情都由晴转阴。

两小时过去了。三小时过去了。评议室传来的叫喊声不绝于耳，等待变成了一件痛苦的事情。

"吉尼，我不知道该说什么好。"戈尔什已经失去了信心，"我真的已经尽力了，但貌似还不够。"

四个小时过去了。陪审团发言人向布斯法官陈递了一张纸条，通知她陪审团陷入了僵局。布斯把此事告诉了检察官们，然后又把陪审团带到了楼下，告知他们僵局发生时所该做的事情，最后又敦促他们上楼尽快得出结论。

可是，评议室里传来了更多的叫喊声。

"吉尼，这可是个犯罪啊。"柯瑞·贝尔特说，"简直难以置信。"

众人忧心忡忡地在评议室门外的楼梯上聆听着。突然之间，屋里传来一位陪审团的叫喊声，她愤怒的吼声盖过了其他陪审团成员。他们总是撒谎，这位陪审团成员喊道，你必须说服我才行。

他们总是撒谎。他们指谁？证人？被告？"屠夫"都没有作证，所以肯定不是被告。那么，她到底指的是谁？麦克拉尼立刻想到了第九位陪审团成员，那个仿佛把戈尔什一眼看穿的女人。一定是她，他告诉自己，操，她就是那个一直在作祟的人。

麦克拉尼咽着口水独自来到二楼的楼道上。他压抑着心中的怒火，来来回回地踱步。还不够，他责怪自己道。我给陪审团的还不够。一个证人。其他目击者的证词。来自狱友的陈述。可是，还不够。夜渐渐深了，麦克拉尼心中的恐惧越来越大，他不敢再走入吉尼等待的那个房间了。他仍然在大理石铺就的走道上来回踱步。几位西区巡逻警走过来安慰起他来。他们说，结果到底如何已经不重要了。

"如果他被判有罪就会锒铛入狱。"其中一位曾在麦克拉尼手下工作过的制服警说，"如果他被判无罪，那他就会重回街头。"

"如果再让我们看见他在西区出现的话，我们不会放过他的。"另一位制服警接着说，"这个婊子养的，他还是祈祷自己被判有罪吧。"

无济于事的安慰，但麦克拉尼还是点了点头。说实在的，如果弗雷泽尔真的重回街头，每个警察都知道应该怎么做。他们不需要商量，不需要合谋，弗雷泽尔的命运早已被注定。他是一个屡教不改的罪犯，他总有一天还是要犯罪的。每个制服警都在盯着他看，一旦他在西区干下什么坏事，那他就真的完蛋了。不必再派律师了，也不必再审判了，更没有什么陪审团。麦克拉尼对自己说，如果今天"屠夫"弗雷泽尔真的被判无罪，那么他也活不过一年。

与此同时，戈尔什和辛克尔则在法庭里商量着对策。留给他们的余地并不多了：他们可以在陪审团宣判之前，找到弗雷泽尔的律师，和他谈谈辩诉协商的可能性？但他们能谈成怎样的辩诉协商呢？之前，他们提出了五十年。如果三十年呢？三十年就意味着弗雷泽尔坐十年牢就可以被假释出来了。可是，卡西迪从一开始就说明了自己的立场：他不接受低于十年的判决。要不要先找卡西迪商量一下？十年监禁总好过无罪释放吧。最终，两位检察官谁都没有做出实质性的举动；而事实上，看到自己无罪释放希望的"屠夫"弗雷泽尔也不会给他们讨价还价的余地。

六个小时过去了。陪审团发言人再次现身。这一次，她却带来了另一个信号。她问一级谋杀和二级谋杀到底有何区别。终于，他们定下了基调：弗雷泽尔有罪。

所有人都松了一口气。他们走近卡西迪，向他道贺。可是，卡西迪却耸着肩拒绝接受。二级谋杀，他摇着头说，他们怎么可以考虑二级谋杀呢？

"吉尼，先不要这么想。"作为一位富有经验的检察官，戈尔什已经经历过无数次如此煎熬的等待了，"他们已经达成一致了，他们只需要再往前推一把。"

卡西迪笑了笑。仿佛是为了让他自己能放轻松，他问大家是否想听他讲个笑话。

“什么笑话？”贝尔特问。

“我的笑话。”卡西迪说。

“你的笑话？你之前讲过那个？”

“是的，”卡西迪说，“就是那个。”

贝尔特边笑边摇着头说："吉尼，你到底想干吗？你想把我们都赶出房间吗？”

“去他妈的，”另一位名为比耶米勒的西区制服警说，“吉尼，快说吧。”

卡西迪讲起了一个超现实的故事：三个线团站在酒吧门外，他们每个都很渴，都想来一杯啤酒。可是，酒吧门外的告示却写着“不得向线团售酒”。

“第一个线团走进酒吧，要了一瓶啤酒，”卡西迪说，“酒保问他，‘喂，你是线团吗？’”

这个线团回答，是的；于是，他被赶出了酒吧。几个警察大声地打起了哈欠。卡西迪继续一本正经地讲起了第二个线团的命运，他遭到了和前者一模一样的待遇。

“于是，第三个线团要出发了。他先是偷偷地躲在一个角落里，给自己打上了几个结，然后才走入酒吧。”

就在卡西迪要抖出包袱的那一刻，麦克拉尼走了进来，他显然听不懂卡西迪到底在讲什么。

“酒保问他，‘你是线团吗？’线团回答，‘恐怕不是吧。’”

所有人都发起了牢骚。

“天呐，吉尼，这个笑话实在太冷了。”一位西区制服警说，“就算你是个瞎子，也不应该说这么冷的笑话啊。”

卡西迪笑了起来。陪审团发言人的问题让这个房间里的紧张氛围消失殆尽了。麦克拉尼也轻松了不少，虽然他也和卡西迪一样，无法接受二级谋杀的判定。卡西迪刚要讲第二个笑话，麦克拉尼再次走出房间，来到走廊里。他在椅子上坐了下来，一头靠在冰冷的大理石墙面上。贝尔特跟着他走了出来。

"'屠夫'要被判入狱了。"麦克拉尼仿佛是在说给自己听。

"哥儿们，我们需要一级谋杀。"贝尔特靠在椅子上说，"二级谋杀还不够。"

麦克拉尼点点头。

在陪审团发言人再次出现之后，戈尔什和辛克尔便放弃了辩诉协商的想法。布斯法官让他们前往自己的办公室，并告诉他们，如果陪审团就二级谋杀罪达成一致，那么她也将接受这一判定。

"别，"戈尔什有些愤怒地回答道，"再等一会吧。"

八个小时过去了。晚上 10 点，人们在法庭里再次聚集，而"屠夫"弗雷泽尔又从拘留室里回来了。卡西迪和妻子一起坐在法庭前排检察官的身后，麦克拉尼和贝尔特则坐在第二排靠门的一边。陪审团沉默地走下了楼。他们没有看被告一眼——这是个好现象；但他们也没有看卡西迪一眼——这又是个坏现象。麦克拉尼望着他们在陪审席上一一坐下，双手紧握住了膝盖。

"发言人女士，"书记员问，"你们是否就判被告一级谋杀罪名成立达成了一致？"

"是的。"

"你们的结论是？"

"我们判被告罪名成立。"

吉尼·卡西迪紧拽着妻子的手，缓慢地点了点头。西区制服警中爆发出微弱的喝彩声。有几位陪审团成员哭了起来。戈尔什转过身，向麦克拉尼竖起了大拇指；麦克拉尼笑了笑，他和贝尔特握了握手，举起了拳头，然后又瘫倒在了座椅中。他已经精疲力竭了。"屠夫"弗雷泽尔摇晃着脑袋，而后开始检查起自己的指甲来。

布斯说出了量刑日期，并开始结案。麦克拉尼离开了席位，走到门外，他想逮住某个陪审团成员，问问他们之前到底发生了什么。他在楼梯口上看到了一个年轻的黑人陪审团成员，她还在啜泣中。麦克拉尼问她到底发生了什么，她看了眼他的警徽，说："我不想再聊这个问题了。"

麦克拉尼往前走，拉住了一个白人陪审团成员。他发现此人便是在卡西迪作证时哭泣的女孩。

"小姐……小姐。"

女孩停下脚步，回望他。

"小姐，"麦克拉尼冲了上去，"我是本案的调查警探。你能否告诉我评议室里到底发生了什么？"

女孩摇着头说："他们很多人都无所谓。我的意思是，他们一丁点都不关心，简直是疯了。"

"他们无所谓？"

"是的。"

"他们对什么无所谓？"

"所有这一切。他们什么都不想关心。"

麦克拉尼震惊了。女孩耐心地回答他的问题，他终于渐渐明白之前的八小时里到底发生了什么：肤色和冷漠成了关键词。

据女孩说，从一开始，两位白人陪审团成员便提出判一级谋杀，可也有两位年轻黑人陪审团成员说要无罪释放弗雷泽尔。他们说，一旦有人——任何人——枪击了白人警察，警察们就会团结一气、千方百计地给此人定罪。他们说，这就是为什么法庭上会出现那么多警察的原因。弗雷泽尔的女朋友之所以会哭，是因为她遭受了警察施加于她的压力。而另两位证人完全不值一信，因为他们那时刚刚从酒吧出来，很可能已经醉了。那个弗雷泽尔的狱友之所以会作证，则是因为想给自己减刑。

女孩记得，其中一位年轻黑人陪审团成员说自己不喜欢警察。其他人问她，她喜不喜欢警察和本案无关；而她则回答，就是不喜欢警察，在她的那片街区里，没一个人会喜欢警察。

除了这四位有争执的陪审团成员之外，其他八位成员都无动于衷地说，只要他们四人达成一致，他们便会跟风投票。他们说，今天是星期五，接下来就是阵亡将士纪念日的假日，他们想赶快回家休息。

麦克拉尼难以置信地听着。"那你们最后是怎么达成一致的？"他问。

"我不会再改变我的决定了，而那个坐在后排的女人，她说她也不会改变主意。她也是从一开始就坚持一级谋杀罪的。我们争执不下了好一会。到最后，我想，大家都想回家了吧。"

麦克拉尼简直不敢相信自己听到的话。他做警察已经很久了，他知道认真对待本职工作的陪审团少之又少，可这一次发生的情况超出了他的想象和容忍范围。那个试图杀死吉尼·卡西迪的人被定了正确的罪，却是出于错误的原因。

女孩似乎看穿了他的心中所思。"我敢说，"她说，"这就是这个体系运作的方式。"

两小时之后，麦克拉尼带着女孩来到了马其特酒吧。麦克拉尼请女孩喝啤酒，并让她再一次详细讲讲之前发生的事情。这位十九岁的女孩是市中心某家体育主题酒吧的服务生。麦克拉尼坚持要请她喝酒，于是，她随着警察、检察官和卡西迪一家来到了这里。你是一个英雄，麦克拉尼对她说，我必须请你喝酒。他先是独自一人听了几分钟，然后又请其他的西区制服警加入听众的行列。

"文斯，快过来。"

莫尔特走了过来。

"这位是文斯·莫尔特。"麦克拉尼对女孩说，"他是吉尼的搭档。快告诉他其中有一个陪审团还觉得'屠夫'长得俊俏啊。"

吉尼·卡西迪坐在两张桌子之外，喝着苏打水，听着别人讲笑话。一个小时之后，麦克拉尼把女孩拉到了卡西迪身边。

"谢谢你。"卡西迪对女孩说，"你做了正确的选择。"

"我知道。"女孩弱弱地回答，"祝你好运，快要当爸爸的人啊。"

麦克拉尼坐在吧台边，看着这两个人。他已经有点醉了。大伙儿一直聚到了半夜1点。尼克走出吧台，开始收拾起来。卡西迪、贝尔特、特格尔和戈尔什已经走了。麦克拉尼、莫尔特、比耶米勒和其他几位制服警还在。女孩开始收拾东西打算回家。

"等这儿关门后，我们要去克利夫顿街继续喝。"麦克拉尼对她说，"和我们一起去吧。"

"克利夫顿街上有什么？"

"那是一片圣地。"另一位警察开玩笑道。

女孩还没来得及回答，麦克拉尼就发现自己的提议很不靠谱了。克利夫顿街位于本市的东南区，警察们经常会在那里碰头喝酒，可那里只不过是一片废弃的码头而已。这个乖乖女显然不属于那里。

"克利夫顿街离这里才几分钟，是一片码头，"麦克拉尼尴尬地解释道，"文斯会先去买几瓶啤酒，然后我们会在那里碰头。没什么大不了的。"

"我想我得回家了。"女孩也尴尬地说，"真的。"

"好吧。"麦克拉尼突然释然了，"文斯可以先把你送回去拿车。"

"谢谢你请我喝酒。"她说，"我得说，下次要是再有警察请我喝酒，我死也不会答应了。不过还是挺有意思的。谢谢。"

"别这么说。"麦克拉尼说，"谢谢你才是。"

文斯·莫尔特和女孩一起离开了。麦克拉尼喝完了杯中酒，给尼克留下了一些小费。他检查了车钥匙、钱包、警徽和配枪是否都在身边——只要它们都在，那他就可以走了。

"你觉得她会跟你去克利夫顿街？"比耶米勒扬着眉毛问他道。

"我不是这个意思。"麦克拉尼生气地说,"她是个英雄。"

比耶米勒笑了起来。

"谁跟我一起走?"麦克拉尼问。

"你,我,文斯,还有另外几个。我告诉文斯先去买几打了。"

他们开着自己的车,朝东南方向穿过费尔斯角和坎顿街区的排屋。他们转到克利夫顿街上,沿着港湾往南开了四分之一英里,来到了这条街的尽头。那里伫立着勒海水泥公司的高塔。他们把车停在了高塔的阴影中。他们的右边是一片仓库,左边则是一个废弃的码头。这是个温暖的夜晚,浪花拍打着海岸,垃圾的腐烂味道泛滥了上来。

十分钟之后,莫尔特带着两箱银子弹啤酒赶来了。麦克拉尼和西区制服警们继续着之前的话题。在这个温暖的春日之夜,他们的声音越来越大,而话题也越来越放肆了。莫尔特打开了车里的收音机,开始放起了音乐。他们讲述着警局里发生的趣事,而麦克拉尼则讲到了他在破案时撞到的倒霉事。

一小时之后,他们喝完了二十四罐啤酒。空荡荡的啤酒罐不是漂浮在海岸上,就是被扔进了仓库。

"为……"比耶米勒说。

"西区警察干杯。"

"不。为吉尼干杯。"

"为吉尼。"

他们继续喝着,莫尔特把收音机声音调得更响了。过了一会,他们看见仓库门口出现了一个孤独的人影,这人或许是个工头。

第一个看到他的是比耶米勒。

"长官,看那边。"

麦克拉尼把眼镜往鼻梁上推了推,定睛看了一眼。工头一动不动地站在那里,回望着他们。

"别担心。"麦克拉尼对他们说,"交给我。"

麦克拉尼拿起一罐啤酒——这是向对方示好的礼物——朝仓库门口走去。工头倚在铁楼梯的栏杆上，丝毫不掩饰自己对他们的厌恶。麦克拉尼对他笑了笑，说道："哥们儿，怎么着了？"

工头吐了口痰，回答道："你们这帮杂种，除了来这儿喝大酒闹事之外，还能干点什么？操，你们以为自己是谁呢？"

麦克拉尼低头看了眼此人的鞋子，眼神慢慢往上攀爬到他的脸部。"没想到你会这么说。"他细声细气地说道。

工头一动不动。

"真没想到。"

"操你妈。"工头转过身，朝门里走去，"我要报警。"

麦克拉尼不紧不慢地走回到码头边，其他人都好奇地看着他。

"他说什么了？"莫尔特问。

麦克拉尼耸了耸肩："我们达成了共识。他说他要报警了，我们得去别的地方。"

"哪里？"

"就附近吧。"

"卡尔维顿？"

"卡尔维顿。"

他们很快把剩下的啤酒分了分，开着自己的车离开了。工人听到引擎的声音，立刻冲了出来，希望自己能记下这三辆车的车牌号。他们踩下油门冲向克利夫顿街。他们没有开车前灯。此时此刻，在这座他们守卫的都城里，他们却是一群逃犯。

"特里，要不我们还是回家吧。"坐在麦克拉尼车里的年轻制服警说，"我们再喝下去就会被警告处罚的。操，或许还要坐牢呢。"

麦克拉尼蔑视地回望了他一眼。"没人会坐牢的。"他一边开着本田车沿着波士顿街的海岸线向西飞驰，一边说，"你忘了你是在巴尔的摩吗？在这个操蛋的城市里，没有人会坐牢的。那些罪犯也不会坐牢，我们又为什么要坐牢呢？”

说完这段话，连麦克拉尼自己都笑了起来。他们穿过小意大利区南边的街道，继续向西，驶入巴尔的摩的市中心。清晨的街道空荡荡的，清洁工和报纸配发员们是城市此刻的主人。交通灯由绿转红，继而又变成频闪的黄色。他们穿过奥米尼道，来到菲亚特大道。马路的一边，一个流浪汉正在搜寻垃圾桶里的东西。

“特里，已经 4 点了。”

“是的。”麦克拉尼看了眼表，“我知道。”

“操，我们到底要去哪？”

“那个遍地都是罪犯的地方。”

“西区？”

“西区。”麦克拉尼兴奋地回答道，“在那里，我们会很安全。”

一个钟头又过去了。卡尔维顿街的阴沟里又多出了八九个空啤酒罐。只剩下四个人了，其余警察在太阳升起之前便离开了。在这四人中，鲍勃·比耶米勒是唯一一来自西区的警察。麦克拉尼在阿伦娜大道上中枪之后便调到了凶案组；莫尔特已经调到了东南区。然而，就在这天清晨，这几位曾经都在西区工作过的警察却在卡尔维顿街喝醉了酒，因为就在前一天晚上，那个企图杀死卡西迪的人终于被定了罪。即便他们被人驱赶出了克利夫顿街的码头，也不会就此回家。

麦克拉尼又喝完了一罐，他把罐子扔向阴沟。罐子之间的碰撞发出了清脆的响声。比耶米勒又从车后座拿出了一罐啤酒，递给了麦克拉尼。麦克拉尼靠在了车的挡泥板上。

“好吧，好吧，文斯，你觉得怎样？”麦克拉尼拉开了拉环。白色的泡沫冒了出来，顺着啤酒罐的四壁往下流。他咕噜着骂了一句娘，挥手把上面的液体甩掉。

莫尔特笑着问：“什么我觉得怎样？”

“我是说吉尼。”

吉尼。就算喝了那么多酒，吹了那么多牛，像一群吉普赛人一样在巴尔的摩四处流浪，麦克拉尼的心头仍然绕不过吉尼这个话题。它就像一个魔障挥之不去。此时此刻，麦克拉尼只想听他们聊聊发生在爱普尔顿街上的故事，只想听听他们的看法。

莫尔特耸耸肩，望向卡尔维顿街的尽头。那里除了一片灌木丛和垃圾之外别无他物。一条火车铁轨从那里横穿了过去。长久以来，西区巡逻警们都喜欢来这里休息——他们会在这里喝咖啡，写报告，一起喝几罐啤酒；如果第二天他们得出庭的话，还可以在这里睡上一觉。

麦克拉尼转身问比耶米勒道："你觉得怎样？"

"什么我觉得怎样？"比耶米勒问。

"好吧。我们还是替他打赢了这场官司，不是吗？"

"不。"比耶米勒说，"我们没有赢。"

莫尔特同意地点了点头。

"我不是那意思。"麦克拉尼固执己见地说，"我的意思是，我们毕竟还是给'屠夫'定了罪。吉尼应该很满意。"

比耶米勒没有回答他，莫尔特把喝完的空罐头扔进了灌木丛。突然之间，远处传来了火车声。它朝东穿过卡尔维顿街，呼啸而去。那渐行渐远的呼啸声，听上去就像是有人在耳边低语。

"我们搞砸了，是么？"麦克拉尼说。

"是的，我们搞砸了。"

"我说，吉尼是个英雄。"麦克拉尼说，"这是一场战争，而他就是个英雄。你们明白我说的话吗？"

"不明白。"

"文斯，你明白吗？"

"特里，你到底想说什么？"

"我和你们说啊。"麦克拉尼已然掩饰不住内心的愤怒，"我也曾对吉尼这么说过。我告诉他，他不是在爱普尔顿街上被枪击的。操他妈的爱普尔顿街。操他妈的。操他妈的巴尔的摩。他也不是为了巴尔的摩受了伤的。"

"那他到底是为了什么呢?"

麦克拉尼说:"我告诉吉尼,我告诉他,美国正在经历一场战争。操,这是一场战争。而吉尼就是一个受了伤的战士。他是为了保卫自己的国家而受伤的。就和其他所有操蛋的战争一样。"

比耶米勒把空酒罐扔进了灌木丛。莫尔特揉了揉眼睛。

"我的意思是,你得忘记我们是在巴尔的摩。"麦克拉尼愤怒地说,"这个城市完蛋了,它早就完蛋了,但这不正常。操他妈的巴尔的摩。吉尼是美国的警察,他受了伤,他本应得到像英雄一样的待遇。你们明白吗?"

"不。"比耶米勒说,"不明白。"

麦克拉尼泄了气。"好吧,至少吉尼明白。"他盯着铁轨静静地说,"这很重要。至少吉尼明白,我也明白。"

太阳升起了起来。东边的天空一片通红。麦克拉尼坐在了汽车背光的一面。一群早班工人打开了卡尔维顿街上公共工程部的大门;十分钟之后,一辆工程车开了出来。比耶米勒听见汽车开动的时候,醉眼醺醺地望向了马路对面。

"操,那又是谁?"

一个穿着蓝色衣服的人正站在公共工程部的门外,盯着他们看。

"应该是门卫吧。"麦克拉尼说。

"天呐。又来了。"

"操,他在干吗?"

"他看到啤酒了。"

"那又怎么样?关他屁事。"

蓝衣服的人拿出一个笔记本和一支笔,写了起来。警察们开始对他破口大骂。

"天呐，他在抄我们的车牌号呢。"

"好吧。"比耶米勒说，"派对结束啦。哥们儿，再见咯。"

"难道我们还等着接受处分么？"另一个警察说，"快走吧。"

他们把剩下的啤酒罐全扔进灌木丛里，赶紧上了车。两辆轿车和一辆皮卡在门卫面前掉了个头，险些撞到了他，然后直奔艾德蒙逊大道而去。麦克拉尼开着他的本田车，酒精开始起作用了，他问自己：从这里到他那位于霍华德县的家之间到底有多少州警。他告诉自己，被州警逮起来的可能性实在太大了。于是，他朝东驶入市中心。今天是星期六，街上的车辆还很少。他又往南拐入马丁·路德·金大道。几分钟之后，他来到了巴尔的摩南区的一片排屋。这里住着他的一位朋友，那人之前也在卡尔维顿街上喝酒，只不过提前走了。麦克拉尼右手拿起他家的早报，站在了他家的门口。他的朋友很快就出现了。

"你家有酒吗？"麦克拉尼问。

"特里，天呐。"

麦克拉尼笑了起来。他把报纸送到这位年轻警官的胸口。两人走进房门，来到了一楼的客厅。

"你家可真乱。"麦克拉尼说，"得让人好好搜搜你家了。"

年轻人从冰箱里拿了两瓶啤酒，和报纸一起递给了麦克拉尼。麦克拉尼往沙发上一坐，一边喝酒一边读起报纸来。他想看看有没有关于卡西迪一案的报道。终于，他在本市新闻版上找到了它。这则报道只有豆腐干那样的一小块，总共也就几段文字。

"太短了。"他边读边抱怨道。

他读完了报道，揉了揉眼睛，猛地喝了一口酒。突然之间，他觉得累了，既醉又累。

"操他妈的。"他说，"你明白我的意思吗？其他人知道这事有多操蛋吗？有人会读这篇报道吗？正常人看了这篇报道后会生气吗？"

正常人。市民。人类。即便是对警察仍然心存信仰的人，都会觉得警察不是正常人，他们都有病。

"操，好累啊。我得回家了。"

"你不能再开车了。"

"我没问题。"

"特里，你现在和瞎子没区别。"

麦克拉尼望了年轻人一眼，脑中突然浮现出"瞎子"这个词。他再次打开报纸，又读了一遍。他寻找着这个词，可是，那篇报道根本没提这件事。

"我以为他们会大力报道呢。"麦克拉尼说。他合拢报纸，发现自己的左手已经把报纸给捏皱了。

"不过，吉尼的表现还是挺棒的。"他停顿了一下，继续说，"他在法庭上的表现棒极了。"

"是的。"

"他赢得了尊重。"

"是的。"

"好吧，"麦克拉尼的眼皮快要闭上了，"那就好。"

这位警司的头靠在了沙发后的墙面上。他的眼睛终于闭上了。

"我得走了。"他大舌头地说，"10 点记得叫醒……"

他就这样睡着了。他还坐在沙发上，右腿的脚踝靠着左腿的膝盖，被揉皱的报纸盖在膝盖上，右手还握着半空的啤酒罐。他还穿着运动大衣，胸口的领结垂挂着，窄边眼镜——这副眼镜跟着他历经了许多风雨，早已破旧不堪——顶在鼻头上。大衣右边的口袋里露出了半个警徽，那把.38 银色短管配枪则静静地系在腰带上。

6 月 8 日，星期三

指纹吻合。

人类智慧终结之处，便是科技大展其途之时。你把一个右手食指的指纹喂给这个由二极管、晶体管和芯片组成的机器，它就会告诉你一个名字和地址。它检查着、比对着这个指纹的每条弧线、每个起伏、每处瑕疵，终于，它把确定的答案告诉于你：

　　凯文·罗伯特·劳伦斯

　　出生日期：9/25/66

　　公园高地大道 3409 号

　　和任何与它同一门类的"生物"一样，Printrak 是一头丝毫不带情感色彩的野兽。它不知道喂它指纹的警探正在调查什么案件，不知道此案的受害人是谁。除了它所能提供的基本信息之外，它也几乎对嫌疑人一无所知。它只是把自己找到的答案告诉警探，可是在此之后，它就无法回答更多的问题了。回答这些问题，自然还是警探的责任。现如今，他正坐在铁桌旁，看着刚刚从鉴证实验室里送来的指纹报告。他问他自己：为什么凯文·罗伯特·劳伦斯的指纹会出现在《拓荒者和爱国者》——一本记述非裔美国人英雄的书——的封面内页上？而为什么这本书又恰恰会出现在那个在水库山地区被谋杀的孩子的书包里？

　　这是些好问题，也是些应该被问及的问题。可就目前的情况而言，这位警探没有任何答案。在拉托尼亚·瓦伦斯一案的卷宗里，凯文·罗伯特·劳伦斯的名字从来都没有出现过，也没有任何就此案工作过的警探或专案警官记得自己曾看到过这个名字。更有甚之，要不是这位劳伦斯先生刚好于昨日因在博尔顿山地区的一家食品杂货店里偷了几块牛排而不幸被捕，巴尔的摩警局的身份认证电脑系统里根本不会出现他的名字。

　　警探就此推论道，他并不是一个可以寄予厚望的嫌疑人。大体而言，一个犯下强奸谋杀罪的嫌疑人不太可能之前仅仅留下过小偷小盗的犯罪前科。但是，事实仍然是，这位劳伦斯先生的确触碰过瓦伦斯从图书馆里借来的书。事实上，要不是因偷牛排被捕，没有一个凶案组警探会知道这个城市里住着一位叫做凯文·罗伯特·劳伦斯的人。不幸的是，劳伦斯先生晚餐想吃牛排，而他又想免费大快朵颐，仅仅是因为这个原因，现在，他成了拉托尼亚·瓦伦斯一案中的主要嫌疑人。

昨天，正在作案的二十一岁的劳伦斯被食品店保安逮了起来，并于深夜关进了中央区的拘留所。一个狱吏在他食指上涂了恰到好处的墨粉，让他按下指纹，于是，一个具有全新编号的指纹卡产生了。像往常一样，当晚，这张指纹卡被送到了市局四楼的犯罪记录科。在那里，指纹被输入 Printrak，继而开始和数据库中成千上万的现存指纹开始做比对。

在一个完美的世界里，这个令人惊叹的检索比对过程经常为警探们提供突破性的证据。不过，我们现在所处的可是巴尔的摩——这个世界上最不完美的地方。这里的 Printrak——和其他犯罪实验室里的科技产品一样——完全按照凶案组办案手册的第八条规律运作：

在任何对嫌疑人毫无头绪的案子，犯罪实验室也不会提供任何有价值的证据。而在那些嫌疑人早已认罪并已有至少两位证人作证的案件里，实验室则会向你提供确定的指纹、纤维证据、血型和弹道比对。

然而，拉托尼亚·瓦伦斯一案变成了例外。突然之间，实验室破天荒地推动了这个早已陷入僵局的案件。

Printrack 找到的指纹不但搅动了拉托尼亚·瓦伦斯案这潭死水，也救活了汤姆·佩勒格利尼。他的咳嗽并没有好转，他的疲惫感与日俱增。有一天，当他刚想起床时，发现自己的腿动不了了。那种感觉就像是在做梦，你试图逃避某个东西，却怎么也迈不开步子。他再度来到医院看医生，医生检查了他的呼吸系统，也为他做了过敏测试。可是，佩勒格利尼又能对什么过敏呢？他一辈子都没有过敏过。医生说，有的时候压力会引发过敏，而在通常情况下，人体的免疫系统是能抵抗这种过敏的。于是，医生问他道：你最近有什么压力吗？

"谁？我？"

整整三个月过去了。每一天，佩勒格利尼都会拖着疲惫不堪的身板来到办公室，一遍又一遍地盯着那些照片和卷宗看。每一天，他都期望自己能看到些不同的东西。可是，它们永远不变。每隔一天，他就会来到水库山地区查看废弃排屋的地下室或某辆废车的后备厢。他期望它们中的某一个就是犯罪现场。他没有发现过任何嫌疑人。他造访了"捕鱼人"的朋友和亲戚，调查了试图指控"捕鱼人"的罗纳德·卡特以及安德鲁——那个把车停在了后巷，却声称弃尸当晚不在那里的人。他也竭尽全力发掘新线索，调查了巴尔的摩县每一个曾因性侵犯未成年人而被捕的人，还审问了一个恋童癖——此人被逮的时候正在一个小学门口自慰。他也给每个嫌疑人做了测谎，可是，每次测谎只能让他更加迷失方向、无法判断。当他穷尽所能时，便会来到楼下的物证实验室，对着首席分析师范·戈尔德发起脾气：小女孩裤子上的那些黑色污迹到底是什么？楼顶的沥青？路上的沥青？难道我们还是无法确定吗？

与此同时，佩勒格利尼又努力让自己参与到平日的轮值工作中去。他处理着简单的枪击案和家庭谋杀案，并竭力勉强自己对这些案件保持兴趣。有一次，在审讯一位证人时，他发现只能逼着自己问出那些必要的问题。当他意识到这一点时，他突然害怕了起来。他来到凶案组才没两年，可他已然精疲力竭了。我已经被燃尽了，佩勒格利尼对自己说。

6月的早些时间，他请了一个病假，休息了两个多星期。他除了睡就是吃，要不就和自己的孩子玩一会，然后继续睡觉。他没有去过市局一趟，没有打过一个凶案组的电话，也试图不去想拉托尼亚·瓦伦斯的案子。

当劳伦斯的指纹出现在加里·达达里奥的桌上时，汤姆·佩勒格利尼的假期还未结束。警督决定不通知佩勒格利尼，这倒不是因为他觉得佩勒格利尼已经不适合再负责此案了，更多是出于对他的关心。凯文·劳伦斯就像一块馅饼，从天而落，掉在了其余警探的头上，而他们则像一群饿坏了的苍蝇蜂拥而上，舔舐着有关此人的一切信息。在这些警探看来，本案的主责警探竟然在此时缺席了，这真是件既悲伤又讽刺的事情。在那一年的凶案组，没有谁比佩勒格利尼更应该得到承认了——哪怕这种承认只有一丝一毫。于是，每个警探都会在侦破的过程中想到他。唐纳德·金凯德和霍华德·科尔宾负责追踪这个新嫌疑人的踪迹，他们试图挖掘他和水库山地区之间的联系，看看他在那里是否有朋友或亲戚；其余轮值警探从国家犯罪信息中心调取了相关资料，他们也试图从本市的犯罪记录数据库中找到此人的前科，虽然电脑显示此人清白无辜，但他们相信他一定用过化名；他们还和劳伦斯的家人与朋友一一聊过——在所有这些办案的过程中，警探们都觉得佩勒格利尼应该出现在他们的身边。指纹核实之后的几小时里，每一个警探都在暗暗为佩勒格利尼叫不平——当这个狗杂种被逮的时候，当正义终而被伸张的时候，没有谁比佩勒格利尼更应该出现在现场。

可是，事与愿违。本案转到了金凯德和科尔宾的手里。金凯德当天值白班，他是第一个到组的，于是就被达达里奥逮了一个现成的，后者立马把刚刚确认的指纹报告递给了他。科尔宾则是凶案组的老探员，拉托尼亚·瓦伦斯的案子也一直以来令他着迷。

科尔宾一张嘴，就会露出他那口难看无比的牙齿。他已经是个六十五岁的老头了。他在凶案组待了整整二十年，还在其他部门待过十五年。在他这个年龄，大多数警察都会认真考虑退休，可科尔宾却从来不服老，天天按时上班。他这一辈子负责过的案件或许早已超出三千个，完全称得上是巴尔的摩犯罪史中的活化石。老探员们或许会记得，曾经，科尔宾和"愤怒兄弟"——凶案组有史以来首两位黑人警探——认识并了解巴尔的摩市区的每一个人，并能出色地运用这些信息破获任何案件。那时候，巴尔的摩还是座更加渺小、更加紧凑的城市，而科尔宾则掌控着这座城市的大部分区域。如果你说凶手的绰号叫麦克，科尔宾会立刻问你，这个麦克是"东区麦克"还是"西区麦克"，是住在大道上的"大男孩麦克·理查德森"还是"跑得快的麦克"。当然了，即便你不愿回答或真的不知道答案，那也没什么大不了的，因为无论是这其中的哪一位，科尔宾都有他们的地址——并且不止一个。在那个时候，科尔宾是这个城市里最出色的警探。

然而，二十年过去了。岁月改变了巴尔的摩，也改变了霍华德·科尔宾。他被调到了六楼的另一端，那里是职业犯罪组的办公室：事实上，在过去的几年里，科尔宾一直在做最后的抵抗，他试图说服警局领导，虽然他已经老了并患上了糖尿病，但他没有变过，他还是那个科尔宾。这场付之东流的斗争或许是高贵的，但在外人看来，也同样是痛苦的。在比他年轻的警探眼中，科尔宾已经沦为一本活生生的反面教材，知会着他们一个残酷的事实：如果你把太多生命都献给警局，那么，这便是你所要付出的代价。每天早上，科尔宾仍会按时出现在办公室，他仍会一板一眼地填写轮值表，也仍会偶然负责零星的一两个案子。然而，事实是，职业犯罪组就是一个案头文书工作远远多过于实际工作的地方，它不受领导重视，只有半个办公室，也只有几个人手。科尔宾不是不知道这一点，抱怨是他的家常便饭。在他看来，凶案组永远是"期许之地"，而拉托尼亚·瓦伦斯的案子终于让他有机会上演一番"出埃及记"了。

在负责调查此案一个月之后，科尔宾向兰汉姆警监提出申请，想要再看看本案的卷宗。虽然兰汉姆和其他所有人都对科尔宾的动机心知肚明，他还是没有拒绝科尔宾。那又怎么样呢？兰汉姆觉得让一个有经验的老探员看一遍卷宗完全有百利而无一害。说不定他还能发现些什么呢。再退一步说，如果科尔宾真的碰巧破了此案，那么，他就完全有理由重新回到六楼的另一头了。

佩勒格利尼却对兰汉姆的批准很不满。科尔宾二话不说便搬进了凶案组办公室，并且从他手里挪用了拉托尼亚·瓦伦斯的卷宗。紧接其后，科尔宾开始每天记录他的调查过程，煞有介事地打成又长又臭的报告加到卷宗里去。很快，佩勒格利尼就发现卷宗厚了一大堆，他再也无法易如反掌地从里面找到自己想要的讯息了；而在他看来，科尔宾的那些报告完全是毫无价值的废纸。更为重要的是，科尔宾的行为让佩勒格利尼觉得自己遭到了背叛。他曾向警长提议，想要破瓦伦斯的案子，就必须仔仔细细地再过一遍卷宗，但仅限于主责警探和他的副手，因为只有他们才最了解案件的情况。可是，卷宗就此再一次沦为人人皆能翻阅的公共财产。

现如今，科尔宾完全替代了佩勒格利尼。至少在确定凯文·劳伦斯的确有嫌疑之前，警局上层的领导都不会改变这一部署。"只要这个家伙真有嫌疑，"朗兹曼安慰他分队中的其他探员，"我们肯定会给汤姆打个电话。"

第二天，警探们和乌塔-马什伯恩小学校长取得了联系，后者告诉他们，凯文·罗伯特·劳伦斯是该校 1971 年至 1978 年的学生。他们进一步在电脑数据库里翻腾寻找，仍然找不到任何和此人有哪怕一丁点瓜葛的犯罪记录。他们也联系了瓦伦斯的家人，而后者则表示，他们根本不认识这个凯文·劳伦斯，也不知道这个人到底和受害者有什么关系。可是，无论他们取得了进展还是举步维艰，他们都不曾给佩勒格利尼打过一个电话。

八天过去了。警局的电脑仍然对凯文·劳伦斯这个名字毫无反应。警探们只好把他带到了凶案组，而他则告诉警探们，他根本不认识一个叫做拉托尼亚·瓦伦斯的女孩。不过，他的确记得那本叫作《拓荒者和爱国者》的关于非裔美国英雄的书。警探们把书放在了他的面前，他甚至记起了他和这本书的缘分——当还是学生时，他曾在写论文时参考过这本书，而他正是从乌塔-马什伯恩小学的图书馆里借到它的。这位年轻人记得论文的主题是伟大的非裔美国人，那篇文章还得了一个 A。然而，那已经是十多年之前的事了。为什么你们关心这种陈芝麻烂谷子呢？他问警探们。

凯文·劳伦斯被确定是无辜的。当佩勒格利尼回归时，警探们还在对此次徒劳的侦查做收尾工作。佩勒格利尼最终还是了解到，就在自己不在的时候，其余警探都走进了一条不为他知的死胡同。不知道他会幸灾乐祸还是会同情他们，或许两者皆有吧。无论如何，他肯定会对他们的失望感同身受，一个好不容易找到的物证竟然只是一个纯属巧合的误会——一个指纹，一个在一本书里待了十多年的指纹，在突然之间被价值百万的电脑激活，引发了凶案组的大行动，并让他们长达一个半星期的工作付之流水。

佩勒格利尼没有再花心思去研究这枚指纹，也没有去抱怨他的同事为什么都不通知他。他比所有人想象的都要坚强。他仍然不停地咳嗽，可是他已经不像之前那么疲惫了。回归之后的第一二天，他就已经把注意力再次集中在了"捕鱼人"身上。有关他的卷宗再次横陈在他的办公桌上。其他警探还忙着还凯文·劳伦斯——所幸的是，他根本不知道自己为何接受调查——以自由和清白，佩勒格利尼已经回到了怀特洛克街，询问在这条街上开店的商人有关"捕鱼人"的一切习惯——在他看来，此人仍然是首要嫌疑人。

事实上，就在其余警探百无聊赖地聆听劳伦斯讲述他的学生生涯的同一天，佩勒格利尼已经开着雪佛兰车，带着好几个塑料物证袋，回到了怀特洛克街上那个被烧毁的商店。在谋杀案发生大约一星期之前，"捕鱼人"就是以此商店为生的。这位警探已经勘查过好几次这处废墟了，他总是不死心，想找到能够证明小女孩——无论是在她活着的时候还是去世之后——在此出现过的物证。可是，这个废墟总是让他失望，这里除了被烧成炭黑的灰烬之外别无他物。隔壁店的商人们告诉他，在小女孩尸体发现前的一两天，"捕鱼人"就把里面的东西给收拾干净了。

可是，佩勒格利尼不会放弃。在着手具体检查之前，他再次好好看了眼这个沦为灰烬的商店。没人动过任何东西，他很是满意。他从几个地方捡起了几块黑色的烟煤和碎片，这些玩意又厚又油，里面或许还混杂了屋顶上的沥青。

佩勒格利尼是在休假时想到这一点的。他知道，物证实验室至今无法断定小女孩裤子的黑色污迹到底是什么，所以据此做出的推论都有些不切实际。但他又对自己说，去他妈的吧，如果他能给范·戈尔德的人手某种具体的东西和黑色污迹做比对的话，说不定就他们能还他一个奇迹呢。

这位警探想，再怎么不切实际也总归是一点残存的希望吧。而即便这些他从"捕鱼人"商店里捡起的样本什么玩意都不是，它们对他来说也是独具深意的：这毕竟是他一个人的想法。只有他想到了小女孩裤子上的黑色污迹或许就是"捕鱼人"商店里的烟煤。不是朗兹曼的。不是艾杰尔顿的。也不是科尔宾的。

佩勒格利尼告诉自己，很有可能，这又是一条死胡同，又是一张浩瀚卷宗里无用的报告。可是，即便如此，那也是他的报告，他的卷宗。

我佩勒格利尼是本案的主责警探，所以也得像主责警探一样思考。当他把装着烟煤的物证袋放在副驾驶座上，开着车从水库山回去时，他终于觉得自己是个警探了——他已经有好几星期没有这种感觉了。

6 月 22 日，星期三

克雷夫·琼斯俯身倒在院落里，身下压着一支装满了九毫米子弹的柯尔特——他还没有机会用它就已经一命归西了。手枪已经上了膛，弹盒里的子弹却都还在。很显然，在克雷夫死去之前，他正想杀了某人，某人也正想杀了他，而某人占得了先机。

戴夫·布朗把尸体翻了过来。克雷夫瞪大着眼珠子看着他，嘴边还残留着白色的泡沫。

"操，"戴夫·布朗说，"这把枪真棒。"

"嗯，太漂亮了，"艾迪·布朗说，"啥玩意啊？是.45口径的吗？"

"不是，我想这是柯尔特。他们用经典的.45口径模型做能发九毫米子弹的枪。"

"这是把九毫米的？"

"不是九毫米的就是.38口径的。我在FBI杂志上看到过这种枪的广告。"

"好吧。"艾迪·布朗看了枪一眼，"它看上去真漂亮。"

天已经亮了起来。早上6点不到，天气却已经够热了。这支九毫米柯尔特——一把足以让人到处炫耀的枪——的拥有者是个二十二岁的巴尔的摩东区人。他身材偏瘦，却拥有运动员般的肌肉。尸体已经发硬，让此人丧命的是那个在他脑门上的伤口。

"貌似他刚好想蹲下躲子弹，但不幸趴得不够低。"艾迪·布朗百无聊赖地说。

院落的两头已经站满了围观的人群。虽然警探们知道就算问遍周围的排屋也不可能找到一个目击证人，这些好事的邻居却不愿错过这场好戏，他们个个仿佛都是为这具尸体而起了个大早。半天还没过去，凶案组就接到了四起匿名举报电话——其中一位举报者甚至说："只许我联系你们，不许你们联系我。"——而哈里·艾杰尔顿也花了点钱从他在东区的线人那里套出了一些话。警探们运用这些信息拼凑出了克雷夫·琼斯案的整体面貌。这又是一场经典的贫民窟生死闹剧：两个吸毒者同时看上了一个女孩并因此吵了起来；两人在街头大打出手；双方都想要彼此的小命；另一方用可卡因收买了一个小男孩，让他杀死了克雷夫。

让戴夫·布朗备感惊奇的是，三位匿名举报者都声称杀死克雷夫的人在行凶之后往他嘴边放了一朵白色小花。不久之后，布朗便会恍然大悟，这所谓的"白色小花"不过是残留在死者嘴边的白色泡沫，那些围观的群众想必是看到了白色的东西却分辨不清楚。

不过，此时此刻，布朗还没有想到这一点。就目前而言，克雷夫·琼斯只是一个拥有一把漂亮武器却不曾有机会使用它的死人。没有目击者、没有动机、没有嫌疑人——本案又是一个标准的猜谜游戏。

"喂，哥们儿。"

戴夫·布朗转过身，看到一张熟悉的脸。一个东区的制服警。他是叫马天尼吧？布朗回忆道。嗯，没错了，这个家伙在去年对帕金斯住宅区的缉毒行动中替自家哥们儿挡了一枪。马天尼是个好警察。

"喂，哥们儿，你还好吗？"

"还凑合吧。"马天尼指着另一位制服警说，"我哥们儿想要个本案的序列号。"

"你是布朗警探吗？"这位制服警问。

"我们两人都是布朗警探。"戴夫·布朗搂着艾迪·布朗说，"这位是我老爹。"

艾迪·布朗笑了起来，他的金牙在晨曦中闪闪发光。制服警也笑了起来，这对"麻辣父子"真是对活宝。

"我儿子长得像我吧？"艾迪·布朗继续开着玩笑。

"还真不赖。"制服警大笑了起来，"你的警号是多少来着？"

"B969。"

制服警点了点头，记了下来。这个时候，法医的面包车停在了院落边上，他让开了道。

"完事了没?"戴夫·布朗问。

艾迪·布朗点点头。

"好吧。"戴夫·布朗一边走向雪佛兰车一边说，"不过，我们可不能忘了破解此案的最关键因素。"

"那又是什么?"艾迪·布朗跟随着他的脚步。

"最关键的是，当我们离开办公室时，'大人物'叫我们给他带一个鸡蛋三明治回去。"

"哦! 差一点就忘了。"

与此同时，在凶案组的咖啡室里，唐纳德·沃尔登正抽着Backwoods牌的雪茄等着他的三明治。他的脸色阴云密布，已经长达一个半星期没有转晴过了。最近，沃尔登根本不同别人交流，他独自酝酿着这场愤怒，仿佛随时都要爆发。就在这早班交班的时刻，根本没人敢靠近他宽慰一句。

不过，实话实说，对于沃尔登的愤怒，其他人又有什么话好讲呢? 这是一个有着自己的尊严、按照自己的行事原则工作了一辈子的警探，可现在，他那份宝贵的尊严成了政治家们讨价还价的筹码。在警局工作的二十五年里，对体制的忠诚早已变成他的血肉、他生活的方式，可现在，突然之间，这个体制却背叛了他。当这样的情况出现时，宽慰还有用吗?

三星期前，警局高层找到了里奇·贾尔维。他们把一份二十四小时案发报告、几张记录和一个没有名字也没有序列号的卷宗交到了他的手里。这是个州议员的案子，他们解释道。他受到了人生威胁。攻击者的身份暂时不知。有可能是绑架案。

贾尔维耐心地听完了领导的话，然后看了眼最初的报告——那是由斯坦顿分队中的两个警探负责的。显然，这是个疑点重重的案子。

"要我负责也可以，但我有一个问题，"贾尔维说，"我能给议员做测谎吗?"

不可以。贾尔维得到了否定的回答。而警局高层也立刻意识到,或许,里奇·贾尔维并不是负责此案的最佳人选。于是,他们放弃了他,转而把资料交给了沃尔登。

"大人物"同样耐心地聆听了他们的讲述,而后很快梳理了一下本案的基本情况:州议员叫拉里·杨,是一个来自巴尔的摩西区三十九立法区的民主党。他是米切尔家族①位于西区的强大政治机器中的一员,也是环境治理委员会的主席,此组织的影响力不容小觑。他是本市黑人立法小团体中的核心人物,在市政厅和警局的高层非裔美国人中皆有强大的人脉关系。他现年四十二岁,孤身住在麦克库洛街上。

此人的身份倒没什么可疑之处,但他所报之案听上去却很是奇怪。有一天,杨议员突然给一位朋友——此人是本市最受尊敬的黑人医生——打了个电话,说自己被三个人绑架了。他说,他刚想独自一人离开他位于麦克库洛街的住所,一辆面包车开了过来。他被胁迫入车,并被蒙上了眼睛,还受到了威胁:离迈克尔和他的未婚妻远一点——这个迈克尔是杨长期以来的智囊,最近刚刚打算要结婚。接着,这三个没有表露身份的绑架者把杨推下了车,他发现自己在杜鲁伊德公园附近。他打了一辆车回了家。

这简直就是无法无天啦,他的朋友说。你应该赶快报警。可是,拉里·杨却说,没有报警的必要。他说,他自己便能处理好此事,他给医生朋友打电话只是想倾诉一下。可是,这位医生却很是坚持自己的观点,替他联系了艾迪·伍兹——他是警局副局长,也是议员的政治同伙。三人进行了一场电话会议。伍兹副局长听了杨的故事,随即表态,绑架州议员绝对是件大事,必须着手调查。于是,凶案组就被

---

① 这里的米切尔指的就是上文业已提到过的小克莱伦斯·M. 米切尔。——译者

高层传唤了。

"你接这个案子吗?"他们问沃尔登。

沃尔登合计了一下。很多事情尽在不言中,可他并不是没有意识到:一个颇具权势的立法者,一群强大的政治同盟。案发之时并不愿主动报案。一个荒诞的故事。还有一帮子被权势吓尿了的领导。他们选了一个白皮肤的老探员来负责这案子。一个履历干净,还要服役几年才能领上退休金的老探员。这样的组合可不会产出什么好果子来。

好吧,沃尔登告诉他们,上刀山下火海这种事,还是让我来吧。

沃尔登是这么考虑的:无论如何,总得有人要来负责此案,而一旦年轻探员接手这样的案子,他的一辈子就可能要栽在这上面了。要牺牲,就牺牲老头子吧。最初负责此案的斯坦顿分队里的那两个警探早已聪明地溜之大吉。贾尔维也庆幸自己及时摆脱了这个烫手山芋。可我沃尔登却不怕。在接手此案之后,沃尔登这样对他的同事说。不过,在外人看来,他听上去更像是要说服他自己。

当然,这些说辞都不过是借口。事实上,沃尔登之所以没有拒绝,是因为他是那种老一派的警探:他从来不会拒绝上级交给他的任务。在处理梦露街案时,他对体制的忠诚已经受到了伤害。然而,一旦上级交给他另一个任务,哪怕这意味着再次受伤,沃尔登还是会在所不辞。

沃尔登的第一步棋子,是带着里克·詹姆斯造访议员幕僚的家。这位幕僚和自己的父母一起住在巴尔的摩东北部,当两位警探敲开大门时,他并不在家。他的父母接待了他们。两位优雅的老人仿佛已然预知警探会找上门来,说起话来躲躲闪闪、避重就轻。他们告诉警探,他们完全不了解什么绑架事件。事实上,就在警探说的那一天的早些时候,议员曾亲自造访过他们家,他说他是来看望他们儿子的,可当时他们的儿子还没回家。杨先生并没有因此便离去,而是留了下来,一边等他们儿子回家,一边和两位老人相谈甚欢。后来,他们儿子终于回来了，两个人走出后门，在后院里聊了会私事。不久，儿子回到了房间里，而议员已经从后院直接离开了。儿子说自己不小心弄伤了手臂，必须立刻去医院检查。

沃尔登不断点着头，仔细聆听着。两位老人还是提供了重要的信息，沃尔登的脑海里渐渐浮出一幅完整的画面：议员的故事虽然变得更加滑稽了，可也终于不那么令人费解了。在此之后，幕僚的话核实了沃尔登的猜想：是的，就在两人独处后院时，议员发火了。他拿起了一根树枝，打了幕僚的手臂，然后就径自离开。

"我猜议员之所以会发火，是因为与你相关的一件私事，"沃尔登小心翼翼地说，"而你也不想公开这件事。"

"你说的没错。"

"我猜你也不想起诉议员。"

"是的，我也不想这么做。"

两个人别具深意地互看了一眼，然后握了握手。沃尔登和詹姆斯回到了办公室，讨论他们接下来应该怎么办。第一种做法：他们可以花上数日乃至数周时间调查绑架事件，尽管这起事件完完全全是莫须有的。第二种做法：他们可以直接找到议员，威胁他可能会因为谎报案情而遭上诉并接受调查，不过，这种做法一旦操之过急便会威胁到他们两人自己的职业生涯。他们还有第三种选择。沃尔登考虑了很久，来回掂量了好几回，最终，当达达里奥警督和两位警探被警长叫到办公室汇报案件调查进展时，沃尔登道出了这一选择。在他看来，这是最具可行性的解决方式。

沃尔登对警长说，如果明明知道绑架事件是子虚乌有还要强行调查的话，那完全是在浪费警探们的时间，而他们也根本不会找到什么神秘的面包车和绑架犯。而如果他们将此案上交大陪审团，那更是浪费政府部门的时间。谎报案情这种芝麻绿豆大点的事根本不会引起法庭的重视，警探又要在审理过程中赔上大量时间，更何况这位政客根本没有公开讲述案情。毕竟，联系伍兹副局长的是议员的医生朋友，就法理而言，这并不足以构成谎报案情这一罪名。因此，他们只剩下第三种选择，虽然沃尔登明确说明自己不想跟了。

警长问沃尔登他到底会怎么做，会说些什么话。沃尔登尽可能地说清了自己的意图。然后，警长让他再次巨细无遗地预演了一遍，办公室里的四个人都同意这个办法可行。去吧，警长说，就这么办。

当天下午，沃尔登造访了杨议员的办公室。他没有让詹姆斯跟他一起前往：后者要再过六年才能拿到退休金，不能让他冒这个险。不过，罗杰·诺兰主动请缨，他对沃尔登说，无论他要做什么说什么，有一个证人比什么都强。最重要的是，诺兰和杨议员一样都是黑人。一旦沃尔登和议员的交涉被公开，诺兰的在场会让那些种族主义者闭上嘴巴。

拉里·杨的办公室位于市中心。他热情接待了两位探员，并再次声称警局完全不必如此劳师动众。他说，这是件私事，要调查也是他自己私自调查。

沃尔登先点着头貌似同意议员的观点。等议员说完之后，他开始陈述案件调查的进展。

警探没有在麦克库洛街上找到任何绑架事件的目击者，也没有在杜鲁伊德公园——议员说自己是在那个地方被推下车的——找到任何物证。议员那一晚穿的裤子上没有一丁点草皮。不过，他们造访了他的幕僚和幕僚的父母，他们说的话倒是引起了警探的注意。沃尔登复述了他所了解的情况，而后给出了提议。

"我猜，这是你们两人之间的私事，"他说，"所以你也不想公开这件事。"

"对。"议员说。

"好吧。如果犯罪事件真的发生了，我们肯定会着手调查。"沃尔登说，"但是，如果根本没什么犯罪事件，那么，这件事就到此为止了。"

议员想当然地接受了沃尔登的话，接着又问了几个问题。如果他告诉他们根本没什么犯罪事件，他们就不会再继续调查了是吗？如果他现在告诉他们根本没有什么犯罪事件，那么，他的话不会变成对他不利的证词，是吗？

"我不会这么做。"沃尔登说。

"好吧。"议员说，"根本没什么绑架事件。我希望你们不要再调查了。"

沃尔登告诉议员，这起案件的卷宗将成为机密文件。和所有与公务员相关的案件一样，只有警局内部人士才能看到原初的案情报告。这起事件不会见报。

"我们的工作结束了。"沃尔登和诺兰与议员握了握手，最后总结道。不会再有法庭审查此案，不会再有警探加班加点调查此案，也不会有人再来过问议员的私生活，公众更不会知道议员曾拙劣地编造受害事件来替他的打人事件圆谎。凶案组的警探们终于又可以去破解凶杀案了——那才是他们的本职。沃尔登回到总局，打了一份谈话报告交给警长，与此同时，他也相信警长会做好他那部分的工作。

事与愿违。6月14号，就在沃尔登造访议员办公室一个半星期之后，这起本该神不知鬼不觉的案件见诸媒体了——CBS巴尔的摩分部的一位记者得到了消息，并报道了它。沃尔登和詹姆斯仔细研究了这位记者的报道，从报道所披露的信息来判断，两人都觉得泄密者是警局内部的人。他们的猜测合情合理：在警局高层，并不是每个人都是这位议员的政治同盟，而对绑架事件的曝光显然能让议员脸上蒙灰。

当然，一旦机密遭到泄露，每个政客都会演起信息透明、铁面无私的好戏来。记者们穷追不舍，日夜守候在市政厅门口。终于，连市长本人都出来说话了。他要求警局立刻公开这起事件的卷宗。命令层层下传，领导们的态度来了个一百八十度的大转弯。一星期之前，他们同意沃尔登谨慎地终结对此案的调查，让警探们回归到正经工作里去；而现在，他们遭到了公众的质疑：为什么一个位高权重的西区议员承认自己谎报了案情，却没有被诉和接受调查？这算是哪门子暗箱交易？警局没有公布案情是为了保护议员吗？这个议员到底动用了什么政治手段？

报纸头条和电视报道席卷而来。政府官员要求州检察官办公室立刻展开全面调查，并择日进行陪审团裁决。在接下来的一周里，检察官们和政客频频打照面，而后，检察官们又和议员请来的著名律师进行了会晤。有一天下午，沃尔登和詹姆斯刚动身前往律师事务所参加检察官和律师的会议，就在警局大门口遇上了那个曝光了整起事件的CBS记者。

"操！到底是谁告诉她我们要去开会的？"詹姆斯颇感惊奇，"她的消息简直比我们还灵通嘛……"

一切在往和沃尔登所设想的反方向发展。他希望能去调查凶杀案，可现在凶杀案不再是首要工作了。他希望不要花时间和精力去调查一个公务员的私人生活，那将是毫无意义的；可现在，被分派到这起案件里的警探多达四五人，他们的工作就是窥探这位议员的私生活。沃尔登、詹姆斯、诺兰——他们都沦为了一场官僚政治斗争的棋子。这场荒唐的游戏将决定拉里·杨的政治前途，而这几位警探都将是陪葬品。这一切到底是为了什么？就在议员承认自己谎报了案情的当天，沃尔登的手上还有两起未破的凶杀案，他还积极参与着陪审团对梦露街枪击案的调查。可如今，这一切都无关紧要了。如今，领导们啥都不想要了，他们只要警探们调查拉里·杨议员的私生活和他那场莫须有的绑架事件。警局会派几位最优秀的探员证明议员是在说谎，三个绑匪开着一辆面包车绑架这件事完全没有发生过。然后，议员会因谎报案情而遭起诉——虽说这只是一个蝇头小罪——并接受裁决。而裁决的结果人人心知肚明：检察官和警局根本不会赢。这只是一场战略部署，只是一场为了安抚民众而上演的戏。无论沃尔登说什么——他代表举步维艰的凶案组所说的每一句实话——都不再重要了。对于整个警局而言，那完全是可以牺牲的筹码。

在拉里·杨谎报案情事件被媒体曝光数日之后，警长对加里·达达里奥和杰·朗兹曼聊起了沃尔登的困境。"你们知道，"他说，"我可不希望像沃尔登这么优秀的警探被夹在拉里·杨这样的案子里抽不出身来……"

你不希望？这算什么意思？达达里奥的内心敲锣打鼓。当沃尔登提议低调处理拉里·杨事件时，警长就在场并且也同意了，达达里奥也是在场的。这种事怎么会发生在沃尔登身上？达达里奥不明白警长为什么要这么说。他到底是想传达某种讯息还是为自己找个借口解脱呢？朗兹曼还在一边听着，达达里奥没有直接质问警长，还是给他留有了一些余地。

"警长，为什么沃尔登会被夹在里面呢？"他尖锐地指出，"他只不过是在按令行事而已。"

即便如此，这也是不公平的，警长说。他不希望看到这样的事情发生。话已至此，达达里奥完全猜不透警长的心思了，于是，他闭上了嘴。警长这么说是在赐予他免死令牌吗？——只要牺牲沃尔登一个人就够了，他们两人都可以明哲保身——如果是那样的话，达达里奥希望警长也明白了沉默的含义：他会坚决站在沃尔登这一边，生死同归。而如果警长只是随口那么一说而并不是话里有话，那么，不予回应也是最好的选择。

朗兹曼和达达里奥带着疑虑离开了警长办公室。让沃尔登做替罪羊这主意或许就是警长想出来的，或许是某个比警长更权高位重的人想出来的。或许，是他们自己想多了。达达里奥无法得出结论，但他和朗兹曼都同意，如果上级真的要牺牲沃尔登，那么，他们也将对警长宣战，誓死不休。在警局跌打滚爬了这么多年，达达里奥早已对官僚体系毫无底线的下作行径心知肚明，但让沃尔登来做替罪羊这个主意仍然让他不寒而栗。沃尔登是凶案组最优秀的警探之一，怎么可以一遇到危机就不容商量地牺牲掉呢？

尽管达达里奥用沉默的方式拒绝了警长牺牲唐纳德·沃尔登的主意，他的所作所为很快就在整个轮值队伍里传开了。警探们都说警督是个好人，不枉费他们替他卖命这么多年。

虽说在此之前，达达里奥曾因破案率过低而向上级屈服过，但这算不上对他底下人的背叛。如果换种眼光看，他这么做，其实也是一种迂回之计，可以暂时缓解上级施压，让底下人不受干扰地继续工作。而现在，那个在本年早些时间让达达里奥备受质疑的破案率再一次站在了他这一边。夏天是凶案的高发期，可是，他的轮值队伍竟然保持着百分之七十的高破案率。这位警督不但不再受质疑，反而再次得到了上级的器重。破案率成了达达里奥手里的牌。

可是，即便破案率持续走低，达达里奥也不会在警长的办公室里昧着良心说话。牺牲沃尔登？那个唐纳德·沃尔登？那个"大人物"？操，这些领导的脑子里都进水了吧？无论达达里奥对上级的猜度对不对，在此之后，警长再也没说过类似的话。然而，警督知道，他能为沃尔登做的也只有这些了；沃尔登或许不会在这场拉里·杨的闹剧里被人左右了，可是，他早已被伤透了心。

沃尔登对他人——虽然此人是个政客，但毕竟也是人啊——做出了承诺。可现在，警局和市长为了维护自己的公共形象，业已向沃尔登证明，他所谓的承诺到底能值多少斤两。

话虽这么说，可即便被伤透了心的警探也得吃饭啊。于是，在这个夏日早晨，沃尔登一边生着闷气，一边等着艾迪和戴夫·布朗从谋杀现场带三明治回来给他吃。戴夫·布朗终于回来了。他识相地走进咖啡室，一声不吭地把鸡蛋三明治放在"大人物"面前，然后乖乖地回到了自己的办公桌前。

"我欠你多少钱？"沃尔登问他。

"算我请客。"

"别。多少钱？"

"哥们儿，别客气。下次你请好了。"

沃尔登耸耸肩，坐在位子上吃了起来。麦克拉尼昨晚休假，于是轮值队伍中最年长的沃尔登成了午夜轮值里的代理长官。在接下来的一周里，拉里·杨的闹剧还将继续，沃尔登还得来来回回护送证人前往法庭好几回。

"发生什么事了？"沃尔登问戴夫·布朗。

"又来了起无头悬案。"

"是么。"

"一哥们儿倒在了排屋院子里。我们把他翻了过来，发现他还拿着自个儿的枪。那把家伙也上着膛，里面有一颗子弹。"

"哦？有人的动作比他更快么？"里克·詹姆斯在办公室另一头听到了他们的对话，"子弹打在哪儿了？"

"脑门上。有可能凶手就站在他上面，要不就是他刚想趴下，就被击中了。"

"听上去好疼呀。"

"子弹射穿了他的脖子。我们找到了子弹，可是，操，那家伙变形得厉害，可能很难做比对了。"

詹姆斯点点头。

"我得去验尸房，谁借我辆车？"布朗问。

"给你。"詹姆斯把钥匙扔给他，"我们可以走着去法庭。"

"里克，你真的要把车借给他吗？"沃尔登酸溜溜地说，"这家伙干着警察该干的活，我们就得把车借他？如果他在调查某位议员，那还可以勉为其难，可是，他可是在调查一起谋杀案呀。"

詹姆斯摇摇头。"算了吧，哥们儿，管他们爱干吗就干吗的，"他对沃尔登说，"反正我们赚到钱了，这就够了。"

"操，那可不是！"戴夫·布朗说，"反正比我调查这起谋杀案赚的肯定多。"

"你们说的太对了。"沃尔登说，"为了调查拉里·杨这起案子，领导们可没少给我们加班费呢。我说啊，从现在开始，我可不愿再接手谋杀案了。反正也赚不了钱……"

沃尔登又点了上一根 Backwoods 牌雪茄，靠在绿色的墙壁上。他突然觉得，这个玩笑真是好无聊。

三星期前，约翰·威利警司——那位在梦露街的巷子里发现了约翰·兰多夫·斯科特尸体的警察——拒绝在大陪审团前回答任何和这起凶杀案有关的问题。他朗读了一份简短的声明，说自己遭到了不公的对待，受到了莫须有的怀疑，并且提及了《第五修正案》对自我认罪的权利保护。检察官保留了对威利的起诉权，可威利也暂时被无罪释放了，这让梦露街的案子陷入了漫长的停顿期。因为没有任何其他具有决定性意义的证据出现，汤姆·多利——本案的主检察官——并没有要求陪审团起诉威利。事实上，多利反而百般劝阻陪审团别这么做；在此之前，陪审团聆听了沃尔登和詹姆斯的证词，了解到那些参与追捕约翰·斯科特的警察做了前后矛盾的证词，于是他们中的某几位已经决定要起诉威利了；可是，多利说服了他们，告诉他们即便威利遭到了起诉，也很难被定罪。如果现在就起诉他，本案的赢面微乎其微。我们还有一年的时间，只要在这一年里找到新的证据，我们就能赢。我们的法律规定不能对同一人的同一项罪行重复起诉。

多利虽然是出于好心，但他的做法也让凶案组停止了对梦露街案的调查。沃尔登和詹姆斯的心里很不是滋味。多利是个好律师，也是个好检察官，可是两位警探都对他的决定不敢苟同。"如果威利只是个无足轻重的普通人，"詹姆斯说，"他早就被判刑了。"

梦露街案的卷宗被锁进了行政警督办公室的一个独立箱子里——它并没有和其他未结之案待在一起，而是和那些警局有史以来的警察枪击事件共同埋葬了。

沃尔登调查此案长达好几个星期，他对这样的结果显然不满意。与此同时，在"板儿"上，沃尔登的名字旁边还有两个红色的名字——他们是发生在 3 月的两起谋杀案中的受害者。其中一位叫做西尔维斯特·马里曼，他还等着"大人物"找到那个失踪了的目击者，那个从教养院逃走的少年；另一位则叫德维恩·迪克森，他则等着"大人物"从艾拉蒙特大道那些守口如瓶的居民中找出一丝线索来。在接下来的一周里，麦克拉尼的分队将轮值夜班，沃尔登几乎可以肯定，他将在星期六天亮之前接到一起新案子。在过去的六个月里，沃尔登啃着一堆难以下咽的硬骨头，可现在，巴尔的摩市却愿意为了一个政客的闹剧向他支付没有上限的加班费。

"我发誓，""大人物"一边啃着三明治，一边对里克·詹姆斯说，"这是最后一次了，我不会再被利用了，也不会再替他们擦屁股了。"

詹姆斯没有接嘴。

"操他妈的拉里·杨，他家死绝了也不关我的事，可是，我既然已经说出了这种话……"

沃尔登的话。当他还在西北分局工作时，没人敢不听他的话；当他还在逃犯缉捕组工作时，他的话一言九鼎；当他还在刑事调查部盗窃组工作时，如果你发现正在和沃尔登一起勘查现场而他对你说了什么话时，你完全可以把他的话当作事实接受下来。可是，他现在身在凶案组——这个出尔反尔、背信弃义的地方——他再次得到了教训：在这里，老板们说的话那才算话。

"无论怎样，"他对窗外吐了口烟圈，对詹姆斯说，"他们至少改不了你的就职日期。"

詹姆斯点了点头。沃尔登这么说只是自我安慰。他是从 1962 年开始工作的。法律规定，他只要做满二十五年——身体允许的话，他还能额外再工作一年——就能拿着全额退休金离开这里。

"我已经考虑了很久了，等我退休后，我要靠建甲板、漆墙面来赚钱。"

一个靠漆墙面来了度余生的美国警探——多么凄惨的画面啊。詹姆斯没有说什么。

"……要不，我还能卖皮草。他们说皮草很赚钱。"

沃尔登又喝了一杯清咖啡，抽了一支雪茄，总算是吃完了他的早餐。然后，他整理了一会儿办公桌，来到了冷清寂静的法院，百无聊赖地等待着早上 9 点钟的到来。

6 月 29 日，星期三

弗雷德·塞鲁迪在维特尔街转了个弯，发现救护车还在那里。他知道，自己又接了个麻烦案子。塞鲁迪接到报案是在 3 点 43 分，现在已经过去了半个小时。他暗自骂娘道，怎么那人还在救护车里呢？

救护车的红灯仍在不停闪耀。警探把自己的雪佛兰停在了它后面，然后看了眼仍在救护车后边紧张工作的医护人员。一个西区制服警正站在那里，他看到了塞鲁迪，并对他伸出了一个倒转的拇指。

"他的情况看上去很糟。"塞鲁迪走出雪佛兰，他的周身都被红光笼罩，他来到制服警身边，后者对他说，"他们已经抢救了二十分钟了，但他还是没有稳定下来。"

"他哪儿中枪了？"

"头上中了一枪，还有一枪是在手臂上。"

受害者正躺在担架上，不断呻吟着，两条腿缓慢地来回扭动——膝盖朝外，脚趾朝内——有经验的凶案组成员看到这样的情况，便知道此人离死不远了。当一个头部中枪的受害者开始在担架上跳舞——杰·朗兹曼将这种舞蹈命名为"疯狂的小鸡舞"——时，你几乎可以肯定，你接到了一起谋杀案。

塞鲁迪看着医护人员把压力裤套上受害者的腿。这种充了气的装置可以极大地限制血往人体的末梢流动，从而维持头部和躯干的血压。就塞鲁迪看来，压力裤完全不是什么救命稻草：这个被诅咒的玩意的确可以维系伤者的一线生机，让他撑到急救室，可是，一旦它的气压被放空，人体的血压便会急剧下坠，瞬间导致衰竭。

"你们要带他去哪?"塞鲁迪问。

"去急救室啊，如果他能撑得到那里的话。"救护车的司机回答，"不过，操，我看希望不是很大。"

塞鲁迪上下打量了一眼维特尔街。案件的基本情况就像购物清单一样浮现在他的脑海里。黑暗的街道。埋伏作案。没有证人。没有物证。可能和贩毒有关。操你妈的狗杂种，千万别死啊。千万别留下我一个人不管。

"你是第一个到现场的人吗?"

"是的。我的编号是 71304。"

塞鲁迪记了下来，然后跟着制服警前往 2300 号排屋和 2302 号排屋之间的小巷。

"有人听到枪声报了警，我们赶到时发现他已经躺在那里了，他的头冲着墙。我们把他翻了过来，发现他的腰里还插着这把枪。"

制服警拎出了一把.38 口径的、能装五颗子弹的手枪。

倒霉，塞鲁迪想，真他妈的倒霉。他的上一起案子也是西区的一个涉毒案。一个叫做斯托克斯的孩子倒在了卡罗尔顿街的巷子里，死者瘦骨嶙峋，后来，法医发现他身患艾滋病。塞鲁迪到现在都还没解决这个案子。

塞鲁迪在笔记本上记下了些基本情况，然后朝东走了一个半街区，找到了一个付费电话，请求凶案组的支援。电话响了一声，朗兹曼就接了起来。

"喂，杰，"警探说，"这家伙看样子很难活过来了。"

"是吗?"

"是啊。他的脑子开花啦。我又接了一起谋杀案。你最好叫登尼甘起床，赶快过来……"

不行，朗兹曼告诉他。这次可不行。

"杰，你说什么呢? 上一次……"

"弗雷德，这是你的案子。你接的，你来负责。你要带什么人回来吗?"

"根本没人。根本没有目击者。"

"好吧，弗雷德。勘查完现场再给我个电话。"

塞鲁迪狠狠地挂下电话，暗自骂了句娘。虽然他和朗兹曼的这通电话很简短，但他已经恍然大悟：朗兹曼是想整他呢。他派他独自前往现场，可是，当他请求支援时，朗兹曼却拒绝了。同样的情况已经连续发生过两次了：上一次是上个月的斯托克斯凶杀案，再上一次是4月时西南区的打人案。这是朗兹曼分队这两个月来唯一负责的案件，而塞鲁迪都是主责警探；这一次，他又在维特尔街上撞上了大运。塞鲁迪明白，朗兹曼肯定看过"板儿"，他知道塞鲁迪目前的工作量，可是，操，为什么他不派狗娘养的登尼甘过来呢?

塞鲁迪知道答案。至少，他认为自己知道。他没有得到朗兹曼的"宠信"。他是和佩勒格利尼同时进入凶案组的，但佩勒格利尼赢得了朗兹曼的欣赏，朗兹曼也更愿意让佩勒格利尼来负责案件。在朗兹曼眼里，佩勒格利尼不仅是希望之星，而且还是他的"捧哏"——每当朗兹曼说起笑话时，佩勒格利尼那张不苟言笑的脸反而起到了很好的辅助作用。汤姆破解了两三起案子，很快就被誉为破案天才，并且很有可能成为本年度的凶案组最佳新人。与汤姆相比，塞鲁迪只不过是个天资平庸的新员工。他被孤立了。

塞鲁迪从付费电话处走回到现场，救护车正要开走。他试图把朗兹曼从他的脑海里抹去。虽然这起即将成为现实的谋杀案没什么好勘查的，他也得先把该做的做完。一位制服警在附近的门阶上找到了一颗子弹，貌似是.38或.32的，可是，子弹已经严重变形，很难再做弹道比对。几分钟后，实验室的技术人员赶到了，他们收起了子弹，并拍了几张现场照片。塞鲁迪走回付费电话，想告诉朗兹曼他已经完事要回来了。

他走在路上，突然发现一个胖女人正坐在欧仁姆大道的门廊上，奇怪地打量着他。于是，他改变了主意，朝胖女人走去。那时还是早上4点，他竟然让自己放松下来，不要引起不必要的警惕。

塞鲁迪盘问了胖女人。出乎他的意料，她竟然看到了现场发生的情况。更让他备感惊奇的是，她竟然愿意把自己所见所闻如实告诉他。她说，在她听见枪声之后，她看见三个人跑向了欧仁姆大道另一头的一幢房屋。她不认识他们。塞鲁迪又问了几个问题，胖女人变得紧张起来——塞鲁迪倒是谅解她，毕竟，她还要在这片街区生活下去。如果他现在就把她带走，整条街的人都会知道她成为目击者。于是，他记下了女人的名字和电话。

塞鲁迪回到了凶案组。他把笔记本扔在办公桌上，发现朗兹曼正在看深夜新闻。

"喂，弗雷德，"朗兹曼若无其事地说，"怎么样了？"

塞鲁迪瞪了他一眼，然后耸了耸肩。

朗兹曼回过头继续看电视："再等等吧，说不定有人会向你举报呢。"

"嗯，说不定。"

就塞鲁迪看来，这位警司实在太残忍了。可是，朗兹曼却觉得自己根本没有什么偏心，对任何属下都是平等的。一个新手从分局调到了市局，前辈们会指导他怎么干活，带着他干一段日子让他熟悉整个流程。他们甚至可以让他负责几起简单易破的案子，让他建立信心。在别的部门，这个过程会持续一段时间，不过，这可是在凶案组，一切都只能点到为止。从此往后，是死是活，那就要看你本人的造化了。

朗兹曼的确看重佩勒格利尼，他的确更愿意让佩勒格利尼来负责分队接下的案件。可是，塞鲁迪已经在登尼甘和李奎尔的指导下学习了整整一年了，他可不是什么都不懂的愣头青。在朗兹曼看来，让塞鲁迪独立负责分队最近的三起案件那完全是合情合理的。这里是凶案组，他们是凶案组警探，是骡子是马总得拉出来遛遛。

弗雷德·塞鲁迪是个好警察。在此之前，他在东区做了四年，然后被一位警长相中提拔到了凶案组。他在东区的行动小组做便衣警察，而在这个反肤色歧视政策业已成为主流的警局，优秀的黑人便衣很容易引起领导的注意。可是，即便如此，让一个只有四年执法经验的人来做凶案组探员依然有些勉为其难。失败的例子层出不穷，警局六楼的其他部门里就充斥着好几个在侵犯他人人身权利罪科铩羽而归的警员。在勘查现场或审讯嫌疑人时，塞鲁迪仍会频犯低级错误，这在那些有经验的老探员看来是难以想象的。朗兹曼也是最近才发现他的问题的。当他还是登尼甘或李奎尔的副手时，即便是在四个月前朗兹曼让他第一次自主负责案件时，塞鲁迪的工作仍然看上去天衣无缝。

刚开始时，塞鲁迪成功侦破了好几起案件。当然，那基本上都是些"一加一等于二"的简易题——2月份，他负责了一起妓女刺死案，那起案件有三个目击者；4月份，他负责了西南区的钝物锤击致死案，在他来到现场之前，一个巡逻警就已经确定了凶手是谁。

然而，他所负责的其他案件则没有那么顺利。1月份，东区的藏毒点死了两个人，此案引发了塞鲁迪和朗兹曼之间的矛盾。塞鲁迪找到了一个嫌疑人，也找到了一个目击者——虽然这个目击者并不那么可靠。于是，他觉得手头的证据并不足以起诉那个嫌疑人。可是，朗兹曼却急于把这两个红字从"板儿"上抹去，并派登尼甘向目击者施压。尽管塞鲁迪执意反对，这起案件还是送到了大陪审团那里。最终，塞鲁迪被证明是正确的——检察官因证据薄弱驳回了案件——这起案件算是有了个了结，红字也变成了黑字，可在朗兹曼看来，塞鲁迪的进取心显然不够。而在西区发生的斯托克斯案——这也是起涉毒案件，名为斯托克斯的受害者在小巷里被谋杀了——进展得也不顺利。塞鲁迪找到了一个目击者，她说她看到了逃匿的枪手，可是，他却决定不把目击者带到凶案组审讯。警探们都知道把目击者带走会对他本人制造威胁，所以塞鲁迪的决定并不难以理解；和塞鲁迪做出同样选择的警探不在少数，比如说上个月，艾杰尔顿就把培森街谋杀案的目击者留在了现场。可是，塞鲁迪和艾杰尔顿之间的区别在于，艾杰尔顿把案子给破了：在这个现实的世界里，只要警探能把案子给破了，他做什么都是对的。

　　让塞鲁迪这样的新手连续负责两起未破的案子，这其实根本不算什么大事。毕竟，无论是约瑟夫·斯托克斯还是雷蒙德·霍金斯——维特尔街上的垂死之人——肯定都不是什么按时纳税的好人，而凶案组也是个现实的地方，只要不是红球案件，警探们完全可以慢条斯理地来处理。所以说，塞鲁迪的"罪"根本不是他连续两次没破涉毒凶杀案。他犯了一个更为要命的"罪"：他忽视了警局的第一戒律——千万记得把你的屁股擦干净。

　　一个多月之后，塞鲁迪会被叫到警长办公室。警长会过问斯托克斯的案情进展情况。这位三十二岁的死者或许不是纳税人，却是某个警局市民沟通部门职员的弟弟。这位职员疏通层层关系找到了凶案组，并屡次询问进展情况。说实话，本案完全就是零进展。塞鲁迪没有找到任何新线索，而那个声称自己看到了逃匿凶手的目击者也无法指认任何人。在此之前，塞鲁迪已经好言相劝打发过那位职员了，可最后，她还是向他的上司告了一状。她说塞鲁迪没有就本案写报告，也丝毫没有专门立案的意思，连张说明案件进展的文件都没有。警长发现塞鲁迪竟然连续两次没有把目击者带回警局，他勃然大怒了。塞鲁迪的霉运简直望不到头。

"你应该学会的第一件事，"在此之后，艾迪·布朗告诉塞鲁迪，"无论如何，你要在卷宗里把自己的屁股擦干净。你要把发生的所有情况都写进去，以防有人查你的漏洞。"

最终，捅了塞鲁迪一刀的并不是朗兹曼。他那时正在度假，罗杰·诺兰作为长官把女职员的一纸告状送到了警长那里。正因为这样，此后，朗兹曼不断向人辩解，塞鲁迪的悲剧和自己一丁点瓜葛都没有。当然，朗兹曼的确能和塞鲁迪被投诉这一事件撇清关系，但把塞鲁迪派出去独立执法的毕竟是他。朗兹曼的做法显然是无情无义的。塞鲁迪认为自己的警司算计了他。朗兹曼倒还没醒龌龊到这个程度，但他没有在塞鲁迪被害的时候伸出帮手，那也是不争的事实。

发生在塞鲁迪身上的完完全全是个悲剧。他是个好人，他的机智和幽默也给凶案组带来过快乐。夏天快要过去的时候，斯托克斯案的投诉终于有了一个结果。警长和达达里奥不会让塞鲁迪从六楼滚蛋；这是他们欠他的，但无论他们做了怎样的努力，对塞鲁迪本人来说也于事无补。9月，塞鲁迪成了取缔性犯罪行动组的警探，他不用再面对尸体了，而是成天和妓女、皮条客以及赌徒打交道。他的办公室也从凶案组调到了三个门开外的地方。他和凶案组的警探们抬头不见低头见，每当彼此不得不打照面时，双方都会觉得十分尴尬。

在调到取缔性犯罪行动组一星期之后，有一天，塞鲁迪正在六楼的走廊里和另一位同事聊天，突然之间电梯停在了六楼，朗兹曼走了出来。

朗兹曼面无表情地向塞鲁迪问好："喂，弗雷德，怎么样啊？"

塞鲁迪愤怒地看了他一眼，可朗兹曼当作没看见一样走了过去。

"你倒是评评理，"塞鲁迪对自己的同事说，"这个人到底有多冷酷？"

6 月 30 日，星期四

"我听明白你说的话了，"特里·麦克拉尼对他说，"我只是不敢相信这话真的是你说的。"

沃尔登耸了耸肩。

"唐纳德，相信我，你不能就这么离开这里。你会后悔的。你肯定会后悔的。"

"咱们等着瞧吧。"

"不，不，你只是被气上心头而已。冷静一下。"

"我已经冷静了很长时间了。我已经冷静了整整二十六年了。"

"这不正是这份工作的价值吗？"

沃尔登看了眼他。

"就算你就此退休，你还能干吗呢？你会无聊到死的。"

沃尔登没有说话，而是从口袋里拿出了车钥匙。"特里，太晚了。我得回家了。"

"等等。"麦克拉尼转身面对车库的墙壁，"我得先撒泡尿。你先别走。"

先别走。这两位穿着西装的白人警探站在西麦迪逊街 200 号街区旁的停车库里。车库空荡荡的，两人已经聊了一个多小时了。现在已是半夜 3 点了。在他们对面，那座叫做卡瓦纳爱尔兰酒吧的两层 Formstone①建筑已经漆黑一片、悄然无声。一个多小时前，四五个

---

① Formstone 是一种有巴尔的摩特色的建筑材料，在巴尔的摩的工人阶层社区得到了广泛的运用，现已成为巴尔的摩的一种文化遗产。——译者

凶案组警探从这里走了出来，麦克拉尼和沃尔登是唯一还留下的两位。他们还剩一罐啤酒没有喝。为什么要走呢？

"唐纳德，听我说，"麦克拉尼撒完尿回来了，"这是你的工作。这是你应该做的事情。"

沃尔登摇摇头。"这是我目前的工作，"他说，"我随时都能换。"

"你换不了。"

沃尔登瞪了警司一眼。

"我的意思是，打心底的，你也不想换。你为什么要换呢？你是没有人可以替代的呀。"

麦克拉尼停了停，他希望他说的话能起到点什么作用。上帝啊，麦克拉尼的每一句话都是真心实意的。他也知道沃尔登的近况并不好，可是，在这个人长达二十六年的警察生涯里，你随便挑出哪一年，他的成绩单都足够傲人。作为一个分队警司，要是你的分队拥有沃尔登，那么你就会感觉自己是在和一位绝世美女做爱——就算她技巧寥寥，你的感觉也不会差到哪里去；就算她没怎么撩拨，操他妈的，你还是很爽。

单就上一星期而言，沃尔登就靠自己的天分和聪慧解决了两起谋杀案。要知道，那只叫做拉里·杨的苍蝇还在他身边盘旋呢，可是，即便如此，他办起案来仍然易如反掌、优雅至极。

六天前，在嘉斯勃街一幢排屋的二楼卧室里，一个二十三岁的黑人男孩被半裸着刺死在了床上，床单上染满了血污。沃尔登和里克·詹姆斯负责了此案。两人看了一眼现场，当即就明白了本案的性质：这是一起由两位同性恋者争执引起的血案。理由？很简单。男孩身中数刀，且刀刀致命；只有和性爱相关的动机才能让凶手下此毒手，并且，也只有男性拥有如此臂力能刺得这么深。

尸体已经过了尸僵的阶段了。那是个潮湿的夜晚，排屋二楼的温度应该有一百一十华氏度，可两位警探丝毫没有抱怨，没有把现场勘查当作走过场。沃尔登屡次都要热晕过去，但他也只是默默地走出排屋，在街角的椅子上休息一会，喝上几口从便利店买来的苏打水。他们在那里待了几小时。詹姆斯负责勘查二楼及尸体周边区域。沃尔登则检查了排屋的余下部分，看看是否有什么看上去奇怪的东西。他发现，在三楼的卧室里，桌上的录像机掉在了地上，录像机还一半套进了塑料袋。貌似凶手想把它偷走，后来又放弃了。那么，这真的是一起盗窃案吗？或者是凶手故意伪装成了盗窃案？

最后，沃尔登检查了一楼的厨房。他发现水池里还有半池脏水。他小心地伸手下去，拉掉了塞子。水慢慢地排干了，露出了一把刀刃已经受损的刀子。在它的旁边是一块毛巾，上面还染满了血迹：凶手在走之前曾在这里洗过手。沃尔登看到厨桌上放着十几个还没洗过的碟子、杯子和厨房用具——貌似是前晚晚餐后留下的。但其中有一个杯子和其他餐具分离开来，孤立在厨桌的最远端。沃尔登给实验室打了一个电话，让他们特别检查一下这只杯子上是否有指纹。天气这么热，沃尔登想凶手很有可能会在离开之前喝上一杯水。

两人在嘉斯勃街的凶案现场待了五个小时。在此之后，詹姆斯去了验尸房，而沃尔登则回到凶案组，审讯死者的同屋——此人也是这幢排屋的所有者。他说，他是上夜班回来后发现尸体的。在他离开之前，死者正在招待一位他在酒吧认识的朋友。他从没见过这个人，也不知道这个人的名字。

沃尔登并没有就此放过他。他是这个排屋的主人，可他却放心在自己不在的时候让一个陌生人在家和死者玩。这并不符合常理。

"你对此很不高兴，是吗？"

"我可不关心。"

"你不关心？"

"嗯。"

"要是我的话早就发火了。"

"我没有发火。"

此人一口咬定，沃尔登无法从他口里套出什么来。可是，那天下午，事态有了突破性的进展。Printrak核实了杯子上的指纹，那是个二十三岁的西区人，之前的犯罪前科简直罄竹难书。沃尔登再次联系了排屋房东，此人犹豫再三，终于还是回到了凶案组，从一堆照片里指认了凶手。此案之所以能迅速告破，很大程度上要归功于沃尔登的眼力——是他注意到了那个和其他餐具分离的杯子。

四晚之后，沃尔登的记忆力再次大显神威。战略行动小组因盗窃车辆罪抓了两个东区人，他们发现其中一个叫安东尼·库宁汉的，早在一个月前就上了沃尔登的谋杀犯通缉名单。那时，盗窃组的警探抓了一个东区的盗窃犯，他所属的犯罪团伙长期在道格拉斯住宅区犯事。鲁·戴维斯——沃尔登在盗窃组时的搭档——走过来找到了沃尔登。

"我们抓了他们的其中一个，"戴维斯问沃尔登，"你们这儿有什么貌似是这帮人犯过的事吗？"

沃尔登盯着"板儿"看了十五秒钟，然后便从五十个名字中挑出了一个：查尔斯·勒曼——那个五十一岁、在菲亚特街上的肯德基往车里走时被杀掉的人。金凯德2月份时负责的案子，至今仍是个谜题。

"我这儿倒真有一个。"沃尔登说，"你已经在审讯他了？"

"是的，他在大审讯室里。天呐，唐纳德，这家伙犯的盗窃罪已经不止十起了。"

沃尔登走进审讯室，和那个男孩简短地谈了谈。很快，男孩就承认自己知道是谁杀了勒曼。沃尔登通知了当晚的当值检察官唐·吉卜林，并与后者展开了协商。检察官的底线是：只要这个男孩肯指认杀死勒曼的凶手并出庭作证，他可以减刑到十一年，但如果他还涉嫌其他谋杀案或枪击案，那他还是不能免予起诉。

男孩思考了一下，回答道："五年。"

"五年不可能，"检察官说，"陪审团不可能相信你这样的人只要判五年。"

"那太多了。"男孩说。

"哈，你难道觉得自己完全可以拍拍屁股走人吗？"沃尔登讽刺地说，"你抢劫过多少人你算过吗？还有那个纪念碑街上的老妇人，你敢说你们没有开枪打她？"

"但我们现在说的不是什么你们我们，"男孩态度强硬地说，"我们说的是我。"

沃尔登摇摇头，离开了审讯室，留下吉卜林一个人把条件谈下来。这样做的确便宜了这个男孩，但仍然物有所值。那一晚，男孩供出了凶手的名字：安东尼·库宁汉。沃尔登向法院申请了逮捕令。现在，库宁汉终于被抓了起来，这起案子也算是了结了。

四个晚上，两起案子。麦克拉尼对沃尔登的褒赞当然不过分。有哪个警探会注意到这个杯子离其他餐具远了一些？又有哪个警探会把勒曼的案子和东区的盗窃案联系在一起？去他妈的吧，麦克拉尼告诉自己，大多数警探连自己所在分队负责的案件都记不清，更别提其他分队负责的、已经过去了五个月的案子了。

"你不能走。"麦克拉尼再次对沃尔登说。

沃尔登摇摇头。

"你就是不能。"麦克拉尼笑着说，"我不会让你走的。"

"你这么说只是因为你少了一名探员，是吗？你就担心这一点吧？你就是怕麻烦再培养一个新人。"

麦克拉尼笑着靠在了车前面。他伸手进纸袋，拿出了最后一罐啤酒。"如果你走了，就再也没有人操得动戴夫·布朗了，他会发疯的。"

沃尔登的脸上露出了一丁点笑容。

"唐纳德，如果你走了，他就要得意妄为了。那太危险了。恐怕我每星期都得写检讨报告。"

"瓦尔特梅耶会看着他的。"

麦克拉尼摇摇头。"我简直难以相信我们还在聊这个话题……"

沃尔登耸了耸肩。"是你自己开的头。"

"唐纳德，你……"麦克拉尼突然闭上了嘴巴，望向前面西麦迪逊街和纪念碑街的路口。沃尔登不安地把钥匙圈扔向车头盖，它滑落下来，他又扔了出去。

"你看到他了没？"麦克拉尼问。

"穿着灰衣服的男孩？"

"嗯，穿着灰色运动衫的。"

"嗯，我看到了。他已经来来回回走了四趟了。"

"这小子想算计我们呢。"

麦克拉尼望向路口。这是个约莫十六七岁的黑人男孩，长得清瘦结实，穿着运动短裤和一件带帽运动衫。现在的气温至少有八十华氏度，可男孩的双手却插在裤兜里，运动衫也拉上了拉链。

"这小子竟然觉得我们好欺负。"麦克拉尼笑着说。

"都这个点了，两个老年白人还在空荡荡的车库晃悠，"沃尔登喘着气说，"人家不觉得我们好欺负才怪呢。"

"我们可不老。"麦克拉尼反驳道，"反正我还没老。"

沃尔登露出了笑容。他把钥匙圈扔向天空，又用另一只手接住了它。他本应该上完下午 4 点到晚上 12 点的班就直接回家的；可是，他还是和同事们在卡瓦纳酒吧喝了两小时黑牌杰克丹尼，活生生把自己灌醉了。不过，此时此刻，他又差不多清醒了过来——他不喜欢喝麦克拉尼买的米勒牌淡啤。

"我明天还得起早呢。"他说。

麦克拉尼摇摇头："唐纳德，我可不想听这种借口。你今年过得很不顺，可那又如何呢？说不定从下个案子开始你就行大运了呢。你又不是不知道那些领导是怎样的人。"

"可我不喜欢被利用。"

"你没有被利用呀。"

"不，"沃尔登说，"我被利用了。"

"你还在生梦露街那个案子的气呢，是吗？好吧，那起案子我的确不同意你的观点，可那又怎样呢？那只不过……"

"不。不是梦露街那个案子。"

"那又是哪起呢？"

沃尔登做了个鬼脸。

"哦，你是说拉里·杨啊。"

"嗯。"沃尔登说，"但它只是一部分原因。"

"好吧，那些领导的确没有把我们当人看，这个我得承认。"

"他们利用了我。"沃尔登重复道，"他们让我替他们擦屁股。"

"好吧，他们的确利用了你。"麦克拉尼不得不承认道。

沃尔登微微侧过头，再次瞥见那个穿灰色运动衫的男孩。他就像一头步步逼近猎物的鲨鱼，再次巡游到了巷口，双手仍插在口袋里，若无其事地观察着沃尔登和麦克拉尼。

"我可受够了。"麦克拉尼说。他一口气喝完了余下的酒，一边把手伸进夹克的口袋，一边朝停车场外面走去。男孩已经转变了方向，从这条马路的另一边向他们走来。

"特里，你可别开枪打他哟，"沃尔登笑着说，"我可不想放假第一天就要写报告。"

男孩看到麦克拉尼朝自己走来，突然停下了脚步，满脸迷惑。这位警司拿出银盾警徽愤怒地冲着他挥了挥。"我们是条子，"他大声喊道，"别想打我们的主意。"

男孩一看到警徽便撒腿跑回到了马路的另一边。他挥舞着双手，仿佛是要投降。

"我可没抢劫什么人，"男孩边跑边叫喊着，"你搞错啦。"

麦克拉尼看着他从麦迪逊大道上消失，然后回到了沃尔登身边。

"我们是条子，你可不是条子。"沃尔登笑着说，"特里，这句话棒极了。"

"今天晚上，这家伙算是白干了吧。"麦克拉尼说，"他在我们身上浪费了半个小时呢。"

沃尔登打了个哈欠："警司，差不多回家睡觉吧……"

"嗯，差不多了。"麦克拉尼说，"酒也喝完了。"

沃尔登亲昵地拍了拍警司的手臂，拿出了车钥匙。

"你把车停哪了？"

"在麦迪逊大道上。"

"我陪你走过去。"

"哟，您这是和我约会呢。"

麦克拉尼笑了起来："你说话能更损点么？"

"这已经是极限咯。"

"唐纳德，听我说，"麦克拉尼突然严肃了起来，"冷静一段时间。我知道你现在很生气，我也不怪你，但这事总会过去的。你也知道你只能做条子，什么？除了做条子，你啥都做不了。"

沃尔登没有回应。

"唐纳德，你是我的王牌啊！"

沃尔登看了他一眼。

"你真的是。如果你走了，我就完蛋啦。不过，我可不是因为这才想劝你留下来的。"

沃尔登又看了他一眼。

"好吧，好吧，或许这的确是我想把你留下来的原因。或许我除了你就真的没有其他人可以用了，而我也不想成天和那个叫瓦尔特梅耶的呆子处在一起。你明白我的意思。你真的应该先冷静一段时间……"

"我累了。"沃尔登说,"我受够了。"

"你只是流年不利而已。你接了梦露街的案子,还接了几个其他的案子……你只是累坏了,你需要休息,休息一段时间就好了。相信我,一切会好起来的。这个拉里•杨,你千万别放在心上。谁会在意拉里•杨呢,你说是么?"

沃尔登还是没有回应。

"唐纳德,你是个警察。让那些领导见鬼去吧。总有一天,他们所有人都会玩完的。那又怎样呢?趁早给我死光光。可是,你是个警察。你除了做警察,还能做什么呢?"

"回家路上悠着点。"沃尔登说。

"唐纳德,听我说!"

"特里,我已经听你说了好几遍了。"

"你答应我。答应我做任何决定前先来找我。"

"我会先来找你的。"沃尔登说。

"好吧。"麦克拉尼说,"至少我还有机会再劝你一次。我会好好练习我的口才的。"

沃尔登笑了起来。

"你明天就休假了是么?"麦克拉尼问。

"嗯,十天的假。"

"太好了。好好休息。你打算去哪吗?"

沃尔登摇了摇头。

"就待在家里啊?"

"我会修一下我家的地下室。"

麦克拉尼点点头,突然之间,他不知道说什么才好了。他对电钻、油漆以及其他一切装修事宜一窍不通。

"特里，开车悠着点。"

"没事，你放心。"麦克拉尼说。

"好吧。"

沃尔登爬进车，开动引擎，慢慢地开上了空旷无人的麦迪逊大道。麦克拉尼转身回去开自己的车。他的心中仍在打鼓，他不知道自己说了那么多，会不会改变沃尔登的决定。

译文纪实

Homicide ❷
A Year on the Killing Streets

David Simon

[美]大卫·西蒙 著　　　　徐展雄 译

凶年 ②

上海译文出版社

第七章

格什温①说过，夏日来临，生活惬意。如果他在巴尔的摩做过警察，肯定就不会这么说了。夏天就像是撒旦在巴尔的摩开的一个口子，炼狱的火舌席卷着整个城市。从弥尔顿道到波普拉·格罗夫道，每一条柏油路都泛着热浪。每到中午，砖瓦和 Formstone 就会烫得连摸都摸不了。没人会坐在草坪的座椅上，没洒水车开过，也没有人喝搅拌机捣鼓出来的冰镇朗姆酒；在这个城市，夏天就意味着满屋子的恶臭，二十九块钱的小电风扇聊胜于无地把闷臭的热浪从排屋二楼的窗户里吹出去。曾几何时，巴尔的摩只是切萨皮克湾边的一大片沼泽，敬畏上帝的天主教徒渡过帕塔普斯科河来到这里，创建了这座城市。②可是，他们的决定完全是错误的。当他们那白色的皮肤第一次被帕塔普斯科河上的蚊子叮咬时，他们就应该醒悟到，这个地方根本不适宜人类居住。渺小的人类根本对巴尔的摩的夏天束手无策，它就是一头无法被驯服的野兽。

在这个无尽的夏日里，几乎所有人都坐在房子的前廊或大理石阶梯上，他们一个劲地摇着扇子，等待着风从海湾吹来——尽管这样的可能性微乎其微。下午 4 点到午夜 12 点的巡逻警忙开了锅，西区的囚车一刻都停不下来。在培森街和普拉斯基街之间的埃德蒙德森大道上，几乎时时都能看到三百个左右的流氓怒视着彼此和每一辆开过来的警车。救护车一辆辆地开进霍普金斯医院，急救室忙得不可开交，下一位接受手术的人还需等待一个半钟头。每个区的监狱都炸开了锅，每个囚室里都传来骂娘和哀求的叫声。几乎每个晚上，费德雷尔街上的外卖店都会遭到一起不可避免的血光之灾。杜伊德山道上的酒吧每天都有人拿刀子砍人，特伦斯住宅区里每天都会爆发长达十分钟的枪战。丈夫和妻子吵了一天的架，可等到警察赶到后，他们却又联合起来和警察干起架来。夏天的谋杀案没有动机，夏天的凶器是钝了的牛排刀和折了的十字扳手；夏天是危机四伏的季节，夏天是报仇的季节，夏天是用性命换胜利的季节。在匹格镇的一个酒吧里，一个醉汉愤怒地关掉了电视里正在播放的巴尔的摩金莺队比赛；在艾斯奎斯街的一家夜店里，一个西区的男孩和一个东区的女孩跳起了舞；在二号公车上，一个十四岁的男孩不小心撞到了一个比他长了几岁的男孩——他们所有人都将用性命为他们的行为付出代价。

在警探们看来，每一年的夏天都始于本年度第一起"高温无厘头"凶杀案。在巴尔的摩市里，尊严本就是种稀缺的品质，一旦气温高过八十五华氏度，那仅存的尊严也便荡然无存了。今年的夏天始于5月的一个星期天晚上，一个就读于瓦尔布鲁克高中的十六岁男孩被子弹射穿了胸口。他的死因？只是因为有人看中了他朋友手里的樱桃味冰棒，想夺过来吃，他的朋友遭到了毒打而他又打抱不平，结果一命呜呼。那根冰棍只值十五美分。

"这起凶杀案和毒品无关。"戴夫·霍林斯沃斯——斯坦顿手下的一位警探——在媒体的通气会上说，"这起凶杀案和冰激凌有关。"

这便是巴尔的摩的夏天。

当然了，在这个夏天，凶杀案的发生率并没有急剧式上升——如果你觉得百分之十到百分之二十的上蹿称不上"急剧"的话。但是，

---

① 乔治·格什温：美国著名作曲家、钢琴家。——译者
② 1608年，约翰·史密斯船长从詹姆斯镇出发，首次来到帕塔普斯科河，结束了这片区域的前殖民时期。1659年，巴尔的摩县正式成立。——译者

凶案组的警探们早已对数据麻木了。直到国庆节来临，他们开上警车去街上溜达一圈，数据才会和工作量对上号。大街小巷里，快要挂掉的人不计其数，早已超出了创伤小组能够承载的范围。有经验的老探员会无情地说：要超生的就赶紧上路吧，没人管得着你们。因为，光是被枪、被刀、被拳头夺去性命的人就够全凶案组忙一个夏天了。除此之外，他们还要处理自杀案、吸毒过量致死案和不明缘由、早已被人遗忘在角落的死尸——虽说这的确是他们日常工作的组成部分，可是在九十度的大热天里，这些散发着恶臭的尸体仍然会让他们不堪忍受。警探们才不管什么图表什么指数呢，你亮给他们看，他们也照样把它扔进垃圾桶。夏天，是一场战争。

让我们先瞧瞧艾迪·布朗在干吗吧。一个炎热的 7 月午后，皮姆利科街上的女孩们还在排屋外的走廊上随着音乐摇摆，他便来到了她们身边。不过，他此行的目的不是为了和这些娘们儿打情骂俏。就在她们的不远处，一辆车上的一个年轻人被枪杀了。这是一辆偷来的车，死者坐在副驾驶座上。事发之前，这辆车正沿着皮姆利科街往格林斯普林街开。他是去找一个老乡的，结果，他没等到老乡就一命呜呼了，那位老乡第一个找到了他的尸体。光天化日之下，一场凶杀案就这样在巴尔的摩的大道上发生了。布朗在这辆破车上找到了一把装满子弹的.32 手枪，与此同时，不远处，女孩们正随着高亢的舞曲嗨翻了天。

舞曲中，歌者高唱着："两发才能了事……"

一顿贝斯乱奏，紧接着，她继续咆哮道："……两发才能让他消失。"

一首关于子弹的金曲。它是今年夏天的贫民区之歌。厚重的贝斯线，高亢的尖叫，疯狂的节奏，腻歪的女声，只有这两句歌词。无论是在东区还是西区，巴尔的摩的街角男孩们听的都是这首歌。这是鼓舞他们打架的进行曲，也是伴随他们死去的安魂曲。

怎么？难道真的是夏天让人们失去了理智吗？你或许可以问问里奇·贾尔维。7月4日那一天，他在东区的马德拉街上接到了一起案子。一个三十五岁的女人和她的邻居吵了起来，结果，她掏出一把.32手枪，面对面地开了一枪。然后，她冷静地回到了自己的排屋，任凭她的邻居流血而亡。

　　"两发才能了事……"

　　或许，你还可以问问凯文·戴维斯。他逮到了一个凶手，一个叫做厄尔尼斯汀的中年妇女。她杀人的原因或许不是因为太热，而是因为太潮湿。一个7月的晚上，她朝自己丈夫的后脑勺开了一枪。在此之后，戴维斯把厄尔尼斯汀的名字输入电脑，他发现，这已经是葬送在她手下的第二个亡灵了：早在二十年前，她就杀过人。

　　"……两发才能让他消失。"

　　你还能问问里克·詹姆斯。他在一个夏日的清晨，于霍兰德公共住宅区发现了一个死者。前一天晚上，此人被他的女朋友割伤了，但他处乱不惊，自个儿上楼安稳地躺下但求一死。你当然也能问问康斯坦丁啦。他的死者在杰克街上，那里离布鲁克林公共住宅区只有半个街区之遥。死者是个九十岁的老妪，死亡现场在卧室里。那里的四面墙上都沾满了血迹。这个老妪被毒打，然后被强奸，接着被鸡奸，最终，凶手把她的头按在了枕头上，她终于结束了苦难的一生。

　　"两发……"

　　里克·李奎尔和加里·登尼甘会怎么回答呢？他们在东北区撞到了一起家庭暴力案。死者的喉咙被开了个大口子，都可以透过它看到胸内组织了。而他的女朋友则说，这完全是一起意外，因为死者经常让她拿着刀子来和他过招，据说，死者生前时常炫耀自己功夫了得。沃尔登和詹姆斯或许能给你一个更加幽默的回答。他们的死者在东区的一幢排屋里。他是一个抢劫犯，却又是个十足的软蛋。他带着手枪入室抢劫，结果被身材魁梧的楼主制服了。两人扭斗了一会儿，被抢劫者抢过了抢劫者的枪，手枪不小心走了火，后者就颓然倒在了沙发上。

"给我滚出去，不然我就爆了你的头！"楼主握着手枪咆哮道。

"你已经爆了我的头了。"抢劫犯回答道，紧接着失去了意识。

"……才能了事……"

在夏天，杀人是不需要动机的；夏天本身就是动机。艾迪·布朗手头上有个年仅十五岁的凶杀犯。那是一个星期六，车里山道的匹里克尼斯马赛场上，他用一把已经歪了头的.22手枪杀了自己的朋友。他被警察逮了起来，可仍然沾沾自喜、拒不认罪，因为他相信，他只能被当作未成年人来定罪。唐纳德·金凯德有一个类似的、年仅十四岁的嫌疑人。他和一个名为约瑟夫·亚当斯的少年在便利店里吵了起来，他按住亚当斯的头，把他往窗户上一推，窗玻璃像断头铡一样落在了亚当斯的脖子上。后者在被送往大学医院的路上就失血过多而亡了。

"两发……"

布满血色的7月，尸体横陈的7月。虽然对于凶案组的警探而言，麻木不仁——对人类弱点和苦难的麻木不仁——早已成为他们赖以生存的技巧，夏日的残暴依然足以让他们震惊。哥们儿，他们可是凶案组啊，热天、雨天、阴郁的夜晚，没有什么能改变他们的人生哲学：天地不仁，以万物为刍狗。这玩笑残酷吗？再也没有比这更残酷的了。这幽默黑色吗？再也没有比这更黑色了。你也许会好奇，他们怎么可能撑得下去？一堆又一堆的卷宗。是的，以堆计算的卷宗。它们不会压垮你，但也铁定让你直不起腰来；他们只不过是一群亡羊补牢者，只有当案件发生后才会去解决它。

贾尔维和沃尔登接了一起兰威尔街上的案子。死者是个爱酗酒的老头。他死在了自己家的楼梯边上，身边是一个空酒瓶子，他的脖子明显折断了。在去世之前，他因醉酒不小心从楼梯上摔了下来。但那个时候，他还活着。不幸的是，他有一个和他一样喜欢酗酒的老婆，后者也喝醉了酒，开门的时候一不小心就压到了他的脖子。

贾尔维和沃尔登站在这幢二层公寓的门外抽着烟。

"你觉得这是起谋杀么？"沃尔登面无表情地问道，一边从口袋里摸出了雪茄，点上了。

"如果它有助于提高我们的破案率，那它就是一起谋杀。"贾尔维同样面无表情地回答道。

"好吧，你说了算。那这就算是一起谋杀吧。我懂个屁啊。我只不过是个从汉普登来的白痴乡巴佬。"

"一起不用脑袋就能破的案子……"

"我可不觉得她有力气把他的脖子弄断。"

"去他妈的吧。"贾尔维掂量了一下，机敏地说道，"到时再看吧。"

杰•朗兹曼接到的案子则在韦曼公园一边的老年高层公寓里。一个老妪从她家二十楼的阳台纵身一跃，命丧黄泉。朗兹曼勘查现场发现，这个老妪的身体直到坠落至二楼之前都是完好无损的，可是，它碰巧撞上了二楼的过渡平台，于是此时此刻，她的头部和躯干留在了二楼，而她的腿和屁股则掉在了大马路上。

朗兹曼又说起了单口相声。"她裂成了两半，"他对现场的制服警说，"所以，你最好写两份案件报告。"

"长官，你说什么？"

"算啦算啦。"

"一个六楼的住户说案发之时，他刚好朝窗外望，看见她往下掉。"制服警翻阅着笔记本说。

"是么？"朗兹曼问道，"那她有对他说什么吗？"

"呃，没有。可也不好说。我没问。"

"好吧。"朗兹曼继续开玩笑，"不过，你找到跳杆了么？"

"跳杆？"制服警心慌意乱地问道。

"对啊，跳杆。"朗兹曼语气坚决，"你难道没学过怎么勘查现场么？这女人肯定是从这里弹起来然后再摔死的呀，这很明显嘛。"

还是把动机归结于炎热的天气吧。否则的话，谁又能解释 8 月的午夜轮值会忙得如此不可开交呢？哈里·艾杰尔顿接到了一个西南区年轻制服警的电话，后者说他找到了一具不知死了多久的尸体。艾杰尔顿聆听了一两分钟，然后告诉他自己没有时间去勘查现场。

"听着，我们这儿快要忙死了，"他把电话筒夹在耳朵上，"要不这样吧，你把尸体放进你的后车厢，然后带到我们这儿来吧。"

"好吧。"年轻制服警挂下了电话。

"我操。"艾杰尔顿赶紧拿起西南区派遣电话黄页翻了起来，"这小子当真了。"

在这个漫长的夜晚，凶案组接到了一起谋杀、两起利器伤人案和一起警察袭击案。在此之后的第二个晚上，麦克拉尼分队的警探们则开始动用他们的意念。沃尔登、詹姆斯和戴夫·布朗坐在咖啡室里，等待着当晚第一个电话的响起。他们开始"发功"，希望接下来的案子不再是什么贫民窟凶杀案了。老天啊，赐予他们一起可以领到无底线加班工资的案子吧。

"我感觉电话马上就要响起来了。"

"闭嘴。集中注意力。"

"真的。"

"是的，马上就要响了。"

"是起大案子。"

"死了两个人。"戴夫·布朗说。

"不不，三个人。"詹姆斯添油加醋。

"完全不知道是谁干的。"

"死在了一个旅游地点……"

"麦克亨利堡！"

"纪念碑体育馆！"

"不不，"布朗给出了最不靠谱的答案，"港湾广场。"

"案发是在中午时分。"沃尔登继续发功着。

"牛逼啊，"里克·詹姆斯赞道，"一大波美钞正在向我袭来。"

疯了。都疯了。

一星期左右之后，朗兹曼和佩勒格利尼来到了柯蒂斯港湾边上的佩宁顿酒店。港湾的南边是一片破败的工人阶层社区，炼油厂的储罐伫立在它们之上。

"三楼。"酒店的前台说，"右边。"

死者已经僵硬且发黄。他脚边的地上放着一瓶疯狗牌葡萄酒，已经喝掉了一半；面前的茶几上则放着一盒空空如也的唐纳滋面包盒。朗兹曼和佩勒格利尼判断，死者不过是炼油厂又一个可悲的下岗工人。

一个南区的制服警警惕地守护着现场，一看便知是个菜鸟。

"喂，你，老实交代吧。"朗兹曼说。

"长官，你说什么？"

"你把唐纳滋都吃光了是么？"

"你说什么？"

"唐纳滋。都是你吃的对吧？"

"不，长官，我没吃。"

"你确定？"朗兹曼面无表情地不依不饶，"老实交代，你至少吃了一个，对吧？"

"不，长官，我来到现场的时候就已经一个都不剩了。"

"好吧。你干得很好。"朗兹曼回头对佩勒格利尼说，"操，汤姆，竟然有警察不爱吃唐纳滋耶。"

夏天的凶案和其他季节的不同，它的恐怖都带着点夏天的味道。

比如说，在一百华氏度的大白天里，登尼甘和李奎尔来到了位于乌塔街上的一个地下室。一个老头死了，他的尸体早就已经腐烂了。他死了至少有一星期，没人注意到他，直到尸臭味从地下室传了出来，闻到的人透过玻璃窗看进去，才发现玻璃窗上停满了心满意足的苍蝇。

"用烟熏它们啊。"法医一边说着，一边点上了一根雪茄，"这他妈的太恶心了，不过嘛，等一会我们把他翻过来时，那就更恶心啦。"

"他会爆你一脸的。"登尼甘说。

"反正我不翻。"法医说，"我可是个艺术家。"

李奎尔笑了起来。他不做又有谁会做呢？于是，法医无可奈何，小心翼翼地把这具膨胀的尸体翻了一下。尸体就像一颗烂熟的西瓜，皮肤从胸口脱落，里面的汁水果然爆了出来。李奎尔又笑了起来。

"操你妈啊！"法医赶紧扔下死者的大腿，转过身大声作呕，"操你妈的，我这是造什么孽啊，为什么要干法医这一行啊！"

"太恶心了，哥们儿，"李奎尔一边大笑着，一边大口吞云吐雾。他看到一大群蛆正在尸体上面爬来爬去。"你看到没？他的脸在动呢！这完全是一摊猪肉炒饭嘛。你觉得呢？"

"这简直是我有史以来见过最恶心的尸体。"法医喘着气说，"从苍蝇的数量来判断，这人至少死了五到六天。"

"一星期了。"李奎尔在笔记本上记了下来，然后合上了。

与此同时，第一个来到现场的制服警——一个中央区的警察——已经开溜到了门外。他一边靠着警车吃着中饭，一边听着收音机里传来的夏日之声。

"两发才能了事……"

"我操啊，你怎么可能还吃得下呢？"登尼甘好奇地问。

"烤牛肉堡，三分熟的。"制服警得意地向他展示了一下已经吃掉了一半的汉堡，"那能怎样呢？值一次班才能报销一顿午餐，不吃就浪费啦。"

在夏天，警探们真的需要记分卡才能把为数众多的嫌疑人给列明白。康斯坦丁和凯勒接到了一起发生在匹格城一间酒吧的谋杀案。嫌疑人是个男孩，结果他们发现，早在四年前，这个男孩就曾抢劫并谋杀过他的老师。瓦尔特梅耶和沃尔登来到了西北区地铁边上的一家锐舞夜总会。一个牙买加人躺在夜总会的门口，地上有数十发九毫米的子弹弹壳。夜总会里还有大约七十个牙买加同胞，可是他们口风统一，一律声称什么都没看见。登尼甘在铂金斯住宅区发现了一具藏在衣柜里的尸体；佩勒格利尼在中央区发现了一具丢弃在污水槽里的尸体；钱尔斯和斯诺在东区的一幢排屋门廊底下发现了一具女尸。三个星期后，有人报警说有个女孩失踪了，两头终于对上了号。这个女孩才十八岁，身材瘦弱，不到一百磅重。杀死她的是她的继父。这个狗娘养的继父早就起了邪念，他等到妻子出差要离开一星期的时候，在一个星期六的晚上，叫上了三个朋友来到他们家。他们先是喝了六打啤酒，然后轮奸了小女孩，最后他们用毛巾勒住了她的脖子，四人合伙往两个方向拉，把小女孩给绞死了。

"你们为什么要这么做？"妻子哭泣着问他。

"对不起，"继父说，"我们只是觉得有必要这么做。"

浑浊恶臭的热浪中，尖叫声和骂娘声随着气温的变化而时升时降着。7月最后的一星期，也是最热的一星期，巴尔的摩终于迎来了最高亢的时刻。在那六天里，整个城市都沸腾了，警局电台的音波像一首循环单曲，在城市的大街小巷中无止境地播放着：

"皮姆利科街 4500 号，后门有异常情况，听见有个女人在尖叫……霍华德公园街 3600 号，目击一个持械可疑人物……杜伊德山道 2451 号，这里正在发生一起斗殴……请求支援。卡尔洪街和莫谢尔街。请求支援……基耶高速公路 1414 号，有个男的正在打一个女人……"

终于，光天化日之下，那个让所有人都胆寒的报警电话打来了。

这样的事情只有在这种大热天才会发生，只有当气温让某个人的神经错乱了才会发生。

"请求支援。森林街 754 号。"

在马里兰州监狱的第四放风场里，一个犯人和一个守卫在岗亭里吵了起来。紧接着，另一个犯人加入了斗殴，第三个，第四个——他们每个人手里都拿着一根垒球棍。暴乱发生了。

警探们集体出动——朗兹曼、沃尔登、法勒泰齐、金凯德、戴夫·布朗、詹姆斯——飞驰前往位于市中心东边的马里兰州监狱。自詹姆斯·麦迪逊成为美国总统之后，这座灰色的城堡便是本州最牢不可摧的囚牢。马里兰州监狱是人间所有罪恶的归宿，只有那些犯下了滔天大罪、无法容身于杰斯普监狱和海格斯城监狱的犯人，才会在这里等待他们命运的终点。欢迎来到电刑死刑和毒气死刑之家。这里的住客至少都是无期徒刑。一位州检察官曾写过一篇报道，说它那古老的南翼是"地狱中最为恐怖的一层"。谁都知道，住在马里兰州监狱的人皆已失去所有，不可能再输了；最惨人的是，他们自己也都了解这一点。

十四分钟。只需要十四分钟，狱警们便失去了对放风场的控制。三百多号犯人暴乱了，每个人的手上都拿着自制的刀、棍和其他一切可以用来当武器用的东西。第四放风场里，两个守卫已经被垒球棒揍得死去活来，另一个则被从健身房里拿来的铁棍打伤了。还有一个守卫逃进了监狱，却发现隔离铁门关得死死的。铁门里面，一位女性狱警害怕开门会闹出更大的事体来，于是，她只好眼睁睁看着铁门的另一边，那个守卫被六七个犯人打得奄奄一息。在放风场南边的医护室里，二十个犯人把一个女狱警拖了出来暴揍一顿，而后又冲进医护室殴打心理医师。他们开始狂欢，一把火点燃了医护室，然后尽可能把所有心理评估卷宗扔进火堆。代理典狱官终于带着一帮派遣守卫赶来了。他们救下了女狱警和心理医师——后者已经倒在了地上，被铁棍打得不能动弹了。渐渐地，犯人们退回到了放风场上——他们本来还想抵抗，结果，两个守卫开枪击中了两个犯人，这些暴徒终于溃败了。

在监狱的东塔和西塔，守卫们也开始开枪。只不过，他们是冲着天上开的——可是，子弹不长眼睛，犯人狱警皆有伤亡。在监狱的西塔，一个狱警竟然中枪倒地了，而伤了他的那颗子弹是从两百码开外的东塔射过来的。没有犯人逃跑，没有犯人劫持人质，他们也没有要求，没有商量的余地。为了暴力而暴力，监狱和城市互为镜像，这就是夏天。你尽可以把他们关起来，你尽可以把钥匙藏起来，可是，这些在森林街的城堡里苟且偷生的人，仍然感觉到了外面大街上的癫狂。

终于，闹事的犯人被控制住了。他们被赶进了囚室。一刻钟后，杰·朗兹曼巡视了一趟第三放风场和第四放风场。他看见的是满地的血污，就此判断，这里至少有半打的犯罪现场。监狱的南塔高耸在他的头上，咆哮的咒骂声如暴雨一般落了下来。独自走在放风场里的朗兹曼从来没觉得自己像此刻这般意识到自己作为警探的身份。这座监狱里所关押的，很多都是他曾经处理过的犯人。

"喂，婊子，够胆你就上来啊，脱下你那裤子让哥们儿操你那白花花的屁股啊。"

"快给我滚，操你妈的条子。"

"有种你就等天黑再来啊，保证把你操翻天。"

"吃屎去吧，条子，快去吃屎。"

朗兹曼听清楚了最后一句咒骂；他停下脚步，望着南塔。

"上来啊，基佬。你看到我们是怎么操那些狱警的么？你也想被操么？"

"基佬，好想操你那白花花的屁股哟。"

朗兹曼点上一根烟，冲着高耸的石墙挥了挥手，像一艘即将离岸远航的巡洋舰。突然之间，这个手势——这个手势真妙啊，它比瞪他们一眼或者向他们竖起中指更妙——让咒骂声暂停了。朗兹曼微笑着继续挥手。他知道，犯人们已经明白他的意思了：喂，婊子养的，我这白花花的屁股今晚可没空陪你们，因为我得回家，我的家里有空调、有女人，餐桌上有热腾腾的螃蟹，还有冰冰凉的啤酒。而你们呢？对不起啦。你们只能在监禁室里待上一整个星期了，你们还得忍受九十八度的高温。所以说，祝你们好运吧，狗娘养的。

朗兹曼勘查完放风场，接着又从代理典狱官那里了解了一下情况。九个狱警被送去了医院，三个犯人被送去了急救室。监狱的领导们得为导致本次暴乱的安全漏洞负责，可是，起诉那些暴动犯人的责任还是凶案组的。至少，从理论上是这么说的。可是，当一群犯人痛殴一个狱警时，后者又怎么记得清到底是谁打了他呢？一小时之后，狱警给了凶案组一个十三人名单。仅仅十三个人。

朗兹曼和迪克·法勒泰齐——本次暴动的主责警探——把这十三个嫌疑人带到了代理典狱官的办公室。他们一个接着一个走进来，每个人都戴着手铐脚镣，每个人都面无表情。很快，警探们就了解到，他们每个人都堪称巴尔的摩之罪的代言人，其中有九个人是被判了死刑的。事实上，这张名单上的每个名字，都会激起某位警探心中的一阵波澜。克莱伦斯·穆佐尼？这不就是那个杀人不眨眼的疯子么？他要了三四个人的命，并一直逍遥法外，直到威利斯终于逮住了他。韦曼·厄谢利？不就是那个 1981 年在查尔斯街的克罗恩地铁站杀了那个小男孩的人么？利斯格尔的案子吧？对，操，肯定是他的案子。

犯人们呆呆地听着朗兹曼说话，后者说有目击证人可以证明他们都持械伤过狱警。他们的表情是一种训练有素的无聊感，眼珠子则来来回回地在警探们的脸上徘徊。你几乎可以听见他们的心声：这个条子，好像没见过啊。不过，那一个，我在排队被目击者辨识时见过他。还有那个在墙角的，那家伙还出庭指控过我。

"你们想说什么吗？"朗兹曼问。

"对你无话可说。"

"好吧。"朗兹曼笑着回答，"拜拜了。"

朗兹曼依次问着，每个犯人都这么回答。他最后问的，是一个十九岁的男孩。这小子身材魁梧，就像一个拳击手，想必天天都在监狱健身房里待着。他叫拉森·沃特金斯。朗兹曼还没说完话，他就摇着头打断了他。

"我什么都不想说。"

"好吧。"

"但是，我得和这个哥们儿说上一句，"他看着房间另一边的金凯德，"我想你应该不记得我了吧？"

"怎么会呢？"金凯德说，"我的记性可好了。"

那是 1983 年。当时，拉森·沃特金斯才十四岁，他的身材可不像如今这么魁梧，但早已练就一副铁石心肠。他和另外两个西区男孩在哈林公园中学的走道里杀了一个同为十四岁的男孩。死者名为德维特·布克特。他们先是开枪打死了他，然后再把他身上那件乔治城运动夹克给扒了下来。有学生看到他们逃离，而金凯德则在一个嫌疑人卧室的橱柜里发现了那件夹克。第二天早上，三人悉数被捕。他们被关在西区警局的囚室里，若无其事地开着玩笑。不过，他们还是被按照成年人量刑了。

"条子，你竟然记得我？"沃特金斯问。

"记得。"

"如果你真记得我，你他妈的每晚竟然还睡得着？"

"我睡得可香了。"金凯德说，"你的睡眠质量如何？"

"你觉得呢？你觉得你冤枉好人，把我送到这里之后，我会睡得怎样呢？"

金凯德摇着头，从裤兜上拔下了一根茸毛。

"是你干的。"他说。

"去你妈的。"沃特金斯激动万分地回答道，"你栽赃我，你现在还栽赃我。"

"我没有。"金凯德冷静地说，"是你杀了他。"

沃特金斯不停骂着人，而金凯德则继续无动于衷。朗兹曼叫了声门外的守卫，让他们把沃特金斯带走。

"我们和这个杂种没啥可聊了，"他说，"下一个吧。"

警探们又花了两个小时，终于结束了审问。他们走出房间，走进迷宫一般的监狱，穿过一扇扇门，走过一个个金属测试仪和搜身区，终于回到了楼上的访客区，从储物箱里拿走了他们的左轮手枪。

监狱门外，电视台的记者们正在做午间新闻播报。狱警工会的代表人正激动万分地对镜头控诉着，他们批评着监狱的管理者，并要求对马里兰州监狱做一次全面的审核。伊戈尔街上，一个骑着自行车的男孩在铁门前停了下来，聆听着从西塔传来的咆哮声。他驻足了一两分钟，终于听够了那些污言秽语，于是，他按下了一个装在自行车手柄上的录音机的播放键，再次上车，朝格林蒙特街驶去。

"两发才能了事……"

贝斯，尖叫，贝斯，尖叫。夏日的脑残圣歌，一座流血之城的主题曲。

"两发才能让他消失……"

朗兹曼和法勒泰齐爬进了雪佛兰车内。车内的热浪让他们不堪忍受。雪佛兰车驶上高速公路，他们开着窗，可是一点风都没有。法勒泰齐打开收音机，转到1100调频的全天新闻台：马里兰州监狱今日爆发暴乱，十二人重伤。北霍华德街一家商店的夜间值班店员被杀。明日气象预报，预计多云，持续炎热，最高温度可达九十五度。

好吧。永恒不变的夏日。明天，又得有人把弯了的刀子收进证物袋，又得有人在地上画下警戒线，又得有人把半自动手枪的弹壳从墙上取下来，又得有人为破碎酒瓶子上的血污拍照。残酷的大街，流血的城市，警探们又拿了一天的工资。

7 月 8 日，星期五

又一个炎热潮湿的夜晚。一幢巴尔的摩南区的排屋里，一对情侣争吵了起来。艾杰尔顿勘查了现场，把两个目击者送去了市局，然后跳进了救护车业已人满的后车厢。

"你好啊，艾杰尔顿长官？"

这位警探低下头，发现简尼——她的脸上都是血——正躺在担架上，冲着他笑。简尼，来自巴尔的摩南区西港湾的简尼。一个好心的小女孩，二十七岁。艾杰尔顿之所以会认识她，是因为一个叫做安东尼·菲尔顿的杀人犯。简尼是他当时的女朋友。菲尔顿是个杀手，他会为了钱或毒品杀人。他逃过两劫，最终还是在第三次犯事时被逮了，判刑十五年。从简尼目前的情况来看，她现任的男朋友和她的前任也没什么区别。

"你感觉如何？"

"我看上去快要挂了是么？"

"你已经好多了。"艾杰尔顿告诉她，"保持呼吸，你会没事的……他们说你的男朋友鲁尼逃跑了是吗？"

"是的。"

"他就是发火了对吗？"

"我没想到他会这么心狠手辣。"

"你挑男人的眼光真不赖。"

简尼笑了笑，布满血污的脸上露出了洁白的牙齿。真是个坚强的女孩啊，艾杰尔顿想，这样的女孩怎么会受这种伤呢。他往里走了走，更加仔细地看着简尼的脸，他发现她的面颊上有污点——枪创留下的污痕和金属残余。这是接触性枪创的证据。

"你难道不知道他有枪?"

"他说他已经把它卖了。"

"你能认出是哪种枪吗?"

"一把便宜的小枪。"

"什么颜色?"

"银色。"

"好的,亲爱的,他们会送你去医院的。我们在那里见。"

这场争吵的另一个受害者是简尼姐姐二十八岁的男朋友。他在前往大学医院的路上就去世了。当鲁尼·罗伊斯暴打简尼时,他试图阻止,结果自己却命丧黄泉。在此之后,艾杰尔顿在医院里问简尼,他们到底为何而吵,简尼说只是因为鲁尼看到她和另外一个男人坐在车里。

"杜雷尔怎么样了?"在急救室里,她问艾杰尔顿道。杜雷尔就是她姐姐男朋友的名字。"他没事吧?"

"我不确定。他在另外的房间。"

当然,这是一个谎言。此时此刻,杜雷尔·罗林斯就躺在简尼右侧的轮床上。他的嘴上插着导液管,胸口的枪创清晰可见。如果简尼能够转一转头或者让自己的眼光越过脸上的绑带,她就会看到他。

"我好冷。"她对艾杰尔顿说。

他点点头,抚摸着她的手,然后抽出一张纸巾擦拭着从她左手上流下来的血。猩红色的血滴落在他浅褐色的裤子上。

"我能撑过去吗?"

"你这不才和我一个人待在一起吗?"艾杰尔顿告诉她,"只有当七八个人围着你转、给你开膛破肚时,你才会撑不过去。"

简尼笑了起来。

"到底发生了什么?"艾杰尔顿问道。

"一切都发生得太快了……他和杜雷尔在厨房里。杜雷尔之所以会来是因为他打我。"

"让我们从头开始讲起吧。"

"我已经和你说过了，他看见我和一个男人待在一辆车上，他就发疯了。他跑回家里拿枪，然后又跑出来，用枪指着我，开始骂我，然后杜雷尔就来了，把他拉进了厨房……"

"你看到是他开枪打了杜雷尔吗？"

"我没看到。他们走进厨房，我一听见枪响，就跑了……"

"他和杜雷尔没说什么吗？"

"没有。一切都发生得太快了。"

"根本没时间讲一句话？"

"对。"

"然后他又跑出来追你？"

"对。他对我开了一枪，我刚想躲，可还是摔倒了。他跑了上来。"

"你们俩在一起多久了？"

"快一年了。"

"他住在哪里？"

"就在那儿。"

"但我们发现那里没有很多他的衣服。"

"你们还没看地下室吧？他的衣服都在地下室。他在宾夕法尼亚大道上还有一个女孩。我曾见过她。"

"你认识她？"

"我只见过她一次。"

"他平时爱去哪？你觉得他现在在哪？"

"可能在市中心附近。公园大道和乌塔街那边。"

"能更具体点吗？"

"他喜欢去体育迷酒吧。"

"是在公园大道和穆尔贝利街口那家吧?"

"是的。他认识兰迪。那个酒吧的调酒师。"

"好的,亲爱的,"艾杰尔顿合上笔记本,"你好好休息吧。"

简尼捏了捏他的手,看着他。

"杜雷尔,"她问,"他已经死了,是么?"

他犹豫着。

"他的情况很严重。"他说。

那一夜的晚些时候,鲁尼·罗伊斯偷偷回到了西港湾的排屋,他想带走这个房子里属于他的东西。可是,一个恰好在门廊上待着的邻居看到了他,并报了警。一个南区制服警立即赶到,在排屋的地下室制服了他,给他戴上了手铐,并从暖气片的后面搜到了一把.32廉价手枪。第二天,国家犯罪信息中心的指纹记录显示,这个叫做罗伊斯的人实则名为弗雷德·李·特维迪。他因谋杀罪入过狱,并于一年前从一个弗吉尼亚州监狱逃了出来。

"如果我的真名叫做特维迪,"艾杰尔顿一边读着报告一边自言自语道,"我也得为自己取个化名。"

又一起夏日之案告破了。夏天仿佛赐予了哈里·艾杰尔顿新生,至少在他的同事看来,他已经恢复了。他又开始接派遣电话了,也开始写二十四小时内犯罪报告。之前,当一起袭警案发生后,他甚至在咖啡室里对同事们说,他愿意帮忙审讯一两个目击者。唐纳德·金凯德颇感安慰,虽然他仍对艾杰尔顿重获新生这事抱有怀疑态度。艾杰尔顿不再迟到早退了,事实上,他回到了之前的工作状态,比谁都来得早、比谁都走得晚。

罗杰·诺兰——这位警司曾因艾杰尔顿的状况颇感头疼——起了些作用,他一直循循善诱,告诉艾杰尔顿不要如此苛求自己,要学会接受现实。艾杰尔顿也接受了诺兰的建议,这主要是因为他不想再继续充当其他同事茶余饭后的谈资。当然，他所在分队的其他警探——特别是金凯德和伯曼——也帮助了他，告诉他要学会和现实妥协。

然而，所有人都知道，艾杰尔顿的心静如水只不过是暂时的，而且一旦被激起，便会再起波澜。他愿意暂时性地退一步，但艾杰尔顿仍然是那个艾杰尔顿。金凯德和伯曼十分明白，艾杰尔顿就像是一头被圈养的羊，只要他没走得太远，还在他们的视线范围内，他们就仍可以把他赶回来。只不过，他们不能永远都挥舞着这以友谊为名的皮鞭，所以，一切都是暂时的，至少从目前的情况看来，诺兰的分队再次回到了众志成城的正确轨道上。

事实上，在这个夏天，诺兰这一组是达达里奥手下表现最出色的分队。他们比其他分队要多负责五六起案子，可他们的破案率却更高。更有甚者，在今年到目前为止发生的总共十七起涉嫌警察枪击案中，诺兰的分队解决了其中的九起。侦破警察枪击案可是比凶杀案难太多了，它们往往会涉及涉案警察的犯罪及民事责任，往往会触及警局形象和政治，也往往会让上层领导发火动怒。总之，是个吃力不讨好的活。但是，今年到目前为止的此类案件破案率还算让上级满意，他们并没有因此闻风而动冲进凶案组。在诺兰看来，今年的"收成"还算不错。

里奇·贾尔维一人就破了八起案子，做出了最大的贡献。不过，艾杰尔顿也终于开始上手了。他先是破了5月底在培森街上发生的涉毒枪杀案。然后，他负责侦破乔·爱迪生案：历经长达三个星期的法院审判之后，他终于把一个十九岁的杀人狂——此人在1986至1987年间涉嫌谋杀四人——送进了大牢。然后，他轮值夜班，解决了西港湾的那起案件。在夏天结束之前，他又侦破了另外两起——其中一起是发生在老约克街毒品交易点的枪杀案。在凶案组里，一连侦破四起案件通常都标志着一位警探的能力上升到了一定的程度，任何非议都会因此而平息，于是诺兰分队所受的压力也因此而暂时消失了。

某个夏日的晚上，艾杰尔顿正在上下午 4 点到半夜 12 点的班，他坐在办公桌边，一边听着电话，一边叼着烟。

沃尔登凑巧走了过来，艾杰尔顿冲着他做了个夸张的手势。于是，老探员只好走上前去，从裤兜里摸出打火机；艾杰尔顿凑了过去，越过办公桌，点上了香烟。

"天呐，"沃尔登拿着打火机说，"没人看见我在干什么吧。"

二十分钟后，艾杰尔顿还在打电话。他又冲着身在咖啡室里的沃尔登招了招手，沃尔登只好再走过来，替他又点了一支烟。

"喂，哈里，你倒是挺爷们儿的嘛，竟然让我们白人替你点烟。"

"那又如何？"艾杰尔顿盖住话筒回答道。

"哈里，你是想证明什么吗？"

"那又如何？"艾杰尔顿挂下电话，说道，"我就喜欢。"

"喂，"金凯德插了进来，"只要哈里接派遣电话，我们就得为他点烟。我说的对吧，哈里？我向你保证，只要你接电话，我从明儿开始就自带火柴，一根一根地划给你点烟。"

"就这么说定了。"艾杰尔顿被逗乐了。

"我们认识的那个哈里回来了。"金凯德说，"他回来凶案组了。只要不让艾德·伯恩斯碰他，他就会没事的。"

"你说得对。"艾杰尔顿笑着说，"肮脏的艾德·伯恩斯，要不是他劝我，我会接手那个没完没了的烂摊子？我会不听你们的话？全是伯恩斯的错。你们要为我做主哪。"

"他人在哪呢？"金凯德说，"好吧。他还和 FBI 待在一起呢，可你却已经回到我们身边了。"

"哈里，他利用了你。"艾迪·布朗说。

"可不是么？"哈里吐着香烟说，"我就是被他摆了一道。"

"哈里，你就是一个安全套，被他用完了就丢了。"贾尔维在办公室的另一头说。

"哦，你们是在说特别调查员伯恩斯先生呢！"艾迪·布朗说，"喂，哈里，我听说他已经在 FBI 里有自己的办公桌了。听说他已经是那儿的人了。"

"他自己的办公桌，自己的车。"金凯德添了一句。

"喂，哈里，"艾迪·布朗说，"你的这位搭档，他就没联系过你么？他没给你打个电话告诉你伍德罗恩那边怎么样？"

"他给我寄过一张明信片，"艾杰尔顿说，"上面写着，'真希望你在这里，我们还是搭档。'"

"哈里，你可要和我们待在一起啊。"金凯德冷冰冰地说，"我们会照顾你的。"

"放心吧，"艾杰尔顿说，"我知道你们会照顾好我的。"

同事们和艾杰尔顿开着玩笑。这些玩笑是温和的，甚至会在不经意之间流露出大家对他的喜爱。要知道，这可是凶案组啊，他们每个人都是损人专家。之前，基尼·康斯坦丁被查出得了糖尿病，于是同事们在咖啡室的白板上做了个"实名调查"。白板的一边写着"会对康斯坦丁之死觉得遗憾的人"，另一边则写着"他死不死我都无所谓的人"。后一栏的签名比前一栏长很多，他们伪造了钱尔斯警司、斯坦顿警督、圣母特蕾莎和芭芭拉·康斯坦丁等人的签名，而前一栏里则有基尼他自己，还有工会代表。这就是凶案组表达同事之情的方式。所以说，艾杰尔顿所受的冷嘲热讽已经算是温和了。事实上，哈里·艾杰尔顿此刻的表现完全证明了他就是凶案组的一员。其实，谁都知道他说的是假话，内心深处，他还想着艾德·伯恩斯和还在继续的调查；金凯德和艾迪·布朗也明了，只要艾杰尔顿的搭档还在 FBI 的办公室里调查黑幕，他就不可能一心一意地做凶案组的工作。可是，无论如何，他已经回来了，重新开始接手案子了。

焕然一新的艾杰尔顿。一个会对同事们的打趣坦然处之的艾杰尔顿。一个向同事们宣布他已经做好准备，可以再次接起派遣电话的艾杰尔顿。

"哈里，加油。"

"哈里，别再受伤了。"

电话响了起来。

"天呐，电话都响了三声了，他竟然还没接。操，我们得开个新闻发布会了。"

艾杰尔顿笑了起来。他接起电话，捂住电话筒，装出一副无知的样子。

"这玩意到底怎么接啊?"他一脸正经地问道，"只要对着这里说就行了吗?"

"是的，把上面那头放在你的耳边，然后对着下面那头说话。"

"凶案组，艾杰尔顿。"

"哈里，宝贝儿，你终于学会了。"

7月9日，星期六

太他妈的热了。

现在是凌晨3点钟，咖啡室里的气温至少有九十度。这肯定是财政部某个吝啬鬼的馊主意：只要是午夜轮值，那么，2月之前就不需要暖气，8月之前就不需要冷气。唐纳德·金凯德被逼无奈，正在办公室内来回踱步，短裤上的衬衣后摆晃来晃去。他咒骂道，如果在太阳升起来之前气温还不下降，他就要脱光所有衣服赤身裸体了。谁都知道，赤身裸体的金凯德就是午夜轮值中最恐怖的野兽。

"天呐，"里奇·贾尔维的脸被电视的荧光映照出一片狰狞的蓝色，"唐纳德已经脱掉裤子啦。今晚谁陪他睡就惨了。"

这是诺兰分队里的一个老掉牙笑话。他们说，金凯德会在午夜轮值时发情，并把年轻警探当作情欲对象。昨天晚上，麦克埃利斯特在绿沙发上小憩了一小时，可是当他醒过来时，他惊慌地发现金凯德正冲着他看，对他柔言细语着。

"别害怕，今晚可不行。"金凯德把领带从脖子上拉了下来，躺在了沙发上，"实在太热了，没心情搞你。"

每个警探都在祈祷：老天啊，让电话响起来吧。随便哪个人，快让他被人杀死吧，不然的话，我们自己就要被汗活活臭死啦。无论是什么案子，涉毒谋杀案也罢，哪怕是城市某处的地下室发现了两具尸体，没有目击者也没有嫌疑人，我们都愿意接。我们只想走出办公室，走上街头，因为，外面的气温比这里低十度。

罗杰·诺兰在电视机上接上了录像机。他喜欢在午夜轮值的时候让他的手下们看些无脑追车电影。一个晚上能看三部。第一部通常很精彩，第二部还算能忍受，可到了第三部，他们就要昏昏欲睡了。

午夜轮值是凶案组最悲惨、最荒诞的工作。诺兰只是想让他的手下们好过一些。这六个大老爷们儿已经在这里度过了整整六个不眠之夜了。巴尔的摩凶案组的轮值排班表是这样的：三个星期的早上8点到下午4点班，两个星期的下午4点到半夜12点班，再加上一个星期的午夜轮值。于是，一个荒唐的结果产生了：在任意时间里，总有三个分队值早班，两个分队值下午到午夜班，而仅有一个分队值夜班——而几乎所有谋杀，都是在这个时候发生的。在大多数分外忙碌的午夜轮值里，没人顾得上看一眼电影。如果那一晚发生了两起谋杀和一起袭警案，别说看电影了，他们连合上眼皮小憩一分钟的时间都没有。可是，在今晚，他们每个人却都在祈祷谋杀案发生，电话铃响起。

"我的背好疼。"贾尔维说。

怎么会有不疼之理呢？他可是一直就坐在硬邦邦的椅子上睡觉啊。说实话，此刻的市局六楼比国庆节时的韦伯烧烤店还热，而贾尔维竟然还戴着领带。他简直不是人。

金凯德已经在绿沙发上睡着了，大声打着呼。伯曼也躲在那个角落睡着了。之前看到他的时候，他的头已经垂落了下来，椅背靠在墙面上，两条短腿悬在半空中。艾杰尔顿又在哪里呢？天知道。说不定，他现在正在某个游戏厅里打着飞机呢。

"喂，里奇，"诺兰坐在离电视机一英尺半的地方，说道，"快看啊，这段可精彩啦。"

贾尔维抬起头。电视屏幕里，一个硬汉用火箭筒炸死了另一个硬汉。

"罗杰，真是好精彩啊。"

诺兰听出了贾尔维的百无聊赖，于是，他用腿撑着滑轮椅子，把自己推送到电视机边上。他看了眼录像带。"要不，我们看约翰·韦恩①？"

贾尔维打了个哈欠，耸了耸肩。"随便。"他说。

"我这儿有两部他的电影。你知道么？'公爵'在这两部里都挂了呢。"诺兰万分清醒地说，"问你个趣味小问题：约翰·韦恩在多少部电影里最后是死了的？"

贾尔维抬起头，看了警司一眼。可他看到的不是诺兰，而是一个手持叉戟的恶魔。他终于明白何谓地狱了。地狱就是蒸笼一般的市局，没有一张床的市局，墙面发出令人作呕的绿光的市局，以及一个会在凌晨 3 点问你趣味小问题的上司。

"十三部。"诺兰自问自答道，"还是十四部？我们昨晚就算了算……我想应该是十四部。几乎没人记得，他在《红女巫之觉醒》里也挂了。"

诺兰知道。诺兰知道所有事情。你可以问他 1939 年的奥斯卡颁奖礼发生了什么，他会告诉你那一年的最佳女配角竞争很激烈。你可

---

① 约翰·韦恩：美国著名演员，绰号"公爵"(Duke)。——译者

以问他伯罗奔尼撒战争到底是怎么回事，他会向你解释古希腊重装备步兵的战术。你还可以问他婆罗洲是什么……好吧，的确有人犯过这个傻，那个人名为特里·麦克拉尼。

"你知道么？"有一次下午 4 点到午夜 12 点的轮值中，麦克拉尼这么说道，"婆罗洲的海滩上都是黑色的沙子。"

那个时候，麦克拉尼只是因为无聊才提及了这一话题。不过，他倒不是口说无凭。他刚读了一本厚达五百页的关于婆罗洲的书——那是他三年以来第一次从霍华德县图书馆借书看。读完此书之后，麦克拉尼就一直很想和人讨论这个话题。他已经叨叨地说了一整个月了。

"你说的没错。"诺兰回应道，"沙子是被火山灰染成黑色的。喀拉喀托火山对那一带的海岛影响很大……"

麦克拉尼没想到诺兰竟然连这都懂。他沮丧的眼神就像见到他家的狗过世了。

"……但是，只有婆罗洲西面的海滩才是完全黑色的。我还是海军的时候，曾在那里演习登陆过。"

"你去过那里？"

"嗯。大概是 1963 年左右的事了。"

"好吧，"麦克拉尼无趣地走掉了，"看样子，我的书都白读了。"

罗杰·诺兰。他绝对是个吓人的警察，一个无所不知的警察。贾尔维一边蠕动着身体，试图让自己坐得更舒服一些，一边聆听着诺兰警司对约翰·韦恩之谜的叙述。他只能这样，因为除此之外，他根本做不了什么。天气实在太热了，热得他不想写起诉报告，不想读斯诺桌上的那张《太阳报》，不想出门去买块芝士牛排吃。太热了，实在太热了。

终于，电话响了起来。

贾尔维赶紧来到艾杰尔顿的办公桌边。电话铃第一声刚落下，他就接了起来。这是他的活，他的钱，他的通往天堂的船票。

"凶案组。"

"西北区，6A12 小组。"

"你好。怎么了？"

"一个老头子。在他自己家里。身上没有伤口。"

"有入室抢劫的迹象吗？"

"没有。"

贾尔维失望透顶。"那你是怎么进去的？"

"前门大开着。邻居过来看他一眼，发现他在床上死了。"

"这老头独居？"

"是的。"

"他还在床上？"

"是的。"

"多大年龄？"

"七十一岁。"

贾尔维报出了自己的名字和警号。他知道，如果这个制服警判断错误了，如果法医鉴定这并非自然死亡，那么，他就得负责起这个案件来。好吧，接都接了，还能怎样呢。

"我还得做什么吗？"制服警问道。

"没了。你已经通知了法医了，对吧？"

"对。"

"那就没什么了。"

他搁下电话，直起腰，湿乎乎的衬衣已经和椅背粘在了一起。二十分钟后，电话再次响起。西区发生了一起利器伤人案——受伤的那个孩子已经被送到了大学医院的急救室，而伤人的那个孩子已经被关进了西区警局的拘留所。贾尔维和金凯德跑了一趟，发现这个嫌疑人只是眼神呆滞地看着他们。

"他就冲了进去，然后拿起刀刺伤了他的哥哥。"西区狱吏解释道。

贾尔维哼了一声。"唐纳德，这小子应该嗑药了吧?"

"他?"金凯德面无表情地说，"不可能吧。"

这起案子让贾尔维和金凯德外出了二十多分钟。等他们回来的时候，诺兰已经在拆录像机了；而其余的三个人仍在睡觉，他们的打呼声此起彼伏，令人昏昏欲睡。

艾杰尔顿打完电子游戏回来了。大家都开始进入睡眠模式。这是人类历史上质量最次的睡眠——当他们醒来的时候，他们会比睡之前更加疲惫，而他们的全身也都会湿透，身上的汗水只有冲洗二十分钟才会干净。可是，他们别无选择。在这样一个无所事事的夜晚，他们只能睡觉。

5点钟的时候，电话又响了起来。可是，没人有兴趣再接它了——在警探们看来，过了半夜3点再杀人的凶手实在太自私了，他们也不替这些警探们着想。不过，这时候发生的谋杀案，警探们也宁可放任凶手逍遥法外。

"凶案组。"金凯德接起电话。

"早上好。我是《太阳报》晚报版的厄尔文。昨晚发生了些什么啊?"

迪克·厄尔文。在巴尔的摩，只有一个人的工作排班比凶案组警探们更悲催，那就是厄尔文。每星期里有五天，他的电话会在5点钟准时响起，因为，他要赶上7点钟的截稿。

"什么都没发生。"

于是，警探们又睡了半个小时。紧接着，最为恐怖的事情发生了：一头机械野兽发出了雷鸣般的咆哮声，从走道那头冲了进来。他从贾尔维右手边的黑暗处现形。野兽睡足了觉，精神抖擞，尖叫着冲进凶案组，扭头摆尾地扫荡着办公室。艾杰尔顿想起自己最上面的抽屉里还放着一把.38手枪，里面装满了子弹。感谢上帝，他竟然还有自卫武器，因为此时此刻，那头野兽已经冲了进来，长矛似的头到处挥舞，铅灰色的盔甲靠在咖啡室的墙壁旁。艾杰尔顿在梦境中叫喊道：把他杀了！把这个婊子养的杀了！

一道光射穿了所有人的梦境。

"我操……"

"哦，不好意思，"野兽看着满屋子睡眼朦胧的警探说，"我没看见你们还在睡觉。"

是艾琳。野兽的名字叫艾琳。她是一个清洁工，说话带着东巴尔的摩口音，一头黄白色的头发。长矛是一个拖把，铅灰色的盔甲是地板打磨机。它们真的是活物，虽然不长眼睛，但真的是活生生的怪兽。

"把灯关了。"贾尔维挣扎着说。

"好的，亲爱的。对不起。"她说，"你们再睡一会吧。我先去清理外面。你们安心睡着，如果警督来了，我会提前……"

"艾琳，谢谢你。"

艾琳以前是个门卫。她是个好心人，她那口音楚楚可怜，听着就会让人觉得不好意思。她住在一个没有暖气的排屋里，工资只有警探的五分之一。可是，每天早上，她总会 5 点半准时出现在六楼打扫卫生，抛光地板。去年圣诞节，她竟然没有用自己好不容易省下来的钱买吃买喝，而是买了一个压缩木电视机柜，当作礼物送给了凶案组。如此善良好心的艾琳，就算她让他们痛不欲生，他们也不忍心骂她一句。

不过，他们倒是会调戏她。

"艾琳，亲爱的，"艾琳刚想关门走出去，贾尔维说道，"你最好小心点。金凯德把裤子给脱了，他说他一晚上都梦见了你……"

"你这个骗子。"

"不信你问伯曼啊。"

凶　年　　　451

"是真的。"伯曼在另一头说道，"他脱了裤子睡觉，梦里还叫你的名字……"

"伯曼，亲老娘的屁股吧。"

"你最好别对金凯德这么说。"

"金凯德，他也可以亲老娘的屁股了。"艾琳说。

就在这时候，金凯德上完厕所回来了。他倒是穿得很整齐。伯曼冲他使了使眼色，他就对情况心领神会了。

"求求你了，艾琳，给我点好处尝尝吧。"

"唐纳德，为什么我要给你呢?"艾琳并不惧怕，长驱直入，"就你那玩意儿，哼。"

"别这么说啊，你又没试过。"

"还值得试啊?"她鄙视地看着他，"就你那小不点儿?"

所有警探都笑了起来。每次历时六天的午夜轮值，金凯德至少要调戏艾琳两次，而每一次，艾琳都能反唇相讥。

这个时候，除了黑暗的主办公室之外，淡蓝色的晨光渐渐在咖啡室和接待室里弥漫开来。在金凯德的调戏声中，办公室里的警探们也都醒了过来。

可是，电话还是静悄悄的。诺兰一过 6 点就提前放走了伯曼;其他人仍然坐着等待，等待着日班时间的冷气空调运转起来。他们仿佛都陷入了某种神游的状态。6 点 20 分，电梯的开门声响了起来。对于这帮又熬过一夜的警探来说，这完全是世界上最动听的声音。

"救兵来咯。"巴尔洛大摇大摆地走了进来，"你们看上去都蔫儿坏了嘛……艾琳，我不是在说你。你还是那么可爱。我是在说这些臭成一坨屎的家伙们。"

"操你。"贾尔维说。

"喂，阁下，我可是来救你们的，你能说点好听的吗?"

"有种就来舔我呀。"

"诺兰警司，"巴尔洛装出一副受侮辱的样子，"你听见了吗？我刚刚只是说了句实话，我说这些家伙闻起来就像坨屎，这可是一句大实话啊，可他们就这样骂我。操，昨晚真有这么热吗？"

"反正比你想象的都热。"贾尔维说。

"阁下，我真为你自豪啊。"巴尔洛说，"你知道么？在我眼里，你就是个大英雄。昨晚发生什么了吗？有什么事吗？"

"什么事都没有。"艾杰尔顿说，"所有人都快死了。"

不。坐在墙角的诺兰想，不是死了，是没有死。死亡意味着他们会出街，会赚钱。

"你们都可以走啦。"巴尔洛说，"查理过几分钟就到。"

诺兰让金凯德过了 6 点半就走，然后让贾尔维和艾杰尔顿留下来，直到日班的同事都到齐。

"警司，谢谢你。"金凯德把日程表塞进诺兰的邮箱。

诺兰点了点头，并不对自己的恩惠过于在意。

"那就星期一见了。"金凯德说。

"嗯，"诺兰高兴地说，"终于，日班了。"

7 月 22 日，星期五

"天呐，又是一本《圣经》。"

加里·钱尔斯从书桌上拿起这本打开的《圣经》，把它丢在了椅子上。椅子上面已经有十几本书了。《圣经》打开的那页上夹着一支书签，空调的冷风把书页吹了起来。《耶利米哀歌》2：21：

> 少年人和老年人都在街上躺卧
> 我的处女和壮丁都倒在刀下；
> 你发怒的日子杀死他们；

你杀了，并不顾惜。

关于格拉尔汀小姐，至少有一点是可以确定的：她是个虔诚的信徒。这不仅是因为她有好几本《圣经》，而且她的书桌上还放着几张照片，里面的她穿着礼拜日服饰，站在教堂的门口，向大众布着道。如果上天堂的标准是看一个人有多虔诚而不是今生今世做过什么的话，那么，格拉尔汀·帕里什毫无疑问就是上帝的宠儿。可是，如果一个人的所作所为还算是能否被救赎的标准的话，那么格拉尔汀小姐似乎就只能等待撒旦的召唤了。

钱尔斯和斯科特·凯特把床垫翻了过来，发现床下放着好几堆纸：购物清单、电话簿、社工申请表以及六七张人寿保险单。

"我操。"凯勒算是大开眼界了，"还有这么多。总共有几张了？"

钱尔斯耸了耸肩："二十张？二十五张？操，谁知道呀！"

他们目前在搜查的是肯尼迪街 1902 号，但是这一次，他们要寻找的并非枪、刀、子弹或是带有血迹的衣服，而是纸质证据——这样的情况实属罕见，而他们的确找到了很多。

"我又找到了一些。"钱尔斯把沙发翻了过来，从底下拎出了一个购物袋，"这儿还有四张。"

"这个婊子，"凯勒说，"太狠心了。"

卧室的门外传来了轻微的敲门声。一个东区的巡逻警走了进来——他已经在楼下待了一小时了，一直看守着格拉尔汀和其他五个人。

"钱尔斯警司……"

"喂。"

"那个女人，她说她快要昏倒了……她说她的心脏不太好。"

钱尔斯看了眼凯勒，又转向制服警。"心脏不太好？"他充满蔑视地说，"她有心脏病？鬼才信呢！你把她看好了，我过一会儿就下来。"

"好的。"巡逻警说,"我只是想通知你一声。"

钱尔斯把购物袋里的东西整理了一下,然后走下了楼。这幢排屋的居民们挤在沙发和两把椅子上,他们都抬头看着他,等待他开口说话。格拉尔汀是个臃肿的女人,她戴着洛雷塔·林恩①式的假发,穿着红色的棉衣,一脸忧伤,令人发笑。

"格拉尔汀?"

"我就是。"

"我认识你。"钱尔斯说,"但你知道我们为何在你家吗?"

"不知道。"她轻轻拍着胸口说,"我坚持不住了。我得吃药……"

"你真不知道我们为什么在这里?"

格拉尔汀·帕里什摇了摇头,一边拍着胸口一边靠在了椅背上。

"格拉尔汀,这是一次搜查扣押突袭。你被指控三起一级谋杀罪和三起谋杀未遂罪……"

房间里的其他人都惊呆了。格拉尔汀·帕里什的喉咙深处传来了莫名的作呕声。她倒在了地毯上,紧拽着胸口,大口呼吸着。

钱尔斯饶有趣味地看了她一眼,然后冷静地对东区制服警说道:"出于安全考虑,你现在可以叫医护人员过来了。"

这位警司回到楼上。他和凯勒把所有文件、保险单、相册以及其他纸张装进了一个绿色的垃圾袋——他们决定,等回到凶案组之后再整理,时间更加宽裕一些。与此同时,医护人员也赶来了。不过,他们很快就走了,因为他们诊断,格拉尔汀·帕里什根本没事,至少她的身体没事,脑子就不好说了。而在城市的另一边,格拉尔汀·帕里什母亲位于迪维逊街的排屋里,唐纳德·瓦尔特梅耶也在执行搜查工作,他从那里发现了三十张保险单和相关文件。

---

① Loretta Lynn:美国乡村女歌手。——译者

这简直就是一起终极犯罪啊。它把谋杀这一行为上升到了闹剧的高度。此案涵括了太多奇怪、难以想象的人物，也涵括了太多奇怪、难以相信的罪行——它更似一出歌舞喜剧，而非真实世界中的真实案件。

　　可是，在唐纳德·瓦尔特梅耶看来，格拉尔汀·帕里什的案子一丁点都不好笑。在他从巡逻警做成警探的这一辈子中，从来都未听说过类似的案件，而格拉尔汀则仿佛是想给他上完警察人生的最后一课，让他就此"毕业"退休一般。四十一岁的瓦尔特梅耶是特里·麦克拉尼分队中最富经验的警探，资历仅次于沃尔登和艾迪·布朗。他是 1986 年来到凶案组的。在此之前，他隶属于南区便衣警小组——那是一个人数众多、能力出众的小组，而瓦尔特梅耶则是其中的核心人员。在过去的两年里，他已经证明了自己是个优秀的凶案组警探，可是这一次的案件和之前的完全不同。虽然就目前而言，凯勒和钱尔斯仍在帮忙搜查格拉尔汀的家，但他们最终还是会回到日常派遣工作里去。瓦尔特梅耶是格拉尔汀·帕里什案的主责警探——而最终，对这起案件受害人、嫌疑人的搜罗以及起诉会耗费他整整半年的时间。

　　在凶案组，时间就是金钱。警探们普遍缺乏耐心，也很少有案子需要警探介入长期而又系统的调查。可是，一旦这样的案子发生，接手的那个警探通常就会被它改变习性。在巴尔的摩，警探扮演的角色往往都是"救护车的追逐者"——他们要在最短的时间内解决一起又一起的凶杀案。一个月，两个月，三个月，这样的工作密度很快就会让警探发疯——瓦尔特梅耶也不例外。

　　事实上，就在昨天，他还在向戴夫·布朗抱怨自己接手的案件一起接着一起，永远都做不完。布朗被他烦到了，只好引用警局行为守则第一部分的第一条。他大声朗读道：

　　"所有警局成员都须在任何时刻保持冷静、文明和有序，禁止使用任何带有侮辱色彩的言语。"布朗大声说道，"我得向你强调'文明'二字。"

"喂，布朗，"瓦尔特梅耶冲着他竖起中指，"强调你个毛啊。"

戴夫·布朗不是不尊敬自己的搭档，也不是不能和他共事。他只是烦透了瓦尔特梅耶的教诲，在他看来，只有唐纳德·沃尔登有资格对他说三道四，瓦尔特梅耶还不够格呢。但是，瓦尔特梅耶却是凶案组里脾气最爆的警探，这颗定时炸弹随时都有可能被引爆。

瓦尔特梅耶刚来凶案组不久的时候，有一次，麦克拉尼自己正在着手审讯一起谋杀案一目击证人。他实在忙不过来，于是请瓦尔特梅耶过来帮忙，想让他负责审讯其中一位。麦克拉尼试图把案件的细节解释给他听，可是没过多久他就意识到，与其对早已不耐烦的瓦尔特梅耶悉心解说，还不如抓紧时间自己来呢。好吧，算了，麦克拉尼对他说，还是我自己来吧。

可是，这事还没完。麦克拉尼一边审讯着，一边瞥见瓦尔特梅耶正在走道里恶狠狠地看着他。审讯结束之后，瓦尔特梅耶便冲进了他的办公室，指着这位警司的脸破口大骂了起来。

"操你妈的，我知道怎么破案，我不用你来教我。如果你觉得我不够格，那就去你妈的吧。"麦克拉尼完全没想到他会发这么大的火，也惊呆了。"如果你不信任我，那你就把我发配回分局去得了。"

瓦尔特梅耶还在发着牢骚。麦克拉尼瞄了一眼其他警探，他发现，他们都捂住嘴，努力忍住不笑出声来。

这便是瓦尔特梅耶。他是麦克拉尼分队中最勤奋的警探，同时也是一个智慧却又易怒的警探。每星期总有那么两天，他是在发火中度过的。他在巴尔的摩西南区长大，是个德国大家族的后裔。虽然唐纳德·瓦尔特梅耶易怒，他却成了麦克拉尼的乐子。每当轮值无事可做的时候，他总会挑逗瓦尔特梅耶和戴夫·布朗动气，而如果布朗也被触动，那接下来的好戏就堪比电视剧了。

瓦尔特梅耶身形庞大，脸总是红彤彤的，油亮的黑发往后梳起，这个形象总是会被同事们嘲笑。他此生最尴尬的时刻发生在某次早班点名时：一位警司宣布道，瓦尔特梅耶完全是模仿秀的冠军，而他的模仿对象是被人遗忘的喜剧演员谢姆普·霍华德。对此，瓦尔特梅耶说，不管是谁想出的这一损人的说法，他最好别站出来承认，否则的话，瓦尔特梅耶肯定会把他揍死。

虽然瓦尔特梅耶脾气暴躁、相貌搞笑，但他在南区分局的时候就已经是个一等一的警察了。而在他自己看来，他永远是那个喜欢亲力亲为、上刀山下火海的便衣。即便被调到凶案组之后，他也没有和他在分局时的那些哥们儿失去联系。他总是会在值夜班时消失不见，开着雪佛兰来到南区的酒吧，参加他们的聚会。虽说从分局到市局、从便衣小组到刑事调查部显然是一种升迁，但瓦尔特梅耶却会因此心怀愧意，觉得自己不再是真正的警察了——这种愧疚感是他最为显著的特征。

去年夏天，他开车带着里克·詹姆斯来到了莱克星顿市场。两人从一个外卖摊上买了两个吞拿鱼三明治。在此之前，一切很正常。可是，瓦尔特梅耶没有把车开回警局再吃饭，而是驱车来到了联合广场，把雪佛兰停在了他曾经的巡逻点上。

"好吧，"瓦尔特梅耶把驾驶座往后推了推，打开一张纸巾放在腿上，"这才是一个真正的警察吃饭的方式。"

在麦克拉尼看来，瓦尔特梅耶对巡逻警身份的留恋是他唯一的弱点。凶案组是个自成一体的世界，那些在分局行得通的法则在市局就会不免碰壁。比如说，当瓦尔特梅耶刚到凶案组时，他写的报告糟透了，满篇都是错别字，不忍卒读——显然，他在街头的时间比在打字机前的时间要多得多，这是巡逻警的典型特征。可是在凶案组，报告很重要。让麦克拉尼真正吃惊的是，在他向瓦尔特梅耶提出这一问题之后，后者竟然花了相当大的精力和时间改进自己的打字技巧。也正是此事，让麦克拉尼第一次意识到，瓦尔特梅耶肯定能成为一个一流的警探。

两年过去了。时至今日，无论是麦克拉尼还是凶案组的其他人，都已经没有什么可以传授给瓦尔特梅耶了。只有更复杂、更难破的案子才能让他学到更多——比如说，格拉尔汀·帕里什案。

这起案子其实从今年3月就开始了。只不过在当时，没有人意识到它的本质。刚开始时，这基本上就是一起再普通不过的敲诈案：一个二十八岁的海洛因吸食者报案说，她的叔叔向她勒索五千块钱，否则的话她就会被职业杀手杀死。警探们怎么也想不通，怎么会有人想杀这个早已吸毒成了脑残的女孩呢？这个名为多利·布朗的女孩四肢全是针眼，看上去即便没人来杀，她也会随时暴毙。她没有什么敌人，家里也没有钱。可是，的的确确，有人想杀她，而且已经发生过两次了。

第一次发生在一年之前，那也是瓦尔特梅耶主责的案子。她和她三十七岁的男友被人袭击，男友命丧黄泉，她也被击中了头部。此案至今未破，在瓦尔特梅耶看来，凶手的目标应该是她的男友，而这也应该是起涉毒案件。今年3月，多利·布朗终于从上一次枪伤中恢复过来，走出了大学医院。可是没过多久，当她走在迪维逊街上时，一个她不认识的人冲了上来，割破了她的喉咙。女孩竟然又活了下来，可是这一次，警探确定了，原来她才是凶手的目标。

在任何其他地方，半年之内发生两起对同一受害者的攻击，这足以让警探相信有人的确在密谋想要害她。可是，这是在巴尔的摩西区，在这里，这样的两起案件——没有其他任何证据证明其关联性——完全可能是个巧合。瓦尔特梅耶的推测是，多利的叔叔只是想利用她的恐惧敲诈她五千块钱——这五千块钱是马里兰州犯罪受害者赔偿委员会给她的赔偿金，这个组织会向那些暴力犯罪的受害者提供经济支持。她叔叔知道她有这笔钱，并且说，只要她把钱给他，他就会替她杀了那个想要杀死她的人。

当时，瓦尔特梅耶得到了马里兰州警局特别便衣小组的支持。他给多利以及她的姐姐瑟尔玛戴上了窃听器，让她们在受监控的情况下和她叔叔见面。叔叔再次问她们要钱，他的话被录了下来。一个星期之后，瓦尔特梅耶把他抓了起来，结了此案。

直到 7 月，多利·布朗案的本质才浮出了水面。一个名为罗德尼·瓦斯——这可真是个样板式的罪犯名字啊①——的凶案嫌疑人为了减刑开始主动交代了。一旦罗德尼·瓦斯开口，此案的面目就瞬然变得疑云重重了。

瓦斯是一起谋杀案的中间人。那起案子的受害者名为亨利·伯恩斯，是个巴尔的摩西区的中年男子。去年 10 月一个凉爽的早晨，当他刚走进车子并启动时，被人开枪打死了。调查结果是，死者的妻子付了瓦斯五千四百块钱，让他请一个杀手杀死自己的丈夫，而她则可以因此获得很多人寿保险赔偿。瓦斯负责把伯恩斯的照片和一把手枪给了一个名为埃德温·"康拉德"·哥顿的暴徒，并告诉他，伯恩斯每天早上都在他家排屋门口暖车。于是，哥顿逮住机会近距离射杀了伯恩斯，后者根本不知道是谁害了他的命。

这几乎是一起完美谋杀。只不过，伯纳黛特·伯恩斯没有管住自己的嘴巴。她竟然告诉自己在巴尔的摩社工服务中心的同事，是自己一手策划了此案，并自豪地说："我告诉过你，我是认真的。"她的同事感觉事情不对头，就报了警。斯坦顿的手下负责了此案。几个月后，伯纳黛特·伯恩斯、罗德尼·瓦斯和埃德温·哥顿都被关进了大牢且被起诉了。紧接其后，罗德尼·瓦斯和他的律师开始打起了同情牌，希望能用交代换来少于十年的量刑。

7 月 11 日，在米切尔法院的听证会上，瓦斯被问起他为何知道

---

① Rodney Vice，作者会这么说是因为 Rodney 有"流浪汉"的意思，而 Vice 则有"恶行"的意思。——译者

埃德温·哥顿有能力杀人。瓦斯不知所措地交代道，哥顿干这个已经有一段时间了。事实上，他长期受雇于一个巴尔的摩东区的女人，那个女人名为格拉尔汀。

那他杀过多少人？

就瓦斯所知，他杀过三四个人。这是他干成了的。还有一个人，他干了好几次竟然都杀不死，那就是格拉尔汀的侄女。

他尝试过几次？

三次。瓦斯说。最近一次，他朝那个女孩头上开了三枪，竟然也没法要了她的命。哥顿曾沮丧地对瓦斯说，"无论我做什么，这个婊子就是不死。"

瓦尔特梅耶和科洛奇菲尔德赶紧联系了多利·布朗。他们发现，格拉尔汀·帕里什的确就是多利的阿姨，而她的确又经历了一次险象环生的袭击——总共三次。5月的时候，她曾和格拉尔汀阿姨在一起闲逛。格拉尔汀说她要去拿些东西，让她在霍林斯街边等她。结果，没过多久，一个人冲了上来，朝她头部开了好几枪。再一次地，大学医院拯救了她；更加出人意料的是，她竟然没有向警察说起自己曾受过两次类似的袭击。麦克埃利斯特负责此案，他并不了解瓦尔特梅耶两个月前负责的敲诈案，于是，也就写了份报告，不再深究了。

终于，又一个传说在巴尔的摩警局诞生了。"杀不死"的多利·布朗——"黑寡妇"格拉尔汀·帕里什无助的侄女。

罗德尼·瓦斯对格拉尔汀小姐的了解还不止于此。他告诉听证会，杀死多利·布朗以兑现其价值一万二千美元的保险单并不是格拉尔汀的单一行为。她还有更多的保险单，犯过更多的谋杀罪。1985年，格拉尔汀的姐夫在戈尔德街上被人杀了，那也是埃德温·哥顿干的。还有，格拉尔汀位于肯尼迪街的排屋里曾有一个老房客，哥顿朝她开了两枪才把她杀死了。格拉尔汀小姐亲自让这个老妇人前往诺斯大道的中国餐厅买菜，然后通知哥顿前往，后者冷静地走向目标，近距离朝她背部开了一枪，然后在她倒下之后，又冲着她的脑袋给了致命一击。

　　警探们离开法院时都默默做着计算。三起谋杀，三起谋杀未遂——而这仅仅是瓦斯所知的。他们回到警局，从档案库里调出了三年以来的谋杀案卷宗。

　　出人意料的是，卷宗所写完全证实了罗德尼·瓦斯的话。1985年11月，弗兰克·李·罗斯——格拉尔汀的姐夫——被人枪杀。此案由加里·登尼甘负责，当时，这位警探完全找不到杀人凶手的动机。而那个寄居在格拉尔汀肯尼迪街排屋的老妇人则叫海伦·莱特，六十五岁，那是马尔文·斯诺负责的案子；这位警探也没有找到此案的线索，只好假定有人想抢劫她，失手之后便杀了她。斯诺也不是没有怀疑过格拉尔汀·帕里什，他还想过要给她做测谎；可是，道高一尺魔高一丈，格拉尔汀出示了一张心血管医师的证明，说自己的健康情况承受不了测谎，于是此事只好作罢。和瓦斯说的一样，海伦·莱特在死之前的几个星期，还曾遭受过一次攻击。有人冲她头上开枪，她活了下来——可这一现象也被当作巧合忽略了。

　　新的证据潮涌而来，成立特别调查小组在所难免。瓦尔特梅耶——因为他是多利·布朗敲诈案和第一起袭击案的主责警探——被调至斯坦顿底下加里·钱尔斯的分队。麦克·科洛奇菲尔德——伯纳黛特·伯恩斯案的主责警探——和柯瑞·贝尔特——西区分局的干将，他在卡西迪一案中的表现堪称上佳——也加入了进来。在此之前，贝尔特已经回到了西区的行动小组，这次是受斯坦顿之邀，专门过来负责调查格拉尔汀·帕里什的。

　　他们的首要工作是审讯多利·布朗以及格拉尔汀的其他亲戚。随着每个人的讲述，此案变得越发扑朔迷离。这个家族里的每个人似乎都对格拉尔汀的所作所为了然于心，可是，他们也都默认她以人命换保险金的行为是无可厚非的家族生意。没有人因此而报警——比如说，多利就没有在因敲诈案报警时谈起过自己的阿姨——但是，更让人吃惊的是，他们中的大多数人都签署过保险协议，而那些协议的受惠人都是格拉尔汀。侄女、侄子、姐妹、姐夫妹夫、房客、朋友、邻居——警探们发现，要是所有这些双重赔偿的保险单都得以兑现，那格拉尔汀就是个百万富翁了。然而，当他们中的某个人被杀时，却没一个人站出来表达哪怕是一丝的恐惧。

他们真正害怕的是她。至少，他们自己是这么说的——这不但是因为他们知道格拉尔汀·帕里什随时都有可能雇凶杀了他们。他们之所以害怕她，是因为他们觉得她有超能力，她懂巫术、懂妖法。她可以用意念控制人，让他娶她，或替她谋财害命。她对他们是这么说的，然后，随着有人逐渐死去，他们竟然都信以为真了。

可是，只有这个家族的人才信格拉尔汀这一套。她是个信道者，却又是一个半文盲。她有一辆灰色的凯迪拉克，她家的排屋装着隔板，天花板都烂了。她很胖，而且很丑——她完全是个不会被男人喜欢的女人，但她还喜欢戴假发，涂猩红色的唇膏，这种廉价的审美品位堪比宾夕法尼亚大道上二十块钱就能干一炮的流莺。当她被捕时，她已经五十五岁了。

钱尔斯、凯勒和瓦尔特梅耶对两个排屋中保险单的搜寻工作耗费了好几个小时。在搜查工作完成之前，格拉尔汀便被东区的囚车带走了。她早早地来到了凶案组的审讯室里，等待警探们归来。钱尔斯和瓦尔特梅耶回来时发现她正面无表情地坐在审讯室里。他们也没第一时间开始审问，而是又花了个把小时，在咖啡室里把两个排屋中的保险单、相册和其他文件都理了一遍。

两位警探很快就注意到，这些文件里有好几张结婚证。就他们计算，这个女人至少和五个男人同时拥有婚姻关系，这其中有两位和她一起住在肯尼迪街的排屋里，并被作为目击者带到了市局。此时此刻，这两位正呆若木鸡地坐在"金鱼缸"的沙发上。在此之前，他们都以为对方只是这幢排屋里的一个普通租客，都以为自己才是这里的主人，也都签下过一纸保险单，将格拉尔汀·帕里什和她的母亲作为受益人。

约翰尼·戴维斯是其中年长的一位。他告诉警探们，他是在纽约认识格拉尔汀的。虽然他有抵抗过，但还是害怕格拉尔汀，被她胁迫带回到巴尔的摩，和她结了婚，并住进了肯尼迪街排屋的地下室。他是个残疾人，每个月月初，格拉尔汀都会没收他的残疾人补助金，然后分给他几块钱，让他买吃的。另一个丈夫名为米尔顿·伯恩斯，他其实是格拉尔汀的侄子。格拉尔汀是在两人共同前往卡罗来纳探亲时提出要和他结婚的，当时，米尔顿还以乱伦为由反对。

"那你为什么还是答应了？"钱尔斯问他。

"我没办法。"他说，"她对我施了法，我只能按她说的做。"

"她是怎么施法的呢？"

伯恩斯说，格拉尔汀给他做了一顿掺和着她月经血的饭，逼他吃了下去。然后，她告诉他，他已经中了邪，被她控制了。

钱尔斯和瓦尔特梅耶互看了一眼。

伯恩斯继续讲述道，即便在此之后，他也抵抗过，可是他的阿姨把他带到了临近城市的一个老头家。这个老头肯定地对伯恩斯说，他和格拉尔汀并没有血缘关系。

"这个老头是谁？"钱尔斯问。

"我不知道。"

"那你为什么相信他？"

"我不知道。"

简直难以置信——到底什么能解释这些谋杀案的发生呢？恐怕只有人类自身的疯狂了吧。警探们告诉米尔斯·伯恩斯，住在地下室的那个老头也是格拉尔汀的丈夫，米尔顿大吃一惊。警探们继续解释道，他和那个老头都不过是格拉尔汀的待宰羔羊，他们都不过是她换取高额保险金的道具。米尔顿的下颚简直要掉下来，再也合不拢了。

"瞧瞧，"钱尔斯在办公室的另一端说，"很明显，他就是下一个要被谋杀的人。他的头上简直就写着卷宗的序列号。"

通过查看结婚证和其他文件，瓦尔特梅耶判断，格拉尔汀的第三位丈夫是身在新泽西州的普兰菲尔德，虽然他无法判断此人是否还活着。第四个丈夫在海格城监狱服刑，他因贩卖枪支被判了五年。第五位丈夫名为雷菲尔德·吉利亚德牧师。他和格拉尔汀是在今年1月结的婚。警探还不知道这位好心肠的牧师在哪里。然后，钱尔斯查看了一下今年未受理的死亡案件，结果明了了：这位七十九岁的牧师在结婚一个月之后就惨遭杀害；法医鉴定说是自然死亡，但他们没有执行尸检。

警探们也发现，格拉尔汀其中的一个相册里夹着一张吉利亚德牧师的死亡证明。不仅如此，这里面还有格拉尔汀·加农——她十三岁的侄女——的死亡证明。死亡证明的旁边夹着一张报纸剪纸，据报道，1975年，这个在格拉尔汀监护下的小女孩因服用氟利昂过量死亡——据说这是一场意外，而法医则认为有可能是往体内注射了除臭剂。警探们在后面的一页发现了这个小女孩的保险单，价值两千美元。

在同一本相册里还有好几张最近的照片，照片里是格拉尔汀和一个女婴。警探们很快就了解到，这是她从她侄子那里买过来的小孩。那一星期的晚些时间，警探们了解到，这个婴儿身处格拉尔汀的亲戚家。紧接其后，他们发现这个婴儿的身上担着至少三张人寿保险，价值六万美元。于是，他们把婴儿交给了社工部门。

格拉尔汀想要谋财害命的人简直数不胜数。有个男人曾在巴尔的摩东北部的森林里遭到殴打，然后被丢在那里活活等死；可是，他活了过来，警探们在康复医院里找到了他。格拉尔汀有他的保险单。还有格拉尔汀的妹妹，此人早在几年前就不知所因地死去了。在另外一个相册里，钱尔斯发现了一张 1986 年 10 月的死亡证明，死者名为阿尔伯特·罗宾逊，死因是他杀。

钱尔斯拿着死亡证明，在 1986 年巴尔的摩的凶案卷宗里翻找了起来。

罗宾逊，阿尔伯特　黑人/男性/四十八岁

10/6/86，枪杀，无疾病现象，4J - 16884

这是里克·詹姆斯的案子。它已经过去两年了，至今未破。钱尔斯拿着死亡证明回到办公室，走到了詹姆斯身边，后者正百无聊赖地吃着主厨推荐色拉。

"还记得吗?"钱尔斯把死亡证明递给了他。

詹姆斯看了一眼。"你从哪儿拿来的?"

"'黑寡妇'的相册。"

"没开玩笑吧?"

"我是认真的。"

"我操!"詹姆斯跳了起来，握住了钱尔斯的手，"加里·钱尔斯替我破了案!"

"嗯，好吧，我也是得来全不费工夫。"

阿尔伯特·罗宾逊来自新泽西州的普兰菲尔德，是个毒瘾患者。当他们发现他时，他正躺在克利夫顿公园边上的巴尔的摩—俄亥俄铁路铁轨上，头部中枪。经测试，他体内的酒精含量为 4.0，比酒驾罪的量刑标准高出四倍。詹姆斯从来就没想通过，为什么一个新泽西北部的瘾君子会死在巴尔的摩的东部呢。他曾猜测，这个无业游民实在无聊，于是搭车打算来巴尔的摩玩一趟，结果却被某人因不知所以然的理由杀死了。

"她和阿尔伯特是什么关系?"詹姆斯突然好奇起来。

"我不知道。"钱尔斯说，"但是，我们了解到，她曾在普兰菲尔德生活过一段日子。"

"难怪。"

"……我猜十有八九应该能从那堆东西里找到这个人的保险单。"

"哇，你真是个大好人啊。"詹姆斯说，"千万要继续下去哦。"

在审讯室里，格拉尔汀·帕里什整了整她的假发，对着化妆盒里的小镜子又化了一次妆。她很镇静，事到如今还如此在意自己的妆容。而且，她的胃口也很好：警探们给她从"疯狂约翰家"买了一个吞拿鱼三明治，她不紧不慢地全吃掉了，还不忘吮吸手指，把口红全染在了指尖上。

二十分钟后，她要求上厕所。艾迪·布朗带她走到女厕所门口，让她自己走了进去。可是，她竟然说让他进来。布朗笑着摇起了头。

"您自个儿解决吧。"他说。

她在厕所里蹲了五分钟。等她出来的时候，嘴唇上已经涂上了全新的口红。"我得吃药了。"她说。

"好吧。你吃什么药啊?"布朗问，"你的包包里有二十多种药呢。"

"全部都得吃。"

艾迪·布朗的脑子里浮现出她因服药过量而发疯的场景。"不，你不能全都吃。"他领着她往办公室走，"我能让你吃三种。"

"我有权利。"她痛苦地说，"宪法赋予了我吃药的权利。"

布朗笑着摇了摇头。

"你在笑什么呢? 你这种人，真应该信上帝……那样你就不会随随便便就嘲笑别人了。"

"你是在向我布道吗?"

格拉尔汀回到了审讯室，钱尔斯和瓦尔特梅耶也跟了进来。四位警探携手对付"黑寡妇"。他们把保险单一张又一张地搁在桌面上，并一次又一次地向她解释道，她就是个杀人犯，无论扣动扳机的是不是她。

"格拉尔汀，如果你就是某人被枪杀的原因，那你就犯了杀人罪。"瓦尔特梅耶说。

"你们能让我先吃药吗？"

"格拉尔汀，听好了。你已经因三起谋杀案被起诉了，而我们完全有理由相信你犯下的罪比这多得多。所以，你最好如实交代……"

格拉尔汀·帕里什盯着天花板，开始说起了胡话。

"格拉尔汀……"

"我不知道你们在说些什么，警察先生，"她突然说，"我可没杀人。"

警探们放弃了。要想从她嘴里套出口供已经不太可能。他们把她留在审讯室里，回到办公室写申请文件，打算把她送往市拘留所。她靠在桌上，头抵着桌面，一副痴呆样。杰·朗兹曼走了过来，透过单面玻璃窗看了她一眼。

"就是她？"朗兹曼是来上下午 4 点到半夜 12 点的班的。

"可不是么？"艾迪·布朗说，"就是她。"

朗兹曼一脸邪笑，突然大力打开审讯室的门。格拉尔汀被吓得从椅子上跳了起来。

"呜呜呜呜呜啊啊啊啊啊啊啊！"朗兹曼鬼哭狼嚎起来，"呜呜呜呜呜啊啊啊啊。杀杀杀杀杀人人人人啦……杀杀杀杀杀人人人人人啦……"

"天呐，杰！瞧你干的好事！"

格拉尔汀窜到了桌底下，四肢朝地，像只发疯的绵羊般叫了起来。朗兹曼高兴极了，继续冲着她大叫着。

"呜呜呜呜呜啊啊啊啊啊。"

"啊啊啊啊啊啊啊！"格拉尔汀尖叫着缩在了桌底下。

"呜呜呜呜呜啊啊啊啊啊啊。"

格拉尔汀是待在桌底下不会出来了，而朗兹曼则像个英雄凯旋一般回到了办公室。

"好吧。"他一脸坏笑着说，"这人可能会因精神失常而做无罪辩护哟。"

　　也许吧。虽然每个警探都知道，格拉尔汀·帕里什的心智完全正常。她不过是在演戏而已。无论从哪个方面来看，格拉尔汀都是个极富心计、长于操控他人心理的女魔头。她的亲戚早就告诉过警探们，她到最后肯定会被无罪释放，她杀多少人都是无辜的，因为，至少有四个医生可以证明她的脑子有问题。一个变态狂？有可能。一个心智不成熟的人？有可能。可是，一个心智失常的人？哼。

　　早在一星期前，早在搜查证被打印出来之前，瓦尔特梅耶就拿到过一份FBI的权威资料，说的是典型"黑寡妇"连环杀手的心理素描。据这份由匡蒂科FBI学院行为科学中心提供的文件，典型的"黑寡妇"连环杀手大多超过三十岁，她长得可能并不漂亮，却会竭力夸张自己的性能力，并相当在意自己的外貌。她很有可能患有强迫症，并喜欢把自己当成受害者。她认为自己高人一等，如果有人胆敢不尊敬她，她就会发怒。她会极度夸大自己对他人，特别是男性的控制力。这份心理素描简直就是为格拉尔汀·帕里什量身定做的。

　　在审讯完之后，罗杰·诺兰和特里·麦克拉尼看押格拉尔汀·帕里什前往市拘留所。三人走在市局六楼的走道里，诺兰负责殿后。

　　"我们刚刚走到电梯口，她突然停下脚步，弯下了腰。"在此之后，诺兰对同事们回忆道，"好像她想骗我一下子不小心撞上她那大屁股似的。我觉得，她就是这么想的……她以为，如果我觉得她的屁股不错，我就会爱上她，就会拔枪把特里·麦克拉尼干掉，然后牵着她的手，开着雪佛兰车，驶入斜阳余晖。"

　　诺兰对格拉尔汀的心理分析或许是正确的。作为茶余饭后的谈资，这已经足够了。可是，对于瓦尔特梅耶而言，这种点到为止的分析还远远不够。格拉尔汀·帕里什的脑袋里到底在想什么？瓦尔特梅耶所了解的，还只是冰山一角。其余警探尽可以吹嘘他们对这个女人的了解，而瓦尔特梅耶的工作却是实打实的：她到底杀了几个人？她到底是怎么杀了他们的？到底有几起可以找到强有力的人证物证从而成功起诉？

瓦尔特梅耶从来就没有接过类似的案子。格拉尔汀·帕里什案就是他警探生涯的盖棺定论之作。只有富有经验的老探员才能挑战这样的案子。银行账单、保险记录、陪审团成员筛选、开棺验尸——当他还是巡逻警的时候，他从来就没做过这些事。当他还在街头时，他的工作是按轮班来分隔计算的，今晚轮值中发生的事情和明晚发生的事情不会有太大干系。即便是在凶案组，当警探把嫌疑人抓起来之后，他们也很少再去思考这起案子了。但是，就格拉尔汀案来说，逮捕只是一个开始，这是一个漫长而又熬人的旅程。

两星期之后，唐纳德·瓦尔特梅耶、柯瑞·贝尔特和马克·克韩——一个州助理检察官——会一起来到新泽西州的普兰菲尔德。他们造访了阿尔伯特·罗宾逊的家人和朋友，找到了格拉尔汀其中一位仍在世的丈夫，对相关银行和保险公司发出了传票。此案的大多数证据都会涉及跨州作业，这些繁琐的工作通常会让巡逻警感到厌倦。可瓦尔特梅耶却出色地完成了。当三人回到巴尔的摩时，他们找到了阿尔伯特·罗伯逊从普兰菲尔德来到巴尔的摩东部并就此遭到杀害的原因。

警探们再次把格拉尔汀从拘留所里带到了审讯室。他们再次把保险单放在桌面上，并向她解释什么才算谋杀。

"我不知道你在说什么。"格拉尔汀对瓦尔特梅耶说，"我可没开枪杀过任何人。"

"好吧，格拉尔汀，"瓦尔特梅耶说，"不管你说的是不是实话，我都无所谓。我们把你带到这里，是想告诉你，我们还要就一起谋杀案起诉你。阿尔伯特·罗宾逊，还记得他吗？"

"谁？"

"一个新泽西人。你把他杀了，并领了一万保险金。"

"我可没杀人。"

"好吧，格拉尔汀，好吧。"

格拉尔汀·帕里什又戴着手铐离开了凶案组。瓦尔特梅耶没有发飙，而是接着继续调查，他想知道，吉利亚德牧师是怎么死的。这个女人已经被捕，并因四起谋杀案被起诉。可是，警探的工作并没有结束。他的工作细致而又乏味，可恰恰是这样的工作，才比一起刚刚发生的街头谋杀案更能显示出一位警探的能力。

帕里什案发生数月之后，有一次，麦克拉尼刚好路过瓦尔特梅耶的办公桌。他凑巧听到瓦尔特梅耶正在冷静而又真诚地教诲柯瑞·贝尔特——这位因帕里什案再次被调入凶案组特别小组的分局天才。当时，贝尔特正在发火，有个证人硬着头皮不肯说实话，而贝尔特则想用西区分局的惯常手段对付他。

"这要是在西区，"贝尔特对瓦尔特梅耶说，"我们就会把这个婊子养的一把推到墙边，揍到他神志清楚为止。"

"别。听我说，这里可不是分局，你现在也不是巡逻警。这种事情在这里行不通。"

"谁说行不通的？"

"别。听我说。在这里，你需要的是耐心，还有你的脑子。"

麦克拉尼偷听了一会儿，然后高兴地离开了。这简直太神奇了——瓦尔特梅耶竟然在教训另一个巡逻警改掉从街头执法沿袭而来的习性。好吧。虽然"黑寡妇"罪孽深重罄竹难书，但她至少做了一件好事：把一个巡逻警成功改造成了警探。

8 月 2 日，星期二

夏日午后。伍德兰大道上的贩毒点。一具尸体倒在地上。突然之间，这条街上人群的肤色变得格外刺眼。死去的男孩是个黑人，而站在他身边的警察全是白人。围观的人越来越多。

"感觉要出事了。"一位年轻警督看了警戒线另一边一眼，他发现，那一边的人个个怒目圆睁，"我们还是赶紧收拾尸体走人吧。"

"别担心。"里奇·贾尔维说。

"我只有六个人，"警督说，"我得叫更多人过来，可他们也有自己的工作。"

贾尔维翻了翻白眼。"操他妈的，"他轻声说，"放心吧，他们不会动手的。"

他们从来都不会动手。贾尔维已经负责勘查过数以百计的现场了，他从来就没碰到过围观群众闹事的情况。就他看来，只要他们不越过警戒线，他们想骂人就让他们骂去吧。但凡有人越雷池一步，那就把他送进警车。就这么简单。

"操，赶紧给他盖上，你们总得对死人有点尊重吧！"警车的另一边，一个胖女人叫道。

围观群众纷纷表示赞同。胖女人越发放肆了，继续说道："好吧，对你们来说，他只不过又是一个挂了的黑鬼，是吗？"

一个制服警赶紧给尸体盖上了一层白色塑料布。贾尔维瞪了鲍勃·麦克埃利斯特一眼。

"别这样啊，"麦克埃利斯特明白这位搭档为什么生气，"这不过是个装饰。"

男孩的尸体仍然待在大马路上。犯罪实验室的人员迟到了。在此之前，他们正在城市的另一边负责另一起案件。他们正在往这边赶。这是一个 8 月的大热天，可是，在犯罪实验室工作的人只有区区四个——虽然本市此起彼伏的犯罪行为让现场鉴定人才成了稀缺货，但这一工种可怜巴巴的工资却总是令人望而却步。黑人男孩的尸体在街头横陈了整整五十分钟，在他的同胞看来，这完全是警局对种族歧视肆无忌惮的一种公开表现。可是，贾尔维还是坚持强硬路线。操，他想，这个男孩已经死了，他到底躺在哪里根本不重要。如果这些人以为一个训练有素的凶案组警探会对半个街区的愤怒围观者屈服，草草了事收拾现场离开，不好意思，只能说，他们根本不了解警探。

"喂！你们到底还想让这个黑人孩子躺多久啊？"一个老头叫了起来，"你们根本不关心他父母的感受，是吗？！"

年轻警督紧张地聆听着，时不时地看着手表，而贾尔维则沉默不语。他脱掉眼镜，揉了揉眼珠子，然后走到尸体旁边，慢慢地掀起了白色塑料布，看了眼死者的脸。他就这样看了半分钟，然后再盖上了，走了开去。他是想告诉这些围观者，他才是对这具尸体具有决定权的人。

"操啊，实验室的人呢？"警督不安地抚摸着对讲机。

"操，别管他们，"贾尔维说。他的同事们渐渐受制于围观者的抗议，这让他很生气。"这是我们的现场，做主的是我们。"

其实，这个现场也没什么好勘查的。死者名为柯内留斯·朗力，是个年轻的毒贩子。他被人枪杀了，倒在了伍德兰大道 3100 号的人行道边上。围观者人数众多，却没有一个人主动上前向警探提供任何相关信息。无论如何，这是目前在附近发生的唯一案件，由贾尔维和麦克埃利斯特负责的案件。这些人，难道就看不明白吗？

二十分钟之后，实验室人员终于赶到了。而在此之前，围观者们便失去了继续和警察们对峙的兴趣。当他们开始拍照片，把.32 自动手枪的子弹装入物证袋时，伍德兰大道上的居民们已经不再那么愤怒了，他们仅存一丝好奇心。

但是，现场勘查快要结束的时候，事态又产生了变化。伍德兰大道的另一头，死者的母亲大声嚎哭着冲了过来——好吧，她连尸体都还没看着一眼就已经崩溃了。大批人群再次围拢过来，母亲的到来又一次点燃了他们的怒火。

"你们太残忍了，就让她看到这副光景。"

"喂，这人可是他妈啊。"

"说了也是白说。这些条子，全是狼心狗肺。"

麦克埃利斯特走到母亲身边，挡住她的视线，请求她的亲戚把她带回家。

"说真的，你待在这里也干不了什么，"母亲还在尖叫哭泣着，"我们会第一时间去你家的。"

"有人冲他开枪？"男孩的叔叔问。

麦克埃利斯特点点头。

"他是被打死的？"

麦克埃利斯特再次点头。母亲快要昏过去了，她靠在另一个女人身上，后者扶着她，把她带回到一辆庞蒂克牌轿车内。

伍德兰大道接近公园高地道的那一头，更加戏剧性的场景正在发生。一个小男孩指着一个高高瘦瘦的旁观者叫喊道："就是他！"一个制服警听到了他的叫喊声，"当他们开枪杀死他时，这个人也在现场，他逃了。"

制服警朝这个高高瘦瘦的人走去，而他立刻转过身跑了起来。另外两个制服警赶紧追了上去，终于在公园高地道的街角把他制服了。他们从他身上搜出了一小袋海洛因，并呼叫了囚车。

在半个街区之外，贾尔维被告知有个人被抓了，但他还是无动于衷地耸了耸肩。这人肯定不是凶手，他想。凶手怎么可能在事发半小时后还在现场围观呢？或许是个目击者，也有可能只是旁观者。

"好吧，把他带去凶案组。"警探说，"谢谢了。"

就通常情况而言，在伍德兰大道——皮姆利科区域的贩毒天堂——逮了一个瘾君子毫无意义。就通常情况而言，贾尔维理都不会理他，只是对这具死尸束手无策到绝望。可是，在这个夏天，这样一个瘾君子——有人认出了他，有人抓到了他，还从他口袋里摸出了一包毒品——便足以让贾尔维觉得信心满满，觉得此案告破在即了。

从今年年初开始，贾尔维就被幸运女神眷顾着。起初是2月份的勒娜·卢卡斯案，然后是4月的几个小案子——一个稍许棘手的谜案，两个白痴都能破的案子，凶手皆在一两星期内被抓了。全都是些不费吹灰之力的案子：只能说每个警探都有属于他的幸运周期，贾尔维并没有在意。可是，6月底，当温切斯特街上的案子发生时，一些堪称"神迹"的事情接踵而至。

当贾尔维和麦克埃利斯特赶到现场时，他们发现现场的物证仅有两堆血迹和一颗变形的子弹。要不是第一个赶到现场的是鲍比·比耶米勒——这位西区的巡逻警是麦克拉尼的酒搭子——警探们所能得到的可能比这还要少。

"我送了两个去你们办公室。"比耶米勒向他们解释道。

"是目击证人?"

"不确定。我到这儿的时候他们就在这里，所以我就把他们给逮了。"

鲍比·比耶米勒可是个人物。这个出生于贫民区的巡逻警不但是麦克拉尼的好友，而且还曾被巴尔的摩凶案组评选为"贫民窟凶杀案最佳第一现场警官"。多年之前，当贾尔维第一次做主责警探时，比耶米勒也是当时的第一现场警官——那是一起发生在斯库尔街上的出租车司机谋杀案。贾尔维很珍惜那一段美好记忆，那个案子最终告破了，其中当然有比耶米勒的功劳。比耶米勒是个好人啊。

"好吧，"麦克埃利斯特兴高采烈地说，"到底是谁那么不幸被你剥夺了自由呢?"

"我想其中一个是这个家伙的女朋友。"

"是么?"

"可不是么。她完全就疯了。"

"干得好!"贾尔维平时不怎么表扬人，这次却毫不吝啬，"那这个家伙人呢？"

"在大学医院呢。"

警探们赶紧前往医院。救护车仍然停靠在急救室走道的门口。贾尔维朝里面看了一眼，一个黑人医护人员正在冲洗救护车上的血迹。

"怎么样？"

"我很好。"医护人员说。

"我没问你。我问的是他。"

医护人员笑着摇了摇头。

"遇见你是我今晚的不幸。"

男孩没赶到医院就去世了，虽然医生们还是徒劳地打开了他的胸腔，企图让他的心脏再跳起来。不一会，一个实习医生冲着护士长大叫了起来，让她赶紧把死尸从优先治疗区运走。

"快点，"医生喊道，"一个被开膛破肚的人马上就要到了。"

巴尔的摩市的星期六之夜。

"开膛破肚。"贾尔维饶有趣味地重复道，"这个城市，简直太棒了。"

大学医院无法让死者生还——在通常情况下，这意味着此案将变得棘手，将是一起没有可靠目击者和物证的案子。可是，在凶案组的办公室里，死者的女友如实交代了。据她说，凶手是个叫泰迪的男孩，他之所以杀了她的男友是因为后者欠了他八块钱。她说事发之时，自己并没有在现场，而她也曾乞求过泰迪放过她男友一马，不要用枪。第二天，麦克埃利斯特和贾尔维来到温切斯特街 1500 号，找到了两个目击证人。

如果时光倒转再来一次的话，贾尔维就会去附近的天主教教堂祈祷一下。可惜的是，当时的他并没有这么做。他只是打了一份逮捕令，然后就把此案忘记了，重新投入日常轮值工作。他以为，它和前几个月的案子一样不费吹灰之力。

一星期之后，里奇·贾尔维才真正意识到，自己最近可不只是幸运而已，他简直就是上帝的宠儿。7月的一个晚上，菲亚菲尔德的"保罗"酒吧发生了一起抢劫杀人案，死者是该酒吧的老调酒师。案发当时，在这里喝酒的人全都已经酩酊大醉，他们连自家的钥匙都认不清楚，更别提认清那四个闯进大门的匪徒了。幸好，当匪徒们驾驶着一辆金色福特车驶离酒吧时，一个刚好在停车场里的男孩看清了车牌号。

谢主荣恩。

警探们很快就查到，这辆车属于一个叫做鲁斯维尔特·史密斯的人，他住在巴尔的摩的东北部；警察第一时间赶到那里，发现金色福特车的确停靠在门口，它的引擎都还是热的呢。他们把鲁斯维尔特·史密斯带到凶案组，刚开始的两小时，史密斯怎么都不肯招。

"我觉得事情是这样的，"这一次，贾尔维并没有穿他那一身垫肩西装，"调酒师的伤口是在脚上，他是在吧台里面死掉的，所以，我觉得这只是一场意外。"

"我对天发誓，"鲁斯维尔特·史密斯说，"我对天发誓我没有杀任何人。你觉得我看上去像会杀人的人吗？"

"我不知道。"贾尔维说，"会杀人的人应该长成怎样？"

又过了一小时。史密斯终于招供了。他说，自己只不过是个负责开车的，他从这次抢劫里分得了五十块钱。他还招出了他侄子的名字，他说，他侄子是具体执行抢劫的人。他不认识另外两个人，可他侄子认识。出人意料的是，仿佛是为了让此案的调查有条不紊地进行，史密斯的侄子于当天早晨自首了。麦克埃利斯特对他运用了他擅长的"看在老妈的分上还是认罪吧"审讯技巧。

"我我我妈妈病了，"史密斯的侄子口吃很严重，"我我我得赶赶赶紧回家。"

"好吧，我猜你妈应该很以你为荣吧，是吗？她会这么觉得吗？"

十分钟之后，史密斯的侄子哭着捶着审讯室的门，呼唤着警探回来听他招供。他果然还是看在他老妈的分上，给出了另外两个人的名字。贾尔维、麦克埃利斯特和鲍勃·伯曼赶紧申请了搜查令，在当天黄昏时分赶往东巴尔的摩的两个地方。他们在米尔顿大道的一幢房子里找到了其中一个嫌疑人，并搜到了一把.45口径来复枪——据目击者说，此人曾用这把枪胁迫过他们；在第二幢房子里，他们找到了维斯特里·布兰奇——一个矮个子的恶棍，正是他开的枪。

可是，警探们并没有找到凶器——一把.38左轮手枪。和其他共犯不同，布兰奇怎么都不肯招供，这让警探们很难办，没有物证很难起诉他。不过很快，凶器就变得无所谓了。三天之后，微量物证实验室从酒吧收银台旁边的柯尔特45牌麦芽酒瓶上提取的指纹被证明的确就是布兰奇的。

指纹、车牌号、目击证人——贾尔维有如神助。他俨然已成破案之神，所到之处，无案不破。那个幸运地在酒吧收银台上找到的指纹本应让他意识到上帝对他的眷顾。说实话，他早就应该去拜一拜了。他不但应该拜一拜，而且应该向上帝献祭一个处女或自己的警徽。哪怕是点上一支蜡烛，祈祷几句，这个世界的总指挥官也会觉得他对他的庇护是物有所值的呀。

可是，贾尔维什么也没有做。他又回到了办公桌边，准备接起下一个派遣电话——一个无知的人，一个不懂因果报应的人。

此时此刻，当贾尔维站在这具涉毒凶杀案的死者尸体之前时，他更不会祈祷上苍了。一切都唾手可得，又何必大动干戈呢？他当然不确定那个被送往凶案组的高瘦男孩是否了解此案；他当然还不知道，此人正在保释期，从他身上搜出的那一小包毒品足以让他重回监狱待上五年；他当然也不知道，这个人的确认识其中一个凶手，并和他一起关过大牢。

然而，这一切都成真了。一个小时之后，贾尔维和麦克埃利斯特处理完伍德兰大道上的现场，回到凶案组。在审讯室里迎接他们的是一个极度配合的目击者，此人名为赖斯。

"我还在保释期，"这个家伙向贾尔维求情，"任何指控都会让我重回大牢。"

"赖斯，起不起诉的，那可不得看你的表现么？"

这个高高瘦瘦的家伙点了点头，双方就此达成了默契。如果一个人正在保释期，他想以配合交代换取免予起诉，而他现今所犯又是重刑，那么只有检察官才有资格和他谈判；可是，这个家伙不过是私藏了一小包毒品而已——只要警探给分区法院州检察官打个电话通知一声就行了。贾尔维一边请另一个警探给西北区分区法院检察官打电话，一边开始聆听赖斯的讲述。

"凶手有几个人？"贾尔维问。

"三个。但我只认识其中两个。"

"叫什么名？"

"有一个叫'石头'，他是我的狱友。"

"他真名叫啥？"

"我不知道。"赖斯说。

贾尔维可疑地瞪了他一眼："你说他是你的狱友，但你竟然不知道他的真名？"

赖斯笑了笑，他知道，自己的谎言很低级。

"麦克金森。"他交代道，"瓦尔特·麦克金森。"

"那另一个呢？"

"我只知道他叫格伦，是个从诺斯和普拉斯基来的人。'石头'和他是一伙的。"

贾尔维花了半小时在警局电脑系统里搜索了一番，很快就对号入座了。利透尔·格伦·亚历山大曾是西诺斯大道一场屠杀案中的主犯。麦克金森也不是省油的灯，曾在1981年因杀人进了大牢。亚历山大和麦克金森想扩张他们在皮姆利科的地盘，在那里向公园高地的瘾君子们发放免费的毒品小样。可那里本就不是他们的地盘，有一个叫做柯内留斯·朗力的小毒贩子看不惯他们的猖獗行径，于是和亚历山大吵了起来。亚历山大势处下风，像麦克阿瑟将军一样丢下一句"我会回来的"，便逃之夭夭了。而事实上，他也的确像麦克阿瑟将军一样回来了。

当天晚些时间，一辆金色的沃尔沃驶入伍德兰大道。那个时候，赖斯刚好从帕尔马公寓走出来——他是在那里买的毒品。他刚走上伍德兰大道，就看到麦克金森拿枪指着柯内留斯·朗力。

"当时格伦在哪里？"贾尔维问。

"在麦克金森背后。"

"他也拿着枪吗？"

"是的。但我想应该是麦克金森开的枪。"

朗力誓死不屈。他看见三个男人冲出沃尔沃，执枪向他冲来，可他依然面不改色地站在原地。当时，他的弟弟迈克尔和他在一起。而当朗力中枪倒地时，迈克尔便撒腿跑掉了。

"那朗力有枪吗？"

"我没看见。"赖斯摇着头说，"我要是他的话，那就带上枪。那些从诺斯和普兰斯基来的人，从来就是动真格的。"

贾尔维让赖斯更详细地讲述了一遍，花了八九张纸才把整个事件的来龙去脉记清楚。在贾尔维看来，赖斯的利用价值到此为止了——即便他们还是因藏毒罪起诉他，他也不是一个合格的目击证人。他的犯罪记录罄竹难书，两条胳膊上全是针眼，对陪审团来说，这样的人是不具备可信度的。不过，贾尔维已经有了一个比赖斯更可靠的人选——迈克尔·朗力。麦克埃利斯特下楼给赖斯买了一罐苏打水。这个高高瘦瘦的男人放松了下来。他靠在椅背上，瘫坐了下来。

"吸毒上瘾真不是个好事啊。"他说，"成天被你们追在屁股后面，安稳觉都睡不上一个。生活如此艰辛，你不觉得么？"

贾尔维笑了起来。半小时后，西北分区法院的免诉文件抵达了凶案组，赖斯签下自己的大名，然后下楼坐进了雪佛兰车拥挤的后座。贾尔维开着车，驶上了琼斯·福斯高速公路。当雪佛兰路过科德斯普林大道和普尔摩尔街的路口时，他的头低了下来，躲在了窗户下面，显然怕被人看到。

"我把你送到皮姆利科街还是怎样？"贾尔维温和地说，"这里安全吗？"

"就这里行了。路上没什么人。把车停在路边。"

"赖斯，保重啊。"

"哥们儿，你也是。"

赖斯像一个幽灵一般溜出车门。交通灯变成绿色之前，他就已经快步走到了半个街区之外。他没有往后看。

第二天早上，贾尔维和麦克埃利斯特先是拿了尸检报告，然后来到了死者朗力的家。麦克埃利斯特故技重施，对死者的母亲动情地讲述起来——这一招是他的专利，名为"还死者一个说法"演讲术。贾尔维听着麦克埃利斯特假惺惺的说辞，简直快要吐了。麦克埃利斯特怎么不单膝下跪再夸张一点呢？他想。无论如何，就怎样和悲伤的母亲打交道这一点而言，麦克完全是个大师级的艺术家。

麦克埃利斯特的重点是迈克尔·朗力。他是整个事件的目击证人。现如今，他并没有留下来为他哥哥伸张正义、指证凶手，而是带上了行李，一路朝南狂奔，躲进了朗力家位于卡罗来纳州的祖产里。让他回来吧，让他来找我们吧，麦克埃利斯特对朗力的母亲说，让他回来替他哥哥报仇吧。

麦克埃利斯特成功了。一个星期之后，迈克尔·朗力回到了巴尔的摩，并来到了凶案组。他很快就从一堆照片里指认了格伦·亚历山大和瓦尔特·麦克金森。顺风顺水，贾尔维开始撰写对这两位的逮捕令。

八起案子全部告破。对于凶案组的其他警探而言，这个夏天犹如地狱一般难熬，可是对于里奇·贾尔维——这个一次又一次不费吹灰之力便坐在电脑前撰写逮捕令的警探——而言，这个夏天，不过是其幸运之年的一个缩影。

8月9日，星期二

地狱之夜。对于凶案组而言，地狱之夜便是办公室里只有三个轮值警探，而电话铃声却响个不停；审讯室里，所有目击证人都在撒谎；而法医的冷冻储藏室里塞满了尸体，就像是一架人满为患的飞机。地狱之夜于午夜12点差一刻降临。那个时候，罗杰·诺兰的分队才刚刚上岗半个小时。金凯德最先到，然后是麦克埃利斯特，诺兰最后到。和平时一样，艾杰尔顿迟到了。三人还没来得及喝上一杯咖啡，电话就响了起来。不幸的是，这并不是一起普通的凶杀案。有人在中央区倒下了，而此案涉及警察开枪。

诺兰往加里·达达里奥家里打了个电话：按规章制度，无论何时，但凡发生警察枪击案，轮值警督都必须第一时间赶到办公室指导工作。然后，他又给金·科德维尔——凶案组的两名秘书之一——打了个电话，她也必须立刻前来加班。秘书的作用是负责写好报告，并在太阳升起来之前准备好递交给各级领导。

诺兰警司和两位警探立刻赶往现场。在艾杰尔顿回来之前，他们把派遣电话转到了楼下的通讯中心。可是，诺兰觉得艾杰尔顿也必须和他们一起去现场。警察枪击案是实打实的红球案件，而红球案件则要求凶案组调遣所有能调遣的人。

他们开着两辆雪佛兰来到杜伊德山道的一个空旷的停车场。西区分局的一半便衣警都在那里，围着一辆奥斯莫比尔轿车。麦克埃利斯特看了眼现场，一种似曾相识的感觉袭上心头。

"难道只有我这么觉得吗?"他对诺兰说，"这场面简直一模一样啊。"

"的确如此。"警司说。

麦克埃利斯特和西区的一位警司聊了聊，然后回到了诺兰身边。

"又一起 1078 案。"这是麦克埃利斯特独创的案件性质编码，"人家的弟弟正在欢快着，却被一条子打断了好事。"

"操!"金凯德说，"为什么连享受口活的权利都没有呢!"

"同志们，这可是巴尔的摩啊。"诺兰回应道。

三个月前，斯特里克街上曾发生过一起相似的案件，麦克埃利斯特也是那起案件的主责警探。案情完全一模一样:嫌疑人在宾夕法尼亚大道上挑了个妓女，把她带到了空旷的停车场。他脱下裤子，让妓女给他口交——这活花费了他二十块钱。然后，一个西区便衣警察走了过来，企图逮捕他;嫌疑人惊慌了，做了一些威胁警察的动作;最终，警察开枪了;嫌疑人被送进了急救室——他不但没有享受到口活，而且应该会对自己老婆提供的合法性行为备加怀念。

就警察执法而言，这两起事件的确够狗血的。可是，就法律处理层面而言，只要州检察官办公室够聪明够仔细，它们也不是不能得到妥善的处理。从法律层面看，两起案件中开枪的警察都没有什么错;因为在开枪之前，他们都认为自己即将遭受嫌疑人的攻击。斯特里克街的那起案件中，便衣警命令嫌疑人举起手来，可是后者反而把手伸进他卡车的后座想拿东西，警察以为他是去拿武器的，于是朝他头部开枪。今天这起案件中，嫌疑人企图畏罪潜逃，开车撞在了一位警官身上，于是另一位警察朝车窗开了枪。

然而，对凶案组警探而言，正当的警察动武仅仅指当他动用致命武器时，他并没有犯罪意图，且真实相信他或其他人处于严重危险之中。从法律角度讲，"犯罪意图"、"真实相信"和"严重危险"这些字眼都意味着巨大的商榷空间，而警探们也会毫不犹豫地利用这些模棱两可的定义。他们在最近这两起发生在西区的警察枪击案中正是这么做的。任何有过一两年街头执法经验的警察都会对此类案件抱有默认的共识：无论是诺兰、麦克埃利斯特还是金凯德，都会明确地告诉你，在这两起案件里，开枪的警察完全具有正当性。可是，如果你问他们开枪的是不是个做好了本职工作的好警察，他们的答案肯定会不同；当然，更有可能的是，他们会三缄其口，根本不会回答你。

在美国执法部门，对警察开枪案的处理早已有了一个标准的流程。警局的首要任务是竭尽全力维护涉案警察及警局的专业形象。这种具有偏护性的处理乃是为了维系公众的某种虚假信念——好警察从来不乱开枪，如果有警察乱开枪了，那只能证明他是个坏警察。这当然是个谎言，一个必须被维系的谎言。

"那个妓女已经送去市局了？"诺兰问。

"是的。"麦克埃利斯特说。

"但愿不是斯特里克街上的那个妓女。如果真是她的话，那她也够惨的。每次想给人来个口活赚点钱，那人就会挂。"

麦克埃利斯特笑了起来。"如果没别的事的话，我得去医院了。"

"你让唐纳德和你一起去。"警司吩咐道，"我就先回办公室审讯起来了。"

诺兰刚想离开现场，他身边的一个制服警的对讲机里传来了声音。制服警调大音量，让诺兰也能听见。一个东区的警察说，那里爆发了大规模的枪杀事件，他们正在请求全市警察的支援，而他也请求派遣中心通知凶案组赶紧前往现场。诺兰接过对讲机告诉对方，凶案组正在中央区的一个现场，并会在第一时间赶来。

"那我们就在办公室见了。"麦克埃利斯特说，"如果需要我们，就呼叫我们。"

诺兰点点头，出发向东区赶去。而麦克埃利斯特和金凯德则前往马里兰医院的急救室。二十分钟之后，两个人见到了此案的受害者。他的右上臂绑着石膏，坐在休息室里。"我是个有工作的人，"他第一时间向警探们抱怨道，"我可是个有工作有老婆的人啊。"

麦克埃利斯特叫了声他的名字。

"是我。怎么了，警官？"

"我们是凶案组的。这位是金凯德警探，我是……"

"听着，"受害者打断他说道，"对不起，真的对不起，我已经对那个警官道过歉了，我不知道他是警察……"

"我们明白……"

"我当时没戴眼镜，我看见他走过来，挥舞着什么，我以为他要抢劫我。"

"没事。这个我们之后具体聊……"

"我想向那个警官道个歉，可他们不让我见他。但是，警官，我真的不知道……"

"没事没事。"麦克埃利斯特安慰道，"这个我们之后具体说，重要的是，你和那位警官都没事。"

"是的是的。"他挥舞着戴着石膏的手臂，"我很好。"

"好的，那就好。那我们就先去凶案组办公室，然后再具体聊，好吗？"

受害者点点头。两个警探走出了急救室。

"是个好人。"金凯德说。

"的确。"麦克埃利斯特说。

当然，他说的是实话。两位警探都记得，他们在现场奥斯莫比尔轿车的仪表板上发现了他的眼镜。案发时，停车场里只有他和妓女两个人，他正脱下裤子让妓女给他口交；而他又没戴眼镜，当模模糊糊地看到有人手里拿着发光的东西向他走来时，他很有可能感到惊慌。斯特里克街的那起案件也一样：当时，第一警官刚想打开嫌疑人私家

凶 年　　485

车的副驾驶座车门，嫌疑人以为自己要遭到抢劫，于是——他是个超市的保安——本能地去拿放在后座的警棍。夜色之中，警察以为那根警棍是把长枪，于是开火打中了他的脸。谢天谢地，大学医院挽救了他的性命。同类性质的警察枪击案一而再地发生，分区的取缔性犯罪行动小组肯定没好日子过了。警局高层必然展开整顿，尤其是其对嫖娼案件的处理肯定会出台一系列执法规章。

在巴尔的摩东区，罗杰·诺兰正在处理一起导致三人死伤的枪杀案。现场在北蒙特福特街，死者是一个女孩，她的另外两个亲戚则受了伤。开枪的是死者的前男友，他因死者和他分手而出离愤怒，冲进她家的排屋，狂扫了一通，然后便逃跑了。诺兰在现场待了两小时，向附近邻居中的目击者初步了解了情况，并把他们送往凶案组。与此同时，金凯德已经回到那里，开始审讯他们。

回到凶案组之后，诺兰先是朝小审讯室里望了一眼。他发现今晚的那个妓女和斯特里克街之案的并不是同一个人。然后，他走进达达里奥的办公室。达达里奥已经来了，而坐在办公室里的，还有一个二十六岁的便衣警——他便是今晚开枪案的主角。此人神情紧张而又沮丧。诺兰回到办公室里，每个警探都在热火朝天地工作着，可是，他却没有找到他想找的那个人。

他拿起汤姆林桌边的电话，拨通了哈里·艾杰尔顿家里的电话。电话那头没人接，响了四五下。诺兰耐心地等待着，并没有挂下。

"哈喽。"电话被接了起来。

"哈里？"

"是我。"

"我是你的警司，"诺兰摇着头说，"操，你怎么在睡觉呢？"

"你啥意思？"

"你今晚可是夜班啊。"

"不，我请假了。今晚和星期三。我休息。"

诺兰吐了吐舌头。"哈里，日程安排表就在我手上呢。你请的假是星期三和星期四。今天晚上，你得和麦克和金凯德一起上班。"

"真的吗？星期三和星期四？"

"是的。"

"别开玩笑了。"

"操，哈里，现在可是半夜 1 点，我打你电话就是为了和你开玩笑？"

"所以说，你是说真的？"

"当然。"诺兰几乎笑出了声。

"我操。"

"操得好。"

"发生什么事了？"

"警察开枪案，还有一起谋杀。就这些了。"

艾杰尔顿又骂了一句娘。"所以，你想让我过来？"

"我操，你还是继续睡觉吧。"警司说，"我给你换个班，星期四你得上班，明白么？我可写下来了。"

"谢谢，罗杰。但是，我明明记得我休的是星期二和星期三啊。真的。"

"哈里，我操你妈。"

"好吧，真不好意思。"

"继续睡你的吧。"

诺兰没有想到，这个夜晚远远没有结束。他会后悔自己对艾杰尔顿的宽容。不过，此时此刻，他还以为两个手下就足够应付这个晚上了。麦克埃利斯特和金凯德已经从医院回来了，他们正在审讯室里和受害的嫌疑人交流。貌似进展很顺利。这位绑着石膏的仁兄花了半小时说清楚了案件的整个过程，然后他向麦克埃利斯特和金凯德表示，自己此刻最大的愿望，是当面向那个警察道歉。

"如果有可能的话，我想和他握个手。"

"这可不是个好主意。"金凯德说，"他目前还很生气。"

"我能理解。"

"他生气是因为自己开枪伤了你。"

"我只是想让他明白……"

"我们已经告诉他了，"麦克埃利斯特说，"他知道你看错了，以为他不是警察。"

最终，麦克埃利斯特同意这位仁兄用办公室电话知会了他的老婆。夫妻俩分别已经是一个半小时之前的事情了，那时候他告诉妻子，他要去二十四小时录像租赁厅借几个电影看，而那个地方离他家才五分钟的车程。这个可怜的人告诉妻子，他的手臂受了伤，并且因为袭击警察被逮捕和起诉了。但是，所有这一切都是一场误会。警探们同情地聆听着。

"我还得等着被保释，"他对妻子说，"等我回家我再和你详聊吧。"

他没有提及自己是去买春的，而警探们也向他保证，他们不会走漏风声破坏他的婚姻。

"你千万别让她出庭，"金凯德说，"只要她不来法庭，这事就能糊弄过去。"

与此同时，在达达里奥的办公室里，年轻的便衣警听取了所在分区指挥官的建议，正写着一份案件口供。就法律层面而言，任何警察被逼做出的口供都无法成为呈堂证供；如果有警察开了枪，警探们只能"请"他录口供，超出这一范畴所得来的口供都将被视为无效的。然而，自梦露街案发生以来，警察工会一直在怂恿此类案件的涉案警察不要给出任何口供——长期来看，这一措施肯定会造成很多麻烦。毕竟，警探、巡逻警、便衣警，大家都是警察，如果警探有可能拯救他的同僚，他为什么不这么做呢？可是，如果涉案警察不肯交代的话，那他的命运只能留给大陪审团来裁夺了。幸运的是，这一次，西区分局的指挥官成功说服了他的手下，为警探们争取到了斡旋的空间。

他的口供和嫌疑人的吻合。嫌疑人想开车逃跑，车子往前动了三四英尺，撞在了一个便衣警的身上，于是他开了一枪，打穿了挡风玻璃。警探对涉案妓女的审讯也证实了这一点。不过，她还是告诉警探们，她并没有看清楚，因为她当时的视线受到了阻挡。

该是秘书金·科德维尔发挥作用的时刻了。她有条不紊地起草了一份长达五页的报告，并交到了达达里奥那里。达达里奥读了一遍，在一些重要的部分更改了几个用词。达达里奥完全是处理警察开枪案件的个中好手；在凶案组工作的八年里，他经历过无数次此类红球案件，他完全对上级会提怎样的问题了然于胸。此类案件的报告一旦经他修改，就很少会被警局上峰质疑。无论今晚停车场里发生的事件事实上有多糟糕和混乱，就报告看来，其来龙去脉已然清晰无比。

诺兰一边观察着文书工作的进展，一边仍觉得自己放艾杰尔顿一马的决定是正确的。与其让他晚两个小时再赶过来上班，还不如让他值星期四一整晚的班呢。

两小时之后，当所有警探都认为今晚就此告终时，电话铃声再次响了起来。西区的北阿林顿大道上发生了一起枪击案。金凯德正帮忙撰写警察开枪案的报告，他赶紧放下手头的工作，开着雪佛兰车来到二三十个街区之外的现场。太阳已经升了起来。一个年轻人的尸体躺在一条小巷子里。朝阳的映照下，金凯德的身影长长地投射在白花花的柏油马路上。毫无头绪。

早晨 7 点刚过，当值早班的警探来到凶案组时，他们发现值夜班的同事们仍在疯狂地工作。诺兰正用打字机写着东区枪杀案的报告，他的目击证人仍在审讯室里等候着。麦克埃利斯特没完没了地复印着警察枪击案的报告，它们是为每个级别高于警长的领导准备的。金凯德则在审问三个西区的人，可他们都不肯就范，不愿从实招来。

麦克埃利斯特是 8 点过后下的班。可是，金凯德和诺兰一直熬到了当天下午。他们来到法医办公室，等待着彼此所负责案件的受害者被解剖检验。在尸检室门外走廊里等待报告时，他们已经困得不成人样了。

如果艾杰尔顿来上班的话，就不会这样了。前晚的早些时间，金凯德听到了诺兰给艾杰尔顿打电话；要不是他那时正忙于审讯目击者和写报告，他肯定当场就会发飙。他整个晚上都想冲诺兰发火，可一直找不到机会，而现如今，当他俩在佩恩街的地下室百无聊赖地等待时，他已经没有力气发火了。他自我安慰道，至少他自己，做了一辈子的警察，从来就没误过一次点。

但金凯德不会忘记这一天的，肯定不会忘记。他已经受够了——对艾杰尔顿的宽容，对艾杰尔顿的妥协，对艾杰尔顿的鼓励，只要艾杰尔顿回到工作里去怎样都行——他已经不吃这一套了。他受够了艾杰尔顿，受够了诺兰，受够了自己在这个分队里的位置。如果你被安排 23 点 40 分上班，那你就得 23 点 40 分准时出现。如果你被安排星期二上班，那你就得星期二来上班。他——唐纳德·金凯德——已经在警局工作二十二年了，他开过一次小差吗？没有。

而罗杰·诺兰则不是这么想的。在他看来，艾杰尔顿是个优秀的警探，他比凶案组的大多数同事都努力，而且他受过伤，并且已经回归了，还能要求他怎样呢？的确，哈里经常会开小差，可那又怎样呢？他只不过弄错了休假日而已嘛。我们得怎么惩罚他呢？让他写检讨，检讨一下为什么这么喜欢打电子游戏？要不让他停薪留职先放个假？这么做又有什么好处呢？这样的处罚手段在巡逻警那里行不通，在凶案组更是行不通。杰·朗兹曼就经常迟到。有一次，有个领导实在受不了了，让朗兹曼写检讨。于是，朗兹曼写道："我迟到是因为我发现有一辆德国潜水艇堵住了我家的车门。"这就是凶案组，而诺兰也不会为了让一个手下好过就去为难另一个手下。

诺兰决定不作为，于是，事态只能往坏的方向发展。星期四早晨，当金凯德来上班时，他什么话都没说，但明显生着气。然后，等到星期五艾杰尔顿出现在办公室里时，金凯德也只是冲着他点了点头。

"我不怪哈里。"金凯德对分队其他同事说，"要怪也怪罗杰，是他纵容了哈里。"

几天之后，金凯德渐渐压制不住了。麦克埃利斯特、贾尔维，甚至是伯曼——他们其实都站在金凯德这一边——都和他保持着距离，就怕触动了他的哪条神经。终于，这颗炸弹被引爆了。那是一个下午4点到午夜12点的班，第二天，艾杰尔顿又要休假了。从那天4点开始，金凯德和诺兰就大吵了起来。两人破口大骂，把彼此能想得出来的所有污言秽语都用上了，一直吵到晚上12点下班。诺兰明确表示，在他看来，金凯德比任何其他警探都麻烦，他最好还是先管好自己的事情；还说他老是偷懒，破案不用心。虽然说在过去的两年里，金凯德的确有好多案子都没破，可是对于一个老探员来说，诺兰的指责无疑等同于人格侮辱。两人终于闹翻了。唐纳德·金凯德决定，只要其他分队有空缺，他就会申请离开。

罗杰·诺兰分队中的嫌隙早在一年前就开始出现了，而现在，它终于分崩离析了。

第八章

　　视觉、听觉、嗅觉——佩恩街地下室里的场景无与伦比，总是能让警探们翻江倒海。无论多么残暴的犯罪现场都不能和法医尸检室相提并论。死者在这里被解剖，被分析——作为人类，我们为何还不放过同类业已没有呼吸的躯干，做出此等残忍的事情来呢？

　　当然，解剖尸体有其珍贵的侦破价值。一个理性的人完全能明白尸检的重要性，可是，这仍然无法减轻人类目击分尸时的震惊体验。自称专业的警探把这里称为"实验室"，可是，更加标准、更加人性化的定义应为"屠宰场"。

　　尸体解剖是一切的终点。在犯罪现场，虽然大多数受害者都已命丧黄泉，但大多数也至少死得全尸。可是，随着他们被运到法医办公室，一切又会产生变化。变得更多，或者更少。凶案组的警探会保持自己的中立性，尽量让自己的情感不介入他所负责的案件。可这是一回事，看着他企图为之伸冤偿命的尸体被解剖瓜分又是另一回事——这就好比看着一辆汽车先被拆成了零部件，再被送进了废弃场；尸体渐渐地被法医清空，变成了一堆骨头、肌肉和血浆。即便是凶案组警探——他们通常是相当厌世之人——也要花上好一段时间才能习惯这样的场景。

　　在凶案组警探看来，法医是执法破案的必要环节和重要帮手。尸检是侦破每起命案、成功起诉嫌疑人的最基本工作，因为只有它才能证明受害者是死于他人作用的外力，而非其他因素。除此之外，优秀的法医还能为警探提供重要的信息，帮助他做出区分。比如说，他不会让一起实则是意外的死亡事件被误认为是凶杀，也不会让一起实则是凶杀的案件被误认为是意外或自然死亡。

在法医的眼里，每一具尸体都有一个故事。

比如说，受害者死于枪伤。法医能从创口煤烟、火药及其他微量元素的数量和形状来判断这颗致命的子弹是从多近的距离发射的：接触性？近距离？还是更远？更有甚者，优秀的法医可以通过观察子弹入口灼伤的痕迹来大致判断这颗子弹的轨迹。如果凶手用的是霰弹枪，通过同样的方式，法医也能确定凶器的有效覆盖率和射杀距离。通过观察子弹的出口，法医可以判断死者当时是四周无物地站着，还是背靠墙壁、躺在地上或坐在沙发上。如果死者身中数枪，优秀的法医也能精确地告诉你哪一枪才是致命的，哪一颗子弹最先射入死者身体，哪些伤口导致了受害者的死亡，而哪些伤口又是在受害者业已去世之后射入体内的。

又比如说，受害者死于刀伤。通过观察伤口，法医可以告诉你这把凶器是单刃的还是双刃的，是带齿痕的还是光滑的。如果伤口够深，他就能通过检查刀口形成的创伤告诉你这把凶器的长度和宽度。再比如说，如果受害者死于钝器，那么，他到底是被车撞死的，还是被一根铁棍打死的？婴儿是从澡盆里摔下来摔死的，还是被他的保姆打死的？无论是哪种情况，法医都掌握着打开尸体之谜的钥匙。

当然，法医也不是万能的。他可以帮助你明确这是一起谋杀，他甚至可以告诉你凶手是怎样作案的，可是他基本无法告诉你凶手是谁。通常的情况是，当一位警探遭遇一具尸体时，他既不知道凶手是谁，也不知道有没有目击证人。法医帮助了他，为他提供了一系列细节：伤口是怎样的，伤口有几个，案发时凶手和受害者有多近，等等等等——可是，所有这些都毫无意义。如果没有目击证人，尸检报告就是废纸一张。如果没有嫌疑人，尸检报告就无法被用以证实他的口供。无论法医多么专业，无论他能怎样具体地描绘伤口，如何细致地分析尸体体内的微量残余，如果警探没有找到凶器，一切都是白搭。

尸检报告的作用仅在于检验目击证人和嫌疑人的口供真实与否。它告诉警探，死者生前的那最后一瞬间到底发生了些什么，又没发生些什么；而如果警探够好运的话，这些细节的确能派上用场。

因此，尸检从来都不是一个独立的部分；它只有和警探在现场以及审讯室里所了解到的情况结合在一起时，才能发挥作用。没有经验的助理法医总是会夸大其词地说自己的工作就是断定死亡的原因和方式，但这并非事实。经验丰富的法医从来都不急着解剖尸体，他会先看警探们的报告和从现场带来的拍立得照片。在不了解情况的前提下就开始解剖尸体基本等同于做无用功。

正因为法医需要了解"情况"，所以在通常情况下，当他们执行尸检时，会要求相关的警探在场。理论上，法医和警探会互通有无，当他们离开尸检室时，双方都会获得更多的信息。但他们毕竟不是同一种人，法医会从科学的角度出发，而警探则更多地依赖街头的观察和经验，因此吵架是常有的事。比如说，杜伊德山公园发现了一具赤身裸体的女尸，法医没有检查到精液或阴道分泌物，于是下结论说她没有被强暴。可是，警探的经验却会告诉他，很多性侵犯者根本无法射精。更有甚者，死者是个兼职妓女，还是三个孩子的母亲；所以，即便没有被强迫性交的痕迹，她也很有可能是被强暴的。再比如说，一个警探发现了一具尸体，尸体的胸口和头部皆有接触性枪创，全身有多处淤青和挫伤。于是他下结论说，此人是被谋杀的。可是，在法医看来，即便死者身中两枪，也不意味着他没有可能是自杀的。事实上，这样的案例并不少见。企图自杀的人会多次开枪——或许是因为他在断气之前刚好扣动了扳机，或许是因为第一枪并不至于毙命。同理，周身淤青——虽然这貌似是凶手的贡献——也有可能是在自杀之后留下的，比如说，死者的家属听到枪声之后赶了过来，并试图为死者做心肺复苏术，这就会在尸体上留下淤青。死者没有留下遗嘱？事实上，多达百分之五十到百分之七十的自杀者不会在死前写遗嘱。

法医和警探之间的矛盾还源于双方教育背景的不同。警探都觉得，每个刚从学校毕业的法医都是标准的书呆子，他们根本不了解现实世界是怎样运作的。他们就像警探带在身上的崭新手枪皮套，需要开开合合好几次才会变得好用。而在法医看来，大多数警探都是被美化了的巡逻警，但这改变不了他们的本质，他们没受过系统的训练，更不懂如何从科学分析的角度看待一起案子。他们都是经验主义者，而他们的经验越少，办起案来就越像是个业余侦探。

一两年前，唐纳德·沃尔登和里奇·贾尔维曾和马里兰州首席法医约翰·斯密亚乐克有过一次交锋。斯密亚乐克曾在底特律和阿尔布开克担任过法医，他刚到巴尔的摩不久，还不怎么了解当地的情况。当时，他正在带着一批法医学生解剖一具被猎枪射杀的尸体。他看沃尔登年纪较大，就以为他应该比其他警探更有经验。

"警探，"他当着学生的面问沃尔登道，"你能告诉我那些是枪创入口还是出口吗？"

沃尔登看了眼死者的胸部。通常而言，判断的标准是枪创入口较小，而枪创出口较大。可是，因为凶手用的是 12-gauge① 的子弹，枪创入口也会大得恐怖，更何况，凶手是近距离开的枪，这就更加难以判断了。

"这是入口。"沃尔登说。

"这是，"斯密亚乐克转过身，得意地对学生们说道，"出口。"

贾尔维感觉到"大人物"的怒气正在往上直蹿。毕竟，分辨枪创

---

① gauge 是霰弹枪子弹大小的一种参数。它是一磅铅所制成的若干弹丸中每个的尺寸。12-gauge 是由一磅铅制成十二个弹丸，这其中一个弹丸的尺寸。——译者

入口和出口是斯密亚乐克的工作，而沃尔登的工作是找到那个朝死者身上开枪的人。由于分析案件的视角天然的不同，一个法医和一个警探通常要花几个月的时间、共同负责十几具尸体之后才能适应彼此。就斯密亚乐克和沃尔登这个例子而言，沃尔登在很久之后才承认前者的确是个优秀的法医；而前者也花了好些时间才肯承认，原来沃尔登并非徒有虚名，并不只是一个从汉普登来的弱智白人警察。

只要受害者有可能死于他杀，他的尸体就会被法医检查，于是造访尸检室一直是巴尔的摩警探们的日常工作。造访这里的也并非全是凶案组警探。有的时候，一个州警会带来一具在马里兰州西部溺水而亡的尸体，乔治王子县的警探也有可能从华盛顿郊区带来一具涉毒凶案的尸体。可是，巴尔的摩本城繁多的暴力事件让凶案组的警探们把这里当作了第二个办公室。虽然警探和法医频有争执，但随着时间的推移，双方却会心生友谊，变得亲密。在斯密亚乐克看来，警探和法医显然过于亲密了。

在斯密亚乐克来到巴尔的摩前夕，他便了解到法医和警探的友谊已经影响到了法医独立判断的职责。警探，特别是那些来自市局的警探，对死因的判断拥有过大的话语权，从而干扰了法医的工作。

在斯密亚乐克到来之前，法医办公室完全是双方拉近关系的乐园。解剖室里满地都是喝完了的咖啡杯和烟蒂。星期六早上，一些警探甚至会带着啤酒过来和法医共饮。一般来说，法医在周末的工作量总比平日多。星期五夜晚的降临预示着这座城市进入了周期性的癫狂，而法医的工作也会陡增。于是，他们会一边喝着酒，一边开着玩笑，一边解剖尸体。唐纳德·斯泰恩赫奇——斯坦顿的手下——便以此而著名。在当时，如果尸体会还魂的话，他们肯定会跳起来问法医为何自己受如此不公正的对待。

当然，这种亲密随意的关系也有其负面效应。沃尔登就记得那时的尸检室到底有多乱多脏；有些周末，当尸体多得所有担架都装不下时，他们甚至会把它放在地上。于是，微量物证的丢失便成了家常便饭；即便他们从尸体上找到了毛发和纤维，警探们也无法绝对地认定这的确是从现场带来的，因为它们也有可能是法医自己不小心留下的。最为重要的是，他们这样做的确是对死者的不尊重。

斯密亚乐克到来之后，立即着手改变了这一情况。尸检室变得干净了，法医判断也变得更加自主了；可是，他也就此牺牲了警探的友谊，让这里变得枯燥乏味。仿佛是为了强调法医的专业性，斯密亚乐克坚持他人必须尊称他们为"医生"，并将把这里称为"屠宰场"的说法视为极大的侮辱。有些警探学乖了，称这里为"首席法医办公室"——至少是在斯密亚乐克在场的时候。那些习惯于和警探勾肩搭背、打情骂俏的法医——虽然他们中的很多人都相当优秀——很快被打入冷宫，而那些对时局变化缺乏敏感的警探也遭到了白眼。

有一次，唐纳德·瓦尔特梅耶兴高采烈地走进这里，他向"屠宰场的屠夫们"问好。斯密亚乐克听到之后，让其他警探转告他，如果他再这么说，以后这里就不再欢迎他了。他说，他们是医生，不是屠夫；这里也不是屠宰场，而是首席法医办公室，瓦尔特梅耶最好识趣些。最终，对这个被斯密亚乐克掌控的王国，警探们的心情变得复杂起来：一方面，法医的工作的确变得更加井然有序和专业了；可另一方面，大家都怀念着一去不复返的往日，那个时候，斯泰恩赫奇和斯迈思医生会一边愉快地喝着啤酒，一边解剖尸体、分析情况。

当然了，想在尸检室里寻求慰藉和乐趣这一做法本身便证明了凶案组警探是个多么独特的人群。但他们的心情也不是不可以理解——对他们来说，越是恐怖的场景越要求他们以无所谓的态度面对，而佩恩街的地下室，即便是在稀松平常的日子，也是人间炼狱。事实上，很少有警探不在第一次来到这里时犯恶心；那些相对诚实的人也会坦白说无论去过多少次之后，他们的胃还是承受不了。每个人都有自己的极限。金凯德忍受得了任何场景，唯独分尸不行；每当法医拿起锯子时，他肯定会第一时间走开。伯曼的极限则是敲颅取脑；他倒不是看不了，是受不了脑颅被弄碎的声音。里克·詹姆斯怎么样都行，可是别让他看见被解剖的是一个小孩子或婴儿。

但是，除去这些极端情况，警探们也不会对每天的造访产生逆反心理。只要一个警探在凶案组工作超过一年时间，尸检就不再是件大事了。如果有必要的话，他们甚至可以自己拿起手术刀分解尸体，虽然他们并不知道自己这么做能分析出些什么来。

尸检的第一步并非解剖，而是观察。当尸体被送到佩恩街时，理想的情况是他们保持着在现场时的原貌。如果受害者死时穿着衣服，那他就得穿着衣服，因为衣服本身也是重要的检查对象。如果受害者死前有挣扎的迹象，他的手则会被装进纸袋（不能用塑料袋，因为塑料袋会在尸体急冻时产生冷凝反应），以保存指甲中或手指间的毛发、纤维、血迹和皮肤刮痕。如果受害者死在屋里，或某些周遭微量物证能被还原的地点，尸体则会被用干净的白布包起来，以保留现场的毛发、纤维和其他微量物证。

外部检查开始时，法医先会从急冻箱里取出尸体，为它称重，然后把它放在轮床上，推至一个俯视照相机下——这个照相机会留下解剖前的记录照片。接着，它被推送至解剖区，那是一个由瓷砖和铁栏杆打造的长长的房间，可以容纳六台尸检同时进行。在很多城市的尸检室，工作台的上方都会有麦克风，它们会录下法医的话，用以之后誊写。但巴尔的摩还没有这么先进，法医会一边解剖，一边用笔和纸记录。

如果受害者穿着衣服，法医会先把衣服上的洞眼和破处与尸体身上的伤口对应起来：这一步骤可以用以明确死因——优秀的法医能判断衣服是在受害者生前还是生后穿上的——而且，如果受害者死于枪伤，衣物上的子弹残留物也会被检查。

在对衣物进行初步检查之后，他们会脱下衣物，好生保留以待微量物证检验。和作案的杀人凶手一样，速度虽然要紧，却不及精确重要。比如说，在很多情况下，子弹残留物只能在衣物上找到，而只有慢慢地除下衣物才能让这些微量物证得以完好保留。

如果受害者生前可能遭到过性侵犯，外部检查也会涉及阴道、口腔和肛门。法医会检查这些部位是否有伤，里面是否有精液残余——这是确定嫌疑人的重要物证。

受害者的手也是重要检查对象。如果他在生前有过挣扎或遭到过性侵犯，他的指甲上或许就留有凶手的皮屑、毛发甚至血液。如果凶手用的是利器，受害者的手上则通常会有自卫创伤——伤口基本上都是垂直的，且开口较小。如果受害者也曾开过枪，特别是大口径的手枪，那么他的手上也可能找到钡、锑和铅的残留。对手部的检查也会对死因的判断有影响。在百分之十的自杀案中，死者的手部都会带有血迹和人体组织残留——它们是从创口溅在手上的。

在犯罪现场，警探会观察到底有什么不对劲或缺失的东西，法医也一样。他会仔细地记录尸体上的所有异样、损伤和无法解释的创伤。如果受害者生前接受过抢救，法医会要求医院把导液管、分流器和其他医疗设备保留下来，以区分哪些伤口是在急救室里造成的，哪些又是在他来到急救室之前造成的。

一旦外部检查完成，真正的尸检便开始了。法医会用手术刀在尸体的胸口划一个 Y 字，然后用电锯割开移除肋骨。如果受害者死于贯通伤口，法医会保证每个伤口的完好无损，注意不干涉弹道的轨迹或利器刺入身体的路径。直到某一伤口的完整轨迹被了解之后，他们才算完成这一工作。就枪伤而言，这意味着他们已经把入口和出口比对了起来，或者在体内发现了子弹。

他们会进一步评估伤口对受害者的作用。头部的贯通伤口显然是致命的；可是，如果受害者乃是胸部中枪，射穿了肺部和静脉，他通常要过五到十分钟才会去世，虽然这样的伤口就其结果而言还是致命的。在这个过程中，法医还会判断受害者在受伤之后做出了怎样的举动。不过，这基本上是个猜谜游戏，因为和电影与电视剧里老掉牙的段子不同，被子弹击中的受害者每一个都有不同的反应。在遭受第一次枪伤后，他们通常不会乖乖地躺在地上等待救护车或停尸车的到来，这对警探而言是件相当不幸的事。

电视剧和流行文化中充斥着错误的观念，这其中尤以对子弹致命程度的描述为甚。在好莱坞制作里，一颗从廉价手枪里射出的子弹就足以让受害者倒地。可是，子弹专家会告诉你，没有什么子弹会让人倒地，除非它大得像炮弹一样。无论子弹有多重，无论它是什么形状，无论它的飞行速度有多快，也无论发射它的枪有多大，子弹根本无法让人一击倒地。这一误导性描述完全有悖于物理学：假设子弹真能让被击中的人倒地，那么这也意味着，当凶手开枪时，他自己也会被巨大的反作用力冲倒在地。事实上，这世上没有什么枪能做到这一点。

所以，子弹能做到的只有两件事情：其一，它射中了受害者的脑部、脑干或脊柱，立刻导致了中枢神经系统瘫痪；其二，它造成了心血管系统的创伤，以至受害者失血过多而亡。第一种情况当然是即刻致命的，可并不是每个凶手都是职业杀手，想要击中脑部或脊柱谈何容易，通常全凭运气。在第二种情况里，受害者要过很长时间才会去世，因为人体内有大量的血液。即便子弹射穿的是心脏，体内的血液也能提供大脑以十到十五秒钟的氧气。很多人都认为人中枪会倒地，这个事实倒没有什么错。但他们倒地，不是因为受到了巨大的冲击或子弹造成的生理突变，而只是一种习得的反应——那些中枪的人觉得自己应该倒地，于是他们便这么做了。如果你不相信，专家可以向你提供很多证据：有些人身中数弹且弹弹致命，却还能逃跑或反抗——通常情况下，这是因为他们生前吸过毒或喝过酒，造成了神经系统的麻木。经典的例子是 1986 年发生在迈阿密的银行抢劫案。FBI 的探员和两个匪徒交火，最终，匪徒和两个 FBI 探员亡命，另外有五个探员受伤。后来法医发现，其中一个匪徒刚开始就被击中，且被击中了心脏，可是他竟然撑了足足十五分钟：先是反击，然后还企图开车畏罪潜逃。实际上，那些中枪的人，即便是那些身中数枪的人，并不会像电影所描述的那样有规律。

另一方面，子弹进入人体内之后的变化也是没有规律、无法预测的。它们通常都会产生变形。弹尖中空型和圆柱平头型子弹一旦撞到体内组织便会变得扁平，而任何子弹撞到骨头都会分裂。在遇到体内的阻挡物之后，大多数子弹就减缓旋转和向前运动，它们会偏离之前的轨迹，发生扭转，进而破坏被它碰到的组织和器官。它们不再向一个方向运动，而是随着它们与骨骼和肌肉的碰撞以及变化的形态不断改变飞行的轨迹。无论是小型子弹还是大型子弹都一样。街头混混总以为子弹越大——比如说.38、.44 和.45——就越有威力；其实，小口径的子弹，比如说.22，能造成的伤害可能更大。正因为此，.22 口径的圆鼻头子弹在巴尔的摩西区的黑帮里长盛不衰，因为这些人都知道，一旦这种子弹进入体内，它们就会像一颗弹子球一样横冲直撞，毁灭一切。几乎每个法医都遇到过这样的尸体：一颗.22 从受害者背部的左下方射入他的体内，它先是射穿了他的两肺、动脉和肝脏，然后又打裂了他胸口的一两根肋骨，最后才从右肩的上部穿出体外。当受害者被.45 击中时，他担心的是这颗大口径的弹丸会直接割开他的身体；而当他挨的是.22 时，他则要担心这颗像小臭虫一样的子弹会在他体内到处乱窜一番。

在大多数城市的法医办公室里，他们会运用荧光镜或 X 光勾勒出所有金属碎片在死者体内的旅行轨迹。巴尔的摩也有这种设备，只不过，法医只会在受害者身中数弹或子弹过于粉碎的情况下才会使用它。佩恩街地下室的主人们以不使用科技手段为傲，他们能准确地找到子弹及其碎片的位置，而这依靠的是他们对伤口的仔细检查以及对子弹在体内的动力学的理解。比如说，一颗击中受害者脑颅的子弹很有可能不会从另一头射出，它会在与入口差不多相反的地方撞到头骨，于是反弹回来；如果没有发现子弹出口，那这一结论就更加肯定了。但是，当有经验的法医发现这一现象时，他首先会想到的是：子弹碰到头骨内壁被反弹回来时，它基本不可能按正确的轨迹运行；相反，它会划出一条长长的弧线，待它再次撞到头骨时停留下来，而它所停留的那一点通常都远离它既定的轨迹。这当然是相当偏门的知识，但优秀的法医就会了解这一点。

在除去胸骨之后，接下来就是检查内部脏器了。人的脏器是互相连接的，它们处于胸腔之内，法医会把它们整个取出来，放在不锈钢盘子里，拿去另一边检查。法医会仔细检查心脏、肺部、肝脏和其他脏器。他们一方面确定其上是否有病理和残缺的表征，一方面则继续跟踪子弹在其中的运行轨迹。除去脏器之后，尸体内剩余的伤口轨迹则都留在了肌肉组织里。法医会小心翼翼地从肌肉里取出子弹和子弹碎片。它们都是十分重要的物证，所以法医只会用手或软性道具来取，这样才不会伤到子弹的表面，防止之后的弹道比对产生误差。

内部检查的最后一个步骤是检查脑部。法医会用电锯切开脑颅，并用类似杠杆的道具把上半部分撬开。他们会沿着受害者的耳根后部把头皮卷起来，直至面部，之后他们才能清晰地看见头部的伤痕。他们会把脑子取出来，给它称重，检查是否有病理现象。就警探看来，尸检的最后步骤恰恰是最难以忍受的。电锯的声音、被撬开的头颅、被扯下来的头皮——"死亡面前人人平等"这句话终于在尸检室里找到了终极的印证，每位死者的脸皮都仿佛只是一层橡皮胶，被扭曲、被折叠、被覆盖，好像我们每个人都只不过是戴着万圣节面具来到今世走一遭的游客，当面具被剥离之后，我们每个人都一样。

尸检以提取体液标本为结——从心脏提取血液、从肝脏提取胆汁、从膀胱提取尿液——这些液体会接受毒理学检查，从而判断受害者生前是否中毒、喝了多少酒精或吸了多少毒。通常情况下，警探会要求法医提取两份血液标本，他们会要一份用以对比犯罪现场的血迹或任何在其后的搜查工作中找到的血迹。毒理学检验的结果得等上好几个星期，而在华盛顿 FBI 实验室进行的对枪伤的中子活化测试也要花费差不多的时间。DNA 检查是从 80 年代晚期才刚刚推广开来的，这项尖端技术可以通过血液、皮肤或毛发的样本确定人类基因编码，是法医学的最前沿。可惜，无论是巴尔的摩法医办公室还是警局都不具备这套设施。马里兰州只有几个私人实验室拥有这一设备。当 DNA 检查变成破案之必须或某个警探申请做此项检查时，他们就会送样本去这些实验室。可是，警探们通常要等上半年才能拿到结果——这会让他们失去破案的宝贵时间。

根据每起案件的复杂程度和每具尸体受伤的情况，尸检时长时短。总的来说，它都不会超过一小时。在法医完成尸检之后，他的助理就会把脏器重新放进胸腔，把头颅合上，把头皮盖上，并把所有开口都缝上。尸体再次被送入急冻箱，等待灵车把它接走。所有物证——血液样本、棉签、指甲、子弹、子弹碎片，等等——都被一一标号装入袋中，警探会把它们一一交给物证保管小组或弹道比对实验室。

由于尸检工作迅速有效且不带情感色彩，警探们会逐渐对它感到麻木。他们之所以还会对尸检起生理和心理的反应，很多情况下并不是因为某起特定的尸检，而是整个尸检室对他们所造成的冲击——它就像一条冷冰冰的生产线，每个工序都会卸下人体的一个部分。在有些异常忙碌的星期天早晨，尸检室外的走道上就躺着八九具尸体，而里面的急冻箱里早已躺满了人。他们都死于前一夜。有的死于他杀，有的死于车祸，有的死于溺水和火灾，有的则死于触电和自杀，还有的吸毒过量、暴病而亡……他们中有白人也有黑人，有男性也有女性，有成年人也有未成年人……他们鲜有共通之处，而他们之所以会殊途同归来到佩恩街地下室，仅仅是因为他们都死在了马里兰州境内，且还未有人对他们的死亡做出一个明确的解释。这时的法医办公室简直就是一个死亡超市，此情此景即便是见惯世面的老探员也会觉得难以忍受。

所以，为了防止自己发疯，警探需要在生与死之间、于横躺在轮床上的死者和竖走在尸检室的活人之间拦起一道心理缓冲带。他们的自我安慰策略简单而有效，一言以概之：我们还活着，你却已经死了。

这是一种生存哲学，一种值得被供奉和庆祝的信念。好吧，我们的每一天的确都是在死亡的阴影中度过的，可我们毕竟还在呼吸、还在笑、还在喝着咖啡；而你呢？你已经被脱光衣服、被分割了。我们还穿着体面的工作服，聊着昨天晚上金莺队的比赛，争论着要不是金莺队还有一个打点①，它肯定赢不了；而你呢？你的衣服已经被撕碎了，上面沾满了血污，你连发表意见的权利都没有。等完事后，我们还能去吃上一顿早餐；而你呢？你的胃都被拿下来做检查了。

正因为这种哲学的支撑，我们才能带着一丝傲慢和从容游走在尸检室内。我们比你有信念，虽然这是一种虚假的信念；我们比你更聪明，虽然这是一种自欺欺人的聪明；我们仍自信你和我们之间有一道不可逾越的鸿沟，虽然这种自信何等虚妄。我们不会嘲笑你——你们这些躺在轮床上被我们推来推去的尸体；但我们也不会把你们当人看，不会一见到你们就不禁流泪同情。我们开着玩笑，目睹着你们被解剖，这只是因为我们是长命百岁的；而即便我们无法长命百岁，那么至少，我们也会竭力避免像你们这样无由头地死在马里兰州内。在我们的想象里，我们只会自然地老去。等到那个时候，满脸皱纹的我

---

① RBI，Run Battled In，棒球术语，指在不是双杀或失误的状况下让跑者来回得分。——译者

们会躺在柔软的病床上，我们停止了呼吸，而一个拥有从业执照的医师会为我们签署一份死亡证明。我们不会像你们这样被装进袋子里、被称重、被拍照；我们也不会给金或琳达那样的秘书留下嘲笑我们的机会：看呐，原来朗兹曼脱光衣服是这副模样啊，太丑了。当然，我们更不会像你们这样被分割、被解剖、被提取样本，因为没什么好检查的，我们是自然死亡，只不过心脏有些肿大，而我们的肠胃系统一切正常。

"用餐，一个人。"当法医助理把尸体推至尸检室时，他总会这么说。这是个老掉牙的玩笑，但是，因为他还活着，他就有权利开玩笑。

里奇·贾尔维也会开玩笑。他会边做笔记边说："天呐，这家伙看上去是在生气呢。"

罗杰·诺兰的玩笑带有种族主义色彩："喂，医生，为什么这些白人都上桌了，而那些黑人还在走廊里等位呢？"

"我觉得黑人和白人什么都要争，"一个助理笑着回答道，"但这一次，他们宁愿让着白人一些。"

诚然，生与死之间的鸿沟并不是无法跨越，而这种生存哲学也有失灵的时候。五年前，麦克埃利斯特接到了一具尸体。死者名为马蒂·沃德，是缉毒组的警探。他是加里·钱尔斯的搭档，也是市局六楼最惹人喜欢的同事之一。那一次，他们正在监控一起弗雷德里克街上的毒品交易，结果打草惊蛇导致双方交火，马蒂·沃德就此殉职。没有一个凶案组警探愿意接这个案子，因为沃德是他们所有人的哥们儿，最后轮到麦克埃利斯特也只是因为他与沃德的关系相对疏远。可是，这并不意味着麦克埃利斯特会觉得好受。

在警探处理案件时，第一原则便是，无论你接手的受害者是谁，他对你而言都只是一个证据而非人类；而如果你把他当作人来看，那你就会把自己推至悲怆绝望的境地。可警探也是人，这种强迫的距离感并非天生所有。每个刚刚入行的警探都得学习这一技巧，否则他永远都过不了及格线。这是一门必修课。当新来的警探能在看完佩恩街地下室的尸检过程之后，前往对面的佩恩饭店面不改色地吃上一个夹鸡蛋三明治，喝上一杯啤酒时，那么恭喜他，终于通过考试了。

"要想考高分，"有一个早晨，唐纳德·沃尔登一边看着佩恩饭店的菜单一边说道，"你就得把三明治里的培根换成恶心的猪肉卷。"

特里·麦克拉尼是凶案组里的大哲学家，可即便是他也只能用黑色幽默的方式来化解自己对尸检室的恐惧。他每次来到尸检室，都会把注意力放在受害者的肝脏上。

"我真希望每个被解剖的人都是穷光蛋，连酒都买不起的穷光蛋。"麦克拉尼严肃地解释道，"如果我们剖开尸体发现他的肝都硬化了，我就会伤心。如果那玩意儿粉嫩粉嫩的，我就会开心一整天。"

有一次，麦克拉尼接到了一起案子。死者无缘由地暴毙街头，他没什么疾病记录，可据说此人每天都是在酗酒中度过的。"当我看到有人这么说时，我就想，操你妈的，"麦克拉尼开着玩笑说，"或许有一天，我也会被送进这里，躺在轮床上，被他们解开衣服，等待被解剖呢。"

当然，麦克拉尼之为哲学家，便不会只有打趣的本事。生与死之间只有一条细细的界线，警探不是每一天都有心情一边看着法医操刀解剖一边大开玩笑的。有一次，麦克拉尼便试图表达自己对人生更深层的理解。

"我不知道你们怎么看，"那是一个下午，他刚刚从尸检室回到凶案组，"反正吧，每次我去尸检室，都不禁觉得这个世界上的确是有上帝的，也的确是有天堂的。"

"'屠宰场'让你相信上帝的存在了？"诺兰难以置信地问道。

"对啊。好吧，就算没有天堂，人死了之后，他的灵魂肯定会去另外一个地方。"

"根本没什么天堂。"诺兰对其他警探说,"去过尸检室的人都知道,我们所有人,都只不过是一堆肉而已。"

"不。"麦克拉尼摇着头说,"我相信我们肯定会去某个地方。"

"为什么?"诺兰问。

"你就看那些尸体啊。他们早已没命了,他们还被分了开来,取了出来。他们什么都不剩了。他们是如此空无。你看他们的脸啊,他们全空了,什么都不剩了……"

"所以呢?"

"所以他们肯定去了什么地方,对吧?他们不会消失。他们肯定去了什么地方。"

"所以,你的意思是他们的灵魂去了天堂?"

"喂,"麦克拉尼笑着回答,"为什么不呢?"

诺兰笑着摇了摇头。他不想再反驳麦克拉尼了,就让他在自我编造的神学中寻找一丝慰藉吧。毕竟,只有活着的人才能对生死大事做出思辨,而麦克拉尼的确还活着;但那些人,已经死了。这便足够了。不管他的话有多么不讲道理,这便足够了。

8 月 19 日,星期五

戴夫·布朗把雪佛兰车停在一个街区开外。救护车已经赶来了,蓝色的灯光辉耀着现场。他透过车窗粗粗看了现场一眼。

"我来吧。"他说。

"你这个婊子养的,"沃尔登坐在副驾驶座上,"你都已经到这里了。要不你再开近点再看清楚点?"

"我已经决定了。"

"要不你先去了解一下有没有目击证人?"

"喂,"布朗再次声明,"我已经决定了。"

沃尔登摇了摇头。凶案组有条不成文的规定，当一对警探搭档开车前往现场时，他们必须在了解现场情况之前做出决定，到底谁是主责警探，谁是副手。这能在最大程度上避免有些警探耍小聪明，拦下那些易破的案子，把难破的全推给别人。这一次，因为戴夫·布朗已经把车开到了现场不远处，他已经触犯了这条规定，而沃尔登则在提醒他不能这么干。

"操，不管发生什么，"沃尔登说，"反正我是不会帮你了。"

"操，我有请你帮忙吗？"

沃尔登耸了耸肩。

"我又没看见尸体后再决定咯。"

"祝你好运。"沃尔登说。

布朗之所以抢着要揽这个案子，是因为这起案件的发生地点。有时候，案发地点就能在某种程度上说明此案的性质，而布朗没有错，这是个好地点。雪佛兰车现如今所停靠的地点是位于巴尔的摩南部边缘的约翰逊街 1900 号，而巴尔的摩的最南部是一片被称为"比利兰德"的地区的腹地。比利兰德东靠柯蒂斯湾，西靠布鲁克林①，从巴尔的摩城南部一直延伸至匹格城和莫瑞尔公园。这片区域拥有自己的亚文化，其居民主要是在二战期间离开西弗吉尼亚和弗吉尼亚的山区和矿场来到巴尔的摩工厂打工的白人。虽然遭到了本地大部分白人的抗议，他们还是占领了这座城市的南部，涌入了红砖房和 Formstone 排屋——同一时期，弗吉尼亚和卡罗来纳的黑人也开始迁徙至巴尔的摩北部，这两起人口迁徙运动对日后巴尔的摩的面貌起到了决定性的作用。比利兰德地区有自己的语言，那里的人有自己的行为逻辑和做事准则。对于他们来说，他们所居住的这座城市可不叫 Baltimore，

① 这里的布鲁克林指的并不是纽约的布鲁克林区，而是巴尔的摩南部的一个区域。——译者

而是叫 Bawlmer；阿帕拉契山区的口音至今仍影响着这座城市的白人。虽然氟化物拯救了这些乡巴佬的牙齿①，但他们拥有另一种嗜好：每个比利兰德人都仿佛忍不住往东巴尔的摩街上的文身店走一遭，给自己绣个土里吧唧的文身。那里的女孩也独具特色——她会因为男朋友朝她扔了个啤酒瓶就报警；但是，当南区的巡逻警赶到她家，试图把她男人带走时，她却又会立即倒戈，张牙舞爪向巡逻警冲过去。

巴尔的摩有两种亚文化：一种是贫民窟文化，一种是乡巴佬文化。在巴尔的摩警察看来，这两种亚文化同样可笑、同样令人唾弃。这一事实证明了，巴尔的摩警察对不同阶级的歧视更甚于对不同种族的歧视。凶案组里的办公室政治便很好地说明了这一点。白人警探完全能和黑人警探无间合作。贝提娜·席尔瓦不会因为她是个黑人女警而遭歧视，艾迪·布朗、哈里·艾杰尔顿和罗杰·诺兰也会受到白人同事的尊重。如果你是个穷人，再加上你是个黑人，并且你的名字曾在巴尔的摩犯罪数据库里登记过，那么，你就是个黑鬼、就是个黑佬——如果那个警察更粗野点的话——就是个脑残黑。可是，如果你是坐旁边桌的艾迪·布朗，如果你是州检察官办公室的格雷格·加斯金斯，如果你是法院的克里夫·戈尔迪，或者任何按时纳税的合法公民，那么，你就是个黑人。

警察对乡巴佬的态度也一样。

你的祖先或许和匹格城的其他人一样都来自南部山区，但这并不意味着你就是个如假包换的乡巴佬。你或许就是个普通的白人男孩；你在巴尔的摩南区高中的成绩还挺不错，毕业之后还在格伦伯尼或林夕康姆②找到了一份体面的工作。或许你就是唐纳德·沃尔登——一

---

① 一口烂牙是美国人对南部乡巴佬的一种歧视性偏见。——译者
② Glen Burnie or Linthicum，两者皆为巴尔的摩郊区地名。——译者

个在汉普登长大的警探；或许你就是唐纳德·金凯德——一个操着一口山区口音、手背上还有文身的警探。这都没关系，我们不会因此而歧视你。可是，如果你来自比利兰德，而你一生中的半辈子是在西普拉特街的 B&O 酒吧度过的，而另外半辈子往来于巴尔的摩南区法庭——你偷东西，你扰乱社会治安，你拒捕，你藏毒——的话，那么，巴尔的摩警探可不会给你好脸色看了。你就是乡巴佬，你就是红脖子废材，你就是大傻爷们儿，你的血液里还流淌着你祖辈的落后基因。总而言之，是不是比利兰德人不要紧，要紧的是你会不会给巴尔的摩警察制造麻烦；如果是的话，那你就别怪他歧视你。

且不管警探们对比利兰德亚文化的态度，他们之所以乐于接手发生在那里的案件，除去纯粹的好奇之心外，还是因为比利兰德人和贫民窟的黑人不同：他们口无遮拦。他们会在现场讲述所见所闻，会在审讯室老实交代，甚至会主动拨通凶案组的电话，实名举报。警探会问他们是否需要保持匿名，他们则会反问为什么要这么做。他给出自己的真名和住址、给出工号、给出女朋友的名字和电话号码。他还没交代完呢：他还要把女朋友母亲的电话号码也给你，说实话，他这是想把他记事以来脑子里的一切都全盘交给你呢。街头的行事法则——来自贫民窟的人会告诉你，在任何情况下都不可以对警察开口——对比利兰德人并不适用。这或许是因为在他们看来警察都是好人，也或许是因为这些品德高尚的居民从来没有学会撒谎这门艺术。无论如何，警探乐意接手一起发生在本市南部或西南部的案子，因为它们一般都比其他案件容易侦破。

戴夫·布朗当然了解这一点。不过，这也不是他如此急迫难耐的唯一原因。戴夫·布朗需要一起能让他一扫阴霾的案子，在凶案组的白板上，他名下的红色条目已经过多了，其中最让他焦心的是克莱文·琼斯案。他接到过很多个匿名举报电话，可是这起案件至今都找不到一个证人。要是在以前，他倒是不会如此在乎。警探时而好运时而歹运，克莱文·琼斯案不过是又一起让他触了霉头的案子。可是，就格拉尔汀·帕里什案被再次被从西区警局调遣至凶案组的柯瑞·贝尔特让他感受到了威胁。在之前的卡西迪案中，贝尔特便已然让麦克拉尼刮目相看了，而现在，他甚至和瓦尔特梅耶——布朗的常规搭档——组成了一对，就帕里什骗保案展开了长达数月的调查。布朗没有理由不觉得担心。

昨晚午夜轮值刚开始的时候，布朗就打了一份简短而又哀怨的备忘录，并把它塞进了警司的信箱。这份备忘录语词调侃，却着实说明了布朗目前的心态：

鉴于柯瑞·（我是大明星）·贝尔特警官已然成为您的新宠，我觉得有必要再次向您自我举荐。

在没有来到您所率领之分队以前，我只不过是个长发、吸毒、神经错乱的基佬。然而，是您的学养、智慧、技巧、仁慈和爱意改变了我，让我变成了一个将将合格的警探。您是我的恩人，而分队的同事们亦对我有提携之恩（沃尔登："他是个没用的操蛋鬼。"……詹姆斯："操，他从来喝酒不买单。"……艾德·布朗："天呐，我怎么会认识这个婊子养的。"），所以，我想向您请教，为了让我忠心耿耿地继续为您服务，您对我有何安排？

我会保持警觉，耐心等待您的回复。

敬爱您的（虽然每个人都看不起我），

大卫·约翰·布朗警探

刑事调查部？凶案组？（感谢上帝，让我在这里待一辈子吧。）

一小时之后，麦克拉尼看到了这份备忘录。他坐在咖啡室里，大声地朗读起来。当读到那几句特别阿谀奉承的话时，他哈哈大笑了起来。

"有意思。"麦克拉尼总结道，"这真是个可悲的人呐。"

鉴于在此之前，弗雷德·塞鲁迪便遭到过类似的冷遇，戴夫·布朗的确有理由相信自己的恐惧即将成真。于是，他以为，解决一起发生在比利兰德地区的案件或许能为他换来一线生机。

"好吧，布朗，"沃尔登走出副驾驶座，"我们先看看你的现场吧。"

一个女人俯position躺在地上，被巡逻警车半包围着。她身材矮小，一头红褐色的头发，上身穿着红白条纹的背心；背心被扯了起来，女人露出了大部分背部；她的下身穿着白色灯芯绒短裤，一边被扯破了，露出了屁股；和短裤搭配的是一条奶油色连裤袜，同样是左侧被扯破剥了下来，直至膝盖。离她右脚几英尺处有一只凉鞋。她脖子上戴着一根细细的金项链，一对金耳环散落在头部的不远处。警探们仔细观察，发现左边的耳环上有血迹，貌似凶手想把它扯下来，耳垂上有伤痕和业已干掉的血污。尸体的四周有几个硬币；沃尔登小心翼翼地检查死者的口袋，从她的后裤袋里发现了二十七块钱。首饰还在，钱也还在——这显然不是一起抢劫案。

戴夫·布朗看着沃尔登，他知道，"大人物"并没有尽全力勘查。

"唐纳德，你怎么看？"

"二十五岁。或许更老。我不确定，还是交给法医吧。"

"我觉得她不到二十五岁。"

"也许吧。"沃尔登俯身看着死去的女人，"但就目前而言，年龄不是最重要的问题。"

"我猜，你是想知道另外一只凉鞋在哪里。"

"猜中了。"

这是一片砾石场。它靠近切西系统①铁路边上的一座半停业红色

---

① Chessie System，一家铁路公司，拥有巴尔的摩至俄亥俄、切萨皮克至俄亥俄等多条铁路。——译者

货仓，货运卡车会在这里装卸货物。案发当时，有三辆卡车停在砾石场的东面，可是它们的司机都在后座睡觉，等待货仓开门，所以无人听见看见任何可疑现象；无论当时发生了什么，都发生得很快，并且没惹出多大的声响，还不至于让司机们惊醒。尸体在砾石场的西面靠近仓库那一头，离装载点的外墙不过十至十五英尺。那里刚好停着一辆卡车，它刚好挡住了约翰逊街上的人的视线。

发现尸体的是两个住在附近的年轻人，当时他们正在遛狗。他们已经被送去市局了，麦克拉尼应该很快就会展开对他们的审讯。他们都是典型的比利兰德人，身上都有文身，也都犯过一些小罪，但还不至于引起警探的疑心。

沃尔登正在配合犯罪实验室的工作，而戴夫·布朗则开始寻找另一只凉鞋。他先是把砾石场走了一遍，从装载点到铁轨长满荒草的另一头。然后，他爬上仓库，勘查了楼顶。什么都没有。于是，他又来到约翰逊街上，检查了附近一个半街区的水沟，接着回到砾石场的南面，跳下铁轨，沿轨检查了几百米。什么都没有发现。

等到他回到现场的时候，实验室人员已经收起了死者身上的钱和首饰。他们给尸体拍了照，并画完了现场素描图。法医也已经赶来了，他们给尸体拍了拍立得照片。而在砾石场的门口，两个摄像机已经架了起来，新闻工作者们正在为午间新闻拍摄着素材。

"他们能从那里看见尸体吗？"沃尔登问分局警司。

"看不见。卡车挡住了视线。"

沃尔登点点头。

"完事了么？"布朗问。

"来吧。"法医戴上了手套，"小心点，慢慢来。"

两个法医助理慢慢地把尸体翻了过来。死者脸上满是血污，容颜尽损。令警探吃惊的是，死者的上半身左部和头部都有呈规则分布的对角细车胎痕。

"哇塞，"戴夫·布朗说，"这是起交通事故嘛。"

"好吧，原来如此啊，"沃尔登说，"真是峰回路转。"

这位老探员走到雪佛兰车边，拿起了对讲机。

"6440。听见吗？"沃尔登说。

"6440，收到。"

"我在约翰逊街的那个现场，我需要交通事故调查部门的人过来一下。"

"收到。"

半分钟后，一位交通事故调查部门的警司接起了对讲机。他向派遣员解释道，他没有责任前往约翰逊街，因为那是一起谋杀，而不是一起交通事故。沃尔登一边听着，一边怒火中烧。

"6440。"沃尔登打断道。

"6440，收到。"

"我知道这是一起谋杀，但我需要交通事故部门的人提供专业意见。"

"收到。"那个部门的人终于回答道，"我马上就来。"

难以置信。沃尔登想，事不关己，高高挂起。那个部门有责任处理任何交通事故致命事件，包括畏罪潜逃的案子，他们之所以不想来，是怕这起案子被推到他们手上。今年3月的时候发生过一起类似的案子。麦克埃利斯特和伯曼在东北区的贝尼大道发现了一具尸体，他是被车撞飞而亡的。麦克埃利斯特和伯曼请交通事故部门的人过来帮忙。可笑的是，当三人一起勘查现场时，麦克埃利斯特和伯曼寻找的是现场有没有落下车身撞击部位的涂料，而交通部门的人则在寻找是否有弹壳的存在。

"你听见了么？"沃尔登笑着对布朗说，"只有当我明确告诉那家伙这是一起谋杀时，他才肯出警呢。"

戴夫·布朗没有回答。他的脑子正在迅速地运转计算着。虽然他俩都确信这并非一场意外事故，但如果受害者的确是被车撞死的话，那案件的性质就变了。首先，尸体横陈在空荡荡的砾石场里，它距离装载点不过十英尺之遥：很难想象有车会在如此狭小的空间内毫无缘由地打转。当然，更为关键的是那只消失的凉鞋。如果死者只是一个路人，如果这是一起纯粹的交通事故，肇事者仅仅逃跑了，那按理来说，凉鞋应该就在附近才对。不，肯定没有那么简单。警探迅速推理道，她肯定不是一个路人；她应该就是乘坐着那辆即将撞死她的车来到这里的，而很有可能的是，她想逃出去，慌乱之中把另一只凉鞋丢在了车里。

沃尔登进一步检查了尸体，他发现，死者的双臂上留有和手指形状相似的淤青。她是被抓住了吗？在凶手重新走进车里，开车把她撞死之前，他是先打了她吗？值得注意的还有耳坠：它在耳垂上形成的撕扯痕迹是由车辆撞到头部的冲击力造成的吗？还是早在之前的扭斗中便造成了？

交通事故调查部门的警司赶来了。由于沃尔登已经向他承诺凶案组肯定会揽下这起案件，这位警司便毫无保留地秀起他的专业知识来。他检查了尸体上的车胎痕，开始吹了起来：子午线轮胎是怎样的，不同厂商的品牌彼此之间有何细微区别。戴夫·布朗被他说得坠入云里雾里，于是赶紧打断道："那你觉得到底是什么车撞死了她？"

"很难判断。就伤痕看，很有可能是一辆跑车。比如说 280Z 或科迈罗，诸如此类的。"

"不会是更大的车？"

"有可能会稍大一点点，但肯定是和我说的差不多的一类跑车。那是高性能的轮胎，能让跑车贴地飞驰的那种。"

"谢了。"沃尔登说。

"不客气。"

戴夫·布朗蹲下来再次检查轮胎痕。

"唐纳德，这肯定是起谋杀。"他说，"毫无疑问。"

沃尔登点头同意。

可是，他们没有目击证人。在砾石场另一头睡觉的卡车司机什么都没听见；而在轨道对面办公室里的铁路工人也没有听见什么噪声或看到什么车灯。沃尔登从分区警司那里了解到，大概 4 点钟的时候——距尸体被发现早两个小时——仓库里传来了火警声。福特大道和莱特街的救火车赶到现场，发现这里并没有起火，于是又离去了——当时，他们也没发现尸体。沃尔登推断道，要不凶杀是在 4 点之后发生的，要不就是这些赶来现场的救火人员都没看到她，甚至也开着救火车从她身上碾了过去。沃尔登搞笑地想，这也不是不可能。

不过，曾有火警发生的这一事实也让警探们意识到，他们的现场几乎都被破坏殆尽了。如果受害者死于撞伤，那么对于破案而言，轮胎的痕迹至关重要，而在满地都是泥浆和碎石的场地里，胎痕是很容易被保存的——当然，前提是那些救火车没有出现过。事与愿违，警察甚至自身也参与了对现场的破坏：多达六辆的巡逻车在接到报警之后来到了现场，并都停靠在了尸体的周围。要想把现场留下的胎痕和来过这里的车辆一一对应起来可能要花一个月的时间。戴夫·布朗显然不情愿这么做，于是，他开始检查装载场的水泥地和垃圾箱上的磕碰印痕，希望能在那里发现不久之前留下的证据。

"这个区域很小，"他自我安慰地说，"说不定那个家伙不小心撞到了什么地方呢。"

如果布朗真能找到此类证据，那就真是天道酬勤了。不过，他也不是不切实际的人，他明白，唯一的证据便是尸体本身。两小时之后，这具尸体会完成尸检，到那时，他就知道自己能从它上面了解到什么宝贵信息了。和他的预期截然不同，约翰逊街案是起彻头彻尾的疑案，比利兰德这片地区并没有给他带来什么好运。

尸体被送进了黑色的面包车。两位警探朝约翰逊街的入口走去，那里聚拢了不少围观群众。一个年轻女人冲戴夫·布朗挥了挥手，向他打听死者的名字。

"我们还不知道，她身上没有任何身份证件。"

"她是四十多岁的样子吗？"

"没有。年轻多了。"

女人不紧不慢地解释道，她的阿姨就在昨天晚上离开了他们位于南莱特街上的家，消失不见了。布朗耐心地聆听着。

"我们还不知道她是谁。"布朗一边重复道，一边拿出了自己名片，"你可以晚一点再打我的电话，到时说不定就知道了。"

女人接过他的名片，又打探了起来，可是布朗已经坐上了雪佛兰的驾驶座。如果这只是一起交通事故，警探肯定会花时间确认受害者身份以及审讯她的亲属。可是，这是一起谋杀，法医的判断比亲属什么的重要得多。

布朗踩下油门，雪佛兰驶入了南查尔斯街，以每小时五十英里的速度往前飞驰。沃尔登看了他一眼。

"干吗？"布朗问。

沃尔登摇了摇头。

"干吗呀！我是个警察，开快点又怎样呢？"

"我坐在车里你就得悠着点开。"

布朗翻了翻白眼。

"先去巴尔的摩街的来德爱连锁药店，"沃尔登说，"我要买雪茄。"

仿佛为了证明自己并不怕沃尔登，布朗再次踩下油门，不顾一切地朝市中心飞驰而去。他们来到卡尔维特街和巴尔的摩街的路口。布朗粗鲁地急停而至，赶在沃尔登之前迅速走出车门。他朝老探员挥了挥手，示意让他待在车里。一分钟之后，他走了回来，手里拿着自己爱抽的香烟和一包 Backwoods 牌雪茄。

"我还给你买了个打火机，粉色的，你喜欢的那种，大号的。"

这是布朗的休战信号。沃尔登看了打火机一眼，又看了布朗一眼。他俩身材肥硕，像是被硬挤进车厢似的，看上去十分搞笑。

"他们说，这种粉色打火机，只有你这样的大号身材才值得拥有，"布朗说，"要不你够壮，要不你就是不一般的男人。"

"你知道我为什么要大号打火机的。"沃尔登点上了一根雪茄。

"因为太小的话，你那胖手就拿不住。"

"对了。"沃尔登说。

雪佛兰车开上了坑坑洼洼的隆巴德街。沃尔登一边朝窗外吐着烟圈，一边看着秘书和商人们走出写字楼去吃早午餐。

"谢谢你给我买雪茄。"雪佛兰往前开了一两个街区后，他终于开口说道。

"不客气。"

"还有打火机。"

"不客气。"

"但是，无论如何，我是不会帮你的。"

"我知道，唐纳德。"

"还有，你的车技操蛋极了。"

"可不是么，唐纳德。"

"你就是坨屎。"

"谢谢，唐纳德。"

"古汀医生，"沃尔登指着尸检室外的一张轮床问道，"这是你的吗?"

"那个?"茉莉亚·古汀说，"这是你的案子?"

"这是布朗警探的案子。他是主责警探，我只是来为他加油鼓劲的。"

医生笑了起来。她身材矮小，一头金色短发，戴着镶边眼镜。虽然穿着白色大褂，这位年轻女医生看上去还是有点像珊蒂·邓肯①。茱莉亚·古汀根本不像一个法医——鉴于世人对法医的偏见，这显然是对她的褒赞，而非贬低。

"只是因为布朗答应请我吃早餐，我才肯来的。"沃尔登说。

戴夫·布朗瞪了沃尔登一眼。雪茄、打火机、早餐。狗杂种，他暗自叫苦道，能再厚脸皮点么？要不我帮你把房贷都付了得了？

沃尔登冲着布朗笑了笑，然后望向女法医。她正在不锈钢池边工作，切割着一位中年黑人的内脏——此时此刻，这位被开膛破肚的仁兄正躺在女法医身后的轮床上。

"我觉得，"沃尔登说，"你应该很高兴看到我吧？"

茱莉亚·古汀笑着回答："沃尔登警探，和你共事总是很有趣。"

"有趣？"

"对啊，"她又笑了起来，"可是，她还得等上半个小时左右哟。"

沃尔登点点头，和戴夫·布朗一起走回到称重室里。

"我敢肯定她很高兴和我再度合作。"

"为什么？"

"蒂凡尼·伍德霍斯。那个小孩的案子。"

"想起来了。"

古汀医生才来佩恩街几个月，但已经和沃尔登打过交道了。那是一起让所有人都焦头烂额的案子，沃尔登和里克·詹姆斯是负责的警探。蒂凡尼·伍德霍斯是一个两岁的孩子，她被送到圣玛丽医院时便已早夭了——据说是因为心脏骤停。可是，当急救护士把导液管插入她的体内时，他们发现有血流了出来——之前的体内创伤而导致的出血。医生发现，她的面部和四肢业已出现尸僵现象，而两位警探则看

———————————
① Sandy Duncan，美国女演员、歌手。——译者

到她前额的右侧、肩部、背部和腹部均有淤青。

　　警探们觉得事有蹊跷，便把小女孩的父母带到了凶案组。这家人住在霍林斯街上，而当警探了解到他们家除了死去的小女孩之外，还有另外三个孩子时，他们立刻联系了社会服务部门。他们对死者的父母展开了长时间的审讯，但两人的口风极为统一：他们不知道为什么自己女儿身上会有那么多伤。警探们接着审讯了死者十三岁的姐姐，而她的说法则将一个新的嫌疑人带入警探的视线之中。据她说，事发当天，她十岁的表弟正在她家楼下照顾小女孩，而她在楼上。然后，她听见楼下传来了拍打声。她走下楼问表弟那是什么声音，后者回答说是自己在拍手。在此之后，她便把蒂凡尼抱到了楼上。她发现小女孩很安静，且无精打采的。她把小女孩放在沙发上，看着她入睡了。

　　听完这个故事之后，沃尔登和詹姆斯便想立刻把这个男孩找过来，可男孩却突然消失不见了。在此之前，这个男孩和他的祖母一起住在贝尼特普雷斯街上。他后来从那里逃了出来，住进了霍林斯街他阿姨家。但这两个地方都找不到他。第二天早晨，茱莉亚·古汀对小女孩进行了尸检。小女孩身体多处受伤，其中最严重的是头上的那一击——它导致了脑出血。鉴于从警探那里了解到的信息，她初步裁定这是一起谋杀——而这个消息也很快传到了记者那里。

　　那天早晨的晚些时候，分区警察在男孩祖母家后面的巷子里找到了他，并把他带到了凶案组。在其母亲及未成年犯罪分部检察官的陪同下，这个十岁的男孩招供了。他对警探们说，当时他正和小女孩独自待在一起。大概下午1点钟的时候，小女孩哭了起来。他把她抱起来，安慰她，直到她又安静下来。接着，他把她放在了客厅扶椅的扶手上，自己则看起了电视。可是，就在那时候，小女孩不小心仰头摔了下去，头撞在了一辆放在扶椅背后的自行车上。她开始大声哭泣。男孩惊慌了，赶紧跑出门外想找表姐帮忙，但他没有找到她。这个时候，十三岁的表姐出现了，两人发现蒂凡尼已经在翻白眼了。他们把她放在地毯上，听见她的喉咙里传来咯咯响的喘气声。过了一会，他们发现蒂凡尼停止了呼吸。

他们试图用人工呼吸拯救小女孩，可他们过于慌乱，动作也不标准，这解释了为什么女孩的胸口、背部和腹部都有淤青。小女孩神奇地活了过来，于是，他们把她放在了沙发上。然而，过了没多久，她再次停止呼吸。他们试图再次救她，可这一次，他们用的方法是拿冷水朝她脸上泼。当他们发现无济于事时，就把她抱回到了婴儿床上，让她和一个月大的弟弟躺在了一起。他们没有叫救护车。

同一天，警探们再次审讯了十三岁的女孩。她改了口供。她说自己之所以会撒谎是因为害怕父母打她，而她和表弟之所以没有叫救护车也是因为这个原因。事发当天，她的父母于晚上 8 点回到家里，发现事态不对这才叫了救护车。两个小孩的行为显然是愚蠢至极的，而他们所导致的结果显然也是悲剧的，可是在沃尔登看来，这显然也不足以构成谋杀。

然而，法医办公室，特别是茱莉亚·古汀却仍持有保留意见。首席法医约翰·斯密亚乐克说，小女孩所受的头部伤十分严重，不像是不小心摔倒在地所造成的。可是沃尔登已经决定相信证人的口供——小女孩不小心从扶椅扶手上摔了下来，头撞到了自行车的把手。警探们给州检察官办公室的蒂姆·多利打了个电话，说服他不要起诉那个孩子。就在这个时候，斯密亚乐克介入了，建议就此举行三方的会晤协商。他告诉检察官，法医办公室是不会更改对这起案件的裁决的，而他也有理由相信，如果这起案件就此不了了之，那么在外界看来，这便是对警探失职的掩饰——因为，如果法庭被告席上坐着的是一个十岁的未成年人，胜诉的可能性几乎为零。

于是，这起案件陷入了僵局。而古汀医生所面临的问题很简单：法医病理学专家不能出错，一辈子都不能出错；即便是初步裁定，也只准对不准错，因为一旦犯罪学科方面的专业人士——法医、微量物证鉴定员、弹道比对专家、DNA 检测员——出错，他们的错误就会被辩护律师利用。一旦他们的观点受到了公开的质疑，优秀的律师便可以利用它翻江倒海，乃至为嫌疑人脱罪。更何况，在这起案子中，一个年仅两岁的小女孩去世了，这比其他大多数案件都容易吸引媒体的眼球。

"女孩死于他杀；暂无人遭起诉"，这是《巴尔的摩太阳报》的头版报道，此报引用达达里奥的话说："我们已经掌握了案件的基本情况，但事发当时房内到底发生了什么，至今还未有定论……我们会根据法医的裁定做判断。"

同一篇报道还引用了斯密亚乐克的话。他认为两位未成年嫌疑人的话并不可靠，他们的口供"和受害者的受伤情况并不一致……女孩死于他人施加于其上的外力"。不过，法医还是往后退了一步，说不能排除他人的意外介入导致死亡的可能性。斯密亚乐克竭力寻找一个双方都能接受的中间地带，用词讲究地解释对他杀的法医裁定并不必然导致对嫌疑人的谋杀起诉。这篇报道的最后，警局发言人总结陈词道："她不是被谋杀的。这是唯一能确定的一点。"

总而言之，由沃尔登主责的蒂凡尼·伍德霍斯一案以尴尬的局面告终了。法医仍然裁定他杀，可检察官没有起诉任何人。凶案组和法医之间的矛盾被曝光了，而回过头来看，这只不过是沃尔登万事不顺的这一年的一个剪影。

三个星期过去了。现如今，"大人物"又来到了佩恩街地下室，他又带来了一具尸体，而负责尸检的又是茉莉亚·古汀。

法医助理把尸体运到摄像机之下，沃尔登要求他们特别留意拍摄死者左臂和上身上的车胎痕。十五分钟之后，警探们跟随尸体进入尸检室，助理把她安置在唯一一个空缺床位处，她的左右两边分别躺着一个葬身于乔治王子酒吧火灾的受害者和一个在弗雷德里克街上被车撞死的人。

在历经了蒂凡尼·伍德霍斯一案之后，古汀医生显得越发小心翼翼了。她慢慢地审视着尸体外部，记录下每一处车胎痕、淤青、扭伤和可见的伤口。她在笔记本的顶端把它们都写了下来——这本笔记本花花绿绿，一看就是女人的东西。接着，她开始检查受害者的手部，刮了一些指甲下来；可是，她没有找到任何受害者生前曾与凶手殴斗的痕迹。她也备加仔细地检查了受害者的腿部——如果受害者被撞时是站着的话，她的腿部肯定会留下撞伤的痕迹。然而，她依然一无所获。

沃尔登指了指受害者双臂上手指形状的淤青。"她是先被抓住了吗？"他问。

古汀摇了摇头："这些可能是车碾过她时所造成的挫伤。"

沃尔登又提到了受害者的耳环。两个都掉在了头部的不远处，上面都有受害者的毛发。它们有可能是被凶手扯掉的吗？

"更有可能是当她被车碾过时带出去的。"

那她被扯坏的背心呢？还有被扯坏的短裤呢？你们的判断都错了，古汀说。她把受害者的背心和短裤放在一起让警探们看，它们上面的撕裂痕迹都发生在同一边，那是当车撞上受害者时她身上最不受力的一边。

"都是轮胎干的好事。"

沃尔登叹了口气，朝后退了一步，看了眼布朗。两位警探都明白目前的情况了：他们最好让这位好法医安心干活，别再影响她了。他们可以去对面的佩恩饭店吃饭。

"好吧，"沃尔登说，"我们先去对面，过半个小时再回来。"

"可能需要一小时哦。"

沃尔登点了点头。

正值午饭时间，佩恩饭店的生意很是红火。这个希腊人餐厅主要靠为街对面的医院人员提供伙食为生。它的装潢以蓝白为主色调，墙体以瓷砖为主，墙上的壁画上是雅典和爱琴海的海岸线。这里的烤肉卷很是地道，早午餐还算凑合，啤酒倒是冻得很。布朗点了牛排和鸡蛋，沃尔登则只点了一杯啤酒。

"牛排要几成熟的？"服务员问道。

"一分熟。"沃尔登笑着替布朗回答道。

布朗看了他一眼。

"大卫，得了吧，你还怕啥呀？你可是个男人啊。"

"还是五分熟吧。"布朗说。

沃尔登笑了起来。服务员走去厨房了。布朗抬头看着老探员问道："你怎么看？"

"我敢跟你打赌，她肯定会说这不是一起谋杀。"沃尔登说。

"那也是因为你，"布朗冷冰冰地说，"是你得罪了她，然后她就报复我们所有人。"

"好吧……"

两人闷不作声地吃了起来。布朗吃下了一整块牛排，终于又开口说道："我知道我该怎么办了。我得带她去看一眼现场。"

沃尔登点点头。

"你觉得呢？"

沃尔登耸耸肩。

"唐纳德，这肯定是起谋杀啊。"

布朗喝完了咖啡，抽起了第二支香烟。今年5月的时候，他曾接受过约翰·霍普金斯医院的戒烟计划，那时他每天节制，才抽几根烟。可现在，戒烟计划早已破产。他一边抽着烟，一边剧烈咳嗽着，就像是一个试图把汤勺嚼烂了吞下去的垃圾桶。

"你吃完了？"

"嗯。"

他们走过街，沿着斜坡往下走，来到尸体卸载点的入口。他们走了进去，路过分解室的隔离门；这里的尸体比它们的同类来得更狰狞恐怖，一般尸检室里的尸体和它们相比只能说小巫见大巫。即便警探们才刚刚走到尸体卸载点的入口，一股恶臭便已飘散开来。

他们来到尸检室。茉莉亚·古汀正在做收尾工作。正如他们所料，古汀告诉警探们，没有什么证据能明确指向受害者是死于他杀的。她特别提到了受害者的腿部，那里没有任何可见的挫伤痕迹。最有可能的是，在车碾过她身上之前，这个女人已经躺在地上了。毒理学检测结果还需等上几个星期，但古汀和警探们都认为，受害者生前即便没有吸过毒，也很有可能喝过酒。毕竟，她是一个比利兰德女孩，她死于一个星期天的早晨；在她死之前，很有可能造访过一到两个酒吧。不过，她的阴道内并没有发现精液，周身也没有遭受性侵犯的痕迹。

因此，古汀说，她无法确定此人是不是先醉倒在地然后才被某辆车碾过，也有可能是某个倒车的卡车司机根本没看到她躺在那里。

沃尔登把交通事故部门对车胎的判断告诉了她，肇事的应该不是卡车，而是某种跑车。

"如果是辆卡车的话，"沃尔登说，"她受的伤可不仅仅只有这些了，对吗？"

"很难判断。"

戴夫·布朗提到失踪了的凉鞋。如果她只是醉倒在地的话，她的鞋子不应该就在一边吗？古汀同意这是一个疑点，但还是说这不足以成为判定这是一起谋杀的关键因素。如果受害者醉酒了，她的鞋子有可能早在摔倒在地之前就已经飞了。

"伙计们，听着，如果你们还有什么明确的证据，那就等你们找到后再说吧。"她说，"目前为止，我只能说暂时悬置裁决吧。"

那一天午后，戴夫·布朗回到佩恩街，带着古汀去了趟犯罪现场。他试图让古汀明白，这是一个荒废的砾石场，一般来说，交通意外、肇事者逃匿这样的事件不会在这里发生。古汀耐心地聆听着，一边勘查着现场一边点着头，可是到最后，她还是不肯给出他杀的判定。

"无论如何，我都需要可靠的证据，"她坚称，"请你把证据带给我看。"

布朗无可奈何地同意了。虽然他仍相信这是一起谋杀，但他也理解古汀的决定。毕竟，就在三星期前，古汀裁定的一起谋杀案被他们推翻了；而现在，同一帮人又在没有决定性证据的情况下要求她做谋杀的裁定。这很有可能是起谋杀，布朗想，但就目前的情况而言，暂时悬置裁决或许是正确的选择。

可是，古汀的做法又导致了另一个问题：就警局看来，任何被法医悬置裁决的案子都不是谋杀案。而如果它不是谋杀案，它就不会被写在"板儿"上；而如果它不被写在"板儿"上，那它就等于没有存在过。除非此案的主责警探有心想要继续专案，否则的话，当电话铃声再次响起，而那头发生的确确实实是起谋杀案时，他就必须忘记它，转而接手新的案件。如果这起案件最终告破的话，那只是因为戴夫·布朗有决心专案追究到底，可是，沃尔登怀疑布朗是否有这样的决心。

两位警探回到凶案组，发现麦克拉尼已经着手开始此案的案头工作了。两个找到尸体的比利兰德人已经在"金鱼缸"里犯起了瞌睡，麦克拉尼已经完成了对他们的审讯。那个在现场问布朗的女人打了一个电话回来，她说有人跟她八卦了受害者的样子，她确定那就是她的阿姨。布朗问她阿姨身上有何首饰，女人准确地提到了项链和耳环。他告诉女人无需前往佩恩街辨别尸体了，因为受害者的面部早已血肉模糊难以辨识。一个小时之后，指纹鉴定系统明确了死者的身份：卡洛儿·安妮·怀特，她时年四十三岁，长得却很年轻，而她去世的地点离她家仅有两个街区之遥。她有五个孩子，她的家人最后一次见到她，是在星期六晚上 10 点不到的时候；当时她正走到汉诺威街上，后来坐上一辆车，前往南区警局看望一个被关了起来的朋友。

那天午后，布朗得到了南区分局的确认，受害者的确在去世之前来到过那里，待了很短的一段时间。不久之后，卡洛儿的家属又打电话来了。而这些巴尔的摩南部的好心人们也没有让布朗失望，事实也好，谣言也好，他们一概全都交代了出来。

布朗了解到了以下事实：就在电视新闻确定受害者身份之后，死者的侄女接到了一个电话。对方说自己是她家的朋友，正在百老汇大道上的海伦好莱坞酒吧。这个酒吧的女调酒师和经理都跟卡洛儿相熟，他们都记得事发当天，半夜 1 点钟的时候，卡洛儿曾和一个名为里克的男人一起来到酒吧；后者有一头肮脏的金色长发，还开一辆黑色跑车。

又过了不久，卡洛儿的家属再次拨通了布朗的电话，他们有最新的情报。据说，在去海伦好莱坞酒吧之前，卡洛儿曾去过一个位于匹格城的朋友的家。那时刚过 12 点不久，而她去那里是想买大麻。接到举报之后，布朗和沃尔登赶紧驱车前往南斯特里克尔街，造访了卡洛儿的朋友。那人确认卡洛儿的确在案发当晚来过这里，但她没看清开车送她过来的男人，因为后者坐在车里没出来。她依稀记得那人很年轻，有点脏，还有一头金色的长发。可是，她说他开的车不是蓝色的就是绿色的，或许是蓝绿色吧，但肯定不是黑色。

那天晚上，两位警探又赶到百老汇大道上的海伦好莱坞酒吧，他们从老客户和夜班员工那里又套出了一些新情报。据他们说，那个男人一头黏糊糊的金色长发，发梢还有点弯，还养着一簇小胡须。

"他有多高？"布朗问女调酒师，"有我高吗？"

"没有，"她回答说，"比你矮。"

"那有他高吗？"他指着一个顾客问道。

"可能比他都要矮。"

"那他的车呢?"

车。再没有比这辆碾过卡洛儿·安妮·怀特的车更让人混淆不清的信息了,每个人对它的描述都不同。斯特里克尔街上的女人说那是一辆蓝色或绿色的小轿车;酒吧的经理说是辆黑色的跑车,有开合式顶棚,车盖上还有一个圆形的标志,貌似280Z;可女调酒师又是另一种说法,她说那是一辆车门会像翅膀一样向上打开的车。

"像翅膀一样的车门?"布朗难以置信地问道,"你说是像莲花跑车那样的吗?"

"我不知道你们管它叫什么。"

"你确定?"

"嗯。"

警探们很难忽视女调酒师的证词,因为就在酒吧打烊之前,她曾走出过酒吧,和那个男人聊过天。男人向她吹嘘自己是个机械工程高手,那辆车完全是他自己组装的。

"他很自豪。"她告诉布朗。

可是,当警探们把这些信息拼凑在一起时,整幅画面就太不合理了。一个叫做里克的脏兮兮的摩托族,开着一辆价值六万美金的莲花跑车,带着这个叫做卡洛儿的比利兰德中年妇女,前往南部分局看望某个被拘留的朋友。好吧,布朗想,谁知道呢?可能是世道变了吧?谁让我一辈子只有唐纳德·沃尔登这个"性奴"呢。

让警探们生气的是,如果这些证人无法辨别那辆车——每辆车上都有标识和型号,这是一件很容易的事——那又怎么能相信他们对那个男人的描述呢?每个人都说那男人有一头及肩的金色长发,可有些人说他的头发黏糊糊的,有些则说是卷发。只有一半的人记得那人有胡子,而那人的身高和体重则更是众说纷纭了。眼睛的颜色?忘了。有何特征?他开莲花跑车,这算特征吗?

当然,在破案的过程中,无法清晰描述嫌疑人的情况很常见。优秀的警探和检察官都知道，陌生人对陌生人的指认是最不可靠的证据：这是个拥挤的世界，人类没有能力把茫茫人海中的一张新面孔毫无缺失地印在脑海里。正因为此，老探员不会把这种初步指认写入卷宗：如果卷宗里写着嫌疑人身高六英尺二、体重二百二十磅，而实际上这人却是身高五英尺七、体重一百五十磅的话，他的其他证据也会随之受到怀疑。另一方面，和大多数人想象的或在影视作品里看到的一样，研究表明，跨种族的指认——白人对黑人的指认，黑人对白人的指认——同样是不可靠的，因为初次见面的白人和黑人都很难把彼此记清楚。至少，在巴尔的摩，在指认这一点上能力最为薄弱的是韩裔人——本市市中心的几乎所有街角小店都是他们开的——每当他们的店被抢劫，而警探们赶到那里问他们嫌疑人长成什么样时，"他们每个人都长一个样"便是韩裔人的标准答案。

但是，沃尔登和布朗却没有对此案初步指认环节上的困难有所预期。这是因为，第一，嫌疑人是白人，而指认他的也是白人；第二，那个人在酒吧待了一个多小时，他一直都在卡洛儿身边，而且和其他顾客和员工有过交流。至少，有几点是所有人都一致记得的：他说他是个工程师，更准确地说是个变速器方面的专家；他喝百威啤酒；他提到过帕克维尔的一家酒吧，说那家酒吧要变卖了；他还说他有个叔叔，在海兰德城有一家酒吧，那个酒吧的名字听上去像是德语，所以没人记得了。他们甚至都记得，当天晚上，当卡洛儿随着自动点唱机里的音乐和另一个女孩共舞时，他竟然生气吃醋了。所有海伦好莱坞酒吧的常客都确认了这些情报，可他们无一能为布朗提供准确的面貌描述。

失望透顶的布朗只好和女调酒师再次核实了她的口供，然后走到酒吧里面靠台球桌的地方。

"这些人就是我们的证人了？没有比他们更好的了吗？"布朗抱怨道，"什么靠谱的信息都没有。"

沃尔登靠在墙上，旁边是付费电话机。他做了一个事不关己高高挂起的无所谓表情。

"关键是，当时都快要打烊了，这些人都喝醉了，"布朗自言自语道，"他们记不清楚，而我们也没法给这家伙画像。"

沃尔登没有回答。

"你觉得呢？没必要叫画师来帮忙吧？"

沃尔登难以置信地看了布朗一眼。即便目击证人能准确地描述嫌疑人，素描画像也从来无法尽到它所被期待的责任。不知为何，画像上的黑人永远都像艾迪·布朗；而白人嫌疑人的画像则根据发色的深浅程度，不是像登尼甘，就是像朗兹曼。

布朗不依不饶地继续问道："光靠现在的这些情报，请画师也没用，对吧？"

沃尔登伸出手掌："给我个钢镚儿。"

布朗好不容易掏出一个二十五美分硬币，递给沃尔登，他以为沃尔登想打电话或者是去自动点唱机上点首歌。

可是，沃尔登却把钱装进了口袋："布朗，你这个废柴，赶紧喝你的，喝完我们就走。"

这是一次几乎无效的调查行动，其结论是他们要找一个叫里克的金发男子和一辆或许是黑色或许是蓝绿色的跑车——这无疑是大海捞针。沃尔登起草了一份嫌疑人描述，犹豫了一会儿，最终还是发给了各区分局。他并不希望把这件事搞得人尽皆知，因为一旦嫌疑人了解到警察正在找他和他的车，哪怕对方的描述并不完全准确，他也会立刻警觉起来，把车涂成另一个颜色，或者把它藏到某个不为人知的车库里去。这是警探们最不想看到的事情，那辆车可是最为关键的物证。

在理想的情况下，各个区分局的领导会在下一个轮值点名时，把这份电报的信息知会给属下。马里兰州其他城市的警探也有可能了解到它——只要他去马里兰州联合执法系统（MILES）上看一眼。操，现如今，没有什么是了解不到的。如果一个警探认为自己的嫌疑人有可能逃匿至他州，他甚至可以把信息输入国家犯罪信息中心里去。可是，和犯罪执法体系中的大多数东西一样，本地和全国的电报系统充斥着太多信息，它们像海浪一样一波接着一波席卷而来，冲刷着警察们的脑袋，却什么都没有留下。通常而言，警察只会记得电报中所描述的红球案件——警察枪击案、儿童谋杀案——以及散落在其中的笑话。在最近的一次早 8 点到下午 4 点的轮值中，杰·朗兹曼便朗读了一份发自巴尔的摩县的电报。电报说有家人遭到偷窃，嫌疑人偷了很多东西，其中包括五百二十二加仑的冰激凌。

"就此推断，嫌疑人应该比我们想象的都要胖……"

在巴尔的摩的各个分局，发自凶案组的电报至少享有被朗读出来的权利，不过，它们是否会被警察们听进去则另当别论了。好在，这个女人是在南区死去的。警探们习惯以各区分局的优劣特征来给它们分门别类：东区警察保护现场的能力出众；西区警察的线人很强；而在南区和东南区，至少还真有巡逻警会依据凶案组的描述特地留意街头的行人。

在接下来的几天内，各区警察都乖乖地完成了他们的本职工作。他们一见到可疑人物或车辆便会拦下来。布朗办公桌上的材料越积越多，每一张上面都有分区警察提供的人名、证件号、车牌号及照片。布朗谨慎至微地检查了每一份资料，可仍然徒劳无功：有人开一辆黑色开合式顶棚 280T，可他是一头稀疏的褐色头发；有人开一辆车头有点碰伤痕迹的野马牌跑车，他也有一头长发，可那是黑色的；终于找到一个一头金色长发的人了，可是，他开的庞蒂亚克火鸟跑车却是浅铜色的。

布朗和沃尔登也没有闲着。他们根据受害者家属提供的信息顺藤摸瓜。家属每一天都会给警探打电话，几乎每一天都会向他们提供了一个新的嫌疑人。第一次，他们说在米德尔河街上住着一个叫里克的人，他曾在卡洛儿去世一星期前给她打过电话，而他们也保留着他的电话。

布朗和沃尔登找到了此人位于米德尔河街的住址，赶紧驱车前往。他们发现，开门的是一个金色短发的男子。操，布朗想，说不定他把头发给剪了呢。于是，他们把他带到了凶案组。可是，他们了解到，此人是个在多米诺糖厂工作的工人，根本不是什么汽车工程师。他有一辆车，可那是一辆黄色的丰田；布朗还确定了一下，发现那辆车的确停在此人工厂的车库里。他承认自己曾开着摩托车载着卡洛儿·怀特去过福特大道，可他肯定不是凶手。事实上，当他听说卡洛儿死了的时候，他所表现出来的意外不像是纯粹演出来的。

第二次，分区巡逻警依据家属描述找到了一个男孩。此人一头金发，开的车也符合警探的描述。那辆车登在他母亲住宅地址下，那是在华盛顿大道上。可是，此人的不在场证据很牢靠。第三次，家属举报说在安妮·艾伦戴尔县住着一个比利兰德人，他的名字也叫里克：据他们说，他还认识卡洛儿的好多朋友。于是，布朗在那人家门口蹲点守了长达两天，就等着他开黑色跑车出来；没有想到的是，那人竟然主动找上门来了。原来，卡洛儿的家属已经给他打过电话了。

"他们说你可能会来找我，"他对布朗说，"你想从我这儿了解些什么？"

比利兰德人啊。口无遮拦是他们的优点，也是他们的缺点。对他们来说，警察和路人毫无区别——这还让警探们怎么工作呀。这一次，当其中一位家属听说有这么一个嫌疑人时，另一个家属便通过两层关系千方百计地找到了那个嫌疑人，问他是不是有辆黑色跑车；而如果他有的话，是否又开车载过卡洛儿·怀特。这样的情况已经不是第一次发生了。布朗已经亲自造访过她家两次，警告家属千万不要再和任何人讨论案情了；而家属们两次都发誓说他们肯定会管住自己嘴巴的。

两天之后，家属又向布朗提供了一个嫌疑人。布朗独自开车来到登达尔克大道，开始蹲点守候。他在那里待了几个小时，喝着咖啡抽着烟，咳嗽着看着比利兰德的男孩们车来车往。凶案组警探很少会执行如此漫长的监控行动，即便他有这份耐心，他也没有这么宽裕的时间。可这一次，在卡洛儿案后，布朗就没有接到任何新的凶杀案，于是他竟然可以难得地坐在车里，吹着空调，长达数小时地观望。他一边咬着唐纳滋圈，不顾上面的糖粉都粘在他的胡子上，一边听着收音机里传来的蓝草音乐；他突然想到，打从缉毒组出来之后，就再也没有执行过这么漫长的监控行动。一股自豪感油然而生：谨慎、耐心、坚毅——他真是个百分百的警探啊。

　　他在那个房屋前守候了两个白天，发现附近根本没有出现过什么黑色跑车。终于，他耐不住性子，敲开了这个嫌疑人的家门。"嗯，我知道你会来。"嫌疑人说，"他们几天前就和我说他们把我的名字交给你了，虽然我也不知道他们为什么要这么做。"

　　布朗怒气冲冲地回到凶案组，简直想把所有关于这起案件的资料都扔进抽屉永远不管不问。"上帝啊，快赐予我一起西区的凶杀案吧，"他对沃尔登说，"我受不了这群婊子养的了。"

　　沃尔登并没有置布朗于不顾，虽然他也和这位年轻探员保持了距离。他曾和布朗一起巡视过海兰德城，希望找到一间名字像德语的酒吧。他也陪布朗蹲过点，寻找过那辆神秘的黑色跑车。可是，沃尔登对本案的态度很明确，布朗也了解这一点。

　　"怎么说？你想走吗？"有一次，两人在梅勒·耐克街上的一座花园公寓前守候了三个小时仍然一无所获，布朗就此提议道。

　　"这是你的案子。"沃尔登无动于衷地回答道，"你应该问你自己想怎么做。"

　　"那我们继续等。"布朗说。

　　一个星期过去了。警探们仍然查不出凶手是谁，而卡洛儿·安妮·怀特之死仍被法医悬置，未判谋杀。他们两人都知道，如果没有新的线索，此案告破希望渺茫。三天之前，马里兰州车辆管理局为他们提供了一份清单，把本州内所有 280Z 的车主信息都交给了他们。然而，即便目击证人所描述的车的确就是 280Z，即便这辆车真的列在嫌疑人本人名下，这份清单也长达一百多页。

8 月 30 日，沃尔登接到了一起红球案件——在西北区，一个十四岁的男孩刚从一家快餐店打完工回家，却在路上被不明人物开枪打死。五天之后，戴夫·布朗也接到了新活：一个二十六岁的西区女人失踪一周了，两个贩毒分子因驾驶她名下的车而被逮捕，可她本人依然无迹可寻。

新的尸体。新的案件。卡洛儿·安妮·怀特案的卷宗仍躺在布朗的桌上，却渐渐被他遗忘了。

9 月 15 日，星期四

现场位于东普雷斯顿街一幢排屋的地下室，一个潮湿、未经装修的所在。一个老年白人躺在地上，全身业已尸僵，身上盖着几层防水布，上面还压着三个铸铁的、高达两英尺的东方三博士雕像。是的，你没听错：就是那三个每当圣诞节就会出现在教堂门口分发没药和乳香的《圣经》人物。里克·贾尔维不禁感叹道，这手段，实在太漂亮、太怪诞了。凶手先是在老头的头上开了一个洞，偷了他的钱，然后把他拖到地下室，给他盖上防水布，最后压上东方三博士。这是寓意耶稣诞生吗？也太东巴尔的摩风格了吧。

死者名为亨利·普卢默。贾尔维和鲍勃·麦克埃利斯特观察创口，很快断定杀死此人的是一个大家伙——.44 或.45，而且是近距离射杀的。普卢默七十岁不到，半辈子都是利透佩琪家具公司聘用的家具租金催款人。他成天都在贫民区晃荡，向那里的居民收取家具和其他家居用品的月租金。那都是一些不用抵押证明便能租用的家具，利透佩琪家具公司会向这些可怜的穷人收取每月十块的租金，其结果往往是某家租用客厅组合件的钱加起来都快要赶上送他家孩子上大学的钱了，这些穷人还都浑然不知。不过，老普卢默已经在这条收租路线上晃荡多年，那里的人早已习惯并喜欢上了他。拿着收租账簿晃来晃去的普卢默已然成为东巴尔的摩地区的标志性人物，唐纳德·金凯德还认识他，因为他妈就住在克林顿街 900 号。现如今，那里早已成为一片废墟，唯独他妈倔强地不肯搬走，成了独一无二的钉子户。

贾尔维也对普卢默先生颇为了解。昨天，凶案组看到了发自巴尔的摩县分局的电报，说有个老头开着车失踪了，报警的是他的家人，贾尔维一看电报便知道这人就是普卢默。更有甚者，他已然对杀死普卢默的凶手了然于胸——因为，他们目前身处的地下室是一个前科累累的瘾君子的家。

这幢两层排屋属于一个名为杰瑞·杰克逊的瘾君子。据贾尔维了解，此人正是最后见到活着的普卢默的人，而且当普卢默还躺在地下室里流着血仍未断气时，杰瑞·杰克逊便离开这里，来到了罗斯伍德医院——他在那里有一份清洁工的活。你可能觉得这不可能，有什么凶手会这么弱智，竟然杀了人后还去上班——可是，这个嫌疑人的智商很快就被一个电话确认了。就在警探来到现场二十分钟之后，一楼的电话铃声响了起来。贾尔维赶紧蹿上楼梯，在电话铃响过第三声的时候接了起来。

"喂？"

"你是谁？"电话那头是个男人。

"我是凶案组的贾尔维警探，"他说，"你是谁？"

"我是杰瑞。"这人说。

哟，这个嫌疑人实在太体贴了，贾尔维想，他竟然往自己的犯罪现场打电话。

"杰瑞，"贾尔维说，"你能赶过来吗？多久能到？"

"大概二十分钟吧。"

"我等你。"

这是杰瑞·杰克逊和警探的第一次交手。可他既没有问警探在他家干什么，也没有试图否认什么或表示震惊。对于警探正在他家地下室检查一具尸体这一事实，他既没有表达意外，也没有感到恐慌。他甚至没有好奇地问警探为什么他家里会有一具尸体。贾尔维一直等到电话那头传来忙音才挂断了。原来是个脑残啊，而且是个诚实合作的脑残。贾尔维心情大好。

"喂，麦克！"还没等到下楼，贾尔维就冲着地下室喊道，"知道是谁的电话么？杰瑞的呀。"

"真的吗？"麦克埃利斯特也对他吼道。

"可不是吗?！他说他正在过来的路上。"

"那简直太棒了。"麦克埃利斯特宠辱不惊地说。

既然嫌疑人主动送上门来，警探们便安心回到现场勘查工作中去了。然而，两小时之后，杰瑞·杰克逊仍然没有出现。貌似此人并没有听上去那么傻。贾尔维和麦克埃利斯特离开了。那天晚上，在一位巴尔的摩县警探的陪同下，两人来到了富勒顿街，把普卢默被人谋害的消息告诉了他的家人。普卢默的老婆当时面色惨白，昏了过去。第二天早晨，她因心脏病发作去世——说实话，她和她老公都是被人谋杀的。

杰瑞·杰克逊是在那天早晨才回到自己位于普雷斯顿街的家的。为他开门的是他的妻子，后者很是吃惊。他的妻子正是现场的发现者。在此之前，她听邻居说那个长期在此地晃荡的收租人失踪了，而人们最后一次见到他时，他正是走进了杰克逊的家。那个时候已经有人传言说收租人是被人杀的，而杰克逊夫人的朋友则劝她赶紧去自家的地下室好好检查检查。在朋友的陪同下，杰克逊夫人走进了地下室。他们还没走下楼梯，就看到有一双鞋子露在了防水布外面。杰克逊夫人吓坏了，站在楼梯上一动不动，而她的朋友则鼓起勇气走了下去，并掀开了防水布：躺着的正是普卢默先生，而他早已死翘翘了。杰克逊夫人明白，她的丈夫杀了人；还没等丈夫下班回家，她便拨通了911。

杰瑞·杰克逊回到了家，并向妻子承认了自己的罪行。很明显的是，他已经没有什么退路了。不过，他也没有负隅顽抗。他没有企图找一个地方躲起来，也没有想赶紧凑钱买一张前往卡罗来纳的车票。在他作为自由人的最后时刻，杰瑞·杰克逊选择了给凶案组打电话，请求和里奇·贾尔维说话。他愿意谈谈他家地下室里的尸体。他说，他或许能为破案帮上些忙。

然而，当杰克逊来到凶案组时，警探们发现他的瞳孔大得超乎想象。这家伙肯定吸了可卡因，贾尔维想。不过，警探也自我安慰道，或许他还没有完全丧失理智。他把杰克逊带到审讯室里，向他读了米兰达警告，而后便问出了第一个问题，一个显而易见的问题。

"啊，杰瑞，"贾尔维挠着头，困惑地问道，"你说，为什么普卢默先生的尸体会在你家里呢？"

杰克逊的回答出乎警探的意料。他小声而又冷静地告诉警探，普卢默先生是于昨日下午来到他家收租的；他把租金给了他，然后，普卢默便走了。

"我对他的死一无所知。"他突然大声嚷嚷道，"那时我还在上班，我给我妈打了个电话，她告诉我我家地下室里有一具操他妈的尸体！那个时候，我才知道。"

他刚开始还是冷静而又克制的，却又突然吼叫了起来，连市局六楼另一头的人都听见他的大叫声。

贾尔维和麦克埃利斯特惊呆了，事情并没有像他们预想的那样进展。他们看了彼此一眼，又都低下了头。贾尔维咬着嘴唇，不知作何回应。

"那个……你能等我们一会儿么？"麦克埃利斯特说。他难以置信地看着杰克逊，仿佛自己是艾米丽·波斯特①，而这位嫌疑人则是把刀叉给拿反了。"我们得出去讨论一下，我们很快就回来，行吗？"

杰克逊忸怩不安地点点头。

两位警探走出审讯室，轻轻地关上屋门。两人还没走到大办公室，就狂笑不止起来。

"我家地下室有一具尸体！"贾尔维摇晃着麦克埃利斯特的肩大叫道。

"不是有一具尸体，"麦克埃利斯特也在笑，"是有一具操他妈的尸体。"

"我家地下室有一具操他妈的尸体！"贾尔维继续大吼道，"我操！竟然有个疯子在我家杀了人！"

麦克埃利斯特边笑边摇着头："这个世道到底是怎么了？我好端端地去上班，我好端端地打个电话问候我亲娘，可她却告诉我我家地下室有一具尸体……"

贾尔维双手握住办公桌，努力让自己冷静下来。

"我是憋了好久才没笑出来的，"他对麦克埃利斯特说，"天呐。"

"你不觉得这家伙肯定是嗑了药嗨了吗？"麦克埃利斯特明知故问。

"他啊？不可能吧。他就是有点儿紧张。"

"好吧。说正经的，你觉得我们应该给他录口供么？"

无论两位警探如何打趣，他们所要面对的问题却是严肃的。这是一个法律问题：因为杰瑞·杰克逊于此时的所有话都是在药物作用下说出来的，所以很难作为合格的呈堂证供。

---

① Emily Post，巴尔的摩人，以写作和教授礼仪而著名。——译者

"去他妈的吧。"贾尔维说，"我们回去吧。我们肯定得起诉他。此时不审更待何时……"

麦克埃利斯特点点头。两人朝审讯室走去。他们走到门前，透过布满铁丝的玻璃窗望向里面。他们发现，杰瑞·杰克逊正围着椅子疯狂地跳着桑巴舞。贾尔维又笑了起来。

"等一下。"他对麦克埃利斯特说。

贾尔维好不容易才收拾起笑容，板起了脸。可他又忍不住笑了起来。"操，这个狗娘养的，有完没完啊？"

麦克埃利斯特竭力忍住不笑，握住了门把手。"准备好了吗？"他问。

"来吧。"

两位警探打开门，再次坐了下来。杰克逊以为两人会问他下一个问题，可是，麦克埃利斯特却长篇大论起来。他告诉杰克逊，他没有必要对自己的现状感到生气，没有任何必要。毕竟，他们只是提问者，而他也只是在回答问题。

"我们又没有打你略，你说是吧？"

是的，嫌疑人同意。

"我们对你挺好吧？"

是的，嫌疑人同意。

"好吧，杰瑞。既然如此，你为什么不告诉我们——冷静告诉我们，为什么你家地下室里有一具尸体呢？"

说实话，杰瑞·杰克逊到底怎么说早已不重要了。就在今天白天，贾尔维、麦克埃利斯特和罗杰·诺兰已经从他妻子那里获得了一份完整的口供。他们还找到了杰克逊的侄子——正是他帮杰克逊构想了整个抢劫计划，并帮忙把普卢默的车给销毁了——他也如实交代了。他们甚至审问过杰克逊家附近的一个贩毒者——杰克逊花了两百块钱从他那儿买可卡因，而这些钱正是从普卢默那里夺来的。无论从哪个方面判断，杰克逊都是一个愚蠢透顶的犯罪分子。在他的计划中，他要在把人杀死之后继续去上班，以免引起他人的怀疑，然后在第二天早晨再把尸体运出去扔掉。可是，计划赶不上变化，等他在客厅里把普卢默杀死并把他身上的钱都搜刮一空后，他却决定先用这些钱买点毒品让自己嗨起来。

就在值白班的同事到来之前，贾尔维已经开始起草本案的报告了。诺兰在他的一边喋喋不休着，论述着本案的破案关键。据他说，逮住卖可卡因给杰克逊的毒贩子并让他如实交代，这才是让案情明朗的首要因素。

当警司说出这句话时，贾尔维和麦克埃利斯特都放下了手中的笔，难以置信地看着他，仿佛他就是一个外星人。

"呃……罗格，"麦克埃利斯特说，"本案的关键是凶手把尸体留在了家中。"

"好吧，你说的也没错。"诺兰笑着，却也因手下和自己的意见不合而感稍许失望，"那的确也是关键。"

于是，里奇·贾尔维的好运之年仍在继续着。凶案组成员有时好运有时歹运、起起伏伏的定律影响着其余的每一个警探，却始终无法染指于他。贾尔维不费吹灰之力得到了目击证人、找到了指纹、看到了逃匿车辆的牌照。你敢在巴尔的摩杀人，而里奇·贾尔维又恰好是负责你所犯下罪行的警探，那么你就准备受死吧。别逃了，还是赶紧乖乖自首并且请个律师吧。

贾尔维成功地把杰瑞·杰克逊送进了拘留所。不久之后，他又接到了一个电话。派遣中心说东巴尔的摩发生了一起案子，他记下了事发地点。这一次，他所接到的是最棘手的案件类型。他放下电话，问办公室里的同事他们最不想接的是哪种类型的案件。麦克埃利斯特和金凯德异口同声地回答道——而答案也不出贾尔维的意料——"纵火案"。

在凶案组警探看来，调查纵火致死案就好比亲身经历人间炼狱。这是因为但凡消防部门将某案判定为故意纵火案，警局就很难将此案的性质推翻。唐纳德·金凯德至今还有一起未破的火灾致死案，可他几乎可以肯定，凶手只不过是一条短路的电线。金凯德仔细观察了火灾排屋内的火舌痕迹，发现火势是顺着墙壁上的电线延伸的，可是，火灾事故调查局的蠢蛋却执意说这就是一场故意纵火案。好吧。那金凯德还能做什么呢？难道把那根狗娘养的电线给抓起来吗？警探不想接纵火，还有一个原因：他们很难在法庭上说服陪审团这就是一起蓄意为之的凶案，除非……除非他可以找到多过于六人的目击者。很多证据都没有看上去那么管用。即便观察现场发现有泼过汽油或其他易燃物的痕迹，优秀的辩护律师也会说，这很有可能是不小心造成的。有人不小心倒了点汽油，又不小心丢了一支香烟。在陪审团看来，只有那些身上有弹孔或刺伤伤口的人才算是被谋杀者；除此之外的证据，都不足以令人信服。

于是，当贾尔维和麦克埃利斯特驱车前往现场时，他们满心的怨愤和不情愿。现场是北邦德街上的一幢二层排屋。没有目击证人。里面只有一堆被烧毁的家具和一个被烧焦了的可怜人儿。他看上去已经有六十岁了。

他就像一块烤鸡排一样躺在地板上，一面已经焦了，一面还淌着鲜血的嫩肉。火灾事故调查局的人带贾尔维看了眼房间一角的一个熏黑污点，他说，这就是蓄意纵火的证据。好吧。他们清理了一下这一区域的烟灰，发现污点的确比它的周遭更加黑一些。那么，这就是一起故意纵火杀人案啦。而贾尔维的手里有几张牌呢？他有一具尸体，有一个倾倒汽油的物证痕迹，还有一个醉酒了的女人——当火灾发生时，她从排屋的后窗跳了出来，目前正在联合纪念医院里吸着氧气呢。据火灾调查局的人说，此人是死者的女朋友。

和贾尔维与麦克埃利斯特所预料的一样，北邦德街的这起案件就是噩梦成真。贾尔维觉得，自己的好运之年即将走到尽头了。两人驱车前往联合纪念医院，希望在第一时间审问死者的女朋友。可是，当他们走进那里时，却发现两个纵火部门的警探像门神一边守候在护士站边上。他们说，那个女人的话全是骗人的。她说是她不小心碰倒了烟灰缸还是什么玩意儿才引起了火灾。

纵火部门的人告诉凶案组警探们，女人就说了那么多。目前，她正在接受急救，而她因为吸入了过多烟灰而无法正常说话。她或许就是纵火犯，或许又不是，目前还不能下结论，也无法证实。两位警探都打起小主意来：要是能让法医暂时悬置死因判定那该多好啊——悬置得越久越好，来个十年吧。第二天，在尸检室里，贾尔维还真和法医达成了暂时悬置死因的裁定。他和麦克埃利斯特心存侥幸地回到凶案组，祈祷这起案件就此消失。

里奇·贾尔维的行径只能说明他还不够自信。即便他已好运了大半年，一旦遇到有风险的难案，他便会退缩回去。两个星期之后，那个住进了联合纪念医院的女人因吸入过多毒气且受伤过重而死去了；两天后，贾尔维来到佩恩街，告诉法医他们可以取消悬置，将此案裁定为谋杀了。本案唯一的嫌疑人就这样及时地死去了，案子宣告破解。出乎贾尔维本人的预料，他竟然就这样又破了一起案件。

算上这起纵火案，自本年 2 月的勒娜·卢卡斯案以来，贾尔维已经连破了十起案子，这其中有涉毒杀人案、邻里争执动武杀人案、街头抢劫杀人案，还有不需要调查便已告结的纵火案——里奇·贾尔维是达达里奥手下十五位警探中的幸运之星，可他依然浑然不知，而幸运女神却依然对他不离不弃。

10 月 1 日，星期六

一个凶案组警探在北杜尔汗街上走来走去，敲响那里的一扇扇房门，希望寻求居民的一点配合，希望他们还残存着一些作为公民的责任感。

"我没看见。" 1615 号的年轻女孩说。

"我听见了一声响。" 1617 号的男人说。

1619 号没人应门。

"上帝啊，" 1621 号的女人说，"我可什么都不知道。"

汤姆·佩勒格利尼又追加了几个问题。他正在调查发生在 1600 号的血案，他试图找到一些能让自己打起精神来的线索。

"事发时你在家吗？"他问 1616 号的女孩。

"我不确定。"

不确定。你怎么可能不确定呢？西奥多·约翰逊是被一支霰弹猎枪于近距离射杀的，他死在了这条狭窄的街道上。枪声巨大，诺斯大道上的人都听得到。

"你不确定你是不是在家？"

"我有可能在家。"

好吧，这就是挨个敲门的结果。如果这些居民是故意不肯配合的话，那也不是不可以理解。谣言已经四散开来：约翰逊之所以会被杀死是因为他欠了一个毒贩子的钱，而毒贩子是想杀鸡儆猴，告诉这条街上的所有人他可不是好惹的。毕竟，这些人才是杜尔汗街上的居民，而佩勒格利尼只不过是个过客而已。

没有目击证人。佩勒格利尼只有一具业已前往佩恩街等待尸检的尸体和一堆留在肮脏沥青路上的血污。他还在街角的小巷口找到了猎枪射出的弹壳。这条街是如此黑暗，以至于当他们要拍照取证时，只能叫来紧急车队小组，让他们用车灯点亮现场。大概一个小时之后，死者的妹妹会坐进审讯室告诉杰·朗兹曼一些不着边际的谣言。除了这些之外，佩勒格利尼还会头痛。

咖啡室的"板儿"上出现了西奥多·约翰逊的名字。在其下方，排在佩勒格利尼姓名首字母之下的，还有两个名字：史迪威·布拉克斯顿——这个男孩是个前科累累的惯犯，被人刺死在了宾夕法尼亚大道上；巴尔尼·厄勒——此人是个流浪汉，被人在克雷街上锤死了。被拉托尼亚·瓦伦斯案消耗了太多精力的佩勒格利尼已经有三起未破之案了，不过这个数量倒还在他的忍受范围内。毕竟，一个被先奸后杀的十一岁小女孩可比因欠了钱而偿了命的瘾君子重要多了。西奥多·约翰逊之死或许能在凶案组里激起稍许波澜，或许也能让警探们审讯一两轮证人。可是，这位主责警探已经决定，在此之后，这起案子无论如何都得靠边站了。

几个月之后，佩勒格利尼会对自己此刻的决定感到些许后悔。毕竟，他因为拉托尼亚·瓦伦斯牺牲了太多为其他受害者冤命昭雪的机会。拉托尼亚·瓦伦斯案已然让他备感自责了，而他对其他受害者的愧疚感也接踵而至：他后悔没有在1月的时候更加用心地审讯那个关在西区拘留所里的男孩，此人声称认识戈尔德街和爱丁大道枪杀案中的某一个嫌疑人；他后悔没有好好审讯布拉克斯顿的女朋友，此人竟然对其男友之死毫不悲伤；他也会后悔没有去——核对西奥多·约翰逊妹妹的那些谣言，他再也没有机会了。

佩勒格利尼可以把此案交给警探副手维尔农·霍利负责。霍利和佩勒格利尼一起勘查了现场，他也理解佩勒格利尼想继续专心侦破瓦伦斯案的决心。可是，霍利刚来凶案组不久。这个老黑人探员是从偷盗组转过来替补弗雷德·塞鲁迪留下的空缺的。虽然他已经做了大半辈子警察，也跟着里克·李奎尔学了几个星期，可他还没摸到凶案组工作的门路呢。但佩勒格利尼所在的分队确实缺少人手：在凶案组工作六年之后，迪克·法勒泰齐主动申请调往了性侵犯组工作。法勒泰齐是个有天赋的警探，他的问题是没法前脚赶后脚那样破案。每一年，他接到的案子都要比其他人少，而他总是以自己的节奏工作——在朗兹曼分队的其他人看来，他就是第二个哈里·艾杰尔顿。越来越大的工作量，没日没夜的加班——再加上同事们抱怨了好几次，说朗兹曼总是对他青睐有加、厚此薄彼——法勒泰齐终于受够了，逃离了凶案组，来到了市局六楼的另一头。与此同时，塞鲁迪也离开了。至少，法勒泰齐是自愿离开的。

分队里只剩下了三个人，再加上一个刚来的新手，佩勒格利尼不得不担起西奥多·约翰逊案的责任来了。至少，他有义务带着霍利先调查几天，不能让一个刚来的新人啥都没干就学会了偷懒呀。

佩勒格利尼的直觉告诉他，自己不可能从杜尔汗街居民的口中套出一句话来，但他还是一一敲开了他们的大门。霍利已经提前离去回到凶案组了。他将审讯死者的亲属和几个出没在现场的小孩——他们之所以会被逮走，只是因为当第一现场警官赶到时，这几个人正像一只只松鼠一样围着现场唧唧喳喳议论个没完。

突然之间，佩勒格利尼的角色转换了——现在，他正扮演着一个疲惫的老探员，指点教导着霍利这名新兵。可朗兹曼分队的其他同事并不觉得惊讶。对拉托尼亚·瓦伦斯案长达九个月的调查已经彻底改变了佩勒格利尼：他已然从一个愣头青变成了一个久经沧桑的世故之人。我们倒不能说他会在霍利身上看到几年前的自己：在来到凶案组之前，霍利曾在刑事调查部的偷盗组工作过；而初来乍到的佩勒格利尼当时没有任何破案的经验。然而，霍利的心态和曾经的佩勒格利尼如出一辙：他以为这起案件很重要，他以为这是全世界、人类历史上最重要的案件。他是个新人。他很自信。他让佩勒格利尼觉得自己已经是个百岁老头了。

两位警探一直忙到了那天快到中午时分。他们记录下了受害者妹妹的口供，又将它与一位前警察提供的信息做了对比。这位前警察的一家人都住在杜尔汗街上。他的家人不愿意对警察开口，可这位前警察——虽然他是在二十年前因腐败而被开除的——还是保留了一些作为警察的良知和本能，向两位警探透露了一个嫌疑人的名字。当天上午，佩勒格利尼和霍利便找到了这个嫌疑人。他们审讯了几个小时，所得信息却甚少。于是，两人只好又过了一遍卷宗。虽然佩勒格利尼没有明说，霍利还是感受到了他的潜在意图。霍利乖乖地放手了，放开了佩勒格利尼，让加里·登尼甘和李奎尔继续带他破案。

他先是和李奎尔破了一起布鲁斯街上的家庭惨案。那是场真正的悲剧：一个年轻的女子被她毒瘾上脑的男朋友打死了，她留下了一个孤儿——当霍利赶到现场时，他发现这个婴儿正在一位警察的怀里嚎啕大哭，哭声通过无线电对讲机传遍了整个城市。然后，他又和登尼甘一起破了车里山道的家庭暴力案。这两起案子都很容易告破，这让霍利信心备增。于是，从 9 月份开始，他便开始做主责警探了。

与此同时，佩勒格利尼却仍然置身事外。塞鲁迪灰溜溜地走了，法勒泰齐也离开了，霍利正在成长——这些都是凶案组的大事件，可佩勒格利尼仍然不闻不问、毫不关心。时间在他身上停住了。他正演着一场独角戏，反反复复地言说着那几句零星的台词，检查着那几个可怜的道具——他的身心都停留在了那个悲伤的现场。

三星期之前，佩勒格利尼和朗兹曼再一次搜查了"捕鱼人"在怀特洛克街的家——朗兹曼之所以同意佩勒格利尼第二次申请搜查令，与其说是因为他也觉得能从那里找到什么遗漏的证据，还不如说想让佩勒格利尼好过一些。几个月过去了，他们几乎不可能再从"捕鱼人"的公寓里找到什么了。可是，佩勒格利尼依然固执地认为"捕鱼人"就是凶手。他说，在 2 月份的时候，警探们过于匆忙地勘查纽因顿大道，于是没有花足够的精力检查怀特洛克街"捕鱼人"的家。他还依稀记得当他第一次搜查"捕鱼人"的家时，他发现客厅里铺着红色的地毯；几个月后，他突然想起从小女孩身上取下的毛发和纤维物证，其中有一种便是红色的布料。

红色的地毯，红色的纤维：突然之间，佩勒格利尼找到了继续前进的动力。在他看来，编号 H88021 的卷宗每一刻都是变幻的——它就是一片风景，其中的每一棵树木、每一块石头、每一簇灌木都在任自生长。而其实，这是一种司空见惯的感觉，几乎每个警探都曾经历过——证据稍纵即逝，总是会让他们觉得错过了些什么。每个凶案组警探都曾经以为自己在犯罪现场或对嫌疑人住所的搜查中看到了些什么，然后他们申请第二次搜查，结果他们再也找不到他们以为自己曾经见过的东西了。去他妈的，也许那根本就是警探的臆想；或许它的确还在那里，只不过警探已经没有发现它、看到它的能力了。

正是这种挫败感和后悔导致了噩梦的频发。我们可以几乎肯定地说，睡不好觉是所有优秀警探的共通特质。这些噩梦不断地折磨着他们。在梦里，他们会回到那个熟悉的排屋——他们有一张搜查令，或许只是为了看一眼——他们隐隐觉得自己看到了些什么。操，到底是什么呢？他们告诉自己那肯定是很重要的东西。一堆血污。一个弹壳。一个给孩子戴的星形耳环。他怎么都无法确定，可他的本能告诉他，只要找到了它，他就能破了这起案子。可是，就当你开始寻找时，那个东西不见了。你的无意识里一片空白，你失去了一个机会，而它正在莫须有之处嘲笑着你。这些噩梦会把刚来的警探吓傻；当他们中的有些人来到现场时，他们总是会无法分辨这到底是现实还是梦境，他们害怕眼前的一切都会瞬间消失。而老探员虽已习以为常，但依然会因做这样的梦而发脾气；不过，他们经历得太多太多，他们已经不再全然相信自己的无意识暗示了。

可是，拉托尼亚·瓦伦斯案的噩梦却支配控制着佩勒格利尼。它命令他申请第二张搜查令，它指挥他再次打开那扇业已被他打开过的门。不出意料，"捕鱼人"的表现相当淡定，甚至有些厌倦。佩勒格利尼在 2 月份的时候没有找到什么，9 月份时一样没找到什么。根本没有红色的地毯：佩勒格利尼凭着记忆在卧室里找到了一块红色地毯，但它却是塑料的，一种户外野餐毯子。他在客厅的角落找到了一枚蓝色耳钉，可它毫无价值。数日之后，警探们联系了瓦伦斯的家人，后者相当肯定地说，小女孩不可能佩戴混搭的耳钉。如果她的一只耳朵上戴的是星形耳环，那另一只上肯定也是星形的。佩勒格利尼还不厌其烦地开车来到瓦伦斯母亲的家里，把蓝色耳钉递给她看；小女孩的母亲很是惊讶，她以为警察早已停止对此案的调查，不过，她也肯定地告诉佩勒格利尼，这个蓝色耳钉不是拉托尼亚的。

案情再次陷入绝望之境。然而，就在这时候，一条新线索出现了。在第二次搜查"捕鱼人"家的一星期后，佩勒格利尼开始审问一个盗车犯。这个盗车犯是在 7 月的时候被巴尔的摩县警察逮捕的。他的精神有问题，曾在拘留所里连续三次自杀未遂。而当发现自己死不成时，他却突然对县警察交代道，他知道有个人曾犯过两起凶杀案：其中一起是发生在巴尔的摩西北区一家酒吧的涉毒凶杀案，而另一起则发生在水库山道上，死者是个小女孩。

霍华德·科尔宾来到巴尔的摩县，对此人进行初审。据他说，有一次，他曾和自己的侄子在纽因顿大道 800 号附近吸毒。一个小女孩恰好走了过来，他侄子对她说了些什么。小女孩——她背着书包，她的头发是编成辫子的——回了他几句，貌似两人认识。紧接其后，他侄子冲了上去，把小女孩抓住了，而盗车犯觉得大事不好，害怕地逃走了。科尔宾给他看了眼拉托尼亚·瓦伦斯的照片，盗车犯便哭了起来。

渐渐地，警探们发现盗车犯说的并非谎言。他的确有个侄子，此人住在纽因顿大道 820 号。他有好多犯罪前科，但其中没有一项和性侵犯有关。科尔宾很是吃惊，因为盗车犯竟然记得小女孩背着书包、梳着辫子。当然，这两个细节在案发一开始便透露给媒体了，可是，它们依然让警探们开始相信盗车犯的话。

科尔宾和佩勒格利尼负责地检查了纽因顿大道 800 号那幢空无一人的排屋，又在同一街区的一个排屋后院里找到了一辆废弃的雪佛兰诺瓦。据盗车犯说，这便是他侄子的车，他会在它的行李箱里藏一把猎鹿刀和弹簧刀。警探们把这辆车和另一辆归属于侄子姐姐的车拖到了犯罪实验室，可他们什么都没找到；而盗车犯则被带到了凶案组，警探们对他展开了漫长的审讯。

警探们和盗车犯对着口供，他的故事也开始发生变化了。比如说，他突然记得有一次，他侄子打开了他姐姐的车后厢，里面放着一个塑料袋。侄子拉开拉链，盗车犯看到了小女孩的脸……

可以肯定的是，盗车犯绝对是个精神病人。可他的故事又有很多确凿的细节，这让警探们不得不进一步去核实他的口供。他们必须找到他侄子，必须听听他侄子是怎么说的。而盗车犯自己，也应该做个测谎实验。

除了这个盗车犯之外，佩勒格利尼的手上还有一个住在公园大道上的潜在嫌疑人。据很多人谣传说，此人在最近几个月行为古怪，还曾对一个女学生露过阴。这几个月来，中央区发生过几起强奸案，这些案件的嫌疑人也在佩勒格利尼的掌握中。当然，他依然没有放弃"捕鱼人"，采访了五六个他的朋友或旧友。

当杜尔汗街上的西奥多·约翰逊案发生时，佩勒格利尼只好暂时放下这些线索转而调查约翰逊案。然而，当选择再次出现在他面前时，他犹豫了：到底是应该继续调查约翰逊案，还是继续沉迷于拉托尼亚·瓦伦斯呢？他告诉自己，如果他能一心一意地调查约翰逊案，这起涉毒案应该可以告破；可是，如果他继续执迷于小女孩，谁都说不清他到何时才能脱身。

所有其他同事都认为，佩勒格利尼对拉托尼亚·瓦伦斯案的痴迷皆为虚妄。瓦伦斯已经是历史了，西奥多·约翰逊的尸体却仍未冰凉。佩勒格利尼一步错、步步错。他执意第二次搜查了嫌疑人的家，他无穷尽地审问着嫌疑人的周边人士，他甚至还相信了一个神经病的话——如果佩勒格利尼只是一个菜鸟，他们还能理解。操，好吧，谁让被杀的是个小女孩呢？可是，破案又不是过家家，凶案组所要面对的是个残酷的成人世界。警探们一致同意，佩勒格利尼已然迷失了。

不过，案情再次急转直下。西奥多·约翰逊案发生一个星期之后，就当办公室里的所有人都同意佩勒格利尼无药可救时，犯罪实验室把一份报告送到了佩勒格利尼的桌上。其他警探也很快了解到了报告的内容。

这份报告是由犯罪实验室微量物证组的范·吉尔达写的。报告的分析对象是小女孩裤子上的黑色污迹。检查裁定称，这是燃尽木头留下的煤烟。简而言之，是火灾的遗留物。

微量物证组倒是没有心急火燎地立刻把此结论通知佩勒格利尼。他们还对此黑色污迹与佩勒格利尼在两个月前从"捕鱼人"烧毁的商店中提取的物证样本做了比对。他们的结论是，两个物证即便称不上是一致的，也是相似的。

佩勒格利尼逼问实验室的人：这句话到底意味着什么？是相似呢，还是一样？能肯定小女孩曾在怀特洛克街的商店里待过吗？

可是，范·吉尔达和其他微量物证组员工给他的回答却模棱两可。他们说，佩勒格利尼可以把物证送去罗克韦尔的酒精、烟草及枪火实验室——那里有全美最先进的仪器——他们或许可以告诉佩勒格利尼更多。不过，范·吉尔达还是肯定地说，小女孩裤子上的污迹和从商店中提取的物证具有相同的成分。它们的确很相似，它们的确有可能都源自那个商店的火灾废墟。可是，并不能排除裤子上的污迹是从另一处类似火灾现场沾染的可能性。

佩勒格利尼的心情相当矛盾。一方面，在对拉托尼亚·瓦伦斯案调查长达九个月之后，实验室终于拿出了一份相当重要的物证报告，而它也是把凶手指向"捕鱼人"的唯一物证，他为此而感欢欣雀跃。可另一方面，实验室分析师却仍有保留，他们至多只能说两个物证极为相似，而这便意味着还有商榷怀疑的余地，这又让佩勒格利尼备感绝望。这个报告或许是个好的开始，但除非罗克韦尔的酒精、烟草及枪火实验室能提供更加明确的说法，否则这份报告依然是废纸一张。

拿到报告数日之后，佩勒格利尼让警长批准了一次电脑数据库搜索行动。他想了解，在 1978 年 1 月 1 日至 1988 年 2 月 2 日之间，发生在以诺斯大道、公园大道、杜伊德公园湖道和麦迪逊大道为四周边界的水库山道地区到底发生过多少起火灾和纵火案。

他的理论很简单：虽然实验室无法确切证明裤子上的黑色污迹是从怀特洛克街染来的，他至少可以用排除法来一步步缩小范围，直到肯定黑色污迹的源头。

在凶案组的所有其他人看来，专注于拉托尼亚·瓦伦斯案的佩勒格利尼早已迷失了自我；可是，在他自己看来，编号 H88021 的卷宗渐渐清晰了起来。时隔八个月之后，他终于拥有了一个全新的物证、一个有所指向的嫌疑人和一个的确可行的理论。

至少，他看清了自己所要前进的方向。

10 月 7 日，星期五

"好吧，"麦克拉尼满怀敬佩之情地看着"板儿"，说道，"沃尔登又回来了。"他的意思是：沃尔登又开始破案了。

在 9 月下旬的连续三个夜班中，"大人物"和里克·詹姆斯接到了三起谋杀案。现在，其中的两起已经告破，剩下的那一起也快了。咖啡室另一边的黑板上，记录着这一案的进展："如果有个叫勒诺的、在宾夕法尼亚大道工作的妓女打电话过来，请联系负责 H88160 案的沃尔登或詹姆斯。"

勒诺，那个神秘的妓女。她是其前男友之死的唯一目击证人。她的前男友曾在宾夕法尼亚大道 2200 号和她的现任男友吵架，然后就被现任男友往右胸口插了一刀，死去了。两个星期过去了，勒诺的现任男友——本案的嫌疑人——因癌症去世了，所以说，只要好心的勒诺来凶案组交代一下口供，这起案件也就结束了。可勒诺却消失了。在过去的两星期里，麦克拉尼分队的警探们询问着宾夕法尼亚大道上的每个皮条客和每一张新面孔，这直接导致卖淫生意惨淡无比，以至于每当他们打开车门要下车时，妓女们会冲着他们摆手。

"我可不是勒诺！"一个星期之前，沃尔登刚想走上前去询问一个妓女，后者便对她嘟囔道。

"亲爱的，我知道你不是。可你见过她吗？"

"今晚可没见过她。"

"好吧。如果你见到她，告诉她我们请她来一趟，只要她来一趟，我们就不会再烦你们啦。你能帮我这个忙吗？"

"如果我看到她，会对她说的。"

"亲爱的，谢谢你了。"

沃尔登想，这才是警察真正该干的事嘛。警察就应该混迹于街头。没有油腔滑调的政治家，没有背信弃义的上司，没有被死尸吓得屁滚尿流的菜鸟。在街头，你只会遭遇撒谎的、狡猾的罪犯，可沃尔登并不会抱怨。这才是他们该干的活。这才是他该干的活。

再次回归日常轮值工作的沃尔登找回了一丝满足感。当然，最近的三起案子虽然顺风顺水，却并不具备挑战性。第一起案件基本是场意外：案发地点是在西区的一幢排屋里，三个年轻的贩毒分子正在欣赏这个排屋主人刚买的手枪，可这把廉价的玩意突然之间走火了，恰好击中了其中最年轻的一个毒贩。第二起案件发生在海兰德城雷克伍德大道后的一条小巷里，一个比利兰德男孩被人一拳击倒在地，头撞在了水泥马路上，一命呜呼了。而第三起则是发生在宾夕法尼亚大道上的利器杀人案，只要勒诺小姐赶紧现身，这起案件也就告破了。

不，宣告沃尔登正式回归的并不是这些案子的难度，而是这些案子的数量。这倒不是说"大人物"不善于侦破难度系数高的案件：事实上，梦露街案就是他近些日子以来的最大挑战。然而，要知道，就在一年前，沃尔登可是个破案机器。在麦克拉尼的记忆里，那一年的光辉璀璨犹如某支球队的夺冠季，而沃尔登便是球队的王牌得分手。那时候，这支分队的所有警探都依循着一条颠扑不破的准则：有难事，找沃尔登。他会接下所有案子。去吧，把这个案子交给他，把那个案子交给他，把戴夫·布朗和瓦尔特梅耶破不了的案子也交给他。看到没？他就是破案机器。

可今年却不同于往年了。梦露街案、拉里·杨的那个案子，还有三四月的那些未破之案——沃尔登霉运连连，到夏天都还见不到尽头。

厄运一直延续到了八九月份。8月底的时候，沃尔登又接到了一起令人头疼的案子。死者是个十四岁的男孩，名为克雷格·里德奥。他是被人用霰弹枪杀死的。当人们在那天早晨于皮姆利科道一边的草坪上发现他的尸体时，他已经死去几个小时了。沃尔登花了好几天时间，终于追踪到西北区一帮开红色马自达持霰弹枪抢劫的团伙。他曾在西北区工作过，那里有不少他的线人，他从他们那里进一步了解了情况，并检索了其他持霰弹枪抢劫的报告，终于锁定了一个嫌疑人——此人住在车里山道，前科累累，其中便包括了持械抢劫。据西北区的很多人反映，他曾开着红色马自达在那里转悠，他经常出没于公园高地地区，而那里离案发现场很近。

沃尔登在这个男孩的家门口蹲了几个晚上。因为缺乏物证，他希望这家伙会贼心不死，和他的那帮伙计们一起再次拿起霰弹枪，开着红色马自达去抢劫。如果那样的话，他们就会被沃尔登逮个正着。可是，他的如意算盘落空了，坏了他好事的还是自己的同事：就在里德奥案发生两星期之后，沃尔登去上下午4点到午夜12点的班，却听说戴夫·霍林斯沃斯——斯坦顿手下的一位警探——也正在侦破西北区的一起持霰弹枪抢劫案；不仅如此，他还亲自来到了车里山道，拜访了他的那个嫌疑人。突然之间，整个西北区风声鹤唳，再也没人持霰弹枪抢劫了，再也没有红色马自达出没了，而那个嫌疑人也再也没有去过公园高地。

几个月之后，沃尔登再次听说了这个嫌疑人的消息。他的名字出现在了二十四小时内犯罪报告中。只不过这一次，是他的尸体躺在了大街上——他被打死了，案发现场是马丁·路德·金大道旁的一条支路。于是，里德奥案至今未破。在沃尔登看来，它几乎成了一种邪恶的象征——无论他多么用心，但凡他所接下的案子就肯定破不了。

厄运仍未到头。里德奥案只不过是组合拳中的一击而已。9月中旬，备受媒体关注的拉里·杨案在中央区法庭开庭审判了。

说实话，"审判"这词并不准确。这更像是一场戏，一场由检察官和警探——虽然他们无一真心想追究本案的真相——主导的、演给公众看的戏。州检察官办公室的蒂姆·多利亲自出马，暗度陈仓，不失颜面地故意输掉了官司。他详细描述了这位议员谎报案情的细节，却又没有传唤议员助理作为证人出席，放弃了追究议员谎报案情动机的机会，也保护了议员的私生活不被公众所知。

沃尔登倒是能理解和接受州检察官的宽容和大度，他无法接受的是他们竟然还要公然把宽容和大度表演给大众看；检察官办公室和警局都急于表现他们对公正不舍不弃的追求，他们必须为大家演上一出戏：起诉拉里·杨，审判拉里·杨，然后得出结论，拉里·杨只是因为太傻才谎报了案情，然后再宣布无罪释放——这才是沃尔登出离愤怒的原因。可是，沃尔登别无选择。他没法把自己的情绪发泄出来。当被传唤出庭作证时，他依然就范了。议员的律师问起他和议员之间的那次关键对话，沃尔登想都没想便承认了事实，戳中了检方最大的漏洞。

"警探先生，你是否曾对议员说过，只要他对你承认他没有犯罪，你便不会起诉他？"

"我曾告诉他，他不会被我起诉。"

"但是他还是被起诉了。"

"但不是我提出的。"

然后，沃尔登承认，他曾对议员说过，只要议员所做的仅仅是谎报案情，那么只要他承认了，就不会被继续追究。而在当时，议员也的确承认了。沃尔登也真实地复述了两人对话的结论，即他只会在私底下调查此案，而不会对其提出公诉。

议员的律师面带满意的微笑结束了对沃尔登的交叉质证："沃尔登警探，谢谢你的配合。"

谢谢你。他们倒真的应该谢谢沃尔登。既然议员主动交代案情已成事实，既然检察官也无心追究其谎报案情之后的动机，分区法院的法官很快便宣布了意料之中的裁决。

当拉里·杨走出法庭时，他友好地向沃尔登伸出了手。"谢谢你的诚实。"议员对沃尔登说。

沃尔登惊讶地看着他回答道："我为什么要撒谎呢？"

议员貌似是在感谢沃尔登，可在他听来却是极大的侮辱。毕竟，一个警探为什么要撒谎呢？为什么要做伪证呢？他又有什么必要仅仅为了赢下这么一个官司而牺牲了自己的人格，更别提自己的工作和退休金呢？难道仅仅是为了剥下政治家虚伪的假面吗？抑或是为了赢得拉里·杨政敌的青睐？

每一个警察都是犬儒主义者，沃尔登也不例外。但他并非圣人。破不了的案子和公然的背叛——沃尔登本年度的两大主题——仍然折磨着他。他并没有表现出来，可你仍然可以感觉到他内心的愤怒以及他对警局怯懦和办公室政治的无声抗议。负面情绪并没有爆发，而在他体内慢慢滋生，并加剧着他那日渐严重的高血压。在同事的记忆里，沃尔登只因为拉里·杨案发过一次火。那是在凶案组的咖啡室里，当时，里克·詹姆斯想要安慰他，让他放宽心，却意外引爆了他的怒火。

"喂，这个案子已经不受你的控制啦。"里克·詹姆斯说，"操，你还想怎样呀？"

"还能怎样？"沃尔登低吼道，"我告诉你我还能怎样。我会用枪给某人的脑门开个洞，而这位仁兄就在这座大楼里。"

詹姆斯哑口无言。从此以后，他再也没有对此案说过什么。都已如此了，他还能说什么呢？

与此同时，特里·麦克拉尼听到了一起谣言：有人说，沃尔登对法医办公室空缺的调查官职位表示了兴趣。麦克拉尼当即郁闷了起来。沃尔登要走了，他对分队的其他同事说。操他妈的，这是什么世道啊，我们要失去沃尔登了。

"他看上去很疲惫，"麦克拉尼对其他人说，"我从没见过他如此疲惫过。"

不过，麦克拉尼并没有放弃。他对沃尔登还抱有一丝残念：让沃尔登回到街头，重新破案去吧。只要他能接到好案子，只要他能破案，他一定不会走的。麦克拉尼相信，这个世界上，只有一种药才能救沃尔登，那就是真正的警察工作。

可是，话又不能说得那么绝对。不可否认，梦露街案就是真正的警察工作，里德奥案也是。它们都以未破告终——这才是问题所在。即便是沃尔登自己，也不知道到底是哪里出了错。他不知道命运之神将带他前往何处，他不知道漫长的黑夜是否会有尽头。

然后，毫无征兆地，黎明出现了。9月底的午夜轮值里，沃尔登接到的三起案件都顺利告破了。一星期之后，他开始上日班，并接到了一起无头谜案——一个赤身裸体的女人死在了格林斯普林大道一个小学的后门外。发现尸体的是邮递员，当时她已经死去超过十二小时了。没有目击证人，没有能对上的失踪人口报告。

沃尔登在此案的表现出色极了。这倒不是因为他很快就找到了凶手——因为令人难以置信的是，在跟踪案件长达一年多之后，沃尔登往往还能找到嫌疑人——而是因为沃尔登没有让这个女人成为冤死的无名氏——或者，用沃尔登本人的专用术语说，"驯鹿家族的一员"——他没有让这个女人在不被其家人及亲友知晓的情况下，仅仅用二百元的公立体恤金埋葬掉。

沃尔登花了整整六天时间走街串巷，希望能确定这个女人的身份。电视台和报纸不愿发布她的照片：她的死相过于狰狞，容易引起公众的不安。沃尔登也没有在巴尔的摩的犯罪数据库和 FBI 的数据库里找到任何能和她的指纹对应的记录。虽然她的尸体相当干净——这意味着她肯定是在附近某处生活——也没有人向警察举报说自己的母亲或姐妹或女儿失踪了。沃尔登检查了克塔基大道附近的群租屋，那里专门收留无家可归的女人。他拜访了戒毒中心，因为法医发现死者的肝部有些泛灰，可能吸过毒。他也搜查了小学附近的街道和公交沿线。

就在昨天晚上，沃尔登终于找到了线索。他带着死者的照片走访了皮姆利科地区的每个酒吧和外卖店。一个在普力克尼斯酒吧的人告诉沃尔登，死者曾有一个叫做里昂·斯克斯的男友，后者住在莫兰德大道上。沃尔登找到了那里，却发现是个空屋，不过这里的邻居告诉他可以试试本塔罗街的 1710 号。沃尔登又赶到那里，住在里面的女孩聆听了他的故事，然后把他带到了朗伍德街的 1802 号。沃尔登终于找到了死者的男友，而后者告诉他，这个女人名为芭芭拉。

"她姓什么？"

"我不知道。"

然而，里昂却知道死者的女儿住在哪里。沃尔登不走捷径、脚踏实地的作风得到了回报。被人杀害的无名氏——一个貌似三十岁的黑人女子——被确定为是芭芭拉·沃蓓尔，三十九岁，住在莫兰德大道的 1633 号。

六天夜以继日的街头调查正式宣告了沃尔登的回归，他终于度过了职业生涯中最惨淡的一年，重见天日了。

再次回到破案轨道的沃尔登心情大好，又开始有闲情逸致调侃戴夫·布朗了。戴夫·布朗想放弃对卡洛儿·怀特一案的调查，他的理由是他又新接手了妮娜·佩里一案。9月的时候，住在斯特里克尔街上一幢排屋的妮娜·佩里失踪了。一星期之后，布朗找到了她的车，并逮捕了占用这辆车的一帮瘾君子。他和麦克拉尼联手漂亮地解决了这起案件：他们向其中一位瘾君子施压，让他对谋杀罪行如实招来并带他们找回尸体——他把妮娜·佩里的尸体扔在了卡罗尔县的树林里，当警探们找到它时，它已严重腐烂了。

沃尔登见证了戴夫·布朗在妮娜·佩里一案中的出色表现，这让他觉得大卫·约翰·布朗或许还真是块做警探的料。妮娜·佩里一案完全可以当教材来用，布朗的工作堪称标杆。不过，沃尔登对布朗的承认也仅仅到此。

"他还有克雷夫·琼斯案和卡洛儿·怀特案，"9月底的时候沃尔登说，"我倒是要看看他能不能把这两个给破了。"

可是，克雷夫·琼斯案很快便告破了。其结局出乎意料，且完全没有构成对布朗的挑战。四天前，艾迪·布朗右手拿着一份巴尔的摩市监狱的信件，大摇大摆地走进了咖啡室。

"喂，还不快向你老爹请安？"这位老探员走到布朗面前，煞有介事地把信件扔在桌面上。戴夫·布朗拿了起来，才读了三行字，便突然跪倒在了绿色的墙面前。

他夸张地祷告了起来："上帝啊，谢谢你。上帝啊，谢谢你。上帝啊，谢谢你。上帝啊，谢谢你。谢谢你。谢谢你。"

"你就说吧，我对你好吗？"艾迪·布朗问。

"你对我太好了。你就是我亲爹啊。"

这封字迹潦草的信是在那天下午被送到凶案组的。它的作者是个被关在巴尔的摩市监狱里的毒贩子。此人为寻求减刑主动向凶案组交代了克雷夫·琼斯一案的案发经过。从所描述的细节来看，他的确就是此案的目击证人。

可惜啊，布朗并没有从克雷夫·琼斯一案中得到教训。在沃尔登看来，此案就此告破简直就是便宜了布朗。于是，只剩下卡洛儿·怀特了——那个在南巴尔的摩停车场被撞死的女人。布朗也没说置此案于不顾了。在过去的几星期里，他一直喋喋不休地声称自己要重新审理它，再理一次线索。可是，卡洛儿·怀特一案并没有被写在"板儿"上，因此就事实层面而言，此案根本就不存在。这些天来，布朗早就把它忘在九霄云外了，而他的上司麦克拉尼也没有提及过它。随着戴夫·布朗接连把妮娜·佩里和克雷夫·琼斯变成黑字，麦克拉尼改变了对这位警探的固定印象，又开始重新欣赏起他来。

这其中，妮娜·佩里一案起到了至关重要的作用。这是一起难破的案子，而布朗也的确花了很多精力来侦破它。当布朗抓到此案元凶后，他完全成了凶案组的本周之星。麦克拉尼非但请他去卡瓦纳酒吧喝了两杯，还帮他整理档案和物证以彻底结案。直到布朗要在法医办公室把受害人早已烂蛆的衣服收回来时，麦克拉尼才变得不情愿了。

"操，戴夫。咱们要不还是明天再回来拿吧。"麦克拉尼闻了闻衣服散发出来的恶臭，说道，"就明天早上。"

戴夫·布朗同意了。他心满意足地开车回市局，直到他突然意识到麦克拉尼明天放假。

"等等，"他一边把雪佛兰停在车库里一边说，"你明天不上班吧？"

麦克拉尼咯咯地笑了起来。

"你这个爱尔兰土豆脑。"

"土豆脑？"

"你竟敢骗我，天煞的爱尔兰佬。"谁能想到，一个月前还在求爷爷告奶奶让麦克拉尼保住他在凶案组职位的戴夫·布朗，现在竟然会这样对他的顶头上司说话。虽然凶案组的办公室气氛总是很融洽随和，但骂自己的顶头上司"爱尔兰猪脑"还是件有风险的事。可麦克拉尼不但没有生气，反而挺受用的。那一天晚上，他给达达里奥警督写了一份备忘录，将此事件载入了凶案组的史册：

> 收件人：加里·达达里奥，凶案组
> 发件人：特里·麦克拉尼警司，凶案组
> 主题：大卫·约翰·布朗警探的种族歧视谩骂

> 阁下：
>
> 　　我很悲伤，也很抱歉，必须就此事向您汇报。本人今日所遭之恶言的确令本人备感痛苦。请您相信，这依然是个融洽的部门，我从来没有遇到过此类事件，也诚心希望不再发生。然而，您必须了解，就在今日，大卫·约翰·布朗连续两次向我表达带有种族歧视色彩的言论。其一，他叫我"爱尔兰土豆脑"；其二，他叫我"天煞的爱尔兰佬"。
>
> 　　您的祖先和我的一样并非显贵望族，我相信您能谅解我的羞愧和愤怒。如您所知，我亲爱的母亲出生、成长于爱尔兰，而我的父亲则是在那起糟糕的土豆饥荒中被迫逃离那个神圣岛屿而来到这片土地的，所以，叫我"爱尔兰土豆脑"令我痛不欲生地想起了那段悲苦记忆。
>
> 　　阁下，有的时候，大肆声张并非好事。我的家族在民权运动中反而因遭曝光而备感焦虑和羞愧，而我也希望我们能在小范围内低调处理此事。因此，我决定不向警局的民权咨询委员会提出申诉，但如果此事无法处理得当，我也保留向全国劳资关系委员会提出申诉的权利。布朗曾在内港地区做过巡逻警，他了解那片区域。事实上，他也对埃德蒙森大道相当熟悉……

搞笑。实在太搞笑了。当沃尔登看到这份备忘录时，他简直难以相信麦克拉尼竟然如此公开地表达了自己对布朗的喜爱。布朗得势了，他早就把卡洛儿·怀特一案抛诸脑后。可是，在沃尔登看来，就算布朗成功侦破了妮娜·佩里一案，卡洛儿·怀特一案才是真正展现其能力的时刻。他真的想破案吗？他真的知道做凶案组警探意味着什么吗？难道他来这里只是为了赚点加班费然后隔天去卡瓦纳酒吧大醉一场吗？如果麦克拉尼已经对这样的布朗满意了，"大人物"可不会就此放过他。沃尔登已经盯了三星期的梢了，他耐心等待着布朗犯错的那个时刻。这便是典型的沃尔登手段——冷酷、苛刻，还有些邪恶。可怜的布朗啊，这个仅仅想尽可能长地享受胜利荣光的年轻警探，他是不可能从沃尔登这里得到一丁点快乐、饶恕和逃脱的。

　　终于，机会来了。就在今天无所事事的早 8 点到晚 4 点的轮值中，年轻的警探犯错了：他在咖啡室里优哉游哉地读着《滚石》杂志。沃尔登走进办公室，确定戴夫·布朗的桌上并没有卡洛儿·怀特的卷宗，然后便向咖啡室走去。

　　"布朗警探。"沃尔登轻蔑地说。

　　"怎么了？"

　　"布朗警探……"

　　"你想干吗？"

　　"我敢打赌，你就喜欢人家这么叫你。对吗？"

　　"怎么叫我？"

　　"布朗警探。大卫·约翰·布朗警探。"

　　"沃尔登，操你妈。"沃尔登直直地盯着他，布朗再也无法专心地读杂志了。

　　"你这个老杂种，别盯着我看行么？"

　　"我可没有盯着你看。"

　　"操，你没有吗？！"

"我盯着看的，是你的良心。"布朗抬起头，不明白沃尔登在说什么。

"卡洛儿·怀特那个案子怎么样了?"沃尔登问。

"得了吧，我还得起草妮娜·佩里那个案子的起诉书呢……"

"你上个月就这么说了。"

"……我这星期还得调查那个克雷夫呢。我操，你就放过我吧，行么?"

"连我都为你感到羞愧。"沃尔登说，"我又没问你克雷夫·琼斯那个案子怎么样了。我问的是卡洛儿·怀特。"

"什么进展都没有。你满意了吧? 我只是对着她的照片打了次手枪，你满意了吧?"

"布朗警探……"

戴夫·布朗拉开右上方的抽屉，把他那把.38配枪抽出枪套。沃尔登的表情纹丝不动。

"给我个硬币。"老探员说。

"操，你到底想干吗?"

"给我个硬币。"

"如果我给你，你能闭上嘴巴放过我吗?"

"或许吧。"戴夫·布朗站起身，从裤兜里掏出了一个硬币。他把硬币扔给沃尔登，又坐了下来，用杂志盖住自己的脸。沃尔登并没有离去，而是又盯着他看了足足十秒钟。

"布朗警探……"

第九章

10 月 13 日，星期四

所有犯罪，本质相同。

这一次，她不是被刺死或剖腹的，她是被射杀的。这一次，她没有梳着辫子戴着亮色的贝雷帽，她的头发是往下放的，而且体重稍重一些。这一次，从她的阴道里找到了残余的精液因此有了强奸的物证。这一次，她不是在去图书馆的路上消失的，而是在前往公交车站的路上消失的。这一次，她不是十一岁，而是大了一岁。但是，就其本质而言，完全一样。

九个月过去了。自拉托尼亚·金姆·瓦伦斯的尸体在水库山排屋被发现之后，已经九个月过去了。而哈里·艾杰尔顿发现自己再次站在了巴尔的摩的一条巷子里，看到了似曾相识的邪恶场景。西巴尔的摩街 1800 号，一个无人居住的排屋背面，铸石车库的边上，一个穿着衣服的小女孩。她的后脑勺有个枪眼——初步判断为 .32 或 .38 口径的——近距离射杀。

她的名字：安德里亚·佩里。

她的母亲住在一个街区之外的菲亚特街上。当法医把尸体抬出巷子时，母亲刚好来到了案发地点。她的女儿从昨晚开始便失踪了。她是在看到晚间新闻之后立刻赶来的。新闻并没有明确死者的身份，据说是一个比安德里亚年龄更大的女孩，或是个年轻女子。可是，母亲预感到了不祥。

　　母亲跟随警探来到佩恩街，确定死者身份的过程无比痛苦，即便是早已对此麻木的法医也不堪忍受这一幕。他们把母亲带到凶案组，罗杰·诺兰还未开始讯问，她便嚎啕大哭起来。

　　"回家吧。"他对她说，"我们明天再谈。"

　　与此同时，艾杰尔顿则留在法医办公室，看着又一个被谋杀的女孩被解剖尸检。然而，这一次，艾杰尔顿是主责警探。事实上，他是负责此案的唯一警探。他告诉自己，这一次，结果肯定会不同。

　　然而，安德里亚·佩里一案不仅是艾杰尔顿——这位凶案组精疲力竭的孤独者——的专属职责，也同样是他的巨大负担：所有人都盯着他看，这是他个人的"红球案件"。

　　而虽然安德里亚·佩里一案具有重大案件的所有特征——被谋杀的未成年人，残暴的强奸和凶杀，登上了 6 点钟的头条新闻——这一次，警局上峰的反应却和拉托尼亚一案截然不同：没有特派的专案警探了，犯罪现场也没来那么多人，第二天也没执行对案发现场的扫荡式排查。领导们缄默了。

　　这并不是艾杰尔顿的错。就算换成另一个警探来负责此案，结果也依然相同。为了拉托尼亚·瓦伦斯一案，达达里奥的人马业已矛盾重重。为了这个小女孩，他们耗尽了人脉请求各个分区巡逻警的协助。为了让小女孩沉冤昭雪，他们展开了长达数月的调查，并为此牺牲了其他案件。可是，他们所作的一切努力都白费了。拉托尼亚·瓦伦斯案石沉大海，这让达达里奥手下的所有警探都意识到，无论花费多少时间、多少心血、多少资金，只要没有证据，一切都等同于零。它依然是起未破之案，和其他未破之案一模一样——只不过，它的悲剧性更大一些——而现在，没有人再想碰它了，它成了独一位警探的专属执迷。

　　但凡成功，必有催化剂；同样的道理也适用于失败。同一班人马业已对一起少女谋杀案束手无策，那么，当另一起相似的少女谋杀案发生时，他们也就懒得再费无用功。警局没有针对安德里亚·佩里一案大动员，也没有高调表示惩奸除恶的正义姿态。毕竟，现在已经是10月了：人人都在忙。

艾杰尔顿反而乐得如此。在达达里奥的队伍里，他是唯一一个从未向其他同事请求帮助的警探。当然，这一次，诺兰还是会帮助他；无论发生什么，诺兰总是力挺艾杰尔顿。但除了这位警司之外，分队中的其他人都各管各事，无暇顾及他人。即便艾杰尔顿想请他们帮忙，他也不知道如何开口。自打离开犯罪现场的那一刻开始，他就明白了这是他一个人的案子了：好吧，那就这样吧。

艾杰尔顿刚刚来到现场时便告诉自己，这一次，他不会再犯同样的错误了——那些他认为葬送了拉托尼亚·瓦伦斯案的错误；而即便他又一次踏入同一条河流，他也将独自一人承担后果。在今年的大多数时间里，汤姆·佩勒格利尼一直在为自己所犯下的错误自责，那些错误或许是真实存在的，或许是他想象出来的。任何未破之案都会让警探产生自我怀疑，总以为自己在查案过程中遗漏了什么，而另一些错误却是由警探对"红球案件"的失控而导致的——至少，艾杰尔顿知道，佩勒格利尼就是这么想的。朗兹曼、艾杰尔顿、艾迪·布朗、专案警探们——虽然他们所有人都受制于主责警探佩勒格利尼的调配，可与此同时，他们所有人也都对案件有所看法和意见。特别是那些比佩勒格利尼闲得多的老探员，他们会对案件的进展施加巨大的影响力。艾杰尔顿想，他不会再犯佩勒格利尼的错误了。

至少，这一次，他不会在勘查现场这一环节上犯错了——这不仅是个未成年少女被弃尸的现场，而且是个真真确确的谋杀现场。负责勘查现场的只有艾杰尔顿和诺兰两人，而他们也没让任何人干扰他们的工作。勘查井然有序地进行着，他们也没有急着让法医抬走小女孩的尸体。他们甚至准确记录了女孩衣物的细部：虽然她穿着衣服，但夹克衫和衬衫的扣子却没有对上。

他们和犯罪实验室无间合作。艾杰尔顿从女孩的衬衫上发现了几根毛发，女孩身上哪怕再细微的伤痕都被他一一记录下来。他在巷子里发现了一颗.22弹壳，虽然杀死女孩的子弹貌似比它的口径更大。不过，下定论为时稍早：当一颗子弹射穿人类的皮肤时，皮肤上的接触点会因此而扩大，继而再慢慢变小，回到准确的大小。但是，这里说的是皮肤和软组织。当受害者头部中枪时，弹眼的大小并不会变化；所以说，这个.22的弹壳基本上和本案无关。

现场周围并没有血迹。艾杰尔顿仔细检查了受害者的头部和颈部，他可以基本断定，她就是在这个车库底下流血而亡的。最有可能的情况是，她被带进了这条巷子，被逼跪了下来，而后凶手以处刑的方式冲她的后脑勺开了一枪。子弹并没有射穿脑袋：在之后的尸检中，法医从她的脑门里取出了一颗严重变形的.32子弹。除此之外，法医也从她的阴道体液中发现了精液——他们可以此确定嫌疑人的DNA。和拉托尼亚·瓦伦斯案不同的是，杀死安德里亚·佩里的凶手留下了足够多的物证。

制服警带了两个人去市局，可他们能提供的信息少之又少。他们貌似都不是最早发现现场的人。第一个说自己是从第二个那里了解到情况的；第二个则告诉艾杰尔顿，当时他正走在巴尔的摩街上，有个老妇人告诉他巷子里有具尸体，而他也并没有亲自去到现场，只是把这则谣言告诉了第一个人，于是第一个人便报了警。那个老妇人是谁？第二个说他根本不认识。

艾杰尔顿开始事无巨细地展开调查。他终于可以不受任何人干扰，按照自己的节奏办案了。案发之后，西区分局曾对现场周围做过仔细的排查，可艾杰尔顿觉得这样并不够。他花了数天时间绘制了一张详细的案发现场图，上面列举了附近每一幢排屋的住客，并记录了对应的犯罪前科和不在场证明。这片位于巴尔的摩西区下端且和南区交接的社区虽然不大，却是犯罪的温床。万恩街毒品交易点就在一个街区之外，什么样的人都会在此附近出没，因此也增加了缩小嫌疑人范围的难度。然而，这样的排查恰好又是艾杰尔顿所擅长的：他可以深入某片社区中去，直到那里的每个人都信任他，并向他提供信息——就此能力而言，凶案组里无人能出其右。

这得部分归功于他的长相——艾杰尔顿黝黑瘦长，一头灰白的头发，嘴上还有一簇浓密的胡子。他帅得恰到好处，不会让人觉得具有攻击性。当他出现在犯罪现场时，那里的女孩子们都会偷偷地围拢在警戒线外，一边咯咯笑着一边打量他。她们叫他"艾杰警探"。和凶案组的大多数警探不同，艾杰尔顿培养了自己的线人——很多都是十八岁左右的黑人女孩，而她们的男朋友则都是为了毒品和金项链在街头厮杀的流氓黑帮。这些线人被证明是有价值的。经常出现的情况是，某个地方发生了一起暴力事件，身中数枪的街头男孩还在被送往霍普金斯医院的途中，艾杰尔顿的传呼机就已经响了起来，它上面所显示的号码则是东区的某个公共电话。

再优秀的白人警探都无法顺利地在贫民窟调查办案，而艾杰尔顿却能在那里如鱼得水。而他比其他同肤色警探更厉害的地方则在于，他可以让那里的人忘记他的警察身份。大学医院的急救室里，只有艾杰尔顿才会有意帮受伤的女孩洗净手上的血污。在霍林斯街的巡逻车里，只有艾杰尔顿才会从容地和某个毒贩子一起抽烟，继而从他嘴里套出证词。在街角的外卖店，在医院的等候室，在排屋的前厅，艾杰尔顿富有技巧地运用着自己的魅力，让那些根本不会相信凶案组警探的人突然之间对他着了魔。而他们对他的信任竟然也经得起时间的考验。如果连那些犯罪分子都相信艾杰尔顿的话，那么，安德里亚·佩里——这个真正无辜的受害者——的亲属和朋友就更加没理由不相信他了。

据佩里的家属和邻居说，他们最后一次看到小女孩是在案发前夜的晚上 8 点，那个时候，她正送自己十八岁的姐姐去西巴尔的摩街上的公交车站。姐姐说，在她登上公交车之后，她看见妹妹朝北走向菲亚特街 1800 号，她们的家正是在那里。姐姐是在当晚 11 点回到家的，她发现自己的母亲已经睡了。她也觉得特别累，于是没有检查妹妹的状况便自己睡去了。直到第二天早上，家人们才意识到安德里亚根本没有回家。他们报了警，可是，那天晚上的新闻摧毁了他们残余的希望。

奇怪的是，就在谋杀发生一天之后，所有媒体都对此案失去了兴趣。安德里亚·佩里案竟然没有变成"红球案件"，这让艾杰尔顿百思不得其解。难道是因为安德里亚比拉托尼亚大了一岁？难道是因为她所在的街区比水库山地区更乱也更偏远？无论如何，新闻报纸和电视台都没有继续跟踪报道，因此，拉托尼亚·瓦伦斯案发生后的情况并没有再次出现，没有人争先恐后地打匿名电话举报嫌疑人。

事实上，唯一一个匿名电话是在尸体被发现几个小时后响起的：打电话的是个嗓音尖细的男人，他声称在听见枪声之后看到有个西巴尔的摩女人从巷子里跑了出来。艾杰尔顿当即判断，这个男人是在瞎说。凶手肯定不是个女人，从尸体内发现的精液证明了这一点。和拉托尼亚·瓦伦斯案一样，杀死安德里亚的是男人，且是单一个男人——他不可能与他人分享如此黑暗龌龊的动机，更别提女人了。

那么，匿名者声称看到的女人会是个目击者吗？那就更加荒唐了，艾杰尔顿想。凶手之所以选择这条巷子和车库底下杀人，就是为了不让人看到。他强奸了小女孩，为了不让她把此罪行告诉别人又杀害了她，那么，如果当时巷子里出现目击者的话，他又为何要开枪呢？艾杰尔顿十分确定，凶手比想象的要谨慎得多。他肯定是确定这条巷子里没有人后才把小女孩带到那里的。只有到了那时候，他才让小女孩跪倒在石墙边上。只有到了那时候，他才敢拔出枪来。

接起匿名电话的是加里·登尼甘，后者就此写了份报告，交给了艾杰尔顿。虽然艾杰尔顿十分确定这只是个无理取闹的举报电话，但是为了谨慎起见，他还是通过电脑找到了这个女人的相关信息。他造访了她的邻居和亲属，对她做了了解，确认了自己的猜测。不过，他还是没有把这个女人带到市局来审。

毕竟，这个故事太不可信了，而且，对案发现场周围的排查出现了新的线索，艾杰尔顿无暇再顾及其他了。有人说，小女孩之所以会被谋杀，是因为她的一个亲戚惹祸上身，被人报复了。还有人说，凶手是某个毒贩子，他只是想以此来向这片社区的人示威。这片区域主要被两个毒贩子控制着，而他们两人的不在场证据都不怎么可靠。

让其他警探颇感惊奇的是，之前经常神龙见首不见尾的艾杰尔顿竟然开始按时上班：每天一大早，他都会来到凶案组，拿起一把雪佛兰车的钥匙，然后驱车前往西巴尔的摩。他不会因为轮值时间的结束而让调查暂告一个段落，而是每天都工作到深夜。在有些日子里，诺兰会陪着他一起去西巴尔的摩，可是在大多数时间里，他则是孤身一人，没人知道他到底在哪里。事实上，他还乐得没有搭档同行。他知道孤身一人出没于街头巷尾的好处，而对他不满的人则永远不懂。有几个凶案组警探从来不会只身前往贫民窟，当要去西巴尔的摩查案时，他们总是成对出现。

"你想有个伴吗？"警探们经常这样问彼此。如果有人实在别无选择只好孤身前往贫民窟时，他的同事总会不怀好意地祝福他："哥们儿，小心点，可别被别人吃咯。"

把查案这一事体放在一边，艾杰尔顿完全明白凶案组内部的兄弟情谊有多重要。然而，经常发生的情况却是，单独行动的艾杰尔顿能在那些高层住宅找到他想找的目击者，而那些成双成对出现的警探则总是无功而返。艾杰尔顿很早就明白了这个道理——即便是极其愿意和警察合作的目击者，他们对单一个警探所说的话，也要比对两个警探说的多得多。而在不肯合作或对警察抱有不信任态度的目击者看

凶 年　　569

来，三个警探的同时出现无疑等同于向他施压胁迫。这将是场灾难，因为当一个警探穷尽其所有技巧之后，侦破一起案件的最终要义便是走上大街，找到目击者，然后让他如实交代。

优秀的警探总能谅解艾杰尔顿对独自行动的坚持。沃尔登便是其中之一。每当沃尔登和詹姆斯以及布朗一起出现在某个目击者的门口，并把后者吓得退缩回去后，沃尔登总是会独自驱车再次造访那个人。可是，事实依然是，凶案组里仍有一些不敢单独行动的警探。

艾杰尔顿从来不怕；他知道，单独与否从来不是问题的关键，怎么和那些人打交道才是。态度就是他的盾牌。两个月前，他接到了一起发生在艾德蒙逊街和培森街口的涉毒凶杀案。在来到现场完成勘查工作之后，他想都没想便直接独自走向艾德蒙逊街——那里简直就是罪恶的天堂。他一一过问那边的街头男孩，就像在环球电影公司片场巡游的查尔顿·赫斯顿[1]。他希望能在这里找到目击者，或至少某个愿意偷偷告诉他一小时前到底发生了什么的人。但是，那些街角男孩无一例外傲慢地瞪着他看，并且一言不发。

艾杰尔顿并没有放弃。他对这一整条街的敌意熟视无睹，继续向前进，来到艾德蒙逊街和布莱斯街的街口。他看到一个十四五岁的男孩把一个塑料袋递给了一个成年男子，后者偷偷地跑开了。艾杰尔顿直觉机会来了。虽然街上的毒贩子们仍死死地盯着他看，但他还是不管不顾地抓住小男孩，拖进了街角的雪佛兰车，逼他告诉自己事件的来龙去脉。

一个在两个街区之外的西区制服警看到了这一幕。事后，他告诫艾杰尔顿说他不应该这么做。

"你不能独自去那个地方，"他说，"万一发生了什么事呢？"

---

[1] Charlton Heston，著名美国演员，代表作有《宾虚》《十诫》等，后期成为著名政客。——译者

艾杰尔顿只是摇摇头。

"哥们儿，我认真和你说呢。"制服警说，"你的身上，可只有六发子弹而已啊。"

"我根本连枪都没带。"艾杰尔顿笑着回答，"我忘了。"

"操，你说什么?!"

"嗯。我把枪忘在办公室里了。"

西区制服警彻底震惊了。一个警察竟然不带枪就去了艾德蒙逊街和布莱斯街——那简直就是羊入虎口啊。可艾杰尔顿不以为然。"这份工作，"他说，"百分之九十靠的是态度。"

调查安德里亚·佩里一案的艾杰尔顿再次回到了西巴尔的摩。很少有警察能像他这样从容地混迹在这片区域的当地人中。他拜访过案发巷子边上每幢排屋的主人，也和附近外卖店和酒吧的客人聊过天。他造访了菲亚特街上以公交车站和安德里亚家为两个终点的中间每一户人家，希望他们其中有人曾看到小女孩和某个陌生人在一起。当一切都付之阙如后，他开始翻找巴尔的摩南区和西区的性侵犯案件卷宗。

事实上，他在案发早期便已就此事和南区、西南区以及西区分局行动小组做过沟通。他请他们寻找任何曾有过性侵犯未成年少女、绑架前科或使用.32口径手枪的嫌疑人。他请他们一旦发现可疑人物便和他联系。当拉托尼亚·瓦伦斯案发生时，各区的行动小组都被调遣到了市局专门负责此案，但这一次，艾杰尔顿决定，他不会请求上级调遣分局人员来刑事调查部，而是他负责把任务分下去，让他们待在原本的岗位分头工作。

和"红球案件"相匹配的集体行动只发生过一次。那是在尸体被发现的一天之后。那天，好面子的诺兰请求麦克埃利斯特、金凯德和伯曼至少花个一天时间来帮他们扩大排查的范围。

也就是在那一天，来帮忙的警探看到了本案卷宗里的匿名举报报告。他们都很好奇，为什么艾杰尔顿没有立即就这条线索展开追踪。在他们看来，他至少应该把被举报的这个女人带到市局好好审问一番才对。

"可我不想这么做。"艾杰尔顿对诺兰解释道，"如果我把她带到这里，我又能做什么呢？我只能问她一个问题，除此之外，我对她束手无策。"

在艾杰尔顿看来，这恰恰是很多警探经常会犯的错误——在侦查拉托尼亚·瓦伦斯一案时，他对"捕鱼人"也犯了同样的错。千万别急着审讯嫌疑人。如果你手头没有可以把他制住的证据，当审问结束时，他们会更加堂而皇之、大摇大摆地走出凶案组。即便过段时间之后你终于找到了证据再次提审他，他也会占据一定的心理优势，让审问变得更加困难重重。

"我问她为什么会跑出巷子，她说她根本不知道我在说什么。"艾杰尔顿对诺兰说，"我觉得她说的对，我的的确确不知道我在说什么。"

他仍然不相信那个匿名举报者，他不相信这个女人真的在案发时跑出了巷子。而即便他相信，他也不会在获得其他证据之前提审她。

"如果我的所有努力都失败了，那我就会把她带到这里来，问那个唯一的问题，"他说，"可是，在此之前，我不会这么做。"

诺兰同意了。"这是你的案子，"他对艾杰尔顿说，"就按你的方式来吧。"

除了他所在分队的其他同事在案发第二天帮他做了些排查工作，艾杰尔顿几乎没有获得任何方面的帮助。就连达达里奥也保持了距离：这位警督让诺兰及时进行专案汇报，并告诉他如果需要帮忙不要羞于开口，除此之外，他把这起案件完全放手给了艾杰尔顿和他的警司。

可是，达达里奥在瓦伦斯一案和佩里一案中的表现实在有天壤之别。艾杰尔顿希望警督放任自由的做法至少部分出于对警探能力的信任。但他也知道，这更有可能是因为警督在上一次"红球案件"中所受的伤。他在水库山投入了那么多兵力和金钱，结果依然一无所获，他不能再冒一次险了。还有一个可能：或许警督和凶案组的所有人一样，都已经累得没法再调遣一个大行动了。

当然，艾杰尔顿知道，万事皆有源头。警督之所以让他独自行动，很大程度上是因为他可以接受其带来的任何后果。就在安德里亚·佩里被发现的那一天，凶案组的破案率高达百分之七十四，仅剩五起案件还未告破——这个数据比去年一年的总破案率高，比全国破案率也要高。因此，达达里奥再度夺回了指挥的权力，他可以暂时不顾公众对凶案组的看法或上峰对他的意见了。艾杰尔顿从佩勒格利尼那里了解到，警督一直对拉托尼亚·瓦伦斯案的大规模调查行动深为不满。朗兹曼和佩勒格利尼曾数次对他说过"少即是多"的道理，而他亦没有反驳。那时候，要是破案率有现在这么高，而警局也没有因为西北区的那几个女性谋杀案而被公众批评，瓦伦斯案或许就不是现在这副面貌了。现如今，"板儿"上的黑字远远多过红字，而这也意味着凶案组再一次在诸种权力的斗争拉扯中找到了微妙的平衡点。达达里奥应该感谢他的伙计们，如果没有他们的辛勤工作和智慧，他可能早就倒台了。不过，话又说回来，破案率能像现在这么高，运气的成分也不小。高破案率和达达里奥自身对处理"红球案件"的想法，难道这两个理由还不足以解释他对艾杰尔顿的疏离吗？或许，还有一个理由：接下安德里亚·佩里一案的是诺兰的分队。

诺兰不仅对艾杰尔顿的能力充满信心，而且一直都不情愿请求其他同事，特别是达达里奥的帮助。在达达里奥手下的三位警司中，麦克拉尼和朗兹曼算是这位警督的嫡系门生，而诺兰则不是。就拿今年一整年来达达里奥和警长的矛盾来说吧。麦克拉尼和朗兹曼都坚决地站在了达达里奥这一边，而诺兰却是一个骑墙派。最近，警督便巧妙地点拨了诺兰。

那是两天之前。当时，三位警司正在咖啡室里聊天，而达达里奥则刚刚上完 4 点到 12 点的班，准备回家休息。

"我看手表显示马上就要 12 点了。"他夸张地说，"而我知道，在公鸡啼鸣三次之前，你们其中的一个就将背叛我……①"

三位警司都紧张地笑了起来。

"……不过，话又说回来，罗杰，我都理解。你只是做了你该做的事。"

说实话，作为诺兰的手下，艾杰尔顿根本无法确定他为何会在安德里亚·佩里一案上被孤立。这或许是因为 Dee 对他的信任，或许是因为警督认为"红球案件"就是应该留给主责警探一人负责，也有可能是因为罗杰·诺兰不肯向警督示弱。或许，艾杰尔顿想，这三个都是原因。他从来都是一个局外人，他从来都不理解凶案组内的办公室政治。

可是，无论达达里奥是出于何种原因孤立艾杰尔顿，其效果是一模一样的：他被放任自由了。安德里亚·佩里不会变成拉托尼亚·瓦伦斯，而艾杰尔顿也不会变成佩勒格利尼。再见了，专案警探们；再见了，FBI 的心理测试档案；再见了，犯罪现场的航拍照片；再见了，没完没了的内部争论。这个小女孩之死，将是他一个人的责任。他将对她全权负责。他将拥有足够的时间和空间来侦破它。是啊，侦破它，或者，葬身于此。

且让我们看看到底会发生什么吧。

这是一座宏伟的古典主义建筑。镀铜的大门，鲜艳的意大利大理石，厚实的红木，镀金的天花板——北卡尔维特街上的小克莱伦斯·

---

① 这里，达达里奥引用的是《圣经》中彼得不认主的故事。——译者

M. 米切尔法院是一座伟大的建筑。就精致及气势而言，在巴尔的摩市内，无其他建筑敢与它相提并论。

如果法院所伸张之正义能与建筑之恢宏等同，那么，巴尔的摩的警探们就将无所畏惧。如果法院能像那些裁量、雕刻大理石及木材的工匠那样精确地裁夺每一起罪行，那么这座法院及其对面的副楼——那里曾经是座邮政局，现在则被称为伊斯特法院——便会成为执法人员们的圣殿。

当这座城市的先祖们决定在市中心建造这两座大楼时，他们不遗余力，耗费了力所能及的财力和物力。而近几年来，他们的子孙也继承了先祖的遗志，竭尽全力保护、修缮着这两座标志性建筑。从传讯法庭到陪审团休息室，从前厅到后廊，一代又一代的执法人员和律师于此感受着正义的尊严及其职业的崇高。每当警探走下伊斯特法院刚被修缮的门廊，或走进汉姆曼法官典雅的镶木办公室时，他们理应昂首阔步，自觉进入了一个恶有恶报、善有善报的理想世界。所有正义，都将被伸张；所有在这座城市业已腐烂的核心所发生的肮脏罪行，都将以优雅的方式得到制裁、洗涤。十二位受人敬仰、睿智公正的陪审团成员必将达成一致、惩恶扬善。

只可惜，这一切都是幻想。如果真是那样的话，为什么每当警探走入法院一楼大厅的金属检测仪接受副警长搜身时，他们总是如此垂头丧气，并将警徽如此无奈地放在一边的盒子里？如果真是那样的话，为什么当警探们走向电梯时，他们的步伐总是如此沉重，且完全忽视法院建筑的恢宏之美？如果真是那样的话，他们又怎会如此大逆不道地把香烟屁股扔在地板上然后踩灭它，继而敲响检察官办公室的门，仿佛即将投身炼狱之中万劫不复？如果真是那样的话，为什么当警探带着他们的案子——那些花费了他们所有心血的案子——来到正义裁决的终点时，他们一个个都仿佛是来引咎辞职的？

好吧，我们或许能解释他们的消极态度。在来到这里之前，他有可能刚值了夜班，昨天晚上发生了两起枪击案和一起利器杀人案，他一分钟都没有消停过。为了今天下午能出庭作证，他可能花了一整晚的时间准备资料，而当准备完的时候，他蓦然发现原来自己被排了早班。于是，他花一小时灌下了四杯黑咖啡，啃完了一个鸡蛋麦格芬，匆匆赶往这里。现在，他正拖着一大堆从物证管理处整理出来的物证袋走向三楼的律师办公室，而律师则坐在舒适的办公室里，不幸地告诉他这起案件最重要的目击证人还未出现，也没有接副警长的电话。所有这些，当然都是再世俗不过的焦虑了。可是，除此之外，任何警探——任何了解其工作属性的警探——走进这座法律的殿堂时，都会有不祥的预感。正义终究被伸张？不，不。有经验的老探员从来都不会被法院的宏伟庄严所欺骗，他们所信仰的是凶案组办案手册的第九条规律：

    9A. 对陪审团而言，任何疑惑都是确凿的。
    9B. 案子越确凿，陪审团就越差。

除此之外，还有一条：

    9C. 世上鲜有善者，要集齐十二位善者，无疑等同于奇迹。

    于是，每个警探都有心理准备——强烈的怀疑主义，这才是他们惯有的心态。对美国法律体制抱有充分信心的警探就像个敞开双臂、活生生接受被打的拳击手。你竭尽全力侦破了一个案件，却只能眼睁睁看着那十二位巴尔的摩的优秀市民把它撕成碎片——你最好还是先给自己打个预防针，千万别抱有太天真的幻想。当你走进法院的大门时，当你踱步在其闪闪发光的走廊里时，你一定要做好充分的心理准备去迎接接踵而至的坍塌崩溃。

在这个国度，法律的基石——这真是一块精致而又尊贵的石头啊——乃是以下论断：直到十二位陪审团成员一致认定其有罪之前，被告便是无罪的。为了不错杀一个无辜者，我们宁愿让一百个罪人逃脱法网。好吧，就这条标准而言，巴尔的摩的司法体制的确是在天衣无缝地运行着。

且让我们做个算术题吧：就在今年，州检察官办公室总共接到了一百七十个可结案的凶杀案，涉及二百个嫌疑人。

在这二百个嫌疑人中：

● 五个嫌疑人会候审两年。（这其中有两起案子，嫌疑人只是收到了逮捕令，却没有被警探审讯过。）

● 五个嫌疑人会在开庭前或逮捕过程中死亡。（其中三个是自杀，一个是本来想纵火杀死别人没想到自己也葬身火海，剩下一个是在拘捕过程中被警察枪杀的。）

● 六个嫌疑人不会被起诉，因为检察官认为他们的行为是出于自卫或偶然因素。

● 两个嫌疑人会被最终裁决为无法为他们自己的行为负责，并被送往州精神病医院。

● 三个嫌疑人未满十六岁，因此只能被送往未成年法院受审。

● 十六个嫌疑人在遭起诉之前就会因缺乏证据而被放过一马。（不过有的时候，就算没有足够的证据，激进的警探还是把起诉当作筹码来用，以此来威胁嫌疑人，让他在接下去的审讯中屈服乃至招供。当然，这一做法的成功概率不大。）

● 二十四个嫌疑人遭起诉，可检方又撤回起诉或暂缓起诉。（撤回起诉意味着对大陪审团起诉书的一致驳回；暂缓起诉则是把这起案子暂时搁置，如果检方在一年之内发现了另外的证据，可以激活此案。然而，暂缓起诉的案子经常变成撤回起诉。）

　　● 　三个嫌疑人会被证明是无辜的，因此其涉及案件被驳回或暂缓起诉。（事实上，在这座马里兰州最大的城市，无罪推定还真发挥着作用。无辜者因莫须有的罪名被控告甚至起诉是经常发生的事。就拿今年来说吧，吉尼·卡西迪一案便出现了这种情况，而斯坦顿手下的警探也遇到了三起类似的谋杀案。在这三起案件中，目击者都做出了误导的指认——其一是由快要去世的受害者做出的，另外两起则是由旁观者做出的——所幸的是，接下来的调查都证明了被告的清白。即便证据不足，也能控告嫌疑人，这事并不难。让大陪审团起诉他，也不算太难。然而，想把被冤枉者送进大牢，就难上加难了。毕竟，在巴尔的摩，即便是证据确凿的案件，即便是如假包换的罪犯，想把他打入大牢也已经是件挺不容易的事了；如若被告的确是无辜的，再加上证据不足，只有一种情况才会让他衰到万劫不复，即他栽在了自己的律师手上，后者没有对案件做出正确的评估，强迫他的雇主认罪。）

有罪或无罪，活着或去世，精神失常或精神正常——在这两百个被告被正式送上法庭之前，他们中的六十四个——即总数额的百分之三十左右——已经被筛去了。而在剩下的一百三十六个中：

　　● 　八十一个会在审判之前接受认罪辩诉交易。（其中十一个接受了有预谋性的一级谋杀罪，三十五个接受了二级谋杀罪，三十二个接受了过失杀人罪，三个接受了更轻的罪名。）
　　● 　五十五个凶杀案被告人最终出现在了法庭上。（其中二十五个被宣告无罪。在剩下的三十个中，二十个被宣判一级谋杀罪，六个二级谋杀罪，四个非预谋性谋杀罪。）

三十个被最终定罪的加上八十一个接受认罪辩诉交易的，结果很明显：在今年的巴尔的摩，共有一百一十一个人因凶杀行为而被定罪了。

　　因此，就今年而言，当你犯下杀人案继而被逮捕之后，你被定罪的可能性在百分之六十左右。而考虑到还有那些无法侦破的凶杀案——你很幸运没有被人看到，也没有被逮住——那么，你被定罪的可能性则是百分之四十刚刚出头。

　　而即便你因谋杀而被定罪，成了不幸的少数，你也应该淡定些，因为你基本不会得到应有的惩罚。今年一百一十一名被告中的二十二个——占总数的百分之二十——仅仅被判入狱五年以下；其中的十六个——占总数的百分之十四——仅仅被判入狱十年以下。考虑到在马里兰州，罪犯服刑三分之二时间之后便能申请保释，这也就意味着你们这帮子巴尔的摩1988届谋杀犯中的百分之三十在三年之后便能顺利"毕业"，重新投入社会啦。

　　检方和警探对这些数据了然于胸。他们知道，即便他们证据确凿——而州检察官也愿意把案子送上法庭交给陪审团——他们成功的概率也只有百分之六十。于是，那些不那么可靠的案子——那些但凡有一丁点自我防卫迹象的案子，那些目击者不那么可信的案子，那些物证不那么确切的案子——都会在送进法庭之前被驳回或接受辩诉交易。

　　但是，并非只有证据薄弱的案子才会接受辩诉交易。在巴尔的摩，就算是证据确凿的案子也有可能发生这种情况——要是受理它们的是安妮·阿伦德尔县、霍华德县或巴尔的摩县法院，这些被告人和辩护律师根本没有翻身的余地。可是，要是它们发生在巴尔的摩市内，结果就不那么好说了。即便把这些嫌疑人送往法庭，他们也有可能被判无罪释放。

　　为什么郊区和市区之间会产生这种区别呢？原因很简单：请参考

凶案组办案手册的第九条规律。

恐怕智慧如爱因斯坦能洞悉宇宙秘密者，也搞不清巴尔的摩市的陪审团到底是以怎样的逻辑运行的。这个人是无辜的，因为他出庭作证时很礼貌且有口才；那个人也是无辜的，因为即便有多达四个目击证人看到他杀人，但武器上没有他的指纹；还有那个人，他也是无辜的，因为他说他被逼供了，别骗我们了，我们又不是傻子，有谁会在不被逼供的情况下主动交代自己犯过罪呢？

于是，巴尔的摩陪审团的典型决议便是，被告所犯之罪并不是谋杀，而是有谋杀意图。他们相信目击者的证词——目击者看到被告在光天化日之下冲着受害者的背部刺了几刀，然后逃走了。他们也相信法医的证词——法医向他们解释了受害者身中数刀，最终要了他的命的是胸口那一刀。可是，陪审团竟然还不能百分百肯定被告往受害者身上刺了好几刀这一事实。他们辩解道，也有可能还有一个人在事发之后来到现场，捡起刀子，往受害者身上补了几刀。

陪审团不喜欢争议，不喜欢思考，不喜欢长达数小时地坐在法庭上，没完没了地聆听着证词、证据和律师之间的辩论。就警探看来，刑事案件的陪审团完全不愿意履行判决他人的义务。当然，他们的心情也不是不可以理解：往自己同类的身上贴上谋杀犯或罪犯的标签肯定是个煎熬而又痛苦的过程。他们想回家，想逃离，想睡个大觉把这些罪恶都忘在脑后。我们的司法体制规定，只要对被告的有罪性有一丝一毫的怀疑，我们便不能对其罪行下定论；而陪审团又喜欢怀疑——当他们走入陪审团休息室展开讨论时，所有这些怀疑便成为判定无罪的理由。

每个检察官都知道，任何怀疑都是案件的漏洞。案子越复杂，怀疑也就越多。因此，早就被陪审团伤透了心的检察官更喜欢简单明了、只有一两个目击证人的案件：它们不至于让陪审团的脑子变成一团浆糊。陪审员要不就相信证人的话，要不就不信，就这么干脆。无论如何，千万不要让他们绞尽脑汁地思考或过于漫长地聆听整个案件。然而，并不是每个案件都是如此。对于那些复杂的案子——那些警探花费了数个星期乃至数个月调查的案子，那些物证如山个个都不那么确凿的案子，那些需要检察官娓娓道来、像拼图一样慢慢在陪审团面前拼凑出全貌的案子——来说，陪审团完全是个灾难。

我们不知道美国其他城市的情况，但至少在巴尔的摩，陪审团不想花时间和精力去聆听、去思考。他们听不出被告证词的前后有什么不一致的地方；他们没注意其他多位证人的证词是怎样摧毁被告的不在场证明的；他们也没有仔细比对法医证词和被告证词之间的区别。所有这些都太复杂、太抽象了。他们到底需要什么呢？他们需要三个受人尊敬的市民说他们是犯罪的目击者；他们还需要两位市民告诉他们被告完全有动机杀人；最好凶器也得找到，上面还有被告的指纹，再加上吻合的 DNA——谢天谢地，他们终于确定了，终于决定能给予判决了。

我们可怜的警探却恰恰走向了陪审团所需的反面。对于他们来说，提供间接指控的证据才能真正凸显其能力。正因为此，凶案组办案手册的 9B 这一条才会让他们痛彻心扉。那些不费他们吹灰之力的易破之案往往也会在法庭上得到合理的裁决；可是，那些让警探们引以为豪的案件则经常遇上糟糕透顶的陪审团。

和刑事司法机器中的其他所有部门一样，种族问题也困扰着巴尔的摩的陪审团体系。在这座城市里，大多数暴力案件发生在黑人族群之内，而陪审团的黑人比例也通常占百分之六十到百分之七十左右。因此，每个检察官都合乎情理地假设，陪审团不会全然公正中立地看待案件——看呐，警局和法院都是由白人控制的呢，黑皮肤的我们又怎么可以信任他们呢？被告律师会建议年轻的被告穿上礼拜日的正装，手执家里的《圣经》出现在法庭上——这样的形象会争取到极大的同情。而司法部门也不是吃素的：在很多案件中，他们会要求一位黑人警察或警探出庭作证。受害者亦为黑人这一事实并不要紧；毕竟，他们早已一命呜呼，无法在陪审团面前替自己伸冤了。

检察官和辩护律师——无论他们是白人还是黑人——都对司法体系中的种族问题了然于心，虽然他们很少会在法庭上直接提出这方面的质疑。优秀的律师——无论他们的肤色为何——是不屑利用肤色来操控陪审团的；可更多的人会选择为了赢下官司不择手段。无论如何，肤色在巴尔的摩的法庭上的确扮演着大家都心照不宣而又不可忽视的角色。有一次在总结陈词中，一位黑人女辩护律师竟然指着自己的手臂对由十二位黑人组成的陪审团说："兄弟们，姐妹们，"与此同时，负责此案的两位白人警探完全傻了眼，"我想，我们都知道这起案件到底意味着什么。"

当然，我们也不能把黑皮肤和仁慈画上等号。黑人对司法体系的怀疑千真万确，但老检察官会告诉你，他们曾遇到过一些非常优秀的全黑人陪审团，而有些白人占大多数的陪审团反而是最差、对恶行最冷漠的。事实上，有一因素比肤色更严重、更全面地妨碍了巴尔的摩的司法体系，那就是电视。

陪审团全是巴尔的摩的市民——你从艾什伯顿和车里山挑几个黑人，从海兰德城和汉密尔顿地区挑几个白人——你总能从这十二个人里找到几个有脑子、有判断力的人。他们中的有些人可能高中毕业，有一两个还上过大学。大多数都是工人阶级，有几个是专业人士。巴尔的摩是个蓝领城市。它位于美国东海岸的铁锈地带①，在美国的钢铁业和造船业开始走下坡路后，巴尔的摩便没有再复苏过。它的城市人口就业率很低，也是全美受教育率最低的城市。二十多年以来，那些依法纳税的公民一直都在逃离本城。现如今，大多数中产阶级和上层阶级——无论他们是白人还是黑人——都已经搬到了郊区，这些人

---

① rust belt，指美国一些已陷入经济困境的老工业区。——译者

正是县法庭陪审团的组成人员。

因此，大多数巴尔的摩市陪审团的成员对罪与罚的理解都不会超出十九英寸电视告诉他们的那些玩意儿。对其心智产生决定性影响的并不是检察官，也不是辩护律师，更不是那些物证——而是那个显像管机器。正是电视让他们对审判抱有荒诞不经的期待。他们觉得自己应该亲眼看到谋杀现场——以录像带慢速播放的形式呈现在他们眼前，或至少，那个有罪之人会戏剧性地、痛哭流涕地跪倒在地，请求受害者的饶恕。能从现场找到指纹的案件仅占所有案件的百分之十，可他们却要求见到枪上的指纹、刀上的指纹、每扇门窗和钥匙上的指纹。微量物证实验室很少能在案件调查中发挥作用，可这些早已被《夏威夷特警组》（*Hawaii Five-O*）洗脑的人却认为科学无所不能，检方理应从现在的毛发、纤维、鞋印和其余所有物证中提取必要的信息。难道这样就能满足他们了吗？不。就算一个案件有了确凿的人证和物证，这帮贪得无厌的家伙又会转而要求其他——一个动机，一个能够被证明的理由。好吧，把一切都给你。现在，你总应该看明白了吧。站在你们面前的，的的确确就是杀人犯。什么？还不够？是的。他们还想百分百地确保此人真是个十恶不赦的大坏蛋——只有这样，当他们给他定罪时，他们才不会觉得内疚，才不会觉得自己也是大坏蛋。

现实点吧。百分百确定某人所犯罪行及其有罪性——这样的事情只会在电视里发生。可现实是这些陪审团业已被洗脑了，我们很难把这些深入人心的错误观念纠正过来。当然，富有经验的检察官也不会放弃这样的尝试。在巴尔的摩，即便检方没有在某起案子里发现指纹，他们也总是会传唤指纹专家出庭作证：

能否请你向陪审团解释一下，在犯罪现场找到指纹与否的概率分别是多少？请你继续解释一下有多少罪犯不会在现场留下可被辨识的指纹？告诉他们指纹是可以被抹去或被玷污的。告诉他们犯罪现场的环境也会对指纹造成影响。告诉他们从刀柄或枪柄上提取指纹的概率有多渺茫。

警探也会被请上证人席。但他们的战役也注定是失败的，因为他们的对手与其说是辩护律师，还不如说是《洛杉矶律师》（*L. A. Law*）最新一季或其他电视剧里的律师——这些人通常长得比现实里更帅——在这些虚构剧里，律师们总会拿着一个装有枪支或刀具的、标志为"1A物证"的袋子，在陪审团前滔滔不绝、口若悬河。

这样的虚构电视剧会成为辩护律师的帮凶。优秀的辩护律师会利用这一点质疑警探的工作。而向陪审团解释凶器一般会在警察赶到现场之前神秘消失也是无济于事的。

你说什么？你说你根本没找到凶器？你竟然让尊敬的陪审团在你没有找到凶器的情况下为我的委托人定罪？你是想告诉我们被告是在犯下谋杀罪之后畏罪潜逃了吗？然后他竟然还带着枪？还把枪藏了起来？哦，你是说他有可能把枪扔进了柯蒂斯湾？

在《神探可伦布》（*Columbo*）中，手枪总是藏在酒柜的苦艾酒后面，那么，请问警探，你有检查被告家里的酒柜吗？你没有是吧？你根本没找到凶器。尊敬的法官，我想我们应该放了这位可怜的无辜者，让他和他的家人团聚吧。

至少，在巴尔的摩的检察官和警探看来，本市陪审团的智商早已被电视摧毁了——他们唯一能记住的就是这些电视剧的情节，而这些虚构的情节的确会为他们解答所有剧中的困惑，并毫不含糊地宣告剧终。因此，这些掌握着某人生死大权的陪审团成员早已不是"十二怒汉"了——诺曼·罗克韦尔的画更像是个传说，十二个穿着长袖衬衫的陪审团成员在闷热的陪审团室里为了关键证据而争论不休的场景根本不会在现实中出现。[1] 在现实生活中，陪审团更有可能是由十二个

---

[1] Norman Rockwell，美国著名画家。这里指的是他的名作《陪审团室》（*The Jury Room*），画中展现了一位女性陪审团和其余十一位男性陪审团争论的场景。而著名电影《十二怒汉》则是在此画创作的两年之前拍摄的。——译者

脑残组成的。他们根本不会思辨，只会低声议论被告更像是个好心肠、守本分的年轻小伙，或嘲笑法官那天佩戴的领带。在辩护律师看来，检察官和警探的想法完全是偏见。他们赢不下官司，所以才把罪都怪在陪审团身上。可事实上，检察官和警探对陪审团体制的失望早已超越了这一层面。没人奢望代表政府的检察官能赢下每一场谋杀官司，我们的法律体制也不是因此而设计的。可是，平心而论，你能相信多达百分之四十五的谋杀案被告在送上法庭——要知道，他们是经过了层层"选拔"才被送到司法体制的最终环节——后，还是被宣告无罪吗？

于是，本市陪审团变成了检察官工作中的巨大阻力。当他们接下那些不那么确凿的案子——嫌疑人明显就是有罪的，可又没有强有力的证据证明他的罪名——时，他们宁愿接受辩诉交易或驳回，因为他们知道，即便他们把这些案子送到法庭，那也是浪费大家的时间和金钱。检察官的心态很容易被辩护律师或公设律师所利用：既然检察官最不想看到的就是陪审团审判，那么，就让我们以此作为筹码为我们的委托人谈条件吧。

警探和州检察官办公室之间的关系本来就十分微妙，而一旦检察官接受辩诉交易或驳回，警探对他们的态度便会立刻由爱转恨。当然，这些人的确站在警探这一边。当然，为了能把坏蛋绳之以法，他们放弃了高薪——要是去法律事务所工作，他们完全能拿到高于现在一倍的工资。当然，他们和警探一样希望正义被伸张、邪恶被惩罚。警探和检察官，他们本应是惺惺相惜的手足兄弟才对。可是，当一位警探花了三个星期把一个涉毒谋杀案的嫌疑人逮捕归案，并将诸种证据都送到检察官手上后；而这位检察官——他还很年轻，刚刚从巴尔的摩大学法学院毕业两年——却选择了放弃这个案子时，什么手足情谊都是瞎扯淡了。我们的警探火冒三丈了：我好说歹说才说服那些犹豫的证人出席大陪审团作证，结果呢？你这个人模狗样的蠢蛋竟然暂缓起诉了。操你妈的，你竟然连打个电话通知我的勇气都没有，你竟然连挽救这个案子的机会都不给我。

我们的警探也不是无理取闹的人。我们的确应该有策略地放弃某些证据薄弱的案件。我们也明白，有些案件即便被送上了法庭，也会因为证人退缩或改口而不了了之。每个凶案组警探都是悲观主义者：操蛋之事，时有发生——他们太明白这个道理了。可是，他们依然相信，检察官的经验和手段对处理微妙的案件至关重要，而缺乏经验的检察官足以让证据确凿的案件毁于一旦。

优秀的警探会理解、宽容检察官的某些做法。和很多城市一样，巴尔的摩的州检察官办公室长期以来人手不足、资金匮乏；这个机构是由少数几个合格的老手和一帮子新人——这些年轻的律师之前都在分区法院工作，历经几年才被调至这里专门处理暴力重罪案——组成的。他们之中的有些人天赋异禀，有些人很平庸，还有些人则完全是废柴。警探当然希望他所负责的案件能分给优秀的检察官，但检察官办公室是按照案件的重大程度来做分派的。他们首先必须确保接手重大案件——那些涉及无辜受害者的案件，和那些被告犯有多项罪名的案件——的是经验丰富的检察官。这一点相当重要。办公室最不希望看到的就是在重大案件中，自己的人手竟然成为辩护律师的手下败将。要知道，这些辩护律师个个都不好惹。他们有的是被告请的，有的则是公设的，但无论何种情况，优秀的律师们总是会被谋杀案所吸引，因为这些案件随时都有可能成就他们职业生涯中的高光时刻。

至少三分之二的谋杀案都得接受辩诉交易——这是警探们不得不接受的事实。虽然局外人都认为"辩诉交易"代表着双方的苟且妥协，体制内的人却明白它存在的必要性。如果没有辩诉交易，司法体系便会负担过重而至崩溃，等待接受法庭受理的案子就会像在亚特兰大机场等待起飞的飞机一样多[1]。事实上，即便有三分之二的案子接

---

① 美国亚特兰大国际机场以其误点起飞和航班取消多发而著名。——译者

受了辩诉交易，某案从遭谋杀起诉到最终法庭受理也通常要花六到九个月的时间。

警探不是不能接受辩诉交易，他只是不能接受差强人意的买卖。二级谋杀罪、入狱三十年，这算是不错的交易——只要被告所犯不是滔天大罪，比如说奸杀未成年或抢劫谋杀罪。二级谋杀罪、入狱二十年，这种交易也算马马虎虎，虽然被告通常只要服刑七到十年便能被保释了，而他显然也没有得到应有的惩罚。要是过失杀人——比如说出于恐惧或冲动，却又不是纯意外的家庭暴力案——两到十年都可以接受。警探不能接受的是改变案件定性的交易：性质恶劣的谋杀接受了等同于二级谋杀罪的交易，二级谋杀罪接受了等同于过失杀人罪的交易，过失杀人罪接受了等同于意外杀人罪的交易。对于警探来说，最悲催的莫过于当检察官接受此类交易时，他基本不会事先过问负责此案的警探。凶案组早就已经学乖了。警探们总是自我安慰道，反正我已经做好我这份工了，如果你没做好你的，那就去你妈的吧。可是，因此而气不打一处来的情况也时有发生。

有一次，一个年轻检察官因过早放弃了一个案子而被沃尔登狠狠训了一顿。朗兹曼也干过类似的事情。艾杰尔顿则更喜欢扮演循循善诱者的角色，只要有机会，他就会教导检察官怎样审理案件和写总结陈词。凶案组里的大多数警探都被检察官"伤害"过，贾尔维便是其中之一。那是因为米沙·詹金斯一案——米沙·詹金斯是个九岁的女孩，她的母亲竟然眼睁睁看着自己的男朋友把米沙打死，然后弃尸在巴尔的摩—华盛顿林荫大道旁。这样的人死有余辜，可此案的检察官竟然接受了二级谋杀罪的辩诉交易。贾尔维当着他的面骂他是狗杂种，而这位检察官连反驳的勇气都没有。

如果一位警探真的关心某案，他可以策略性地向检察官游说或施压。然而，对此案的司法决定却不是他能最终左右的。警探会参与从勘查案发现场到嫌疑人被定罪的每个司法环节，可唯独在法院审理这件事上，他只能是个被动的、受制于别人的参与者。他会出庭作证，或用其他的方式协助检察官。可并不是每个检察官都会怀揣感恩之心对待警探。有些检察官会就证据及陈词事宜请教警探，询问他们的意见——因为警探对此案的熟悉度要高过他们。而有些检察官则只是把警探当作法庭上的摆设或小道具，他们只要按时出庭，并把正确的物证和人证带到法庭上来就可以了。

当某案被送上法庭后，凶案组警探便对它无能为力了。这是因为作为本案的证人之一，除去他本人出庭作证的环节外，警探必须被隔离而无法聆听其他证人的言说。当警探被传唤出庭时，他只有百分之十的时间是真正站在证人席上的。在其余百分之九十的时间里，他只能待在门外。他可以坐在法庭外的木板凳上焦急地等待，要不就忙于把物证袋从检察官办公室送到法庭。如果有证人没能如约出现，他可以负责催促和寻找。要是真没事做，他还能上楼和暴力犯罪小组的秘书们聊聊天。这是一段令人焦虑的悬置时光，只有当他被叫进法庭时，他才会重新找回自己的存在感。

在整个司法过程中，出庭作证是警探发挥其专业性的最后一个环节。在大多数案件里，平民证人——他们的言说都是在正式开庭之前被检察官们精心策划和准备过的——会提供最重要的证词，但这并不意味着警探的证词不重要。警探会对案发现场、目击证人和被告证词做出描述，他们的证词算不上是突破口，却也往往是某个案件的基石。在检察官看来，警探在法庭上的优异表现不尽然会为他赢得某起案件，但他万一出了什么差错，却完全有可能让这个案件毁于一旦。

在正式宣誓并作证之前，优秀的警探总是会再过一遍某案的卷宗。毕竟，从他逮捕此案嫌疑人至今已经过去整整六个月了；在此期间，他转而调查过好多其他案件，他很有可能早就记不清此案的细节了。这样的事情曾在 1987 年发生过。在那次开庭审理中，检察官请出庭作证的警探——这位仁兄业已从凶案组调出，前往了其他部

门——详细描述案发现场的细节及其在此之前所做的调查，后者开始
滔滔不绝地讲了起来。直到一两分钟后，他才发现检察官正冲着他做
鬼脸，而被告也展露出莫名其妙的表情来。

"呃，不好意思，"警探直觉自己正在酿成一场灾难，"尊敬的法
官大人，我想我是记错了……"

这起案件最终以宣告审判无效告终。

为了保险起见，很多警探都会带着卷宗出庭。可是，和警探一起
出现在法庭上的卷宗又会带来新的问题。要知道，卷宗里可不仅仅只
有被告的相关信息，它还包含有其他嫌疑人的相关信息，以及其他警
探尝试过却最终被放弃的查案路径。有些法官会允许辩护律师在交叉
质证的环节过目卷宗——而其结果往往是灾难性的。大家看，卷宗里
竟然白底黑字写着还有其他嫌疑人呢。要是遇到一个宽容的法官，辩
护律师完全能利用卷宗在陪审团面前呼风唤雨。

有一次，马克·汤姆林警探便机智地利用辩护律师的惯性思维耍
了他一把。他没有老老实实地带着卷宗出庭，而是事先把案件相关细
节记在了被告的逮捕令背面。不出所料，就当他出庭作证时，辩护律
师要求看他的笔记，并请求法官把它列入物证。汤姆林二话不说把笔
记交给了他，而后者把那张纸翻过来看了眼，惊讶地发现上面记录的
全是他委托人的前科，于是律师也只好二话不说把笔记还给了汤
姆林。

老探员在出庭之前便对此案的优势和弱点了然于胸；他们能预测
律师的质疑，也会提前准备自己的答案。这倒不是说受到质疑的警探
会撒谎，而是说他们会巧妙地避重就轻，尽可能少地暴露本案的弱
点。比如说，辩护律师了解到，目击证人虽然从嫌疑人列队里认出了
他的委托人，但在此之前，他并没有从肖像照罗列中把他辨识出来。
优秀的警探几乎可以肯定律师会抓住这一点问个不休，因此他会告诉
陪审团，给目击证人看的照片拍摄于六年之前，嫌疑人的发型已经变

了，他那个时候没有留胡子，等等等等，直到辩护律师打断他的话为止。不过，道高一尺魔高一丈。律师也渐渐学乖了。他们已经受够这些狡猾的警探；越来越多的律师不会给警探以解释的机会，而仅仅让他们回答"是"或"否"；当然，即便如此，警探仍可以等到检察官交叉质证的时候再进一步阐明他的答案。

而在另一方面，要是出庭作证的警探突然被辩护律师问住了，他们会在保持诚实的前提下尽量含糊地回应。专业的证人懂得迂回之道，他无需以绝对的方式回应每一个问题，那样只会把他自己逼入死角，因为优秀的律师总是能找到他话里的漏洞。

"警探先生，您的意思是在罗宾逊先生就此案被逮捕后，诺斯和朗伍德地区就没再发生过抢劫案。"

"是的。"

"警探先生，我想请你看一眼这张报案书，它的日期为……"

富有经验的警探还有一条原则：他们不说谎。当然，诚实本来就是优秀警探的必要特质。在法庭上，即便你的回答有可能颠覆整个案件的审判结果，你也不能说谎。作伪证的结果不堪设想，它会毁了警探的一生，让他拿不到退休金；如果警探撒了一个情节恶劣而又愚蠢的谎，他甚至会面临牢狱之灾。即便他特别想把某个嫌疑人送进大牢，一旦他提供了伪证，他所冒之风险也会远远大于他之所欲。老实说，把某个杀了人的嫌疑人送进大牢——这事对于警探来说真的那么重要吗？要知道，一个警探平均每年接手十四个谋杀案，一生则要接手多达上百个。难道他真会觉得某个嫌疑人逍遥法外的话世界末日就要来临？如果受害者是警察或他认识的某个人，他还有可能动过一丝邪念；可是，如果那只是去年夏天一个星期六晚上发生在爱丁街1900号的案子，那么，拜托，才没有警探会傻到为这样一个稀松平常的案子而葬送自己的一生呢。

凡事无绝对。出庭作证的警探真的不会撒谎吗？那可不尽然。在有一个环节中，他们甚至会习惯性地撒谎——至少夸大其词，那便是逮捕嫌疑人的合理依据。

是人都知道，执法人员必须在合理的法律前提下才能逮捕某人或搜他的身。在很多情况下——特别是对于缉毒组和取缔性犯罪组的警探来说——这一所谓的"合理依据"根本一丁点都不合理。有个人形迹可疑地在某个街角逗留了十分钟——这当然不构成合理依据。正宗的合理依据应该是这样的：警察发现某个人形迹可疑地在某个以贩毒而著名的街角逗留了很长一段时间，而当警察接近他时，恰好发现此人运动衫的口袋里露出了一个疑似装有毒品的玻璃纸袋，而他的前腰带处也高高隆起，貌似佩带了武器。

你没看错，这才算是合理依据。

在现实世界的街头执法中，合理依据永远是一个笑话，一个无法真正实现的体制漏洞。想知道现实世界里的合理依据是怎么样的么？在巴尔的摩的某些地区，如果某人拿眼瞧警车的时间超过常人两秒钟——这就是合理依据——警察就会下车搜他的身。法庭不会承认它，但现实依然如此。警察才不会等到嫌疑人身上露出毒品和枪支后才去逮捕他呢。只要他们确定这人可疑，他们就会冲上前去逮捕他，从他身上搜出毒品或枪支，然后再为这起逮捕找到合理依据。

凶案组的情况稍好一些。当他们想调查某人时，他们必须先获得法官签署的搜查及没收令。这也就意味着警探们得事先就某个具体地址写下书面证词，陈述合理依据。毕竟，你得先说服法官才能走进人家的大门。当然，这其中也有空子可钻。有些警探很擅长写书面证词，他们会夸大合理依据，让法官同意签署不那么可靠的搜查令。但总体而言，他们在这方面遇到的问题比缉毒组和取缔性犯罪组小得多，毕竟，他们总得事先写下点什么吧。

站在证人席上的凶案组警探并不怕被问起合理依据，他们最怕辩护律师问他们被告是否在被逼供的情况下才做出了供词，而在他做出这一供词前是否想请律师。打心底说，越是优秀的警探就越明白审讯的本质——所有供词都是在逼供下做出的，它们只有程度的区别，而没有质的区别。可是，就严格的法律意义而言，当警探回答说自己没有逼供被告时，他又算不上在作伪证。因为，被告毕竟被告知了他的权利，也签署了米兰达警告。警探不是没有给他机会。

"可是，他有表达过要一个律师的想法吗？"

如果遇到这种质疑，警探则会反问律师道：你对"要"的定义是什么？当嫌疑人被带进审讯室时，其中大概有一半会说他们"想要"一个律师，"需要"一个律师，或"应该先和律师谈谈"。如果他们坚持此见，如果他们真的那么需要律师而不想开口，那么，审讯就暂停了。可是，没有哪个警探会如此便宜了被告。他们会试图——至少一次——说服被告：其实现在就交代对他有好处。幸运的是，当他们这么做时，高等法院可没有伫立在审讯室的门外观望着他们的言行。

"我的委托人有表达过想请律师的意愿吗？"

"不，他没有。"

凶案组警探出庭作证的最后一条原则是：切忌介入私人感情。警探和被告、警探和律师——无论你们之间有何深仇大恨，你都得保持冷静。当你站在证人席上时，你的所有言行都将被放大。如果你被激怒了，因此公然表达了对被告或其律师的蔑视或敌意，你就会给陪审团留下恶劣的印象。他们会认为你是在公报私仇。所以，如果辩护律师说你在撒谎，你就冷静地否认；如果他声称你的调查有纰漏，你也冷静地否认；如果他的委托人在下面恶狠狠地瞪你，你只管无视他好了。

对于破了一辈子案的老探员来说，保持冷静并不难。毕竟，这只是又一起凶杀案，他的冷漠与其说是装出来的，还不如说是真心的呢。即便他真切地关心某起案件，他也不会在被告面前展露丝毫。警探的冷漠比他的愤怒或蔑视更有杀伤力。他准确无误地向被告传达了一条信息：无论这场官司是输是赢，你都是一条回天无力的落水狗。

陪审团判你有罪，你就乖乖进去待着吧；陪审团判你无罪，你就以为自己得逞了吗？不，不。我敢担保半年以后，你又会出现在这里。当然，你的命运还有另一种结局：在某个夜晚，我的同事发现你躺在某个案发现场，已然一命呜呼了。

令人难以理解的反而是，被告比警探更少在审判过程中展露个人情感。他们从闷热的拘留所被押了出来，戴着手铐脚镣来到法庭，环顾四周，而后和警探对上了眼。可是，他们中的大多数只会对警探沉默地点头以致意。在漫长的审判过程中，有些被告甚至会伸出手想要和警探握手，或者毫无缘由地对他说"谢谢"——仿佛警探是在帮他们的忙，而不是和他们作对。

只有当被告失去控制——在法庭上大喊大叫，冲着某人竖中指，或者辱骂法官和检察官——时，警探才会放弃心理的防线。只有到了那时候，被告才会知晓自己原来这么遭人恨；只有到了那个时候，被告才会洞悉警探的内心秘密——原来，他那么在乎此案的结果。

今年的早些时候，戴夫·布朗便出席过一个案子的审理。被告是两个巴尔的摩西区男孩，一个二十二岁，一个十四岁。去年春天，两人在大学医院附近企图抢劫一个老牧师，结果失手杀死了后者。布朗一直保持着沉默，直到陪审团主席宣布两人一级谋杀罪成立，突然之间，年长的那位被告情绪爆发了。

"婊子养的，你满意了吧？"他冲着布朗大吼道。

整个法庭都陷入了沉默。

"是的，"布朗冰冷地说，"我太高兴了。"

毕竟，这是在法庭上。警探能说的，只有那么多。

10 月 19 日，星期三

劳伦斯·C. 多恩坐在位于韦斯特法院四楼的、凌乱的办公桌边。他整理了一下笔记本，而后又用手指捋了捋额前的刘海。他看了自己一眼，确定一切都井然有序、丝毫不差。头发没有翘起来。领结没有歪掉。西装翻领上没有露出绒毛。一切都很好，只不过，今天，他将担任检方律师，起诉发生在巴尔的摩市的一起谋杀案——其难度，就好比开着一辆房车穿过细小的针眼。

多恩想独自一人再待一会儿。他得再过一遍笔记，默诵一遍他的开庭陈述。可是，一位凶案组警探连门都不敲便大摇大摆地闯了进来——他肯定是故意的，多恩想，他故意想折磨我，就像小孩喜欢把苍蝇的翅膀都拔掉一样。

"准备好了没？"贾尔维问。

"准备好了没？"多恩反问道，"十分钟后就要开庭了，你现在才来问我准备好了没？"

"拉里，这是我的案子，我只是希望你别把它搞砸了。"

"我？把它搞砸？"多恩说，"你把它带到我这儿的时候，它已经砸了。"

贾尔维并没有反驳他。"对了，你会问我照片的问题，是么？"他向多恩咨询物证陈列的顺序。

"不。"多恩心不在焉地回答道，"照片还是交给威尔逊来说吧。威尔逊人呢？你打过犯罪实验室电话没？"

"那子弹呢？"贾尔维继续问道，"你今天会说到子弹吗？"

"什么子弹？威尔逊在哪？他……"

"就是从车后厢找到的子弹呀。"

"呃，不。今天不会。你把子弹交还给物证控制中心吧。"多恩依然魂不守舍，"威尔逊知道自己下午得出庭么？"

"我想他应该知道。"

"你想？"多恩说，"你想？那柯普拉呢？"

"他怎么了？"

多恩的脸色风云突变。

"你今天下午又不需要柯普拉咯。"贾尔维说。

多恩把头埋在了手臂里。天呐，这个世界到底怎么了？财政赤字一飞冲天，臭氧层业已耗竭，世界上竟然有多达二十个国家拥有核武器；而我，劳伦斯·多恩，竟然在开庭前十分钟还被这个叫里奇·贾尔维的警探困在这里。

"你说的没错，我的确不需要柯普拉。"多恩竭尽全力让自己恢复冷静，"但我需要威尔逊。"

"所以说，你想让我给他打电话？"贾尔维明知故问道。

"是的。"多恩说，"拜托你了。给他打电话吧。"

"好吧，拉里，但愿这能让你放轻松……"

多恩瞪了贾尔维一眼。

"狗娘养的，你再敢瞪我一眼试试。"警探敞开西装的两襟，抓住插在腰间的手枪，"信不信我一枪打死你？信不信我就算打死你法庭也只会判我正当防卫？"

检察官竖起了中指。警探把枪拔了出来，然后又笑了起来。

"F. 李·多恩，"贾尔维说，"你这个狗娘养的，你最好别输了这场官司，否则有你好看的。"

"输了也别怪我。谁让你不好好做你的工作，没给我找几个靠谱的证人呢……"

警探和检察官都对互相指责习以为常了，这是美国各地法院中最司空见惯的戏码。

"你怎么就没证人了呢？"贾尔维不服气地反驳，"罗曼尼·杰克逊、莎朗·亨森、文森特·布克……"

当贾尔维提到布克时，多恩又恶狠狠地瞪了他一眼。

"怎么了？"贾尔维耸着肩说，"他怎么说都算个证人啊……"

"操你妈的。我不是已经和你说过了么？"多恩发起火来了，"我不想看见文森特·布克站在证人席上，打死我也不想。"

"好吧，好吧。"贾尔维无奈地回答，"可我觉得你做了个错误的决定。"

"哼，"多恩说，"就知道你会这么说。我敢打包票，只要我们输了，你就会抓住这点不放。"

"那当然。我都提醒你了。"贾尔维说。

检察官揉了揉太阳穴，低头望向桌面上厚厚一叠卷宗——罗伯特·弗雷泽尔谋杀勒娜·卢卡斯案。当然，为了不让贾尔维好过，多恩夸大其词了些：弗雷泽尔案也并不是那么无药可救，也的确有证人。但他们都只是间接证人，因此，正如检察官所乐于指出的那样，这起案件的审理受制于不可控的间接因素。没有目击者也没发现凶器，嫌疑人既没有悔罪也没有明显的杀人动机，即便有再多的间接证人，想给弗雷泽尔定罪依然难上加难。在本案的主责警探贾尔维看来，文森特·布克是个重要的证人，出于战略考虑而不让他出庭作证只对弗雷泽尔有利。可是在多恩看来，文森特·布克却是一把双刃剑，稍有不慎就会伤到检方自身——因为，陪审团很有可能认为布克是此案的潜在嫌疑人之一。

毕竟，文森特是弗雷泽尔的马仔，他替弗雷泽尔贩毒。他认识勒娜·卢卡斯，且对发生在其父被杀害之前的事件供认不讳。贾尔维相信，文森特并没有完全交代。当弗雷泽尔逼布克老头交出他从他儿子卧室拿来的毒品时，文森特很有可能就在现场。当弗雷泽尔动怒拿刀刺老人的脸时，文森特也有可能还在，他只是被吓坏了。更有甚者，他可能目击了弗雷泽尔开枪把布克老头打死的整个过程。如果贾尔维的猜测都没错，那文森特的证词随时都有可能改变整个案件的走向。

不。多恩想，无论如何都不能让文森特出庭。这样做的风险实在太大了。可多恩没法说服贾尔维。这位警探相信，弗雷泽尔的辩护律师保罗·波兰斯基随时都会动用文森特·布克这颗棋子，说他是本案的另一个嫌疑人。所以检方一定得先下手为强。一旦辩护律师先下了这手棋，检方就会陷入无比被动的境地。

多恩本来想在开庭前再好好冷静一下的，可贾尔维把他活生生折磨得心绪不宁。证人、物证陈列程序、对本案的看法……两人没有一处是合拍的。

多恩无奈地笑了笑，冲着贾尔维挥了挥手。后者终于离开办公室，留下了多恩一个人。在巴尔的摩的法院里，拉里·多恩早已是个熟面孔了。他身材矮小敦实，一头黑发，皮肤白皙，戴着镶边眼镜，一只斜眼破坏了整个面部的对称。他的外貌和言行举止总会让人觉得可悲——他的公文包里塞满了上诉书和答辩书，他的脑子里塞满了对人类的绝望情绪，他就是再典型不过的美国大城市检察官，日复一日地为了一点可怜巴巴的工资而超负荷工作着。如果巴尔的摩检察官办公室想要做一张宣传海报的话，多恩简直就是代言人的不二之选。

不过，多恩算是检察官办公室里有能力的一位员工了。他从来不滥用人证和物证，使用的方式也颇有讲究。每次出庭前，他都会悉心准备。他的总结陈词虽然有时不够动情和有力，但总的来说，还是十分出色的。那些真心关切案件结果的凶案组警探都愿意和多恩合作，因为多恩还是个具有战斗精神的检察官。即便没有十分确凿的证据，只要他相信嫌疑人有罪，他就不会接受勉为其难的辩诉交易，而更愿意到法庭上去搏一搏。和任何律师一样，多恩不接受失败；但和他们不一样的是，只有撤回起诉或暂缓起诉才能让他放弃，只要有一丝希望，多恩便会战斗到最后。

虽然贾尔维对多恩语出不恭，但他打心底庆幸多恩是本案的检察官。虽然罗伯特·弗雷泽尔案的证据并不确凿，但他知道多恩依然会据理力争。他信赖多恩。

这位警探离开了检察官办公室，从一边的楼梯下楼，来到三楼克里夫·戈尔迪①法庭外的走廊。走廊上有两条长凳，法庭正门外、铺着地毯的前厅处还有一条。在接下来的一星期里，贾尔维只能在这三条长凳之间徘徊。作为本案的主责警探和证人，他只能接受被隔离的特殊待遇，只能在庭外等待它的结局。

除去等待之外，警探能做的，就是帮检察官打打杂而已了。贾尔维从来不情愿做检察官的助理。多恩并不是颐指气使的检察官，他愿意聆听警探的建议。虽然聆听不等于接受，但多恩会评估建议的可行性，然后再考虑是否执行。而贾尔维——他比任何人都了解勒娜·卢卡斯案的来龙去脉——也并不是个固执的警探，他也愿意探讨任何的可能性。可是，戈尔迪法庭的双重门阻隔了他们俩。多恩只能孤身一人走进法庭，以一己之力争取胜诉；贾尔维只能坐在庭外等待，顶多替多恩跑跑腿，传唤证人或安排物证。今天早上发生在多恩办公室里的、半开玩笑性质的争吵说明了两人角色的转变：2月份的时候，贾尔维还在为此案忙得晕头转向；可现在，他完全可以从容地嘲笑此案的检察官了。现在，他可以假装自己不知道犯罪实验室的威尔逊是否会按时出庭；现在，他可以公然批评检察官的策略，并要求后者做出最大的努力争取胜利。现在，此案已然变成拉里·多恩的负担。

但贾尔维和多恩一样希望此案以胜诉收尾。在他的职业生涯里，那些被最终送到陪审团的案子都胜诉了，他不想自己的辉煌战绩就此告终。而他也想替勒娜·卢卡斯报仇。虽然勒娜吸毒，也替弗雷泽尔贩卖毒品，但她是个好母亲，也从来没伤害过任何人。勒娜的两个女儿和她的姐姐都会出庭作证，现在，她们正和贾尔维一起等待着。今天早些时候，她的其他家人都来到了法院。当他们在走廊里遇到贾尔维时，就像在迎接从西奈山上得道下山的摩西。贾尔维坐在长凳上想，他们都是好人，他们理应赢得这场官司。

---

① Cliff Gordy，巴尔的摩市 1985 至 2006 年间的副法官。——译者

本案的主角罗伯特·弗雷泽尔业已在法庭里面了。他坐在被告席上，身边是他的律师，身前放着一本精装的《新约》，一个硬纸书签夹在里面，正好对准了《路加福音》。他穿着一身剪裁得体的黑色西装和一件全新的白色衬衫，仿佛从来都没有如此光鲜过；可他依然徒有其表、本性难移：就在陪审团成员入庭时，他伸了个懒腰，朝后捋了捋头发，若无其事地打了个哈欠。他回过头，盯着后排的卢卡斯家人看了一眼，而后又转过身来。

在昨天上午举行的动议听证会上，多恩取得了阶段性的胜利。保罗·波兰斯基想要法庭不予接受罗曼尼·杰克逊——那个从勒娜对过三层窗户上看见弗雷泽尔进入大楼的年轻女子——出庭作证。他的理由是当警探让杰克逊从照片里辨识弗雷泽尔时，他们对照片的陈列做了手脚：他们把弗雷泽尔的照片放在了左上角的显眼处，而其余照片中的人都要比弗雷泽尔来得年轻和消瘦。戈尔迪否定了这一动议。紧接着，波兰斯基又想让法庭不予接受贾尔维和唐纳德·金凯德对弗雷泽尔克莱斯勒车的搜查令——警探们从该车的车厢里找到了没用过的.38口径子弹。这项动议也被否决了。

在此之后，听证会进入了筛选陪审团的程序。这是个相当复杂的过程，旨在淘汰可能有偏见的陪审团成员。筛选陪审团是检察官诉讼策略的必要组成部分。他可以利用有限的"置疑挑战"机会，把某些陪审团候选人排除在正式名单之外。这些人有可能曾被警察毒打过，有可能有亲戚被关在监狱里，也有可能对美国的司法系统抱有偏见，认为它只是为资产阶级卖命的傀儡。辩护律师拥有和检察官同等的"置疑挑战"机会。他则会排除那些曾经的犯罪受害者或坚信只要嫌疑人被送上被告席就肯定有罪的人。在巴尔的摩，你很难找到一个令双方都满意的陪审团成员，因此筛选过程不出意外地漫长——双方律师都用光了"置疑挑战"的机会。

此时此刻，多恩正坐在原告席上，看着陪审团走入法庭——他们正是昨日筛选的结果。这是一个典型的巴尔的摩陪审团——绝大多数是黑人，绝大多数是女性。波兰斯基并没有想方设法地寻找能合格参与审判其黑皮肤委托人的白人陪审员；拉里·多恩也没有特意因为白皮肤而将某人排除在陪审团之外。肤色并没有成为双方争议的焦点。不过，多恩仍然对现如今的陪审团大致满意。他们大多数都有工作，除去前排那个女孩之外，所有人都神色凝重，显得格外专注投入——这对本案相当有利。可是，前排的那个女孩依然是个麻烦。多恩看着她一屁股坐在椅子上，两臂交叉，低头望向地板——还没开庭，她已经觉得无聊了，天知道四天之后她会变成什么样。

克利夫顿·戈尔迪法官让所有人保持肃静，而后开始了他的开场白。首先，他得把陪审团的职责解释给他们听。戈尔迪身材高大，嗓音低调又沉着，一副威严的模样。他的用语精确，善于讽刺，至少在律师们看来，他就是暴君的化身。那些在抗议时不站起来的律师通常会被戈尔迪忽视。戈尔迪通晓法律，也了解他的律师们；多恩曾经就是他在审判庭工作时的手下。在多恩看来，黑皮肤的戈尔迪是个对诉讼有利的因素。鉴于多恩本人和波兰斯基都是白皮肤犹太人，而此案的嫌疑人又是个黑人，戈尔迪的存在会让那些黑皮肤的陪审团相信此案的公正性。

戈尔迪说完开场白之后，多恩站了起来。他要开始开庭陈述了。与此同时，在法庭外的前厅里，贾尔维坐在长凳上，心不在焉地打开了《巴尔的摩太阳报》，做起填字游戏来。

"英国制枪，"贾尔维自言自语道，"四个字母。"

"S-T-E-N。"戴夫·布朗立刻反应了过来。布朗坐在长凳的另一头。因为他负责了普尼尔·布克部分的调查工作，他也得待在这里，等待被传唤。"在填字游戏里，英国制枪永远是斯登枪。"

"没错。"贾尔维说。

他们当然听不到多恩的开庭陈述。在里面，多恩严肃地对陪审团说，这是一场谋杀，一场肮脏的、邪恶的、有意为之的谋杀。他开始长篇大论起来，调动着陪审团的注意力。

"这可不是电视剧，"他告诉陪审团，"和电视剧不一样的是，动机并不构成一级谋杀罪的必要因素。你不确定到底发生了些什么。你当然很想知道，我也很想知道，可是，我们并不需要了解动机才能为嫌疑人定罪。"然后，多恩像模像样地拿出了一块七巧板——美国的法庭最常见的道具之一。你们看，多恩继续说道，这个案件就像这块七巧板。你是很久之前买了它的，现在这其中的几块已经不见了。"可是，女士们，先生们，即便有几块不见了，当你把它们拼起来时，你还是能知道它组合起来到底是一幅怎样的画面。"

在打过比方之后，多恩终于讲起了查尔琳·卢卡斯的故事：她和罗伯特·弗雷泽尔的关系、她的吸毒史和贩毒史、案发现场的情况、紧接其后的调查。他告诉陪审团，有个叫罗曼尼·杰克逊的姑娘在案发当晚看到弗雷泽尔和勒娜一起走进了后者家；在贾尔维对弗雷泽尔的第一次审讯中，后者提供了不在场证据，并答应向警探出示自己的.38手枪；可另一位叫做沙龙·丹尼斯、绰号"尼基"的人却否认了弗雷泽尔的不在场证据。他着重介绍了案发现场：衣服被堆成一堆，受害者赤身裸体，没有强迫入室的痕迹——所有这些都说明勒娜是被某个和她很亲密的人杀害的。

"我们举行这次审判，是为了还弗雷泽尔先生一个公正公平的说法。"多恩对陪审团说，"而我们也希望还查尔琳·卢卡斯和她的家人——他们今天都在这里——以公正公平。等到你们把拼图都凑到一起时，你们会发现一副清晰的画面，那就是被告谋杀了查尔琳·卢卡斯。谢谢。"

检察官没有提及普尼尔·布克之死，也没有提及这场谋杀案的弹道比对和卢卡斯的现场吻合。他更没有提到文森特·布克。后者承认曾在两起凶案发现前向弗雷泽尔提供过.38口径的子弹，并告诉警探自己的父亲之所以会被杀是因为拿了弗雷泽尔的毒品。根据预审听证会的决定，普尼尔·布克案对勒娜·卢卡斯案有误导作用，因此不得在陪审团面前提及——双方律师都对此裁定毫无异议。多恩和波兰斯基都知道，文森特·布克是把双刃剑。一位优秀的律师从来不会在不预知答案的前提下提问，而即便是波兰斯基，也无法确定文森特到底会在法庭上说什么话。文森特·布克的价值仅在于他可以被视为凶案的另一个嫌疑人从而转移陪审团的注意力，但让文森特出庭作证却过于冒风险了。波兰斯基害怕得不偿失。

现在，轮到波兰斯基做开庭陈述了。他告诉陪审团，罗伯特·弗雷泽尔"业已在巴尔的摩市拘留所挣扎了整整八个月。他来到这里，是为了告诉你们他对勒娜之死的看法，是为了告诉你们警察抓错了人，是为了告诉你们他根本不可能、全然不可能是杀死勒娜的凶手"。

我的委托人并不是个圣人，波兰斯基对陪审团说。毒品？是的，他的确贩毒。.38口径的手枪？是的，他的确有一把手枪。罗伯特·弗雷泽尔有好的一面，也有坏的一面，可难道这就意味着他就是本案的凶手吗？

"在调查此案的过程中，"波兰斯基说，"我们发现还有一个叫做文森特·布克的人，此人和勒娜·卢卡斯有染，也有她公寓的钥匙……好吧，我们不是在看《佩里·梅森》[①]，在现实中，没有人会突然站起来说自己才是凶手。但是，罗伯特·弗雷泽尔想要告诉你们的是，文森特·布克才是本案的凶手。"

波兰斯基继续陈述着弗雷泽尔的遭遇：他很配合；案发之后，他曾主动向凶案组自首；可是，警探们却盯住了他一个人不放。是的，他的确没有上缴自己的手枪；但那是因为他害怕自己因私藏武器而被

---

① Perry Mason，由侦探小说家厄尔·史丹利·贾德纳（Erle Stanley Gardner）创造的律师形象，其故事曾数十次被改编成电影和电视剧。——译者

起诉，而这些警探显然业已把他和谋杀联系在了一起。他其实是想帮助他们找到杀死勒娜的真正凶手，可他却受到了如此不公的对待。

"多恩先生打过七巧板的比方，我觉得他说的没错，"波兰斯基说，"当你只缺少三块、四块乃至五块拼图时，你的确仍然可以看清整幅画面。可是，一旦你缺少了太多拼图时……"

在门外的前厅里，贾尔维正在为另一种拼图苦恼着。他已经深陷到填字游戏中，中午休庭时，他才完成了其中的一半。而在他的另一边，戴夫·布朗则坐着睡着了，布克的卷宗搁在他的大腿上。

再渴求正义的人也得先填饱肚子。警探们终于站了起来，出去吃了顿饭，而后又回到长凳边上。再次开庭。他们看着证人进进出出：勒娜·卢卡斯年长的女儿——她证明了弗雷泽尔和她母亲的关系，并否认了文森特·布克有她家的钥匙；北吉尔默街 17 号公寓楼上的邻居——他陈述了自己发现尸体的过程并旁证了对死亡时间的推断；西区的第一现场警官——他讲述了现场的维护和物证的提取；来自犯罪实验室的威尔逊——他向陪审团展示了现场照片，并讲述了提取指纹方面的努力；来自微量物证部门的普尔维斯——他讲解了对现场提取指纹的分析，除了勒娜·卢卡斯本人之外，其他指纹皆过于模糊而无法和其他应对。

终于，法警开门传唤贾尔维了。当时，他快要完成《巴尔的摩太阳报》上的填字游戏，正在猜最后一个谜语："一条法国的河流，五个字母。"他把报纸放在了一边，走了进去，站在证人席上。他穿着深蓝色斜条纹西装，一副自信满满的样子。红色的领带外加眼镜——女士们，先生们，下面，请警局市场销售部副总裁为大家发言。

"下午好，"多恩嗓音浑厚地说，"请问您为巴尔的摩警局效力多少年了？"

"十三年多了。"贾尔维摆弄了一下领带。

"在这十三年里，你又在凶案组待了几年？"

"最近的三年半。"

"您能告诉陪审团的女士先生们，在这段时间里，您总共处理过多少起谋杀案吗?"

"我曾负责过超过五十起谋杀案。"

"除此之外，"多恩继续问道，"我相信你也协助调查过其他案件?"

"是的，很多。"贾尔维回答。

在多恩的引导下，警探开始循序渐进地描述北吉尔默街17号公寓的现场。他先整体描绘了这个公寓，着重提到了它的安保系统，包括防盗铃被人为关掉的这一细节。而后，他详细描述了案发现场，加深了陪审团对它的印象：没有强行入室的痕迹，衣服被堆成一堆，床头板上有刀痕，说明勒娜是躺着被人杀死的。接着，多恩把贾尔维领到陪审团一边，让他讲解已经作为物证陈列的现场照片。

现场照片总是会引发辩诉双方的矛盾。在辩护律师看来，向陪审团展示血腥的受害者尸体无疑会导致偏见，所以应不予作为物证采纳;可在检方看来，照片却具有证明的价值。在通常情况下，检方会在这一环节取得胜利，多恩也不例外。因此，尽管波兰斯基屡屡提出抗议，勒娜尸体的原貌还是通过多个角度的摄影被一览无遗地展现在了陪审团面前。他们都被震惊了。

贾尔维站在陪审团前讲解了十分钟照片，然后又回到了证人席上。多恩又让他讲述了对现场的勘查工作及其后对街坊邻居的调查拜访。检察官问起吉尔默街上的路灯照明情况，贾尔维提到这片街区的中央有一个金卤灯——这是为罗曼尼·杰克逊的证词所做的铺垫。

"我暂时没有问题想问贾尔维警探了，"二十五分钟之后，多恩宣布道，"但我之后还得传唤他。"

"可以。"戈尔迪说，"波兰斯基先生，现在轮到你交叉质证了。"

"出于相同的原因，我仅对证人目前所说之证词做交叉质证。"

贾尔维冷静地想，放马过来吧。如果他要质证的只是铁板钉钉的现场情况，那就没什么好伤脑筋了。

波兰斯基和贾尔维对质了受害者身上的伤痕，逼他同意那些刀创伤都发生在头部的枪伤之前；受害者的手上有自我防卫留下的伤口，它们便说明了这一点。接着，波兰斯基又让贾尔维回顾了一下那个空包包、破了的米袋和散落在卧室地板上的空胶囊。"阁下，难道我们不可以推断，那个攻击并杀害卢卡斯女士的人也拿走了包包里的毒品吗？"

"抗议。"多恩说。

法官同意多恩抗议有效，辩护律师的话过于推测性了。可是，这个推断对陪审团造成的影响已然不可磨灭。如果包包里的毒品本来就是弗雷泽尔的，那他又为何要为了它而杀人呢？他根本没理由这么做，当然，除非他想伪装现场，让它看上去像是一起涉毒抢劫案。

波兰斯基另寻角度，再次点到这个问题。他先是让贾尔维回顾在现场好几处发现的吸毒道具，然后又提到那一堆衣服。这个公寓看上去很整洁，是吗？是的，相当整洁，贾尔维同意。

"在您看来，这个公寓的主人难道不应该在脱下衣服之后把它们叠好再放起来吗？你不这么觉得吗？"

贾尔维暗自骂道，好你个狡猾的杂种。"不，"贾尔维回答，"我不这么觉得。"

波兰斯基并没有继续辩驳，而是把这一自相矛盾的印象留给陪审团回味。他转向标记为 2U 的物证照片——它所拍摄的是床被拿走之后的卧室样貌。他指着地板上的一个软包 Newports 牌香烟问道："你有在现场发现烟灰缸吗？"

"是的，阁下。"贾尔维说。

"你是否确定卢卡斯女士抽烟呢？"

糟了！贾尔维想，被他逮住一点不放了。"我不记得是否对此做过调查。"

"你难道不觉得这是一个重要的细节吗？"

"我相信我们曾在调查中想到过这个问题，"贾尔维小心翼翼地回答，"显然，这个问题的答案并不重要。"

"你有问过她女儿或者其他和她亲密的人她是否抽烟吗？"

"我不记得了。"

"如果她不抽烟，难道你不觉得这一包烟很可疑，值得被调查吗？"

"我觉得你说的没错。"贾尔维的声线有些颤抖。

"我们能就此了解到她身边有哪些和她亲密且抽烟的人。"波兰斯基继续说，"你不正是因为没有强行入室的痕迹而假设凶手是个和她亲密的人吗？对吗？"

"对。"贾尔维说。

"找到和她亲密且抽烟，特别是抽 Newports 牌香烟的人，或我们之后将要谈及的潜在嫌疑人，这是件很重要的事。"

"抗议。"多恩试图挽救急转而下的形势，"这不是一个问题。"

"这当然是个问题。"波兰斯基说，"难道你不觉得这很重要吗？"

"不，我不这么觉得。"贾尔维试图让自己镇静下来，"因为我们不知道这包烟是什么时候被放在那里的。它在床底下。它当然应该被调查，但我们不能把它当作所有调查的基础。"

"好吧，"波兰斯基咬住不放，"可是，难道不正是你说的卢卡斯女士是个爱整洁的人，因此她也基本没可能把烟长时间地扔在床底下吗？"

"抗议。"多恩说。

"这包烟是在谋杀发生当晚留在床底下的，难道这一可能性不是更大些吗？"

"抗议。"

戈尔迪终于介入了。他问警探道："你能明确回答问题吗？是或否？"

多恩盯着警探，他的头微微地前后摇晃着。别回答，他想告诉警探，千万别。

"我能。"贾尔维说。

"抗议无效。"戈尔迪说。

"我们在床底下发现了不少垃圾。总体来说，这个公寓在可见范围内保持着整洁，可是，床底下又是另一副模样，我不会用整洁来形容它。"

"电话也是放在床底下吧？"波兰斯基问。

"是的，"贾尔维看着照片说，"在拍照片的时候，我们又把它放回了原地。"

"它应该是不久之前才被放在那里的吧？"

"我不知道它是何时被放在那里的。"贾尔维说。

对于一位老探员来说，这样的话无疑没法为他自己开脱。波兰斯基看到了胜利的曙光。他接着问起那些从床单上找到的毛发，"这些毛发都接受了犯罪实验室和微量物证部的检测。你们没拿它们和某人做比对吗？"

"我们无从仅仅根据毛发本身来判断它是否属于某人。"贾尔维颇具戒心地回答。

"你是说你们无法从毛发分析中得出任何信息吗？难道科学能为凶案调查提供的帮助只有这些？"

"想要确定某根毛发是从某个人身上掉下来的，这是不可能的事。"

"那你们能缩小范围吗？比如说，这到底是根白人的毛发，还是黑人的毛发？"波兰斯基追问。

贾尔维同意，但又指出："除此之外，它所能提供的信息也不多了。"

辩护律师和警探又一问一答了几个回合，直至警探承认，他们没有把现场发现的毛发和任何人的做比对。即便在事实上，这样的比对的确是徒劳之举，但是波兰斯基已经把自己的观点清晰地传达给了陪审团：贾尔维的调查并不完善。

波兰斯基达到了他的目的。在交叉质证的最后阶段，辩护律师问起了警探对死亡时间的推断。这个时候，警探完全慌了神。

"当我们发现尸体时，它已经渐渐走出尸僵的阶段了，"警探说，"我们也注意到了她头部下面的血迹——血迹很浓，业已结块，外围已经渗入地毯，地毯上的血也已经干了——在我看来，她已经去世二十四小时了。"

波兰斯基和多恩都突然抬起了头。二十四小时，那就意味着勒娜是在前一天的下午去世的。

"你说她已经去世二十四个小时了？"波兰斯基问。

"对。"贾尔维回答。

多恩盯着贾尔维不放，试图让他注意到自己正在犯下的错误。

"所以，按照你的推断，她至少在 21 号下午 5 点的时候就被人谋杀了？"波兰斯基问。

贾尔维突然醒悟了过来。"不，不，对不起。我弄错了。我是说至少十二小时。"

"我就说嘛。"波兰斯基说，"谢谢你。我没有别的问题了。"

多恩进一步交叉质证。他再次问起毛发的问题。可是，这反而让波兰斯基进一步加深了陪审团对警探的不良印象——他并没有检查所有的物证。波兰斯基具体问道："如果你检查了那些毛发，那么，你至少能肯定它们到底属于弗雷泽尔先生，还是属于卢卡斯女士，抑或是其他人。我说的对吗？"

"如果我们对他们的毛发做一个比对，我们能确定它们是否和现场所发现的相似。"贾尔维疲惫地回答。

"而你却没有这么做。你有能力这么做，却没有做。"波兰斯基说。

"我觉得我不需要这么做。"贾尔维说。

"阁下，很可惜。谢谢你。"

波兰斯基对多恩点了点头，示意他把最后的机会留给了他。"轮到你了。"他语带讽刺地说。然而，多恩抬头看了法官一眼，说："我没有别的问题了。"

"阁下，您可以退下了。"戈尔迪说。

第一天结束了。五分钟之后，在法庭门外的走廊上，贾尔维遇到了波兰斯基。贾尔维努力克制心中的怒火，紧攥着拳头仿佛随时都要打出去。"你这个不择手段的讼棍。"他鄙夷地笑着说。

"别这样，"波兰斯基有点害怕，"里奇，这是我的工作，我不是针对你个人的。"

"当然，当然，"贾尔维用拳头碰了碰这位辩护律师的肩膀，"我可没有抱怨。"

但多恩可不像贾尔维那么自制。他一回到办公室，便破口大骂起波兰斯基来。

毛发、Newports 牌香烟——这些都是烟雾弹。优秀的律师总是善于使用烟雾弹。这是一种移花接木、暗度陈仓的战术：当你无法质疑呈堂证供时，你就应该创造属于你的新证据，继而就此发难。多恩几乎可以肯定，轮到罗伯特·弗雷泽尔作证时，他肯定会说是文森特·布克买了那包 Newports 牌香烟。

贾尔维知道，这包香烟的确是个麻烦。他向多恩道了歉。"我肯定检查过它。可我不记得我们得出什么结论了。"

"别担心，"多恩大度地说，"可是，我们能……"

"我马上去问杰琪或亨利埃塔，"贾尔维抢先一步说，"拉里，我敢肯定这是勒娜自己的香烟，但我不记得是谁告诉我的了。"

"好吧。"多恩说，"我倒不怎么关心毛发的问题，可是，那家伙对香烟说的那些话，我们可得认真对待了。"

10 月 20 日，星期四

第二天，拉里·多恩便展开了积极的攻势，企图收回失地。

"法官大人，"多恩一开庭就说，"检方就两个问题再度传唤亨利埃塔·卢卡斯。"

波兰斯基预感到了些什么。

"卢卡斯小姐，"检察官问，"您母亲去世之前是否吸烟？"

"抽。"勒娜的大女儿说。

"您知晓她大概是从什么时候开始抽的吗？"

"从今年年初的时候。"

"好，"多恩继续问道，"那您知道她抽什么牌子的香烟吗？"

"Newports 牌。"

波兰斯基无奈地摇了摇头，但他并不情愿就此罢休。在接下来的交叉质证中，他从三个方面展开反击，质疑证词的可靠性：他先是暗示罗伯特·弗雷泽尔和勒娜·卢卡斯在一起的时间比亨利埃塔还要长，所以，弗雷泽尔比亨利埃塔更了解勒娜是否抽烟；接着，他又说，一个四十一岁的女人在她去世二个月之前突然开始抽烟，这事怎么听都像是编造的；最后，他还问亨利埃塔是否与检察官事先核对过证词，暗示陪审团她可能是在检方的有意引导下才做出这一证词的。不得不说，波兰斯基的反击很精彩，也为他扳回了一些分数；然而，多恩的目的还是得逞了——五分钟之后，当亨利埃塔·卢卡斯离开证人席时，那包香烟已不再对检方构成实质性的威胁了。

紧接着，多恩传唤了约翰·斯密亚乐克。这位法医陈述了尸检的过程，解释了伤口的性质，并向陪审团展示了伤口细部的黑白照片。

这些在佩恩街解剖室中自上而下拍摄的照片比现场照片更巨细无遗地展现了受害者所受之暴力行径：三处枪创——其一在面部左侧，开了一个大口子；其二在胸口，其三在左臂；十一处戳刺伤，还有多处颈部和下颚部划伤；右手掌处的自卫创伤。伴随着辩护律师此起彼伏的抗议声，这十张照片被一一陈列在陪审团面前，其效果犹如勒娜还魂，哭诉申冤、振聋发聩。

然而，这一切都不过是序曲而已。这天下午，真正的大战拉开了帷幕。一个还在上学的十七岁女孩出现在了法庭上。当她路过罗伯特·弗雷泽尔时，害怕得浑身颤抖起来。

连陪审团都看得清，站在证人席上的罗曼尼·杰克逊正一边发着誓，一边不自禁地颤抖着。她故作镇定地坐了下来，双手安放在膝盖上，紧紧地盯着多恩，不敢看另一边被告席上那个高大黝黑的人物。如果这位证人——本案最重要的证人——因恐惧而崩溃，那将是多恩的噩梦。她无法回答他的问题了，她无法如实说出当晚她在窗口看到的一切了，她无法像他们在预审中所排练的那样表现了——当然，即便最糟糕的事情真的发生，多恩也能理解她，甚至原谅她：毕竟，她还未成年啊，马里兰州法律还未赋予她投票权，还禁止她购买啤酒，却要求她在公开审判中出庭作证，指控一个谋杀嫌疑犯。

"我叫罗曼尼·杰克逊，"她低声地回应书记员的问题，"我住在西普拉特街 1606 号。"

"杰克逊小姐，"多恩安抚她道，"请您说话稍大声些，好让陪审团的女士和先生们听到你讲的话。"

"好的。"

多恩尽量放慢节奏，引领着她回到那个夜晚，回到她刚好从三楼窗户往外看的那一刻。那时，她正好要去睡觉。女孩基本只回答是或否，书记员再次提醒她对着麦克风说话。

"你是否在某时看到你的邻居勒娜·卢卡斯在你的公寓外？"多

恩问。

"是的。"

"你能告诉陪审团你大概是在什么时候看到她的吗?"

"11 点到 12 点之间。"

"你看到她是一个人,还是有其他人?"

"她和一个男人在一起。"女孩回答。

"这个男人,今天是否在庭上?"

"是的。"女孩说。

"你能指给我们看吗?"

就在那一刹那,罗曼尼·杰克逊的视线离开了多恩,随着她的右手,指向了罗伯特·弗雷泽尔。

"是他。"她低声说,眼神立刻回到了多恩身上。

检察官耐心地问:"你能描述那天晚上被告的样子吗?"

"很高,很黑,又瘦。"她说。

"你看清他当晚穿什么衣服吗?"

"一件黑色夹克。就像他今天穿的这样。"

"他头上有戴什么吗?"

"一顶帽子。"

"帽子是什么颜色的?"

"白色的,"她伸出手摸了摸自己的额头,"有帽檐的那种。"

她开始哭了起来,可多恩不能就此收手。她继续讲述着:勒娜和那个高大的男人走进排屋消失在她眼前,然后她去睡觉了,直至听到隔壁排屋楼底下传来的争吵声醒了过来,以及她后来是怎样听说勒娜被杀死的。

"杰克逊小姐,"多恩问,"在你听说勒娜·卢卡斯被谋杀之后,有主动向警方提供所看到的线索吗?"

"没有。"她哭着说。

"为什么不？"

波兰斯基提出抗议。

"反对无效。"戈尔迪说。

"我害怕。"女孩说，"我不想被扯进去。"

"你现在还害怕吗？"

"是的。"她以极其细微的声音说道。

轮到波兰斯基交叉质证了。他从细节入手，质疑其故事的可信性：那晚路上的照明情况；她望向窗外的准确时间；她望向窗外的动机；她听到隔壁排屋吵架的可能性。罗曼尼·杰克逊害怕极了，但依然没有改口。波兰斯基并没有展开摧枯拉朽的攻势——虽然这样做才有可能把女孩吓傻，让她说不清自己的故事，但是这也会导致陪审团同情女孩而对被告方心生厌恶。所以，他选择了迂回，暗示陪审团她可能搞错了——她以为自己看见的是罗伯特·弗雷泽尔，但其实并不是他。波兰斯基打起了持久战，交叉质证长达半小时之久。可是，当罗曼尼·杰克逊离开证人席时，她对所见之事实坚韧的肯定，依然给陪审团留下了强烈的印象。

"天呐……罗曼尼，亲爱的，"贾尔维看到她快步走出法庭后门，"到底发生了什么？没有想象的那么糟吧，是吗？"

"不，"罗曼尼表情复杂，边哭边笑着，"糟透了。"

"啊，别这么说。"警探伸出手臂抱住了她，"我打赌，到最后你还有点享受呢，是吗？"

"不，"她笑着说，"我一丁点儿都不享受。"

半小时之后，多恩刚刚从法庭出来，贾尔维就一把拉住了他："女孩表现怎样？"

"很好。"多恩毫不夸张地说，"她很害怕，但她的表现好极了。"

然而，这场审判远远没有因为罗曼尼的出场而告终。第三天的焦点是弹道证据和被找到的.38子弹。出庭作证的是戴夫·布朗。多恩仅仅让布朗就从弗雷泽尔后车厢里发现的.38子弹作证词；而波兰斯基——虽然在预审动议中，辩诉双方业已就不提普尼尔·布克之死达成一致——则把焦点转移至警探早先执行的搜查令上：他们在文森特·布克的床底下发现了.38圆柱形平头弹和几把刀。两位律师都小心翼翼，摸着石头过河——他们都不想把老布克牵涉进来——布朗的证词被多次打断。双方和法官进行了四次庭审会谈后，布朗才完成了第一轮交叉质证。在再主询问中，多恩让布朗告诉陪审团，从文森特·布克床底下发现的刀具早已被检验过了，上面并没有血；而波兰斯基仍然通过几个问题，巧妙地把存有另一嫌疑人的疑惑种进了陪审团的心里。

在布朗之后出庭作证的是枪械检测组的乔·柯普拉。多恩让柯普拉详细描述了杀死勒娜的子弹和从弗雷泽尔后车厢发现的子弹。多恩问两批子弹是否为同一口径，柯普拉给予了肯定的回答。然而，恐怕连多恩自己都明白，这一模棱两可的说法肯定会被波兰斯基逮住不放。果然，在交叉质证中，波兰斯基提到一个最基本的事实：杀死勒娜·卢卡斯的是.38圆柱形平头弹，而从他委托人那里找到的却是.38的圆头弹。

"所以，我们是否可以说，"波兰斯基说，"虽然从罗伯特·弗雷泽尔的车里找到的子弹的确是.38口径的，但它们和从犯罪现场找到的并不是同一种。"

"是的，阁下，您说的没错。"

"而从文森特·布克家里找到的有些子弹——总共有十二颗——它们虽然不是.38口径的，却是平头弹。我说的没错吧？"

"没错。"柯普拉说。

如果里奇·贾尔维听到了这些，如果他知道波兰斯基一直蠢蠢欲动，想把文森特·布克当作替罪羊献给陪审团，他肯定会把多恩掐死。想要反驳波兰斯基的质疑，唯一的方法就是把文森特·布克的子弹和罗伯特·弗雷泽尔联系起来，而这便意味着要求文森特·布克出庭作证。布克会承认谋杀案发生当晚，他把平头弹给了弗雷泽尔；他也会承认弗雷泽尔是想去他家，从他父亲那里要回毒品。可是，他的证词虽能打消一部分疑虑，却也与此同时提出更多的问题。在多恩看来，传唤文森特就会中了波兰斯基的计。他别无选择，只能放弃。

庭审接近尾声。一边倒的局面并没有出现。多恩有理有据，罗曼尼·杰克逊的证词为他加了不少分。可波兰斯基的游击战也很成功，文森特·布克——这一无处不在的幽灵——足以动摇陪审团给弗雷泽尔定罪的决心。不过，多恩还是留了一手。当波兰斯基以为他已经结束时，多恩却突然说，他还要传唤最后一个证人——一个辩护律师没有想到会对其委托人产生不利的人。

"尊敬的法官大人，"陪审团休庭出去用午餐时，多恩说，"我请求传唤莎朗·丹妮丝·亨森以敌意证人①的身份出庭作证。"

"反对!"波兰斯基大声喊道。

戈尔迪问："多恩先生，请问为什么辩方律师会这么激烈地反对呢?"

检察官介绍了亨森的情况：她是罗伯特·弗雷泽尔的现任女友。在弗雷泽尔被怀疑谋杀了前任女友后，他曾指望他的现任女友为他提供不在场证明。凶案组警探曾审讯过亨森，她承认事发当晚，弗雷泽尔很早便离开了她家，直到第二天早上才回来。她签署了一份书面证词，也向大陪审团做了一致的证词。可是，当她了解到弗雷泽尔可能被判无期徒刑后，她退缩了。她告诉多恩，自己之前是记错了；事实上，弗雷泽尔只离开了一小会儿，并和她寸步不离地待到了第二天

---

① hostile witness，当一方提请法庭宣召某一证人出庭作证时，该证人却做出了与传证方预测相反的证言，致使本方主张受到严重打击，申请证人作证目的落空。这时这样的证人就可视为是该方的敌意证人。如果提证方认为本方证人故意作反叛性陈述，就可以向法官申述理由后请求法官宣布其为敌意证人。——译者

早上。

那已经是几个星期前的事了。当时，波兰斯基雇了一个私家侦探调查此案，亨森也就此签署了一份全新的证词。多恩对亨森的退缩并不感到意外，他了解到，她经常去拘留所看望弗雷泽尔——她对这人还是有感情的。多恩请求戈尔迪传唤亨森，让她作为敌意证人出庭作证。莎朗·亨森的价值正在于她的证词是不可信的。

"如果不让陪审团了解她的故事，那将是不公正的。"多恩说，"可是，让她作为控方证人出庭作证又是对控方不利的。"

"波兰斯基先生，你的意见是?"戈尔迪问。

"法官大人，是否有可能……让我思考一会儿，在休庭之后再对多恩先生的请求做出回应?"

"驳回。"

"能否至少让我再看一眼?"波兰斯基边说边翻阅起动议书来。

"可以。"戈尔迪愠怒地说，"波兰斯基先生，与此同时，我得提醒您，据多恩先生的说辞看来，他此举完全是有备而来。"

波兰斯基思考了几分钟，然后做出了回应。他说，亨森目前的证词和其之前所做的并没有本质上的区别，因此没有根据让她作为敌意证人出庭作证。

"那你打算让她作为辩方证人出庭吗?"

"呃，我不知道。"波兰斯基说，"法官大人，我目前无法做出这一决定。"

"因为如果你这么做的话，我们也就无需再纠缠这些问题了。"

"您说得对。"辩护律师说，"我想我应该不会传唤她。"

于是，戈尔迪宣布了自己的决定：虽然莎朗·亨森说谎是为了拯救她的男朋友，但她还是得以敌意证人的身份出席。午餐休庭后，亨森出现在了法庭上，做了长达一小时的证词。如果这不是一场关乎一人性命的审判，如果受害者的家属没有坐在现场期待着报仇雪恨，亨森的表演就会沦为一场彻头彻尾的喜剧。她穿着黑色丝绒晚礼服，戴着筒状女帽，披着毛皮围巾——光看她的样子就知道她说什么都不可信了。她对自己所扮演的关键性角色了然于心，装模作样地发了誓，坐了下来，交叉双腿，仿佛是在学那些黑色电影中的蛇蝎美女。连陪审团中的有些人都忍不住笑了起来。

"夫人，请问您几岁了？"多恩问。

"二十五岁了。"

"您认识罗伯特·弗雷泽尔吗？"

"认识。"

"您所认识的这位罗伯特·弗雷泽尔先生，今天有出现在法庭上吗？"

"有。"

"请您把他指出来。"

这个女人向被告席伸出了手，然后对被告温柔地笑了起来。弗雷泽尔面无表情地看着她。

多恩先是向陪审团介绍了莎朗·亨森和弗雷泽尔之间的关系，接着将话题引向了事发当晚。在对贾尔维和大陪审团所做的证词中，亨森说，虽然当晚她喝了不少酒，也吸了毒，但她记得很清楚，弗雷泽尔于深夜时分离开了她家，直到第二天早上才回来。可她目前所做的证词却与此不同。

"您今天还自认为是弗雷泽尔先生的女友吗？"多恩问。

"我必须得回答这个问题吗？"

"是的。"戈尔迪说，"请您回答。"

"是的，我认为自己依然是他的女友。"

"在弗雷泽尔先生被拘留期间，您曾探望过他，是吗？"

"是的。"

"您去找过他几次？"

"三次。"

多恩进一步明确了两人之间的关系，讲到了情人节时弗雷泽尔送给她的礼物，那还是在谋杀案发生之前。接着，他话锋一转，提到了谋杀案发生之后，弗雷泽尔交给她看管的.38 左轮手枪。事发之后，当贾尔维和金凯德前去她家提审她时，这把枪已经不在了。弗雷泽尔于四天之前把它拿走了。

"当他问你要手枪时，"多恩冷静地问，"他有说为什么吗？"

"有。"

"夫人，他是怎么说的？"

"他说警察会来找我，他告诉他们枪在我这里，但他没有问我要。"

"然后呢？"多恩翻看着笔记问道。

莎朗·亨森瞪了检察官一眼。"他说，千万别把枪交给他们。"她充满愧意地望了弗雷泽尔一眼。

"他告诉你警察会来你家找这把枪，而他不想让你把枪交给警察，是吗？"多恩问。

"是的，我记得是这样的。"

一切都按多恩的设想前进着。多恩又回到了事发当晚。他请亨森回忆当晚的来客和食物，可亨森却说自己记性不好，记不太清了。多恩提醒她，就在十天前，她可不是这么说的。

"那时候，你告诉我，你们吃了火腿芝士、甘蓝色拉、烤玉米棒、龙虾，还喝了红酒。对吗？"

"对。"她镇静地回答。

多恩再次回到事发当晚的细节：弗雷泽尔是何时到的，他又是何时出门去拿龙虾的，他那晚又穿了什么衣服。

"弗雷泽尔先生当晚穿了什么？"

"米色的。"

"米色的?"

"米色的。"她重复道。

"他穿了条米色的宽松裤?"

"对。"

"米色的衬衫?"

"对。"

"他有穿夹克吗?"

"是件大衣。"她说。

"大衣是什么颜色的?"多恩问。

"米色的。"她回答。

"他还有穿什么其他米色的东西吗?"

陪审团笑出了声。亨森瞪了他们一眼。

"他戴的帽子呢?"多恩问。

"有点像高尔夫帽。"

"就是前面有帽檐的那种?"多恩问。

"有帽檐。"她点点头。

突然之间,拉里·多恩使出了撒手锏。他拿出了亨森对警探以及大陪审团所做的书面证词。

"可你对警察说,他穿的是件黑色束腰夹克,我说的对吗?"

"我对警察说……"她变得警惕起来。

"夫人,是或否?"

"我不记得了。"

"你不记得了?"

"对。"

"那你记得你对大陪审团是怎么说的吗?"

"抗议,法官大人。"波兰斯基说。

戈尔迪驳回了他。"是或否?"他问亨森。

"他们可能问了我这些，"她痛苦地说，"但我不记得了。"

在接下来的半小时里，多恩和莎朗·亨森句句核对着她之前所做的证词，但亨森依然表态自己什么都不记得了。

"夫人，在当晚的派对里，你曾和弗雷泽尔先生吵过架，对吗？"

"是的。"

"而他正是在和你吵了架之后离开公寓的?"

"不是。"

"他从来都没离开过？"

"不，他离开了大概二十分钟。"

"在他回来之后，他又做了什么？"

"他继续和客人聊了会儿天。"

"而他也在你家过了夜。这就是你想告诉陪审团的吧?"

"是的。"她说。

"而你想让他们相信你的话?"

波兰斯基激动地站了起来，大声抗议。

"抗议无效。"戈尔迪说。

这个时候，莎朗·亨森冲着拉里·多恩露出了迷人的笑容。她仿佛沉浸在愉悦之中，仿佛以为自己战胜了多恩，颠覆了后者的诡计；可事实上，她亲手葬送的，是保罗·波兰斯基所做的所有努力。

"夫人，我说的对吗?"多恩咬住不放，"你想让他们相信他和你在一起待了一整夜，对吗?"

"可他就是和我在一起待了一夜啊。"

"夫人，我想请教你，和 3 月 17 日以及 3 月 10 日相比，你今日对 2 月 22 日所发生之事的记忆，会更清晰吗?"

"3 月？不不。哦，对，今天更清晰。"

"今天真的更清晰?"多恩显然愤怒了。

"我的意思是，我已经和好多人说过那天派对里发生过些什么事了。"

多恩看了眼陪审团，做出了一副恍然大悟的样子。"好吧，"他摇着头说，"你和很多人聊过派对的事，所以你目前的记忆更加清晰？"

"他们让我记起了很多之前我没记起的事情来。"

"你是指的男朋友在你家待了多久这件事吗？你需要别人告诉你他到底在你家待了多久？"

"不好意思，阁下，"她低声地回答，"那天晚上，我喝了不少酒，还吸了毒。"

"好吧，那么，"多恩咬牙切齿地说，"你现在确切的记忆是怎样的？"

被告席上，波兰斯基双手托着额头，陷入了绝望之中。他所精心构造的策略被这个小丑似的女人摧毁了。Newports 牌香烟、对毛发的疏忽、可疑的文森特·布克——陪审团早已把这些忘诸脑后了，他们只想继续看莎朗·亨森这场好戏。他们甚至肆无忌惮地笑了起来，戈尔迪不得不使劲敲锤让他们保持肃静。

法庭外，里奇·贾尔维变得越来越焦躁了。亨森一刻不出门，他一刻不得消停。直到多恩带着胜利的消息出现在他的眼前。

"怎么样了？"他一边随着多恩的脚步往三楼走廊深处走去，一边问，"她的表现如何？"

多恩的脸上露出了窃喜的笑容，仿佛他在西装里偷偷装了什么大宝贝。"她玩完了。我摧毁了她。"他告诉警探，"现在里面满地是血。"

"她的表现很差？"

"她简直就是个他妈的笑话。陪审团都禁不住笑她了。"多恩得意地说，"我说认真的，我真的把她给干掉了。"

从莎朗·亨森开始，审判的剧情急转直下，一边倒的局面终于发生了。这个女人被证明是无比愚蠢的：如果她坚持早先在 3 月时的证词，如果她说实话，那她顶多只是个间接的证人，她的证词就算对弗雷泽尔不利，也不会产生决定性的作用；可是，她选择了撒谎，选择了袒护弗雷泽尔，结果，在陪审团看来，她反而成了弗雷泽尔有罪的佐证。

星期一，里奇·贾尔维再次站上了证人席。他详细介绍了对本案的调查工作以及对弗雷泽尔的逮捕过程。在交叉质证中，波兰斯基不断强调其委托人早先的配合态度：他主动在凶案组现身，并且同意在没有律师的情况下作证。波兰斯基还藏着一招。他向警探请教受害人身上的刀伤和枪创，暗示陪审团两种由不同武器造成的伤口意味着有两个嫌疑人共同作案。

"您做警察几年了？"他问贾尔维。

"十三年了。"

"您说您或直接或间接地调查过很多很多案件？"

"对。"贾尔维说。

"你曾遇到过受害者身上既有刀伤又有枪伤，但凶手只有一人的案例吗？"波兰斯基问。

"有。"贾尔维冷静地回答。

"这样的案件有几起？具体是什么？请你说明一下。"

"普尼尔·布克的身上便有两种伤口，但只有一个凶手。"

去死吧，贾尔维暗自叫道。他把这句话给抛了出来，现在，那些曾被波兰斯基暗示文森特·布克才是本案嫌疑人的陪审团该要好好回味一下了：难道，这个案子里，还有另一个叫布克的人是受害者？波兰斯基向法官走去。

"我不知道该怎么做了。我难道应该请求做无效审判的裁决吗？"他对戈尔迪说。

法官笑着摇了摇头："这可是你自己招来的回答。"

"我可没问他这个啊。"波兰斯基抗议道。

"他只是回答了你的问题。"戈尔迪说，"你到底想要什么？你想要我做什么？你过来到底想怎样？"

"我不知道。"波兰斯基说，"我只是想，是不是应该把话都摊开来说。"

"他只是回答了你的问题，我不会让他接着延伸出去的。"

"谢谢。"波兰斯基有点晕，"我没有……我没别的请求了。"

第二次出庭作证的贾尔维越发小心翼翼了，他弥补了自己在此之前犯下的错误。但是，他的表现已经不重要了。即便是罗伯特·弗雷泽尔本人的证词——在之后的一天里，他对陪审团说自己根本没想过要杀勒娜·卢卡斯，更别提动机了——也不再重要了。莎朗·亨森改变了一切；她的证词深深印入了陪审团的脑海，仿佛给他们戴上了一副滤色眼镜，再也摘不下来了。亨森的形象也和另一位关键性证人形成了极具戏剧性的对比：当罗曼尼·杰克逊指证罗伯特·弗雷泽尔时，她很害怕，也有些犹豫；而出庭否认之前证词的莎朗·亨森却是如此冷酷而又傲慢。

在总结陈词中，多恩提到了两人之间的反差——杰克逊是个诚实的女孩，而亨森则是个坏心肠的说谎者。里奇·贾尔维——他终于被允许入庭观察——看到几个陪审团成员赞同地点起了头。多恩再次提及亨森证词中的一个小细节，那个关于其男友当晚服饰的细节。当罗曼尼·杰克逊出庭作证时，她曾被要求描述被告当晚所戴的帽子。她回答说，是顶白色帽子。

"她举起她的手摸了摸这里说，帽子上有帽檐，"多恩模仿着杰克逊的动作，"是顶有帽檐的帽子……这个细节，重要吗？"

多恩告诉陪审团，恰恰是莎朗·亨森的证词让这个细节变得重要了。在杰克逊出庭作证一天之后，莎朗·亨森也出现在了这里。她想帮她男人渡过难关。她说，那天晚上，他穿的所有服饰都是米色的：米色的大衣、米色的裤子、米色的鞋子，甚至是米色的内衣和米色的高尔夫帽……

检察官顿了顿："……有帽檐的那种。"

此时此刻，即便是那个坐在前排的陪审团成员——那个多恩从一开始就担心的人——也不禁点起头来。

"女士们，先生们，我们先是聆听了罗曼尼·杰克逊的证词，而后又聆听了一位竭尽全力想要帮助被告的女人的证词。当我们把她俩的证词对应在一起时，难道，我们还不肯定那个被罗曼尼·杰克逊看到的人就是被告吗？"

好一个推论，贾尔维暗自叫好。多恩再一次向陪审团罗列了其他证据，请求他们运用常识来判断这个案件。"当我们把所有这些证据都考虑进去后，我们会发现，拼图已经完整了。你们可以明确地断定——"

多恩转过身，指着被告。

"——虽然被告执意辩解，但毫无疑问，他就是在 1988 年 2 月 22 日凌晨残忍地谋杀了勒娜·卢卡斯的人。"

波兰斯基做出了最强有力的反击。他请人抬出了一面画板，把所有证据都列了上去，然后一一解释其中的漏洞，解释一处，划掉一处。他竭尽全力证明罗曼尼·杰克逊的不可靠，并再次提及了文森特·布克这一合乎逻辑的潜在嫌疑人。不过，他倒是对莎朗·亨森不置一词。

拉里·多恩做出了最后的回击。他大胆地使用了以其人之道还治其人之身的策略，边说边在波兰斯基的画板上涂抹了起来。

"抗议，法官大人，"波兰斯基疲倦而又愤怒地说，"如果多恩先生想画画，他最好还是自己再拿一个画板来。"

多恩尴尬地耸了耸肩。陪审团都笑了起来。

"反对无效。"戈尔迪说。

波兰斯基摇了摇头；他知道，一切都已经结束了。两小时之后，陪审团再次回到法庭。接下来的宣判不出任何人意料。

"陪审团发言人，请起立，"书记员说，"就诉状号 18809625，即被告罗伯特·弗雷泽尔一级谋杀罪一案，陪审团判定其有罪还是无罪？"

"有罪。"发言人说。

只有卢卡斯的家人发出了欢呼声。贾尔维冷静地盯着正在统计票数的陪审团。多恩望了波兰斯基一眼，可后者依然低着头记笔记。而罗伯特·弗雷泽尔则抬头看向了天花板。

十分钟之后，在法院三楼的走廊上，杰琪·卢卡斯——勒娜的小女儿——紧紧地抱住了贾尔维。

贾尔维颇感意外。受害者家属和警探相拥庆祝的情形很是罕见。在巴尔的摩，家属要不就根本不会出席审判，要不——即便他们出席了——就对被告和执法人员抱有同样的敌意。

"我们赢了。"杰琪轻轻吻了一下贾尔维的面颊。

"是的，我们赢了。"贾尔维笑着说。

"他终于银铛入狱，一辈子不得翻身了是吗？"

"当然，"贾尔维说，"戈尔迪不会放过他的。"

多恩跟随家属的脚步走出了法庭。贾尔维和戴夫·布朗迎了上去，大声称赞他的总结陈词。贾尔维对多恩说，在波兰斯基的画板上画画这一招简直妙极了。

"你喜欢？"多恩问。

"当然啦。"贾尔维大笑了起来，"这招简直逆天了。"

他们开怀地笑着，回忆着审判的种种细节。贾尔维和布朗这才了解到莎朗·亨森所发挥的关键性作用。这个时候，罗伯特·弗雷泽尔走了出来。他戴着手铐，身后是两位治安官。

"嘘。"布朗说，"主角出场了。"

"准备好了没？他可要用眼神杀死我们了哟。"贾尔维说，"我们完全是罪有应得嘛，哈哈。"

布朗点了点头。

拉里·多恩摇摇头，独自走向楼梯，前往他的办公室。警探们伫立在原地，等待着弗雷泽尔。这个被告步伐缓慢而又沉默地走了过来，双手铐在背后，手里握着一卷法院文书。他就这样走过了警探。没有眼神的交流，也没有吐出一个脏字。

"操。"贾尔维从长椅上拿起了公文包，"他一丁点儿都不好玩。"

10 月 21 日，星期五

再一次，他回到了那片臭气熏天的土地上；再一次，他走进了那条小巷；再一次，他让自己被这条张开血盆大口的巷子吞没；再一次，他回到了这片诅咒之地，这片曾经背叛了他的土地。

汤姆·佩勒格利尼把车停在了纽因顿大道上，然后步行进入小巷。巷子里铺满了垃圾和枯叶——秋天改变了它的模样，它已面目皆非。在佩勒格利尼的记忆里，这条巷子永远是寒冷的——荒芜，惨白，从未改变。季节不会在这里更替，至少，在佩勒格利尼发现这里到底发生了什么之前。

佩勒格利尼深入小巷，穿过一扇门，来到纽因顿大道 718 号的后门。他站定了下来。这里，曾经有一具尸体。他再一次观察排屋的后门、厨房的门、窗户和沿墙往上直通屋顶的防火梯。

橘红色。橘红色。

今日目标：橘红色。佩勒格利尼仔细检查了排屋后门的木质镶边，希望这里有什么橘红色的残留物。

一无所获。

透过铁栅栏，他望向隔壁的排屋。纽因顿大道 716 号已经空无一人，安德鲁和他屎黄色的林肯车早已不在了。安德鲁被他饱受虐待、信仰虔诚的女人踢出了排屋，而他的林肯车也被没收了。

橘红色。橘红色。

716 号的后门倒是上了红漆，深浅也差不多。佩勒格利尼翻过栅栏，走了过去。是的，真的是那样。后门的外层涂漆是红色的，而它下面还有一层橘色的底漆。

操你妈的。佩勒格利尼一边咒骂着，一边取下一个样本。在这位警探看来，一切红色和橘色的东西都是证据。拉托尼亚·瓦伦斯一案的调查业已历时八个月之久。最新的情况是，安德鲁重新变成了怀疑对象——佩勒格利尼比谁都要吃惊。

如果他没有在纽因顿大道 716 号的后门找到橘红色的油漆，他甚至还不愿相信。当然，安德鲁不是一盏省油的灯；当然，杰·朗兹曼曾假设说林肯车可能被用于藏匿尸体。可是，安德鲁根本没有性侵犯方面的前科，而面对警探们的审问，他的表现也天衣无缝。佩勒格利尼自身也有责任。他们没有在林肯车里找到证据，所以他就对安德鲁放松了警惕。而后，安德鲁又成功通过了测谎，佩勒格利尼便把他给彻底忘了。可是，橘红色碎屑一直是个无法解释的物证。一旦有橘红色的东西能和安德鲁联系在一起，后者便再次成为嫌疑人。

橘红色油漆碎屑是最近才被发现的新证据。在通常情况下，警探们会半开玩笑地说，对证据的疏漏是上天开的玩笑，可他们在瓦伦斯一案中所承受的压力如此之大，他们早已无心打趣了。这个物证从案发第一天开始就在那里了，要不是佩勒格利尼和朗兹曼再一次检查物证，它仍将在那里，并永远不被人知。

造访凶案组楼下的物证监控组是警探日常工作的组成部分。这几个星期以来，佩勒格利尼一直在重新翻阅拉托尼亚·瓦伦斯一案的卷宗和物证，希望能找到什么遗漏的证据。他起初是想看看会不会有什么新的嫌疑人存在，而对小女孩裤子上污迹的化学分析实验结果显示，它无法确定是否源自"捕鱼人"那个被烧毁的商店。于是，佩勒格利尼放弃了寻找新嫌疑人的想法，把焦点再次转回到"捕鱼人"身上，检索其他物证，看看是否还有另外的东西能和他联系上。

就在这个时候，他发现了橘红色的油漆碎屑。那是在昨天下午，他和朗兹曼把小女孩的衣物再次送到微量物证实验室做分析。实验室的范·戈尔德突然发现，在黄色紧身裤的内衬上，有其他颜色的薄片。

这个泛着哑光的薄片貌似是从另一件衣物上掉落下来的。它的表层是红色的，底层又是橘红色的。如果说你能在水库山地区找到很多被漆成红色和橘红色的东西的话，那又有多少东西是先被漆成橘红色而后又上了一层红色漆的呢？这个油漆碎片又为什么会出现在小女孩的紧身裤里呢？操他妈的，为什么他们一开始就没发现它呢？

佩勒格利尼既兴奋又愤怒。范·戈尔德无法解释实验室对它的疏忽，佩勒格利尼也不想要解释。拉托尼亚·瓦伦斯一案是本年度最重大的案件，微量物证实验室怎么可以犯下如此重大的失误？

此时此刻，蹲在纽因顿大道后巷的佩勒格利尼陷入了深深的绝望，因为无论从哪方面来看，油漆碎屑和"捕鱼人"也挂不上一丁点儿干系——可是，佩勒格利尼又希望凶手真的就是"捕鱼人"。"捕鱼人"没有通过测谎；"捕鱼人"认识拉托尼亚，还让她打零工；"捕鱼人"无法提供小女孩失踪那晚的不在场证据。凶手就是"捕鱼人"啊！还能是谁呢？

佩勒格利尼把这几个月的精力全部花在了"捕鱼人"身上。毕竟，他就是最有可能行凶的嫌疑人啊。他随时都会露出马脚来。佩勒格利尼一直等待着那一刻的到来。有趣的是，"捕鱼人"也早已对佩勒格利尼的执迷免疫了。无论他走到哪里，都会发现这位警探在跟踪他——研究着他的习性，收集着他的信息，等待着他露出马脚。他早就当佩勒格利尼是空气了，就算后者把他的生活翻个底朝天，他也不在乎。

他们业已熟悉彼此。佩勒格利尼对"捕鱼人"的生活习性如数家珍，甚至比他的家人还了解他。"捕鱼人"知道这位追击者的大名，认得出他的嗓音，了解他说起话来或提问时是副什么腔调。最重要的是，他知道——理所当然——佩勒格利尼到底想从他身上找到什么。

任何其他人都会对佩勒格利尼的跟踪暴怒。任何其他人都会请一个律师，让后者向警局发出骚扰申诉。即便是佩勒格利尼自己，也觉得"捕鱼人"应该冲着他破口大骂：操你妈的傻逼条子，你怎么还觉得是我杀了小女孩呢?! 可是，什么都没发生过。

自从在凶案组办公室的第二次审讯之后，两个人已经打过多次照面了。这是一种怪诞的经历。两人之间的交流越来越没火气，而"捕鱼人"除了一再重申自己对小女孩之死一无所知外别无他言。每次对谈的结尾，佩勒格利尼都会提醒"捕鱼人"，此案的调查还未结束，他一定会再次找上门来。"捕鱼人"也每每表示配合。本月的早些时间，佩勒格利尼提出他很有可能需要再请"捕鱼人"去局子里喝杯咖啡，没有想到的是，虽然"捕鱼人"并未对此提议欢呼雀跃，但至少他没有表示拒绝。

这位警探对"捕鱼人"了解得越深，就越觉得他就是凶手。当然，他并没有这方面的前科。没有证据能证明这是一个危险的、至少脑子有问题的人。警探窥探他的过往，发现他长期以来和女性相处不洽。警探花了数周时间探访他的亲戚、前女友们和前妻——所有人都同意，"捕鱼人"不善于和女性交往；其中有几位甚至暗示他对未成年少女有所痴迷，可这些故事又没有确凿的根据。佩勒格利尼还再次探访了拉托尼亚·瓦伦斯的朋友，以及那些曾经在放学后在"捕鱼人"商店打过零工或仅仅来玩的儿童。所有孩子都提到"捕鱼人"不怀好意的眼神。他们告诉警探，这个老头鬼得很，得时刻提防着。

"捕鱼人"曾在50年代因强奸罪而被起诉。可佩勒格利尼怎么都找不到那起案件的受害者。他找到了和这起案件相关的所有幻灯片，翻来覆去地研究了好几遍，可在这起案件里，受害的未成年少女最终并未出庭作证，对"捕鱼人"的起诉也就不了了之了。如果这个女孩还活着的话，那她现在已经四十多岁了；如果她还在巴尔的摩生活，那么，她很有可能已经嫁了人，跟了夫姓。佩勒格利尼把电话黄页和社工记录翻了个底朝天，依然一无所获。最终，他想出了一招：他自愿接受了一家本地电视台的采访，在其中他提到了这个女人的名字和她最后已知的住址，并请求任何了解她信息的人拨打凶案组的电话。

在节目中，佩勒格利尼并没有解释这位女子和本案的关系，也没有提到"捕鱼人"的名字。但他向主持人承认，他的确正在调查一个嫌疑人。没有想到的是，主持人转身就对镜头宣告道："本市凶案组警探相信他们已经知晓是谁杀害了拉托尼亚·瓦伦斯了……"佩勒格利尼立刻反应了过来。他知道自己说错了话。为此，他写了好几天的检查报告，警局也被迫无奈发表了一段声明，解释说佩勒格利尼警探只是找到了一个潜在的嫌疑人，而其他警探还在继续调查其他线索。最不幸的是，这期节目并没有起到佩勒格利尼想象的作用，那个消失的强奸案受害者根本没有现身。

有关"捕鱼人"的信息越积越多，而其中的一个信息引起了佩勒格利尼的特别关注。那或许只是个巧合，但依然令他胆战心惊。他是在检查过往未结案失踪少女的卷宗时发现这一信息的。在 2 月的时候，警探们早已检查过过去十年中未破的少女被杀案了。可直到最近，佩勒格利尼才想起来，那些少女失踪案也应该调查一遍。这其中有个 1979 年的案子：一个九岁的小女孩在她家所居的蒙特佩勒尔街上消失了，再也没有被找到过。突然之间，"蒙特佩勒尔街"这几个字亮起了红灯：佩勒格利尼刚刚探访过一位"捕鱼人"的前生意合伙人，那人在过往二十年来一直住在蒙特佩勒尔街上，而"捕鱼人"经常会去探望他。

警局的卷宗里没有这个失踪小女孩的照片。然而几天之后，佩勒格利尼驱车来到了《巴尔的摩太阳报》大楼，并得到允许检查了该报的影像档案库。果然，该报还保存着两张小女孩的照片。两张都是黑白的，两张都是她小学时的身份证件照。佩勒格利尼站在档案库里，低头望着它们，一种怪诞的感觉油然而生——无论从哪个方向看，这个失踪女孩就像是拉托尼亚·瓦伦斯的孪生姐妹。

或许，这种诡异的相似度只是巧合；或许，这些貌似不重要的细节根本和本案无关。可是，对"捕鱼人"背景的漫长调查令佩勒格利尼相信，无论如何，他必须最后一次挑战"捕鱼人"。毕竟，这个老头有足够多的机会为自己洗脱罪名，可他依然失败了。佩勒格利尼告诉自己，他必须再努力一次。但是，万万没有想到，就在佩勒格利尼为第三次审讯"捕鱼人"做准备工作时，小女孩裤子上的那片微小油漆改变了整个案情的走向，将他引向了另一个嫌疑人。

这片油漆仿佛是上帝给佩勒格利尼开的残酷玩笑。当佩勒格利尼拿着从纽因顿大道716号后门找到的样本回到警局时，他甚至听到了上帝的大笑声：范·戈尔德不费吹灰之力地通知他，样本和小女孩紧身裤上的完全吻合。突然之间，安德鲁的身影出现在佩勒格利尼眼前，"捕鱼人"被推开了。

当天下午，佩勒格利尼立即造访了安德鲁的前妻。后者告诉他，安德鲁仍在巴尔的摩高速公路建筑局工作。佩勒格利尼赶到福斯街的车间，安德鲁正好要下班。佩勒格利尼问安德鲁是否能配合再去次凶案组，安德鲁一下子发火了。

这不可能，他告诉佩勒格利尼，我要一个律师。

同一周的晚些时间，佩勒格利尼带着实验室的技术人员回到了水库山道。他们对纽因顿大道716号的地下室展开了长达三个小时的检查。这里有安德鲁的酒吧和电视机；当他还在此处生活时，大多数闲暇时间就是在地下室度过的。可是，此时离案发业已过去九个月了，技术人员很难再找到什么物证。最终，佩勒格利尼仅仅带走了一条地毯，其上残留有貌似是血迹的东西。

尽管如此，安德鲁还是再次成了嫌疑人。在佩勒格利尼看来，那块油漆片就是一个不容置疑的真理：无论拉托尼亚·瓦伦斯生前遭遇了什么，这块从安德鲁家后门掉落的油漆肯定在某一时刻溜进了她的大腿和紧身裤之间。

案情仅仅往前推进了一小步，佩勒格利尼却难以抑制心中的窃喜。然而，好景不长。不到一周之后，他再次来到纽因顿大道。他巡视后巷，蓦然发现安德鲁后门的橘红色油漆脱落严重，邻近的后院里都能看到它们。他仔细勘查了 716 号、718 号和 720 号后院外的巷道，橘红色的油漆片早已被风雨打落得满地皆是。这样看来，早在小女孩的尸体被遗弃在 718 号后院之前，那片窜进其紧身裤的油漆片就应该已经在地上的某处了。当然，佩勒格利尼没有那么容易放弃。他问自己，即便如此，那油漆片又是怎样进入紧身裤内面的呢？唯一的解释是，它是在小女孩被脱去衣物之后再进入紧身裤的。

不幸的是，范·戈尔德击破了佩勒格利尼的推理。直到此时，戈尔德才发现原来紧身裤一直处于底朝外的状态。可能的情况是法医在做尸检时就把它翻转了过来，而在此之后，它一直就是外翻的。紧身裤内外的相似性导致了推理的误区，油漆片其实一直都粘着在紧身裤的外面。

佩勒格利尼接受了戈尔德的解释。他明白，这条新线索已经被终结了：面对警探的再次询问，安德鲁显得很紧张；可是，当被凶案组警探怀疑时，谁又会不紧张呢？还有那张地毯。佩勒格利尼自己知道，时隔如此之久，其上可疑痕迹被证明为血迹的可能性几乎为零。好吧，操他妈的安德鲁。他不是嫌疑人。他害他活生生浪费了一星期。

最终，"捕鱼人"——仿佛是嫌疑人马拉松赛上耐力最为持久的选手——再次回到了佩勒格利尼视线的中心。

10 月 28 日，星期五

唐纳德·瓦尔特梅耶拽住小女孩的双臂，感受其手部及手指的僵硬程度。女孩的手任由他摆布，划出一条怪异、水平的弧线。

"她湿透了。"他说。

米尔顿——此时正坐在沙发上的瘾君子——点点头。

"你干了什么？把她按到冷水里？"

米尔顿再次点点头。

"哪里？浴缸吗？"

"不。我用水泼她。"

"哪里来的水？浴缸？"

"嗯。"

瓦尔特梅耶走进浴室，看到浴缸上果然还残有水滴。瘾君子们都相信古老的伪科学：如果一个人吸毒过量快要死了，你可以把他按进冷水池里，他就会活过来，仿佛水能洗清流淌在那人血液里的毒品一样。

"米尔顿，告诉我，"瓦尔特梅耶说，"你和她用的是同一种东西吗？还是说你用的是另外的东西？"

米尔顿站起身，向壁橱走去。

"操，别给我看那玩意，"瓦尔特梅耶说，"如果你拿出来，我就得把你逮走了。"

"哦。"

"快回答我。你们用的是同一个针筒吗？"

"不是。我用的是我自己的。"

"好吧。坐下，告诉我发生了什么。"

这已经是米尔顿第二次对瓦尔特梅耶讲述故事的来龙去脉了。这个白人女孩来找他，想来上几针。她之所以来这里，是因为她老公不喜欢她吸毒。

"我说了，她给我带了盒面条，因为上次她来的时候，她吃了我的面条。"

"你说那盒意面？"

"嗯。那是她带来的。"

"她还带了自己的毒品？"

"嗯。我自己有，她的她自己带。"

"她注射时坐在哪里？"

"就在这把椅子上。她弄了一针，然后睡着了。过了会，我去看她，发现她已经没有呼吸了。"

瓦尔特梅耶点点头。至少情况清楚了，他感觉很满意。在过去的三个月里，瓦尔特梅耶一直在调查格拉尔汀·帕里什和她那些失踪了的亲戚。他觉得自己快要死了。现在，这起简单的吸毒过量致死案仿佛让他拿到了死缓令。瓦尔特梅耶觉得，还好，他终于可以在今天的夜班回到日常轮值工作里去了，否则的话他就要疯了。麦克拉尼也这么觉得。

"你的日程表越来越乱，"一个星期之前，警司这么对他说，"就好像你在呼喊救命一样。"

或许吧。瓦尔特梅耶尽自己所能调查着帕里什的案子，虽说目前的工作只能算是一小部分。随着庭审的到来，他还有大量的准备工作要做。到目前为止，他还没搞清楚雷菲尔德·吉利亚德牧师——格拉尔汀的最后一任丈夫，死于他们结婚几星期之后——到底是怎么死的。一个亲戚告诉警探，格拉尔汀往吉利亚德牧师的金枪鱼色拉里放了十几颗安定片，而后冷眼看着他慢慢抽搐而死。那人讲得确确凿凿，仿佛亲眼所见，乃至于斯密亚乐克和马克·克韩——负责此案的助理州检察官——申请了开棺验尸。瓦尔特梅耶被折腾得晕头转向，感觉这起案件再也不可能结案了。

于是，目前这起吸毒过量致死案便显得愉悦无比了。一具尸体，一个目击证人，一页将会被搁置在警督办公桌上的报告——这才叫工作嘛！瓦尔特梅耶想。实验室人员正在取证，法医也在过来的路上了。证人很配合，说的话貌似也很诚恳。一切运行正常，像一条优雅地流向终点的小溪流……直到第一现场警官来到门口，告诉瓦尔特梅耶，死者的丈夫到了楼下。

"我们需要他上来辨识尸体么？"制服警问。

"嗯，"瓦尔特梅耶回答，"不过他可不能失控。我可不想收拾烂摊子。"

"我已经警告过他了。"

于是，死者的丈夫面色凝重地走上了楼梯。他是个三十岁左右的男子，长得倒挺帅，身材高大，留着一头褐色的长发。

"如果你想上去，你就得保持冷静。"制服警说。

"我明白。"

瓦尔特梅耶听见楼下传来的脚步声。他转身面向死者，看到她左胸的肩带和乳罩露了出来，外面的毛衣衣襟兜拉在手臂上，想必是在寻找完好的静脉。瓦尔特梅耶争分夺秒地把毛衣拉了上去。

一个警探做出这样的举动，虽说微不足道，却会显得特别奇怪——因为一旦某人开始侦破谋杀案，所谓的"隐私"概念也就荡然无存了。毕竟，还有什么比让一个陌生人、一个外来干预者判定某人死相更无视隐私的事吗？尸体被解剖，床底被翻了个底朝天，自杀遗书被传阅、复印乃至夹在卷宗里——还有比这些更无视隐私的事？每个警探都会在工作一两年之后对"隐私"这一概念嗤之以鼻。同情、真诚、怜悯——警探或许还能感受到这些情愫，可"隐私"，它早已万劫不复。

两个月前，马克·汤姆林撞到了本年度第一起也是唯一一起自虐致死案。死者是个将近四十岁的工程师。当警察发现他时，他正穿着皮短裤被束缚在自家床上，头上戴着一个塑料袋——那是他自己戴上去的。他用以捆绑自己的道具上有很多滑轮和手柄，他只要伸出手动一下它们，他就会被解放。可是，他还来不及这么做就因缺氧而昏迷了——这当然是他套在头上的塑料袋导致的。他用它来制造缺氧的环境——据说，人在缺氧的环境下手淫会更爽。这个现场当然是个奇观，而汤姆林也没有遏制自己的冲动，把现场拍的宝丽来照片秀给同事们看。毕竟，这种玩意太难得一见了——可怜的家伙已经开始腐烂了，他的手臂越过头被捆绑了起来，他的脚趾一个个地都被铐住了，衣柜里还有海量的自虐施虐杂志。这种玩意，要不是看到了照片，根本没人会相信。好吧，不好意思，哥们儿，只好牺牲您的隐私和尊严了。

每个警探都遇到过被死者亲属私自改变了的现场。他们为死者穿上衣服，这倒不是为了欺骗警探，而是为了让死者显得更加得体些。在吸毒过量致死案中，死者的家长总是会在救护车赶到之前偷偷把注射器和烧锅藏起来。在自杀案中，家长甚至会竭尽全力涂改死者的遗书以隐藏某个令人尴尬的事实。活着的人依旧秉持着他们的价值和原则——虽然这对死者来说已无关紧要；活着的人依旧希望为死者保存一丝尊严和体面——虽然这并不能阻止警探把尸体送往解剖室。死者亲属和警探之间的深渊永远无法被填平。

在巴尔的摩凶案组办公室里，所谓"隐私"同样荡然无存。这个封闭空间完全是由男性统治的炼狱。三十六位警探和警司丝毫不会介意也无法介意自己的生活变成别人茶余饭后的谈资——某人的婚姻出了问题，某人明显在酗酒。

说实话，凶案组警探不过是数以千万计的美国中年男子里的一小撮，他们不会比自己的同类更高尚，也不会比自己的同类更猥琐。只不过，警探的工作便是窥探他人的隐私，所以他们也就不再在意自己的隐私。当处理谋杀案成为你的家常便饭时，你自己所犯下的那些小罪小恶又有什么不可告人呢？任何人都会喝多了把车给撞坏了，可当凶案组警探对分队同事讲起此事时，他既不会虚张声势地不承认自己喝醉了，也不会因撞坏了公家车而备感愧疚。任何人都会在酒吧喝酒时相中某个女郎把她带走，可凶案组警探还会搞笑地为同事们绘声绘色地描述之后在旅馆里发生的事情。任何人都会对妻子撒谎，可凶案组警探会堂而皇之地坐在咖啡室里，当着大家的面冲着电话大吼：我还要加班，如果你不相信的话，那就去死吧。然后，他终于说服了她。他狠狠地挂下电话，向衣架走去。

"我去马其特酒吧喝一杯。"他对其余五位警探——他们都强忍着不笑出声来——说，"如果她再打电话来，就告诉她我破案去了。"

警探们明白，凶案组办公室之外存在着另外一个世界，在那个世界里，隐私和尊严尚有意义。他们知道，在某个远离巴尔的摩的地方，还有本分的纳税人希望优雅而隐秘地离开这个世界——他们度过了富足而又平静的一生，死亡的来临并不会扰乱他们的心绪，他们会在某个私密而又舒适的地方结束生命，既优雅又孤独。警探们了解如此这般的死亡，可他们却很少亲眼见证。对他们来说，死亡就是暴力，就是步入深渊，就是无知，就是残酷。和杀戮相比，隐私又算得上什么呢？

几个月前，斯坦顿手下的丹尼·希亚来到霍普金斯大学旁的一幢高层公寓处理一具无人认领的尸体。死者是个年事已高的音乐教师。她躺在床上，身体已经完全僵硬。钢琴上还摆放着莫扎特的乐谱。古典音乐从客厅的收音机里静静地流淌着。希亚听出了那是什么曲子。

"你知道那是什么吗？"他问一个正在厨房桌子上写报告的制服警。

"什么什么？"

"我说电台放的曲子。"

"呃……"

"那是拉威尔，"希亚说，"是他的《悼念公主而作的孔雀舞》。"

老妇人优雅而又自然地去世了。希亚被现场之完美震惊了。突然之间，他觉得自己入侵了老妇人的公寓，侵犯了她的隐私。

此时此刻，当唐纳德·瓦尔特梅耶看着一个不堪的吸毒死者、听着她丈夫上楼的脚步声越来越近时，他的心头也出现了相似的想法。当然，丽莎·特纳之死毫无优雅或凄美可言。她二十八岁，来自北卡罗来纳州，她结婚了。出于仍不被瓦尔特梅耶理解的原因，她来到这个脏乱差的二层公寓。她往自己身上注射毒品，然后过量致死了。这就是所有的故事。

可是，仿佛就在那一刹那，瓦尔特梅耶那早已麻木的脑子里的某个机关被突然打开了。或许是因为她还年轻，或许是因为她穿着浅蓝色毛衣的样子很好看，或许这就是见证私密的代价，或许这位无动于衷的旁观者终于泛起了一丝怜悯之心。

瓦尔特梅耶低头看着她，丈夫的脚步声越来越近了，突然之间，他不假思索地伸出手，为死去的女人撩起坠落的毛衣。

丈夫一进门，瓦尔特梅耶便问道："是她吗？"

"上帝啊，"男人说，"上帝啊。"

"好吧，就是她了。"瓦尔特梅耶对制服警说，然后转身告诉丈夫，"先生，谢谢你。"

"他是谁？"丈夫盯着米尔顿说，"他为什么会在这里？"

"把他带出去，"瓦尔特梅耶挡住丈夫的视线，"把他带到楼下去。"

"天煞的啊，告诉我他是谁！"

两个制服警抓住丈夫的手臂，把他推到公寓外。别激动，他们告诉他，别激动。

"好吧。我没事。"他对他们说，"我没事。"

他们把他带到走廊的另一头。丈夫扶着石膏板喘了口气。

"我只是想知道他为什么会和她在一起。"

"这是他的公寓。"一位制服警说。

丈夫的表情十分痛苦。制服警不忍心，于是把事实告诉他："她来这里只是想来一针。她不是来操他的。"

制服警的好意被丈夫拒绝了。

"我知道，"丈夫迅速地回应道，"我只是想知道她的毒品是不是他给的。"

"不是。是她自己带的。"

丈夫点点头。"我怎么劝都劝不下来。"他对警察说，"我爱她，但我劝不动她。她不听我的话。她告诉我今晚她会去哪里，因为她知道我没法阻止她……"

"嗯。"警察不安地回答。

"她是个漂亮的女孩。"

警察没有说话。

"我爱她。"

"嗯。"警察应了一声。

瓦尔特梅耶结束勘查，沉默地回到了办公室。他的笔记本上有一页半纸的描述，这是本起发生在圣保罗街上的案件的所有信息。

"怎么样?"麦克拉尼问他。

"没什么。吸毒过量。"

"瘾君子?"

"一个年轻的女人。"

"是么?"

"长得还不错。"

说实话，她真是个美女，瓦尔特梅耶想。她有一头乌黑的长发，一对铜铃般的眼睛。只要收拾收拾，她就是个大美女。

"几岁了?"麦克拉尼问。

"二十八。已经嫁了人。我以为她比实际年龄还小。"

瓦尔特梅耶走向打字机。五分钟之后，这起案件就会变成一份报告。五分钟之后，如果你再问他关于毛衣的事情，他就会装作不知道。可现在，一切都还如此真实。

"你知道么，"他对警司说，"有一天，我儿子放学回家，坐在客厅里告诉我说，'老爸，今天学校里有人问我要不要来点粉……'"

麦克拉尼点点头。

"我想，操，这玩意终于找上门来了。然后，我儿子冲着我笑了笑说，'但我对他说，我能换百事①吗？'"

麦克拉尼的脸上露出了温柔的笑容。

"总有那么些晚上，你出门去办案，却见证了一些对你一丁点儿好处都没有的事。"瓦尔特梅耶突然说，"你明白我说什么吗？操，那些事情，对你一丁点儿好处都没有。"

11 月 1 日，星期二

罗杰·诺兰接起了电话，并开始在行政办公室的名册里寻找起乔·柯普拉的家庭电话号码来。柯普拉是警局最优秀的弹道研究专家，今晚他可有活干了。

走廊上传来审讯室大门被人捶打的声响。

"喂，罗格，"斯坦顿手下的一个警探说，"那是你的人么？"

"是的。我马上过去。"

诺兰找到电话号码，对柯普拉交代了几句。然后，他狠狠地挂下了电话。

---

① 在美语中，coke 既可以指"可口可乐"也可以指"可卡因"，所以瓦尔特梅耶的儿子才会有"换百事"一说。——译者

“喂，罗格，把这个婊子养的铐起来！行么？”

诺兰走过“金鱼缸”，顺着走廊来到审讯室。那个恶魔正把脸贴在门上的窗户上，双手捂着眼睛，试图看清单面玻璃另一头的景象。

“你有什么事？”

“我要上卫生间。”

“卫生间？你是不是还想喝口水啊？”

恶魔要小便。恶魔想喝水。诺兰摇了摇头，打开铁门。“操你妈的，”他对这位嫌疑人说，“为什么你们这些婊子养的一进这里就控制不住膀胱呢？就会渴到晕倒呢？好吧，快滚出来……”

嫌疑人慢步走出审讯室。这是一个三十一岁的黑人，身材消瘦，一头往后梳起的短发，一双深邃的棕色眼睛。他的脸圆圆的，嘴巴很宽，长着一副龅牙，牙齿之间的缝隙很大。他穿着一件宽大的运动服，脚底的高帮网球鞋也早已破烂了。他的长相和他的邪恶行径并不相符：你不会觉得他很恐怖，也不会发现他眼神里的疯狂。他是个再普通不过的人，也正因为此，你会觉得他无比让人厌恶。

他叫尤金·戴尔。哈里·艾杰尔顿的办公桌上有一张他的前科记录，里面包括了两起谋杀、多起强奸、强奸未遂和非法持有枪支罪名。事实上，戴尔目前还处于保释期，他刚刚因性侵犯罪坐了九年大牢。

“我给你三分钟。如果你到时还不出来的话，”诺兰隔着卫生间的门对他说，“我就要进来了。明白么？”

两分钟后，尤金·戴尔睡眼朦胧地走出了卫生间。诺兰指了指走廊的方向。

“水呢？”嫌疑人问。

“好吧。”诺兰说，“跟我来。”

戴尔来到饮水机旁，喝了几口，用袖子抹干了嘴。他回到审讯室，继续等待艾杰尔顿。此时此刻，艾杰尔顿正在另一个审讯室里审问那些最了解戴尔的人。他吸收着关于戴尔的一切背景资料，为接下来的审讯做着准备。

影视作品肯定会这样描述这个故事情节：哈里·艾杰尔顿——一个天才侦探——在拉托尼亚·瓦伦斯一案中受到了挫折，历经孤独却又不弃不舍的追寻，终于在安德里亚·佩里一案找到了相关嫌疑人——尤金·戴尔，并把他逮到了警局。正义终要得以伸张，冤情终要得以澄清。

可是在现实中，诗意的正义根本不存在。艾杰尔顿想尽一切办法寻找嫌疑人，可到最后，却是嫌疑人自己送上了门来。尤金·戴尔——这个冷血的未成年少女谋杀犯，这个现如今在审讯室里坐立不安的人——在犯下谋杀案沉寂两星期之后，再次出门作案，强奸了一个少女。

不过，要是没有艾杰尔顿的铺垫工作，这起强奸案也不会引起如此重视。在第一起强奸案发生之后，艾杰尔顿和三个分区的行动小组频频接触，提醒他们一定要注意涉嫌.32口径手枪的性侵犯案或其他案件。于是，当第二起强奸案的报告被送到南区警局的行动小组时，它立刻引起了女警官——丽塔·克韩——的注意。报告称，一位十三岁的小女孩被戴尔引至南蒙特街的一个荒废排屋，戴尔用一把"银色"的手枪威胁她，并强奸了她。戴尔没杀她，但警告她，如果她胆敢告诉别人，他就肯定会找到她，并朝她后脑勺开一枪。年轻的受害者答应了，可等安全回到家，她立刻把此事告诉了母亲。碰巧的是，她既知道强奸她的人叫什么，也知道他住哪里——她的闺蜜恰好是戴尔女友的小女儿。

这起性质恶劣的案件要多愚蠢就有多愚蠢。当戴尔在小女孩回家路上引诱她跟他走时，他女友的女儿甚至看到了他们。这解释了为何戴尔没有在强奸她之后杀了她。他知道有目击证人的存在，可他依然无法抑制变态的欲望，强奸了这个十三岁的女孩。

南区警察给受害者录了口供，又通知了凶案组，然后便起草了对戴尔住址的搜查令——戴尔住在吉尔默街上，那里离安德里亚·佩里被谋杀的巷子仅几个街区之遥。他们准备于今日对戴尔家展开突袭检查，艾杰尔顿刚好今天轮休，可是诺兰答应他会跟随南区警察前往，如果他们在戴尔家里找到了证据，他会立刻让艾杰尔顿回来。

　　诺兰来到吉尔默街不到半小时之后便给他的警探打了个电话，通知他赶紧回去市局——正如他此后通知柯普拉一样。当警察们冲进戴尔的住所时，他本人并不在家。可是，警察们在其楼上的柜子里找到了一把装满了自动手枪子弹的.32左轮手枪。这就够了：这不仅是因为安德里亚·佩里是被.32口径的子弹杀死的，更有甚者，弹道报告显示，弹头上带有轻微的膛线刮痕，说明这是一颗从左轮手枪发射出来的自动手枪子弹。诺兰和戴尔住所里的其他人聊了聊，证实戴尔犯案的嫌疑极大。

　　出乎诺兰的意料，戴尔的女朋友罗萨琳很配合，而当时也身在其住所的、她的女友米歇尔——米歇尔正在和罗萨琳的前男友交往——也很配合。刚开始时，两人皆对尤金可能犯下强奸或谋杀罪表示难以置信；可是，在之后艾杰尔顿对她俩的审问中，两人都表示，尤金的确有可能做出这种事来。艾杰尔顿从罗萨琳那里了解得越多，就越相信自己终于找对了人。在安德里亚·佩里被谋杀之后，凶案组曾接到过一个匿名电话——一个男人声称在听到枪声之后看到一个女人从谋杀现场跑出来。艾杰尔顿把这个神秘女子的名字告诉了罗萨琳和米歇尔。

　　"洛丽塔？"罗萨琳说，"她是我前男友的姐姐。我们是好朋友。"

　　可是，罗萨琳解释道，洛丽塔·朗力和尤金·戴尔从认识之初便不对付，他们互相憎恨。就在那一瞬间，艾杰尔顿便明白了那个匿名电话是怎么回事——打电话的正是尤金·戴尔本人，他用这种最拙劣的方式陷害自己女朋友的好友。

艾杰尔顿很是自得——他相信了直觉，并没有在接到匿名举报电话之初便去调查洛丽塔·朗力。在逮到戴尔几天之后，他首次造访朗力女士，告诉她凶案组曾在本案的调查之初接到过针对她的举报电话。他问她是否想得到打电话的就是她好友的男朋友，她说根本想不到。艾杰尔顿满意了：如果他在三星期前便接触洛丽塔·朗力，她将被证明是一个死胡同；而现在，她成了尤金·戴尔与一起未成年少女被杀案之间的联系点。

艾杰尔顿回到凶案组时诺兰还没有回来，他花了点时间阅读南区分区送来的强奸案报告。当天下午，当诺兰早已完成搜查回到市局之后，毫不知情的尤金·戴尔优哉游哉地回到了吉尔默街。他被在那里等候着的行动小组逮了起来，后者向他出示了搜查逮捕令。在被带走之前，他问了自己女朋友一个问题："他们找到枪了没？"

现如今，他已经在大审讯室里等候了好几个小时。艾杰尔顿仍在审问米歇尔和罗萨琳。柯普拉也已经回到市局。他把那把左轮手枪——H&R 牌，序列号 AB18407，上面布满了提取指纹用的油灰——带到了楼下的实验室。

在罗杰·诺兰送他去了趟卫生间之后，尤金·戴尔还是既无聊又愤怒地在审讯室里待了好长一段时间。当艾杰尔顿终于走进来时，他——和每个受到如此对待的嫌疑人一样——都快要睡着了。对戴尔的审讯是从晚上 10 点开始的。艾杰尔顿既没有威胁他，也没有诱惑他；他对这个嫌疑人只有蔑视之心。

"如果你想告诉我什么，我就听着，"警探一边说一边把权利说明递给他，"如果你什么都不想说，那好，我会起诉你谋杀，你也可以回家了。我一丁点儿都不关心。"

"你什么意思？"戴尔问。

艾杰尔顿冲戴尔脸上吐了口烟。如果戴尔犯的是其他罪名，他倒是愿意把他当猴耍一会儿。可是，他杀的是安德里亚·佩里。艾杰尔顿没心情和他绕圈子。

"看着我，"艾杰尔顿提高了嗓门，"你知道我们在你家柜子里找到了枪，对吗？"

戴尔犹豫地点了点头。

"你觉得现在这把枪在哪里呢？"

戴尔一声不吭。

"在哪里呢？尤金，好好想想吧。"

"你们都有数了。"

"我们都有数了。"艾杰尔顿说，"你说的没错。就在我和你说话的当下，楼下的专家们正在把你的手枪和从小女孩头上取出来的子弹做比对呢。"

尤金·戴尔摇摇头。突然之间，两人听到一声巨响。几乎就在审讯室正对的楼底下，乔·柯普拉朝巨大的测验水池里开了一枪——发射出来的子弹将用以做比对实验。

"这就是你那把枪。"艾杰尔顿说，"听到了么？他们正在做测试呢。"

"那不是我的枪。"

"我们可是在你的柜子里找到它的。那你说是谁的枪呢？罗萨琳的？别忘了，你还让另一个女孩遭了罪。你说，如果我们把这把枪给她看，她会说这是谁的枪呢？"

"那不是我的枪。"

艾杰尔顿站了起来。刚进屋五分钟，可他的耐心已经耗尽了。戴尔抬头看着警探，眼里满是恐惧和真诚。

"尤金，操你妈的，你在浪费我的时间。"

"我没有……"

"操，你知道我是谁吗？"艾杰尔顿大声说，"我可没时间听你胡诌。"

"干吗对我大声嚷嚷？"

干吗对你大声嚷嚷？艾杰尔顿几乎就要忍不住向这个疯子解释文明世界的行为守则。但他知道，那只会浪费他的精力。

"你不喜欢别人对你嚷嚷？"

戴尔没有回应。

艾杰尔顿离开了审讯室。怒火在他心中点燃——很少有哪个杀人犯能激起警探内心如此烈焰。这部分是因为戴尔的愚蠢，部分是因为戴尔天真儿童一般的否认；但归根结底，让哈里·艾杰尔顿如此勃然大怒的依然是他所犯下的罪行。他看到卷宗里安德里亚·佩里的学生照，怒火被撩拨得更加旺盛；为什么？为什么如此美好的生命会被尤金·戴尔这般杂种无情剥夺？

艾杰尔顿早已对大多数罪行麻木了，他只会对那些罪人表现出轻微的蔑视。在大多数情况下，他不会费心和嫌疑人争辩；操，他们已经够烦了。和很多警探一样，艾杰尔顿相信警察能和杀人犯沟通。你可以给他递烟，送他去卫生间，当他说笑话时你也可以笑——如果你觉得好笑的话。如果他愿意在口供上签字，你甚至可以给他买一罐百事可乐。

但这一次不同。这一次，艾杰尔顿甚至不想和这个嫌疑人呼吸同一房间的空气。事实上，他的愤怒早已演变成仇恨——他恨这个人，因为他们相同的肤色。艾杰尔顿是黑人，尤金·戴尔是黑人，安德里亚·佩里也是黑人：这种仇恨和肤色、和种族无关。正因为艾杰尔顿是个黑人，他才得以取得街头流氓的信任，从他们那里获得消息；正因为他是个黑人，他才能优哉游哉地进入西巴尔的摩的公寓楼，从那里了解到白人警探根本无从得知的信息。一个白人警探，无论他有多么优秀，当他面对黑人受害者和黑人嫌疑人时，总会产生一种距离感；可对于黑皮肤的艾杰尔顿来说，他们更像是来自另一个世界的人——他们都染有贫民窟的病毒，正是这种病毒导致了他们的悲剧，而艾杰尔顿恰恰对此免疫。在这座城市里，百分之九十的谋杀都发生在黑人与黑人之间。白人警探或许能明白黑人受害者悲剧的本质，或许也能区分那些被迫害的好人和那些被追捕的坏蛋；可是，对于黑人犯罪这一事体的深恶痛绝，白人警探永远没有黑人同僚那么强烈。白人警探只会同情受害者——无论他有多无辜——而不会感到悲痛；白人警探只会鄙视嫌疑人——无论他有多残暴——而不会感到愤怒。对于艾杰尔顿来说却不是这样。尤金·戴尔是个活生生的人，安德里亚·佩里也是个活生生的人；他对犯罪的愤怒与其说是因其职业，还不如说是因为他亦是一个活生生的个体。

在艾杰尔顿所在分队的其他人看来，他对戴尔的反应无疑有些夸张了。当然，艾杰尔顿早已对此习以为常：一个黑人警探想要在凶案组生存下去并不是件容易事。他必须学会打磨自己的棱角，容忍白人同事的过分玩笑，无视他们对黑人犯罪的冷嘲热讽——对于白人警探来说，"黑吃黑"本来就是这个世界的自然法则。在他们看来，黑人中产阶级就是一个莫须有的神话。他们听说过这一群体的存在，他们在报纸上读到过有关这一群体的报道，可是，操，这群人到底在巴尔的摩的哪儿安分守己地活着呢？艾杰尔顿、李奎尔、艾迪·布朗——他们都是黑人，也都是标准的中产阶级——可这几个稀有品种根本证明不了什么。他们都是条子，因此，就算他们一身黝黑的皮肤，他们也是名誉上的爱尔兰人后裔。曾经有个白人警探，前一天刚和艾迪·布朗一起看着一个黑人家庭搬进布朗家边的别墅，第二天就把这家人的信息输入警局数据库里看看他们家是否有人犯过事——这便是白人警探的逻辑：没有一个黑人是无辜的。

这种歧视早已深入骨髓。曾有个白人老探员对黑人的头型做过"科学"分析："……如果他的脑袋是子弹型的，他肯定是个杀手，他很危险。如果他的脑袋长得像颗花生，他通常只是个毒贩或小偷。而如果他是个驼背的话，那他就是……"

这便是黑人警探生存及工作的环境。他们将自己作为贫民窟的反面献给那些白人警探。如果白人警探依然认为黑人没一个是好种,那好吧,去他妈的吧。黑人警探又能做什么呢?难道状告全美有色人种促进会吗?对于艾杰尔顿和其他黑人警探而言,和白人警探据理力争根本不可能赢,那么,就别争了吧。

可是,艾杰尔顿和尤金·戴尔之间却依然有一场战争,一场艾杰尔顿知道自己能够赢下来的战争。他第一次走出审讯室,虽说也是为了能休息一下,却也是策略性地想把戴尔晾一晾,让他变得更加慌张。

在楼下的弹道实验室里,"比对之王"乔·柯普拉——巴尔的摩枪械分析师中的王牌——把两颗子弹放在显微镜下,在定型黏土模具中慢慢地转动它们,透过分屏显像观察对比两者之上的膛线刮痕和擦痕。柯普拉很快就发现,弹头上最为明显的刮痕是一模一样的,这说明这两颗.32口径的投射物是由同一种枪械发射的——在此例中,是一把能装六颗子弹的、转轮向左转动的手枪。这是因为枪管中的膛线——每种枪械的膛线都不一样——在每颗子弹的后部刻下了六道凹槽,每道凹槽都是向左旋的。

根据这些信息,柯普拉可以断言杀死安德里亚·佩里的子弹是由一把.32口径的左轮手枪射出的——它要不就是从戴尔家里搜到的那把,要不就和那把相似。可要确定就是那独一把却还需要时间。柯普拉还得比对子弹上的擦痕——那是由枪管里的凹凸平面及残留物所造成的。他的工作暂告一个段落,他来到楼上,边喝咖啡边和警探们通气。

"怎么说?"诺兰问他。

"同一种枪械,同一种子弹。但我还需要时间。"

"如果我们告诉你他已经认罪了,你还需要那么多时间吗?"

柯普拉笑着走向了咖啡室。艾杰尔顿已经回到了大审讯室,展开了对戴尔的第二次审讯。这一次，艾杰尔顿告诉戴尔，他们在手枪上发现了指纹——虽然事实上，在手枪被送往柯普拉处之前他们已经尝试过提取指纹，却没有成功。

"你说那不是你的枪，可我们发现上面全是你的指纹。"

"那是我的枪。"戴尔说。

"是你的枪？"

"对。"

艾杰尔顿仿佛听到了戴尔脑子痛苦转动的声音。出口。出口。我的出口在哪里？艾杰尔顿猜到了他的想法。

"我的意思是，那的确是我的枪，可我没用它来杀人。"

"那是你的枪，可你没杀人？"

"是的。那天晚上，我把它借给了一些朋友。他们说要用它去吓唬人。"

"哈，你把它借给别人了。我就知道你会这么说。"

"我不知道他们借枪想干什么……"

"所以，你的意思是，这些家伙借了你的枪，然后强奸了那个小女孩，"艾杰尔顿盯着嫌疑人说，"接着把她带到小巷里，朝她脑门开了一枪，对吗？"

戴尔耸了耸肩："我不知道他们干了些什么。"

艾杰尔顿冷冷地说："你的那些朋友，他们叫什么名字？"

"名字？"

"对。他们总得有个名字吧？你都把枪借给他们了，你总知道他们叫什么吧？"

"如果我告诉你他们的名字，他们就有麻烦了。"

"操，可不是吗！他们完蛋了。他们犯了谋杀罪，对吧？可是，尤金，现在的情况是，不是你死，就是他们死，所以说，他们到底叫啥呢？"

"我不能告诉你。"

艾杰尔顿受够了。"你知道么？你即将因谋杀罪被起诉，等着你的就是死刑，"他愤怒地大声说，"可你却因为怕你那些神秘朋友有麻烦而不肯把他们的名字告诉我。这就是你编的故事？"

"我真的不能说。"

"因为他们根本不存在。"

"不。"

"你根本没有朋友。操，你在这个世界上根本没有朋友。"

"如果我告诉你，他就会杀了我。"

"如果你不告诉我，"艾杰尔顿大吼道，"我就让你去死。你自己选吧……"

尤金·戴尔低头看了眼桌子，又抬起头来看着警探。他摇了摇头，举起了手臂——一个投降的姿势。

"操，"艾杰尔顿继续大吼道，"你是死是活，关我屁事。"

艾杰尔顿狠狠关上了大审讯室的门，冲着警司笑了笑。"他是无辜的。"

"真的吗？"

"可不是么。他说，有一帮朋友借了他的枪，奸杀了小女孩。"

诺兰笑了起来："当他这么说时，你竟然没生气？"

"我发誓，我恨不得揍他一顿。"

"火气那么大？"

艾杰尔顿走进咖啡室，又喝了一杯咖啡。五分钟之后，尤金·戴尔开始疯狂地捶打审讯室的门，可艾杰尔顿置之不理。最终，杰·朗兹曼忍不住了。他走出自己的办公室，来到审讯室前。

"警探先生，我能和你说句话吗？"

"和我？"

"是的，先生。那个警官不相信我说的……"

朗兹曼摇摇头。"你可不想和我说话，"他说，"我也不想和你说话。我只想把你活活打死。你可不想……"

"可我没有……"

"喂，"朗兹曼说，"如果你想和我谈，你最好有心理准备，我会把你那口牙都打下来的。你明白么？那位警探，他对你已经够仁慈了。"

戴尔默默地回到了审讯室里面。朗兹曼关上门，走进自己的办公室，心情比之前好多了。

五分钟之后，艾杰尔顿回到了审讯室门外的走廊上。他已经准备好发起第三次攻势了。他刚要开门，柯普拉急匆匆地赶了上来。

"哈里，这个案子我们赢定了。"

"你确定，柯博士？"

"虽然擦痕有些浅，但我确定。"

"好的。谢谢。"

艾杰尔顿关上审讯室的门，把铁板钉钉的证据罗列给他听：一个还活着的证人，一把手枪——弹道比对已经证明它就是凶器。还有，对了，手枪上全是指纹……

"我倒希望能把我朋友的名字告诉你。"

"好吧。"艾杰尔顿说，"告诉我。"

"可我不知道他的名字。"

"你不知道他的名字？"

"嗯。他告诉过我，可我忘了。但他的绰号叫'大嘴唇'。他住在西巴尔的摩。"

"你不知道他的名字，却把枪借给了他。"

"嗯。"

"'大嘴唇'，西巴尔的摩人。"

"他们是这么叫他的。"

"那还有个人叫啥呢？"

戴尔耸耸肩。

"尤金，你知道我怎么想的么？"

戴尔可怜巴巴地看着他，一副诚心诚意要配合的样子。

"我想，你应该回大牢待着去了。"

可是，艾杰尔顿依然听完了戴尔所编造的故事，为他做了长达十一页纸的口供。据戴尔说，他把枪借给了"大嘴唇"和另外一个东巴尔的摩人——他还真想出了此人的名字。戴尔曾经得罪过这个人。戴尔承认看到安德里亚·佩里和自己的侄女玩，也承认听到了巷子里传来的枪声。他甚至说，当他的朋友把枪还给他时，他已发现少了一颗子弹。他虽然知道他们奸杀了小女孩，却没有报警，因为他怕自己被怀疑涉案。

"我还在假释期。"他提醒艾杰尔顿。

天光照进了凶案组办公室。艾杰尔顿用行政办公室里的打字机起草了一份两页纸的起诉书。他回到审讯室，把起诉书给戴尔看，可戴尔还没读几行就把它撕个粉碎。艾杰尔顿简直爱死这个嫌疑人了——要知道，他的打字技巧只比猫猫狗狗强一些。

"别这样，"戴尔说，"我会把事实告诉你的。我没有杀那个小女孩。事实上，我也不知道是谁杀了她。"

这已经是艾杰尔顿听到的第三个版本了。

"我不知道是谁杀了她。我撒谎是为了保护我的女朋友和她的家人。我每天都要去工作，可她的家人老是进进出出。她有好多兄弟姐妹。当我在卧室睡觉时，我根本不知道到底哪个人来过。"

艾杰尔顿什么都没说。事已至此，再做任何努力都是徒劳。

"我觉得肯定是她的某个亲戚把枪藏在了衣柜里。肯定是他杀了小女孩。"

"你知道枪藏在衣柜里吗？"艾杰尔顿百无聊赖地问。

"我不知道。要是被你们发现我有枪，我就又得进大牢待上五年了。我不知道是谁把枪带进了我家。我真不知道。"

艾杰尔顿点点头，走出审讯室，再次打起起诉书来。

"喂，罗杰，看看这个狗娘养的都干了些什么，"他举起被撕成碎片的起诉书，"我可是花了四十分钟才打完的。"

"他撕的？"

"嗯。"艾杰尔顿笑着说，"他说我不需要这个，因为他会把事实告诉我。"

诺兰摇摇头："这就是你让他看的结果。"

"也许我能把它粘起来。"艾杰尔顿疲惫地说。

在艾杰尔顿起草上一份起诉书时，值白班的警探已经纷纷到办公室报到了。当他开始重新起草时，他们中的很多人都已经出门执勤了。

一个多小时后，南区警局的囚车到了。他们带走了戴尔，他还得去参加一个分区保释听证会。他走到走廊口，回过头来央求艾杰尔顿再给他一个机会做口供。这一次，艾杰尔顿没有理他。

艾杰尔顿最后一次见到戴尔是在一个星期之后。那是在位于依格街的巴尔的摩市拘留所。艾杰尔顿在入口存放了自己的配枪，跟着警卫来到了位于二楼的医务室。那是一条通往地狱的、由铁质阶梯构筑的漫长之路，路的尽头便是囚室，那里关押着人类之中的败类。艾杰尔顿的到来让他们安静了下来，他们盯着他看。他穿过了医务室的行政办公区域。

一个胖乎乎的护士摆摆手，示意让他停下脚步。"他正在过来的路上。"

艾杰尔顿向她出示了搜查令，可护士都懒得看上一眼。"头发，胸毛，阴毛，还有血液，"他说，"你应该做过。"

"嗯哼。"

尤金·戴尔缓缓地走了过来，看到艾杰尔顿便吃了一惊。护士招了招手，示意他去检查室待着。戴尔进一步靠近艾杰尔顿，他身上的淤青和挫伤清晰可见。很显然，他被人打了。即便是在拘留所里，这人所犯下的罪行也同样引起了特殊照顾。

艾杰尔顿跟着他走进拘留所。护士拿起了一枚针。

戴尔看了眼针头，回过头问艾杰尔顿道："这是要干吗？"

"这是针对你的搜查逮捕令，"艾杰尔顿说，"我们要把你的血液和毛发与小女孩身上找到的做比对。"

"我已经采过血了。"

"这次不同。这次是法院庭谕收集证据。"

"我不想。"

"你没有选择。"

"我要律师。"

艾杰尔顿把搜查令塞到戴尔的手上，指着底部的法官签名说："你连请律师的机会都没有。这是法官签署的——看到没？我们有权力采集你的血样和毛发。"

尤金·戴尔摇着头说："为什么你们需要我的血样？"

"为了做 DNA 测验。我们会和小女孩身上的做比对。"艾杰尔顿说。

"我要和律师谈。"

艾杰尔顿靠近戴尔，压低声线说："你有两个选择。要不就让她快点采集完你的血样和毛发，要不就让我来干这事。别以为我不能，因为搜查令说了，我有这个权力。告诉你吧，你最好还是让她来干。"

尤金·戴尔闷不作声了。当护士把针头刺入他的右臂时，他几乎快要哭了出来。艾杰尔顿靠在墙上，冷冷地看着护士采集血液和毛发。他把样本拿在手上，刚准备离开，尤金·戴尔又说话了。

"难道你不想和我再谈谈了吗？"他问，"我会把真相告诉你的。"

艾杰尔顿并没有搭理他。

"难道你不想知道真相了吗?"

"不想。"艾杰尔顿说,"不想听从你口里说出来的真相。"

11月9日,星期三

天还没有亮。费立蒙大道上空无一人。里奇·贾尔维浑身哆嗦着,看着地上一堆被血水浸透的衣服、两颗.38弹壳和一个蓝色塑料袋——那里面有两个包着锡纸的潜艇三明治。这些便是此案的所有物证。

罗伯特·麦克埃利斯特站在贾尔维身边,和他一样浑身哆嗦着。他来回看了眼费立蒙大道,这条道上一个人影都没有。沿街的排屋没有一个是亮着灯的。所以,本案也就别奢望人证了。

两人沉默地互望了一眼。一切尽在不言中:

麦克,瞧瞧,你又撞大运了。

贾夫,可怜的人儿,这下可有你好受了。

然而,就在两人刚要彼此推卸责任之时,第一现场警官——一个叫做米兰达的年轻人,一个还对执法抱有残念的热心小伙——走上前来对他们说:"我们赶到的时候,他还在说话。"

"他还在说话?"

"是的。"

"他说什么了?"

"嗯,他告诉我们是谁开的枪……"

这简直是否极泰来啊,贾尔维想。如果我们所身处的宇宙真是由正极和负极、阴和阳组成的,那么此时此刻,在某个平行宇宙里,肯定还有一个正处在阴面的里奇·贾尔维。那个贾尔维也做了一辈子的警察,也是个爱尔兰人,也戴镶边眼镜,有一束黑胡须,甚至也备受背部问题的困扰。这是他接到的连续第十一起涉毒谋杀案了，他正无助地原地站着，向冷漠的上帝祈祷——给我一点物证吧，给我一个人证吧。那个贾尔维是一个好警察、好警探，可最近，他有点自我怀疑——他的警司也对他不那么信任了。他最近老是醉酒，还冲着他的孩子发怒大吼。他不了解宇宙的平衡与秩序，不明白道家的哲理，当然也不知道在这个叫做巴尔的摩的城市里，有一个也叫贾尔维的警探不费吹灰之力便解决了一起谋杀案——这位是他们这对中更加好运的那个。

"快说来听听。"贾尔维催促道。

"他说是沃伦·瓦德尔开的枪。"

"沃伦·瓦德尔？"

"是的，他说他的哥们儿沃伦不知为何就朝他背后开枪。他一直说，'我不明白他为什么要杀我。我不明白。'"

"你全听见了？"

"我就站在他身边。我的搭档也听见了。他说他和沃伦都在一家叫精确混凝土建筑公司的地方工作。"

安息吧，哥们儿，安息吧。虽然你躺在救护车上便离开了这个世界，可你完成了你的任务，说了你该说的话。为了这一切，里奇·贾尔维会记得你、感谢你的。

临终遗言。这是律师的术语——在马里兰州的法庭上，如果受害者在被合格医护人员通知他即将去世或相信他自己即将去世后说了什么，他所说的话可以被当作证词使用。当然，很多被谋杀的受害者都留下过临终遗言，可其中能帮上警探忙的少之又少，有些甚至都不相关。

每个凶案组警探都碰到过受害者留下临终遗言的情况。这些遗言可谓五花八门。有人会说起混迹街头的残酷，有人会谈他对死亡的看法。有一次，一个西巴尔的摩的贩毒者被人射杀在地，当警察赶到现场时，他还没有死。

"是谁开的枪？"

"我一会儿告诉你。"受害者说——他显然没意识到自己只能再活大概四十秒。

有个胸部及面部受了数刀的将死之人竟然说这些伤口都是自己刮胡子不小心造成的。还有个受害者——他身受五枪——竟然在吞下最后一口气前说自己一定要报仇雪恨。

这其中最精彩绝伦的故事属于鲍勃·麦克埃利斯特。那还是在1982年。那时候，麦克埃利斯特刚来凶案组不久，还是个菜鸟。他协助其他警探调查一起重大专案，其余时间则替别人打下手。上级希望他能快点成长起来，于是安排他和"毒蛇"杰克·科尔曼搭档。科尔曼绰号"巨人王子"，是个声线低沉、具有拳击手身材的传奇人物。有一次，杰克·科尔曼接到调遣电话，宾夕法尼亚大道上发生了枪击案，于是便和麦克埃利斯特一起出警了。

受害者名为弗兰克·贾普顿。当他们赶到现场时，他正躺在宾夕法尼亚大道和戈尔德大道的路中央。麦克埃利斯特至今仍能记起他的名字；他也记得，此案至今未破。

"我们赶到现场时，他还活着。"第一现场警官说。

"是么？"科尔曼高兴地说。

"是的。我们问他是谁开的枪。"

"他怎么说？"

"他说，'操你妈。'"

科尔曼拍拍麦克埃利斯特的肩膀。"好吧，哥们儿，"他听起来是像在给年轻警探上课，"貌似你终于接到了人生第一起谋杀案。"

此时此刻，站在费立蒙大道上的贾尔维和麦克埃利斯特都明白，他们的受害者——这个名为卡尔顿·罗宾逊的人——比弗兰克·贾普顿好太多了：他想要复仇。

一小时之后，现场已被清理干净。两位警探来到一座位于西区的排屋，卡尔顿的女友正住在那里。据了解，现场的那个蓝色午餐塑料袋正是女友为卡尔顿准备的。在被人杀害之前，卡尔顿和女友吻别，然后前往车站赶早班的公车。

　　对卡尔顿女友的审问进行得无比艰难。她正怀着卡尔顿的孩子，卡尔顿是这个家唯一的经济支柱，最近他也正在和她商量结婚的事宜。她告诉警探，卡尔顿通常会去宾夕法尼亚大道和诺斯大道口的公交站等车；她也知道沃伦·瓦德尔这个人，此人有时会和卡尔顿乘坐同一班公车。审问刚刚进行了几分钟，电话铃声便响了起来。应该是医院的电话，贾尔维想。他早已猜到了结局。

　　"不。"电话手柄坠落在地。卡尔顿的女友在她的一位女朋友怀里嚎啕大哭起来，"不，天呐，不……"

　　贾尔维先站了起来。

　　"为什么会这样？"

　　麦克埃利斯特也站了起来。

　　"为什么……"

　　两位警探把自己的名片留在厨房的桌上，径直离开了。到目前为止的所有证据——午餐袋、卡尔顿的临终遗言、其女友的崩溃——都显示，卡尔顿是个无辜的受害者。

　　几个小时之后，两人赶到了东巴尔的摩县的费城路。他们在街边的一家甜甜圈店里和精确混凝土建筑公司的工地经理碰了个头。经理的话证实了他们的想法："卡尔顿是个好人，一个大好人。他是我最得力的手下之一。"

　　"那瓦德尔呢？"贾尔维问。

　　经理翻了翻白眼，说："我很吃惊他竟然杀了卡尔顿。我很吃惊，但我并不感到意外。"

　　经理说，沃伦已经疯了。他是隔天来上班的。每次他来工地时，牛仔裤上都别着一把半自动手枪。他向工友们炫耀他赚的快钱，并说自己的贩毒渠道很强大。

"那他到底有没有渠道？"

"他有。"

经理说，瓦德尔到了工地基本都不干活。他总是告诉其他人，他很危险，并且杀过人。

好吧，贾尔维想，这位经理倒是说中了要害。一个小时前，警探曾把沃伦·瓦德尔的名字输入数据库。他们发现此人前科累累，十二年前还犯过二级谋杀罪。事实上，现如今的瓦德尔才刚刚保释出狱。

"他是个疯子，"经理是个留着一头脏兮兮金发的比利兰德人，"连我有时都害怕和他打交道……他竟然杀了卡尔顿，简直难以置信。"

唐恩都乐甜甜圈店里满是来吃早餐的人。他们好奇地打量着两位便衣警探。工地经理选了这里见面是因为这里离工地近；坐在柜台边的生意人一边续杯一边心不在焉地读着报纸，其实，他们都在观察贾尔维和麦克埃利斯特。

"卡尔顿又是个怎样的人？"

"卡尔顿是个好工人，"经理说，"我不太确定，但我想，是卡尔顿帮瓦德尔找到了这份活。我老是看见他们一起来上班。"

"昨天工地里有发生什么吗？"贾尔维问。

"昨天，"经理摇着头说，"昨天简直是个笑话。他们都在嘲笑沃伦。"

"嘲笑他什么？"

"好些事情。他张牙舞爪的样子，他老是偷懒什么的。"

"卡尔顿有嘲笑他吗？"

"他们所有人都嘲笑他。他们说他是白痴，沃伦显然不高兴。"

"为什么他们说他是白痴？"

"因为……"经理耸了耸肩，说，"他就是个白痴。"

贾尔维笑了起来。

据经理回忆，瓦德尔甚至挥了挥他的半自动手枪，然后神秘地说明天是个选举日，每到选举日，就会有人死。贾尔维听说过夏日热浪席卷全城时总会死人，也听说过月圆时总会死人，可选举日死人这个理论，他可从来就没听说过。真是个新鲜事。

"说说他的那把枪吧。"

经理说那是一把九毫米的半自动手枪，能装十六颗子弹。现场的弹壳是.38口径的，但贾尔维和麦克埃利斯特都明白，一般人是判断不了.38和九毫米子弹的。经理说，沃伦总是炫耀这把枪，他说他会把空心弹和圆头弹混合装进弹夹。"这样杀起人来才爽。"瓦德尔会这么对那些表现出兴趣的人说。

两位警探回到市区，来到了法医办公室。那天早晨，佩恩街的法医办公室十分忙碌——蒙哥马利县死了两个人，或许都是自杀，或许一人自杀、一人谋杀；艾伦戴尔街发生了一起自杀；两起貌似吸毒过量致死案；一具死因不明的尸体；一个被卡车撞死的十岁女孩。不到一小时之后，警探们印证了工地经理的话：从卡尔顿·罗宾逊尸体里取出的子弹一半是空心的，另一半则是标准的圆头弹。

这是个颇具讽刺意味的结局。11月9日不仅是马里兰州的选举日，还是令马里兰州立法部门引以为豪的"周六晚上特别法"的执行日。这一法案是在今年春天通过的——尽管期间，全美步枪协会花费了六百七十万的游说金试图阻挠此法案的通过。法案决议成立审查委员会，用以查明及禁止马里兰州的廉价枪支贩卖。此举貌似是枪支管理支持者的胜利，也是对枪械暴力的一次打击，但终究是个形式大于内容的法案。自1970年以来，已经很少有人用廉价手枪来杀人了；今天，即便是相对没钱的年轻人，其裤腰带上别的也都是半自动的手枪。史密斯威森、格洛克、巴雷塔、西格索尔——就算是沃伦·瓦德尔这样的白痴，也都怀揣着一把好枪呢。马里兰州的政要们自然对这一法案的通过感到骄傲，可事实上，这是一个迟来了十五年的法案。

在卡尔顿·罗宾逊被谋杀后的第二天，沃伦·瓦德尔给经理打电话说自己不来上班了。他还请求经理替他把工资送过来。警探们早已料到瓦德尔会这么做，于是他们事先和经理通了气。后者告诉瓦德尔，必须前往义赛科斯的办公室亲自签名领钱。经理说完这席话，又问他是不是真的杀了卡尔顿。

"我现在不能说。"瓦德尔回答。

出乎所有人的意料，第二天，瓦德尔竟然真的去了义赛科斯的办公室领工资。他可疑地打量着秘书，领完钱就赶紧离开了。一两英里之外，警察早就在等着他了。他们拦下了他的车，逮捕了他和为他开车的同伙。他们从他身上搜出了很多现金、一张美国运通信用卡和一本美国护照。他什么都没说。在前往市局的路上，他假称自己肚子疼，害得贾尔维和麦克埃利斯特陪他去了趟西奈医院，浪费了两个小时。

一切都指向了瓦德尔——受害者的临终遗言、案发前一天发生在工地上的事、对空心弹和圆头弹的混合使用、嫌疑人在案发后的可疑行为。可是，当贾尔维带着本案卷宗来到州检察官办公室时，他被告知，起诉瓦德尔很容易，但想赢下官司很难。

本案的关键证词——卡尔顿·罗宾逊的临终遗言——很有可能被认为是无效的。这是因为赶到现场的警官没有通知受害者他将死去，而卡尔顿本人也没有明确地告诉警官他觉得自己将要死去。警官们做的和他们平日里的别无二致：他们打电话通知救护车，告诉罗宾逊坚持住，向他保证如果他保持清醒就能活下来。

既没有人告诉他要死了，他本人也没意识到要死了——熟悉马里兰州法律的辩护律师肯定会揪住这一死穴不放。

而如果放弃卡尔顿的临终遗言，检察官手头的证据就过于薄弱了。瓦德尔经历过一次谋杀罪起诉，他对警探的审讯表现得相当淡定，而警探们也没有在他家找到凶器。

当然，贾尔维没有选择的余地。他还是硬着头皮强行起诉了瓦德尔。首先，他知道无论如何，凶手就是沃伦·瓦德尔。其次，他不想这个堪称完美的年度留下一个令人遗憾的尾巴。可是，当他看着瓦德尔被带往拘留所时，便已经猜到了结局：他的律师一定会拯救他。

贾尔维并不服气。他请求唐·吉普林——暴力犯罪组的探员、和他一起打高尔夫球的好哥们儿——替他再找一个经验丰富的检察官。贾尔维经历过太多官司了，他知道，在检察官办公室里，有一半的人只要过一眼卷宗就会告诉他这个案子没法赢。但真的没法赢吗？他所需要的，是一个斗士，一个像勒娜·卢卡斯案检察官那样的斗士。

"唐，帮我挑个好人，"他在电话一头对吉普林说，"求求你了。"

第十章

给大厅挂上圣诞树呀，
啦啦啦啦啦啦啦啦！
把死人放上手推车呀，
啦啦啦啦啦啦啦啦！
你愿意就和我们谈呀，
啦啦啦啦啦啦啦啦！
告诉我们谁杀了他呀，
啦啦啦啦啦啦啦啦！
你说你到底后不后悔呀，
啦啦啦啦啦啦啦啦！
你不知道我们有证人呀，
啦啦啦啦啦啦啦啦！
只能和我们谈谈了呀，
啦啦啦啦啦啦啦啦！
鞋子上怎么有血迹呀？
啦啦啦啦啦啦啦啦！
表现好点不行呀？
啦啦啦啦啦啦啦啦！
快快如实招来呀，

啦啦啦啦啦啦啦啦！

——《凶案组圣诞曲》

12月2日，星期五

唐纳德·瓦尔特梅耶和马克·克韩的面前是一个窟窿。随着这个窟窿越挖越深，克韩的表情越来越难看了。瓦尔特梅耶则显得很愉悦。掘地的过程分成了两个部分。推土机迅速地挖了四英尺，当时克韩还闷不作声；然后，有人用铲子又挖了十八英寸，这下子，瓦尔特梅耶看到克韩皱起了眉头。

克韩面色白皙，身材瘦长，戴着眼镜，留着一头金色卷发，穿着一身职业三件套；和他相比，瓦尔特梅耶简直就是个工人阶级的大老粗。克韩是个好人，是巴尔的摩最优秀的检察官之一，格拉尔汀·帕里什这般错综复杂的案件他自然当仁不让。然而，克韩毕竟是个律师而不是警察。当铲子越挖越深时，他的面色也越来越狰狞了。瓦尔特梅耶同情地替他解了围。

"这儿可真冷啊。"警探说。

"可不是么。"克韩竖起衣领抵御寒风，"我得回车上了。"

"你可以开暖气。要钥匙吗？"

"不，没关系。"

瓦尔特梅耶看着克韩蹒跚地走过泥泞的雪地，地上的雪已经开始融化了，这让他的步履更加艰难。他穿着一双名牌猎鸭靴，双手紧紧搂住大衣的双襟。瓦尔特梅耶知道，他所感觉到的并非只有寒冷：他是闻到了那股恶臭——寒冷空气里的那股淡淡的腐败气味——那股源于地表四英尺之下的恶臭。克韩再也忍不住了。

铲子碰到了什么固体的东西。警探往前一步，低头看向窟窿。"那是什么？"

"那是顶部，"墓地的管理员说，"棺材板。"

窟窿里的两个男人把铲子顶在棺材的边缘，试图把棺材板撬开。可是，他们还没使上力，压缩木板便崩开了。

"快把这块烂东西扔上来，"管理员说，"别再敲它了。"

"这块板可真不牢靠呀。"瓦尔特梅耶说。

"我不是和你说了么？"管理员是个尖脑袋、圆肚子的男人，他沙哑地说，"她就花了那么一丁点儿钱就把他给埋了。"

必须的啊，瓦尔特梅耶想。格拉尔汀小姐可不会把辛辛苦苦挣来的钱用在葬礼上，否则的话，她可是会破产的呀。即便现在，虽然她已经被关在市拘留所里了，她还是没有放弃和雷菲尔德·吉利亚德牧师的家人争夺他的遗产，这起民事官司目前还等待着巡回法院的裁夺。

至于牧师本人呢，他目前便待在这片被上帝遗弃的污泥之下。此处位于巴尔的摩南部郊区，被人们称为锡安山，据说是片神圣的墓地，还是片神圣的土地。

滚你妈蛋吧，瓦尔特梅耶想，神圣个毛啊。这一小片贫瘠的湿土就在霍林斯·菲力路边，它的拥有者和经营者是市中心的一家大型葬礼公司——这充分说明了此家公司的贪得无厌，它连最微薄的利润都不放过。这个墓地南边是一片低收入者的住宅区，北边则是朗兹唐恩高中。墓地位于这座山峦的顶部，门口有家便利店；山峦的底部有一条早已被污染的小河。你只要花上两百五十美元，就能在这里买到一个压缩木板棺材和一个六英尺深的泥窟窿。如果尸体没人认领，如果马里兰州得承担起为尸体埋葬买单的责任，那么这个价钱还能降到两百块。见鬼去吧，瓦尔特梅耶想，锡安山连墓地最起码的样子都没有——这里埋葬着几千个人，可其中只有几个有墓碑。

好吧，对于最后一任丈夫来说，格拉尔汀算是仁至义尽了——虽说在此之后，她又骗了两个他的继任者，把他们藏在肯尼迪街的家中。这是黑寡妇最后一次得逞，她杀了他，然后给他买了一个廉价的棺材。没有混凝土预制的墓穴，也没有墓碑。尽管如此，在半个小时前，当瓦尔特梅耶来到这里要求墓地管理员带领他们寻找吉利亚德牧师时，管理员并没有犯难。他确信无疑地迈过这片荒芜之地，指着一个地方说："就在这里了。"

第七十八排，十七号穴。

"你确定是他？"瓦尔特梅耶问。

"应该是，"管理员显得很吃惊，"一旦把他们埋在下面后，他们就不会再动了，不是么？"

如果地底下埋的真是七十五岁的雷菲尔德·吉利亚德牧师，那么，佩恩街的法医就要欢呼雀跃了。虽然他已经被埋葬长达十个月之久，但法医依然可以检测出其体内的异物：被掺杂在最后一顿吞拿鱼晚餐中的二十颗安定片——没错，当瓦尔特梅耶申请开棺验尸时，斯密亚乐克曾向他保证过，只要牧师体内有安定片，他们一定查得出来。

即便如此，瓦尔特梅耶依旧不敢确定即将看到的是什么。毕竟，吉利亚德牧师在 2 月份的时候就入土了。据墓地管理员说，冬天埋葬的尸体要比夏天的腐烂得慢。瓦尔特梅耶自然明白个中道理，可什么样的人才会去考虑这种问题呢？反正瓦尔特梅耶不会。虽然当马克·克韩变得局促不安时，瓦尔特梅耶很是享受，可他依然得承认一个事实：他和克韩一样，对掘地验尸一事感到不安。

一个人横尸街头，一起谋杀案发生了。你画下了他的死状，给他拍了照片，检查了他的口袋，把他翻了过来。就在这一刻以及接下来的几小时内，这具尸体便是你的责任。可是，你同时也明白，这种责任仅限于这几个小时。等它过去后，你就再也不会想起它。然而，一旦尸体入土，一旦牧师诵完经，一旦棺材上盖上土，那便是另一回事了。虽说这片泥泞的土地很难称得上是个墓地，虽说开棺验尸是此次必要的调查手段——瓦尔特梅耶依然难以相信自己竟然要和一具入土为安的尸体打交道。

不用意外，瓦尔特梅耶的同事们为困惑的他送上了最真挚的祝福——巴尔的摩的警察向来以真诚团结而著称。今天早上点名时，一条条祝福纷至沓来：天呐，瓦尔特梅耶，你真是个狗娘养的呀！你是闲得蛋疼所以才要去那片天煞的墓地掘地三尺吗？你知道么，这种事只有操他妈的贝拉·卢戈西①才做得出来呀。

瓦尔特梅耶知道，他们说的并非没有道理：仅仅就给格拉尔汀定罪而言，开棺验尸几乎是多此一举的行为。他们找到了格拉尔汀请杀手埃德温杀人的证据——埃德温替她杀了三个人，还多次谋害多利·布朗未遂。他们找到了格拉尔汀指示另一个人去杀人的证据——此人替她杀了艾尔伯特·罗宾逊，也就是那个 1986 年在克利夫顿公园旁铁路边找到的醉汉。瓦尔特梅耶带着柯瑞·贝尔特和马克·克韩来到博尔根县，审讯了此案的目击证人，坐实了格拉尔汀的犯罪事实。所以说，到目前为止，瓦尔特梅耶已经有格拉尔汀葬送四人性命的证据了，再多一个人又有何意义呢——对她的量刑并不会因此而改变。

瓦尔特梅耶看着掘墓人撬开业已破碎的棺材板，自忖这么劳师动众是否值得。无论如何，格拉尔汀肯定要被定罪了，而即便地底下埋葬的就是吉利亚德牧师，他的家人也不会因此而感到好受些。那么，他又何必呢？他觉得，自己只是和佩恩街的那些法医们一样有些好奇。

掘墓人把腐烂变形的棺材板扔了上来，继而站在了棺材边上。瓦尔特梅耶俯身往下望去。

"是他吗？"管理员问。

----

① Bela Lugosi，匈牙利籍美国演员，以饰演吸血鬼德拉库拉及其他恐惧角色而著名。——译者

瓦尔特梅耶看了眼手里的吉利亚德牧师照片，又看了眼棺材。出乎意料，这具尸体竟然保存得相当完好。

"他看上去小了些，"警探说，"照片上的他看上去更大一些。"

"入土之后尸体就会缩小，"管理员不耐烦地解释道，"要知道，这些婊子养的在地底下可没东西吃哟。"

可不是么，瓦尔特梅耶想，他们的确被饿坏了。

掘墓人试图把棺材抬上来。他们手忙脚乱了十分钟，最终放弃了，只好向法医求助。法医跳下窟窿，把尸体用塑料布包住，抬了上来。

"瓦尔特梅耶，欢呼吧，"法医浑身是土地往坑外爬，"从今天开始，你就是我最恨的人。"

终于搞定尸体了。瓦尔特梅耶和掘墓人沿着泥泞的小路朝外走去。这条小路把锡安山分成了两边。他走进雪佛兰车，看着法医把尸体抬上黑色面包车，然后透过后视镜看了马克·克韩一眼。这位检察官正低着头，仿佛是在思考什么。

"你看到他了？"他问克韩。

克韩没有抬头，而是低头整理着公文包里的文件。

"马克，你看到他没？"

"是的，"克韩说，"我看到他了。"

"简直像个丧尸，你不觉得么？"瓦尔特梅耶说，"就像在看恐怖片一样。"

"我们回市区吧，"克韩说，"我得回趟办公室。"

好吧，好吧，瓦尔特梅耶想，他肯定看到了。

警探决定不参观尸体解剖的过程，径直回到了凶案组。在法医办公室里，解剖正有条不紊地进行着。法医切下了一些组织器官样本用以做毒理测验，而后又开始检查尸体上是否有明显的创伤口。这是一次堪称完美的解剖，其过程甚至可以载入法医学的教科书——直到他们完成任务，一位法医助理刚要把尸体的胸腔缝起来，却突然发现尸体的手腕上戴着一块身份名牌。名牌上的墨迹已经淡了下去，但依稀仍能辨识——不是雷菲尔德·吉利亚德。

二十分钟之后，凶案组的电话响了起来。一位警探接起了电话，冲着咖啡室叫嚷了起来："瓦尔特梅耶，法医来电话啦。"

瓦尔特梅耶赶了过来，坐在戴夫·布朗的办公桌边接起了电话。两秒钟之后，他用手遮住了脑袋，手指按摩起鼻梁来。

"你没开玩笑吧？"他靠在椅子上，抬头望着发黄的天花板。他的脸夸张地扭曲着，不知是喜是悲。他从布朗的桌上抽出一支铅笔，一边重复着法医的话，一边写了下来："医院身份名牌手链……尤金……戴尔……黑人，男性……"

这简直太棒了。

"难道解剖前就没人发现吗？"警探问。

这简直太棒了。

瓦尔特梅耶挂下电话，沉默了半分钟，然后拨通了凶案组内部电话。

"警长？"

"怎么了？"电话那头问道。

"阁下，我是瓦尔特梅耶，"警探还在按摩着鼻梁，"警长，您目前是坐着吗？"

"为什么这么问？"

"警长，我有一条好消息，一条坏消息。"

"先说好消息。"

"尸检很成功。"

"坏消息呢？"

"我们挖错了人。"

"你不是在开玩笑吧？"

"不，我是认真的。"

"天呐。"

尤金·戴尔。这个可怜的人呐。只是因为他和吉利亚德牧师入土是在差不多同时的，现如今，他正躺在佩恩街的轮床上，被开膛破肚了。如果他在天有灵，他一定会想，自己的命运怎么如此悲惨。要知道，我们的凶案组警探早已见惯了世面，很难有什么事会让警探感到不安；可这一次，瓦尔特梅耶陷入了深深的愧疚。他想，这个叫戴尔的人是否有亲戚呢？突然之间，他觉得哪里有些不对劲。他明白了过来——这个人名，怎么听上去那么熟悉呢？

"你挖错人了？"一个斯坦顿手下的警探——他正在为出庭作证加班——问，"你挖到的是谁？"

"一个叫尤金·戴尔的可怜人。"

"尤金·戴尔？"

"是的。"

"D-A-L-E，戴尔？"

瓦尔特梅耶点点头。

这位警探指了指"板儿"上罗杰·诺兰底下的名字："那是艾杰尔顿的嫌疑人啊。"

"谁？"

"尤金·戴尔。"

"他是谁？"瓦尔特梅耶还没明白过来。

"就是那个杀了小女孩被艾杰尔顿抓起来的人，"警探说，"你挖的那个人和他同名。"

瓦尔特梅耶看了眼"板儿"。"尤金·戴尔，"他盯着那排黑体字说，"我完蛋了。"

"艾杰尔顿人呢？"那位警探问。

"他今天休假了。"瓦尔特梅耶陷入了深思。去他妈的吧。如果被挖起来的不是雷菲尔德·吉利亚德，是谁还重要吗？瓦尔特梅耶听着那个警探拨通了艾杰尔顿的电话，替他讲述了事件的来龙去脉。

"哈里，你抓的那个人，他不会是小戴尔吧？他的名字是叫小尤金·戴尔或尤金·戴尔三世吗？"

那个警探点点头，继续聆听着。瓦尔特梅耶能够想象电话那头莫衷一是的艾杰尔顿。

"戴尔的老爸是不是最近去世的呢？……对，今年 2 月份左右……是的……哈里，说出来你肯定不相信，瓦尔特梅耶刚刚把你嫌疑人的老爸掘地三尺找了出来，还把他剖开来了……嗯，我是认真的。"

受够了。瓦尔特梅耶径自走出了咖啡室，不想再听这些废话了。也许吧，在艾杰尔顿听到这则奇闻之后，他得赶去市拘留所一趟。也许吧，艾杰尔顿会告诉小戴尔，就是因为他杀了小女孩还撒了谎，所以警局把他老爹的尸体掘了出来，还把玩了一会儿。也许吧，这个斯坦顿手下的警探会在交接班时把这事告诉马克·汤姆林，而汤姆林则会画一幅关于此事的漫画挂在咖啡室的墙上。但瓦尔特梅耶管不了这些了。

所有这一切并不好笑，他想。

他赶紧借了一辆雪佛兰车，朝锡安山赶去。

"你怎么又回来了？"在霍林斯·菲力路的墓地入口，掘墓人问道。

"我回来了，"瓦尔特梅耶说，"布朗先生在哪？"

"在办公室里。"

瓦尔特梅耶停下车，大步向管理员的单间室走去。管理员刚好要出门，一打开门便和瓦尔特梅耶撞了个正着。

"布朗先生，我们得好好谈一谈。"瓦尔特梅耶低着头说。

"为什么？"

"因为今天早上你让我们掘的尸体……"

"怎么了？"

"弄错人了。"

管理员淡定地问："弄错人了？他们怎么可能分得清？"

瓦尔特梅耶禁不住想扼住这个老头的脖子把他暴揍一顿。他们怎么可能分得清？这个老头以为每具在地底下躺了十个月的尸体都是一样的。可不是么？在每个棺材板底下，都是一具一丝不挂的尸体。

"他手上戴着医院的身份手链，"瓦尔特梅耶压住怒火，解释道，"上面写着尤金·戴尔，而不是雷菲尔德·吉利亚德。"

"天呐。"管理员摇着头说。

"进去吧，让我看看你那边的记录。"

瓦尔特梅耶跟着老头走进房间。老头从铁抽屉里拿出三本三英寸见宽五英寸见长的卡片册——这是今年1月、2月及3月的葬礼记录。他开始翻阅起来。

"你说那人叫什么来着?"

"戴尔。D-A-L-E。"

"2月没有。"管理员说。他打开了3月的卡片册，翻到第四张时停了下来。尤金·戴尔，去世于3月10日，葬于3月14日，DD区，第八十三排，十一号穴。瓦尔特梅耶夺过2月的记录，找到了雷菲尔德·吉利亚德：去世于2月2日，葬于2月8日，DD区，第七十八排，十七号穴。

这两个墓穴根本挨不到边。瓦尔特梅耶瞪了管理员一眼。

"他们隔着五排呢!"

"嗯……埋错地方了。"

"我知道。"瓦尔特梅耶大声说。

"我是说，我们没有找错坑，但他不在那个坑里。"

瓦尔特梅耶低下了头。

“我那天不上班，”老头说，“是别人弄错了。”

“别人？”

“嗯。”

“那如果我们掘尤金·戴尔的那个穴，能找到吉利亚德吗？”

“也许吧。”

“为什么？他们可是隔着一个月啊。”

“也许不能。”管理员不得不同意警探的想法。

瓦尔特梅耶打开卡片册，查找 2 月 8 日左右的葬礼记录。让他吃惊的是，这里的每个名字看上去都是那么熟悉，每张卡片都仿佛对应着一个二十四小时内犯罪报告。

这里面有詹姆斯·布朗——那是吉尔伯特负责的案子，这个男孩是在新年夜被刺死的；巴尔尼·厄勒——佩勒格利尼在调查拉托尼亚·瓦伦斯一案数星期后接到了这起案子，这个醉汉是被人用重物锤击而死的，当警察发现他时，他正躺在克雷街边的小巷里；奥兰多·瓦伦斯——那是麦克埃利斯特和麦克拉尼在 1 月时负责的案子，当他们在北卡尔维特街发现瓦伦斯时，他的尸体已经腐烂了；还有凯勒在 3 月时负责调查的涉毒谋杀案——死者是个比利兰德人，却姓“爱尔兰”，此人生前在东巴尔的摩贩毒并赚了一笔钱。天呐，他赚了那么多钱，他的家人竟然就把他随随便便埋在这里了。登尼甘负责的拉菲耶特住宅区涉毒凶杀案……斯泰恩赫奇负责的纵火案中的三个小男孩……艾迪·布朗接到的韦恩街枪杀案。瓦尔特梅耶越读越吃惊，越读越觉得有意思。这是戴夫·布朗的案子，这是希亚的案子，这是汤姆林的案子……

“你真的不知道吉利亚德埋在哪里，是吗？”瓦尔特梅耶把卡片册放了下来，“布朗先生？”

“嗯。真的不知道。至少目前不知道。”

“我也这么觉得。”

该是放弃雷菲尔德·吉利亚德的时候了，瓦尔特梅耶想。可是，佩恩街的法医却不依不饶。他们接到了一起凶杀案，好不容易从巴尔的摩县法官那里申请到了开棺令，因此，他们必须从锡安山里掘出一具尸体来。

　　三星期之后，他们又做了一次尝试。这一次，他们的目标比老尤金·戴尔那个墓穴低六排。他们拨开泥土，发现这里的棺材比老戴尔的好一些。这一次，当管理员说吉利亚德肯定埋在这里时，瓦尔特梅耶并没有质疑他。他害怕这个管理员还是和上一次一样盲目自信、毫无逻辑。他们用了同一辆推土机、同一帮掘墓人和法医助理。这一次，他们抬起了一具比上次重得多的尸体。他们所做的第一件事便是检查他的手腕上是否有身份手链。

　　"这个尸体看上去更像一点。"瓦尔特梅耶看了眼照片，庆幸地说。

　　"我就说吧。"管理员自豪地说。

　　紧接着，法医助理扯下了尸体左脚上的袜子。一张医院身份名牌果然挂在他的脚趾上。W-I-L，名牌上只有这三个字母。威尔逊？威廉斯？威尔默？这人到底是谁？然而，如果他不是雷菲尔德·吉利亚德，谁又关心他是谁呢？

　　"布朗先生，"瓦尔特梅耶摇着头对管理员说，"你的工作做得可真到家呀。"

　　管理员耸了耸肩说，在他看来，这人就是吉利亚德。"或许医院挂错了名牌呢。"他说。

　　"上帝啊，"瓦尔特梅耶说，"快把我带走，不然我就要疯了。"

　　在离开的路上，瓦尔特梅耶和一位掘墓人聊了起来。此人偷偷告诉了他一个秘密：在 2 月的时候，管理员曾让他们在小河旁边掘了一个特别大的墓穴。因为当时天气很冷，雪下了厚厚一层，土地都冻住了，管理员怕掘土机挖冻土会坏了机器，所以就图方便在稍微湿润的河边掘了一个大坑，然后把八九个棺材都倒了进去。干完拉倒，他对掘墓人们说。

瓦尔特梅耶对着晨光眨了眨眼睛，望了眼这片贫瘠的山景。站在这座山顶端墓地的入口处，你可以看到巴尔的摩市区的大部分天际线：世贸大楼、美国富达和担保公司大厦、马里兰州银行大厦……那里是莫卜城的尖塔，那里是海港城，那里是幸福生活的所在。那里的人总是说，巴尔的摩是全世界最幸福的城市。

然而，如果巴尔的摩真是最幸福的城市的话，巴尔尼·厄勒怎么会埋在这里？奥兰多·菲尔顿怎么会埋在这里？莫里斯·爱尔兰怎么会埋在这里？这些孤魂野鬼躺在这片泥泞的土壤之下，他们生前所处的都市就在不远处，霓虹照耀着他们的安息之地，难道是为了嘲笑他们吗？酒鬼、瘾君子、贩毒者、暴力的丈夫、抢劫受害者、无辜的路人、该隐的子孙、该隐所杀的人——他们都是于本年度从这座城市消失的人。他们曾横陈在犯罪的现场，他们曾在佩恩街的停尸房里待过，而他们到底给这座城市留下了些什么呢？或许只有凶案组"板儿"上的那些红字和黑字。出生、贫穷、暴力死亡，然后被莫名其妙地埋在锡安山下——这便是他们的一生。当他们还活着的时候，这座城市并没有给予他们活下去的理由；当他们死去之后，这座城市也便彻底地将他们遗忘了。

吉利亚德、戴尔、厄勒、爱尔兰——他们都消失了。即便这个世上还有人爱他们，还想为他们好好做一场葬礼、竖一块真正的墓碑，一切也已经来不及了。这片鲜有墓碑的墓地和管理员乱七八糟的卡片册确保了他们的尸体再也不可能被找到了。这座城市应该建造一座纪念碑来让世人铭记它的冷漠——纪念碑应被命名为"未知受害者之墓"。它应该树立在戈尔德街和爱丁大道之间，二十四小时由警卫看守。墓地前应撒上一些弹壳，每隔半小时就用粉笔在地上画一个倒下的人影。他们还应该让艾德蒙逊高中的校园乐队来表演，向那些前来参观的游客收取一美元的入场费。

迷惘地活着，同样迷惘地死去。瓦尔特梅耶回望泥泞的山峦，暗自咒骂锡安山的管理者和拥有者。为了两百美元，这个叫布朗的管理员随意找了个窟窿把他们埋下去。去他妈的吧，怎么可能还有人会把他们要回来呢？瓦尔特梅耶回想起初次和管理员打交道时的场景。当他拿出开棺验尸令时，这个狗杂种应该已经吓破胆了吧。

在做了第二次尝试之后，所有人都放弃了。格拉尔汀小姐名下业已有数起谋杀案了，吉利亚德牧师已无关大体。法医、检察官、警察——没人胆敢再掘地三尺了。然而，瓦尔特梅耶觉得自己后悔得太晚了。当然，格拉尔汀·帕里什是他生涯中最重要的案件，它的成功足以让瓦尔特梅耶成为凶案组历史上的传奇人物。他理应不留余力地侦破它。可是现在，他在锡安山上的事迹却为他赢下了另一个名声。

他的同事仿佛还嫌两次掘出无辜尸体对他的天主教伦理没构成重大伤害，于是偷偷从供应商那里订制了一个名牌，放在了他的办公桌上。

上面写着："掘墓人·瓦尔特梅耶警探"。

12 月 5 日，星期一

"他躺着的样子很奇怪，"唐纳德·沃尔登俯身至床头，说道，"竟然是侧着身的……好像有人把他翻了过去一样。"

瓦尔特梅耶同意地点点头。

"我觉得，"沃尔登环视了一遍房间，"法医应该会说这是起谋杀案。"

"你说的没错。"瓦尔特梅耶说。

尸体上没有明显的伤口。没有子弹口，没有刀痕，没有淤青，没有挫伤。尸体的嘴巴上有一道干了的血迹，但那可能是尸体腐烂导致的。死者是个老头，他身处在一个旅馆里。房间内没有搏斗或抢劫的痕迹。他朝右侧身躺在被子下，背部奇怪地蜷曲着，仿佛有人为了确定他是否死亡推了他一把。

此人名为罗伯特·瓦伦斯·叶金，六十五岁，白人，家住马里兰州南部。对于伊斯特盖特旅馆——位于巴尔的摩东部，房费是每晚二十五美元，房间的墙上挂着陈旧的四十号公路的风景照——的员工来说，叶金是个熟客。他每星期都会来一次。他从位于莱纳尔德城的家出发，驱车来到巴尔的摩，在伊斯特盖特旅馆住上一夜，和那些小男孩"玩"。

对叶金而言，伊斯特盖特旅馆是个完美的选择。它位于普拉斯基高速公路和东菲亚特街交汇口的不远处，离帕特森公园很近。在那个公园里，你可以找到年仅十二至十八岁的金发比利兰德少年。你付给他们二十块钱，他们就会为你提供服务。伊斯特恩大道附近的恋童性交易远近闻名，是个长期无法被根除的现象。几年之前，警察抓获了一个儿童猥亵照犯罪集团，物证中还有好几本关于美国大城市同性嫖娼的向导书。据向导书说，如果你想在巴尔的摩寻求同性嫖娼，最有可能得逞的地点是梦露街附近的威尔肯斯广场和伊斯特恩大道附近的帕特森公园。

伊斯特盖特旅馆的前台和清洁工不但知道罗伯特·叶金对未成年少年的特殊癖好，而且还向警探描述了其中一位十六岁少年——在过去的几个月里，他一直都陪伴着叶金进出旅馆。据旅馆员工说，这个男孩是巴尔的摩人，曾经是个无家可归的流浪汉，后来被叶金看中，给他在乡下安了个家。叶金每次来巴尔的摩物色小男孩都会带着他。而当叶金把玩那些小男孩时，这个少年则会出门去看望他以前的朋友。

"也许是他把车开走了，"找到尸体的是一个二十五岁的清洁工，"可能是他借走的。"

"也许吧。"沃尔登说。

"你进房发现他时，"瓦尔特梅耶问，"你碰过他，或者把他翻过来看看他是否已经死了吗？"

"没有，"清洁工说，"我一进门就知道他已经死了。我没有碰过他。"

"那你碰过房间里的其他东西吗？"沃尔登问，"任何东西。"

"先生，我没有。"

沃尔登朝他挥了挥手，示意让他走过来。沃尔登低声告诉他说，这应该是起谋杀案。与此同时，沃尔登也向他保证：我们只关心谋杀案。

"我这么说你别生气，"警探说，"如果你碰了什么东西，或者拿走了什么，你尽可以告诉我们，我们不会追究的……"

清洁工点了点头。"不，"他说，"我什么东西都没偷。"

"好吧。"沃尔登说。

清洁工离开了。瓦尔特梅耶看着沃尔登说："如果他没有拿钱包，那肯定是其他人拿了。"

警探对此案的假设是这样的：老头把小男孩带进房间，然后脱衣服；男孩把他勒死了，偷走了他的钱、信用卡和福特轿车，迎着夕阳逃之夭夭。当然，还有一种可能性：杀死老头的是那个伴随他的少年。那就是另外一种设想了：老头遇到了少年，老头喜欢上了他，给他安了个家，可少年厌倦了被当成性工具，于是杀了这位衣食父母。这个版本也说得通。

前来勘查现场的实验室员工是伯尼·麦格萨蒙——伯尼是个好人，专业技术也相当优秀。他们巨细无遗地检查了整个房间，提取了床头柜、床边酒杯和卫生间洗手池上的指纹。他们给老头画了个素描，拍了几张照片。他们也检查了老头的行李，希望能发现有可能遗失的东西或原本不应该在那里的东西。

他们之所以如此仔细，是因为知道这肯定是起谋杀。在普通人看来，这或许只是一个猝死在旅馆客房里的老头——罗伯特·叶金六十五岁了，身材臃肿，完全可能因心脏病突发或中风而亡。室内没有任何争斗的痕迹，尸体上也没有任何创伤。他的眼白里也没有出血导致的瘀斑——这通常是勒死的典型标志。沃尔登还找到了死者的钱包，里面有大量的现金，他的信用卡也还待在夹克的口袋里。在普通人看来，诸如此类的证据皆证明，叶金是自然死亡。可警探们却不这么认为。这是一起谋杀，因为罗伯特·叶金——这个把玩陌生男孩的老头——以奇怪的姿势躺在床上，而他的 1988 年产福特雷鸟牌车也消失不见了。这就够了。对于优秀的警探而言，难道这还不够吗？

三个多小时后，唐纳德·沃尔登出现在了城市另一头的西莱克星顿街。他和唐纳德·金凯德一起来到一座空荡荡的排屋，屋里有一条长约三十英尺的血迹，从排屋的一头延展到另一头，直到汇聚成了一片紫红色的血泊。虽然那位用大动脉画下如此壮观景象的受害者目前仍在好帮手医院里进行抢救而无法接受审讯，但沃尔登已经明白，这同样是一起谋杀——不但因为肮脏地板上的大片血污，而且因为此案没有目击证人。

一个晚上两起谜案——据说，这是判断一个巴尔的摩警探是否合格的最新标准。一个专业警探当然会接手多起无头谜案，但那通常是在多个晚上；一个专业警探当然会在同一个晚上接手多起案件，但那通常都是些唾手可破的案子。可是，一个警探刚刚才接手一起谜案，又在三小时后接到另一个电话，赶到西巴尔的摩，戴上塑料手套，拿起手电筒，接下又一起枪杀案——这样的事情，只会在巴尔的摩发生。

"啧啧，"第二天早上，麦克拉尼盯着"板儿"上新写下的名字若有所思地说，"我猜唐纳德已经自负到不肯把任何谋杀案交给别人办的地步了。"

这就是唐纳德·沃尔登。那个作为特里·麦克拉尼警队核心的沃尔登，那个戴夫·布朗永远无法取悦的沃尔登，那个被里克·詹姆斯视为拍档的沃尔登。两个谋杀现场，两具等待尸检的尸体，两个亟须通知的家庭，两次毫无关联的审讯，两本没有联系的卷宗，两次敲打警局数据库查找两个不同案件中的涉案人——可"大人物"一句抱怨都没有。他甚至没有问过瓦尔特梅耶是否愿意独立负责伊斯特盖特旅馆的案子，也没有问过金凯德是否没有搭档也能处理莱克星顿街的案子。

不不，这可不是沃尔登的行事方式。他会新买一包雪茄，新泡一壶咖啡，然后让麦克拉尼在加班申请单上签下自己的大名。他已经整整二十四小时没睡过觉了，而如果这两起案子里有一起突然有了进展，他应该还能不休不眠地工作十二小时。这便是唐纳德·沃尔登的人生——很难相信一个人竟然会为了赚点工资而如此拼命，这实在是太荒唐了。而这，同样也是一个职业警探通往不朽的路径。

最终，只有沃尔登才能让自己活过来。最终，他的病、他的愤怒没有任何解药，他等待着电话铃声的再次响起——是的，这才是他的解药。谋杀案，一个紧接着一个的谋杀案，每个都是邪恶之独一无二的变奏；罪恶与惩罚均匀地落在一个警察的肩头。的确，他已经说过好几次要退休了；他告诉同事们，这份工作便是一场吃与被吃的游戏——你吞噬邪恶，直到有一天，自己被邪恶所吞噬；而他，则会在邪恶感到饥饿之前全身而退。

只有硬汉才会这么说。可是，没人相信沃尔登会主动放弃他身上的那块警徽。到最终，一定是警徽放弃了他。

三天之后，"板儿"上的两个新写红色名字变成了黑色。叶金之案的突破口是那个老头的少年伴侣。在审讯时，沃尔登明确告诉这个十六岁的男孩，如果没有其他嫌疑人，那么他就是本案最大的嫌疑人。两天之后，少年——他早被沃尔登吓得魂飞魄散——打电话告诉凶案组，他听说有几个白人男孩开着老头的雷鸟牌在匹格城和卡洛儿公园附近晃悠。

沃尔登和瓦尔特梅耶立刻赶到了南区分局。瓦尔特梅耶找他曾经的老同事们聊了聊。南区分局早已接到了凶案组的通告，可瓦尔特梅耶的请求让他们备加用心——为了这个老哥们儿，他们甚至愿意把出现在那里的所有雷鸟都拉到市局去检查一趟。一个小时后，两位南区巡逻警在普拉特街和凯瑞街口找到了那辆车，并把司机——一个十七岁的男性卖淫者——拘捕了。沃尔登和瓦尔特梅耶搭档审讯，嫌疑人承认当老头死的时候，他正在屋内；他说老头死于癫痫，而尸检表明，老头是窒息而亡的。在两位警探完成口供离开审讯室之后，这个男孩站了起来。他以为门上的单面窗口是镜子，开始对着镜面掐起了青春痘——他还真以为自己能去参加星期五的派对呢。

　　莱克星顿街的案子是起小规模的涉毒谋杀案。此案的侦破得归功于沃尔登过目不忘的记忆力。案发之后，警探们挨个拜访附近邻居。沃尔登敲开 1500 号排屋的大门，发现开门的老头好像在哪见过。突然之间，他想了起来：谋杀案发生当晚，他曾看到此人在巷角围观。在沃尔登的逼迫下，老头承认自己是此案的目击者，并从一堆照片里指认了凶手。不过，仅有一个目击证人显然还不够。警探们把被指认的嫌疑人带到警局，沃尔登的魔力再次发挥了关键性作用——这个满头银发、眼珠子湛蓝的警探开始扮演起慈祥的父亲角色，说服嫌疑人放弃抵抗、如实招来。结果，嫌疑人不但悔罪了；两个星期后，当他被关进拘留所，还给沃尔登打了个电话，主动向他提供另一起谋杀案的小道消息。

　　"沃尔登警探，我只是想祝你圣诞快乐，"他对这位把他打入大牢的警探说，"祝你圣诞快乐，也祝你的家人圣诞快乐。"

　　"蒂米，谢谢你，"沃尔登着实有些感动了，"我也祝你和你的家人圣诞快乐。"

　　两起案子都侦破了。对于沃尔登而言，这个让人沮丧低沉的年度突然在它快要结束的时候高扬了起来——这一年仿佛是一集警匪电视剧，在编剧的精心安排下，所有的罪恶都在片尾广告出现之前被解释和侦破了。

离圣诞节还有三天的时候，"大人物"和里克·詹姆斯接到了派遣电话，前往东巴尔的摩处理一个枪杀案。12月的巴尔的摩异常潮湿，竟然起了大雾。雪佛兰车行驶在菲亚特街上，两位看了眼迷雾中两边排屋的依稀轮廓。

"太他妈的潮湿了。"詹姆斯说。

"我老是想在大雾里破案，"沃尔登满怀希冀地说，"就像夏洛克·福尔摩斯一样。"

"可不是么，"詹姆斯说，"那家伙老是在这种天气里发现尸体……"

"因为那是在伦敦。"沃尔登慢慢驶过百老汇街的红绿灯。

"那些案子总是一个叫莫瑞的婊子养的干的。那人好像是叫莫瑞什么的……"

"莫瑞?"沃尔登不明所以地问。

"嗯，那些案子的幕后大佬叫莫瑞。"

"人叫莫里亚蒂。莫里亚蒂教授。"

"噢噢。"詹姆斯说，"对。莫里亚蒂。如果今晚是起谋杀案，我们的凶手肯定是个叫莫里亚蒂的家伙。"

被詹姆斯不幸言中了，的确是起谋杀案。受害者被人射杀在地，凶手早已不见了。沃尔登走向围观的人群——那是一片由黑色皮肤组成的海洋——他像白色骑士一样投入这片海洋，耐心地等待着人群对他的恶意消散，等待着他们向他提及一个犯罪分子的名字。

那一夜的天光降临之前，沃尔登完成了案件报告，而凶案组的电视机里正百无聊赖地播放着百科竞猜游戏节目。詹姆斯正在咖啡室里睡觉，瓦尔特梅耶则在行政办公室里打写二十四小时内犯罪报告。突然之间，我们的"大人物"唐纳德·沃尔登不知哪根筋搭错了，居然有了些闲情逸致。

他走进咖啡室，一边新泡着一壶咖啡，一边把一盒没开封的咖啡豆罐子打了开来。那一刻，他仿佛从研究罪行的凶案组警探变身成了研究物理学的科学家。他拿起罐子的圆形封盖，向办公室沉滞的空气挥了出去。

"快看呐！"封盖飞了出去，又落了下来。他走过去，把它捡了起来。他再次挥舞手臂，这一次，封盖划出了一条优美的弧线。

"这一次，"他准备再扔一次，"我们可得上天花板咯。"

沃尔登把封盖送上了天。瓦尔特梅耶从打字机上抬起头，睡意朦胧地看了眼飞翔的封盖。他又看了眼沃尔登，继而便低下头继续打字。这一幕，仿佛是个幻觉。

"快来啊，唐纳德，"沃尔登大吼道，"站起来，和我一起来玩吧……"

瓦尔特梅耶抬起头。

"快来啊，唐纳德。快来跟我一起玩。"

瓦尔特梅耶不理他，继续低头打字。

"喂，喂，瓦尔特梅耶夫人，您家老公今儿能来玩吗？"

沃尔登拿起封盖，冲着隔两个办公间的玻璃板飞去。就在这时候，行政警督——他来早了一个小时——刚好路过"金鱼缸"，走进了办公室。封盖擦过玻璃板，沿着墙壁，正好落在诺兰的办公室门前。警督在门口停下脚步，吃惊地看着唐纳德·沃尔登——一个罕见的沃尔登，一个让人宽慰的沃尔登。

"哟？今儿这是咋了？"警督迷惑地问。

"全靠手腕发力，警督。"沃尔登笑着回答，"全靠手腕。"

12月9日，星期五

凶案组办案手册的第十条规律：世上的确有完美谋杀。那些说完美谋杀不存在的人不是太天真，就是中了浪漫主义的毒。他根本就是个蠢蛋，一个忽视了凶案组办案手册第一条到第九条的蠢蛋。

让我们用以下案件举例说明吧：安东尼·莫里斯，黑人男性，21岁，死于马里兰州西巴尔的摩吉尔默住宅区的一个空旷院落里。找到尸体的是西区警局的制服警。莫里斯生前从事毒品交易，因为突然失势被一人或多人用.38口径武器射杀而亡，身中数弹。

第二天早晨，弹道实验室的人员从他体内取出了子弹。所有子弹不是已经分裂了就是严重变形了，所以无法做弹道比对实验。更有甚者，凶手用的是左轮手枪，所以谋杀现场没有任何遗留弹壳。当然，如果没有凶器，也没有相关案件的子弹或弹壳做实验，破案的路径也不会全然被封死——只不过，不可能动用科学手段来破案了。可是，案发现场是个柏油院子，那又是个大冬天，现场找不到指纹、毛发、合成纤维、足迹或任何其他可作为物证的东西。警探翻查了受害者的口袋，里面也没有线索。而莫里斯先生死前也没有对第一现场警官或医护人员说过什么——等他们赶到现场时，莫里斯早就挂了。

那么，目击证人呢？事情发生在午夜时分，吉尔默住宅区里根本没有一个人影。事实上，这个住宅区正在等待重新修葺，住户早就全搬走了。莫里斯走进的这个院落是片黑暗、寒冷且荒芜的地方。没有街灯，没有商店的灯，没有行人，没有住客，更没有便利店或酒吧。

里克·詹姆斯直愣愣地来回观望这片院落，心想，这真是个完美的杀人地点啊。安东尼·莫里斯死在了这座拥有七十三万人口的城市中，可他偏偏挑了一个没有人烟的地方——他怎么不选在撒哈拉沙漠或北极圈死呢。

警局接到的匿名报警电话说是听到了枪声。那人根本没说看到有人倒下，更别提发现尸体的人了。没有路过的旁观者，没有嚎啕大哭的亲属，没有在街角指手画脚的小流氓。麦克埃利斯特负责勘查现场，而贾尔维则呆呆地伫立在清晨的寒风中，四下观望寻找着——他在寻找一盏温暖的灯，那儿将是他第一个拜访的起点。

他什么都没有找到。周围一片死寂。在场的只有贾尔维、他的搭档和西区分局的制服警。他们的脸笼罩在蓝色的警灯光辉中。他们所能找到的，只有这具尸体——这具在沉睡都市中莫名倒下的尸体。贾尔维安慰自己不要着急，在这座城市的某个地方，肯定已经有人在等待着他了，那人等待着告诉他安东尼·莫里斯和仇人的故事。他或许是莫里斯的家人，或许是他的女朋友，或许是他儿时的玩伴。或许凶案组还会接到一个匿名举报电话，或许还会有人写信给凶案组指认某个嫌疑人。

贾尔维自我安慰道，他已经度过了一个顺风顺水的年度，这一年的年终不可能突然变坏。这样的情况他也不是没有遇到过，那些案子的现场和目前这起一样毫无头绪：温切斯特街上的谋杀案，幸好比耶米勒在现场逮住了死者的女友；菲亚菲尔德酒吧的抢劫案，还好停车场的男孩记住了逃匿车辆的车牌号；还有皮姆利科的那起朗力谋杀案，谁又能想到一位制服警在半个街区外抓住了一个毒贩，而这个毒贩恰好就是此案的目击证人呢？

可不是么。这不过是又一起稀松平常的案件。天底下没有新鲜事。除了那些愚蠢至极的易破之案，其他所有案件从一开始的现场看都有点让人摸不着头脑。

"也许你会接到匿名举报电话的。"一个西区制服警说。

"也许吧。"贾尔维不得不同意道。

为了增强这方面的希望，一个小时后，贾尔维和麦克埃利斯特来到了受害者的家里。受害者的母亲、姐妹、兄弟及表亲们都贴着墙站着，而警探们则站在了这个圆圈的中央。

排屋里充斥着很多人，因而十分闷热。麦克埃利斯特开始向悲痛的家人"布道"。贾尔维永远听不厌麦克埃利斯特的这些伎俩：他的头总是微微扬起，双手合十在腰间，像牧师一般以缓慢、有节制的语气表达他感同身受的悲哀。他甚至会在表示悲痛情绪时故意结巴起来，这让他显得更加感性。要知道，就在一小时前，他还在尸体边上若无其事地开着玩笑呢。可现在，在死者母亲的眼里，他就是伟岸基督的化身，他就是穿着雨衣的、操他妈的菲尔·唐纳修①。

"此时此刻，你不用急着赶去法医办公室。事实上，即便你去了，他们也不会让你进去……"

"他在哪里?"母亲问。

"他在法医那里。"麦克埃利斯特缓慢地说，"不过，请别担心。你只要和你中意的殡葬公司联系，告诉他们他在佩恩街和隆巴德街那头的法医办公室，他们就知道怎么办了。好吗?"

母亲点点头。

"现在，我们的重中之重是找到凶手，可是没有你们的帮助，我们不可能找到他……这就是我们拜访的原因……"

如果麦克埃利斯特不干警探，他肯定是个出色的销售。等他说完这段独白——大体的意思是，人死不能复生，但你可以替他报仇——母亲已经在不住地点头了。贾尔维环顾其余家人，发现其中有几个略知警察办事方式的人仍然感到不安。年轻的男女装出一副事不关己高高挂起的样子，而有些人则接过了警探的名片，他们向警探保证，虽然他们目前一无所知，但一旦听到什么消息，必定会给警探打电话。

"再一次地，"麦克埃利斯特都已经走到门口了，却又回过头来说，"请再一次接受我的真挚哀悼……"

贾尔维看了全家人一眼。母亲、兄弟、姐妹、表亲、朋友——所有人都面无表情，仿佛对受害者之死无动于衷。他想，他们应该不会再联系凶案组了。

"再一次地，一旦有什么消息，请不要忘记联系我们。"麦克埃利

---

① Phil Donahue，美国脱口秀电视主持人。——译者

斯特总结道。

贾尔维打开门，走出了排屋。他刚想对麦克埃利斯特说他们俩换一下，由后者做本案的主责警探，突然看到一个年轻小伙——受害者的表弟——慌慌张张地跑了过来。

"警官，不好意思……"

麦克埃利斯特回过头看着他，年轻人变得更加不安了。很显然，他有什么话想告诉警探。

"不好意思。"他低声说。

"怎么了？"贾尔维问。

"我能……呃……"

终于等到了，贾尔维想。终于，一个悲伤的家人背叛了他的家族，勇敢地站了出来。年轻人伸出手，麦克埃利斯特主动和他握了握。贾尔维也赶紧握住了他的手。他知道，这个小伙能够超越他的家族，拯救他俩。

"我能……"

当然，贾尔维想，你当然能。你当然能把一切都告诉我们，把自己所知的关于你表兄安东尼的一切都告诉我们吧。告诉我们他吸什么毒，告诉我们他贩卖的又是什么毒，告诉我们他昨晚和谁交易了；告诉我们他没有按时把钱如数交给供货商，所以供货商盯上了他的梢；告诉我们他的女朋友不老实，或者他的男朋友们和他不和睦；告诉我们案发之后你都听到了些什么消息，或许你已经在哪个酒吧里听到了某人在吹嘘自己杀了人。快啊，快告诉我们吧，把一切都告诉我们。

"我能……呃……问个问题吗？"

问题？当然你能。你是想问你能保持匿名吗？去他妈的吧，除非你是目击证人，我们才不关心你到底匿不匿名呢。我们可是你的朋友。我们爱死你了。你饿吗？要不要带你去喝杯咖啡、吃个甜甜圈？我们是条子啊。你应该无条件地相信条子。

"你说。"麦克埃利斯特说。

"你刚刚是说……"

"什么？"

"你的意思是，我的表兄安东尼，他死了？"

贾尔维看了眼麦克埃利斯特，后者盯着自己的皮鞋，努力抑制不笑出声来。

"呃，是的，"麦克埃利斯特说，"他被人用枪打死了。我在屋里的时候就告诉过你们……"

"操啊。"这位表弟吃惊地说。

"还有其他事你想告诉我们的吗？"

"不，"表弟说，"没有了。"

"好吧，向你致以哀悼。"

"好吧。"

"记得联系我们。"

"好吧。"

一切都结束了。幸运女神已经离他而去了。在此之前，贾尔维连破了十起案子——从2月份的勒娜·卢卡斯和布克一案开始一直到现在。可是此时此刻，这个站在门廊上向他们提了个白痴问题的蠢蛋就像信使一样向贾尔维传达了一个令他悲哀的事实：他已好运不再。接下来，他该面对真正的谋杀案了。

这个语无伦次的表弟再一次向贾尔维验证了凶案组办案手册的准确性：如果没有嫌疑人，你的受害者就会死翘翘；如果没有嫌疑人，实验室也基本不可能找到什么线索物证；如果贾尔维真能找到一个目击者，这个目击者肯定会撒谎，因为是人都会撒谎；而如果他真能逮到一个嫌疑人，这人肯定会在审讯室里睡着；而即便这个案子最终进入了司法环节，对方律师的质疑也必将是强有力的。是啊，是啊，说到底：好警探把工作做好；能力强是好事；有幸运女神眷顾更是好事。

站在门廊上的白痴肯定是上帝的化身，他向警探们——即便是里奇·贾尔维这样的幸运者——宣告道，千万别忘记办案手册的规律。也许十天之后，你就会把这起案子忘记，你将负责一个刚发生的东区贩毒案，你冲进排屋，在圣诞树彩灯的照耀下把犯罪嫌疑人擒拿到手。也许明年依然是个幸运的年头。可是此时此刻，贾尔维看着安东尼·莫里斯的表弟走进屋内，一种犹如宗教般的信仰和确信涌上他的心头：这个案子玩完了——没有人会打凶案组的电话，没有拘留犯会透露一丝风声，没有人会走漏一丁点儿消息。这个案子永远不会变成黑色了；直到贾尔维领到退休金赋闲在家，它也不会变成黑色。

"麦克，刚才那人说的话，是我的幻觉吗？"在回办公室的路上，贾尔维笑着问麦克埃利斯特，"它真的发生了吗？"

"没有啊，"麦克埃利斯特回答道，"那都是你的想象。别在意咯。"

"警……警探先生，"贾尔维学着那个表弟的腔调说，"你的意思是，我的表兄安东尼，他死了？"

麦克埃利斯特笑了起来。

没有一个人的职业是完美的。所谓完美是个永不可及的、永远会被残酷现实挫败的目标。可是，对于凶案组警探而言，所谓完美连一丁点儿可能性都不存在。在这座城市的街头，"完美年度"只不过是个虚妄的希冀、不甘心的奢望，一如横尸街头的流浪汉一般惨白、虚无而又脆弱。

知道为什么吗？因为"完美谋杀"永远会把"完美年度"扼杀在摇篮里。

12月11日，星期天

"看呐，"特里·麦克拉尼望着布鲁姆街的街头，语带讥讽地说，

"那是个罪犯。"

半个街区远的街头站着一个男孩。他仿佛听见了麦克拉尼的话，赶紧转身，向另一个方向走去。他一边走一边从裤袋里摸出一个用报纸团成的长卷。麦克拉尼和戴夫·布朗看着他把这个长卷扔进水沟里。

"做巡逻警也真容易啊，"麦克拉尼乐呵呵地说，"你说呢？"

戴夫·布朗当然很同意。如果他们开的不是雪佛兰车而是警车，如果他们穿的不是便服而是警服，如果布鲁姆街和迪维逊街是他们管辖的地盘，他们早就冲上去把那人给按住了。他们会把这个废材按在墙上，把他牢牢铐起来，然后带着他捡起那段被扔下的报纸。他们会信心满满地打包票，报纸里肯定卷着一把刀或是注射器。或许两样都有吧。

"在我还在西区分局干的时候，我的分队里有两个伙计，"麦克拉尼怀旧地说，"他们经常对赌，看看谁能在最短的时间内逮到一个罪犯。"

"要是在西区的话，"布朗说，"五分钟就够了吧。"

"比你想象的还要短。"麦克拉尼说，"他们赌了一段时间，我就对他们说，这样赌实在太没劲了。他们应该赌点更有挑战性的。比如说，不仅仅是把人抓住什么的。可是他们不喜欢……觉得不够纯粹。"

布朗驶入布鲁姆街，然后又转弯驶入爱丁大道。随着他们的到来，更多的街角男孩把神秘的玻璃纸袋扔在地上，逃进了排屋。

"看到那个房子没？"麦克拉尼指着一座两层楼、彩色砖瓦的排屋说，"我差点就死在里面了。我没和你说过这个故事吗？"

"没有呢。"布朗礼貌地回答。

"我接到报警说有人拿着一把刀，于是就赶到了这里，那人看了我一眼，就逃进屋里去了……"

"还真没听你说过。"布朗向右转，驶入宾夕法尼亚大道。

"于是我就追了上去。我冲进排屋，发现客厅里坐着好几个大老黑。当时的氛围诡异极了，我们彼此互望了一眼。"

戴夫·布朗笑出了声。

"于是，我赶紧逮住了我要抓的那个人，可他们也朝我冲了过来，应该有五六个人。"

"然后呢?"

"我被揍了呀。"麦克拉尼也笑了起来，"可我死也不肯放手。我呼叫增援，但是，等我的哥们儿赶到的时候，那些大老黑都逃走了，只剩下我要逮的那个。于是，我们一起狠狠把他揍了一顿，替我报仇。说实话，我觉得挺对不起他的。"

"那你怎么样了?"布朗问。

"头上缝了几针。"

"那是在你中枪事件之前还是之后?"

"之前了。"麦克拉尼说，"是我还在中央分区工作时的事了。"

每次特里·麦克拉尼回到西巴尔的摩的街头，都禁不住要怀旧一把。他记得这个街角发生过一个古怪的案件，那条街上曾有个目击者说过一句搞笑的话。他的每个故事听上去都像是场噩梦，可是一旦你有耐心继续听下去，你会发现其实每个噩梦都有一个搞笑的内核——这是一出紧接着一出的罪与罚的喜剧。

比如，麦克拉尼说，那个街角就是"鼻涕鬼"中枪的地方。

"鼻涕鬼?"布朗难以置信地问。

"可不是么。"麦克拉尼说，"他的朋友都这么叫他。"

"这个绰号棒极了。"

麦克拉尼笑着说起了鼻涕鬼的故事。鼻涕鬼是个赌徒，经常参加那里的掷骰子赌局。有一次，他偷偷等着赌资越垒越多，然后拿起钱就飞奔逃跑。结果，他被其中一个愤怒的赌徒开枪杀死了。

"我们就审讯此案的目击者，那个人告诉我们，这已经不是鼻涕鬼第一次这么干了，他老是等着赌金越垒越多，然后就一把把它抢走。最后，他们再也受不了他了……"

戴夫·布朗沉默地开着车，心不在焉地听着。

"于是，我就问他们，既然鼻涕鬼老是这么干，你们为什么还让他参加赌局呢？"

麦克拉尼停顿了一下。

"他们怎么说？"布朗问。

"那人着实吃惊地看着我，"麦克拉尼说，"然后，他对我说，'你总得让他玩啊……这可是美国呐。'"

布朗大声地笑了起来。

"我爱死这个故事了。"麦克拉尼说。

"真不错。你确定不是你编的？"

"操，当然不是。"

布朗又笑了起来。麦克拉尼的快乐仿佛具有传染性，两人几乎就忘了今晚的任务。

"我觉得她今晚不会出现了。"布朗已经在宾夕法尼亚大道上来回巡逻了五六次了。

"她从来就不会出来。"麦克拉尼说。

"操他妈的婊子，"布朗捶了下方向盘，"我真的不想干下去了。"

麦克拉尼愉快地望了布朗一眼，仿佛在鼓励他继续说下去。

"我是说，我们可是凶案组警探啊，我们的工作是处理谋杀案，我们是警队的精英，接受过严格的训练……"

"悠着点哦，"麦克拉尼开玩笑说，"你再说下去我可要勃起了。"

"操他妈的婊子养的她以为她是谁啊？妈的不就是个二十块就能操一次的婊子么？老子还嫌她脏呢。竟然敢给我消失三个月。你妈逼的……"

勒诺。谜一样的妓女。9月的时候，沃尔登在宾夕法尼亚大道上接到的刺杀案的唯一证人：只有这个女人能够了结此案，只要她肯说是她的前男友杀了她的现男友。对于布朗、沃尔登及此分队的所有警探而言，神秘的勒诺小姐已然构成了对他们工作的极大侮辱。在这三个月里，他们每天都会在宾夕法尼亚大道上找她，他们询问了每一个妓女和瘾君子，可勒诺依然无处可寻。他们已经听够了所有关于她的传说：

"昨晚我还看到过她呢……"

"诺儿？刚刚她还在迪维逊街上呢……"

"呀，她刚才还买了点外卖，朝那个方向走了呢……"

天呐，布朗早就不耐烦了。他不明白，为什么这个婊子就没个家呢？为什么她就像一阵风一样难以捕捉呢？操他妈的，她连个住的地方都没有，她又是怎么招待她的那些客人的呢？

"也许她根本就不存在，"麦克拉尼说，"也许这就是个大骗局，所有这些人都在说谎。他们是想考验我们到底能在这里巡视多久。"

麦克拉尼笑了笑。打心底地，他觉得这个二十美元一炮、来无影去无踪的妓女是个棒极了的故事。她是个透明的幽灵，说不定现在就在他们身边，可他们却看不到她。有人曾给过她二十美元，也操过她，他说，她真的存在；可是，对于这一代以及接下来的所有巴尔的摩凶案组警探来说，她就是个梦。她注定将被写入美国的都市传奇：保罗·班杨、塔瑞城的无头骑士、幽灵船玛丽·塞勒斯特号以及"谜一样的妓女"勒诺。

"说不通啊。如果真是那样的话，为什么詹姆斯能找到她的前科记录？"布朗挑衅道，"为什么我的口袋里还揣着她的身份照片？"

"哇哈哈，"麦克拉尼说，"这可是个精心编造的大骗局啊。"

"操他妈的婊子，"布朗还在生气，"我看今晚是找不到她了。"

"滚他妈的蛋吧，"麦克拉尼说，"我们再巡逻一遍，没有就算了。"

当然，他们倒不是急着想找到她。只不过，麦克拉尼喜欢来西巴尔的摩逛逛——即便这已是一个无人关心的案件。沃尔登、詹姆斯、布朗他们早就不关心了。勒诺的现男友死了，他当然无法关心；作案的凶手也不关心。麦克拉尼自然更不关心。今晚的巡逻既不会造成痛苦，也不会带来压力。他们都不在乎结局了，自然不怕失去什么。

对于麦克拉尼而言，搜寻勒诺是种愉悦的工作调剂，其效果和他在上个月与瓦尔特梅耶一起处理的案件相似。那也是个无需情感介入的案子。皮姆利科大道边的巷子里发生了一起涉毒抢劫案。受害者是个瘾君子，而目击者则是个语无伦次的家伙。警方锁定了一个叫"胖丹尼"的嫌疑人，拿起搜查逮捕令进了他的家。紧接着，这个胖丹尼就在他祖父的客厅里嚎啕大哭起来，说自己是无辜的。

"快别哭了，"麦克拉尼对男孩——虽说他还是个孩子，可他的块头实在太大了，至少比麦克拉尼高六英寸——说，"冷静一下……"

"我没杀人！"胖丹尼哭着跑开了。麦克拉尼赶紧堵住他，把他逼到厨房的水池边，一只手掐住了他的脖子。

"快别哭了，"麦克拉尼说，"否则我们就要打你了。"

"我没……"

"看着我，"麦克拉尼咆哮起来，"你被逮捕了。难道你想让我们打你吗？"

接着，一位西北区的制服警对他说道："天呐，孩子，你干了一个男人才犯的罪，那就得像男人一样承担后果。"突然之间，竭力挣扎的男孩冷静了下来。

那天深夜，麦克拉尼带着可口可乐和糖果走进了审讯室。当面对胖男孩坐下来时，他突然觉得，原来破案可以如此简单和令人愉悦。当你不在乎涉案的任何人时，麦克拉尼自忖道，你真的会爱上这份工作。

今晚也一样，他想。即便我们再也找不到勒诺，即便她永远成了一个谜，那又如何呢？开着车行驶在西巴尔的摩的大道上，回忆着往事，分享着笑话，看着白痴的小瘪子们慌张地丢下毒品——何乐而不为呢？可是，如果我们找到了她，一切就会回到以前那样。我们又得回到办公桌边等待电话的响起，而这一次，我们所接到的或许就是某个不得不在意的案子：一个被先奸后杀的女人，一个被暴打致死的婴儿，一个你曾经共事过如今却被两颗子弹射穿了脑袋的警察朋友。

那将是个无法令人高兴起来的案子。那将是个真正的案子，一个残酷的、无法被饶恕的案子。卡西迪案对麦克拉尼造成的伤害是无法弥合的，每次想起它，麦克拉尼的心头就会一阵发疼。这倒不是说凶手没有得到应得的惩罚：几个月前，"屠夫"弗雷泽尔终于被定罪了——无期徒刑外加二十年，二十五年内不得保释。这一量刑至少是个宽慰；不然的话，麦克拉尼如今是否还是个警察也依然是个未知数。可无期徒刑外加二十年的量刑也只不过是法理层面的胜利，对于一个现今还活着的卡西迪，这似乎是足够了。

然而，这又怎么可能足够呢？它不可能抚平麦克拉尼心头的创伤，更不可能让吉尼·卡西迪回到以前。卡西迪在新泽西的一家学校学会了使用导盲犬，然后回到了自己的母校约克大学进修。他迈出了恢复正常生活的第一步，可是他的康复之路却一再地被这座冷漠的城市阻断——就算是因公受伤的警察，那也不过是个瞎子啊，这座城市里还有成千上万个瞎子呢。卡西迪的专家医疗费和理疗费已经连续好几个月没有着落了，医生向卡西迪抱怨，而卡西迪也无能为力，只能让他们自己去找市政府讲理。为了能正常生活和工作，卡西迪曾申请过一些辅助工具——比如说能帮助他学习的盲人阅读电脑——可申请单层层上批，怎么也下不来。有一回，帕蒂·卡西迪的朋友甚至拨通了电台的热线电话，质问在场的市长这个电脑到底何时能批下来。

事实上，警局一年多之后才把荣誉勋章授予卡西迪。在麦克拉尼看来，警局应该在卡西迪出院后就把这件事办了。因公殉职的警察享有隆重的葬礼仪式——彩色护旗队，二十一次鸣枪致意，警察局长把叠好的国旗献给遗孀。然而，警局却不知道拿因公受伤的警察怎么办；上级领导不知该说些什么，更别提打破官僚习气为伤者争取些利益了。

在麦克拉尼看来，警局完全辜负了卡西迪。在卡西迪受伤几个月之后，麦克拉尼做了一个决定。他告诉自己的同事：如果我因公殉职了，我不想让任何官位超过警司的人来参加我的葬礼——除了达达里奥，他算是我的朋友。不过，我可不想要什么彩色护旗队，什么风笛乐队，什么警局领导和每个部门的代表。他说，他只想让杰·朗兹曼大吼一声"举枪致敬"，然后数以百计的巴尔的摩警察打开手中的冰冻美乐牌啤酒，大家一起把啤酒浇在麦克拉尼的墓碑上。

吉尼·卡西迪的授勋仪式只比麦克拉尼想象的正式一点点。那天晚上，刚刚又找了一次"消失的勒诺"的麦克拉尼回到了西区分局，来到位于里吉斯大道上的警署。他靠边坐着，看着值夜班的警察纷至沓来。是吉尼自己要求仪式在分局里举行的，这个时间点也是他自己挑的——要是在以前，他就会在这个时候和他的同事们一起出警巡逻。麦克拉尼望了眼到场的制服警们，发现很多曾和卡西迪共事过的人已经离开了——有些不再值夜班了，有些调去其他分局了，有些则去了待遇更好的县警局。可是，这依然是个庄严的时刻。轮值警督大吼一声"起立"，所有人都笔直地站了起来，坐在最前排的卡西迪和他的妻子也站了起来。

各层领导和电视台记者充斥在房间的四周。局长走上演讲台，说了几句话，然后把英勇勋章和荣誉勋章授予卡西迪——这是警局能给予的最高荣誉。

渐渐地，警长和上校级别的大人物都离开了。房间里只剩下卡西迪、他的家人以及他在西区分局的朋友。麦克拉尼、贝尔特、比耶米勒、特格尔、威尔赫姆、波文、贝纳特警督，还有另外十几个人。他们分享着两打冰啤酒，听着老唱片机里传来的摇滚乐。他们讲着笑话，回忆着往事，气氛十分融洽。卡西迪的一个小侄女想见识见识警局到底是个什么样，于是在导盲犬的带领下，卡西迪从房间里走了出来。他向侄女介绍着警局的各个部门，直到最后，他们来到了囚室。

"喂，吉尼，"狱吏打开门说，"你还好吗？"

"还行。今晚你忙吗？"

"特别闲。"

导盲犬带着卡西迪走了进去。狱吏向他的侄女展示了一个无人的囚室。这时候，最里面的囚室传来了吵闹声。

"喂，快把我的手铐给解开了！"

"你是谁？"卡西迪冲着声音传来的方向问。

"操你妈的，我都已经被关进来了，为什么还要我戴手铐？"

"谁在讲话呢？"

"喂，我在和你说话呢！"

"你是谁？"

"操你妈的，我是个犯人。"

"你都干了些什么？"卡西迪饶有趣味地问。

"我什么都没干。你又是谁？"

"我是吉尼·卡西迪。我曾在这里工作。"

"操你妈。"

吉尼·卡西迪爽朗地笑了起来。这一刻，他仿佛回到了家。

12 月 15 日，星期四

他们穿着清一色的蓝色制服，整齐划一地立正着。一张张青春的脸，未受岁月摧残的脸。他们才十九岁、二十岁，顶多才二十二岁。他们的忠诚毋庸置疑，他们的信仰未被毁灭。保护公众，服务社会——响亮的口号依然在他们心中激荡。他们是安娜·艾伦戴尔县警察学校的新生。二十五名未来的警察。他们已经做好准备，今天早上他们终于要走出校园，前往炼狱的最底层。

"瞧瞧，喜欢么？"里克·詹姆斯对他们说。此时此刻，这批新生正站在解剖室内。他们中的有些人勉强地笑了起来，有些人看都不敢看，有些人强迫自己看着却依然难以相信眼前的一幕。

"您是警探？"前排的一个男孩问。

詹姆斯点点头。

"凶案组的？"

"嗯。巴尔的摩凶案组。"

"您是来破案的吗？"

你说呢？詹姆斯想。我每天早上都会来这里一趟。难道真是因为这里的景色迷人，这里的声音绕梁三日，这里的氛围令人备加思念吗？难道真是因为我爱死这里了吗？詹姆斯想和这帮小家伙开个玩笑，可想想还是放弃了。

"是的，"他说，"有具尸体是我负责的案子。"

"哪一具？"男孩问。

"他还在外面的走廊里。"

一个法医刚刚解剖完一具尸体，抬起头问詹姆斯道："里克，你的是哪一个啊？"

"那个小孩。"

法医朝门外看了一眼，回头边收拾残局边说："下一个就轮到他了。"

"没问题。"

詹姆斯走到两具尸体之间，向安·迪克逊问好。迪克逊是副法医长，也是每个警探心目中的英雄。她说着一口流利的英式英语，却拥有着和美国警探相似的世界观。更有甚者，她的酒量也不比这些警探差。在马里兰州，如果你想好好解剖一具尸体寻找什么线索，她绝对就是最佳人选了。

"迪克逊医生,早上好啊。"

"谢谢。"她一边工作着一边说。

"你在忙啥呢?"

迪克西转过身来,一手拿着手术刀,一手拿着磨刀器。"你知道的,"她磨着刀说,"我在寻找我的另一半。"

詹姆斯笑着走了出来。他喝了一杯咖啡,回到法医办公室,发现自己负责的受害者已经躺在房间中央的轮床上,身上的衣服已经被脱光了。

"我必须得说,"法医把手术刀刺入皮肤,"我恨不得用这把刀杀了那个婊子养的凶手。"

詹姆斯回头望了眼警校新生。他们每个人都沉默不语,难以相信眼前正在发生的事情。他们已经在佩恩街待了半个小时了,他们以为自己已慢慢习惯了——这里的景象、声音和味道不再那么让人难以接受。可是,当法医把这具尸体推出来时,他们才明白,之前所见都是小儿科。他们中的有些人低下了头,有些人强逼自己看着却快要吐了。一个女生甚至躲在了另一个高大男生的背后,连睁开眼的勇气都没有。

也别为难他们了。一具微小的尸体躺在担架上,犹如一片不锈钢海洋里的棕色小岛。这是一个才两岁大的孩子。他是被他母亲的男朋友活活打死的。事发之后,凶手还给这具早已失去生命迹象的尸体穿上了衣服,把他送到了好帮手医院的急救室。

"怎么了?"医院的医生问他。

"他自个儿在浴缸里玩,结果摔了一跤。"

他很是冷静,即便面对詹姆斯和艾迪·布朗的审讯,他也没有改口。迈克尔在洗澡,他摔了一跤。

"那你为什么还要给他穿衣服?为什么不赶紧把他送到医院去?"

我不想让他着凉。

"你说他在洗澡，可是浴缸里根本没有水。"

我把水放掉了。

"你把水放掉了？孩子已经失去知觉了，你还有时间把水给放掉？"

是的。

"是你把他打死的。"

"不是，迈克尔自己摔倒了。"

可是，好帮手医院的医生并没有上当。迈克尔·肖小小的身体上青一块紫一块，其受伤程度堪比一个被时速三十英里的车撞倒的孩子。佩恩街的法医也没有上当：迈克尔的死亡肯定是由接连不断的外力创伤导致的。事实就是，他是被活活打死的。

可是，直到尸体被解剖，詹姆斯才真正意识到迈克尔生前受过怎样的苦。直到这个时候，詹姆斯才真的被震惊了。

"看到没？"法医抬起迈克尔的腿，说："他被撕开了。"

天呐，太恐怖了。两岁孩子的肛门竟然被撕开了，导致了大量的内出血。而干下这事的则是号称要照顾他的、二十岁的母亲男友。

安娜·艾伦戴尔警校的新生一个个张着嘴，目睹着孩子被解剖开来。这就是他们今日的课程。

詹姆斯一路沉默地回到了市局。他还能说什么呢？他不是我的孩子，他安慰自己道，我没住在那片街区，这个案子和我无关。

每当凶案组遇到类似的案件时，他们总会这样安慰自己。这是他们标准的自我防御心理机制。可这一次，防御心理机制也被击溃了。这一次，愤怒袭面而来，詹姆斯无处躲藏。

他回到凶案组，路过蓝色墙面的长廊来到大审讯室前，透过铁窗望向里面。迈克尔母亲的男朋友独自坐在里面，背靠着椅子，抬起腿，球鞋搁在桌子上。

"看看他，"詹姆斯对一个过来凶案组转移囚犯的制服警说，"你看看他。"

男朋友细声细气地吹着口哨，双脚有节奏地交叉上下，虽然他戴着手铐脚镣，但依然享受着允许范围内的狭小韵律。他的鞋子上绑着新鞋带——一边是黄色的，一边是绿色的——据说，这是目前最流行的款式。两小时之后，等他被送到西南区拘留所，狱吏为了防止上吊自杀会把他的鞋带扣留下来；不过此时此刻，他还可以为这两条时髦的鞋带自鸣得意。

"看看他，"詹姆斯说，"难道你就不想揍他一顿吗？"

"当然。"制服警说。

詹姆斯看了制服警一眼，又回过头望向审讯室。男朋友注意到窗外的黑影，转了过来。

"喂喂，"他说话带有印第安人的口音，"我得去上厕所了喂。"

"看看他。"詹姆斯又一次说。

他当然可以揍他一顿。他可以把他揍到血肉模糊，也不会有人来阻止他。他们甚至会帮他：制服警会和他统一口径做好书面说明，其他警探会堵住门口不让别人看见，甚至还会加入。要是有长官过来询问，他就把这个婊子养的对迈克尔·肖做的好事全说出来，把这个孩子躺在不锈钢担架上的样子告诉他，他应该会明白的。

难道有人会说打这个人是个错误的行为吗？难道如此简单而又迅速的报复却不是正义的吗？警察的尊严。所谓警察的尊严是你不打那些戴着手铐的人或那些无力反抗的人，你不会为了招供而打人，你也不打那些情有可原的人。暴力执法？去他妈的暴力执法吧。警察的工作永远是暴力的；事实上，越优秀的警察就越暴力。

一年之前，在同一个审讯室里，杰·朗兹曼曾负责审理过一个发生在费尔斯角的袭警案。几个醉汉差点用一根管道把过来干预的巡逻警打死了。

"好吧，"朗兹曼把本案的主犯带进审讯室，"现在，我会把你的手铐打开。我倒不是个什么硬汉，但我知道你肯定是个胆小鬼，我知道你肯定不敢惹我，对吗？"

　　朗兹曼打开手铐，嫌疑人揉了揉手腕子。

　　"我说的没错吧，你这个胆小鬼……"

　　话音未落，那人便站起身来，抡起拳头砸在警司的脸上。朗兹曼给予还击，把嫌疑人打出了血来。嫌疑人投降后，他还拿着宝丽来照片拍了一张——这张照片一直存放在他办公桌最上面的那个抽屉里。当朗兹曼走出审讯室时，当值警长刚好走了过来。

　　"操，到底发生了什么？"

　　"没啥，"朗兹曼耸了耸肩说，"婊子养的竟然打我。"

　　詹姆斯也完全可以这么说：这个狗杂种虐待并谋杀了一个两岁孩子，他竟然还敢打我，所以我把他揍服气了。事实便是如此。

　　"上吧，"制服警显然猜到了詹姆斯的心思，"哥们儿，我会给你做掩护的，快上吧。"

　　詹姆斯异样地看了制服警一眼，脸上露出了尴尬的笑容。解开手铐，揍他一顿，来个痛快的。去他妈的吧，一旦他的手铐解开了，他至少比他杀死的孩子有些还击之力吧。埃尔文·克莱蒙特·理查森。无期徒刑也无法抵偿他所犯下的罪恶；他应该被铐起来，无力抵挡向他袭来的拳头。那才是正义。简单明了的正义。

　　然而，即便詹姆斯这么做了，那又能如何呢？即便理查森被揍成一摊血浆，也挽回不了迈克尔的生命。而迈克尔的母亲呢？警探们于今日早晨对她展开了审讯。他们告诉她，这是一起谋杀。他把你的孩子活活打死了，医生说，其残暴程度堪比被车撞死。他杀了你的孩子。

　　"我不觉得是他干的，"她竟然这么说，"他爱迈克尔。"

　　詹姆斯当然可以揍他，可到底是为了什么呢？为了自己的心境能够平和下来？为了获得报复的满足感？埃尔文·理查森就是一个变态的狗杂种，而这座城市里到处都是和他一样变态的狗杂种，他所犯下的罪行难道还有何惊奇之处吗？8月的时候，凯勒和科洛奇菲尔德处理过一起两岁女孩窒息致死案；同一个月，希亚和哈金接到了另一起案子，一个保姆把一岁婴儿活活捅死了。9月的时候，霍林斯沃斯审讯了一位母亲，她把自己才九个月大的孩子勒死了。

不，不。詹姆斯说服自己，即便我把他打个半死然后再送进大牢，一切也都于事无补了。下星期一，等我回到凶案组，等我再次透过窗户望向审讯室时，里面还是会坐着一个变态狂。詹姆斯又对制服警笑了笑，摇摇头，走向了办公室。

"艾迪·布朗，"他走向咖啡机，"你能带这家伙去撒泡尿吗？如果让我来的话，我会忍不住揍他一顿的。"

布朗点点头，走到信箱边，拿起了审讯室的钥匙。

12 月 20 日，星期二

杰·朗兹曼在凶案组办公室里走来走去，对比着三个嫌疑人的三个不同故事版本。今天晚上，他原本无事可做，他还想着等下班和佩勒格利尼一起去酒吧喝上一杯；可现在，他忙昏了头：他的手头有三个嫌疑人，一个关在大审讯室里，一个关在小审讯室里，还有一个在"金鱼缸"里等待。在朗兹曼看来，他们每个人都有罪。

唐纳德·金凯德带着笔记本走出大审讯室。他关上门对朗兹曼说："他看上去很愿意合作。"

"你觉得是真的？"

"嗯。至少到目前为止。"

"我觉得他有点太配合了，"朗兹曼说，"我觉得他是在撒谎，婊子养的对我们撒了泡尿，就说天在下雨。"

金凯德笑了起来。这个比喻真是棒极了。

"好吧，那个坐在沙发上的哥们儿说是他干的对吧？"金凯德说，"我觉得对女孩感兴趣的应该就是他。有可能是女孩得罪了他。"

朗兹曼点了点头。

可惜的是，他们没法问女孩本人了。她的生命停止在了布罗宁高速公路边勒维兄弟清洁公司的男厕所里。她身中数刀，其实凶手不用刺那么多刀就已经可以要了她的性命——这样的现场会让人觉得凶手对女孩有私仇，或许是起家庭暴力事件。然而很快，受害者的丈夫就被证明是无辜的了——案发时，他正在清洁公司的停车场里听着音乐等她下班。在发现尸体后，清洁公司的守卫跑到停车场，把这个悲剧告诉了他。

于是，朗兹曼立刻转移了目标。如果丈夫是无辜的话，那这个女孩是不是有婚外男友呢？她的前男友呢？或者是暧昧对象？她还年轻，长得又漂亮，虽说刚结婚一年，但这证明不了什么；她或许在公司里认识了某个男人，然后事态的发展有些出乎意料。

"我说，她到男厕所到底是干吗来着？"金凯德说，"你不觉得很奇怪吗？"

"可不是么？"朗兹曼说，"唐纳德，我也在思考这个问题。"

朗兹曼朝大审讯室里望。克里斯·戈洛尔正在给一号嫌疑人录口供。戈洛尔刚刚从欺诈犯罪小组调到朗兹曼的分队，他是来补法勒泰齐——他早几个月就去了性侵犯小组——的空缺。在查了几年诈骗案后，戈洛尔决定见识见识凶案组的工作；在做了六年凶案组警探后，法勒泰齐觉得自己这一辈子都再也不想看到死人了。在性侵犯小组里，法勒泰齐每星期上五天班，每天早上 9 点上班，下午 5 点下班，和凶案组比起来，那简直就是领着全额薪水的退休生活。

朗兹曼透过窗户观察着这位新来的警探。在这一年里，戈洛尔替代了法勒泰齐，维尔农·霍利替代了弗雷德·塞鲁迪——他的分队发生了很大的变化，可朗兹曼并没有抱怨。霍利在偷盗组积累了很多经验，他很快就适应了凶案组的工作，现在已经能独立负责案件了。戈洛尔也不差。虽然朗兹曼明白，凶案组只不过是个垫脚石。戈洛尔和斯坦顿警督关系密切，两人曾在缉毒组共事过，所以一旦更好的机会出现，他肯定还会往上爬。不过，如果斯坦顿要求朗兹曼放行戈洛尔，朗兹曼肯定会反过来要求斯坦顿赔上一个好探员的。

嫌疑人、受害者、警探——在犯罪这场游戏里，玩家无时无刻不在变化着，可游戏还在继续。事实上，达达里奥的手下已经提高了他们的破案率，现在他们已经和斯坦顿的队伍不相上下了。目前，整个凶案组的破案率为百分之七十二，稍稍高出全国的平均水平。本年度早些时候的抱怨声——破案率过低、加班工资限额、西北区太多谋杀案、拉托尼亚·瓦伦斯一案牵扯太多精力——所有这些都在这个年尾被人遗忘了。不知为何，每到年末，破案率总是会升到令人满意的程度。

朗兹曼所领导的分队做出了杰出的贡献。他的分队的破案率为百分之七十五，是达达里奥这班人马里最高的。诺兰的分队和麦克拉尼的分队都曾在秋天的早些时候达到过破案率的高点；而到了年末，就该轮到朗兹曼好运了——他的警探们无往不利，破了一起又一起的案子。

在最近的两个月里，他们没有遭遇过任何困难。登尼甘破获了约翰逊广场边的一起涉毒谋杀案；佩勒格利尼解决了一起阿拉蒙德街上的杀人案——一个白痴把玩着自己刚买来的半自动手枪，结果手枪走火杀了一个十四岁的男孩；霍利、李奎尔和登尼甘联手搞定了两起家庭暴力致死案；紧接着，一个星期之后，李奎尔破获了一起戈尔德街和爱丁街涉毒谋杀案。在下一个月里，分队的每个警探都至少侦破了一个案件，并且效率奇高，平均一两天就解决一个。好运甚至降临到了佩勒格利尼的头上：有一天晚上，他连续接到了两起意外开枪杀人案——命运仿佛是在向佩勒格利尼致以歉意。

今天晚上，如果朗兹曼有时间看一眼"板儿"的话，他会发现自己分队名下的全是黑字。这个分队已经连续侦破十二起案件了，而朗兹曼不会允许目前这起案子——一起发生在有三百人值夜班的工厂里的奇怪利器杀人案——终结他的好运。这个女孩是在夜班时间被杀的，而竟然没一个人看到凶手是谁——操他妈的不可能！朗兹曼想，他们肯定能找到凶手。

戈洛尔和金凯德是在今晚的早些时间赶到勒维兄弟清洁公司的。他们一进大门就冲向了该公司主楼的二楼。厄妮丝汀·哈斯金斯——三十岁的食堂管理员——正躺在那里的男厕所里。她身中数刀，最致命的一刀是她颈部的大静脉。她的上衣和胸罩都被扯了起来，显示凶犯具有性侵犯的动机；而从厕所地板上的血滴和受害者手上的自我防卫创伤来看，她曾竭力抵抗过。凶器有可能是一把厨房切肉刀，可它已经消失不见了。

食堂在供应晚饭之后便停止营业，但这个区域是开放的，每个在大楼里的人都能进去。就在死去之前，哈斯金斯和两个男员工打扫了食堂，正准备离去；单单从这方面考虑，食堂的员工嫌疑很大。其中一个男员工发现了尸体，另一个则在几分钟前刚和哈斯金斯在厨房聊过天。

两位警探一边等着值夜班的工人下班，一边开始勘查现场及二楼的其余区域——他们试图寻找血迹或什么不对劲的地方。12 点左右，值夜班的工人下班了。金凯德走到大门口，看着所有工人登记出门。他盯着每个男员工的脸看，还观察了他们的鞋子和裤卷，希望会发现上面可能残留的红褐色血污。

与此同时，戈洛尔就其中一位食堂员工所提供的线索展开了侦查。警探问厄妮丝汀·哈斯金斯在工厂里是否有男朋友或者追求者，而这个员工提起了一个人的名字——此人正在上夜班。他被工厂保安带到了食堂。当警探告诉他哈斯金斯被人杀死时，他并没有显得很吃惊。当然，他的初步表现并不代表什么：早在警探赶到之前，关于哈斯金斯被杀的消息就在工厂内部流传开来了。不过，让警探备感意外的是，此人光明正大地承认自己的确对厄妮丝汀·哈斯金斯有好感。他知道她已经嫁人了；可是，他觉得她对他的态度有些暧昧，超出了朋友的范畴。

金凯德和戈洛尔仔细检查了此人的衣服，可他们并没有找到任何血污或体液的残留痕迹。他的双手很干净，他的脸也没有被抓伤的痕迹。当然，凶手有充裕的时间把自己清理干净，警探不能因此就放过他。于是，这位追求者和两个食堂男员工都被带到了警局里。

两位警探花了两个多小时勘查现场，接着便回到了凶案组。朗兹曼把他们安排在了不同的房间，在朗兹曼看来，这三个人都有罪。

小审讯室里的一号嫌疑人就是那个向警探提供线索的男员工。他相当地配合，一直都在向警探提供各种可能性。待在"金鱼缸"里二号嫌疑人是另外一个男员工，他貌似对自己上司之死一无所知。大审讯室内的三号嫌疑人则是那个追求者，他至今仍对哈斯金斯的死亡无动于衷，仿佛这不过是一起稀松平常的事件而已。

朗兹曼业已在他们之间穿梭来回了一个小时了。他听取并比对了三人的说法，给三人打上了标签：大审讯室里的三号嫌疑人基本是个白痴，但这个白痴有可能就是凶手；小审讯室里的一号嫌疑人太他妈的配合了，所以他也有嫌疑；"金鱼缸"里的二号嫌疑人是个狗杂种，所以或许就是个有罪的狗杂种。

三个小时过去了。金凯德走进审讯室，帮戈洛尔一起录口供。天光马上就要亮起来了，可朗兹曼依然很有耐心。他没有大声吼叫，也没有疯狂地咒骂，更没有像往日那样讲变态的笑话。

他之所以很克制，一小部分是因为这是戈洛尔来到分队之后的第二个案子，他得对这位新警探有点耐心；当然，这更是因为他知道，厄妮丝汀·哈斯金斯——和拉托尼亚·瓦伦斯一样——是个完全无辜的受害者。朗兹曼已经在凶案组待了整整二十年了，这期间的经历足以扭曲他的世界观，可无论如何，他还分得清什么是杀戮、什么是谋杀。杀戮发生时，往往是一帮制服警围着一具暴死街头的无名尸，而探员还能凑上去插科打诨；谋杀则是本案这样：一个年轻的人妻被人扯开了衣服，她的喉咙被割破了，而那时候她的丈夫还在停车场里等她下班。即便爱开玩笑之如朗兹曼，也知道有些事情是绝对开不得玩笑的；即便爱生气之如朗兹曼，也知道有些时候生气于事无补，只能让事态变得更糟。他耐心地等待着，等待着戈洛尔和金凯德问完他们所有想问的问题。直到那天早晨，他接到了食堂管理员工的电话，才终于忍不住了，变回了原来的那个他。管理员工告诉他，食堂收银台里的钱不见了。

"狗娘养的，这都是什么事呀！"他一边自言自语着，一边冲向审讯室。

他猛地打开小审讯室的大门，一号嫌疑人惊讶地抬起了头。

"操，你都在说些什么啊？"

"你说啥？"

"这是起抢劫案。"

"什么？"

"我说这起谋杀。操，收银台里的钱都不见了。"

一号嫌疑人摇了摇头。不是我，他向朗兹曼保证道，不过你们倒是可以再问问还有一个员工，他提过好几次把钱都偷走，他说要和我一起干。

朗兹曼转身就走出了小审讯室，朝"金鱼缸"赶去。他路过大审讯室，那个哈斯金斯的追求者——他已经被遗忘了——正在敲着门，说是想去卫生间。

"喂，警官……"

"等一等，"朗兹曼大吼道。他转头走进"金鱼缸"，来到了二号嫌疑人面前。

"你，"他对二号嫌疑人说，"跟我来。"

此人跟着朗兹曼的脚步来到小审讯室里。戈洛尔已经把第一个员工从另一条路径带去"金鱼缸"了，简直像变魔术一样。

"钱呢？"朗兹曼恶狠狠地问。

"什么钱？"

这么问他可不会说。朗兹曼冲上前去，一股脑儿把他所知的事实和猜测说了出来：他们知道他打过收银台的主意；他偷了收银台里的钱，结果被厄妮丝汀·汉斯金斯发现了，后者把他堵在了男厕所里面，他恼羞成怒便杀了她。

"我没有偷钱。"

"你朋友可不是这么说的。"

男员工举目四望，寻求帮助。金凯德和戈洛尔无动于衷地盯着他看。

"你还不明白吗？蠢蛋。"朗兹曼说，"他把你供出来啦。"

"你说什么？"

"他说是你杀了她。"

"我……什么？"

操啊，朗兹曼暗自咒骂道，这都是什么人啊。有谁能让这个蠢蛋的智商瞬间提升一下吗？慢慢地，二号嫌疑人明白了朗兹曼的话。

"他真的这么说？"

"当然。"朗兹曼说。

"他才是凶手，"他愤怒地说，"是他杀了她。"

好吧，朗兹曼一边叹息着，一边走出审讯室。毕竟，他们终于有了点进展。在此之前，他们还不知道凶手到底是谁；现在，凶手变成了一道二选一的选择题。为了获得准确答案，警探只要把这两名嫌疑人放在同一个房间里就行了。

可是，就当他刚迈入"金鱼缸"时，蓦地发现一号嫌疑人正在把揉成团的美元塞进他同事冬天制服的衬里。

"操……你在干什么？"

年轻人被逮了个正着，手还插在衬里内，纹丝不动。

"我操……快给我！"朗兹曼一边大吼着，一边拉起年轻人的手臂，把他扔到走廊外。

朗兹曼翻找夹克制服，发现夹袋里装了好些五块、十块和二十块的美钞；而他本人制服的侧袋里也有不少钱。戈洛尔和金凯德听见朗兹曼的咆哮声，赶紧跑了过来。

朗兹曼难以置信地摇着头说："我们不在的时候，这个婊子养的竟然把他的钱塞到了那家伙的大衣里。还好我刚好走了进来，就看到他把操蛋的美钞这么团成团，塞进衬里……"

"就刚才？"金凯德问。

"嗯。被我逮了个正着。"

"天呐。"

"呵呵，"这是今天晚上朗兹曼第一次笑出了声，"难以置信吧？"

几小时后，有罪的食堂员工终于录完了口供（"我是把刀子架在她脖子上了，可我没有下手，是她自己硬是要挣扎"）。戈洛尔开始撰写逮捕令，而朗兹曼则终于放松了下来，开始头头是道地分析起这个案子来。

"他对我们说了那么多谎，有可能是这个人杀的，有可能是那个人杀的，"朗兹曼对金凯德说，"我早就应该注意他了。"

或许吧。或许这是个教训。当你试图侦破谋杀案时，你对该案的了解、你的耐心和你的办案手法有时并不能决定一切；你的良心或许能促使你不惜一切地想要逮捕凶手，可是有的时候，良心也会变成一种负担。汤姆·佩勒格利尼便是最佳的佐例。就当朗兹曼等人成功侦破厄妮丝汀·哈斯金斯一案时，佩勒格利尼又度过了一个碌碌无为的夜晚。这个晚上，和过去两个月的很多个夜晚毫无区别——他在这个非理性的世界里寻找着理性的解释，在这个混沌的世界里搜寻着一个精确的出口。朗兹曼和佩勒格利尼都是疯狂的警探。朗兹曼的疯狂源自其莫名其妙的冲动和突然袭来的愤怒，他以一种直截了当、单刀直入的方式破案；而佩勒格利尼的疯狂则是一种偏执的迷恋，对终极答案的不懈追寻。

佩勒格利尼的办公桌上堆积着十几本各色资料，它们见证着这位警探孤独而又荒诞的破案之旅。有关最新审讯技巧的文章、专业审讯者及审讯策划私人公司的简介、有关肢体语言及其含义的书籍，甚至还有他与一位通灵者会面的对话记录——佩勒格利尼想突破传统审讯手段，从超能力者那边得到一些启迪。而所有这些，都是为了突破拉托尼亚·瓦伦斯一案。

佩勒格利尼早已陷入偏执：光靠直觉已经不够了，光靠激情也已经不够了。他们已经审讯过两次"捕鱼人"了；他们已经信任过两次自己的智慧和直觉了；他已经搜查过两次现场了。可是他知道，除非有人招供，这起案件已然无路可走。目击证人永远不会出现了，可能他们根本就不存在；第一犯罪现场永远不可能找到了；而物证也永远不可能被恢复了。

在对"捕鱼人"的最后一次审讯中，这位拉托尼亚·瓦伦斯一案的主责警探把赌注全压在了理性和科学之上。朗兹曼可以用他的方法破获无数起和厄妮丝汀·哈斯金斯类似的案件，但佩勒格利尼却不会依样画葫芦。"捕鱼人"仍旧是他最怀疑的嫌疑人，他孜孜不倦地学习着、阅读着、复习着之前的审讯记录，希望能找到新的突破口。打心底里，他依然相信确定性的存在，他依然相信自己能找到一种办法——一种未被巴尔的摩警探所知的办法——让有罪者自己招供。

然而，一个月前，就当佩勒格利尼还在处理第二起意外枪杀案时，朗兹曼再一次向他证明了，在有些时候，精确推演的理性是毫无用处的。这起案件发生在一座排屋里，一个拉姆比族印第安小孩被杀了。佩勒格利尼找到了三个目击者，聆听他们对这起事件的解释。他们说，事发当时，他们正在屋里喝着啤酒玩电子游戏，突然之间，门外传来了敲门声；紧接其后，一只手伸进门内，手里有一支枪，枪声响了起来。

佩勒格利尼不断聆听着其中两位少年的讲述，细细观察他们的一举一动，希望能发现他们故意撒谎的无意识表情。他发现其中一个少年在被提问时翻了翻白眼——据教科书说，这便是撒谎的痕迹；他还发现当他逼近另一个少年时，那人会朝后退——据教科书说，这显示他是个内向的人，对他要有耐心，不能急于施加压力。

佩勒格利尼审讯期间，朗兹曼一直在观察他。他花了一个多小时熟悉并比对了三个少年的证词，找到了其中的互相矛盾之处，指出了几个显而易见的谎言。他很有耐心，他的审讯方式也是教科书式的，但他依然无法突破。

午夜过后，朗兹曼突然决定不再等下去了。他拽起其中一个肥胖的、脸上全是粉刺的白人少年，把他拖进自己的办公室，狠狠地摔上了门，愤怒地转身面对他，把办公桌上的台灯扔在地上。灯泡应声破碎，少年捂住了脸，以为朗兹曼要揍他了。

"操你妈的，我已经受够你了！"

少年害怕地躲到了墙边。

"你听见没？我已经受够了。是谁开的枪？"

"我不知道。我们没看见……"

"你在撒谎！你敢对我撒谎！"

"我没有……"

"操你妈的！我警告你……"

"不要打我。"

此时此刻，胖男孩的朋友和第三个嫌疑人——一个来自东南区公共住宅区的黑人少年——正待在"金鱼缸"里，他们能听到朗兹曼办公室里传来的咆哮声。接着，朗兹曼大步流星走了过来，黑人少年听着脚步声越来越近，害怕极了。朗兹曼拽住他，把他扔进警督办公室，对他破口大骂了半分钟。

几分钟之后，他回到了自己的办公室。他对胖男孩说："你还敢撒谎？你哥们儿已经招供了，他说是你杀的人。"

突然之间，胖男孩仿佛解放了一样。他点着头说："我没有想杀吉米。枪走火了。我发誓，是枪走火了。"

朗兹曼的脸上露出了险恶的笑容。

"你把你的台灯打坏了。"胖男孩说。

"可不是么？"说着，朗兹曼走出办公室，"那又怎样？"

佩勒格利尼冲着这位警司笑了笑，脸上满是亏欠。"谢谢你，警司。"

朗兹曼耸了耸肩，也笑了起来。

"好吧，"佩勒格利尼说，"如果你不祭出你的撒手锏的话，我恐怕还得和他们聊上好一会。"

"得了吧，汤姆，总有一天，你会和我一样的，"朗兹曼告诉他，"快了。"

佩勒格利尼什么都没说。他并不认同警司的话。朗兹曼时不时会教佩勒格利尼一些道理，可这些道理却和佩勒格利尼的学识相违背。这让佩勒格利尼感到不安。朗兹曼总是说，科学、理性和精确并不是破案的万能钥匙；一个优秀的警探须懂得什么时候该开枪——这事由不得他。

12月22日，星期四

圣诞节将至。巴尔的摩凶案组里也有别样的节日氛围。附属办公室的门上贴着一个泡沫圣诞老人，他的头上中了一枪，枪口很深，看样子是近距离射杀，圣诞老头满脸是血。枪口是警探们用折叠式小刀刺出来的，而血迹则是用红墨水笔画出来的，虽然这是一个假人，但其传达的信息却是真的：嘿，哥们儿，这里可是巴尔的摩，就算你是圣诞老头也得小心点儿。

金、琳达及六楼的其他秘书在主办公室的金属隔离墙上贴上了几条寒酸的红金相间彩条、几只纸质驯鹿和一些糖果手杖。圣诞树伫立在办公室的东北角，上面零星地悬挂着几个装饰——这场景虽然凄凉，却已经比往年好得多了。要知道，在几年前，圣诞树上悬挂的还是死人照片。那时候，一些警探会把原本贴在卷宗里的尸检照片拿下来——他们大多是死去的毒贩子和职业杀手。他们会小心翼翼地把死尸剪下来，去掉他周遭的现场环境，然后在尸体肩上黏上手绘的天使之翼。从某种程度上说，那真是一副令人动容的景象：即便是像"尖叫者"乔丹和亚布拉罕·帕特洛这样的狠角色，一旦装上翅膀挂在假树枝上，也像极了真正的天使。

在这个办公室里，即便是真诚想表达节日祝福的装点也会不禁变了味。"世界和平"、"善待他人"这样的话在这里毫无意义。在这个为了纪念人类拯救者出生而举世共庆的日子里，办公室里的人类依然没有得到拯救，依然沉沦在枪杀案、利器杀人案和吸毒过量致死案中。虽然在圣诞夜值夜班的警探们不会大肆庆祝，他们也不会彻底无视这个节日——去他妈的吧，他们一定要把在圣诞夜依然要工作的这种讽刺感觉铭记在心。

去年圣诞节倒算是清闲，凶案组只接到了西区的两起枪杀案。可是，两年前的那一夜，凶案组的电话则被打爆了。而在三年前，诺兰的分队接到了三起家庭暴力致死案和一起事态严重的枪击案。那一次，当值早班的同事来到凶案组时，他们发现诺兰和他的手下们正沉浸在节日的狂热中，演绎着多起圣诞杀人案。

"喂，婊子，"诺兰伸出手指，对着霍林斯沃斯说，"你怎么每年都送我一样的礼物呢……砰！"

"喂，狗杂种，我可是给你买了个烤面包机。"霍林斯沃斯用手指对准李奎尔，"嘭！"

"是吗？"李奎尔又朝诺兰打起了冲锋枪，"可你今年又把它给烧坏了。"

他们所演绎的戏码并没有表面上的那么荒诞。他们都记得一起发生在70年代早期的圣诞节杀人案：一家人刚要坐下来吃饭，父亲和儿子却因为吃红肉还是吃白肉这样的小事吵了起来；结果，父亲把切肉刀插进了儿子的胸口——这是当晚那把切肉刀割开的第一块肉。

当然，圣诞节毕竟还是圣诞节。在这一夜，警长都会请值夜班的警探吃一顿丰盛的熟食拼盘；在这一夜，警探可以肆无忌惮地从抽屉里拿出酒来喝而不必担心被上司指责。可是即便如此，在圣诞节值凶案组的夜班依然是人世间最令人绝望的工作。达达里奥的手下们仿佛中了彩票，今年的圣诞节全由他们当班。朗兹曼和麦克拉尼的分队是值下午4点到午夜12点的班，诺兰的分队会接着上夜班，而过来接替他们上白班的则是麦克拉尼的手下。

没有人对这次排班感到高兴，戴夫·布朗却想钻空子。每逢节日将至，布朗总会早早地请好假。今年，他的女儿刚刚一岁大，幻想着在假日享受天伦之乐的布朗从一开始就没打算在圣诞节上班。当然，他再一次地被唐纳德·沃尔登盯上了。后者提出了数条理由，指责他这一不负责任的做法：

第一，布朗依然没有突破卡洛儿·怀特的案子。这起案子依然是起疑云重重的交通事故案。

第二，他刚刚因在霍普金斯医院动了一个腿部手术而休了长达五星期的假。据布朗自己说，自己的腿因神经坏死必须做手术，可在其他警探看来，这种疼痛只要喝上一杯啤酒就应该消失不见了。

第三，作为一个凶案组警探，布朗仍然没有受到过真正的考验。

第四，如果他请假，他就不能在星期天开车到派克斯城买蒜味面包圈给沃尔登吃了，而圣诞节恰好就是星期天。

第五，他的同事们要在圣诞节期间上两次班，可他竟然敢在这个时候请假。

第六，他本来就是个狗杂种，狗改不了吃屎。

以沃尔登超乎常人的记忆力，他根本不需要把这几条理由都写下来。他把它们牢记在心，时不时地就对布朗说，让这位年轻警探生不如死。

"布朗，你这个狗杂种，"一星期前的一个晚上，沃尔登在电梯里对布朗说，"你知道我做了那么多年警探，总共请过几天病假吗？"

"是的，你这个操蛋的婊子养的，我知道，"布朗大声回答说，"你从来没有请过一天病假。一天也没有。你已经说过无数遍了，你……"

"一天也没有。"沃尔登笑着重复道。

"一天也没有。"布朗嘲讽地模仿道，"操，拜托你放过我好吗？"

"可是，你那条腿，那么屁大点儿的事……"

"我的腿很严重，"布朗失去了耐心，大吼道，"那是次手术——一次危险的、有可能丧命的手术……"

沃尔登没有说话，只是笑了笑。他知道，这样就够了，可怜的布朗已经被他折磨了几个星期了。就在那次电梯遭遇的第二天，布朗发现卡洛儿·怀特的卷宗神奇地从文档柜上被移到了他办公桌最显眼的地方。他知道肯定是沃尔登干的——他再也无法忍受这个老探员了。

"这事不是沃尔登干的。"有一次，布朗坚称说，"其实这几个月来，我一直都在思考怀特的案子。我一直就准备着，一旦我做完手术，就回来重新调查它。"

也许吧。可是现如今，当沃尔登喝着咖啡看着布朗不得不重新复习这个案件，他的心头浮现出一丝满足感。

布朗翻阅着卷宗，重新熟悉着案件报告、现场照片、跟进报告和一些嫌疑人的照片。他再一次阅读了海伦好莱坞酒吧里目击证人的证词——据那些醉汉说，凶手是个开莲花跑车的人。他再一次研究分局警察对此类黑色跑车车主的审讯。

再没有什么比比利兰德人谋杀案更难破的案子了，布朗想。我恨比利兰德人：他们会说不应该说的话，他们会到处八卦，他们会搞砸你的调查工作。操他妈的怀特案，他自言自语道，就算给我一起没有目击者的涉毒谋杀案也好过这起案子啊。至少给我一起能破的案子吧。

布朗复习了酒吧客人对嫌疑人的描述——他们对此人的发型、头发长度、眼睛颜色和其他方面都有不同的说法。他又把这些描述和各个嫌疑人的照片做比对，可是，由于这些描述莫衷一是，他根本找不到一个哪怕有一点确定的嫌疑人。更有甚者，他发现所有这些嫌疑人都长得一个样。每个比利兰德人都会瞪着镜头看；每个比利兰德人身上都有文身；每个比利兰德人都有一口烂牙；每个比利兰德人都穿一件脏得发硬了的无袖汗衫。

布朗从中抽出了一张照片。这个比利兰德男孩肯定是个摩托党，他有一头中分的、垂到了屁股上的黑色长发。他有一口烂牙——得了吧，难道这还用得着看吗——和两撇奇怪的金色眉毛。天呐，他的眼神是如此空洞，就像一个刚吸完毒的人。

哇，这人可有金色的眉毛哟，布朗想，他的黑发应该是染的吧。

这位警探把照片端到眼前，来来回回地比对此人的眉毛和头发。黑色，金色；黑色，金色。操，快饶了我吧。线索就在照片中，可我怎么就没看到呢？他一边自责着一边翻阅起原本夹在照片上的报告。

这个男孩是在 8 月份的时候被匹格城巡逻的制服警拦下来的，一个南区的警官对他做了简短的审问。布朗看了眼报道就想了起来：他驾驶的是一辆有天窗的黑色野马跑车——并不是 T 型天窗，也不是莲花跑车，但和此类跑车都类似。野马跑车也能装那种贴地的轮胎。可是，布朗初次读到这起报告时却忽视了它。分区警察坚称此人是黑色头发，而目击者唯一统一口径的则是说嫌疑人一头金发。布朗之前一直没发现此人头发和眉毛的差异。直到一个星期前，他让照片部门送来了所有嫌疑人的全身照，他这才注意到这个细节。

"唐纳德，快来看。"

沃尔登了过来，他对布朗的发现并不抱什么期望。

"这个人是在我那起谋杀发生几星期后拦下来的。你看他的眉毛。"

老探员看了眼照片，顿时也觉得可疑起来。为什么一个本身金发的比利兰德人要把头发染黑呢？有人会把黑发染成金发，可会有人反着做吗？世上真有这样的男孩？

是个好线索。沃尔登不得不承认，真是个好线索。

怀特一案已经被悬置四个月了，警探很难再找到什么物证。圣诞节过后，布朗和沃尔登才开始追查这条线索。那是 1 月的一个早晨，他们在这个男孩匹格城的女友家逮住了他。吉米·李·史洛特的头发已经被染成了红色，他仿佛一直在等待警探的到来。警探在他女友家门前发现了那辆破旧的野马跑车，他们把它拖到了福斯维的车库，沃尔登等着实验室人员过来做检测。警探和实验室人员用千斤顶把车拱起来，开始提取车厢底部的残余物。他们花了十分钟，结果只找到了垃圾、碎纸屑和枯叶片，实验室人员开始怀疑这项工作的必要性。

"好吧，"沃尔登一边把一缕细丝从底盘支承架上取下来，一边说道，"那你说这是什么？"

"我操。"

沃尔登小心翼翼地把缠绕在支承架上的细丝打开，发现这是一根长长的、红色的头发。

"她的头发是什么颜色的？"实验室人员问。

"红色的。"沃尔登说，"她有一头红发。"

那一天的晚些时间，吉米·李·史洛特被带到了凶案组的大审讯室。警探一直没来，他就睡着了。之后，布朗和沃尔登向他出示了卡洛儿·怀特的照片，问他认不认识这个女人。他说，他记得她在汉诺威街上拦车，所以就接起了她。他也记得她要去南区看望某个人，在此之后，他又把她带到了费尔斯角的酒吧——是的，那个酒吧就叫海伦。他们喝了点小酒，她还跳起了舞。然后，他带她回家，可她却说不想回家，反而带他到了南巴尔的摩的一个停车场。在那里，她吸食了他的毒品。他想回家睡觉，说不能在停车场待下去了，于是她生气离开了他的车，而他则在驾驶座上睡着了。过了不久，他醒了过来，接着便离开了。

"吉米，她是在那个停车场上被撞死的。"

"不是我干的。"

"吉米，是你干的。"

"我喝了酒，我不记得了。"

之后，警探们对吉米·史洛特做了第二次审讯。他承认在他把车开出停车场时曾感觉撞到了什么东西。他说，他以为自己撞到的是马路牙子什么的。

"吉米，那个停车场可没什么马路牙子。"

"我不记得了。"史洛特坚称道。

布朗问起了一个特别的细节："在此之后，你有在你的车里找到一只拖鞋吗？"

"拖鞋？"

"一只女人的夏天凉鞋。"

"嗯，那是在几个星期后了。我看到车里有只鞋。我以为是我女朋友的，所以我就把它扔了。"

如果只是这样的话，史洛特顶多被判驾车过失杀人罪，他顶多会在监狱里待两三年。驾车杀人罪的难题和纵火杀人罪一样：如果你没有目击证人，没有陪审团会相信这个嫌疑人是故意杀了受害者。

　　沃尔登和布朗都明白目前的形势，但是，史洛特半真半假的讲述至少让他们明白了停车场里到底发生了什么。想回家的根本不是史洛特，而是卡洛儿·怀特。她想回家，可史洛特生气了。毕竟，她在他的车上待了老半天了，她吸了他的毒品，可她却没有贡献什么作为补偿。他们吵了一架，她也生气了或者害怕了；无论如何，布朗和沃尔登都觉得卡洛儿·怀特不是自愿离开那辆车的——她不可能丢下一只鞋子就走。可以肯定的是：她是急匆匆地离开的。

　　当然，这都是下一年的故事了。且让我们回到圣诞节。戴夫·布朗发现了吉米·李·史洛特的照片，看到他的头发染成了黑色，他觉得这起案子已经告破了。这是一起谋杀案无疑——而不是什么驾车过失杀人案，或被法医尸检结果悬置的案件。戴夫·布朗有理由感到心满意足：不管未来检察官或陪审团会发表怎样的意见，今天，卡洛儿·怀特一案算是了结了。黑色染发，金色眉毛，一切都结束了。

　　就此，布朗也解了另一桩心事。在向沃尔登出示了史洛特的照片几小时之后，布朗整理了一下自己的办公桌，便朝咖啡室里的衣架走去。

　　"警司，"他对麦克拉尼——他刚好坐在沃尔登的对面——说，"如果你没别的任务了的话，我就开始休假了。"

　　"没有了。去吧，戴夫。"麦克拉尼说。

　　"唐纳德，"布朗转头对老探员说，"祝你圣诞快乐。"

　　"你也是，大卫。"沃尔登说，"祝你和你的家人圣诞快乐。"

　　布朗停下了脚步。大卫？他怎么不叫我布朗了啊。还有圣诞快乐？他怎么不说"圣诞快乐，你这坨屎"或者"节日愉快，你这个废材"？

"就这样了吗?"布朗转头问沃尔登道,"'圣诞快乐,大卫'?你不骂我了?我记得上个月我走的时候,你对我说的是'感恩节快乐,你这坨屎'。"

"圣诞快乐,大卫。"沃尔登重复道。

布朗摇了摇头,麦克拉尼笑了起来。

"如果你真那么犯贱想让我说你是坨屎,"沃尔登说,"那我就说你是坨屎吧。"

"喂喂,我不明白了。"

"哦。你不明白是吗?"沃尔登笑着说,"要是你不明白,快给我一个子儿。"

"你老是给他钱,"麦克拉尼说,"为什么沃尔登老是收你的钱呢?"

戴夫·布朗耸了耸肩。

"你不知道吗?"沃尔登问。

"操,我也不知道。"布朗从兜里掏出一个硬币,抛给沃尔登,"他是唐纳德·沃尔登。如果他要钱,那你就得给他钱。"

沃尔登的脸上露出了怪诞的笑容。戴夫·布朗真是不明白啊。

"好吧,"布朗盯着沃尔登问,"那你到底有没有理由?"

沃尔登笑着用拇指和食指捏住硬币,举起手臂,硬币在灯光下闪着光芒。

"二十五美分。"沃尔登说。

"所以呢?"

"我做警察几个年头了?"沃尔登用浓重的汉普登口音问。

终于,戴夫·布朗明白了。二十五美分,二十五年。沃尔登用这个具有象征性的硬币来鼓励自己。

"再过不久,"沃尔登笑着说,"我就会问你要五美分了。"

布朗一明白沃尔登的逻辑便也笑了起来。他从来没有问过自己沃尔登为什么要这样做。沃尔登要硬币,那你就给他吧。他是"大人物"，天呐，他是全美国警察的终极象征。

"接着，布朗，"沃尔登把硬币扔还了回去，"圣诞快乐。"

布朗站在咖啡室的中央，右手揣着硬币。他不知道沃尔登为何要还给他。

"唐纳德，你需要它，接着。"说着，他又把硬币扔了过去。

沃尔登一接住便依然扔了回去。"我不要你的钱。至少今天不需要。"

"没事。拿着吧。"

"大卫，"沃尔登已然疲倦了，"操你妈的就收好吧。祝你和你的家人圣诞快乐。咱们节日后见。"

布朗不明所以地看了沃尔登一眼，仿佛他整个脑袋里的容量都像家具一样被重新放置了。他站在门口，不知为何停下了脚步。

"你还在等什么？"沃尔登问。

"没什么。"终于，布朗开口了，"唐纳德，圣诞快乐。"

终于，他像自由人一般离开了，再也不用偿还债务，再也不用担起责任。

12 月 23 日，星期五

汤姆·佩勒格利尼像亚哈船长①一样坐在六楼的会议室里，紧紧盯着他自己创造的白鲸。

在他看来，坐在桌对面的就是杀死拉托尼亚·瓦伦斯的凶手，可是"捕鱼人"怎么看都不像是个会杀未成年的人；事实上，他从来就不像。这个住在西巴尔的摩的老头是个不起眼的人，经常穿着暗色的夹克、下垂的裤子和工装靴，一副典型的不起眼的工人阶级装扮。他

---

① 亚哈船长是赫尔曼·梅尔维尔小说《白鲸》中的人物。——译者

身上唯一的特殊之处便是插在夹克口袋上的一支烟斗，佩勒格利尼从来不明白他为何要把烟斗放在那里——"捕鱼人"仿佛是为了故作深沉，显示自己和周边的人不一样。在过去的一年里，佩勒格利尼已经冲动过好几次了，他很想把这个臭熏熏的、早已被烟煤染黑的烟斗拿过来丢掉。

今天，他终于忍不住动手了。

他有很多事情要想，也有很多话想问"捕鱼人"。烟斗只不过是个无关大体的物件，可是，既然"捕鱼人"喜欢它，那他就不能让"捕鱼人"拥有它。在之前的审讯里，当佩勒格利尼抛出关键性的问题时，"捕鱼人"总会拿起烟斗抽起来，仿佛烟斗本身便是答案一样——在佩勒格利尼看来，烟草的味道已经和"捕鱼人"无懈可击的冷漠联系在了一起。于是，这一次，当"捕鱼人"刚刚坐下来还不到五分钟便拿起烟斗时，佩勒格利尼命令他把它放下了。

这一次，他必须做出改变。这一次，他必须让"捕鱼人"知道自己已经被击败了，即便他不交代，佩勒格利尼也已了解他最黑暗的秘密。他必须让"捕鱼人"忘记只是被跟踪的曾经；那已经是过去时了，他再也不可能舒舒坦坦地生活了，而既然烟斗也属于那个过去，他就必须扔掉它。

佩勒格利尼告诉自己，改变正在发生。那个坐在桌子另一边、身处"捕鱼人"对面的人便是改变的开端。

为了这次审讯，佩勒格利尼做了长达几个月的准备。在此期间，他学习了审讯技术公司的课程，渐渐地把审讯当作一种临床科学成了他的信仰。他阅读了该公司提供的书目，并观看了它参与的多起成功审讯——其中既有涉及军方与政府黑幕的，也有关于犯罪的。这家公司有很强的实力；在给他们打电话之前，他咨询了曾经和他们合作过的警局，后者对该公司都赞誉有加。该公司的员工称自己为"致力于研究、发展和优化访问艺术的审讯专家、咨询师和出版人"。噱头十足。可是，佩勒格利尼明白，为了拉托尼亚·瓦伦斯一案，为了保证这一次审讯的质量，请这家公司介入是有必要的。

佩勒格利尼起草了一份备忘录，请求上级批准该审讯公司的介入。他刻意强调了这次审讯的重要性和该公司的盛名，回避了对巴尔的摩凶案组缺乏专业审讯技巧的指责。要知道，请这家公司的审讯专家服务一星期得花一千块钱，对于在资金上永远捉襟见肘的巴尔的摩警局——它从来不会付线人的钱，更别提为审讯专家买单了——而言，佩勒格利尼的申请无疑是天方夜谭。

当然，朗兹曼站在了佩勒格利尼这边。这倒不是因为朗兹曼相信所谓的审讯科学，而仅仅是因为佩勒格利尼是本案的主责警探。这是他的案件，这也是他的嫌疑人——一个他持之以恒、不离不弃了长达十个月的嫌疑人。在朗兹曼看来，情况很简单：他的手下有权见证这起案件的结局，无论它是好是坏。

警长也表示了支持。恐怕连佩勒格利尼自己都没想到，他的申请从六楼的领导那里层层上批至八楼的警局高层，这一路下来竟然没遇到什么阻碍。当然了，时至今日，在高层看来，拉托尼亚·瓦伦斯一案早已不是佩勒格利尼一个人的责任了，它代表着警局在今年的所有历程。领导们也纷纷表态站在了佩勒格利尼一边。

很快，钱就批了下来。佩勒格利尼联系了审讯公司，和他们确定了审讯时间。一个星期之前，佩勒格利尼来到了怀特洛克街。他告诉"捕鱼人"说，他们想在这个星期五和他再谈一次，他希望这位商铺老板能够配合。昨天，佩勒格利尼又找到了他，提醒他今天的审讯。

于是，他们终于开始了。

"你应该明白你为什么会在这里。"对面的那个人对"捕鱼人"说道。他的声音很轻，但有力量。他说的每个字仿佛都带来不同的、彼此矛盾的意义——愤怒和同情、无限的耐心和冲动的暴怒。

在佩勒格利尼看来，格伦·福斯特是个富有天赋的审讯专家，佩勒格利尼愿意把最后一次审讯的主导权让给他。福斯特是审讯公司的副总裁，同时又是一位身经百战、深谙审讯之道的专家。据说，他曾经受不同警局之托负责过十八起犯罪审讯，且无一失败。连五角大楼都请他审问过敏感的、关乎国土安全的人士；每个和他合作过的检察官及警探都给予了他极高的评价。

当然，佩勒格利尼的手头可不仅多了福斯特一个筹码。这一次，他又发现了新线索：焦油和木头灰烬的样本——他在小女孩裤子上找到的污迹和"捕鱼人"烧毁店铺里的灰烬几乎是一致的。这个证据令他比前两次审讯时更占心理优势。

可是，性质一致却不等于源自同一处。他试图证明其唯一性，却还是失败了。两个月前，他调出了最近几年水库山道地区所发生的火灾和纵火案信息。他得到了一百多个地址。自谋杀案发生已经过去几个月了，佩勒格利尼无从把这其中的好多地址排除在外，他甚至也无法确定在 2 月份的时候这些被烧毁的建筑到底哪几个还处于未经修葺的状态。它们中的有一些已经被修复了；有一些长年维持原貌；还有一些——那些小型的、根本没写进报告的火灾——更是无法从数据库里找到。所以说，两个物证之间的化学成分相似性只能作为审讯时的筹码，而不能当作呈堂证供。不过，只要运用得当，这个筹码就会有决定性的影响。

一切准备妥当之后，佩勒格利尼告诉自己，如果这一次还是失败了，那么他就再也不过问本案了——他做了所有该做的，已然问心无愧。他会把这本操蛋的卷宗丢进档案库，回到日常轮值工作中去——这一次，他是认真的——好好地侦破以后的凶杀案。去他妈的西奥多·约翰逊吧。去他妈的巴尔尼·厄勒吧。他把内心的想法告诉朗兹曼。这些话虽然泄气，但其实这一次，佩勒格利尼很有信心，他无法想象自己还是拿"捕鱼人"没招。他获得了一位优秀审讯专家的帮助——此人在大学里教授犯罪学，还在全国的警校巡回演讲。他拥有了新的物证。他怎么可能还是拿"捕鱼人"没辙呢？再没有谁比"捕鱼人"更可疑了：他认识受害者；他没有通过测谎实验；他没有不在场证据；他符合 FBI 对杀人凶手的心理素描；他曾犯过多起性侵犯罪；他甚至愿意配合警探对他苛刻而又长时间的调查。佩勒格利尼深信，这一次，他们肯定会赢。他肯定会赢。

佩勒格利尼坐在会议室的另一头，聆听着福斯特像猎食者一样盘旋在猎物的四周，等待着他露出马脚。

"听我说。"福斯特说。

"嗯。""捕鱼人"抬起头看着他。

"你知道你为什么在这里吗？"

"是你们让我来的。"

"但你知道为什么吗？"

"捕鱼人"没有回答。

"你为什么在这里？"福斯特问。

"是因为那个小女孩。""捕鱼人"不安地说。

"小女孩。"福斯特说。

"嗯。""捕鱼人"停顿了一下。

"告诉我她的名字。"福斯特说。

"捕鱼人"望向佩勒格利尼。

"告诉我她的名字。"

"她的名字？""捕鱼人"明显坐立不安起来。

"你知道她的名字。"

"拉托尼亚。"这个商铺主说出小女孩的名字，仿佛说出这个名字就意味着招供一般。佩勒格利尼感觉到，"捕鱼人"正在渐渐失控。福斯特真棒，真他妈的棒极了。他逼"捕鱼人"说出小女孩的名字——他把这个躲在壳里的老头逼了出来，再没有比这更有效的技巧了。

福斯特出生并成长于"圣经地带"①，在从事执法工作之前，他曾是一位牧师。做牧师的经验深深影响了他说话的方式。他的声音时而响亮，充满责备；时而低沉，仿佛是在揭露某个不为人知的秘密。

"让我告诉你我为什么在这里吧。"福斯特对"捕鱼人"说，"我之所以在这里，是因为我见过你这样的人。我了解你这样的人……"

"捕鱼人"好奇地抬起头看着他。

"你这样的人，我接触过成百上千个。"

佩勒格利尼盯着"捕鱼人"，试图解析他的肢体语言。"捕鱼人"低头望向桌面或地面，据肢体语言的教科书说，这肯定是撒谎的表征。"捕鱼人"交叉双臂，靠在椅子上，这是他不愿意被人控制的无意识表现。终于，佩勒格利尼在过去三个月里阅读和学习的东西派上了用处——科学正在发挥它的魔力。

"……可是，你却从来没见过我这样的人。"福斯特告诉"捕鱼人"，"你肯定没有。你倒是接受过审讯，可我审讯的方式和他们都不一样。先生，我了解你……"

审讯专家开始长篇大论起来。他的语气摧枯拉朽、不容置疑，他把自己装扮成无所不知的上帝。当然，对于任何需要攻坚的审讯而言，这是一个标准的流程——警探也需要在正式开场之前建立自己的威信。巴尔的摩的警探也会这么做。他们会向嫌疑人保证，自己就是艾略特·尼斯②的转世，他们就是上帝下派到人世间的代表，而如果嫌疑人胆敢对他们撒谎，就只能踏上通往地狱之路。但在佩勒格利尼看来，福斯特的手法更加高明、更具戏剧性。

"……我了解你的一切……"

福斯特很棒，但他是佩勒格利尼军火库中唯一的一把枪。佩勒格

---

① Bible Belt，指美国的东南部和西南部。和美国的其他区域相比，这片地区的人更为保守，更受福音基督教的影响。——译者
② Eliot Ness，美国禁酒令时期的传奇禁酒警探。——译者

利尼环视了一眼会议室，他很满意——为了这最后一次审讯，他用完了最后一颗子弹。

和对"捕鱼人"的第二次审讯——那是在 2 月份，在警长的办公室里——一样，这次审讯的环境也是经过精心布置的。正对着"捕鱼人"的墙上布满了小女孩的照片。在上一次审讯时，他已经向"捕鱼人"展示过彩色的现场照片和黑白的尸检照片。可这一次，佩勒格利尼用上了卷宗里的一切，有关拉托尼亚·瓦伦斯的一切：颈部的勒痕、身上的多处伤痕、最后那开膛破肚的一刀。他希望这些照片会对"捕鱼人"的心理造成影响，可是他也知道，任何想对嫌疑人心理制造强烈影响的手法也都有破坏招供的可能性。

警探在审讯室里放置过多诱供信息时，他都是在冒险。而就拉托尼亚·瓦伦斯一案而言，佩勒格利尼已经是第二次冒险了。如果此案被送上法庭，"捕鱼人"的辩护律师会说被告是在受到了现场照片的惊吓之后才招供的，他还会说被告的证词没有独立第三方的印证。毕竟，佩勒格利尼把在 2 月份还未展示的照片——勒痕、阴部体液——都贴在了会议室的墙上。即便"捕鱼人"在目睹这些照片后崩溃了，交代了自己的谋杀事实，也没有人能证明其真实性——除非他的证词本身包含有能够被他方进一步证实的信息。

佩勒格利尼当然了解这一情况。可是，他依然把能用的照片都贴在了公告栏上。这一张张恐怖的照片回望着"捕鱼人"，仿佛在乞求他的良心发现。警探告诉自己，这是最后一次审讯了，他必须把所有能用的都用上，再也没有必要掩饰什么秘密了。

佩勒格利尼把自己的王牌贴在了公告栏的中心。那是对小女孩裤子上的煤灰和"捕鱼人"商店里灰烬的化学分析。两个化学公式看上去极为相似。这次实验是由酒精烟草火器检测局的微量物证实验室进行的，其分析结果巨细无遗，实验室还为这次审讯提供了一位经验老到的分析师。此人目前正在会议室门外，等待着被召唤作证。杰·朗兹曼和蒂姆·多利——暴力犯罪组的首席检察官——也等在门外。他们会评估这次审讯的结果，做出是否起诉"捕鱼人"的最终决定。

在化学公式的上方是用蓝笔勾画出来的水库山道地图。地图上有八十至一百个黄点——它们标志着最近五年内起过火灾的建筑。不过，"捕鱼人"位于怀特洛克街上的商铺是用不同于其他的橘色标明的。这张地图是个彻头彻尾的谎言，但"捕鱼人"根本不可能发现佩勒格利尼是在说谎。事实上，佩勒格利尼无从把这些黄点排除在嫌疑之外；小女孩裤子上的污迹可能是从任一个地点沾染而来的。可是，为了达到审讯的目的，佩勒格利尼会告诉"捕鱼人"，小女孩裤子的黑色污迹就是从那个怀特洛克街的橘色点上沾染的。

对物证的化学分析——此次审讯的王牌——是他们真正的筹码，同时也让他们自己有了一条退路。福斯特可以告诉"捕鱼人"：也许你没有杀她；也许你没有碰她，没有强奸她，也没有勒死她；也许你不是那个拿着厨刀掏空她身体的人。但是，你知道是谁干的。你之所以知道，是因为她是在星期二晚上被杀的，而在星期三，她的尸体就藏在你那个被烧毁的商店里。她就在你的商店里，因为她裤子上的污迹证明了这一点。如果你不是凶手，那么，肯定是另外某个人——某个你认识的人，某个你知道叫什么的人——把她藏在了你的商店里。

除了对污迹的化学分析之外，佩勒格利尼的手头鲜有其他筹码了。"捕鱼人"没有通过测谎，他认识小女孩，他也没有不在场证据——所有这些都在之前的审讯里动用过了。这是一次不同寻常的审讯，一次依靠机会主义和欺骗来赢得胜利可能性的审讯。所有都放在了台面上，除了那张底牌——在佩勒格利尼的大衣口袋里有一张照片，他打算在关键时刻才把它拿出来。这张老照片很难称得上是证据；警探知道，它只不过是个直觉。

福斯特还在长篇大论着。在用了半小时树立自己的威信之后，这位审讯专家开始强化佩勒格利尼的形象。他对"捕鱼人"说，这位警探并没有放弃。他一直在研究你。他一直在积累证据。

"捕鱼人"仍然面无表情。

"今天，我们要和你谈的话和之前佩勒格利尼警探与你说的不一样。"福斯特说。

老商铺主微微点了点头。佩勒格利尼想，这真是个奇怪的举动。

"你和我们谈过，可你没有把实话告诉我们。"福斯特终于切入了正题，"我们知道你在撒谎。"

"捕鱼人"摇了摇头。

"我们知道你在撒谎，你听到吗？"

"我什么都不知道。"

"不，"福斯特轻声说，"你知道。"

福斯特开始用缓慢的语速向"捕鱼人"解释他们的新证据。小女孩裤子上的污迹和怀特洛克街商店的灰烬是一样的。佩勒格利尼从黄色物证袋里取出小女孩的裤子，把它放在桌上，指了指其膝盖处的黑色污迹。

"捕鱼人"毫无反应。

福斯特紧逼不舍。他指着纽因顿大道后巷的现场照片，告诉"捕鱼人"黑色污迹在他们找到尸体的时候就在那里了。

"你看一下，"福斯特指着化学分析报告说，"这个公式表明的是这个污迹的化学成分，那个公式则是佩勒格利尼警探从你商铺取来的样本的化学成分。"

毫无反应。

"看看这张地图吧，"佩勒格利尼指着公告栏说，"我们检查了水库山道地区的所有火灾现场，只有你家商铺灰烬的化学成分和这片污迹相符。"

"只有你家商铺。"福斯特强调道。

"捕鱼人"摇摇头。他没有愤怒。他甚至没有表现出一丝一毫想要为自己辩护的迹象。他的无动于衷让佩勒格利尼不安起来。

"她裤子上的东西就是在你商铺里沾上的。"福斯特说，"不是在她被杀之前，就是在她被杀之后。"

"我可什么都不知道。""捕鱼人"说。

"不，你知道。"福斯特说。

"捕鱼人"摇了摇头。

"好吧。那你倒是说说看，为什么你商铺里的东西会出现在她的裤子上？"

"这不可能。我不知道为什么。"

他们还是无法突破。他们只好再次借助图像的力量，再据图像讲述一遍。福斯特很有耐心，他的语速很慢，一字一句都让"捕鱼人"听清楚。

"你看这里的图表。"福斯特指着化学检测图说，"它们两个是一模一样的。你怎么解释？"

"我不能……我不知道。"

"你知道。"福斯特说，"不要向我撒谎。"

"我没有撒谎。"

"那你又怎么解释？"

"捕鱼人"耸耸肩。

"也许吧，"福斯特说，"也许你没有杀她。可也许你知道是谁杀了她。也许你让那个人把她藏在商店里。是这样吗？"

"捕鱼人"低头看着地板。

"也许有人请你把什么东西放在你商店里，可你连那里面是什么都不知道。"福斯特进一步说，"拉托尼亚肯定在你的店里出现过，否则我们无法解释她裤子上的污迹。"

"捕鱼人"开始摇起头来。他的动作刚开始很细微，接着渐渐变得明确。他倚靠在椅子上，交叉双臂。他并没有买单。"她没有在我的店里待过。"

"可她肯定待过。是别人把她放在那里的吧?"

"捕鱼人"迟疑了一下。

"他叫什么?"

"不。没人把她放在那里过。"

"可她就在那里。你看这个报告就应该明白了。"

"不,她没有。""捕鱼人"说。

死路一条。福斯特只好放弃了。两位警探开始再一次为这个嫌疑人录口供。佩勒格利尼再次问起那些背景问题——他和拉托尼亚的关系,他的不在场证明,他对女人的感觉。"捕鱼人"缓慢而又痛苦地回答着,他的答案和之前的一模一样。可是,他开始变得没有耐心了。这是他这十个月以来首次表现出不耐烦。突然之间,他对其中一个问题的回答改变了。

"你最后一次见拉托尼亚是什么时候?"这个问题佩勒格利尼已经过问大概十遍了。

"我最后一次见她?"

"是的。在她被杀之前。"

"星期天。她来过商店。"

"星期天?"佩勒格利尼吃了一惊。

"捕鱼人"点点头。

"你是说她失踪前的星期天?"

"捕鱼人"还是点点头。

原本严丝合缝的墙壁裂开了。在之前的口供中,"捕鱼人"一直坚称,在拉托尼亚被杀前,他已经有两个星期没有见过她了,而佩勒格利尼也找不到任何可以提出反驳证据的证人。可现在,"捕鱼人"却说他在星期天见过拉托尼亚——那是在她被谋杀的两天前,也是在商店发生火灾的仅仅几天之后。

"她来店里干吗？"

"因为店被烧毁了，她过来问是不是有什么可以帮忙。"

佩勒格利尼不明白"捕鱼人"为何要改口供。他是在说谎吗？因为他看到了物证的化学分析，所以他觉得只要说拉托尼亚在火灾后来过商店就能解释它吗？还是说他目前说的是实话，他在之前说的则是谎言，为了和小女孩保持距离所作的谎言？如果他现在说的是实话，难道他就不记得他之前所说的答案了吗？难道他自己都记不清自己说过些什么了？抑或是他现在才想起来有这么一回事？

"我们之前和你谈的时候，你说你在她消失前已经有两个星期没见过她了。"佩勒格利尼说，"可你现在却说你在星期天见过她。"

"两个星期？"

"你说你两个星期没见过她了。"

"捕鱼人"摇了摇头。

"你说过两次。我们都记下来了。"

"我不记得了。"

"捕鱼人"的内心正在发生微妙的变化。福斯特逮住机会，慢慢地、小心翼翼地将他带至悬崖的边缘。他又一次让"捕鱼人"看化学分析报告，又一次提出拉托尼亚曾在商店待过的事实。

"如果不是你把她带到店里的，"福斯特说，"那又是谁呢？"

"捕鱼人"依然摇头。佩勒格利尼看了眼表，发现他们已经原地转圈长达五个小时了。对于审讯来说，时间是个关键要素：在五至六个小时内获得的口供总比在十至十二个小时内获取的更有可信度。

就是现在了！佩勒格利尼拿出了口袋里的照片。照片上，一个长得和拉托尼亚·瓦伦斯很像的小女孩站在蒙特皮勒尔街上。她是在70年代失踪的。他在报纸的档案库里找到这张照片，于是留了一个拷贝；这张照片，就是为此时此刻而准备的。

"告诉我，"佩勒格利尼把老照片递给"捕鱼人"，"你知道她是谁吗？"

在福斯特的逼迫下，"捕鱼人"已经快要撑不住了。而当看到照片的那一刻，他的身体突然颤抖了一下。他的身体往前靠，头低了下来，双手紧握住了桌沿。

"你认识这个女孩？"

"是的。""捕鱼人"轻声说，"我认识她。"他点点头，痛苦溢于言表。这个坚硬如磐石的人正在他们眼前崩塌。现在，他已经站在了悬崖边上，他已经做好准备跳下去了。

"你怎么认识她的？"

"捕鱼人"迟疑了一下，双手仍然紧握着桌沿。

"你怎么认识她的？"

可是，就在那一瞬间，裂缝开始弥合了。就在那一瞬间，老照片带来的震惊消失了。"捕鱼人"再次倚靠在椅子上，交叉双臂，以恶毒的眼神看着佩勒格利尼。他的眼神仿佛是在说：如果你想抓我，你还需要更多；如果你想抓我，你得彻底击溃我。

"我以为，""捕鱼人"说，"你给我看的是拉托尼亚的照片。"

操你妈的，你以为呢，佩勒格利尼想。两位审讯者交换了一个眼神，福斯特再次展开攻势。他凑了过去，脸都快要靠在"捕鱼人"的脸上了。

"听我说。你有在听我说吗？"福斯特轻声说，"我会把事实告诉你的。我现在就把我所知的事实告诉你……"

"捕鱼人"毫不惧怕地回望他。

"我见过你这样的人——我见过很多很多你这样的人。我知道你是怎样的人，我知道你是怎样的人。汤姆也知道。我们都知道你是怎样的人，因为我们见过和你一样的。你喜欢少女，而她们也喜欢你，我说的对吗？这没问题，只要她们不喊出来，你就没问题……"

佩勒格利尼看了"捕鱼人"一眼。他又吃了一惊。"捕鱼人"正随着福斯特的话慢慢点头，仿佛他同意福斯特说的话。

"可是，你还有那条规则，我说得对吗？她们必须遵守那条规则，必须听从那条规则。我们都知道那条规则是什么，对吗？"

"捕鱼人"再次点了点头。

"你敢喊，我就杀了你。"福斯特说，"你敢喊，我就杀了你。"

"捕鱼人"沉默不语。

"这就是你的规则，我说的对吗？如果她们大声喊叫，你就把她们杀了。你很喜欢她们，你很享受她们向你表达的爱意，可是如果她们喊叫，她们就必须得死。这就是发生在拉托尼亚身上的事，这就是发生在那个女孩身上的事，"福斯特指着照片说，"她喊叫了，所以她死了。"

"捕鱼人"不住地点着头，仿佛再也不会停止。可是，当他终于停下来时，他变回了坚如磐石的样子。

"不，"他坚定地说，"我没有伤害过拉托尼亚。"

"捕鱼人"冰冷如铁的口气让佩勒格利尼绝望了：玩完了。他们再也不可能逮住他了。佩勒格利尼知道，他们几乎快要成功。福斯特的天赋、审讯方式和他们的武器是强大的，他们也用心做了计划，并完美执行了它，可他们还是失败了。佩勒格利尼突然明白了过来：这个世界上根本没有什么能洞穿一切的子弹，根本没有什么所谓科学的审讯方式。最终，答案就是证据，且仅仅就是证据。没有证据，就没有一切。

事实上，在审讯开始之前，福斯特一直在劝说蒂姆·多利基于物证化学分析报告起诉"捕鱼人"谋杀罪。在他看来，一旦遭到起诉，"捕鱼人"就更容易松动，更有可能开口。的确有这个可能。然而，如果他依然不承认呢？那他们的起诉又怎么办？在正式公诉前驳回它？还是申请延期？要知道，这是一起高曝光的案件，一起不容检察官失败的案件。不，多利告诉福斯特，只有具备确凿的证据，我们才能起诉他。福斯特接受了这个决定，可佩勒格利尼和朗兹曼却因为福斯特提出这个请求而感到不安。很明显，这是这位审讯专家对本次审讯没有把握的一个表现。此时此刻，多利正和朗兹曼一起在会议室外。他来回踱着步，时不时地看一眼手表。已经过去六个小时了。

"喂，杰，"检察官说，"已经过去六个多小时了。我还能等一个小时，可是，在此之后，即便他真的交代了，我也不知道拿他怎么办了。"

朗兹曼点点头。他走到会议室门外，贴着耳朵听里面的声音。那是一片漫长的沉寂。他知道，事态正在向不利的方向发展。

在连续审讯了七个小时后，佩勒格利尼和福斯特走了出来。他们抽了支烟，休息了二十分钟。多利拿起大衣，在佩勒格利尼的陪伴下走向电梯。他告诉警探，如果有什么进展，第一时间打他家的电话通知他。

朗兹曼和物证分析师走进了会议室，暂时替了两位主审的班。

"我倒是想问问你。"朗兹曼说。

"什么？"

"你相信上帝吗？"

"我相信上帝吗？""捕鱼人"反问道。

"嗯。我不是说你是不是个虔诚的人，我是说你相不相信上帝的存在。"

"当然。我相信上帝是存在的。"

"好吧，"朗兹曼说，"我也是。"

"捕鱼人"赞同地点点头。

"那你觉得上帝会对那个杀死拉托尼亚的人做什么呢？"

这是朗兹曼的暗箭。可是，在经历了那么多次审讯之后，"捕鱼人"早就是个中老手了，而朗兹曼的计谋却过于简单。

"我不知道。""捕鱼人"说。

"你不觉得上帝会惩罚那个杀死小女孩的人吗?"

"我不知道。""捕鱼人"冰冷地回答,"这你得问上帝。"

当佩勒格利尼和福斯特回到会议室时,朗兹曼还在有一句没一句地聊着。然而,佩勒格利尼和福斯特在之前六小时所营造的紧张氛围荡然无存了。佩勒格利尼痛恨地发现朗兹曼正在抽烟;比这更让他绝望的是,他看到"捕鱼人"也抽起了自己的烟斗。

当然,他们没有放弃。审讯一直延续到了当天晚上,总共长达十四个小时。他们用尽了所有办法,甚至跨过了法律所允许的界限。他们知道自己越过了界,可是他们也知道自己已经没有机会了。绝望,愤怒,他们已经不管不顾了。最终,审讯结束了。"捕鱼人"先被送到了"金鱼缸",又被送至凶案组的办公室。他看了会电视节目,等待中央区的警车把他带回怀特洛克街的家。

"你在看这个吗?"他问霍华德·科尔宾。科尔宾抬起头,发现电视里正在播放一个情景喜剧。

"不,我没在看。"科尔宾说。

"那我能换频道吗?"老商铺主问。

"当然,"科尔宾说,"换吧。"

科尔宾对"捕鱼人"倒是没有成见,从来都没有。在拉托尼亚·瓦伦斯一案发生后,这位老警探从头至尾都没相信过"捕鱼人"就是凶手。艾迪·布朗也这么觉得。有一段时间,朗兹曼也对佩勒格利尼持有怀疑。最终,"捕鱼人"不过是佩勒格利尼一个人的执迷而已。

"那我能抽烟斗吗?"老商铺主问。

"我不介意。"科尔宾说着转头问对面的杰克·巴里克,"警司,他想抽烟斗,你有意见吗?"

"没有。"巴里克说,"我才懒得管呢。"

就这样结束了。汤姆·佩勒格利尼并没有和"捕鱼人"道别。如果警探在审讯中获得了胜利,他会在道别时和嫌疑人说笑话,甚至会安慰他；如果警探在审讯中失败了，他会诅咒嫌疑人，告诉他自己一定会卷土重来。可是，当这一天的审讯结束时，两个对手却出现在了两个不同的场景里。"捕鱼人"转换着电视频道，抽着烟斗，庆祝自己重获自由身；而他的对手佩勒格利尼警探则把办公桌上的大堆卷宗清理掉了。他收起配枪，拿起公文包和大衣，迈着沉重的脚步来到走廊上。他按下电梯按钮，乘坐电梯，走出警局大楼。外面，是漆黑一片的城市街道。

12 月 31 日，星期六

你属于他们。

自打你的脑海里出现这个想法，你就归他们所有了。你不相信；操，你甚至无法想象。你确定他们逮不到你，你确定就算你再干一次，也有充裕的时间离开。然而，你还是省点心吧，你还是乖乖地拨打 911 自首吧。因为从一开始，你就是送给他们的礼物。

可是呀，哥们儿，难道你不觉得自己干得漂亮极了吗？你看到罗尼待在卧室里。他还没意识过来到底发生了什么，你就拿着厨刀往他身上捅了十几刀。罗尼倒是还有力气叫唤了几声，可他弟弟正在另一个卧室里，听着吵闹的音乐，根本听不见哥哥的叫声。可不是么？你漫不经心地把罗尼收拾干净了，然后走向他弟弟所在的那个卧室。你觉得他弟弟也应该和他一个下场。你走了进去，发现他还躺在床上，他看到你举起刀子，还没搞清楚情况就被你搞定了。

好吧，你把他们两个都搞定了。你搞定了罗尼，你搞定了罗尼的弟弟，而搞定他俩也意味着你搞定了那包东西。嗯嗯，你行事方式有种古典浪漫主义的味道。哥们儿，你为它杀了人。现在，你得赶紧走出大门，跑到皮姆利科街上，然后你就可以优哉游哉地抽起你赢来的奖品啦。

但是，你还待在屋里，看着自己握刀的那只手。你把你的手给搞砸了。干掉罗尼的时候，你太紧张了。你的手掌出汗，你刚想用力捅进去，手就滑落在刀刃上，被割破了。所以，你原本应该早就离开这里，开始准备你的不在场证明，然而，你却还留在这个躺着两具死尸的屋子里，等待你的手掌止血。

你走进卫生间，用冷水冲洗伤口。可伤口并没有止住，血只是流得慢了一点而已。你用浴巾包住手掌，浴巾很快就被血染红了，你只好把它丢在地板上。你走出去，来到客厅。血液染红了楼梯的墙壁、护栏和楼下的电灯开关。然后，你用汗衫的袖子包起右手，披上保暖大衣，赶紧跑了出去。

你跑向你女朋友家。你没有选择。还在流着血的手告诉你，你只能冒险。你把那个包裹藏好，又换了一身衣服，可是伤口还在流血。于是，就在天快要亮的时候，你来到了西贝尔维德街。你跑向医院，一边跑一边思考万一有人问起应该怎么回答。

可是，这一切都无关紧要了。哥们儿，你属于他们。

你或许还不知道，可是，就在这操蛋的一年的最后一天，当他们迎着天光来到办公室接替星期五晚值夜班的同事时，你就属于他们了。他们甚至还没来得及喝上一杯咖啡，电话铃声就响起了。接电话的是那个白头发的老探员，他把具体信息都记在了一张当铺卡的背面。派遣电话里说，死了两个人。于是，三位警探决定，他们要前往皮姆利科街，好好欣赏欣赏你的作品。

对于那个皮肤白皙、深色头发的意大利裔年轻警探而言，你简直就是个大礼包。他勘查起你留下的犯罪现场，其仔细程度无与伦比：他找到了你留下的每个血痕，一一取下了样本；他耐心地检查了两具尸体，然后才让法医把他们包裹起来，以备微量物证检测之需。他是如此认真，以至于你会觉得这简直是人类历史上最后一起谋杀案，以至于你会觉得死的根本不是弗拉德兄弟，而是两个至关重要的大人物。哥们儿，你真不幸呀。这位警探饿了。你对可卡因有多饥渴，他对破案率就有多饥渴。

等等。你还不独属于这一位警探。另一位虎背熊腰、白发蓝眼珠的警探也宣告了对你的所有权。他是这起案件的副手，先帮助年轻警探勘查了现场，然后就出门找附近的邻居了解情况去了。这个人绰号"大人物"，他喜欢破案，更喜欢回到他曾经工作过的西北区。这一年的开端对于"大人物"来说简直就是个灾难，可他幸存了下来。真不幸啊，你竟然在这种时候遇到了他。

噢噢，别忘了，还有另外那个警司呢。那个穿着皮大衣的小丑。要知道，从 10 月开始，他的分队就处于无往不利的好运笼罩中。他同样勘查了你留下的现场，脑海中浮现出你干这件事的来龙去脉。他对你心生恨意。操，他默默发誓，我的分队可不会以这样的方式向今年告别。

哥们儿，早间新闻来了：虽然这三位警探还没见过你本尊，但他们已经对你十分了解了。他们通过那些卫生间里和楼梯上的血迹了解到了你现如今的情况。现在，他们已经坐上了西北区分局的警车，通过无线电通知附近医院注意是否有被刺伤或割伤的病人。与此同时，他们也在研究死去的弗拉德兄弟，了解他们经常和谁一起玩。哥们儿，他们快要锁定你了。

如果你了解这一情况，如果你了解这些条子的工作思路，那么你就应该赶紧打辆车，去周边的县医院治疗你那只手。如果你连这都做不到，那么，你至少应该想一段更好的说辞呀。可是，你却对负责给你登记的护士说，你是在爬栅栏时割破了手。是的，就是那个公园高地附近的中学。嗯，你说的没错：你滑了一跤。

不过啊，哥们儿，傻子都看得出你手上的伤口不是被栅栏割的呀。这个伤口这么深，怎么可能是栅栏割的呢？你真以为人家会信你？你真以为现在已经赶到医院向护士了解过情况的警探会信你？

"我是凶案组的朗兹曼，"条子看着你问护士长道，"是这个吗？"

哥们儿，你可要冷静啊，千万不要慌张。他们可什么都还不知道呢：你确定那俩兄弟上西天了。你确定你扔了刀子。你确定你没有被人看见。你真的没事。

"让我看看你的手。"穿着皮大衣的条子说。

"我被栅栏割到了。"

他盯着你的手看，看了足足十秒钟。然后，他又看到了你袖子上的血迹。

"操，真的吗？"

"我可没说谎。"

"真是被栅栏割的？"

"嗯。"

"哪儿的栅栏？"

你把地点告诉他。婊子养的，你想，你真以为我笨到想不出一个栅栏来吗？

"嗯嗯，"他看着你说，"我知道那是在哪儿。那我们一起走一趟看看吧。"

看看？有什么好看的？

"瞧你这样，流了那么多血，"他说，"栅栏附近肯定都是你流的血吧，对吗？"

栅栏附近的血？你可没考虑过这点。而他也知道你没考虑过。

"不，"你听见自己说，"等等。"

好吧，那就等等吧。他就这样无动于衷地站在西奈医院的急救室里，目睹着你的内心世界翻江倒海。他说，你是个婊子养的骗子；他说，过不了几个小时，他们就会把那个楼梯上的血迹和你绑带上的血迹比对起来。想不到吧？

"好吧，我是去过那里，"你说，"可人不是我杀的。"

"是吗?"条子说,"那又是谁干的?"

"一个牙买加人。"

"他叫啥名?"

哥们儿,赶紧开动脑筋,好好想想吧。"我不知道他叫啥。但我的手就是被他割的。他说,如果我敢告状的话,就把我也杀了。"

"真的呀? 他是什么时候对你这么说的呀?"

"他开车把我送到了医院。"

"他开车把你送到了这里?"他问,"他先是把他们杀了,然后割了你一刀,最后竟然把你送到了医院。"

"嗯。我想逃啊,可是……"

条子望向护士,问她你是不是已经没事可以走了。他又望向你,古怪地笑了起来。如果你了解他,如果你还有点智商,你就应该知道,他是在嘲笑你。他已经逮住你啦,你这个操蛋的、杀人的小杂种,他已经把你扔进了本年度的档案库,那里有一百多个和你一样的人。在凶案组的"板儿"上,朗兹曼分队的名下,弗拉德兄弟的名字马上就要变成黑色了。

你坐着警车来到了市局。你还是坚持着自己所说的故事,你觉得你还有机会翻身。你想——如果你现如今的脑细胞运动称得上是"想"的话——你还有可能让他们相信有那么一个神秘人物,他杀了人,割了你的手,然后把你送到了西奈医院。

"跟我说说这个牙买加人吧。"一个满头银发的老探员把你扔进审讯室,对你说道,"他叫啥?"

他在你对面坐了下来,一双水汪汪的蓝色眼睛看着你,就像一头海象。

"我只知道他的绰号。"

"好吧。他绰号叫啥?"

于是,你把人家的绰号告诉了条子。这可是个真人的街头绰号,你知道这个人快三十岁了，就住在离弗拉德兄弟一个街区之遥的地方。哥们儿，你可真的是在思考呐！这一招简直妙极了呀——你给了他们一个真名，可这个信息却不足以让他们接着调查。

"喂，汤姆，"年轻警探刚走进审讯室，白发老探员就对他说，"我们出去聊两句。"

透过审讯室的单面玻璃，你看到两个黑影正在交头接耳。老海象离开了。门把手转动起来，那个意大利裔的年轻警探拿着笔和纸走了进来。

"我会为你录口供，"他说，"但你得先了解这些权利……"

这个条子一边漫不经心地说着，一边漫不经心地记录着，你完全有时间好好想一遍自己的故事。你告诉他，你去罗尼家是和俩兄弟一起吸毒去的。他们还邀请了这个牙买加人。可是，过了一小会，他们吵了起来。你们没看见牙买加人走进厨房拿刀子。但是你亲眼看见他用那把刀子杀了罗尼和他的弟弟。你试图把刀抢过来，反而受了伤，所以就逃跑了。在此之后，就在你回家的路上，牙买加人赶了过来，并命令你上车。他告诉你说，他只是和那俩兄弟有过节，这事和你没关系，只要你闭上嘴巴，就不会死。

"所以我才撒谎说我是被栅栏割开的。"你低着头说。

"嗯嗯。"年轻警探边写边应承着。

突然之间，白发老海象又出现了。他的手里拿着一张黑白照片——那位就在十分钟不到之前被你告发了的牙买加人。

"你说的是他吧？"他问你。

天呐。我操。你算是开眼了。

"你说的应该就是他吧？"

"不是。"

"你这个骗人的狗杂种，"海象说，"这人和你描述的一模一样，也住在你说的那个地方。你竟然敢要我。"

"不，不是他。是个和他长得很像的人……"

"你以为我们不知道你说的是谁，是吗?"他说，"告诉你吧，我之前就在那片工作。你说的这个人，我认识他们家好多年了。"

这头海象，他怎么可能过了十分钟就把我说的那人的照片给找了出来呢?你简直不敢相信。当然，这是因为你不了解这头海象，他的记忆力超乎常人。要是你知道这是一头天赋异禀的海象，你早就什么名字都不提了。

真可惜呀，你不具备预知未来的能力。要是你能预知未来，你就会了解到，几个月后，当一位助理州检察官接手你这起案件时，她被自己的团队告知不可能赢下这个官司——因为本案的所有证据都是间接的。你还真有可能大难不死。只可惜，你的对手是沃尔登、朗兹曼和佩勒格利尼。最终，沃尔登会动用上层关系，向法院审判庭长请求向你起诉;佩勒格利尼会悉心教导助理州检察官怎样才能拿下这个官司;而最终站在布斯的法庭上作证的则是朗兹曼——他在你的公派律师前出示了所有证物，他回答了律师提出的所有疑问，以至于当你回头看向自己的律师时，你发现他的脸上写满了绝望。你的好运到头啦。微量物证实验室的血液样本竟然在开庭前腐坏了，助理检察官竟然不情愿接你这个案子——这些都是你的运气。可最终，所有这些都无关紧要了，你说再多那个杀人的牙买加人也无关紧要了。因为，就从你拿起刀的那一刻开始，你就属于他们了。或许，你现在还没明白过来，可是当你的律师狠狠地关上公文包，告诉你站起来，接受埃尔斯波斯·布斯所宣告的量刑时，你就会明白过来。

当然，这都是未来的事件了。此时此刻，你还得反抗呀;此时此刻，你还得好好地表演出自己的无辜来。当开囚车的人为你戴上手铐时，你还在大喊大叫:他们不是我杀的，都是那个牙买加人干的好事;他杀了他们俩，还割破了我的手。在前往电梯的路上，你看了眼途经的凶案组办公室。你看到那三个把你弄成现在这副模样的条子:

银发的，深色头发年轻的，还有那个在医院和你说话的——他们每个人看上去都信心满满。你还在表演，摇着头，乞求着，你看上去真像是个无辜的人。可是，你真知道无辜的人长什么样吗？

四个月之后，他们早就把你给忘记了。四个月之后，他们发现邮箱里出现了一份出庭通知书。这三个剥夺了你人身自由的人看着通知书面面相觑。他们看到电脑打印出来的你的名字：威尔逊·大卫。天呐，他们想，威尔逊又是谁？噢噢，他们想了起来。不就是那个在皮姆利科街上杀了两个人的小伙么。嗯嗯，没错了，就是那个撒谎说是牙买加人干的白痴。

不久之后，你的悲剧将变成一本卷宗，塞进行政办公室的档案夹里。然后，就在市局的某个不为人知的地方，你的卷宗会变成一段缩影幻灯片。不久之前，你的悲剧将变成一张三英寸宽五英寸长的卡片，塞进 T 至 Z 姓名首字母的嫌疑人档案夹里——这里面有成百上千个你的同类。不久之后，你将被所有人遗忘。

可是今天，当开囚车的人检查着你的手铐和交接文书时，你依然是一场战争的战利品。你见证了又一次贫民窟东征的胜利。对于那几个望着你离开的警探而言，你以你活生生的肉体彰显了他们的价值——一种早已被这个世界遗忘的价值。这些本应受人尊敬的灵魂，为了一个早已被人遗忘的理由而没日没夜地工作着，而你的存在便是他们继续工作下去的动力。就在这个即将落幕的 12 月的午后，你就是他们的骄傲。

如果你不闹事的话，他们就会下班回家，吃一点晚餐，然后上床睡觉直至明天早晨。可是，他们的计划被你打破了：你杀了两个人，还撒了谎。你向唐纳德·沃尔登证明了，他一出生就注定是个警探；你向汤姆·佩勒格利尼提供了自我救赎的机会，让他迈开了第一步；你让"板儿"上朗兹曼名下又多了两个黑色的名字，这个老警司再次获得了其轮值队伍中最高的破案率。

此时此刻，他们已经完成了文书工作。他们想去卡瓦纳、马其特或其他任何酒吧喝上一杯。在那里，随着啤酒灌入他们的喉咙，你也将被忘得一干二净。今天是元旦，他们会举杯共庆，祝福彼此，祝愿他们的兄弟之情久而弥坚。不过，他们可不会为你举杯。你这个操蛋的谋杀犯，他们为什么要为你举杯呢？当然啦，他们还是会想起你。他们会记得他们对现场的判断是如何准确，他们会记得你在医院里撒过的谎，他们会记得他们向你出示的牙买加人照片让你惊讶得合不上嘴。他们会想起你，并自我告慰道：原来，破案可以是如此优雅的事。他们会想起你，又多喝了一点。当朗兹曼说起他那个麦片盒镭射枪时，当朗兹曼又开玩笑叫佩勒格利尼"菲丽斯"时，他们都会开怀大笑起来。

　　去他妈的吧。他们会一直喝到卡瓦纳打烊。他们会拎着酒瓶子来到停车场继续喝，聊着彼此的故事。直到天亮，他们醒过来，开车回到了家。他们的妻子已经起床开始化妆了，他们的孩子已经在家里蹦蹦跳跳了。厨房里飘来早餐的香味，可他们依然走进了卧室，拉上了窗帘，盖上了被子。又一个早晨降临了。又一天开始了。又一年来到了。世界开始重新运转，为了生计而挣扎的人们出现在了太阳底下。这个世界并不需要他们，径自运转如故。

　　他们睡着了，直至黑夜降临。

尾声

　　本书的叙事节点——1988 年 1 月 1 日至 1988 年 12 月 31 日——并不是刻意挑选的。在我所描述的这些人漫长而又真实的一生中，这些天、这几个星期、这几个月不过是一个剪影而已。当本书的记叙开始时，加里·达达里奥手下的警探们正在他们共同命运之旅的途中；而现在，他们依然没有到达旅途的终点。变化的只有罪犯的名字和相貌、现场的环境、卷宗的记述和最终的判决。在美国的大城市中，日常暴力犯罪此起彼伏，而这便是凶案组警探的生存环境。他们的工作没有尽头，他们对犯罪也抱有永恒的蔑视态度。有些人调到了别的岗位，有些人退休了，有些人被分配到某起漫长的案件调查中。可是，作为一个整体，凶案组根本没有任何变化。

　　受害者依然在倒下。电话依然会响起。警探们依然填写着点名册，抱怨着加班工资不够。警督依然每天计算着破案率。"板儿"上依然充斥着或红色或黑色的名字。警探或许早已遗忘某起他所负责的案件，可破案本身却依然如此迷人。

　　每一年，巴尔的摩凶案组都会在坎东区的消防员工会礼堂举办一次晚宴。多达一百余人的前凶案组探员和现凶案组探员都会现身。他们放肆地吃着，大口地喝着酒，共同庆祝且铭记着他们在凶案组所见、所做和所说的一切——这些人把生命中最好的年华献给了破案。吉米·奥兹、霍华德·科尔宾、罗德·布兰德纳、杰克·科尔曼——

每一年，这些老探员都会聊起他们所经历的最为困难的案件。当然，并不是每个到场的都是优秀的警探；事实上，他们中的有一些相当平庸。然而，即便是最平庸的凶案组警探也会被视为兄弟，因为他们共同来到过、见证过美国最黑暗的街角。

奇怪的是，他们并不会大谈案件；当他们聊起案件时，谋杀也只不过是所讲故事的背景画面而已。他们热衷于聊彼此的故事——那些在犯罪现场开过的玩笑；那些透过雪佛兰车看到的搞笑场面；那个蠢成一头驴的上校；那个传奇的、总是说"别气馁"的检察官；那个在霍普金斯医院工作的、长腿金发的护士长，她对警探们总是很暧昧。对了，她去哪儿了？

在 1988 年的凶案组大聚会上，他们聊起了乔·西格利特的故事：他曾经负责过一起发生在东巴尔的摩瓦迪住宅区的谋杀案。当他来到现场时，发现死者的头上有一块沾满血污的破布。他把破布提了起来，看到上面的血污竟然形成了死者的人脸。他说，这块破布就是富有瓦迪住宅区特色的寿衣。"这简直就是巴尔的摩的神迹，"他对搭档说，"赶紧给教皇打个电话。"

他们聊起了艾迪·哈利干的故事：哈利干曾经是特里·麦克拉尼的搭档。有一次，他喝醉了酒，不小心在回家路上把一本卷宗落进了全是雨水的污水沟里。当麦克拉尼于第二天早晨赶到他家时，发现他已经把卷宗摊在了客厅的地板上，先后秩序毫无差错。哈利干正等着卷宗慢慢晾干。当然，每个人都记得传奇的吉米·欧扎哲斯基——绰号"吉米·奥兹"——这人极具个性：有一次，他侦破了一起红球案件，电视台想要采访他。于是，他让电视台人员来自己家，穿着一身便服，抽着进口雪茄，把采访给做了。

他们还会怀念那些已经不在场的人。比如说，乌克兰裔警探约翰·库里尼基。库里尼基是个疯狂的人，但他的英文怎么都说不好。他怎么也学不会准确地骂人，叫嫌疑人"婊子养的婊子养的"，说自己干的是份"操操蛋"的工作。后来，库里尼基自杀了。杰·朗兹曼和加里·达达里奥在接到电话后赶到了他位于巴尔的摩县的家。他们看到他的警徽和枪套端端正正地放在桌上。库里尼基跪在卫生间的浴缸边，膝盖下垫了两层地毯，血已经流到了水管里。只有警探才会这样自杀，干净痛快而富有仪式感。库里尼基不想麻烦自己的同事。朗兹曼只要打开水龙头冲掉血迹，就会发现子弹。

"操他妈的，"朗兹曼快要哭了出来。达达里奥说，"他干的时候就知道我们会这么做。"

那些发生在警署里的奇异故事，那些完全可以汇编成一本百科全书式的故事。在 1988 年，三十位警探、六位警司和两位警督共同写了几个新故事——这其中有喜剧，有悲剧，有情节剧，也有讽刺小品——这些故事将在未来的聚会中代代流传。

破案率的提高挽救了加里·达达里奥的凶案组警督职位，可 1988 年的政治斗争已然对他造成了创伤。为了拯救自己和手下免于万劫不复，他不得不取悦起上级来。他压缩了加班工资；向警探们施加压力，让他们破更多的案；他在几个关键案件的卷宗底下附上了自己的备忘录，说是一定会侦查到底。他并没有做太多对不起底下人的事，警探们明白，他也是被逼无奈。

达达里奥和警长的关系向来一般，而 1988 年发生的事情则让两人连维持表面融洽的需要都荡然无存了。在达达里奥看来，警长要求他的下属无条件地向他表忠心，可警长却没有报以同等的庇护。在拉里·杨一案上，他情愿牺牲唐纳德·沃尔登；而每当凶案组有无法破获的案件时，他也会把压力全推在达达里奥身上。警督已经看透了这个人。

然而，达达里奥在政治斗争中存活了下来：他已经在凶案组指挥官的位子上做了长达八年之久了，他可不是吃素的。他的手下破了好几个精彩甚至堪称经典的案件。不过，达达里奥终究是个孤傲的人，继续在凶案组待下去的代价实在太高了。1989 年的一个夜晚，本市发生了一起枪击警察事件，达达里奥立即赶到了市局。他碰巧听说打击性犯罪小组的警督职位出现了空缺，心思便活络起来。打击性犯罪小组每天早上 9 点下午 5 点按时上下班，他会拥有一辆自己的配车，还对该小组拥有百分百的控制权。那一周，他找到了警监说情，他的调遣令马上就被批准了。一个月之后，凶案组迎来了一位新轮值警督——在警探们看来，这也是个体面的家伙，对他的手下也很公平及同情。但是，他要学的东西还有很多。正如一个警探十分简洁地总结过："他可不是 Dee。"

当我写作这篇尾声时，达达里奥已经坐上了巴尔的摩警局打击性犯罪组的头把交椅。他手下最优秀的警探之一便是弗雷德·塞鲁迪。塞鲁迪还对 1988 年发生的事情怀恨在心，但他会时不时地说自己总有一天要回到凶案组。"喂，"他笑着说，"我还年轻呢。"

从理论上说，哈里·艾杰尔顿还算是凶案组的人，虽然他在过去两年里很少出现在凶案组。

艾迪·伯恩斯——艾杰尔顿唯一愿意称其为搭档的警探——在 1989 年早期回到凶案组待了一阵。在此之前，他被调遣协助 FBI 调查莱克星顿公共住宅区的沃伦·伯德雷贩毒团伙案件。本案的调查为期两年。沃伦·伯德雷曾是莱克星顿地区的一方霸主。在 1986 年的血案中，伯德雷和他的手下干掉了七个人，外加十四个人重伤。最终，FBI 赢得了胜利。本案的关键人物皆银铛入狱，有人被判无期徒刑，也有人被判十八年不得保释。艾杰尔顿本来也被调遣了。可是，FBI 和巴尔的摩本地调查局因办案预算产生了争执，艾杰尔顿因此落选了。不过，他和伯恩斯还是参加了 1988 年 11 月对伯德雷及其同伙的大围捕。

在伯德雷一案告终之后，伯恩斯和艾杰尔顿便被调遣至缉毒组，对另一伙贩毒集团展开调查。当缉毒组于 1989 年年中展开对林伍德·"鲁迪"·威廉斯的调查时，此人已遭到过两起谋杀罪、一起非法持有军火罪和两起藏毒罪的起诉；据说，他还应该对 1989 年至 1990 年间的四起谋杀罪负责。1991 年 3 月，威廉斯和他的六个同伙在美国联邦地方法院因贩毒罪遭起诉。艾迪·伯恩斯是本案的主责调查员，而艾杰尔顿则是首席检控证人之一。

　　对威廉斯贩毒集团的胜利——警探们动用了窃听、隐藏麦克风、资产清查、联邦大陪审团等各种办案技巧——让那些之前对哈里·艾杰尔顿颇有微词的凶案组同事都对他刮目相看。大家都认为，一旦"鲁迪"·威廉斯被关进了大牢，巴尔的摩每年至少要减少三四起谋杀案。可是，在巴尔的摩警局里，还是有人对本案持怀疑态度：毕竟，本案的胜利是用大量的人手和资金换来的。艾杰尔顿和伯恩斯都被告知，在威廉斯受审之后，他们将回到凶案组，回到日常的轮值工作里去。

　　安德里亚·佩里一案给艾杰尔顿带来了满足感。1988 年，巴尔的摩城诞生了多达两百个谋杀犯，可唯独尤金·戴尔——这个强奸犯兼杀人犯——最后被检方要求量以极刑。（检察官是在确定戴尔血液里的 DNA 和十二岁小女孩阴道里精液的 DNA 完全一致之后才做出这个决定的。）最终，检方的努力失败了，但戴尔还是被判定一级谋杀罪和二级强奸罪。他被判无期徒刑，没有保释的可能性。

　　然而，即便艾杰尔顿真的回到凶案组，他也不知道自己会被分配干吗了。他在 1989 年离开的那个分队——罗杰·诺兰的分队——不复存在了。

　　这个分队是从 1989 年早期开始慢慢解体的，其起源便是艾杰尔顿被调遣协助威廉斯一案。不久之前，凶案组内部发生了一次人事变更。两个斯坦顿的手下调到了诺兰底下，而唐纳德·金凯德则被调去了杰·朗兹曼的分队。刚开始的时候，金凯德还算满意——朗兹曼也对自己分队迎来了一个经验老到的警探而感高兴。可是几个月之后，金凯德和新来的警督闹翻了。后者想要加强对凶案组几位资深警探——包括金凯德——的管理，金凯德不服气，终于在 1990 年的夏天，他决定退休，结束了他长达二十四年的警察生涯。

他和艾杰尔顿之间的争执、他和新来警督之间的争执揭示了作为警察的一个真理。对于任何警探或制服警而言，工作是唯一能让他获得满足感的东西；当一个条子开始花越来越多的时间对付生活中的其他细节时，他就必然完蛋了。同事对他的态度、上级领导对他的不关心、破案配置的简陋——只要你爱这份工作，所有这些都无所谓；可是，一旦你对这份工作失去爱意，所有这些就会变得至关重要。

拉托尼亚·金·瓦伦斯——渐渐地，她被巴尔的摩人称为"水库山天使"——一案至今未破。本案的卷宗已经在档案库里归档了；朗兹曼分队的警探也不再积极调查它，虽然他们还愿意聆听任何与其有关的新线索。

本案为汤姆·佩勒格利尼留下的只有深深的失望和自我怀疑。佩勒格利尼花了一整年的时间才恢复过来。在 1989 年，他仍没有放弃它，他仍在调查他案的间隙中继续研究它。在巴尔的摩凶案组最近的历史中，没有一个人像佩勒格利尼这样持之以恒、坚持不懈地破过一个案件，可这并不能给他带来安慰；事实上，他花的精力越多，就越是失望。

在最后一次审讯"捕鱼人"的几个月之后，佩勒格利尼再次打开卷宗。他复习了现存的所有证据，把已知的信息汇总在一起，为州检察官办公室写了一份备忘录。在备忘录中，他强调说，虽然他们没有"捕鱼人"犯案的直接证据，但他们所累积的间接证据已足以把此案送到大陪审团那里了。蒂姆·多利收到了他的备忘录，可依然拒绝检控此案。佩勒格利尼并不感到意外。瓦伦斯一案太受瞩目了，被曝光得太多了，检察官不能把胜利的希望寄托在那些牵强的证据上，更不能幻想起诉"捕鱼人"会把他吓坏从而招供。另外几位曾经就此案做过调查的警探依然不相信"捕鱼人"就是凶手。他们说，如果他真是凶手，那三次漫长的审讯至少能让他露出一点马脚来。

佩勒格利尼最终学会了和黑暗共存。在第一次走进纽因顿大道后巷院子的两年后，他终于觉得自己放下了拉托尼亚·瓦伦斯这个心结——他的心终于不再痛了。1990 年一开始，他连续破获了八起谋杀案。

今年的早些时间，他开始做起一件有意义的小事。他利用闲暇把拉托尼亚·瓦伦斯一案的卷宗重新整理了一遍，让它们变得更加清晰且明了。他是在为未来的警探准备这一切。他知道，或许哪一天，瓦伦斯一案的谜底真的会被揭晓，可那时候，他或许已经不在了。

里奇·贾尔维还是那个里奇·贾尔维。对他来说，每一年都差不多。他的 1989 年和 1988 年一样成功，他在 1990 年的破案率依然是顶呱呱的。

可是，当回望 1988 年的卷宗时，他会发现所谓的"完美年度"不过是个幻影。比如说，发生在菲亚菲尔德街的、导致调酒师之死的抢劫案，虽然有人记住了逃匿车辆的车牌号，但它的结局依然令人绝望。虽然本案的其中两名被告认了罪，分别被判二十年及三十年监禁，可另外两名被告却在两次无效审判之后被宣判无罪。威斯特雷·布兰奇——那个开枪的人——也被无罪释放了，虽然他们在酒吧收银台附近的柯尔特 45 手枪上找到了他的指纹。陪审团裁决宣读的那一天，贾尔维并没有去往法院，否则的话，他就会看到被告们弹冠相庆。

这是贾尔维第一次在法庭上失利。紧接着，失败接踵而来。他曾在 1988 年 12 月的时候和鲍勃·伯曼调查了一起谋杀案，他们也逮到了凶手，把他送上了法庭。他们原本信心满满，觉得必胜无疑。可是，法庭上风云突变，受害者的一个家属突然站了出来，说他们愿意原谅杀手；在此之后，贾尔维了解到，开庭前受害者的家属曾和被告有过接触，他们接受了被告方的贿赂。柯内留斯·朗力——那个在 8 月的伍德兰德大道上被人光天化日之下射杀的小毒贩——之案也以失败告终。那是因为本案的第一证人、受害者的哥哥迈克尔·朗力也在 1989 年的另一起涉毒凶杀案中被谋杀了。

当然，结局并不总是令人沮丧。罗伯特·弗雷泽尔因谋杀勒娜·卢卡斯被判无期徒刑，不得保释；杰瑞·杰克逊——那个在地下室杀了亨利·普卢默的东巴尔的摩人——也被判无期徒刑。最令贾尔维满意的是卡尔顿·罗宾逊一案。这个年轻的建筑工人是在 11 月的一个寒冷早晨去上班的途中被谋杀的，凶手是他的朋友及同事沃伦·瓦德尔，其动机只不过是因为罗宾逊前天骂他是白痴。本案的关键证据是罗宾逊的临终遗言，他告诉第一现场警官，瓦德尔便是凶手。可是，罗宾逊是否知道自己快要死去，警察或医护人员是否将这一事实通知他，这个细节则是暧昧不清的——这也让此条证据的法律有效性值得商榷。

贾尔维想找一个经验丰富的检察官来负责此案，他也找到了。比尔·麦克科伦——州检察官办公室职业犯罪小组里的老检察官——重新审问了本案的医护人员，后者记了起来：在把卡尔顿·罗宾逊送往医院的途中，他们明确告知过他快要死去了。医护人员之所以还能时隔几个月之久记清当时的情况，是因为他们也记得那一天——11 月 9号——就是"周六晚上特别法"的执行日。

最终，布斯法庭的陪审团裁决沃伦·瓦德尔一级谋杀罪成立，他被判无期徒刑，不得保释——这一严酷的量刑乃是基于瓦尔德刚刚因谋杀罪被保释出来不久而做出的。然而，当我写作这段尾声时，本案又出现了逆转：被告方提出上诉，马里兰州上诉法庭也接受了这一请求，原因是布斯法官曾当着陪审团的面说过具有偏向性的话语；新的庭审日期还在安排中。

不过，瓦德尔依然有很大可能性被定罪。贾尔维动用出色的法律手段从敌人口里窃取了胜利。第一次审判结束之后，他和瓦德尔狭路相逢，他完全摆出了一副胜利者的姿态。

那时，沃伦·瓦德尔正被治安官助理带往地下室的囚室。他正走在大理石楼梯上，却看到贾尔维就在不远处。他恶狠狠地看了贾尔维一眼，而贾尔维故意靠在栏杆上，低声地对他说："后会有期，白痴。"

麦克科伦正在不远处和另一位检察官聊天，他听到了贾尔维的话，插科打诨道："你怎么骂人呐？"

"操，我就骂了，怎么着？"贾尔维说，"不骂白不骂。"

现如今，在1988年达达里奥手下的三组分队中，只有特里·麦克拉尼的那个分队还保留着原班人马。

艾迪·布朗破了一个又一个的案子，时间的流逝对他仿佛没有产生影响。里克·詹姆斯在历经了3月份那个名为凯伦·瑞内·史密斯的出租车司机谋杀案之后，渐渐成长了起来。他摆脱了沃尔登的阴影，成了一位经验老到的警探。事实上，詹姆斯的1988年和里奇·贾尔维的一样出彩：埃尔文·理查森——那个在11月强奸并谋杀了两岁男孩的人——被判了无期徒刑；丹尼斯·沃尔斯——那个承认自己协助杀害了出租车司机并交出了赃物的人——被裁定一级谋杀罪成立，接受了无期徒刑；克林顿·布特勒——那个被沃尔斯指控亲手把凯伦·史密斯打死的人——被审判了两次：虽然有沃尔斯的证词及其他相关证据，但第一次审判被悬置了，而第二次则宣告布特勒无罪释放。

唐纳德·瓦尔特梅耶职业生涯中最重要的案件——格拉尔汀·帕里什案——于1989年正式开庭受理。帕里什因涉嫌谋杀艾尔伯特·罗宾逊——那个新泽西州普兰菲尔德的醉汉，于1986年死于克利夫顿公园的铁轨边——遭起诉。在罗宾逊去世多年之前，帕里什曾强迫他把她命名为其人身保险的唯一受益人。在帕里什涉嫌的四起谋杀案中，罗宾逊一案的证据最为可靠。负责此案的检察官多达三个。他们对陪审团讲述了一个有些超现实色彩的，甚至有些搞笑的故事：多年之前，格拉尔汀和她的共犯一起驱车来到新泽西州，他们用酒把罗宾逊引入车内。几小时后，他们对他开枪，并把他抛弃在亚特兰大城附近的一个小树林里。没想到的是，罗宾逊竟然没死，他只是受了点轻伤，可是他喝得太醉了，以至于完全不记得之前发生过什么。于是，几个月后，格拉尔汀一帮人再次回到新泽西，再次用酒精把这个醉汉引入车内。这一次，他们开车来到了巴尔的摩，把他送到了铁轨边，开枪的是格拉尔汀侄子的一个朋友。

　　格拉尔汀在法庭上的表演简直精彩极了。庭审才进行到一半，她便癫狂起来。她开始全身抽搐，嘴角泛起白沫。布斯法官早已了解她这一套，于是什么都没做，只是命令她安分守己一点。在此之后，格拉尔汀在证人席上说，她自己也是被骗了。她说，她被那些想从她手里抢走保险的男人们利用了，而她只不过是为他们提供可被谋害的对象而已。

　　她的话一点说服力都没有，陪审团没花多少时间便做出了一致的决定。格拉尔汀·帕里什被判无期徒刑，在此之后，她对自己所犯下的另外三起谋杀案供认不讳。听完判决之后，唐纳德·瓦尔特梅耶轻松极了，当即便回到了凶案组，参与到了日常轮值工作中去。

　　瓦尔特梅耶的搭档戴夫·布朗终于不用被沃尔登继续折磨下去了。在过去的两年里，唐纳德·沃尔登开始渐渐接受这位年轻的警探。不过，"大人物"永不食言。从1989年开始，他每次打电话，就会问布朗要二十五美分的硬币。

至于特里·麦克拉尼，他依然对他的手下和哥们儿如此眷恋。1989年，他久咳不止，几乎连站立的力气都没有了。结果，他被查出患有心脏细菌感染，必须住院接受治疗。他在医院里待了好几个月，所有人都告诉他已经不适合凶案组的工作了。可是，四个月之后，他依然回到了这里，他看上去比之前瘦了好多，也健康了好多。

唐纳德·沃尔登——这个已经干了二十八年警察并且还在继续干下去的警探——依然是麦克拉尼分队中的灵魂人物。新情况是，他结婚了。他的婚礼是在1989年的夏天举行的，大多数同事都前来道贺。他们喝了一杯又一杯，一直从婚礼现场喝到了卡瓦纳酒吧。妻子戴安娜穿着一身漂亮的新娘装，而"大人物"则穿着一身精心剪裁的燕尾服。他们在吧台边上和朋友们举杯共庆。

结了婚之后，沃尔登必须再工作一年才能让妻子也享受到警局的退休待遇。可是，那一年过去了，沃尔登依然没有退休，他依然还在破案。他还是没有放弃梦露街案，时刻关注着这两年来凶案组收到的有关信息。然而，约翰·兰多夫·斯科特之死依然没有进展——它成了巴尔的摩警局历史上唯一一起未破的袭警案。那些相关涉嫌警察基本还在街头执法，虽然其中的有一些——包括约翰·威利警司——已经被调至文职工作了。

当然，"大人物"的神奇功力并没有因为年岁的增加而消失。去年的一个清晨，他开着车前往凶案现场。他路过市中心的公交车站，碰巧看到一位清秀的海军军官和一个邋遢的人一起走在西菲亚特街上。这两个人的组合太奇怪了。沃尔登当时就起了疑心，把他们的长相好好记在了心里。那天晚些时间，这位海军军官被发现死在了西菲亚特街附近的一个垃圾箱旁，并被洗劫一空。沃尔登找到了本案的主责警探凯文·戴维斯，向他描述了嫌疑人的长相。不到几个小时，他们就找到了凶手。

　　新闻报道说本案的侦破全归功于运气。看样子，明白警探是怎样工作的人还是太少了。

＊　＊　＊

　　附言：1988 年，多达二百三十四名男女在巴尔的摩被暴力杀害。1989 年，这一数字涨到了二百六十二个。去年，数字再次蹿升，飙至三百零五个——达到了近二十年来的最高值。

　　1991 年 1 月，巴尔的摩凶案组平均每天都会接到一起凶杀案。

后记

　　这是一本纪实作品。警探的、被告的、受害者的、检察官的、巡警的、法医的以及所有被提及的名字都是真实的。我所描述的事件也都是真实的。

　　我的报道是从 1988 年 1 月开始的。当时，我以"实习警察"这一古怪的名头加入了巴尔的摩警局凶案组。和那些长时间出没于同一地点的记者一样，我渐渐变成了这个小组的一员，变成了他们工作生活中一个无伤大雅的背景。几个星期之后，他们就把我当成了自己人，仿佛让一个记者望向犯罪的深渊是件自然而然的事情。

　　为了让我的在场不影响他们破案，我同意按照他们的要求扮演角色。我剪短了头发，买了几件运动外套、几条领带和宽松长裤。我原本以为自己戴的镶钻耳钉能招他们喜欢，结果白费心思，所以我把它摘掉了。在这一年里，我从来没向任何人说过我是个警察。可是，当我和他们一起出现时，平民和一些不明就里的警察还是会以为我就是个警探。在接受专业训练时，记者们被告知应该在报道时公开自己的身份，而我却没有这么做。一旦我公布自己的真实身份——无论那是在犯罪现场、医院急救室还是审讯室——都会戏剧性地妨碍他们的调查。简而言之，除了掩饰身份，我没有更好的选择。

　　不得不承认的是，这样的做法有其道德上的暧昧性。因为，当我和证人、医生、监狱守卫或受害者亲属谈话时，他们以为我就是警探。因此，当需要转述他们的话时，我尽量隐去了他们的名字，希望这样做既能保护他们的隐私，又能准确传达我想描述的东西。

达达里奥手下的所有警探都在看到书稿之前签署了授权协议书。其他关键人物也同意在本书中使用他们的真名。我答应警探们和其他人，他们有权审读书稿，也有权就事实的准确性提出修改意见。我告诉警探们，如果书稿中出现和故事没有必然联系却会对他们的职业生涯或私人生活造成负面影响的段落，他们可以要求我删除它，而我也会做这方面的考虑。最终，他们提出的意见远远少于我的想象，其中大部分都是无关主旨的：比如说，某位警探在酒吧里对某个女人的调戏之词，或者是某位警探对他上级领导的不满之词。这些删除和案件无关，也不会改变或削弱本书的主题。

除了警探之外，警局本身也拥有部分审读书稿的权利——但这仅限于确保我所披露的证据（子弹口径、死亡方式及受害者衣物，等等）不会影响未来的办案。要知道，警探刻意隐瞒某些细节是为了能让嫌疑人麻痹大意，从而引蛇出洞。最终，警局什么意见都没提，我也未做这方面的修改或删除。

本书所记载的大多数对话——百分之九十左右——是我亲耳聆听到的。当然，其中有一些重要对话是转述而得的。那时，我不是在休息，就是在跟随其他警探调查其他案件。当这种情况发生时，我会避免使用大段的对话，所引用的都是警探明明白白转述给我听的。本书中也出现过心理描写。这些心理描写并不是我臆想的：要不就是人物之后把内心想法表达了出来，要不就是我在此之后和人物聊了当时的想法。我也让审读书稿的警探格外注意对他们的心理描写，保持其尽可能的准确性。

我要感谢巴尔的摩警局史无前例的配合。我要特别感谢业已去世的前局长爱德华·J. 迪尔曼，也要感谢现任局长爱德华·V. 伍兹。

需要感谢的人还有副局长罗纳德·J. 穆伦；业已退休的警监理查德·A. 兰汉姆和副局长约瑟夫·W. 尼克松——他们俩是1988年时犯罪调查分部的头头；警长约翰·J. 麦克吉利维里——他是侵犯他人人身权利罪科的指挥官；警督斯图尔特·奥利弗——人事部门的领导；还有众多巴尔的摩警局的指挥官、员工及技术人员，他们都为我提供了无私的帮助。

丹尼斯·S. 希尔——巴尔的摩公共信息处主任——以及巴尔的摩警局法律事务处的里克·布勒警督和迈克尔·A. 弗雷警司都给了我宝贵的协助。没有你们，本书无法完成。

我还要感谢首席法医约翰·E. 斯密亚乐克博士和其他法医的建议和帮助；有了斯密亚乐克博士和迈克尔·戈尔登——马里兰州卫生部门的发言人——的同意，我才被允许接触法医办公室的工作。就检察官办公室而言，我要感谢州检察官斯图尔特·O. 斯密斯、暴力犯罪小组的首席检察官蒂姆希·V. 多利以及庭审分部的首席检察官阿拉·克罗。

我要感谢我的编辑、霍顿·米夫林出版公司的首席编辑约翰·斯特林。他从一开始便给予我信心，并从头至尾都在支持我。如果读者认为本书有令人叫绝的段落，我想，那都是他的耐心、天分和专业精神所造就的；而我，则对自己的平庸感到内疚。本书的诞生也受惠于路易斯·M. 爱德曼，他向我证明了，书稿编辑同样也是一门艺术。我还要感谢同样来自霍顿·米夫林出版公司的丽贝卡·萨奇亚-威尔逊以及其他给予我强有力支持的出版同僚。

我要向我在《巴尔的摩太阳报》的编辑致以敬意及歉意。你们批准我离开工作岗位一整年，从来不曾抱怨过；而当我连续把交稿日期往后推了三次之后，你们也没有对我失去耐心。他们是：责任编辑詹姆斯·I. 霍克，都市版采编编辑汤姆·林斯库姆，都市版编辑安东尼·F. 巴碧丽，还有写作指导丽贝卡·科尔贝特——自从我于八年前开始对巴尔的摩夜班警察进行报道后，你就向我提出过无数宝贵的建议和鼓励。

我还要感谢我的父母伯纳德·西蒙和桃乐丝·西蒙，在过去三年里，你们给我的支持无与伦比。还有凯尔·特克——是你的爱和支持让我走到了现在。

最为重要的是，我要感谢凶案组加里·达达里奥警督和罗伯特·斯坦顿警督手下的四十位警探和警司。你们冒险让我完成了这本书，我希望它物有所值。

最后，我要谈一谈我所遭遇的道德困境。每当一个记者和他所要采访的对象长时间接触后，他们之间总会产生家人或朋友一样的感情。正因为此，当迈入凶案组时，我暗自下决心切忌投入过多个人情感。如果办公室的电话响起了，可办公室里除了我没有别人，那我就不会接起那个电话。可是，这些警探融化了我。刚开始时，我只是帮他们接电话，记下信息；后来，我开始帮他们纠正错别字了。（"你不是个作家吗？快来帮我看一眼这份口供呀。"）我和他们在一起工作、生活了整整一年，吃着一样的快餐，喝着一样的啤酒，分享着一样的笑话：就算我再怎么训练有素，也不可能对他们没有感情。

回首往事，我庆幸这一年在它应该结束的时候结束了。在此之后，我遇到了一件事，我发现自己放弃了中立态度，介入了他们的世界——用记者的术语说，"真当自己就是他们了。"那是在 12 月，我坐着车来到宾夕法尼亚大道，跟随特里·麦克拉尼和戴夫·布朗寻找一个目击证人。突然之间，警探踩下刹车，跑出车外，按住了一个女人——此人符合我们所知的描述。当时，这个女人正和另外两个小伙一起走在路上。麦克拉尼冲了过去，抓住了其中一个年轻人，可布朗的大衣腰带却夹在了安全带上，他被弹了回来。"快！"他一边解着安全带一边对我喊道，"快去帮特里！"

当时，我的手里还拿着钢笔。我赶紧跟着麦克拉尼跑了出去。他刚刚把那人按在一辆车上，而另外一个年轻人则愤怒地看着他。

"按住他！"麦克拉尼望着这个年轻人对我吼道。

于是，我这个本就手无缚鸡之力的报纸记者把这座城市的一位公民推倒在了停靠着的车辆上，并用极其拙劣的方式搜了他的身。我从头摸到尾，一直摸到他的脚踝。那一刻，我抬起了头，我看到麦克拉尼正站在我身后。

不出意料，他正冲着我大笑不止。

大卫·西蒙

巴尔的摩

1991 年 3 月

此生追忆

本书源于二十年前的一个圣诞夜。那个晚上，我是和罗杰·诺兰、鲁斯·卡尔尼、唐纳德·金凯德以及比尔·兰希一起度过的。我观察着凶案组里发生的慌乱事件，准备写一篇小专题，报道那些涉嫌谋杀的人是怎样度过圣诞夜的。或许是出于一种变态的心理吧，我个人很喜欢圣诞夜杀人案这样的故事，而我又相当刚愎自用地认为《巴尔的摩太阳报》有些读者和我有一样的趣味。

于是，我带着一瓶酒来到市局，穿过警卫室，来到了凶案组。当晚发生了一起街头枪击案、一起吸毒过量致死案和一起利器杀人案。随着白天的降临，警探们忙完了手头的工作，电视机里传来了节日音乐，我和他们一起坐了下来，卡尔尼打开了酒瓶。

门外传来电梯门打开的声音，金凯德回来了。他刚刚处理完那起枪击案——凶手的枪法并不准，子弹射进了受害者的大腿，受害者目前正在接受抢救：他应该能活到新年。

"我想，大多数人现在应该已经起床了，他们会走到圣诞树底下，发现圣诞老头送给他们的礼物。领带呀，钱包呀，或者什么的，"金凯德说，"但这个可怜的狗杂种，他的圣诞礼物竟然是颗子弹。"

我们都笑了起来。然后——我永远铭记那一刻——比尔·兰希说："我们这儿操蛋的事情可真多呀。要是有人能写下我们一年来的故事，操，那肯定是本好书。"

两年之后，比尔·兰希——愿上帝保佑他——因心脏病去世了，而我的个人境遇也并不好。我所属的报社虽然有盈利，却因为拖欠医保福利和工会闹了起来。记者们开始抗议游行——在未来的几十年里，这种性质的抗议游行将变得相当常见。我恨死报社的老板了。突然之间，我的脑海里浮现出一个想法：如果我留职离开一阵子会怎样呢？我既不会失业，也可以暂时告别新闻编辑室。

这时，我想起了兰希的话。我立刻给巴尔的摩警察局长爱德华·J. 迪尔曼写了封信，无知无畏地问他是否可以为他的警探们做长达一年的报道。

可以，他回信告诉我说。

直至今日，我仍不知道他为何要同意我。负责凶案组的警长否决了我这个想法，二把手副局长也不同意。他们咨询了凶案组警探的意见，大部分警探觉得让一个记者来跟踪报道是件不靠谱的事情。幸运的是，警局是个严格执行上级命令的地方。无论从哪方面来判断，它都不是个民主之地。

我从来没有就此问过迪尔曼。他在本书出版前——事实上，在我考察完之前——便去世了。"你想知道他为什么让你进来？"后来，里奇·贾尔维曾对我说过，"那家伙脑袋里长了颗肿瘤。难道你还需要其他解释吗？"

或许吧。然而，多年之后，犯罪调查部的指挥官迪克·兰汉姆告诉我，迪尔曼或许有他的理由。在讨论是否允许我前来报道的过程中，迪尔曼曾说过，在他的警察生涯里，做凶案组警探的那几年是最愉快、最令人珍惜的回忆。我情愿相信这就是他允许我前来报道的理由，虽然贾尔维说的话也有道理。

于是，我于 1988 年 1 月来到了凶案组。我的职位是莫须有的"实习警察"，而我的同事则是达达里奥手下的十九位警探和警司——他们都是男人。

我们之间是有规矩的。我不能把自己看到听到的告诉报纸；我得服从所跟随的警探或警司的命令；我不能在不被允许的情况下使用他们的真名；当书稿完成之后，它也得接受警局法务部门的审读——这倒不是为了审查书中是否有敏感内容，而是为了确保我所披露的信息不会影响办案。最终，这方面的担忧被证明是没有必要的。

　　一个案子接着一个案子，一次轮值接着一次轮值。在警探们谨慎的目光下，我疯狂地记录着他们讲的话、案件的细节、犯案者的个人信息和我个人的大体印象。我阅读了前一年的所有卷宗，也格外注意了 H 打头的卷宗——那都是我在做记者时追过的大案重案：沃伦住宅区的枪击案；布隆斯泰恩谋杀案；1982 年发生在墨菲住宅区的巴克斯戴尔火并案；1983 年发生在哈林公园的屠杀案。我简直难以相信，自己竟然可以堂而皇之地走进政办公室，随意拿起一本卷宗，优哉游哉地阅读它。我简直难以相信自己竟然没有被从案发现场和审讯室赶走。我简直难以相信警局高层竟然没有改变主意把我扫地出门。

　　随着我和警探们相处的时间越来越长，他们都放下了戒备心。刚开始时，他们中的有一些依然十分谨慎，一看到我走过来就会换副腔调说话。可是，渐渐地，他们不再在我面前表演了，他们变回了原本的自己。

　　我学会了喝酒。我曾因为喝酒丢过好几次信用卡。这些警探总是劝我酒，一一和我干杯，说我还有很多地方需要学习。有一次，我们一直喝到马其特酒吧打烊。我跌跌撞撞地和唐纳德·沃尔登一起走了出来。那一次，沃尔登——他允许我跟他去办案，但总是有点瞧不起我——突然冲着我大吼道："好吧，西蒙。操，你到底还想看什么？操，你以为我们还能向你展示些什么？"

　　我没有回答。我的办公桌上堆满了笔记，里面全是随意记录的混乱细节——连我自己都不知道该拿它们怎么办，我甚至觉得害怕。原本的设想是我每星期工作六天休息一天，事实证明这完全不可能。那个时候，我的婚姻快要完蛋了，可我却要天天工作。如果警探们在下班后去酒吧喝酒，我也必须陪着。

我通常都值两轮班。我会在下午 4 点的时候来到凶案组，等到天亮才离去。有的时候，我会跟着值夜班的警探去喝酒。我们会喝到天亮。我回到家就蒙头大睡，一直睡到天黑。我神奇地发现，如果你在某个晚上喝醉了酒，然后又在第二天早晨喝了一杯，那样你会感觉好很多。

我记得那是 2 月的一个早晨。我还在宿醉的余威之中，并没有按时去凶案组上早班。然后，我接到了沃尔登的电话。他说，他们在水库山道地区找到了一个未成年少女的尸体。十分钟之后，我来到了案发现场，看到了拉托尼亚·瓦伦斯被掏空的尸体——这起案件成了贯穿本书始终的线索。

我开始跟进这个案子，开始了解它的方方面面。佩勒格利尼，刚来不久的新警探。艾杰尔顿，凶案组里的孤独者，本案的警探副手。沃尔登，凶案组的灵魂人物。我开始少说话、多聆听；开始学会默默地记笔记，尽量不去破坏这个办公室内的微妙氛围。

过了一段时间后，因为我接触几乎所有的案子，也总是不离开办公室，于是我变成了凶案组的"咨询台"：

"巴尔洛在哪？"

"他去法院了。十八号院。"

"凯文和他在一起吗？"

"不，他去喝酒了。"

"和谁一起？"

"里克·詹姆斯和琳达。还有贾尔维。"

"昨天培森街那个案子，是谁负责的？"

"艾杰尔顿。他去了趟法医那里后就回家了。他 6 点钟回来。"

但在大多数情况下，我只是他们的笑料，一个供他们开心的、二十多岁的小家伙。"你是只被扔进猫窝的老鼠，"特里·麦克拉尼这么说，"幸运的是我们对你没兴趣。"

唐纳德·斯泰恩赫奇把我带到尸检室，一边看着我恐惧地打量尸体一边笑。戴夫·布朗把我带到佩恩街对面的餐厅，一边吃着恶心的香肠加蛋，一边描述着死尸，以考量我的忍耐力。里奇·贾尔维让我跟他一起审讯，当审讯结束时，他会突然转头问我有什么问题想问；我提起问题来还是像个记者，他就哈哈大笑起来。而如果我在值夜班时睡着了，醒来时就会看到他们偷拍我的宝丽来照片。照片里的我头靠在椅背上，嘴巴大张着，而警探们则一个个不怀好意地笑着，假装是在帮我口交。

半年之后，麦克拉尼为我写了份工作评估——巴尔的摩的所有新警察都恨死了这一套。"恶作剧专家们，"他在里面写道，"虽然目前实习警察西蒙的工作任务仍然不清，但他注重个人卫生，也很关心我们的工作。不过，我们暂时没有就他的性能力做过了解。"

每次回到家后，我就会在卧室的席梦思上睡觉。这已经称不上是个家了，里面的大多数家具都是我前妻留下的。比起睡觉，我在电脑前花的时间要更多些。我会把那些乱七八糟的笔记都整理出来，把它们誊写成一段段意识流般的文字，并试图把不同的案件、人物和事件归档。

拉托尼亚·瓦伦斯一案一直未破。我害怕极了——这倒不是因为这个城市里还有一个逍遥法外的凶手，也不是因为我觉得被谋杀的小女孩太无辜。我的脑子里千头万绪，不知如何下笔，根本没时间以道德的角度思考这个问题。我恐惧，是因为瓦伦斯一案是全书的线索，它之未破便意味着这本书没有高潮，结尾也将是开放的、虚无的、有瑕疵的。

我开始酗起酒来。直到那年夏天，富有"同情心"的警探用我的信用卡买了很多很多酒，让我再也喝不起了。我不愿面对现实——把这本书写出来——于是花了两星期的时间拿着录音机去采访警探。那些原本率真的警探说话小心翼翼起来，他们发现，要是说错了话，他们可能会被我杀掉。

艾杰尔顿接到了另一起未成年少女谋杀案，并侦破了它。在未告知他的情况下，我偷偷和去世小女孩的母亲见了面。后来，这位母亲成了我下一本书《街角》（The Corner）的主人公之一。我第一次见到艾拉·汤姆森是在她位于菲亚特街的排屋里。她为我开门，表情因痛苦而扭曲着。四年之后，我再次碰巧遇到了她。那是在文森特街的娱乐中心。那时，我正要写另一本书，一本即便连最坚强的警探都不忍心看的书。

我在凶案组报道的那一年里，从来都不觉得自己就是他们中的一员。我觉得这并不重要。我的打扮和他们一模一样。在犯罪现场，在法庭上，我会按照他们的指示做。我得说，我喜欢和他们待在一起。在此之前的四年里，我一直在报道巴尔的摩的凶杀案，但我所拥有的空间和角度是极为有限的——那只是都市版中的一块"豆腐干"。我只能把人类的悲剧——他们中的大多数是黑皮肤或棕色皮肤的受害者——浓缩成枯燥乏味的一小段话：

> 昨日，一位二十二岁的西巴尔的摩人在自家门前的四岔路口被人开枪谋杀。这可能是一起涉嫌贩毒的案件。警方表示，他们暂时不明确凶手的动机，也没有找到任何嫌疑人。
>
> 住在斯特里克尔街1400号的安托万·汤普森是被接到报警的巡逻警找到的……

突然之间，我进入了一个无法被大多数记者接触甚或被他们遗忘了的世界。这可不是作为当日新闻事件的凶杀案，也不是源自古希腊的道德悲剧。那年夏天，当尸体随着热浪来临越垒越高，我突然觉得，自己是站在一个生产死亡的车间里。这是一条死亡的流水线。在这个衰败的美国老工业区，什么都已经停止生长了，唯独死亡还在生生不息，唯独"心碎"还在大批量地被生产着。我告诉自己，也许，真正超现实的是我们的生活本身吧。

那年 12 月，他们最后一次找"捕鱼人"谈话。他坚持住了。拉托尼亚·瓦伦斯之仇依然未报。然而，到了那时候，我突然明白过来，虚无和暧昧才是本书正确的结束方式。我给约翰·斯特林——我在纽约的编辑——打了个电话，告诉他，我觉得这样的结局更好。

"这就是真实，"我说，"这就是世界运转的方式，或者说它停止运转的方式。"

他同意我的看法。事实上，他比我更早预见了这一点。他早就告诉我应该开始写了，可我却迟迟无法动笔。我盯着电脑活生生地坐了几个星期，我不知道这本操蛋的书的操蛋的第一句应该怎么写。于是，我郁闷地跑去马其特酒吧喝酒了。等我到的时候，麦克拉尼已经喝完了八罐啤酒，正拿着第九罐美滋滋地享受着呢。我把自己的困境告诉他，他饶有趣味地看着我问道："你不是个作家么？你应该很擅长写才对呀。"

当然，我的确算得上是个作家，可我没写过那么大部头的书。

"我知道你应该写什么了。"

快告诉我。

"你不应该写那些案件。那些谋杀案。我的意思是，谋杀案应该只是这个故事的背景。好吧，也许我说的都是废话。"

可我依然在仔细地聆听着。

"你应该写我们。我们这些家伙。你应该写我们是怎样的，我们怎么骂彼此，我们生气时候是怎样的，我们开起玩笑来又是怎样的，还有办公室里发生的那些操蛋事。"

我点点头，仿佛自己从一开始就明白这个道理一样。

"我看到你在我们互相开玩笑扯淡时也在记笔记。我们撒尿时，我们嗷嗷叫时，你在记笔记。我们说了个黄色笑话，你把它记了下来。你把我们说的所有话、做的所有事都记录下来啦。你要是不把我们都写好了，操，我可饶不了你哟。"

他笑了起来。他是在嘲笑我，也在和我一起笑——我从来没有像那刻一样确定过。

这本书卖得还算不差。它没有进入任何畅销排行榜，但好歹斯特林还愿意付我稿费——前提是我为他再写一本书。罗杰·诺兰没收了我的实习警察证，我回到了《巴尔的摩太阳报》。警探们再也不用担心有双眼睛在附近盯着他们看了。和大多数叙事类非虚构作品不一样的是，《凶年》并没有引起热烈的讨论。当然，巴尔的摩警局对这本书的反应相当剧烈。由于本书原封不动地引用了凶案组警探们的脏话，他们的上级警监和副局长完全被震惊了。领导们甚至要以言行举止不得体惩罚整个凶案组。

本书写的是巴尔的摩的事，这让书的宣传更加举步维艰。《纽约时报》书评版的编辑拒绝刊登关于此书的书评，其理由是这是一本地域色彩过于浓烈的书。还是有一些警察这条线的记者同僚在其他媒体为我说了些好话。有一天晚上，当我正要把即时气温填写进报纸版面的时候，突然接到了一个来自洛杉矶的电话。打电话来的是威廉·弗莱德金，他是来告诉我他很喜欢这本书的。

"哪个威廉？"

"弗莱德金。我是《法国贩毒网》（*The French Connection*）和《生死洛城》（*To Live and Die in L. A.*）的导演。"

"别逗我了。操，我快没时间查气温了。"

紧接着，几个类似于弗莱德金这样的著名人士表达了对本书的好感。很快，硬皮本从书店的展示柜里撤了下来，被放置在了"真实犯罪"那一类别里。我在《太阳报》安稳了下来，再次做起了老本行。我和那些警探们再次相遇，只不过这一次，我们不再身处在警戒线的同一边。有一次，巴尔的摩北部发生了三人谋杀案。我一直在现场外等着特里·麦克拉尼出来把基本情况告诉我。可是，截稿时间过去了，他还是没有出现。我生气了。第二天，我来到凶案组。我开始骂起人来。突然之间，唐纳德·瓦尔特梅耶看不下去了。他砰的一声从椅子上弹了起来，像一支.45手枪一样向我开炮。

"我操，天呐，西蒙。听听你都说了些什么呀。你难道不觉得你现在就像个操蛋的辩护律师吗？你提的问题难道不像他们一样吗？瓦尔特梅耶警探，你还记不记得你在1929年的时候操过一个婊子？操，谁关心这事啊？是，麦克拉尼是在现场，那又怎么了？他才不关心你那操蛋的截稿时间呢。滚你妈蛋吧。你和你的报纸，都可以滚蛋了。操，别在我面前演个辩护律师。"

我向麦克拉尼望了一眼，看到他正用大衣领子遮着脸笑。

"你在这里待了一整年，"瓦尔特梅耶总结说，"可你还是那个没事就哭的小婊子。"

啊。一切一去不复返啦。一切都回到了以前。

我和警探们的缘分已尽。可是，巴里·列文森购买了这本书的版权，把它拍成了电视剧，在NBC上播放。突然，我所创造的这个自在自为的小世界被颠覆了。艾杰尔顿变成了佩波尔顿，是一个骄傲的、知识分子式的警探。麦克拉尼变成了秃头，嘴唇上有一簇搞笑的小胡子，还成天研究林肯刺杀事件。沃尔登是由《激流四勇士》（*Deliverance*）的其中一个演员演的——操，他叫啥来着？而贾尔维呢？我去！贾尔维竟然是个大胸的红发女人！

对我而言，《凶案组：街头生活》（*Homicide：Life on the Street*）是个古怪的继子。我觉得它是部好看的电视剧，也欣赏其编剧的技巧——我甚至告诉警探们，将他们的世界虚构化是让该剧良性演化的必要手段。随着该剧的热播，本书也被读者们重新发现了：该剧还未剧终，本书就又卖出去了二十五万册。可是，我依然有不满意的地方。

在阅读了该剧的前三集剧本之后，我给巴里·列文森和汤姆·芳塔纳写了封长长的备忘录，向他们解释警探破案手段及法律要求的复杂性。不，一个警探不能因为他自己觉得枪就在嫌疑人家里就冲进他家里去搜；不，你得先获得搜查令，而搜查令得由巡回法院签署，其前提是警探有合理证据证明枪就在那里……

从此之后，芳塔纳就叫我"写非虚构的家伙"——这句话不带什么好意。

我曾于该剧拍摄阶段造访过几次现场，就像一个游客般站在旁边观看。警探们也经常会来。他们都会带上自己的妻子或女友，她们是慕丹尼·伯德温（Danny Baldwin）和凯尔·塞柯尔（Kyle Secor）之名而来的。其中有几位警探甚至当起了该剧的特约技术顾问。他们会坐在监视器边上，一一回答摄制组提出的专业问题。而有些时候，他们则会过于主动，径自指手画脚起来——这总是让电影公司很难堪。

有一次，哈里·艾杰尔顿看到弗兰克·佩波尔顿——他电视屏幕上的另一个自我——点了一杯加牛奶的威士忌酒，他突然大喊道："停！"

巴里·列文森回过头看了他一眼，仿佛他是个外星人。副导演们和现场制片们意识到喊停的不是导演，于是赶紧继续拍摄。

"可我怎么可能喝那样的东西呢？"在此之后，艾杰尔顿对我说，"加牛奶的威士忌？大卫，说真的，你觉得当观众看到这个场景时，他们会觉得我是个怎样的人呢？"

最终，加里·达达里奥——他总是如此机智而又谨慎——成了该剧唯一的技术顾问，还在剧中饰演了战术指挥官一角。随着大家对拍摄的新鲜感与日剧减，其他警探就再也不来现场了。我也不再去那儿了，因为——和所有待在现场的原著作者一样——我真觉得自己帮不上什么忙。

我和该剧剧组的关系倒没有那么差。事实上，该剧的制片人之一盖尔·穆特鲁克斯（Gail Mutrux）曾问过我是否想写该剧的第一集剧本。虽然编剧费十分优渥，我竟然还是拒绝了。我告诉盖尔——是她在读到了《凶年》之后把它推荐给了列文森，并建议改编成电视剧——就算为该剧本身考虑，她也应该找个更加合格的编剧。如果他们还想邀请我写剧本的话，我会在该剧的剧情模式已经建立起来之后尝试写一集看看。

芳塔纳和列文森同意了。在此之后，我和大卫·米尔斯——他是我在大学时一起办校报的朋友——写了一集，可是那一集的剧本实在太黑暗残酷了，以至于 NBC 的监制们拒绝在该剧还在第一季的时候拍摄它。一年之后，该剧拍摄了第二季——这一季被砍成了仅剩四集——其中一集便是我写的剧本。NBC 之所以亮了绿灯，是因为罗宾·威廉姆斯愿意在本集中客串一个角色。

我至今仍收藏着那个剧本——上面全是汤姆·芳塔纳的粗线红笔标注。我们写的戏很长，人物之间的对话则更是冗长。在场景交代的段落里，我们还写明了我们所想象的拍摄角度和方法——这是相当业余的做法。汤姆和吉姆·吉村修改了剧本，为罗宾·威廉姆斯加了戏，又删减了其他角色的对话，最后的成片或许只有一半是我和米尔斯的功劳。

我觉得这次尝试很失败——即便在此之后，本集剧本荣获了美国编剧协会的大奖。我觉得自己应该回那个属于自己的地方。于是，我回到《太阳报》做起了老本行。我开始计划写第二本书，那是一个关于西巴尔的摩贩毒街角的故事，我的调查报道也将为期一年。不过，米尔斯却因此走上了另一条路。他辞去了《华盛顿邮报》的工作，前往好莱坞发展，为《纽约重案组》（NYPD Blue）写剧本。那时，他打电话告诉我说，一个非专业编剧写的第一个本子，就算最后拍出来的只有一半，也算得上是种成功。

在他的鼓励下，我为《凶案组》写了第二个剧本——这一次，被修改的地方就更少了。在此之后，我离开了《巴尔的摩太阳报》。当时，我在报纸的工作又遇到了困境。《太阳报》拥有悠久的历史，却也被传统所束缚，它就像一个老妇，优雅而又举步维艰。可是，就在那个时候，《太阳报》招来了几个从费城过来的沽名钓誉者。他们根本不知道新闻写作到底是怎么回事，以为所有新闻都应该是五段式的，第二段应该以"《巴尔的摩太阳报》了解到"为始，紧接着加上两三段将事态简化了的描述，并以更加简化的观点结束。

《太阳报》想去冲击普利策奖，整个编辑记者团队都犯了迷糊——他们已经不知道怎么做新闻了，成天就等着新上任的高层把现成的、天赐的模板授予他们。当我写完《街角》回到那里时，发现整个编辑室都笼罩在压抑的氛围中。紧接着，《太阳报》历经了几次股份易手，好多有天分的老同事都离开了。预算被削减，所有权变成了非当地集团，这份报纸被毁了。90年代中期，我发现《太阳报》变成了一个追名逐利、蠢人当道的地方。我所爱的《太阳报》再也不存在了。于是我想，和对普利策奖的追求相比，改行做电视剧编剧应该也算不上什么罪过吧。

于是，我成了我那个"继子"的雇员。汤姆·芳塔纳悉心教授我应该怎样写剧本，我很荣幸和他一起共事过。在此之后，《街角》出版了，我和米尔斯已经做好准备把它兜售给 HBO。

警探们也读了我的第二本书。他们觉得《街角》还算凑合。有一次，梦露街和菲亚特街街口发生了一起枪杀案，我就在现场。弗兰克·巴尔洛突然跨过警戒线来到我身边，和我聊起了往事，并问我的新书怎么样了——他的亲昵行为给我造成了巨大的麻烦，在之后的好几天里，我一直在向那些毒贩子和瘾君子解释我为什么和警探相熟。

可是，在另外一些警探看来，我的第二本书是对他们的背叛：因为这本书的视角不是巴尔的摩警探，而是那些被他们追捕的人。

从 90 年代早期开始，警察和毒贩之间的斗争变得更加残酷而不留情面。在我写完《凶年》的五年之后，可卡因成了巴尔的摩贩毒市场中的王牌产品，整个城市都被它改变了。在此之前，巴尔的摩只有大概十几个贩毒点，可现在却有多达上百个。与此相关的是，凶杀案的数量也接连攀升，从当时的每年二百四十起左右一直发展到了超过三百起。破案率随之下降，警局高层紧张了起来。最终，紧张变成了恐慌。

自从本地人唐纳德·博梅尔留掌管巴尔的摩警局之后，警局渐渐变得平庸无为起来；在对可卡因的战争里，他们为自己的平庸无为付出了代价。博梅尔留是于 1981 年上任的，当时他已然是个处于半退休状态的人了，而当时巴尔的摩也还没几个贩毒点，"快速球"① 更是一个只闻其名、未见真身的传说。十年之后，毒贩和毒品都发生了翻天覆地的变化，可巴尔的摩警局却还是老样子。为了赢得战争，警局必须有一个强势的领导。于是，巴尔的摩警局迎来了自 1966 年以来的首位外地局长，政府授权与他不遗余力地清除贩毒点。

他听从了政府的命令，却运用了最坏的方式。托马斯·弗雷泽尔——他是圣何塞人——趾高气扬地来到巴尔的摩警局，并几乎以一己之力，摧毁了整个巴尔的摩凶案组。

首先，弗雷泽尔彻底无视了存在于美国警局里的两种层级结构。第一种层级结构是指挥系统，警衔是其首要参考标准：警司听警督的话，警督服从警长的指挥，警长向警监献媚，警监为副局长擦屁股。这一层级结构有其存在的必要性。

---

① Speedball，一种混合了可卡因与海洛因的毒品。——译者

但警局还有另外一种有其必要性的层级结构，其首要参考标准便是员工的专业程度。它存在于警局的技术工种之中，越对某一工作富有经验的警察就越受人尊重。

而这恰恰是衡量一个警探的标准。

令人难以置信的是，弗雷泽尔一到巴尔的摩就宣布道，为了让警局重获活力，他决定采用轮岗制度。一个警察不能在同一岗位待超过三年的时间。

要知道，培养一个凶案组警探——其实，其他部门的调查员及技术人员也一样——让他能够纯熟运用破案技巧，也至少得花三年时间。轮岗制度极大地破坏了凶案组成员的专业性。可是，弗雷泽尔却现身说法，说以他个人的经验来看，每个警察都会在做了三年同一岗位后感到无聊乏味，并渴望新的挑战。

这一制度的执行让很多优秀的警探离开了警局。他们中的有些人去了 FBI，有些人则去了周边的县警局工作。在加里·钱尔斯和凯文·戴维斯辞职之前，我曾采访过弗雷泽尔，问他对失去这两位好探员有何感想。

"这两个人完全有能力指挥一个分队啊。"我说。

"为什么我们需要指挥？为什么凶案组不可以人人皆是最优秀的警探呢？"

作为一种修辞手法，他的假想听上去美妙极了。然而，残酷的事实是，即便在巴尔的摩凶案组最为鼎盛的七八十年代——当时，我们的破案率总是高于全国平均水平——凶案组的探员水平也难免是参差不齐的。有的警探是天才，有的警探还算合格，有的警探则完全是碌碌无为者。

那时候，凶案组之所以风头无二，是因为每个分队都有一个像沃尔登、钱尔斯、戴维斯和贾尔维这样的人。他们是核心、是灵魂，他们会保护比他们更弱的同事。三十个警探，六个警司——这种配置确保了不会有人落单，新人可以和老手搭档，问题随时都可以被解决。

弗雷泽尔还做了一项决定。他要扩充警局六楼的编制。凶案组有了更多的分队，更多的新警探。最终，凶案组里来了很多从暴力犯罪部调来的人，人员扩充到了六十个。

警探更多了，可负责任的人却更少了。一个警探接起匿名举报电话，却不知道负责这个案子的分队是哪个；也再没有人悉心培养新警探了。曾几何时，每个分队里都有一两个菜鸟，老探员们会照顾他们，教导他们，让他们先跟着自己破十几起案子，再让他们独自负责一两起易破的案子，之后才敢把那些谜案交给他们。可现在，有的分队里面竟然全部都是菜鸟。不出意外，随着老探员们的离开，破案率直线下降了。

几年之后，巴尔的摩凶案组的破案率降到了百分之五十以下，而这其中最后被定罪的才占可怜的一半。更加可悲的是，和任何企业单位一样，一旦专家离开这里之后，他们就再也不会回来了。

"他们毁了我们，"贾尔维告诉我说，"这曾经是个多么伟大的小组啊。他们的摧毁计划完全是蓄意的。"

在我身处的世界里，同样的事情也在上演。《太阳报》中最优秀的记者都辞职了，他们去了《纽约时报》《华盛顿邮报》和其他报业——和警探一样，他们是被体制对他们的傲慢态度赶走的。

斯特里克、乌顿、艾尔瓦雷斯、佐尔斯、利特温、汤普森、李普曼、海曼——他们都是《太阳报》最优秀的记者，可他们先是被边缘化，继而又被买断了合同；他们被放弃，终而由那些年仅二十四岁的助理接任——这些年轻人庸庸无为，更别提挑战管理层了。我不知道如此大动干戈到底为何。最终，《太阳报》管理层辞退的好记者和它重新招募的一样多。当这个费城来的管理层离开这份报纸时，他们留下了十二年内三次获得普利策奖的"丰功伟绩"——可是，在他们来到这里之前的十二年里，《太阳报》的晨报和晚报一样获得过三次普利策奖。

有一次，我和贾尔维一起喝酒。聊着聊着我就意识到了我们所处之境遇的象征意义：在后现代的美国，无论你所服务或为你提供服务的是哪个单位——警局、报业、政党、教堂、安然（Enron）、世通（Worldcom）——最终，你都会遭到背叛。

我越想越觉得自己是个古希腊哲人。这不就是埃斯库罗斯和索福克勒斯写的东西吗？不同之处仅在于现如今的诸神并不是奥林波斯们，而是那些集团和公司。无论如何，在这个世界上，个人的价值——无论他是经验老到的警探、富有涵养的记者、冷酷暴力的街头男孩，还是第三代码头工人、偷渡的东欧性工作者——已越来越无关紧要了。

在见证了《太阳报》和凶案组所历经的变化之后，我开始为一部HBO的新电视剧写剧本：那就是《火线》。好歹，它占去了我接下来的时间。

在审读完《凶年》的书稿之后，特里·麦克拉尼曾给我发来一张铜版纸卡片，上面的题记是：

"《凶年》第二部"

这是一本一句话小说："天呐，他们都被调走了。我现在终于明白他们对我说的话了。"

麦克拉尼是想开玩笑地提醒我，这本书的出版或许会对其中的人物造成影响。

在此之后，弗雷泽尔的轮岗制度开始执行了，有些老警探出于这个或那个原因离开了。麦克拉尼一语成谶。

不过，我依然无法忽视一个事实：1998 年，我发现自己在十年前拿着钢笔和笔记本日夜跟随的警探有超过四分之三已经离开了巴尔的摩凶案组；不过在 1988 年，当我还是"实习警察"的时候，我也查阅过资料，发现 1978 年在那里工作的警探当时也只剩下了四分之一。所以说，他们的离开和本书的出版并无本质关系。

真正起到作用的是时间本身。

渐渐地，巴尔的摩这座被《凶年》及其后续电视剧所描述的城市，开始习惯于这些文学影视作品带来的一切了。本市市长客串了一个角色，马里兰州州长也一样。电视剧的演员认同自己是巴尔的摩人，而我们这些本地人给他们取了个名号——"巴尔的摩蠢人"。在过去的十五年里，我曾为无数巴尔的摩人签过名：他们中有本市的政治家、民权运动领导人、律师，也有警察和罪犯。

我变成了巴尔的摩的大名人。然而渐渐地，我又不怎么受待见了，因为《街角》和《火线》揭露了本市更为黑暗的那一面。巴尔的摩作为"凶杀之都"的形象和它的旅游景观在我的著作中融合在了一起，其效果是令人错愕的。而另一方面，我又传达了一种古怪的自豪感——毕竟，这座城市历经了那么多苦难，且长期暴力肆虐，可人们竟然还坚强地活着。

我知道这是一种荒诞不经的想法——正如俗话所说，爱它，就要爱它的一切——但我有我的道理。首先，我个人认为，《凶年》是对我们国家长期忽视城市问题的一个有力回应。我想说的是，如果我们的政府对那些问题无能为力，那么至少，我们还可以用智慧和真诚来抗击它们。

某啤酒曾做过一个广告，说马里兰州是"幸福之都"，而巴尔的摩本地人则会习惯性地豪言巴尔的摩是座"你来了就不想走"的城市。

《凶年》和《街角》嘲笑了这些说法。《火线》的基调更加愤世嫉俗，也更具政治挑战性。但是，我并非要极尽讽刺之事。我更没想过要针对某个本市公民，对其进行挖苦。如果你住在巴尔的摩，你就依然能感觉到这片土地的善意，也依然能感受到这座城市对公民社会理想的追求——虽然这一理想历经了贫穷、暴力、死亡、混乱和冷漠的磨难，早已千疮百孔。

最近，市政府花了五十万美元请一家咨询公司创了个新标语：

"巴尔的摩——快来见证它吧！"

我喜欢这条标语。仿佛巴尔的摩是个有待你去发现的秘密。仿佛只有当你亲临它的街道，在那里观赏游览了好一会儿之后，才会明白这座城市何以存活下来，而为何又有那么多人关心它的未来。

不过，我心目中的最佳标语则另有所属。日报网站曾举行过一次短暂的标语选拔活动，读者们可以把自己的想法说出来，要是被咨询公司选中还能拿到不菲的酬劳。其中有一条标语是半开玩笑式的：

"欢迎来到巴尔的摩，操……快闪开！"

警探们肯定会对这条标语会心一笑。他们对诞生这条标语的语境太熟悉了。去他妈的吧，他们应该会买好多好多胶棒，然后把这句标语贴在每辆车的屁股上。

这些警探生活着、工作着，却并不抱什么幻想。有一天深夜，当我在修改本书的第三稿还是第四稿时，我突然意识到，我是在替他们发声，替他们说出最真实的感言。

难道还有比这更有意义的事吗？明星读者的趋之若鹜，其他同行的嫉妒，还有那些颁给本书的奖项，所有这些都不再有所谓了。十五年前，当我面对电脑写作此书时，警探们的想法便是唯一的判断标准。如果他们读完之后觉得我句句诚实，那么，我就不会对自己这一将他们个人隐私透露于纸上的行为而感后悔。

这倒不是说我所写的都是褒赞他们或将他们美化的东西。我想，读者们业已发现，在本书中，他们中有些人是种族主义者，有些人则对种族主义表现木讷；有些人歧视女性；有些人则有恐同症；而他们的笑话时常源自他人的贫穷和苦难。可是，无论他们的政治偏见如何，只要地上躺着一具尸体——无论这具尸体的皮肤是黑的、棕色的，还是（相当罕见的）白的——他们都会一致对待。在我们这个毫无优雅可言的时代，职业操守便是一种优雅，它足以令人原谅此人其他方面的小罪小恶。我相信，我的读者会原谅他们，正如我原谅了他们一样。我希望，当你们读完这本厚达六百[①]多页的书后，这些警探的率真诚实将不再让他们难堪，而是变成了他们的优点。

在《让我们赞美名人》（*Let Us Now Praise Famous Men*）一书的前言中，詹姆斯·艾吉（James Agee）曾请求其报道对象原谅他对他们生活的入侵。他说："我所写的是人类，这些生活在这个世界上的人类，他们和盘旋在他们四周的那些人无关；他们和这些可怕的人共栖，被他们调查，被他们监视，受他们尊敬，被他们爱戴，而这些可怕的人则又是受雇于他们根本无从知晓的陌生人；他们被他人监视着，他们的生活毫无秘密可言，而这一切，都是为了那本所谓的书。可所有这些，又和他们有什么关系呢。"

很多记者都相信，他们应该和调查对象保持距离，用一种分析、客观、具有专业精神的态度去写作。很多记者都致力于报道丑闻和人间的悲剧，他们相信，对人性抱有怀疑且同情的态度是并不足够的。当然，他们的作品准确描述了所报道的事件，也具有其存在的意义——可是，即便他们所报道的是真实事件，他们对真理的揭示也并不比任何其他形式的叙事多哪怕一丁点儿。

多年之前，我曾读到过一篇针对理查德·本·克雷默[②]的访谈。采访他的同僚提出了相当尖锐的问题。这个问题关乎一种——至少在新闻编辑室里——禁忌的爱。他问克雷默，他是否喜欢他在《代价》一书——这本关于总统选举政治的书完全是杰作——跟踪报道的总统

---

① 原版书页码。——译者
② Richard Ben Cramer，美国著名记者、作家。和大卫·西蒙一样，曾在《巴尔的摩太阳报》任职。代表作为《代价：通往白宫之路》（*What It Takes*：*The Way to the White House*）。——译者

候选人。

"喜欢他们?"克雷默回答道,"不,我爱他们。"

是啊。如果他不爱他们,他又怎么可能以他们的视角写出这本长达九百页的著作呢?如果一个记者跟踪调查某些人长达数年之久,他记录了这些人人生中最美妙和最悲惨的时刻,他又怎么可能对他们无动于衷呢?他又怎么可能对他们的个性、尊严和生命价值毫无判断呢?

我必须承认,我爱我笔下的警探们。

当我写这篇文章时,理查德·法勒泰齐——在 1988 年时,他是朗兹曼分队中的一名警探——荣升警长,成了凶案组的指挥官,虽然他已经做了三十多年警察了,并打算在未来的几个月内退休。

特伦斯·帕特里克·麦克拉尼警督——十五年前,他是凶案组的分队警司——成了轮值指挥官。他曾一度离开凶案组,被放逐到了西区分局和中央区分局。那是因为有一次,在总部的车库里,他和当时的轮值指挥官吵了起来,甚至快要出手打架。不过,他终于还是回来了。

麦克拉尼之所以要大打出手,仅仅是因为轮值指挥官再也不是加里·达达里奥了——在离开凶案组之后,达达里奥先是升职成为了警监,而后又变成了警长,成了东北分局的指挥官。在很多人看来,那个接替达达里奥的警督根本不懂凶案组的业务。此人懂不懂业务我自然无从得知,但他肯定不懂麦克拉尼。在我看来,虽然麦克拉尼嘴巴很碎,有时故作姿态,有时对人冷淡,但他肯定是我所认识的人中最聪明、最风趣和最诚实的一位。我很荣幸能认识他。

达达里奥不但成了分局指挥官,也坐稳了相关影视剧的技术顾问一职。他的名字出现在了《凶案组》及其后续作品中。他还曾在该剧中饰演过加斯帕警督这一角色。加斯帕是剧中战术小组的指挥官。虽然他的演技还算不错，但这份兼职还是遭到了很多下属的侧目。

三年之前，局长突然把达达里奥招至办公室，通知他，他被辞退了。局长没道明过理由。

这可能与以下事实相关：就在达达里奥被解雇的几天之前，他又去《火线》剧组客串了一把，演了一个检察官。当时的巴尔的摩市政府并不喜欢这部 HBO 电视剧。虽然客串出演了该剧的警察有不少，但他的的确确是唯一一个对表演乐此不疲的高层指挥官。为此，我写了封信给市长为达达里奥求情。我说他演的角色是个中立人物，而他在里面的台词也丝毫没有侮辱警局的意思。我说，如果仅仅是因为达达里奥警长客串了该剧而把他解雇，我希望市政府能重新考虑这个决定；而如果他们同样不希望其他警探来客串该剧，那么，请他们通知我们剧组。

可是，我没有收到任何回答。

1995 年，在做了三十多年警察之后，唐纳德·沃尔登自己提出了退休。凯文·戴维斯——斯坦顿队伍中一位类似于沃尔登的老探员——也于同一天宣布退休。我申请跟踪报道这两位警探的最后一个工作日，他俩同意了。那一天，他们从市拘留所带走了一个嫌疑人，他们怀疑此人是一起过往谋杀案的凶手，可此人怎么都不肯招供。这篇故事同样是我在《巴尔的摩太阳报》的最后一篇署名报道——对于我个人而言，这也是一次最后的告别。

一年之后，随着凶杀案越来越多，破案率越降越低，警局决定回聘沃尔登，让他协助调查那些往年未破的悬案。时至今日，他还在继续干着老本行。和他搭档的是他曾经的上司罗杰·诺兰警司。他会用蓝笔在"板儿"上写下那些案子受害者的名字——虽然他既没有警徽也没有配枪。

我经常会在奥多内尔街上的爱尔兰酒吧碰到沃尔登。我会和他喝上一两杯。我总是会像戴夫·布朗那样扔一个二十五美分的硬币给他。他总是礼貌地拒绝，不过他也同时指出，现在他应该接受四十五美分的硬币了。

法勒泰齐、麦克拉尼、沃尔登、诺兰——他们四位是仅存的目前还在凶案组工作的达达里奥手下。那帮人中的大多数已经去了大西洋中部①的其他地区警局工作了；还有一些已经退了休，在其他调查机构任职，并领着更为优渥的工资。

里克·詹姆斯——沃尔登的搭档——去了美国国防情报局工作。里奇·贾尔维和鲍勃·麦克埃利斯特去了联邦公共辩护人办公室。贾尔维在宾夕法尼亚州的哈里斯堡分部工作，而麦克埃利斯特则在巴尔的摩分部工作。

加里·钱尔斯先是去了卡罗尔县州检察官办公室，而后又成了巴尔的摩县的凶案组警探。杰·朗兹曼也去了那里。在此之后，朗兹曼的儿子子承父业，也成了当地的警探。随着他们父子的到来，这个县凶案组再也不愁没笑话听了。

最近有一次，杰·朗兹曼通过无线电问他儿子——儿子的警衔比老爸高——是否看见了他们正在跟踪的可疑车辆。

"盯着呢，老爸。"他儿子简洁地说。这次任务中的其他人员都笑了起来。

在失去罗杰·诺兰的庇护之后，特立独行的哈里·艾杰尔顿很快就被孤立了。

1990年，他长期的搭档艾德·伯恩斯完成了针对沃伦·伯德雷贩毒集团的FBI与巴尔的摩当地警局的联合行动，回到了凶案组。伯恩斯向上级申请成立特别行动小组，用以调查巴尔的摩另外的暴力贩毒组织。这份申请并没有得到回应。1992年，失望的伯恩斯领上了

---

① mid-Atlantic，指美国新英格兰和南大西洋诸州之间的地区，包括马里兰州、宾夕法尼亚州、新泽西州、纽约、华盛顿等。——译者

退休金，来到巴尔的摩市的一所学校做起了老师。一两年之后，我找到了他，说服他跟我一起前往西巴尔的摩报道并写作《街角》。我们之间的合作目前仍在继续着——现在，艾德是《火线》的编剧及制片人之一。

艾杰尔顿选择离开诺兰的分队——曾经，他的警司总会照顾他；曾经，他的警司会替他抵挡流言蜚语。他从凶案组调到了日益强大起来的暴力犯罪特别行动组。他相信，他有机会在这里接手他和伯恩斯希冀的重案大案。

然而，暴力犯罪特别行动组让艾杰尔顿失望了。它变成了一个小打小闹的地方，只会负责一些毫无意义可言的小行动，比如说去街上逮几个小毒贩子或对某个藏毒点进行搜查。于是，艾杰尔顿的叛逆心起，全然不顾上级领导的命令和同事警探的非议，径自离开了那里。只有哈里·艾杰尔顿才干得出这种事来。

在此之后，艾杰尔顿负责了一个堪称荒诞且具有存在主义色彩的任务。一个副局长指派他前去寻找一把被巡逻警丢失的配枪——后者是在东巴尔的摩执法受了伤之后丢失它的。几星期之后，艾杰尔顿找到了那个拿到配枪的东巴尔的摩人。两人试图进行交易。艾杰尔顿的筹码是好几盘黄色录像带——这些录像带是在某次突袭藏毒点时找到的，当时它们被整整齐齐地放在一个皮箱子里。艾杰尔顿向拿到配枪的人保证，这些录像带都是他的私人珍藏，没有人会过问。可是，就在两人快要达成交易的当口，一个上级领导把艾杰尔顿给举报了。他说艾杰尔顿没有把录像带和皮箱子作为物证交出来，是种渎职行为。艾杰尔顿因此被上诉，还被停了职。然而，就在本案听证之前，有人看到艾杰尔顿来到了西巴尔的摩，虽然被停职可腰里还别着配枪，他竟然还在和一个他所谓的线人谈判。

唐纳德·沃尔登——警局里的智者——总喜欢指着巴尔的摩市警察局行为守则说："如果他们要搞你，那你一定会被搞。"

警局早已对艾杰尔顿失去耐心。他对指挥系统的漠视，他对除了案件之外任何其他事物的不闻不顾，所有这些都成了他被孤立的因素。警局早就想搞他了。在因此案被上诉之前，他总以为自己能做满二十年，然后拿着退休金全身而退。可现在，他只是一个为多家公司服务的安保人员。

　　艾杰尔顿在拉托尼亚·瓦伦斯一案中的搭档汤姆·佩勒格利尼依然执着于这起悬案，也依然毫无收获。最后，他再次找到了"捕鱼人"。他企图说服"捕鱼人"在一张纸上写下自己有罪与否的证词。他告诉"捕鱼人"可以把它藏起来。

　　"我会在你去世后才打开那张纸，"佩勒格利尼对他说，"这样，我至少会安心一些。"

　　几年之后，"捕鱼人"真的去世了。可是，警察根本没有在他家找到类似的证词。奇迹发生与否，毕竟都是个偶然事件。

　　从巴尔的摩警局退休之后，佩勒格利尼跟随联合国部队去到了科索沃，向那里的警探传授破案的技巧。现如今，他在马里兰州开了一家私人调查公司。

　　加里·登尼甘现在是个保险调查员。艾迪·布朗和斯坦顿底下的贝提娜·席尔瓦去了巴尔的摩乌鸦足球队做保安。里克·"邦克"·李奎尔变成了警局退休员工服务部的领导，而他雪茄永不离手的形象通过温德尔·皮尔斯在《火线》中对邦克·莫兰德一角的演绎成了最为人所熟知的警察形象。达达里奥队伍中的其他警探——唐纳德·金凯德、鲍勃·伯曼和大卫·约翰·布朗——都退休了。大卫·布朗在一次对无人排屋的搜查时遭到了袭击，腿部受了重伤，因此被迫退了休。

　　丹尼·希亚于1991年死于癌症。本书没有过多着墨于他，因为他是斯坦顿的手下。可是，我依然清晰地记得我跟随他所见证的最为自然的死亡：那是在查尔斯村的一处公寓里，一位钢琴教师在自己的床上走完了这一生，收音机里还轻声播放着音乐。

那是拉威尔的《悼念公主而作的孔雀舞》，知识丰富的希亚告诉我。

"多么安静、完美的死亡啊。"他对尸体点着头说——每当我想起希亚，就会想起那一刻。

去年，唐纳德·瓦尔特梅耶也因癌症去世了。在此之前，他便已从巴尔的摩凶案组退休，并来到了马里兰州东北部的阿伯丁警局做调查员。

麦克拉尼和瓦尔特梅耶曾经所在分队的其他警探赶去阿伯丁参加葬礼。他们在那里遇到了瓦尔特梅耶后来的同事。他们发现，他们心目中的瓦尔特梅耶一模一样。那个既让人爱又让人恨的瓦尔特梅耶呀。两批穿着不同制服的警察都说，他们是如此有幸，才能和这位出色的调查员及知名混蛋共事过。

与此同时，那个曾经的"实习警察"仍然"在逃"。有关他的谣言在和他相识的那些老探员中流传着。有人说，他们曾在电视剧剧组巴尔的摩的拍摄现场见到过他；有人说，他应该就在拥挤的制片办公室或编剧工作室里面。有些时候，他会出现在帕克斯维尔的巴尔的摩凶案组大聚会上。每当那些时候，退休的老探员总是会不知疲惫、挤眉弄眼地问他，NBC 什么时候才会把大额支票寄给他们。

不好意思，他无法回答这个问题。可是，这位"实习警察"已经准备好把自己的信用卡贡献出来了。因为他知道，出于很多很多的原因，他的这一辈子都亏欠他们——他们中的每一个。而这种亏欠，并不是一百杯酒就能偿还的。

大卫·西蒙
巴尔的摩
2006 年 5 月

结案

十五年前，当大卫·西蒙在写作这本书时，他还是个穿着 T 恤、戴着钻石耳钉、在笔记本上乱画乱记的胆小鬼。可现在，他已经是位荣获多个奖项的作家、著名编剧及事业有成的电视剧监制了。而在同样的十五年里，我却仅仅晋升了一个级别。

这么多年来，我和他团聚的机会并不多。仅有的几次是在凶案组的大聚会上，以及加里·达达里奥和尤金·卡西迪的退休派对上。然后，有一天，我的儿子布莱恩从北卡罗来纳州给我打来电话。他说，"爸爸，HBO 正在放一个电视剧，说的全是你们警局的事。"我告诉他，我知道那部叫做《火线》的电视剧，并问布莱恩喜不喜欢它。他的回答充满敬意："爸爸，我这边的每个海军陆战队成员都在看《火线》。"

西蒙又成功了。

1988 年，当昏了头的领导允许大卫来我们这里和我们共度一年时光时，我和我的同事完全把他当成了一个玩具。在此之前，大卫是个滴酒不沾的人。在我们的逼迫下，他开始喝酒。我们高兴地发现，他的酒量很差，没喝几杯就会醉。他主动接近我们，想在下班后跟着我们去喝酒，他或许以为这样才能见证最真实的警探；而其实，我们去喝酒，只是想灌他三杯，然后把他当猴耍。

对于我们的恶作剧，大卫甚是大度。渐渐地，我们不再找他麻烦了。凶杀案来得过于凶猛，我们都很忙，再也没时间逗他玩，而他则变成了一只隐形的蟑螂，颇为用心地观察着我们的一举一动。刚开始的时候，我们对他甚是防备。每当他出现在我们面前时，我们总会小心说话。可是，过了一段时间后，我们就忙得再没有心思在他面前表演了；而我们越是忙，他记下的笔记就越多。虽然我们允许他出席审讯，但是在有些情况下，法律不允许除了警探和嫌疑人之外的人待在审讯室里。那个时候，审讯室里还没有单向透视玻璃，也没有麦克风，他只好把耳朵凑到门缝上偷听。而我们也习惯了不要猛地开门，以免门砸到他的脸。从他之后所记录的审讯看来，他的听力着实惊人。《凶年》问世之后，我们都很感谢大卫，因为他准确地捕捉了每个城市凶案组里都存在的、有节制的混乱氛围：调查过程时而顺心时而焦头烂额，我们时而绝望时而为胜利欢呼，更别提充斥在这个空间内的、深不可测的暴力言行了。

在这本里程碑式的著作出版之后，现已去世的警察局长曾咨询过警局的法律顾问，他想知道是否可就言行举止不检点起诉整个凶案组。幸运的是，警局里还有人拥有冷静的头脑。我们没有遭到起诉，可是，很多警探的工作评估一下子一落千丈了。在此之后，NBC 将此书改编成了电视剧，我们在剧中的形象变得更加正面且具有好莱坞魅力起来。

作为警察，我们总是喜欢把人分类：拉丁裔人、黑人、白人，每个人都可以被分类。我们会站在证人席上说："那个黑人从前门走了进去，然后，那个黑人又从后门溜了出去。"仿佛如果我们不强调"黑人"的话，他就会一转眼变成白人和紫人。所以，在十五年前，我也同样给大卫·西蒙分了类。

他是个白人。当他第一次出现时，我看了一眼就知道他是个特立独行的人。虽然他说自己在成为"实习警察"前是个记者，我依然无法证实他的话。虽然他可能在案发现场出现过，可我不记得见过他了。也许是我记性太差吧。他这个人很容易被忽视。他不高也不矮，身材也一般。说实话，就他那样很难称得上是什么"身材"。那顶多就是个躯干吧，上面没有任何通常来讲和躯干相联系的东西，比如说肌肉。或许他还是有肌肉的，只不过他狡猾地把肌肉藏在了骨头和皮肤之间我们看不到的什么地方。你说，一个人成天一手捧着笔记本，一手拿着钢笔，他竟然没有手臂肌肉，这怎么可能呢？他的头上倒有几根毛，只不过很稀疏，看得出来快要谢顶了。我猜的果然没错。在此之后，他的脑袋就锃亮起来，而他身上最接近头发的东西就变成了眉毛。在那对眉毛下面有一双没法辨别颜色的眼睛，它们可能是绿色的，也可能是棕色的。所以，我总结道：

"白人男性，六英尺高，一百七十斤重，秃头，穿衣品位巨差，面带迷惑表情，酒量差，手里总抱着笔记本。最后一次被人看见是在……"

在我看来，《凶年》中最令人动容的是关于唐纳德·瓦尔特梅耶的内容。他发现了一具因吸毒过量致死的女尸，在其丈夫赶到现场之前，帮女尸扯了扯衣服，让她看上去不那么难堪。大卫说这是一个"仁慈的举动"，同时也是瓦尔特梅耶才做得出来的举动。我做了很久唐纳德的上司。说实话，我从来都不完全了解他，但是，我很尊敬他。

我和瓦尔特梅耶曾去过两次印第安纳州的乡村小镇。在那里，曾有个纵火犯把他的女朋友和她的两个孩子烧死了。然后，此人来到了巴尔的摩，又纵了一起火，这次被抓住了。他在监狱里的狱友是个易装癖者，他把自己之前所犯下的罪告诉了这个人，而此人立即拨通了我们的电话。于是，我们前往印第安纳州参加对此纵火犯的预审。而后，当我们受邀带着作为证人的易装癖者参加庭审时，唐纳德——他是个人尽皆知的幽闭恐惧症患者——对我说，他不想参加庭审了，他想去周遭玩一玩。于是，他租了一辆粉色的凯迪拉克——他坚称那不是粉色而是酒红色。

有一天早晨，当我们在一个餐厅吃早饭时，几个当地人走了进来。他们问我们是不是巴尔的摩的警探。他们想要感谢我们。我们当然很高兴，可唐纳德却很好奇为什么我们会被当地人认出。我看了眼窗外的凯迪拉克，对他说：这是一个很小很保守的小镇，而我们却带着一个易装癖者，还开着一辆粉色的凯迪拉克。唐纳德一边若有所思地吃着饭，一边回答道："我不是和你说了么？那是酒红色。"

　　唐纳德去世了，我们所有人都很伤心。

　　在过去的十五年里，我们的工作性质发生了改变，这得归功于《犯罪现场调查》（CSI）的热播。现在，每个陪审团成员都以为我们是神探，每个检察官都会以《犯罪现场调查》为例说明我们工作的不到位之处。与此同时，我们的谈判技巧反而退化了。面对目击证人，有的警探只会动用威吓的伎俩。不出意料，市民的配合度也随之降低。巴尔的摩出现了越来越多的黑帮，毒品肆虐。易破之案越来越少，谜案难案越来越多。幸运的是，我们拥有了上皮细胞 DNA 分析仪。（上皮细胞，多么美妙的词啊。）这一科技侦破手段是随着微量物证采集技术和 DNA 分析技术的发展而来的，它简直就是个破案神器。你能捂住自己的脸，你可以在犯案后洗手，你没忘记把凶器扔进海港里，可是，你无法阻止你的皮屑留下你的 DNA。不过总体而言，这些进步依然是微不足道的。就破案本身来说，我们的工作和大卫·西蒙在的时候并无太大区别。我们依然会来到犯罪现场，依然会走访排查，依然会审讯嫌疑人，也依然相信人性的劣根会露出它的马脚。

　　我们永远相信。

特里·麦克拉尼

凶案组警督

巴尔的摩

2006 年 5 月

David Simon

HOMICIDE：A Year on the Killing Streets

Copyright © 1991，2006 by David Simon

Published by arrangement with Henry Holt and Company，New York

Simplified Chinese edition copyright © 2021 by Shanghai Translation Publishing House

All rights reserved

图字：09 - 2020 - 814 号

图书在版编目(CIP)数据

凶年 /（美）大卫·西蒙(David Simon)著；徐展雄译.
—上海：上海译文出版社，2021.4（2024.9重印）
（译文纪实）
书名原文：Homicide：A Year on the Killing Streets
ISBN 978 - 7 - 5327 - 8661 - 9

Ⅰ.①凶… Ⅱ.①大… ②徐… Ⅲ.①新闻报道-作
品集-美国-现代 Ⅳ.①I712.55

中国版本图书馆 CIP 数据核字(2021)第 016385 号

凶年

[美] 大卫·西蒙/著 徐展雄/译
责任编辑/范炜炜 装帧设计/邵旻 观止堂_未氓

上海译文出版社有限公司出版、发行
网址：www. yiwen. com. cn
201101 上海市闵行区号景路 159 弄 B 座
上海市崇明县裕安印刷厂印刷

开本 890×1240 1/32 印张 25.5 插页 4 字数 523,000
2021 年 4 月第 1 版 2024 年 9 月第 4 次印刷
印数：20,001—22,000 册

ISBN 978 - 7 - 5327 - 8661 - 9/I·5346
定价：98.00 元(全二册)